W0334396

STERBENSKALT

TANA FRENCH

STERBENSKALT

KRIMINALROMAN

Aus dem Englischen von Ulrike Wasel
und Klaus Timmermann

Weltbild

Die englische Originalausgabe erschien 2010
unter dem Titel *Faithful Place*
bei Hodder & Stoughton, London.
Auszüge aus *The Rare Ould Times* und
The Ferryman mit freundlicher
Genehmigung durch Pete St John

Für Alex

Besuchen Sie uns im Internet:
www.weltbild.de

Genehmigte Lizenzausgabe für Verlagsgruppe Weltbild GmbH,
Steinerne Furt, 86167 Augsburg
Copyright der Originalausgabe © 2010 by Tana French
Copyright der deutschsprachigen Ausgabe © 2010 by
S. Fischer Verlag GmbH, Frankfurt am Main
Übersetzung: Ulrike Wasel und Klaus Timmermann
Umschlaggestaltung: Alexandra Dohse – www.grafikkiosk.de, München
Umschlagmotiv: © Alexandra Dohse, München
Gesamtherstellung: GGP Media GmbH, Pößneck
Printed in the EU
ISBN 978-3-86800-917-0

2014 2013 2012 2011
Die letzte Jahreszahl gibt die aktuelle Lizenzausgabe an.

Prolog

IM GESAMTEN LEBEN ZÄHLEN nur einige wenige Augenblicke. Meistens merkt man das erst im Nachhinein, wenn sie längst an einem vorbeigezischt sind: der Augenblick, in dem du beschlossen hast, das Mädchen anzusprechen, vor der unübersichtlichen Kurve abzubremsen, doch noch das Kondom hervorzuholen. Ich hatte Glück, könnte man wohl sagen. Ich bekam einen meiner entscheidenden Augenblicke voll und ganz mit und erkannte ihn als solchen. Ja, ich spürte den reißenden Sog meines Lebens um mich herumwirbeln, als ich in einer dunklen Winternacht oben am Faithful Place stand und wartete.

Ich war neunzehn, alt genug, um es mit der Welt aufzunehmen, und jung genug, um zig Dummheiten auf einmal zu machen, und sobald meine Brüder in jener Nacht fest eingeschlafen waren, schnallte ich meinen Rucksack um und schlich mit meinen Doc-Martens-Schuhen in der Hand aus unserem Zimmer. Ein Dielenbrett knarrte, und im Mädchenzimmer murmelte eine meiner Schwestern im Schlaf, doch ich war in jener Nacht unbesiegbar, ritt hoch auf der wogenden Brandung, nicht mehr aufzuhalten. Meine Eltern drehten sich auf der Ausziehcouch im Wohnzimmer nicht mal um, als ich so nah an ihnen vorbeischlich, dass ich sie hätte berühren können. Das Feuer im Ofen war zu einer säuselnden roten Glut heruntergebrannt. Im Rucksack befand sich alles Wichtige, was ich besaß: Jeans, T-Shirts, ein Transistorradio, das ich gebraucht gekauft hatte, hundert Pfund und meine Geburtsurkunde. Mehr brauchte man damals nicht, um rüber nach England zu fahren. Rosie hatte die Fahrkarten für die Fähre.

Ich wartete im Schatten oben an der Straße auf sie, am Rande des matten gelben Lichtkreises unter der Straßenlampe. Die Luft war kalt wie Glas, mit einem würzig rauchigen Hopfenduft von der Guinness-Brauerei. Ich trug drei Paar Socken in den Docs, und ich stopfte die Hände tief in die Taschen meines deutschen Armeeparkas und lauschte ein letztes Mal meiner Straße, die lebendig in der langsamen Strömung der Nacht trieb. Eine Frau lachte, *Na, na, das hättest du wohl gern*, ein Fenster wurde zugeknallt. Eine Ratte huschte an einer Mauer entlang, ein Mann hustete, ein Fahrrad zischte um die Ecke. Mad Johnny Malone redete in der Kellerwohnung von Nummer 14 mit einem tiefen zornigen Grollen im Schlaf. Ein Liebespaar irgendwo, gedämpftes Wimmern, Bumsgeräusche, und ich dachte an den Geruch von Rosies Hals und grinste zum Himmel hinauf. Ich hörte die Glocken der Stadt Mitternacht schlagen, Christ Church, St Pat, St Michan, wuchtige, runde Klänge, die vom Himmel herabfielen wie eine Feier, unser eigenes geheimes Neujahr einläuteten.

Als sie eins schlugen, hatte ich Angst. Eine Spur aus leisem Rascheln und Stampfen durch die Gärten, und ich machte mich bereit, doch sie kam nicht über die letzte Mauer geklettert. Wahrscheinlich schlich da jemand mit schlechtem Gewissen zu spät nach Hause, stieg durch ein Fenster. In Nummer 7 brüllte Sallie Hearnes jüngster Nachwuchs los, ein dünnes, hoffnungsloses Heulen, bis sie sich aus dem Schlaf quälte und ihm etwas vorsang. *I know where I'm going … Painted rooms are bonny …*

Als die Glocken zwei schlugen, wurde mir das Missverständnis schlagartig klar, traf mich wie eine Ohrfeige. Sie katapultierte mich geradewegs über die Mauer in den Garten von Nummer 16, schon vor meiner Geburt verwahrlost und von uns Kindern trotz der schrecklichen Warnungen in Beschlag genommen, übersät mit Bierdosen und Zigarettenkippen und so mancher verlorenen Unschuld. Ich sprang die morsche Treppe hoch, immer vier Stufen auf einmal, ohne mich drum zu scheren, wer es hörte. Ich war mir so sicher, ich sah sie schon vor mir, zornige kupferrote Locken und Fäuste in die Hüften gestemmt, *Verdammt nochmal, wo bleibst du denn?*

Geborstene Dielenbretter, Löcher im Putz, Schutt und kalte dunkle Zugluft und keine Menschenseele. Im oberen Wohnzimmer fand ich den Brief, bloß ein Blatt, aus einem Schulheft gerissen. Es lag auf dem nackten Fußboden, flatterte in dem bleichen Rechteck aus Licht, das durch das zerbrochene Fenster fiel, und sah aus, als hätte es dort schon seit hundert Jahren gelegen. In diesem Moment spürte ich, wie sich der reißende Sog veränderte, blitzschnell eine tödliche Wendung vollzog, viel zu stark, um dagegen anzukämpfen, und nicht mehr auf meiner Seite.

Ich nahm den Brief nicht mit. Als ich Nummer 16 wieder verließ, kannte ich ihn auswendig und würde den Rest meines Lebens versuchen zu glauben, was drinstand. Ich ließ ihn liegen und ging zurück ans Ende der Straße. Ich wartete dort im Schatten, beobachtete die Dampfwolken, die mein Atem im Laternenlicht aufsteigen ließ, während die Glocken drei und vier und fünf schlugen. Die Nacht verblasste zu einem dünnen, traurigen Grau, und ein Milchkarren kam um die Ecke, rumpelte übers Kopfsteinpflaster in Richtung Molkerei, und ich wartete noch immer auf Rosie Daly oben am Faithful Place.

1

MEIN VATER HAT MIR MAL GESAGT, jeder Mann sollte wissen, wofür er bereit wäre zu sterben, das wäre das Wichtigste. *Wenn du das nicht weißt*, sagte er, *was bist du dann wert? Nichts. Dann bist du kein richtiger Mann.* Ich war dreizehn, und er hatte schon eine Dreiviertelflasche Gordon-Whiskey intus, aber trotzdem, ein guter Spruch. Wenn ich mich recht entsinne, war er bereit, für Folgendes zu sterben: a) Irland, b) seine Mutter, die da schon zehn Jahre tot war, und c) um das Miststück Maggie Thatcher zu erledigen.

Dennoch, seit damals hätte ich in jedem Augenblick meines Lebens wie aus der Pistole geschossen sagen können, wofür ich bereit wäre zu sterben. Zuerst war das ganz leicht: meine Familie, meine Freundin, mein Zuhause. Später wurde es eine Zeitlang komplizierter. Heutzutage bleibt es stabil, und das gefällt mir. Es kommt mir vor wie etwas, worauf ein Mann stolz sein kann. Ich wäre bereit, für meine Stadt zu sterben, meinen Job und mein Kind, vielleicht nicht unbedingt in dieser Reihenfolge.

Das Kind ist bislang ganz gut geraten, die Stadt ist Dublin, und der Job ist in der Undercoverabteilung, daher scheint offensichtlich, wofür ich am ehesten sterben könnte, aber es ist ein Weilchen her, seit die Arbeit mir etwas Beängstigenderes beschert hat als einen Riesenhaufen Papierkram. Die Größe des Landes hat zur Folge, dass ein Undercovercop ein kurzes Verfallsdatum hat; zwei Einsätze, vielleicht vier, dann wird das Risiko aufzufliegen einfach zu groß. Ich hab meine neun Leben schon vor langer Zeit aufgebraucht. Ich bleibe vorläufig hinter den Kulissen und leite eigene Operationen.

Das eigentliche Risiko bei der Undercoverarbeit, ob im Einsatz oder nicht, ist Folgendes: Du erzeugst so lange Illusionen, dass du schließlich glaubst, alles im Griff zu haben. Es ist leicht, dem Glauben zu verfallen, du wärst der Hypnotiseur, der Meister der Illusion, der helle Kopf, der weiß, was real ist und wie alle Zaubertricks funktionieren. Tatsache ist, auch du bist und bleibst bloß eine staunende Zielscheibe im Publikum. Ganz gleich, wie gut du bist, die Welt wird in diesem Spiel immer besser sein. Sie ist gerissener als du, sie ist schneller, und sie ist um einiges skrupelloser. Du kannst lediglich versuchen mitzuhalten, deine Schwachstellen zu kennen und niemals aufzuhören, mit dem Schlag unter die Gürtellinie zu rechnen.

An einem Freitagnachmittag Anfang Dezember holte mein Leben das zweite Mal für den Schlag unter die Gürtellinie aus. Tagsüber war ich mit Wartungsarbeiten an einigen meiner laufenden Illusionsmaschinen beschäftigt gewesen – einer von meinen Jungs, der dieses Jahr Weihnachten keine Süßigkeiten von Onkel Frank bekommen würde, hatte sich in eine Situation manövriert, in der er aus komplizierten Gründen eine ältere Frau brauchte, die er etlichen kleinen Drogendealern als seine Großmutter vorstellen konnte –, und ich war auf dem Weg zu meiner Exfrau, um meine Tochter fürs Wochenende abzuholen. Olivia und Holly wohnen in einer sagenhaft geschmackvollen Doppelhaushälfte in einer gepflegten Sackgasse in Dalkey. Olivias Daddy hatte uns das Haus zur Hochzeit geschenkt. Als wir einzogen, hatte es einen Namen statt einer Nummer. Ich ließ den Namen schnell verschwinden, aber trotzdem, schon damals hätte ich kapieren müssen, dass diese Ehe zum Scheitern verurteilt war. Wenn meine Eltern von meinen Heiratsabsichten gewusst hätten, hätte meine Ma sich bei der Genossenschaftsbank mit einem Kredit hoch verschuldet, um uns eine hübsche geblümte Couchgarnitur zu kaufen, und wäre entrüstet gewesen, wenn wir die Plastikhüllen von den Polstern entfernt hätten.

Olivia postierte sich mitten in der Tür, für den Fall, dass ich auf die Idee käme, reinkommen zu wollen. »Holly ist gleich fertig«, sagte sie.

Olivia, und das sage ich, Hand aufs Herz, mit zu gleichen Teilen Selbstgefälligkeit und Bedauern, sieht toll aus: groß gewachsen, ovales, elegantes Gesicht, jede Menge weiches, aschblondes Haar und die Art von unaufdringlichen Rundungen, die du zunächst gar nicht bemerkst und dann nicht mehr aufhören kannst zu bemerken. An dem Abend war sie in ein teures, schwarzes Kleid und hauchdünne Nylons gehüllt, und sie trug die Brillantkette ihrer Großmutter, die nur zu ganz besonderen Anlässen hervorgeholt wird. Der Papst höchstselbst hätte sein Käppchen vom Kopf gerissen, um sich die Stirn zu wischen. Ich, der ich nicht so viel Klasse habe wie der Papst, stieß einen Pfiff aus. »Großes Rendezvous?«

»Wir gehen essen.«

»Heißt ›wir‹ schon wieder du und Dermo?«

Olivia ist viel zu clever, um sich von mir so leicht provozieren zu lassen. »Sein Name ist Dermot, und ja, das heißt es.«

Ich tat beeindruckt. »Das sind ja dann schon vier Wochenenden hintereinander, stimmt's? Ist heute Abend der große Abend, wenn ich fragen darf?«

Olivia rief die Treppe hoch: »Holly! Dein Vater ist da!« Während sie mir den Rücken zudrehte, schlüpfte ich an ihr vorbei in die Diele. Sie hatte Chanel N°5 aufgelegt, wie immer.

Von oben: »Daddy! Ich komm gleich, ich komm gleich, ich komm gleich, ich muss bloß noch …«, und dann langes aufgeregtes Geplapper, mit dem Holly erklärte, was in ihrem komplizierten kleinen Kopf vorging, ohne darüber nachzudenken, ob irgendwer sie hören konnte. Ich brüllte: »Lass dir ruhig Zeit, Schätzchen!«, auf dem Weg in die Küche.

Olivia folgte mir. »Dermot müsste jede Minute hier sein«, erklärte sie. Mir war nicht klar, ob das eine Drohung oder eine Bitte war.

Ich öffnete den Kühlschrank und warf einen Blick hinein. »Der Bursche gefällt mir nicht. Er hat kein Kinn. Männern ohne Kinn trau ich nicht über den Weg.«

»Tja, zum Glück ist dein Männergeschmack hier nicht von Belang.«

»Ist er doch, falls du dich ernsthaft auf ihn einlässt und er auch mit Holly zu tun hat. Wie heißt er noch mal mit Nachnamen?«

Einmal, als wir schon auf die Trennung zusteuerten, hat mir Olivia die Kühlschranktür gegen den Kopf geknallt. Ich spürte, dass sie drauf und dran war, es wieder zu tun. Ich blieb vorgebeugt stehen, um ihr reichlich Gelegenheit zu bieten, doch sie bewahrte ruhig Blut. »Wieso willst du das wissen?«

»Ich muss ihn unbedingt durch den Computer laufen lassen.« Ich nahm eine Packung Orangensaft heraus und schüttelte sie. »Was ist das denn für ein Mist? Seit wann kaufst du keine guten Sachen mehr?«

Olivias Mund – ein Hauch Lipgloss – wurde allmählich schmallippig. »Du wirst Dermot *nicht* durch irgendeinen Computer laufen lassen, Frank.«

»Geht nicht anders«, erwiderte ich munter. »Ich muss schließlich auf Nummer sicher gehen, dass er nicht auf kleine Mädchen steht, oder?«

»Herrgott, Frank! Er steht nicht –«

»Vielleicht nicht«, räumte ich ein. »*Wahrscheinlich* nicht. Aber wie kannst du dir da ganz sicher sein, Liv? Vorsicht ist die Mutter der Porzellankiste, meinst du nicht auch?« Ich schraubte die Kappe vom Saft und trank einen Schluck.

»Holly!«, rief Olivia, lauter. »Beeil dich!«

»Ich kann mein *Pferd* nicht finden!« Dumpfes Gepolter über uns.

Ich sagte zu Olivia: »Die nehmen alleinstehende Mummys mit hübschen kleinen Kindern ins Visier. Und es ist erstaunlich, wie viele von denen kein Kinn haben. Ist dir das schon mal aufgefallen?«

»Nein, Frank, ist es nicht. Und untersteh dich, deinen Job auszunutzen, um unbescholtene –«

»Sieh das nächste Mal genau hin, wenn wieder über irgendeinen Pädophilen im Fernsehen berichtet wird. Weißer Van und kein Kinn, garantiert. Was fährt Dermo für ein Auto?«

»Holly!«

Ich trank noch einen großen Schluck Saft, wischte die Tülle mit dem Ärmel ab und stellte die Packung zurück in den Kühlschrank. »Das Zeug schmeckt wie Katzenpisse. Wenn ich den Unterhalt erhöhe, kaufst du dann anständigen Saft?«

»Und wenn du ihn verdreifachen würdest«, sagte Olivia süßlich und unterkühlt zugleich mit einem Blick auf ihre Uhr, »was du nicht kannst, würde es höchstens für eine Packung pro Woche reichen.« Das Kätzchen fährt die Krallen aus, wenn man es nur lange genug am Schwanz zieht.

In diesem Moment rettete Holly uns vor uns selbst, indem sie aus ihrem Zimmer geschossen kam und aus vollem Halse »Daddydaddydaddy!« rief. Ich schaffte es rechtzeitig zur Treppe, so dass sie einen Hechtsprung auf mich drauf machen konnte wie ein kleiner kreiselnder Feuerwerkskörper aus fliegendem goldblonden Haar und rosa Flitterkram, um die Beine um meine Taille zu schlingen und mich mit ihrer Schultasche und einem struppigen Pony namens Clara, das schon bessere Zeiten gesehen hatte, auf den Rücken zu hauen. »Hallo, Klammeräffchen«, sagte ich und gab ihr einen Kuss oben auf den Kopf. Sie war leicht wie eine Fee. »Wie war deine Woche?«

»Ganz schön anstrengend, und ich bin kein Klammeräffchen«, sagte sie ernst zu mir, Nase an Nase. »Was ist ein Klammeräffchen?«

Holly ist neun und schlägt, feingliedrig und zierlich, wie sie ist, ganz nach der Seite ihrer Mutter – wir Mackeys sind robust und dickhäutig und drahthaarig, wie geschaffen für schwere Arbeit in Dubliner Wetter. Nur Hollys Augen sind anders. Als ich sie das allererste Mal sah, schaute sie mich mit meinen eigenen Augen an, große, strahlendblaue Augen, die mich trafen wie ein Stromstoß und bei deren Anblick mein Herz noch heute einen Purzelbaum schlägt. Olivia kann meinen Nachnamen von mir aus wegkratzen wie einen alten Adressaufkleber, den Kühlschrank vollpacken mit Saft, den ich nicht mag, und mit Dermo dem Pädo meine Seite des Bettes füllen, aber gegen diese Augen kann sie nichts ausrichten.

Ich sagte zu Holly: »Das ist ein Märchenaffe, der in einem Zauberwald lebt.« Sie bedachte mich mit einem Blick, der perfekt austariert war zwischen *Echt?* und *Ja, ja, schon klar.* »Was war denn so anstrengend?«

Sie rutschte von mir runter und plumpste auf den Boden. »Chloe und Sarah und ich wollen eine Band gründen. Ich hab für dich ein Bild gemalt, weil wir uns einen Tanz ausgedacht haben, und kann ich weiße Stiefel haben? Und Sarah hat einen Song geschrieben und …« Einen winzigen Moment lang lächelten Olivia und ich uns beinahe an, über Hollys Kopf hinweg, ehe Olivia sich fing und wieder auf die Uhr sah.

In der Einfahrt kam uns mein Freund Dermo entgegen, der – wie ich ganz genau weiß, weil ich mir sein Autokennzeichen gemerkt habe, als er und Olivia das erste Mal zusammen ausgingen – ein einwandfrei gesetzestreuer Bürger ist, der anscheinend nicht mal seinen Audi je falsch geparkt hat und nichts dafür kann, dass er aussieht, als stünde er stets kurz vor einem kräftigen Rülpser. »'n Abend«, sagte er und nickte mir ruckartig zu. Ich glaube, Dermo hat Angst vor mir. »Holly.«

»Wie nennst du ihn eigentlich?«, fragte ich Holly, als ich sie in ihrem Kindersitz festgeschnallt hatte und Olivia, formvollendet wie Grace Kelly, Dermo an der Tür einen Kuss auf die Wange gab.

Holly kämmte Claras Mähne und zuckte die Achseln. »Mum sagt, ich soll ihn Onkel Dermot nennen.«

»Und machst du das?«

»Nein. Wenn ich was zu ihm sage, nenn ich ihn gar nichts. Aber im Kopf nenn ich ihn Wabbelgesicht.« Sie schaute in den Rückspiegel, um zu sehen, ob ich deshalb schimpfen würde. Ihr Kinn war bereit, auf stur zu schalten.

Ich musste lachen. »Wunderbar«, sagte ich. »Ich bin stolz auf dich«, und dann wendete ich rasant mit angezogener Handbremse, so dass Olivia und Wabbelgesicht vor Schreck zusammenzuckten.

Seit Olivia zur Vernunft gekommen ist und mich vor die Tür gesetzt hat, wohne ich an den Kais, in einem wuchtigen Apartmentblock, der in den Neunzigern gebaut wurde. Allem Anschein nach von David Lynch. Die Teppichböden sind so dick, dass ich noch nie einen Schritt gehört habe, aber selbst um vier Uhr morgens ist das Summen von fünfhundert Köpfen ringsherum zu spüren: Menschen, die träumen, hoffen, sich sorgen, Pläne schmieden, nachdenken. Ich bin in einem Mietshaus aufgewachsen, man sollte also meinen, dass ich mit dem Legebatterie-Lebensstil klarkomme, aber das hier ist etwas anderes. Ich kenne diese Leute nicht, ich kriege diese Leute nicht mal zu Gesicht. Ich habe keine Ahnung, wann sie kommen und gehen. Könnte gut sein, dass sie nie aus dem Haus gehen, dass sie sich einfach in ihren Wohnungen verbarrikadieren und vor sich hin grübeln. Selbst im Schlaf bin ich mit einem Ohr auf dieses Summen getunt, bereit, aus dem Bett zu springen und mein Revier zu verteidigen, falls nötig.

Eingerichtet ist meine persönliche Ecke von Twin Peaks im Geschiedenen-Schick, womit ich meine, dass es bei mir auch nach vier Jahren noch immer aussieht, als würde gleich der Umzugswagen kommen. Die einzige Ausnahme ist Hollys Zimmer, das vollgestopft ist mit allen erdenklichen flauschigen Gegenständen. An dem Tag, als wir zusammen Möbel aussuchen gingen, hatte ich Olivia endlich ein ganzes Wochenende im Monat abgerungen, und ich wollte für Holly die drei Etagen des Einkaufszentrums leerkaufen. Ein Teil von mir hatte geglaubt, ich würde sie nie wiedersehen.

»Was machen wir morgen?«, wollte sie wissen, als wir den wattierten Korridor hinuntergingen. Sie zog Clara an einem Bein über den Teppichboden hinter sich her. Erst gestern, so kam es mir vor, hätte sie Zeter und Mordio bei dem Gedanken geschrien, dass das Pferd den Fußboden auch nur berührte. Einmal blinzeln, und schon hast du was verpasst.

»Weißt du noch, der Drachen, den ich dir gekauft hab? Wenn du heute Abend deine ganzen Hausaufgaben machst und wenn es morgen nicht regnet, zeig ich dir im Phoenix Park, wie man ihn steigen lässt.«

»Darf Sarah mitkommen?«

»Wir rufen ihre Mum nach dem Abendessen an.« Die Eltern von Hollys Freundinnen lieben mich. Verantwortungsvoller kann man sich gar nicht fühlen, als wenn man sein Kind unter Aufsicht eines Detectives weiß.

»Essen! Können wir Pizza bestellen?«

»Klar«, sagte ich. Olivia führt ein zusatzstofffreies, biologisches, ballaststoffreiches Leben. Wenn ich nicht für ein wenig Ausgleich sorge, wächst Holly doppelt so gesund auf wie alle ihre Freundinnen und fühlt sich ausgeschlossen. »Nichts dagegen«, und dann öffnete ich die Tür und bekam eine erste Ahnung, dass Holly und ich heute Abend keine Pizza essen würden.

Das Anrufbeantworterlämpchen an meinem Telefon blinkte wie verrückt. Fünf entgangene Anrufe. Die Kollegen im Büro rufen mich auf meinem Handy an, Undercovercops und Informanten rufen mich auf meinem anderen Handy an, meine Kumpel wissen, dass sie mich im Pub treffen können, wenn ich da aufkreuze, und Olivia schickt mir Textnachrichten, falls erforderlich. Damit blieb nur die Familie, also meine kleine Schwester Jackie, da sie die Einzige war, mit der ich in den letzten zwanzig Jahren gesprochen hatte. Fünf Anrufe, das hieß wahrscheinlich, dass ein Elternteil im Sterben lag.

Ich sagte zu Holly: »Hier«, und hielt ihr meinen Laptop hin. »Nimm den mit in dein Zimmer und ärgere deine Freundinnen beim Chatten. Ich komm in fünf Minuten nach.«

Holly, die genau weiß, dass sie allein nicht online gehen darf, solange sie nicht einundzwanzig ist, musterte mich skeptisch. »Wenn du eine Zigarette willst, Daddy«, sagte sie sehr erwachsen, »kannst du einfach auf den Balkon gehen. Ich weiß, dass du rauchst.«

Ich schob sie mit einer Hand auf ihrem Rücken in ihr Zimmer. »Ach ja? Wie kommst du denn da drauf?« Zu jedem anderen Zeitpunkt wäre ich echt neugierig gewesen. Ich rauche nie in Hollys Beisein, und Olivia hatte es ihr bestimmt nicht erzählt. Wir hatten ihren Verstand geprägt, wir beide, und der Gedanke, dass er Dinge enthält, die wir nicht da hineingepflanzt haben, macht mich noch immer fertig.

»Ich weiß es einfach«, sagte Holly, warf Clara und ihre Tasche aufs Bett und blickte würdevoll. Die Kleine hätte jetzt schon das Zeug zum Detective. »Und das solltest du nicht. Schwester Mary Therese sagt, das macht alles in dir drin schwarz.«

»Schwester Mary Therese hat absolut recht. Gescheite Frau.« Ich schaltete den Laptop an und stellte die Breitbandverbindung her. »So, du kannst loslegen. Ich muss kurz telefonieren. Aber kauf ja keine Diamanten bei eBay.«

Holly fragte: »Willst du deine Freundin anrufen?«

Sie wirkte sehr klein und viel zu klug, wie sie da in ihrem weißen Steppmantel stand, der bis zu ihren dünnen Knien reichte, die Augen weit aufgerissen und bemüht, nicht verängstigt auszusehen. »Nein«, sagte ich. »Nein, Schätzchen. Ich hab keine Freundin.«

»Ehrenwort?«

»Ehrenwort. Und ich hab auch nicht vor, mir in absehbarer Zeit eine zuzulegen. In ein paar Jahren kannst du vielleicht eine für mich aussuchen. Wie fändest du das?«

»Ich will, dass Mum deine Freundin ist.«

»Ja«, sagte ich. »Ich weiß.« Ich legte ihr kurz eine Hand auf den Kopf. Ihr Haar fühlte sich an wie Blütenblätter. Dann schloss ich die Tür hinter mir und ging zurück ins Wohnzimmer, um herauszufinden, wer gestorben war.

Es war tatsächlich Jackie auf dem Anrufbeantworter, und sie sprach so schnell wie ein Expresszug. Ein schlechtes Zeichen: Jackie bremst bei guten Nachrichten (»Du errätst nie im Leben, was passiert ist. Na los, rate«) und tritt bei schlechten das Gaspedal bis zum Anschlag durch. Das hier war Formel-1-

Material. »Ach, verdammt, Francis, bist du denn nie zu Hause, würdest du bitte mal an dein dämliches Telefon gehen, ich muss dich dringend sprechen, ich ruf dich schließlich nie zum Spaß an, oder? Also, bevor du dir unnötig Sorgen machst, es geht nicht um Mammy, Gott sei Dank, der geht's gut, ein bisschen mitgenommen, aber das sind wir alle, sie hatte zuerst ein bisschen Herzklabastern, aber dann hat sie sich hingesetzt, und Carmel hat ihr einen Brandy eingeschüttet, und jetzt geht's ihr wieder gut, nicht wahr, Mam? Gott sei Dank war Carmel da, sie schaut ja meistens am Freitag vorbei, nach dem Einkaufen, sie hat mich und Kevin angerufen, dass wir herkommen sollen. Shay hat gemeint, wir sollen dich nicht anrufen, wozu, hat er gesagt, aber ich hab gesagt, er kann mich mal, und dass es richtig wäre, also, wenn du zu Hause bist, würdest du bitte endlich rangehen und mit mir reden? Francis! Ich schwöre bei Gott –« Die Aufnahmezeit endete mit einem Piepsen.

Carmel und Kevin und Shay, du liebe Zeit. Es hörte sich ganz so an, als wäre die komplette Familie bei meinen Eltern eingeflogen. Mein Dad; es musste um ihn gehen. »Daddy!«, brüllte Holly aus ihrem Zimmer. »Wie viele Zigaretten rauchst du pro Tag?«

Die automatische Frauenstimme des Anrufbeantworters forderte mich auf, Tasten zu drücken. Ich gehorchte. »Wer sagt denn, dass ich rauche?«

»Ich muss das *wissen*! Zwanzig?«

Vormittags. »Kann sein.«

Wieder Jackie: »Blöder Anrufbeantworter, ich war noch nicht fertig! Also, es geht auch nicht um Dad, das hätte ich gleich sagen sollen, dem geht's wie eh und je, es ist keiner tot oder verletzt oder so, nichts dergleichen, wir sind alle okay. Kevin ist ein bisschen nervös, aber ich glaube, nur deshalb, weil er sich Sorgen macht, wie du's auffassen wirst, er hat dich total gern, wie du weißt, noch immer. Vielleicht ist ja auch gar nichts dran, Francis, verlier ja nicht den Kopf, ist vielleicht bloß ein Scherz von irgendeinem Witzbold, zumindest haben wir das zuerst gedacht, obwohl es ein ganz schön beschissener Scherz wäre, entschuldige den Ausdruck –«

»Daddy! Wie viel Sport machst du?«

Hä? »Ich mach heimlich Ballett.«

»Neiiiin, im Ernst! Wie viel?«

»Nicht genug.«

»– und klar, keiner von uns hat den blassesten Schimmer, was wir jetzt machen sollen und überhaupt, ruf mich an, sobald du das hier abhörst, ja? Bitte, Francis. Ich hab mein Handy hier in der Hand.«

Klick, Pieps, die Anrufbeantworter-Tussi. Im Rückblick hätte ich mir da eigentlich schon denken müssen, worum es ging, oder ich hätte zumindest eine ungefähre Ahnung haben müssen. »Daddy? Wie viel Obst und Gemüse isst du?«

»Haufenweise.«

»Gar nicht!«

»Ein bisschen.«

Die nächsten drei Nachrichten waren ungefähr gleich, im Halbstundentakt. Beim letzten Anruf hatte Jackie eine Tonhöhe erreicht, die das menschliche Gehör überforderte.

»Daddy?«

»Einen Moment noch, Schätzchen.«

Ich ging mit meinem Handy auf den Balkon über dem dunklen Fluss und den schlierigen orangegelben Lichtern und dem unaufhörlichen Brummen der Verkehrsstaus, und rief Jackie an. Sie meldete sich beim ersten Klingeln. »Francis? Jesus, Maria und Josef, ich dreh hier langsam durch! Wo warst du denn?«

Sie hatte das Tempo auf ungefähr achtzig Meilen die Stunde gedrosselt. »Ich hab Holly abgeholt. Was ist denn los, Jackie?«

Hintergrundgeräusche. Noch nach all der Zeit erkannte ich Shays knappe bissige Stimme sofort. Ein einziger Laut von meiner Ma ließ mich schlucken.

»Ach Gott, Francis … Tu mir den Gefallen und setz dich hin, ja? Oder hol dir ein Glas Brandy oder so.«

»Jackie, ich schwöre dir, wenn du mir nicht sofort sagst, was los ist, komm ich rüber und erwürge dich.«

»Moment, immer mit der Ruhe …« Eine Tür wurde geschlossen. »So«, sagte Jackie in plötzlicher Stille. »Also. Ich hab dir doch vor einer Weile erzählt, dass irgend so ein Typ die drei Häuser oben am Place gekauft hat? Um sie in Apartments umzubauen?«

»Ja.«

»Er macht jetzt doch keine Apartments draus, wo keiner weiß, was mit den Immobilienpreisen wird. Er lässt die Häuser vorläufig leer stehen und wartet ab, wie's weitergeht. Also lässt er erst mal nur die Kamine und Stuckverzierungen und so ausbauen, um sie zu verkaufen – manche Leute zahlen gutes Geld für so was, wusstest du das? Alles Spinner. Und heute haben die Arbeiter in dem Haus gleich an der Ecke angefangen. Weißt du noch, das baufällige?«

»Nummer sechzehn.«

»Genau. Die haben die Kamine ausgebaut, und in einem haben sie einen Koffer gefunden.«

Dramatische Pause. Drogen? Schusswaffen? Bargeld? Jimmy Hoffa? »Verdammt, Jackie. Red endlich!«

»Es ist der von Rosie Daly, Francis. Es ist ihr Koffer.«

Die ganze Sinfonie aus Verkehrslärm verstummte jäh, wie ausgeschaltet. Die orangerote Glut am Himmel wurde wild und gierig wie ein Waldbrand, grell, außer Kontrolle.

»Nein«, sagte ich, »ausgeschlossen. Ich weiß nicht, wie zum Henker ihr darauf kommt, aber das ist absoluter Schwachsinn.«

»Francis, nun hör doch mal –«

Ihre Stimme triefte vor Sorge und Mitgefühl. Wenn sie bei mir gewesen wäre, hätte ich ihr, glaub ich, eine reingehauen. »Lass mich in Ruhe mit ›Francis, nun hör doch mal‹. Du und Ma, ihr habt euch da wegen nichts und wieder nichts in irgendeine Hysterie reingesteigert, und ich soll jetzt dabei mitmachen –«

»Hör zu. Ich weiß, dass dich das –«

»Oder das Ganze ist bloß ein Trick, um mich rüberzulocken. Ist es das, Jackie? Schwebt dir vielleicht eine große Familienversöhnung vor? Dann lass dir mal eins gesagt sein, das ist hier keine Vorabendserie, und solche Spielchen gehen nicht gut aus.«

»Hör auf, so einen Schwachsinn zu reden«, blaffte Jackie, »und reiß dich am Riemen. Wofür hältst du mich eigentlich? In dem Koffer ist eine Bluse, lila mit Paisleymuster, Carmel hat sie wiedererkannt –«

Ich hatte sie zigmal an Rosie gesehen, wusste, wie sich die Knöpfe unter meinen Fingern anfühlten. »Ja, so eine, wie sie jedes junge Mädchen hier in den Achtzigern getragen hat. Für ein bisschen Klatsch und Tratsch würde Carmel glatt Elvis beim Bummeln auf der Grafton Street wiedererkennen. Ich hätte dich für vernünftiger gehalten, aber anscheinend –«

»Und in die Bluse eingewickelt ist eine Geburtsurkunde. Rose Bernadette Daly.«

Womit sich meine Einwände mehr oder weniger erledigt hatten. Ich steckte mir eine Zigarette an, stützte die Ellbogen auf das Geländer und nahm den längsten Zug meines Lebens.

»Tut mir leid«, sagte Jackie leiser. »Dass ich so grob zu dir war. Francis?«

»Ja.«

»Alles in Ordnung?«

»Ja. Hör zu, Jackie. Wissen die Dalys Bescheid?«

»Die sind nicht zu Hause. Nora ist vor ein paar Jahren nach Blanchardstown gezogen, glaub ich. Mr Daly und Mrs Daly besuchen sie freitagabends, um das Baby zu sehen. Mammy glaubt, sie hat irgendwo die Nummer, aber –«

»Habt ihr die Polizei angerufen?«

»Nur dich natürlich.«

»Wer weiß sonst noch davon?«

»Bloß die Arbeiter. Zwei Jungs aus Polen. Als sie Feierabend gemacht haben, sind sie rüber zu Nummer fünfzehn und haben gefragt, wem sie den Koffer geben könnten, aber in Nummer fünfzehn wohnen jetzt Studenten, und die haben die beiden dann zu Ma und Dad geschickt.«

»Und Ma hat's nicht gleich der ganzen Straße erzählt?«

»Unsere Straße ist nicht mehr so, wie du sie gekannt hast. Mittlerweile wohnen in der Hälfte der Häuser Studenten und Yuppies. Wir wissen nicht mal, wie die Leute heißen. Die Cullens sind noch da und die Nolans und ein paar von den Hearnes, aber Mammy wollte keinem was sagen, solange sie es nicht den Dalys gesagt hat. Das wäre nicht richtig.«

»Gut. Wo ist der Koffer jetzt?«

»Im Wohnzimmer. Hätten die Arbeiter ihn nicht wegnehmen sollen? Die mussten ja weiterarbeiten –«

»Ist schon okay. Aber fasst ihn jetzt möglichst nicht mehr an. Ich bin, so schnell ich kann, bei euch.«

Eine Sekunde Stille. Dann: »Francis. Ich will ja nicht irgendwas Schreckliches denken, Gott bewahre, aber heißt das nicht, dass Rosie …«

»Wir wissen noch gar nichts«, sagte ich. »Wartet einfach auf mich, und redet mit niemandem.«

Ich legte auf und warf einen raschen Blick in die Wohnung hinter mir. Hollys Tür war noch geschlossen. Ich rauchte meine Zigarette mit einem weiteren Marathonzug zu Ende, warf die Kippe über das Geländer, zündete mir eine neue an und wählte Olivias Handynummer.

Sie sagte nicht mal hallo. »Nein, Frank. Diesmal nicht. Keine Chance.«

»Es geht nicht anders, Liv.«

»Du hast darum gebettelt, sie jedes Wochenende zu haben. *Gebettelt.* Wenn du sie nicht willst –«

»Ich will sie ja. Aber das ist ein Notfall.«

»Es ist immer einer. Deine Abteilung kommt bestimmt zwei Tage ohne dich aus, Frank. Auch wenn dir der Gedanke nicht gefällt, du bist nicht unverzichtbar.«

Für jeden, der weiter als einen halben Meter entfernt war, musste ihre Stimme nach heiterem Plauderton klingen, aber Olivia war wütend. Besteckgeklapper, perlendes Lachen, irgendwas, das sich anhörte wie, Gott bewahre, ein Wasserspiel. »Diesmal hat es nichts mit der Arbeit zu tun«, sagte ich. »Es hat familiäre Gründe.«

»Ja, klar. Könnte das irgendwas damit zu tun haben, dass ich gerade meine vierte Verabredung mit Dermot habe?«

»Liv, ich würde dir liebend gern deine vierte Verabredung mit Dermot vermasseln, aber ich würde niemals darauf verzichten, Zeit mit Holly zu verbringen. So gut solltest du mich kennen.«

Eine kurze, argwöhnische Pause. »Was ist das für ein Notfall?«

»Ich weiß es noch nicht. Jackie hat mich völlig hysterisch angerufen, aus der Wohnung meiner Eltern. Ich blick noch nicht richtig durch. Aber ich muss so schnell wie möglich hin.«

Wieder eine Pause. Dann sagte Olivia mit einem langen müden Ausatmen: »Also gut. Wir sind im *Coterie.* Bring sie vorbei.«

Das *Coterie* hat einen Fernsehkoch als Küchenchef und wird in vielen Wochenendbeilagen angepriesen. Es sollte dringend mal jemand eine Brandbombe reinwerfen. »Danke, Olivia. Ehrlich. Ich hol sie heute später wieder ab, wenn ich kann, oder morgen früh. Ich ruf dich an.«

»Tu das«, sagte Olivia. »Natürlich nur, wenn du kannst«, und sie legte auf. Ich warf meine Zigarette weg und ging hinein, um die andere Frau in meinem Leben stinksauer zu machen.

Holly saß im Schneidersitz auf dem Bett, den Laptop auf dem Schoß, und blickte besorgt drein. »Schätzchen«, sagte ich, »wir haben ein Problem.«

Sie deutete auf den Laptop. »Daddy, guck mal.«

Auf dem Bildschirm stand, in fetten lila Lettern, mit einem Haufen zappelnder Bilder drum herum: *du wirst mit 52 sterben.* Das Kind wirkte richtig verstört. Ich setzte mich hinter ihr aufs Bett und zog sie mitsamt Computer auf meinen Schoß. »Was ist das denn eigentlich?«

»Sarah hat den Fragebogen im Internet gefunden, und ich hab ihn für dich gemacht, und das da ist rausgekommen. Du bist *einundvierzig.*«

Oh, nein, bitte nicht jetzt. »Häschen, das ist das Internet. Da kann jeder reinstellen, was er will. Deshalb ist es noch lange nicht wahr.«

»Aber es *steht* da! Die haben das genau ausgerechnet!«

Olivia wäre begeistert, wenn ich ihr Holly in Tränen aufgelöst zurückbrachte. »Ich zeig dir mal was!«, sagte ich. Ich griff um sie herum, ließ mein Todesurteil verschwinden, öffnete ein

Word-Dokument und tippte: *du bist ein ausserirdischer. du liest das hier auf dem planeten bongo.* »So. Ist das wahr?«

Holly brachte ein dünnes Kichern zustande. »Na klar nicht.«

Ich wählte lila als Schriftfarbe und stellte auch noch eine ausgefallene Schriftart ein. »Und jetzt?«

Kopfschütteln.

»Und was ist, wenn ich den Computer eine Reihe Fragen stellen lasse, bevor er das da sagt? Wäre es dann wahr?«

Eine Sekunde lang dachte ich, ich wäre damit durchgekommen, doch dann versteiften sich ihre schmalen Schultern. »Du hast gesagt, ein Problem.«

»Ja, genau. Wir müssen unsere Pläne ein kleines bisschen abändern.«

»Ich muss zurück zu Mum«, sagte Holly zu dem Laptop. »Stimmt's?«

»Ja, Schätzchen. Es tut mir ganz schrecklich leid. Ich hol dich wieder ab, sobald ich kann.«

»Brauchen die dich schon wieder auf der Arbeit?«

Dieses *schon wieder* war schlimmer als alles, was Olivia mir vorwerfen konnte. »Nein«, sagte ich und lehnte mich zur Seite, damit ich Hollys Gesicht sehen konnte. »Es hat nichts mit der Arbeit zu tun. Die Arbeit kann die Biege machen, hab ich recht?« Das entlockte ihr ein schwaches Lächeln. »Du kennst doch deine Tante Jackie? Sie hat ein großes Problem, und sie braucht jetzt sofort meine Hilfe.«

»Kann ich nicht mitkommen?«

Sowohl Jackie als auch Olivia haben gelegentlich angedeutet, dass Holly die Familie ihres Vaters kennenlernen sollte. Ominöse Koffer mal beiseitegelassen, nur über meine Leiche tunkt Holly auch nur einen Zeh in den brodelnden Kessel des Wahnsinns, der die Mackeys in Hochform sind. »Diesmal nicht. Aber wenn ich alles in Ordnung gebracht habe, gehen wir mit Tante Jackie irgendwo ein Eis essen, ja? Das wär doch schön, nicht?«

»Ja«, sagte Holly, mit einem müden kleinen Ausatmen, genau wie Olivia. »Das wäre lustig«, und dann kroch sie von meinem Schoß und fing an, ihre Sachen wieder in die Schultasche zu stecken.

Im Auto unterhielt Holly sich nonstop mit Clara, in einer gedämpften, dünnen Stimme, zu leise für mich, um auch nur ein Wort verstehen zu können. An jeder roten Ampel betrachtete ich sie im Rückspiegel und schwor mir, es wiedergutzumachen, mir die Telefonnummer von den Dalys zu besorgen, ihnen den verdammten Koffer vor die Tür zu knallen und Holly wieder zu mir auf die El Rancho Lyncho zu holen, ehe sie ins Bett musste. Aber ich wusste, dass das so nicht hinhauen würde. Diese Straße und dieser Koffer hatten lange auf meine Rückkehr gewartet. Jetzt, wo sie mich am Haken hatten, würde das, was sie für mich aufgehoben hatten, wesentlich mehr Zeit kosten als einen Abend.

Der Brief enthielt das absolute Minimum an Teenager-Melodramatik; darin war Rosie immer gut gewesen.

Ich weiß, das wird ein Schock sein, und es tut mir leid, aber ich schwöre, ich wollte nie irgendwem was vormachen, niemals. Aber ich hab wirklich lange darüber nachgedacht, und nur so sehe ich eine echte Chance auf das Leben, das ich möchte. Ich wünschte bloß, ich müsste dafür niemanden verletzen/kränken/enttäuschen. Es wäre toll, wenn mich gute Wünsche in mein neues Leben in England begleiten würden!!, aber ich verstehe auch, wenn das nicht geht. Ich schwöre, ich komme irgendwann zurück. Bis dahin, mit ganz, ganz, ganz viel Liebe, Rosie.

Zwischen dem Moment, als sie den Brief im Haus Nummer 16 auf den Boden gelegt hatte, in dem Zimmer, wo wir uns das erste Mal geküsst hatten, und dem Moment, als sie ihren Koffer über irgendeine Mauer hieven wollte, um zu machen, dass sie wegkam, war irgendetwas passiert.

2

FAITHFUL PLACE FINDET MAN NUR, wenn man weiß, wo man suchen muss. Der Stadtteil Liberties wuchs über Jahrhunderte hinweg ganz von allein, ohne Hilfe von Stadtplanern, und Faithful Place ist eine schmale Sackgasse, die sich mittendrin versteckt wie ein falscher Abzweig in einem Irrgarten. Sie liegt nur zehn Gehminuten vom Trinity College und der schicken Einkaufszone um die Grafton Street entfernt, aber damals, zu meiner Zeit, gingen wir nicht zum Trinity, und die Trinity-Typen hielten sich von uns fern. Die Gegend war eigentlich nicht unsicher – Fabrikarbeiter, Maurer, Bäcker, Arbeitslose und der ein oder andere Glückspilz, der bei Guinness arbeitete und eine anständige Gesundheitsversorgung und Fortbildungskurse bekam –, bloß irgendwie in sich geschlossen. Der Name Liberties entstand vor hundert Jahren, weil die Bewohner eigene Wege gingen und eigene Regeln befolgten. In meiner Straße lauteten die Regeln wie folgt: Egal, wie knapp du bei Kasse bist, wenn du in den Pub gehst, schmeißt du eine Runde; wenn dein Kumpel in eine Schlägerei gerät, bleibst du dabei und holst ihn da raus, sobald du Blut siehst, damit keiner das Gesicht verliert; Heroin überlässt du den Leuten in Ballymun; selbst wenn du diesen Monat gerade ein anarchistischer Punkrocker bist, gehst du am Sonntag in die Kirche; und du verpfeifst niemanden, niemals, unter gar keinen Umständen.

Ich parkte ein paar Minuten entfernt und ging das restliche Stück zu Fuß. Meine Familie musste nicht unbedingt wissen, was für ein Auto ich fuhr oder dass ich einen Kindersitz auf der Rückbank hatte. Die Abendluft in den Liberties fühlte sich noch immer gleich an, mild und unruhig, Chipstüten und Bustickets wurden von Böen aufgewirbelt, aus den Pubs tönte raues Stimmengewirr. Die Junkies, die an den Ecken herumlungerten, trugen mittlerweile Klunker zu ihren Trainingsanzügen, ein besonders weltmännischer Modetrend. Zwei von ihnen taxierten mich und bewegten sich in meine Richtung, doch als sie mein breites Haifischlächeln sahen, überlegten sie es sich anders.

Faithful Place besteht aus zwei Reihen à acht Häusern, alte Backsteinbauten mit Stufen, die zur Eingangstür hinaufführen. Damals in den Achtzigern beherbergte jedes Haus drei oder vier Haushalte, vielleicht mehr. Unter Haushalt fiel alles, von Mad Johnny Malone, der Soldat im Ersten Weltkrieg gewesen war und immer gern seine Ypern-Tätowierung zeigte, bis hin zu Sallie Hearne, die nicht direkt eine Nutte war, aber irgendwie die vielen Kinder ernähren musste. Wer arbeitslos war, bekam eine Erdgeschosswohnung und Vitamin-D-Mangel. Wer Arbeit hatte, bekam wenigstens einen Teil des ersten Stocks. Wenn eine Familie schon seit ein paar Generationen dort lebte, wurde sie vorrangig behandelt und durfte im obersten Stockwerk wohnen, wo keiner ihr auf dem Kopf herumtrampelte.

Orte kommen einem meist kleiner vor, wenn man nach langer Zeit an sie zurückkehrt, doch meine Straße sah einfach schizoid aus. Ein paar Häuser waren schick modernisiert worden, mit Doppelverglasung und einem lächerlichen, pseudoaltertümlichen Pastellanstrich, die meisten aber nicht. Nummer 16 sah völlig heruntergekommen aus: Das Dach fehlte teilweise, neben den Eingangstufen lagen ein Haufen Ziegelsteine und eine kaputte Schubkarre, und irgendwann in den letzten zwanzig Jahren hatte jemand die Tür in Brand gesetzt. In Nummer 8 war ein Fenster im ersten Stock erleuchtet, golden und heimelig und verdammt gefährlich.

Carmel und Shay und ich kamen gleich nach der Heirat meiner Eltern zur Welt, im Abstand von je einem Jahr, genauso, wie man es im Land der verbotenen Kondome erwarten würde. Kevin folgte fünf Jahre später, sobald meine Eltern wieder zu Atem gekommen waren, und Jackie kam noch einmal fünf Jahre später, vermutlich die Frucht einer der kurzen Augenblicke, in denen sie sich nicht spinnefeind waren. Wir bewohnten den ersten Stock von Nummer 8, vier Zimmer: Mädchenzimmer, Jungenzimmer, Küche, Wohnzimmer. Das Klo war in einem Verschlag hinten im Garten, und wir wuschen uns in einer Zinnwanne in der Küche. Mittlerweile haben Ma und Dad alle Räume für sich allein.

Ich sehe Jackie alle paar Wochen, und sie hält mich auf dem Laufenden, wobei sie es für meinen Geschmack übertreibt. Sie findet, ich müsste jede Kleinigkeit vom Leben jedes Einzelnen wissen, ich dagegen finde, es reicht, wenn sie mich über Todesfälle unterrichtet. Es hat daher eine Weile gedauert, bis wir die goldene Mitte gefunden hatten. Als ich Faithful Place erneut entlangging, wusste ich, dass Carmel vier Kinder hatte und einen Hintern wie ein Linienbus, Shay über meinen Eltern wohnte und noch immer in demselben Fahrradladen arbeitete, für den er die Schule geschmissen hatte, Kevin Flachbildfernseher verkaufte und jeden Monat eine neue Freundin hatte, Dad irgendwas Unklares mit seinem Rücken angestellt hatte und Ma nach wie vor Ma war. Jackie, um das Bild abzurunden, ist Friseurin und lebt mit einem Typen namens Gavin zusammen, den sie, wie sie sagt, vielleicht irgendwann heiraten wird.

Falls sie sich an meine Anweisungen gehalten hatte, was ich bezweifelte, wussten die anderen so gut wie nichts über mich.

Die Haustür war unverschlossen, ebenso wie die Wohnungstür. Kein Mensch lässt heutzutage in Dublin noch Türen offen. Jackie hatte taktvollerweise dafür gesorgt, dass ich allein eintreten konnte. Aus dem Wohnzimmer drangen Stimmen; kurze Sätze, lange Pausen.

»Hallöchen«, sagte ich an der Tür.

Eine Reihe Tassen senkte sich, Köpfe fuhren herum. Die flinken schwarzen Augen meiner Ma und fünf hellblaue Paare genau wie meine starrten mich allesamt an.

»Versteckt das Heroin«, sagte Shay. Er lehnte am Fenster, die Hände in den Taschen. Er hatte mich die Straße herunterkommen sehen. »Die Bullen kommen.«

Der Vermieter hatte endlich einen Teppichboden verlegen lassen, grün-rosa mit Blümchenmuster. Das Zimmer roch noch immer nach Toast, Feuchtigkeit und Möbelpolitur, mit einer schwachen schmutzigen Unternote, die ich nicht benennen konnte. Auf dem Tisch stand ein Tablett mit Zierdeckchen und Vollkornkeksen. Mein Dad und Kevin saßen in den Sesseln, meine Ma von Carmel und Jackie flankiert auf dem Sofa wie eine Kriegsherrin, die stolz zwei prominente Gefangene präsentiert.

Meine Ma ist die klassische Dubliner Mammy: knapp über eins fünfzig, lockengewickelt, drall und resolut und beseelt von einem endlosen Vorrat an Missbilligung. Die Begrüßung des verlorenen Sohns lief folgendermaßen ab:

»Francis«, sagte Ma. Sie lehnte sich ins Sofa zurück, verschränkte die Arme da, wo ihre Taille gewesen wäre, und musterte mich von oben bis unten. »Hättest du dir nicht wenigstens ein anständiges Hemd anziehen können?«

»Hallo, Ma«, sagte ich.

»Mammy, nicht Ma. Wie du aussiehst. Die Nachbarn müssen denken, ich hab einen Obdachlosen großgezogen.«

Irgendwann mal hatte ich den Armeeparka gegen eine braune Lederjacke eingetauscht, doch abgesehen davon habe ich noch heute weitgehend denselben Modegeschmack wie damals, als ich von zu Hause wegging. Wenn ich einen Anzug angehabt hätte, wäre sie mir damit gekommen, dass ich mich wohl für was Besseres hielt. Meiner Ma kann man es einfach nicht recht machen. »Jackie hat sich angehört, als wäre es dringend«, sagte ich. »Hallo, Dad.«

Dad sah besser aus, als ich erwartet hatte. Früher war ich derjenige gewesen, der ihm am ähnlichsten sah – das gleiche braune Haar, die gleichen scharfkantigen Züge –, aber die Ähnlichkeit war mit der Zeit stark verblasst, was ich gut fand. Er wurde langsam zum Greis – weißes Haar, Hose mit Hochwasser –, aber er war noch immer so muskelbepackt, dass man es sich zweimal überlegt hätte, ehe man sich mit ihm anlegte. »Nett von dir, uns zu beehren«, sagte er. Seine Stimme war tiefer und heiserer; zu viele Camels. »Du bist noch immer ganz schön dreist.«

»Das krieg ich öfters zu hören. Hallo, Carmel. Kev. Shay.«

Shay reagierte nicht einmal. »Francis«, sagte Kevin. Er starrte mich an, als wäre ich ein Geist. Er war ein großer Bursche geworden, blond und kräftig und gutaussehend, größer als ich. »Scheiße, Mann.«

»Nicht solche Ausdrücke«, fauchte Ma.

»Du siehst sehr gut aus«, teilte Carmel mir mit, wie nicht anders zu erwarten. Wenn der Auferstandene persönlich Carmel eines schönen Morgens erscheinen würde, würde sie auch zu ihm sagen, dass er sehr gut aussieht. Ihr Hintern war tatsächlich riesig, und sie hatte sich einen gezierten Nasennebenhöhlen-Akzent zugelegt, der mich kein bisschen überraschte.

Hier war alles mehr denn je so wie immer. »Vielen Dank«, sagte ich. »Du auch.«

»Komm her, du«, sagte Jackie zu mir. Jackie hat kompliziertes wasserstoffblondes Haar, und sie kleidet sich wie einem Tom-Waits-Diner entsprungen. An diesem Tag trug sie eine weiße Caprihose und ein rotgepunktetes Top mit Rüschen an verwirrenden Stellen. »Setz dich hier hin und trink einen Schluck Tee. Ich hol noch eine Tasse.« Sie stand auf und strebte Richtung Küche, wobei sie mir im Vorbeigehen aufmunternd zuzwinkerte und in die Wange kniff.

»Nein, danke«, sagte ich und hielt sie fest. Bei dem Gedanken, neben Ma zu sitzen, sträubten sich mir die Nackenhaare. »Ich will mir zuerst diesen berühmten Koffer ansehen.«

»Wieso die Eile?«, fragte Ma. »Setz dich her zu mir.«

»Erst die Arbeit, dann das Vergnügen. Wo ist der Koffer?«

Shay deutete mit dem Kinn auf den Boden zu seinen Füßen. »Bedien dich«, sagte er. Jackie plumpste wieder aufs Sofa. Ich ging vorsichtig um den Couchtisch und das Sofa und die Sessel herum, von aller Augen verfolgt.

Der Koffer stand am Fenster. Er war blassblau mit abgerundeten Ecken, war übersät mit großen schwarzen Schimmelflecken, und er stand einen Spalt offen. Irgendwer hatte die mickrigen Blechschlösser aufgebrochen. Mir ging an die Nieren, wie klein er war. Olivia hatte immer fast unsere sämtliche Habe eingepackt, einschließlich des Wasserkochers, wenn wir nur mal übers Wochenende wegfuhren. Rosie hatte mit einem Handköfferchen in ein ganz neues Leben aufbrechen wollen.

Ich fragte: »Wer hat den angefasst?«

Shay lachte, ein harter, kehliger Klang. »Jesses, Leute, Columbo ist da. Nimmst du uns auch die Fingerabdrücke ab?«

Shay ist dunkel und drahtig und ruhelos, und ich hatte vergessen, wie es war, wenn man ihm zu nahe kam. Das ist, als würde man neben einem Strommast stehen; es macht einen total kribblig. Mittlerweile hatte er scharfe, harte Furchen von der Nase zum Mund und zwischen den Augenbrauen. »Nur wenn du mich ganz nett drum bittest«, sagte ich. »Habt ihr alle ihn angefasst?«

»Den würde ich nicht mal mit der Kneifzange anfassen«, sagte Carmel prompt und schüttelte sich leicht. »So dreckig, wie der ist.« Ich fing Kevins Blick auf. Eine Sekunde lang war es so, als wäre ich nie weg gewesen.

»Ich und dein Dad wollten ihn aufmachen«, sagte Ma, »aber er war abgeschlossen, also hab ich Shay runtergerufen, und der hat ihn dann mit einem Schraubenzieher aufgekriegt. Was hätten wir denn sonst machen sollen? Es war doch von außen nicht zu erkennen, wem er gehört hat.« Sie warf mir einen streitlustigen Blick zu.

»Völlig richtig«, sagte ich.

»Als wir gesehen haben, was drin ist … Ich sag dir, ich hab einen Heidenschreck gekriegt. Ich dachte, ich krieg einen Herzanfall, so hat mein Herz gerast. Ich hab zu Carmel gesagt, Gott sei Dank bist du mit dem Auto da, für den Fall, dass du mich ins Krankenhaus bringen musst.« Der Blick meiner Ma besagte, dass das meine Schuld gewesen wäre, auch wenn sie selbst noch nicht genau wusste, wieso eigentlich.

Carmel sagte zu mir: »Trevor macht es nichts aus, den Kindern was zu essen zu machen, nicht in einem Notfall. Er ist toll, was das angeht.«

»Kevin und ich haben beide einen Blick reingeworfen, als wir hier ankamen«, sagte Jackie. »Wir haben das ein oder andere angefasst, ich weiß aber nicht mehr genau, was –«

»Hast du dein Fingerabdruckpulver dabei?«, fragte Shay. Er lehnte lässig am Fensterrahmen und beobachtete mich, die Augen halb zusammengekniffen.

»Ein andermal, falls du ein braver Junge bist.« Ich fischte meine Chirurgenhandschuhe aus der Jackentasche und streifte sie über. Dad lachte los, ein tiefes, gehässiges Schnarren. Es ging in einen hilflosen Hustenanfall über, der seinen ganzen Sessel erzittern ließ.

Shays Schraubenzieher lag auf dem Boden neben dem Koffer. Ich kniete mich hin und hob damit den Deckel an. Zwei von den Jungs bei der Kriminaltechnik schuldeten mir noch einen Gefallen, und von ihren hübschen Kolleginnen standen ein paar auf mich. Irgendwer von ihnen würde bestimmt ein paar heimliche Tests für mich machen, aber sie würden es begrüßen, wenn ich die Spurenlage nicht unnötig verkomplizierte.

Der Koffer war randvoll mit einem dicken Wust aus Stoff, schwarzfleckig von Schimmel und halb vermodert. Ein dumpfer, starker Geruch, wie nasse Erde, stieg von ihm auf. Das war die Unternote, die ich in der Luft wahrgenommen hatte, als ich hereinkam.

Ich hob die Sachen langsam nacheinander heraus und stapelte sie auf dem Deckel, wo sie nicht kontaminiert würden. Eine ausgebeulte Bluejeans mit aufgenähten karierten Knieflicken. Ein grüner Wollpullover. Eine Jeans mit Reißverschlüssen an den Knöcheln, weil sie so eng war, und, Allmächtiger, die kannte ich, der Schwung von Rosies Hüften darin traf mich wie ein Schlag in die Magengrube. Ich machte weiter, ohne auch nur zu blinzeln. Ein kragenloses Männerflanellhemd, das einmal cremefarben gewesen war, mit feinen blauen Streifen. Sechs weiße Baumwollschlüpfer. Eine lange lila Bluse mit blauem Paisleymuster, die sich langsam auflöste, und als ich sie anhob, fiel die Geburtsurkunde heraus.

»Da«, sagte Jackie. Sie beugte sich über die Armlehne des Sofas und starrte mich ängstlich an. »Siehst du? Bis dahin dachten wir noch, es wäre nichts Besonderes, keine Ahnung, irgendein Unfug von Jugendlichen, oder dass vielleicht jemand Klamotten geklaut hat und die Sachen verstecken musste, oder vielleicht irgend so eine arme Frau, die von ihrem Typen misshandelt wurde und ihren gepackten Koffer parat haben wollte, wenn sie irgendwann den Mut hätte, ihn zu verlassen, ich meine, das wird doch in den Zeitschriften so empfohlen, oder?« Sie redete sich langsam wieder in Fahrt.

Rose Bernadette Daly, geboren 30. Juli 1966. Das Papier fiel schon fast auseinander. »Tja«, sagte ich, »für jugendlichen Unfug ist das ein bisschen zu gründlich.«

Ein U2-T-Shirt, vermutlich einige Hundert wert, wenn es nicht mit Stockflecken gesprenkelt gewesen wäre. Ein blauweiß gestreiftes T-Shirt. Eine schwarze Männerweste; damals war gerade der Annie-Hall-Look angesagt. Ein lila Wollpullover. Ein hellblauer Rosenkranz aus Plastik. Zwei weiße Baumwoll-BHs. Ein No-Name-Walkman, für den ich monatelang gespart hatte. Die letzten beiden Pfund verdiente ich mir eine Woche vor ihrem achtzehnten Geburtstag, indem ich Beaker Murray half, auf dem Iveagh Market raubkopierte Videos zu verkaufen. Eine Spraydose Sure-Deo. Ein Dutzend selbstaufgenommene Kassetten, und ich konnte ihre runde Schrift noch immer auf einigen Hüllen lesen: REM, *Murmur;* U2, *Boy*; Thin Lizzy, Boomtown Rats, Stranglers, Nick Cave and the Bad Seeds. Rosie konnte alles andere zurücklassen, aber ihre Plattensammlung kam mit.

Unten im Koffer lag ein brauner Umschlag. Die Stücke Papier darin waren von zwanzig Jahren Feuchtigkeit zu einem einzigen Klumpen zermatscht worden. Als ich vorsichtig am Rand zupfte, löste er sich auf wie nasses Klopapier. Noch ein Gefallen, den ich bei der Kriminaltechnik einfordern würde. Einige gedruckte Wörter waren durch das Plastikfenster vorn auf dem Briefumschlag noch verschwommen zu erkennen.

… *LAOGHAIRE – HOLYHEAD … ABFAHRT … .30 UHR* … Wo immer Rosie hin war, unsere Fahrkarten für die Fähre hatte sie dafür nicht gebraucht.

Alle blickten mich an. Kevin wirkte ehrlich bestürzt. »Tja«, sagte ich. »Das scheint tatsächlich Rosie Dalys Koffer zu sein.« Ich fing an, Sachen vom Deckel zurück in den Koffer zu packen, wobei ich die Papiere erst am Schluss dazulegte, damit sie nicht zerdrückt wurden.

»Rufen wir die Polizei?«, fragte Carmel. Dad räusperte sich dramatisch, als wollte er ausspucken. Ma warf ihm einen bösen Blick zu.

Ich fragte: »Und was sollen wir denen sagen?«

Offensichtlich hatte niemand darüber nachgedacht. »Irgendwer hat vor rund zwanzig Jahren einen Koffer in einem Kamin versteckt«, sagte ich. »Wohl kaum ein Jahrhundertverbrechen. Die Dalys können die Polizei verständigen, wenn sie wollen, aber eins sag ich euch gleich, ich würde nicht damit rechnen, dass die für den Fall ›Verstopfter Kamin‹ schwere Geschütze auffahren.«

»Aber Rosie, du weißt doch«, sagte Jackie. Sie zupfte an einer Haarsträhne und sah mich an, große besorgte blaue Augen und Hasenzähne. »Sie wird vermisst. Und das Zeug da, das ist eine Spur oder ein Beweis oder wie ihr das nennt. Sollten wir nicht …?«

»Wurde sie als vermisst gemeldet?«

Blicke hin und her: Keiner wusste es. Ich hatte ernsthafte Zweifel. In den Liberties sind Polizisten wie die Quallen bei *Pac-Man*: Sie gehören zum Spiel, aber du gehst ihnen tunlichst aus dem Weg, und du machst dich erst recht nicht auf die Suche nach ihnen. »Falls nicht«, sagte ich, während ich den

Koffer mit den Fingerspitzen schloss, »ist es jetzt ein bisschen spät dafür.«

»Aber«, sagte Jackie. »Moment mal. Das sieht doch so aus, als … Du weißt schon. Als wäre sie damals gar nicht nach England gegangen. Das sieht doch eher so aus, als hätte jemand sie damals vielleicht …«

»Jackie will sagen«, schaltete Shay sich ein, »dass es ganz so aussieht, als hätte jemand Rosie umgebracht, sie in einem Abfallsack zur nächsten Müllhalde gekarrt und dort abgeladen und dann den Koffer in einem Kamin versteckt.«

»Seamus Mackey! Gott behüte uns!«, von Ma. Carmel bekreuzigte sich.

Diese Möglichkeit war mir auch schon in den Sinn gekommen. »Könnte sein«, sagte ich, »klar. Sie könnte aber auch von Außerirdischen entführt und aus Versehen in Kentucky abgesetzt worden sein. Ich persönlich neige zu der einfachsten Erklärung, nämlich dass sie den Koffer selbst im Kamin versteckt hat, dann aber keine Gelegenheit mehr hatte, ihn wiederzuholen, und rüber nach England ist ohne Wäsche zum Wechseln. Aber wenn ihr eine Extraportion Dramatik in eurem Leben braucht, tut euch keinen Zwang an.«

»Genau«, sagte Shay. Mit Shay ist so allerhand nicht in Ordnung, aber blöd ist er nicht. »Und deshalb benutzt du auch den Mist da« – die Handschuhe, die ich gerade wieder in meine Jackentasche steckte. »Weil du ja nicht glaubst, dass wir es hier mit einem Verbrechen zu tun haben.«

»Reiner Reflex«, sagte ich und grinste ihn an. »Ein Bulle ist nun mal rund um die Uhr ein Bulle, falls du verstehst, was ich meine.« Shay stieß einen angewiderten Laut aus.

Ma sagte mit einer gelungenen Mischung aus Grusel, Neid und Blutrünstigkeit: »Theresa Daly wird durchdrehen. Durchdrehen.«

Aus einer Vielzahl von Gründen musste ich zu den Dalys, ehe jemand anderes vor mir da war. »Ich red mal mit ihr und Mr Daly. Dann werd ich ja sehen, was sie machen wollen. Wie spät kommen die beiden samstags nach Hause?«

Shay zuckte die Achseln. »Kommt drauf an. Manchmal erst nach Mittag, manchmal schon frühmorgens. Je nachdem, wann Nora sie zurückfahren kann.«

Das war ganz schlecht. Ich sah Ma förmlich an, dass sie nur darauf brannte, sich auf sie zu stürzen, noch ehe sie den Schlüssel in der Tür hatten. Ich erwog, im Auto zu übernachten, um sie vorher abzufangen, aber es gab keine Parkmöglichkeit, von der aus man alles gut im Blick gehabt hätte. Shay beobachtete mich amüsiert.

Dann wuchtete Ma ihren Busen hoch und sagte: »Du kannst hier übernachten, Francis, wenn du willst. Das Sofa lässt sich noch immer ausziehen.«

Ich ging nicht davon aus, dass das Angebot einer Anwandlung purer Herzenswärme ob unseres Wiedersehens entsprang. Meine Ma hat es gern, wenn du ihr was schuldig bist. Die Idee behagte mir zwar nicht, aber etwas Besseres fiel mir auch nicht ein. Sie fügte hinzu: »Es sei denn, du bist dir inzwischen zu fein dazu«, damit ich bloß nicht dachte, sie würde langsam zartfühlend.

»Überhaupt nicht«, sagte ich und grinste Shay breit an. »Das wäre toll. Danke, Ma.«

»Mammy, nicht Ma. Ich schätze, du willst dann auch noch frühstücken und so.«

»Kann ich auch über Nacht bleiben?«, fragte Kevin völlig unerwartet.

Ma starrte ihn mit einem zutiefst misstrauischen Blick an. Er wirkte selbst ebenso verblüfft wie ich. »Wenn's sein muss«, sagte sie schließlich. »Versaut mir bloß nicht die gute Bettwäsche«, und dann stemmte sie sich vom Sofa hoch und fing an, Teetassen einzusammeln.

Shay lachte, nicht nett. »Friede auf Walton's Mountain«, sagte er und tippte mit der Schuhspitze gegen den Koffer. »Gerade noch rechtzeitig zu Weihnachten.«

Bei Ma im Haus ist Rauchen verboten. Shay und Jackie und ich gingen daher nach draußen, um unserer Sucht zu frönen, gefolgt von Kevin und Carmel. Wir setzten uns auf die Stufen vor der Haustür, so wie früher als Kinder, wenn wir nach dem Abendessen Wassereis aßen und darauf warteten, dass irgendwas Spannendes passierte. Ich brauchte eine Weile, bis ich merkte, dass ich noch immer auf irgendetwas wartete – Kinder mit einem Fußball, ein Paar, das sich anschrie, eine Frau, die herübergeeilt kam, um Teebeutel gegen Tratsch zu tauschen, irgendwas – und dass nichts passierte. In Nummer 11 kochten zwei langhaarige Studenten und hörten dabei eine CD von Keane, noch nicht mal besonders laut, und in Nummer 7 stand Sallie Hearne am Bügelbrett und irgendwer guckte fern. Mehr passierte wohl heutzutage am Faithful Place nicht.

Wir hatten uns instinktiv auf unsere alten Plätze gesetzt: Shay und Carmel rechts und links auf der obersten Stufe, Kevin und ich unter ihnen, Jackie ganz unten zwischen uns. Wir hatten unsere persönlichen Gesäßabdrücke in den Stufen hinterlassen. »Jesses, ist das warm«, sagte Carmel. »Und das im Dezember. Verkehrte Welt.«

»Globale Erwärmung«, sagte Kevin. »Hat einer eine Zigarette für mich?«

Jackie reichte ihre Packung rauf. »Fang bloß nicht mit der Qualmerei an. Blöde Angewohnheit.«

»Nur bei besonderen Anlässen.«

Ich ließ mein Feuerzeug schnippen, und er beugte sich zu

mir rüber. Durch die Flamme warfen seine Wimpern Schatten auf seine Wangen, so dass er eine Sekunde lang aussah wie ein schlafendes Kind, rosig und unschuldig. Kevin hatte mich angehimmelt, damals, war mir auf Schritt und Tritt gefolgt. Ich hatte Zippy Hearne die Nase blutig geschlagen, weil er Kevin die Gummibärchen weggenommen hatte. Jetzt roch er nach Aftershave.

»Sallie«, sagte ich mit einem Nicken in ihre Richtung. »Wie viele Kinder hat sie eigentlich insgesamt bekommen?«

Jackie reckte eine Hand über die Schulter, um ihre Zigaretten von Kevin zurückzunehmen. »Vierzehn. Mir tut unten rum alles weh, wenn ich bloß dran denke.« Ich schmunzelte und sah, dass Kevin mich angrinste, als unsere Blicke sich trafen.

Nach einem Moment sagte Carmel zu mir: »Ich hab vier. Darren und Louise und Donna und Ashley.«

»Hat Jackie mir erzählt. Alle Achtung. Wem sehen sie ähnlich?«

»Louise schlägt nach mir, die Ärmste. Darren sieht seinem Daddy ähnlich.«

»Donna ist Jackie wie aus dem Gesicht geschnitten«, sagte Kevin. »Inklusive Hasenzähne.«

Jackie gab ihm einen Klaps. »Klappe, du.«

»Die müssen doch schon ziemlich groß sein«, sagte ich.

»Das kannst du laut sagen. Darren wird dieses Jahr mit der Schule fertig. Er will Maschinenbau studieren, am UCD, ob du's glaubst oder nicht.«

Keiner fragte nach Holly. Vielleicht hatte ich Jackie unrecht getan, vielleicht konnte sie ja doch den Mund halten. »Moment«, sagte Carmel und kramte in ihrer Handtasche. Sie holte ihr Handy heraus, fummelte daran herum und hielt es mir hin. »Willst du sie mal sehen?«

Ich ging die Fotos durch. Vier unscheinbare, sommersprossige Kinder. Trevor, der aussah wie eh und je, bis auf den Haaransatz, eine Doppelhaushälfte mit Rauputz im Siebzigerjahrestil in irgendeinem deprimierenden Dubliner Vorort, der mir nicht mehr einfallen wollte. Carmel war genauso, wie sie es sich immer für sich erträumt hatte. Nur sehr wenige Menschen können das von sich behaupten. Schön für sie, auch wenn ihr Traum in mir eher den Wunsch weckte, mir die Gurgel durchzuschneiden.

»Scheinen richtig nette Kinder zu sein«, sagte ich und gab ihr das Handy zurück. »Glückwunsch, Melly.«

Ein leises Luftschnappen über mir. »Melly. Mein Gott ... Das hab ich schon seit Jahren nicht mehr gehört.«

In dem Licht sahen sie wieder wie sie selbst aus. Es tilgte die Falten und die grauen Strähnen, nahm Kevins Kinnpartie das Plumpe und wischte Jackie das Make-up aus dem Gesicht, bis wir fünf wieder ganz die Alten waren, frisch und katzenäugig und ruhelos im Dunkeln, unseren verschiedenen Träumen nachhängend. Würde Sallie Hearne aus dem Fenster schauen, sähe sie uns: die Mackey-Kinder, alle beieinander, auf den Stufen vor ihrem Haus. Einen verrückten Moment lang war ich glücklich, hier zu sein.

»Aua«, sagte Carmel und rutschte hin und her. Carmel konnte Stille noch nie gut ertragen. »Mir tut der Hintern weh. Francis, bist du sicher, dass das stimmt, was du vorhin gesagt hast? Dass Rosie wiederkommen wollte, um den Koffer zu holen?«

Ein leises Fauchen, das ein Lachen gewesen sein könnte, als Shay Rauch durch die Zähne blies. »Das ist ein Haufen Scheiße. Das weiß er genauso gut wie ich.«

Carmel schlug ihm aufs Knie. »Nicht solche Ausdrücke!« Shay rührte sich nicht. »Was meinst du damit? Wieso soll das ein Haufen Scheiße sein?« Er zuckte die Achseln.

»Ich bin mir mit gar nichts sicher«, sagte ich. »Aber ja, ich halte es für gut möglich, dass sie rüber nach England ist und dort jetzt glücklich und zufrieden lebt.«

Shay sagte: »Ohne Fahrkarten für die Fähre und ohne Papiere?«

»Sie hatte Geld gespart. Wenn sie die Fahrkarten nicht mehr holen konnte, hätte sie sich eine neue kaufen können. Und damals brauchte man für England keine Papiere.« Was alles durchaus stimmte. Wir wollten unsere Geburtsurkunden mitnehmen, weil wir wussten, dass wir vielleicht Sozialhilfe brauchen würden, solange wir keinen Job hätten, und weil wir heiraten wollten.

Jackie fragte leise: »War es denn trotzdem richtig, dass ich dich angerufen habe? Oder hätte ich …«

Die Luft wurde schwerer. »Dich einfach in Ruhe lassen sollen«, sagte Shay.

»Nein«, sagte ich. »Das hast du völlig richtig gemacht, Kleines. Deine Instinkte sind Gold wert, weißt du das?«

Jackie streckte die Beine aus und musterte ihre Stöckelschuhe. Ich konnte nur ihren Hinterkopf sehen. »Kann sein«, sagte sie.

Wir saßen eine Weile da und rauchten. Der Geruch nach Malz und gebranntem Hopfen war verschwunden. In den Neunzigern hat Guinness einiges für die Umwelt getan, deshalb riecht es heute in den Liberties nach Dieselabgasen, was anscheinend eine Verbesserung ist. Motten drehten Loopings um die Straßenlaterne am Ende der Straße. Irgendwer hatte das Seil abgenommen, das früher an die Spitze gebunden war, damit Kinder daran schaukeln konnten.

Es gab eine Sache, die ich wissen wollte. »Dad sieht ganz gut aus«, sagte ich.

Schweigen. Kevin zuckte die Achseln.

»Sein Rücken macht ihm Ärger«, sagte Carmel. »Hat Jackie dir ...?«

»Sie hat mir erzählt, dass er Probleme damit hat. Es geht ihm besser, als ich erwartet hatte.«

Sie seufzte. »Er hat gute Tage und schlechte Tage, weißt du. Heute ist ein guter Tag, da geht's ihm einigermaßen. An schlechten Tagen ...«

Shay zog an seiner Zigarette. Er hielt sie noch immer zwischen Daumen und Zeigefinger, wie ein Gangster in alten Filmen. Er sagte tonlos: »An schlechten Tagen muss ich ihn aufs Klo tragen.«

Ich fragte: »Weiß man, was er hat?«

»Nee. Vielleicht irgendwas, was er sich bei der Arbeit geholt hat, vielleicht ... Sie kommen nicht dahinter. Jedenfalls, es wird immer schlimmer.«

»Hat er mit dem Saufen aufgehört?«

Shay sagte: »Was interessiert dich das?«

Ich sagte: »Hat Dad mit dem Saufen aufgehört?«

Carmel schaltete sich ein. »Ach, na ja, er hat's im Griff.«

Shay lachte, ein jähes Bellen.

»Behandelt er Ma anständig?«

Shay sagte: »Das geht dich einen Scheißdreck an.«

Die anderen drei hielten den Atem an und warteten ab, ob wir aufeinander losgehen würden. Als ich zwölf war, hat Shay mir eine Platzwunde verpasst, als er mich mit dem Kopf auf eine von diesen Stufen knallte. Die Narbe hab ich heute noch. Nicht lange danach war ich dann größer als er. Auch er hat Narben.

Ich drehte mich betont langsam zu ihm um. »Ich hab dir eine höfliche Frage gestellt«, sagte ich.

»Die du in zwanzig Jahren kein einziges Mal gestellt hast.«

»Er hat *mich* gefragt«, sagte Jackie leise. »Oft genug.«

Im Halbdunkel starrten wir einander herausfordernd an. Ich machte mich bereit, meine Zigarette rasch wegzuwerfen.

»Wenn ich nein sage«, sagte Shay, »ziehst du dann aus deiner poshen Singlewohnung zu uns, um auf Ma aufzupassen?«

»In die Wohnung unter dir? Ach, Shay. Vermisst du mich so sehr?«

Ein Fenster wurde aufgerissen, und Ma rief nach unten: »Francis! Kevin! Kommt ihr jetzt rein oder nicht?«

»Noch fünf Minuten!«, brüllten wir alle zurück. Jackie lachte, ein hoher, nervöser kleiner Laut: »Hör sich uns einer an …«

Ma knallte das Fenster zu. Nach einer Sekunde lehnte Shay sich zurück und spuckte durch das Geländer. Sobald seine Augen von mir wegglitten, entspannten sich alle.

»Ich muss sowieso los«, sagte Carmel. »Ashley will ihre Mammy zu Hause haben, wenn sie ins Bett geht. Mit Trevor begnügt sie sich nicht, macht bei ihm immer ein Riesentamtam. Sie findet das lustig.«

Kevin fragte: »Wie kommst du nach Hause?«

»Ich hab den Kia um die Ecke geparkt. Der Kia gehört mir«, erklärte sie mir. »Trevor hat den Range Rover.«

Trevor war schon immer ein deprimierender kleiner Saftsack gewesen. Gut zu wissen, dass er sich erwartungsgemäß entwickelt hatte. »Wie schön«, sagte ich.

»Kannst du mich mitnehmen?«, fragte Jackie. »Ich bin direkt von der Arbeit hergekommen, und heute war Gav mit dem Auto dran.«

Carmel runzelte die Stirn und schnalzte missbilligend mit der Zunge. »Holt er dich nicht ab?«

»Von wegen. Das Auto steht inzwischen zu Hause, und er ist im Pub mit seinen Kumpels.«

Carmel zog sich am Geländer hoch und strich sittsam ihren

Rock glatt. »Klar bring ich dich nach Hause. Aber bestell deinem Gavin, wenn er dich schon arbeiten lässt, könnte er dir wenigstens ein Auto kaufen, mit dem du zur Arbeit fahren kannst. Was habt ihr denn da zu lachen?«

»Die Emanzipation lässt grüßen«, sagte ich.

»Ich hatte für das ganze Theater noch nie was übrig. Ich mag einen guten verlässlichen BH. Und du, Mädchen, hörst auf zu lachen und kommst mit, sonst lass ich dich hier bei dieser Horde.«

»Ich komm ja schon, Moment –.« Jackie stopfte ihre Zigaretten in die Handtasche, warf sich den Riemen über die Schulter. »Ich komm morgen wieder. Sehen wir uns dann, Francis?«

»Man kann nie wissen. Ansonsten telefonieren wir.«

Sie hob eine Hand und ergriff meine, drückte sie fest. »Ich bin jedenfalls froh, dass ich dich angerufen hab«, sagte sie, in einem trotzigen, halbvertraulichen Unterton. »Und ich bin froh, dass du hergekommen bist. Du bist ein Schatz, wirklich. Pass auf dich auf. Ja?«

»Du bist auch nicht übel. Bis dann, Jackie.«

Carmel, die wartend am Geländer stand, sagte: »Francis, werden wir …? Kommst du mal wieder vorbei? Jetzt, wo …?«

»Bringen wir die Sache hier erst mal über die Bühne«, sagte ich und lächelte zu ihr hoch. »Und dann sehen wir weiter, ja?«

Carmel stieg vorsichtig die Stufen hinunter, und wir drei sahen ihnen nach, wie sie die Straße hochgingen. Das Klappern von Jackies Stöckelschuhen hallte von den Häusern zurück, während Carmel neben ihr herstapfte und versuchte, Schritt zu halten. Jackie ist wesentlich größer als Carmel, nicht nur wenn man Frisur und hohe Absätze mitrechnet, dafür schlägt Carmel sie vom Umfang her um Längen. Durch diese Diskrepanz sahen sie aus wie ein albernes Zeichentrickpärchen, das schmerzhaft komischen Unfällen entgegenging, bis es den Bösewicht endlich dingfest machen und die Welt retten würde.

»Prima Frauen, die beiden«, sagte ich leise.

»Ja«, sagte Kevin. »Das sind sie.«

Shay sagte: »Wenn du ihnen einen Gefallen tun willst, lässt du dich hier besser nicht mehr blicken.«

Ich dachte, dass er wahrscheinlich recht hatte, doch ich überging seine Bemerkung trotzdem. Ma erschien wieder am Fenster. »Francis! Kevin! Ich muss die Tür abschließen. Entweder ihr kommt jetzt auf der Stelle rein, oder ihr schlaft, wo ihr seid.«

»Geht rein«, sagte Shay. »Sonst weckt sie noch die ganze Straße auf.«

Kevin stand auf, reckte sich und ließ den Hals knacken. »Kommst du mit?«

»Nee«, sagte Shay. »Ich rauch noch eine.« Als ich die Haustür schloss, saß er noch immer mit dem Rücken zu uns auf den Stufen, ließ das Feuerzeug schnippen und starrte in die Flamme.

Ma hatte ein Federbett, zwei Kopfkissen und ein paar Laken aufs Sofa geworfen und war demonstrativ schlafen gegangen, weil wir so lange draußen herumgetrödelt hatten. Sie und Dad schliefen jetzt in unserem alten Zimmer. Das Mädchenzimmer war in ein Badezimmer umgebaut worden, den allerliebsten avocadogrünen Fliesen nach zu urteilen noch in den späten Achtzigern. Während Kevin dort herumplanschte, ging ich raus auf den Flur – Ma hat Ohren wie ein Luchs – und rief Olivia an.

Es war weit nach elf. »Sie schläft«, sagte Olivia. »Und sie ist sehr enttäuscht.«

»Ich weiß. Ich wollte nur noch mal danke sagen und dass es mir leidtut. Hab ich dir dein Date restlos vermasselt?«

»Ja. Was hast du denn gedacht, was passieren würde? Dass der Kellner einen zusätzlichen Stuhl für Holly bringt und sie bei Lachs im Teigmantel mit uns über die Kandidaten für den Booker-Preis diskutiert?«

»Ich hab morgen hier noch einiges zu erledigen, aber ich versuche, sie vor dem Abendessen abzuholen. Vielleicht können du und Dermot es dann noch mal versuchen.«

Sie seufzte. »Was ist denn überhaupt los? Geht's allen gut?«

»Da bin ich mir noch nicht sicher«, sagte ich. »Ich bin noch dabei, das rauszufinden. Morgen müsste ich mehr wissen.«

Schweigen. Ich dachte, Liv wäre sauer, weil ich so zugeknöpft war, aber dann sagte sie: »Und du, Frank? Ist mit dir alles in Ordnung?«

Ihre Stimme klang weicher. Eine besorgte Olivia war nun wirklich das Allerletzte, was ich an dem Abend gebrauchen konnte. Es umrieselte meine Knochen wie Wasser, wohltuend und trügerisch. »Es ging mir nie besser«, sagte ich. »Ich muss auflegen. Gib Holly morgen früh einen Kuss von mir. Ich ruf dich im Laufe des Tages an.«

Kevin und ich machten das Sofabett und legten uns Kopf an Fuß, damit wir uns wie zwei Partylöwen fühlen konnten, die nach einer wilden Nacht ihren Rausch ausschliefen, statt wie zwei kleine Jungs, die sich eine Matratze teilten. Wir lagen da, in dem schwachen Muster aus Licht, das durch die Gardinen fiel, und lauschten den Atemzügen des anderen. In der Ecke schimmerte Mas Herz-Jesu-Statue schaurig rot. Ich stellte mir Olivias Gesichtsausdruck vor, wenn sie die Statue je zu Gesicht bekäme.

»Es ist schön, dich zu sehen«, sagte Kevin leise, nach einer Weile. »Weißt du das?«

Sein Gesicht lag im Schatten. Ich konnte nur seine Hände auf der Bettdecke sehen, wie er geistesabwesend mit einem Daumen über einen Knöchel rieb. »Ich find's auch schön, dich zu sehen«, sagte ich. »Du hast dich gut gemacht. Ich komm gar nicht drüber weg, dass du größer bist als ich.«

Belustigtes Schnauben. »Ich würde mich trotzdem nicht mit dir anlegen wollen.«

Ich lachte auch. »Sehr vernünftig. Ich bin nämlich inzwischen Experte im Nahkampf.«

»Ehrlich?«

»Nein. Ich bin Experte in Papierkram und darin, mir Ärger vom Hals zu halten.«

Kevin rollte sich auf die Seite, damit er mich sehen konnte, und schob einen Arm unter den Kopf. »Kann ich dich was fragen? Wieso bist du zur Polizei gegangen?«

Polizisten wie ich sind der Grund, warum du niemals da eingesetzt wirst, wo du herkommst. Wenn man es genau nimmt, war wahrscheinlich jeder, mit dem ich aufgewachsen bin, auf die eine oder andere Art ein Kleinkrimineller, nicht aus Schlechtigkeit, sondern weil man nur so über die Runden kam. Die Hälfte der Leute vom Faithful Place kassierte Arbeitslosengeld und verdiente sich schwarz was nebenbei, vor allem vor Beginn des neuen Schuljahrs, wenn die Kinder Bücher und Schuluniformen brauchten. Als Kevin und Jackie mal in einem Winter Bronchitis hatten, brachte Carmel von Dunne's, wo sie arbeitete, Fleisch mit nach Hause, damit die beiden wieder zu Kräften kamen. Keiner fragte je, womit sie es bezahlt hatte. Mit sieben Jahren wusste ich bereits, wie sich der Münzgaszähler manipulieren ließ, damit meine Ma was zu essen kochen konnte. Die meisten Berufsberater hätten in mir wohl kaum einen Detective in spe gesehen. »Es hörte sich aufregend an«, sagte ich. »Ganz einfach. Du hast die Chance, was

Spannendes zu erleben, und wirst dafür auch noch bezahlt. Was will man mehr?«

»Und? Ist es aufregend?«

»Manchmal.«

Kevin beobachtete mich abwartend. »Dad ist ausgerastet«, sagte er schließlich. »Als Jackie es uns erzählt hat.«

Mein Dad war ursprünglich Putzer auf dem Bau, aber als wir auf die Welt kamen, war er längst Vollzeitalkoholiker, der sich nur noch mit krummen Geschäften über Wasser hielt. Ich glaube, er hätte es lieber gesehen, wenn ich Stricher geworden wäre. »Tja«, sagte ich. »Das ist bloß das Sahnehäubchen obendrauf. Jetzt erzähl du mir mal was. Was ist an dem Tag passiert, nachdem ich abgehauen war?«

Kevin drehte sich auf den Rücken und verschränkte die Arme hinter dem Kopf. »Hast du Jackie nie gefragt?«

»Jackie war neun. Sie weiß nicht genau, an was sie sich erinnert und was sie sich einbildet. Sie sagt, ein Arzt in einem weißen Kittel hat Mrs Daly abgeholt, solche Sachen.«

»Keine Ärzte«, sagte Kevin. »Ich hab jedenfalls keine gesehen.«

Er starrte an die Decke. Das Licht der Straßenlampe, das durchs Fenster fiel, ließ seine Augen glitzern wie dunkles Wasser. »Ich erinnere mich an Rosie«, sagte er. »Ich weiß, ich war noch klein, aber … Ich erinnere mich ganz deutlich, weißt du? An ihre Haare und dieses Lachen, und an ihren Gang … Rosie war hübsch, richtig hübsch.«

Ich sagte: »Ja, das war sie wirklich.« Dublin war damals überall bloß braun und grau und beige, und Rosie war ein Dutzend leuchtender Farben: wilde kupferrote Locken bis hinab zur Taille, Augen wie grüne Glassplitter, die im Licht leuchten, roter Mund und weiße Haut und goldene Sommersprossen. Das halbe Viertel stand auf Rosie Daly, und sie war umso begehrenswerter, weil es ihr schnurzegal war; sie bildete sich trotz allem nicht ein, was Besonderes zu sein. Sie hatte Kurven, von denen einem schwindelig wurde, und sie trug sie so beiläufig wie ihre Flickenjeans.

Lassen Sie mich Ihnen zeigen, wie Rosie war, damals, als die Nonnen halb so hübsche Mädchen davon überzeugt hatten, dass ihre Körper eine Kreuzung aus Sündenpfuhl und Banktresor waren und Jungs dreckige kleine Einbrecher. An einem Sommerabend – wir waren zwölf und hatten noch gar nicht kapiert, dass wir ineinander verliebt waren – spielten wir beide Ich-zeig-dir-meins-zeig-du-mir-deins. Ich hatte bis dahin nie eine nackte Frau gesehen, höchstens mal ein Dekolleté in Schwarzweiß, und dann auf einmal warf Rosie ihre Sachen in eine Ecke, als wären sie ihr bloß im Weg, und drehte sich in dem dämmrigen Licht von Nummer 16 im Kreis, die Handflächen nach oben, leuchtend, lachend, fast zum Greifen nah. Noch heute verschlägt es mir bei der Erinnerung den Atem. Ich war zu jung, um überhaupt zu wissen, was ich eigentlich von ihr wollte, ich wusste nur, dass nichts auf der Welt, nicht einmal die Mona Lisa, die mit dem Heiligen Gral in der einen Hand und einem Lottoschein mit sechs Richtigen in der anderen durch den Grand Canyon spaziert, jemals so schön sein könnte.

Kevin sagte leise zur Decke: »Wir haben uns zuerst gar nichts weiter gedacht. Als Shay und ich wach wurden, haben wir gesehen, dass du nicht da warst, klar, aber wir dachten einfach, du hättest irgendwo hingemusst. Als wir dann beim Frühstück saßen, kam Mrs Daly reingestürmt und wollte zu dir. Als wir gesagt haben, du wärst nicht da, hat sie fast einen Herzinfarkt gekriegt – Rosies Sachen waren alle weg, und Mrs Daly hat geschrien wie am Spieß, du wärst mit ihr durchgebrannt oder hättest sie gekidnappt, keine Ahnung, was sie noch alles vom Stapel gelassen hat. Dad hat angefangen zurückzubrüllen, und Ma ist dazwischengegangen, weil sie Angst hatte, alle Nachbarn würden es mitkriegen –«

»War bestimmt ein Kinderspiel«, sagte ich. Mrs Daly ist Ma auf Speed.

»Ja, kann man wohl sagen. Und dann hörten wir jemanden auf der Straße rumschreien, und ich und Jackie sind nachsehen gegangen. Mr Daly war dabei, den Rest von Rosies Klamotten aus dem Fenster zu schmeißen, und alle Nachbarn kamen raus, um nachzusehen, was da los war … Ehrlich gesagt, ich fand das alles zum Brüllen komisch.«

Er grinste. Ich musste auch grinsen. »Ein Jammer, dass ich das verpasst hab.«

»Das kannst du wohl sagen. Die Frauen wären fast aufeinander losgegangen. Mrs Daly hat dich einen Lump genannt, und Ma hat Rosie als Schlampe bezeichnet, wie die Mutter, so die Tochter. Mrs Daly ist vollends durchgedreht.«

»Also, da würde ich mein Geld auf Ma setzen. Gewichtsvorteil.«

»Lass sie das bloß nicht hören.«

»Sie bräuchte sich bloß auf Mrs Daly zu setzen, bis die aufgibt.«

Wir lachten beide, leise im Dunkeln, wie zwei Kinder. »Aber Mrs Daly war bewaffnet«, sagte Kevin. »Diese Fingernägel –«

»Scheiße, ja. Hat sie die immer noch?«

»Länger. Sie ist ein menschlicher – wie heißen die Dinger noch?«

»Gartenrechen?«

»Nein! Diese Ninja-Dinger. Wurfsterne.«

»Und, wer hat gewonnen?«

»Ma, mehr oder weniger. Sie hat Mrs Daly raus auf die Treppe geschubst und die Tür zugeknallt. Mrs Daly hat gebrüllt und gegen die Tür getreten und so, aber irgendwann ist sie abgezogen. Sie ist los und hat sich stattdessen mit Mr Daly wegen Rosies Sachen gefetzt. Die Leute haben praktisch Eintrittskarten verkauft. Es war besser als *Dallas*.«

In unserem früheren Zimmer bekam Dad einen so heftigen Hustenanfall, dass das Bett gegen die Wand schepperte. Wir erstarrten und horchten. Mit langen Keuchern kam er wieder zu Atem.

»Jedenfalls«, sagte Kevin nun leiser, »irgendwann war dann Schluss. Die Leute haben noch gut zwei Wochen drüber getratscht, und dann geriet die Sache in Vergessenheit, mehr oder weniger. Ma und Mrs Daly haben ein paar Jahre kein Wort miteinander geredet – Dad und Mr Daly haben ja sowieso nie miteinander geredet, also hat sich für die beiden eigentlich nichts geändert. Ma hat jedes Jahr zu Weihnachten getobt, wenn du keine Karte geschickt hast, aber …«

Aber es waren die achtziger Jahre, und Auswanderung war eine der drei Hauptzukunftschancen, neben Daddys Firma und Arbeitslosigkeit. Ma hatte damit rechnen müssen, dass sich wenigstens einer von uns eine Fahrkarte für die Fähre kaufen würde, einfache Fahrt. »Sie hat nie daran gedacht, dass ich tot in irgendeinem Graben liegen könnte?«

Kevin schnaubte. »Nee. Sie hat gesagt, jedem könnte was passieren, aber nicht unserem Francis. Wir haben weder die Bullen gerufen noch dich als vermisst gemeldet oder so, aber nicht weil … Nicht weil du uns egal warst. Wir haben einfach gedacht …« Die Matratze bewegte sich, als er die Achseln zuckte.

»Dass Rosie und ich zusammen abgehauen waren.«

»Ja. Ich meine, jeder wusste doch, wie verrückt ihr nach einander wart, oder? Und jeder wusste, was Mr Daly von uns hielt. Also warum nicht, verstehst du, was ich meine?«

»Ja«, sagte ich. »Warum nicht.«

»Und außerdem war da ja noch der Brief. Ich glaube, der war der Grund, warum Mrs Daly so ausgerastet ist: Irgendwer hat sich in Nummer sechzehn rumgetrieben und den Brief gefunden. Von Rosie. Ich weiß nicht, ob Jackie dir erzählt hat –«

»Ich hab ihn gelesen«, sagte ich.

Kevins Kopf wandte sich in meine Richtung. »Ach ja? Du hast ihn gesehen?«

»Ja.«

Er wartete; ich erklärte nichts weiter. »Wann hast …? Meinst du, bevor sie ihn da hingelegt hat? Hat sie ihn dir gezeigt?«

»Danach. Spät in der Nacht.«

»Und – was? Sie hat ihn für *dich* hinterlassen? Nicht für ihre Familie?«

»Das hab ich jedenfalls gedacht. Wir wollten uns in der Nacht treffen, sie ist nicht erschienen, ich hab den Brief gefunden. Ich hab gedacht, er muss für mich sein.«

Als ich endlich begriffen hatte, dass sie es ernst meinte, dass sie nicht kommen würde, weil sie schon weg war, hatte ich meinen Rucksack aufgesetzt und war losmarschiert. Montagmorgen, kurz vor Tagesanbruch. Die Stadt war frostig und menschenleer, bloß ich und ein Straßenkehrer und ein paar müde Arbeiter, die nach der Nachtschicht im eisigen Halbdunkel auf dem Weg nach Hause waren. Auf der Uhr am Trinity College sah ich, dass die erste Fähre in Dun Laoghaire ablegte.

Ich landete schließlich in einem besetzten Haus, in einer Nebenstraße der Baggott Street, wo ein paar übelriechende Rockmusiker mit einem schielenden Köter namens Keith Moon und einer eindrucksvollen Menge Hasch lebten. Ich kannte sie flüchtig von Konzerten. Alle dachten, irgendeiner von ihnen hätte mich eingeladen, eine Weile bei ihnen zu wohnen. Einer hatte eine nicht so übelriechende Schwester, die eine Wohnung in Ranelagh hatte und Leuten erlaubte, ihre Adresse fürs Arbeitslosengeld anzugeben, wenn sie sie mochte, und wie sich herausstellte, mochte sie mich sehr. Als ich schließlich in meiner Bewerbung bei der Polizei ihre Adresse angab, war das praktisch schon die Wahrheit. Es war eine Erleichterung, dass ich genommen wurde und zur Ausbildung nach Templemore musste. Sie hatte erste Andeutungen in Richtung Heirat gemacht.

Rosie, dieses Miststück; ich hatte ihr nämlich geglaubt, jedes Wort. Rosie spielte grundsätzlich keine Spielchen. Sie machte einfach den Mund auf und sagte, was Sache war, rundheraus, selbst wenn es wehtat. Das war einer der Gründe, warum ich sie liebte. Wenn man in einer Familie wie der meinen groß geworden ist, dann war jemand, der nicht log und betrog, ein wahres Wunder. Deshalb glaubte ich ihr zweiundzwanzig Jahre lang, was sie in dem Brief geschrieben hatte: *Ich schwöre, ich komme irgendwann zurück*. Die ganze Zeit über, die ich mit der Schwester des übelriechenden Rockers schlief, die ganze Zeit über, die ich lebhafte, hübsche Kurzzeitfreundinnen hatte, die etwas Besseres verdient gehabt hätten, die ganze Zeit über, die ich mit Olivia verheiratet war und so tat, als fühlte ich mich in Dalkey wohl, wartete ich darauf, dass Rosie durch die nächste Tür hereinspaziert kam.

»Und jetzt?«, fragte Kevin. »Nach heute. Was glaubst du jetzt?«

»Frag mich nicht«, sagte ich. »Im Augenblick hab ich ehrlich nicht den leisesten Schimmer, was in Rosies Kopf vorging.«

Er sagte leise: »Shay glaubt, sie ist tot, weißt du. Und Jackie auch.«

»Ja«, sagte ich. »Sieht so aus.«

Ich hörte, wie Kevin Luft holte, als wollte er etwas sagen. Nach einem Augenblick atmete er wieder aus.

Ich sagte: »Was?«

Er schüttelte den Kopf.

»Was, Kev?«

»Nichts.«

Ich wartete.

»Bloß … Ach, ich weiß nicht.« Er bewegte sich unruhig auf dem Bett. »Für Shay war das ein schwerer Schlag, dass du weggegangen bist.«

»Weil wir so dicke Freunde waren, meinst du?«

»Ich weiß, ihr habt euch dauernd gezofft. Aber schließlich seid ihr trotzdem Brüder …«

Das war nicht nur offensichtlicher Blödsinn – meine erste Erinnerung an Shay ist die, dass ich wach werde und er versucht, mir mit einem Bleistift das Trommelfell zu durchstoßen –, sondern noch dazu offensichtlicher Blödsinn, den Kevin erfand, um mich von dem abzulenken, was er eigentlich hatte sagen wollen. Ich hätte fast nachgehakt. Noch immer frage ich mich, was passiert wäre, wenn ich es getan hätte. Aber ehe ich dazu kam, wurde die Haustür mit einem Klick geschlossen, ein schwaches, behutsames Geräusch: Shay kam ins Haus.

Kevin und ich lagen still da und lauschten. Leise Schritte, die kurz auf dem Flur verharrten und sich dann die Treppe hinaufbewegten. Das Klicken einer anderen Tür, knarrende Dielenbretter über uns.

Ich sagte: »Kev.«

Kevin stellte sich schlafend. Nach einer Weile klappte sein Mund auf, und er gab kleine, schnaufende Laute von sich.

Es dauerte lange, bis Shay aufhörte, sich leise durch seine Wohnung zu bewegen. Als das Haus still wurde, wartete ich fünfzehn Minuten ab, setzte mich dann vorsichtig auf – in der Ecke leuchtete Jesus vor sich hin und starrte mich an, als wollte er sagen, *deine Sorte kenn ich* – und sah zum Fenster hinaus. Es hatte angefangen zu regnen. Fast alle Lichter am Faithful Place waren erloschen, nur eines, oberhalb von mir, warf noch nasse gelbe Streifen auf das Kopfsteinpflaster.

3

ICH SCHLAFE NACH dem Kamelprinzip: Wenn ich die Gelegenheit habe, lege ich mir einen Vorrat an, komme aber lange ohne Schlaf aus, wenn irgendetwas Dringendes ansteht. In jener Nacht lag ich wach, starrte auf die dunkle Form des Koffers unter dem Fenster, lauschte auf Dads Schnarchen und sortierte meine Gedanken, machte mich für den nächsten Tag bereit.

Die Möglichkeiten waren ein wirres Knäuel, wie Spaghetti, aber zwei ragten heraus. Die eine war die Version, die ich meiner Familie aufgetischt hatte, eine leicht abgewandelte Variante der alten Leier. Rosie hatte beschlossen, allein abzuhauen, und den Koffer frühzeitig versteckt, um ihre Chance zu erhöhen, weder von ihren Eltern noch von mir erwischt zu werden, wenn sie sich vom Acker machte. Als sie den Koffer holen und den Brief deponieren wollte, musste sie durch die Gärten, weil ich auf der Straße stand und wartete. Den Koffer über die Mauer zu hieven hätte zu viel Lärm gemacht, daher ließ sie ihn einfach im Versteck zurück und machte sich auf den Weg – das Rascheln und Gepolter, das ich aus den Gärten gehört hatte, war sie gewesen – in ihr wunderbares neues Leben.

Es kam so einigermaßen hin. Es erklärte alles, bis auf eines: die Fahrkarten für die Fähre. Selbst wenn Rosie vorgehabt hätte, die Fähre am frühen Morgen ohne sie ablegen zu lassen und erst noch ein oder zwei Tage unterzutauchen, für den Fall, dass ich am Hafen aufkreuzte und einen auf Stanley Kowalski machte, hätte sie irgendwas mit der zweiten Fahrkarte angestellt: sie getauscht, sie verkauft. Die Fahrkarten hatten uns pro Stück mehr als die Hälfte eines Wochenlohns gekostet. Nie im Leben hätte sie die einfach in einem Kamin verrotten lassen, es sei denn, sie hatte keine andere Wahl gehabt.

Die andere der beiden Möglichkeiten war die, für die Shay und Jackie votierten, jeweils mit ihrem entsprechenden Maß an individuellem Charme. Irgendwer hatte Rosie abgefangen, entweder auf dem Weg zu Theorie eins oder auf dem Weg zu mir.

Ich hatte mit Theorie eins ein Waffenstillstandsabkommen geschlossen, und sie hatte sich über zwei Jahrzehnte lang hübsch in einer kleinen Ecke meines Kopfes eingenistet, wie eine Kugel, die zu tief sitzt, um herausoperiert zu werden; die meiste Zeit spürte ich die scharfen Kanten nicht, solange ich sie nicht berührte. Theorie zwei pustete mir förmlich das Hirn raus.

Es war Samstagabend, nur noch gut einen Tag bis zur Stunde null, als ich Rosie Daly das letzte Mal sah. Ich kam aus dem Haus, um zur Arbeit zu gehen. Ich hatte einen Kumpel namens Wiggy, der Nachtwächter auf einem Parkplatz war, und der hatte einen Kumpel namens Stevo, der Türsteher in einem Club war. Wenn Stevo mal einen Abend freihaben wollte, sprang Wiggy für ihn ein, und ich sprang für Wiggy ein, jeder kriegte sein Geld bar auf die Hand, und jeder war zufrieden.

Rosie lehnte am Treppengeländer vor Haus Nummer 4, mit Imelda Tierney und Mandy Cullen, ein hübsches, kicherndes Gespann aus blumigen Gerüchen und wallenden Haaren und glänzendem Lipgloss, und sie warteten, dass Julie Nolan herunterkam. Es war ein kalter Abend, die Luft trübe vom Nebel. Rosie hatte die Ärmel über die Hände gezogen und hauchte darauf, Imelda hüpfte auf der Stelle, um warm zu bleiben. Drei Kinder schaukelten an dem Seil, das am Ende der Straße von der Laterne hing, *Tainted Love* plärrte aus Julies Fenster, und die Luft war aufgeladen mit dieser Samstagabendenergie, prickelnd und moschusartig, wie Cider, aufreizend. »Da ist Francis Mackey«, sagte Mandy in die Luft und knuffte die anderen beiden in die Rippen. »Was der für Haare hat. Der hält sich wohl für supertoll, was?«

»Hi, Mädels«, sagte ich und grinste sie an.

Mandy war klein und dunkel, mit lockigem Pony und von Kopf bis Fuß in verwaschenem Jeanslook. Sie schenkte mir keine Beachtung. »Wenn der ein Eis am Stiel wäre, würd er sich glatt totlecken«, sagte sie zu den anderen.

»Mir wär's lieber, jemand anderes würd das für mich machen«, sagte ich und wackelte mit den Augenbrauen. Alle drei kreischten los.

»Komm mal her, Frankie«, rief Imelda und warf ihr dauergewelltes Haar nach hinten. »Mandy will wissen –«

Mandy schrie auf, hechtete auf Imelda zu und hielt ihr mit einer Hand den Mund zu. Imelda entwand sich ihr. »Mandy hat gesagt, ich soll dich fragen –«

»Hältst du wohl die Klappe!«

Rosie lachte. Imelda packte Mandys Hände und hielt sie von sich weg. »Ich soll dich fragen, ob dein Bruder Lust hat, ins Kino zu gehen und sich keinen Film anzusehen.«

Sie und Rosie kicherten los. Mandy schlug sich die Hände vors Gesicht. »Imelda, du blöde Kuh! Ich werde knallrot!«

»Solltest du auch«, sagte ich zu ihr. »Du willst dich an kleinen Jungen vergreifen. Er hat gerade erst angefangen, sich zu rasieren, weißt du das?«

Rosie kriegte sich kaum noch ein. »Doch nicht der! Nicht Kevin!«

»Sie meint Shay!«, japste Imelda. »Meinst du, Shay hätte Lust, ins –« Sie konnte vor Lachen nicht weitersprechen. Mandy quietschte auf und versteckte sich wieder hinter ihren Händen.

»Das bezweifle ich«, sagte ich und schüttelte bedauernd den Kopf. Die Mackey-Jungs hatten nie Probleme mit den Mädels, aber Shay war eine Klasse für sich. Aufgrund seiner Erfolge auf dem Gebiet nahm ich, als ich anfing, mich für das andere Geschlecht zu interessieren, ganz selbstverständlich an, dass ein Mädchen, auf das du scharf warst, schon von allein angerannt kommen würde. Rosie sagte einmal, Shay bräuchte ein Mädchen nur anzuschauen, und schon spränge ihr der BH auf. »Ich glaube, Shay steht mehr auf Jungs, wenn ihr versteht, was ich meine?«

Das Trio kreischte wieder auf. Gott, wie ich Mädchencliquen liebte, die sich hübsch gemacht hatten, in allen Regenbogenfarben, wie perfekt eingepackte Geschenke; du hattest nur einen Wunsch, sie zu befingern und rauszufinden, ob eines davon für dich war. Zu wissen, dass das schönste mir allein gehörte, gab mir ein Gefühl, als wäre ich Steve McQueen, als könnte ich, wenn ich ein Motorrad hätte, Rosie mit einem Schwung hinten draufsetzen und mit ihr geradewegs über die Dächer springen. Mandy rief: »Das sag ich Shay!«

Rosie sah mir in die Augen, ein winziger, verstohlener Blick: Bis Mandy dazu käme, Shay irgendwas zu erzählen, wären wir beide schon eine Meeresbreite außer Reichweite. »Tu dir keinen Zwang an«, sagte ich. »Aber sag's ja nicht meiner Ma. Wir müssen es ihr schonend beibringen.«

»Mandy wird ihn schon bekehren, nicht?«

»Melda, ich schwöre dir –«

Die Tür von Nummer 3 ging auf, und Mr Daly kam heraus. Er zog seine Hose ein Stück höher, verschränkte die Arme und lehnte sich gegen den Türrahmen.

Ich sagte: »'n Abend, Mr Daly.« Er ignorierte mich.

Mandy und Imelda nahmen Haltung an und schielten zu Rosie hinüber. Rosie sagte: »Wir warten auf Julie.«

»Gut«, sagte Mr Daly. »Dann warte ich mit euch.« Er zog eine zerdrückte Zigarette aus seiner Hemdentasche und drückte sie vorsichtig wieder in Form. Mandy zupfte einen Fussel von ihrem Pullover und untersuchte ihn. Imelda zog ihren Rock gerade.

An dem Abend machte mich sogar Mr Daly glücklich, und nicht bloß der Gedanke an sein Gesicht, wenn er am Sonntagmorgen aufwachte. Ich sagte: »Sie sehen heute Abend ja richtig schnieke aus, Mr Daly. Wollen Sie auch in die Disco?«

Ein Muskel zuckte an seiner Wange, doch er behielt weiter die Mädchen im Auge. »Scheißtyrann«, sagte Rosie halblaut und schob die Hände in die Taschen ihrer Jeansjacke.

Imelda sagte: »Wir sehen mal nach, wo Julie bleibt, ja?«

Rosie zuckte die Achseln. »Von mir aus.«

»Bis dann, Frankie«, sagte Mandy und schenkte mir ein kesses Grübchengrinsen. »Grüß Shay von mir, ja?«

Als Rosie sich zum Gehen wandte, senkte sich ein Augenlid, und ihre Lippen spitzten sich kaum merklich: ein Zwinkern und ein Kuss. Dann lief sie die Stufen von Nummer 4 hinauf und verschwand, hinein in den dunklen Hausflur und hinaus aus meinem Leben.

Ich verbrachte Hunderte Nächte damit, in einem Schlafsack, umgeben von den übelriechenden Rockern und Keith Moon, wach zu liegen und jene letzten fünf Minuten auf der Suche nach einem Hinweis auseinanderzunehmen. Ich dachte, ich würde den Verstand verlieren: Es musste doch irgendeinen

Fingerzeig gegeben haben, ganz bestimmt, aber ich hätte auf alle Heiligen geschworen, dass ich nichts übersehen hatte. Und nun sah es auf einmal ganz danach aus, dass ich vielleicht doch nicht total bescheuert, doch nicht der naivste Trottel der Welt gewesen war. Ich könnte einfach schlichtweg richtiggelegen haben. Die Trennlinie war unglaublich dünn.

Der Abschiedsbrief hatte nichts enthalten, nicht das Geringste, was darauf hindeutete, dass er an mich gerichtet war. Ich hatte ihn automatisch so aufgefasst. Schließlich war ich ja derjenige, den sie sitzenließ. Doch unser ursprünglicher Plan hatte vorgesehen, eine ganze Menge andere Leute in jener Nacht sitzenzulassen. Der Brief hätte für ihre Familie gewesen sein können, für ihre Freundinnen, für alle am Faithful Place.

In unserem alten Zimmer machte Dad ein Geräusch wie ein Wasserbüffel, der stranguliert wird. Kevin brummte im Schlaf und drehte sich um, so dass sein ausgestreckter Arm auf meine Knöchel schlug. Der Regen fiel jetzt gleichmäßig und schwer, würde so bald nicht aufhören.

Wie gesagt, ich tue, was ich kann, um dem Schlag unter die Gürtellinie einen Schritt vorauszubleiben. Für den Rest des Wochenendes jedenfalls musste ich von der Vermutung ausgehen, dass Rosie Faithful Place nicht lebend verlassen hatte.

Am nächsten Morgen würde ich zunächst die Dalys überzeugen müssen, den Koffer in meine fähigen Hände zu geben und lieber nicht die Polizei zu verständigen, und dann musste ich möglichst bald mit Imelda und Mandy und Julie reden.

Ma stand gegen sieben Uhr auf. Ich hörte durch den Regen hindurch die Bettfedern quietschen, als sie sich von der Matratze hievte. Auf dem Weg in die Küche blieb sie einen langen Augenblick in der offenen Tür zum Wohnzimmer stehen und blickte auf mich und Kevin hinunter, dachte Gott weiß was.

Ich hielt die Augen geschlossen. Schließlich schniefte sie, ein schmerzliches, kleines Geräusch, und ging weiter.

Das Frühstück war die volle Ladung: Spiegeleier, gebratener Speck, Würstchen, gebackene Blutwurst, geröstetes Brot, Grilltomaten. Das sollte offenbar irgendetwas aussagen, aber ich kam nicht dahinter, ob *Wie du siehst, kommen wir auch prima ohne dich klar* oder *Ich rackere mich noch immer für dich ab, obwohl du's nicht verdient hast* oder womöglich *Wenn du von dieser Cholesterinbombe einen Herzinfarkt kriegst, sind wir endlich quitt.* Keiner erwähnte den Koffer. Anscheinend spielten wir »glückliche Familie beim Frühstück«, was mir nur recht war. Kevin schaufelte alles in Reichweite in sich hinein und warf mir verstohlene Blicke über den Tisch zu, wie ein Kind, das einen Fremden taxiert. Dad aß schweigend, bis auf das gelegentliche Knurren, wenn er einen Nachschlag wollte. Ich behielt das Fenster mit einem Auge im Blick und fing an, Ma zu bearbeiten.

Mit direkten Fragen würde ich mir nur Vorwürfe einhandeln: *Ach nee, auf einmal interessieren dich die Nolans; zweiundzwanzig Jahre lang war dir völlig egal, wie es irgendeinem von uns hier ergangen ist*, oder so ähnlich. Der Zugang zur Datenbank meiner Ma klappt nur über den Umweg der Missbilligung. Am Abend zuvor war mir aufgefallen, dass das Haus Nummer 5 in einem besonders entzückenden Babyrosa gestrichen worden war, was ganz bestimmt bei so manchem Unmut erregt hatte. »Nummer fünf ist hübsch renoviert worden«, sagte ich, um ihren Widerspruchsgeist zu wecken.

Kevin warf mir einen verblüfften »Hast du sie noch alle«-Blick zu. »Sieht aus, als hätte ein Teletubby draufgekotzt«, sagte er mit vollen Backen.

Mas Lippen verschwanden. »Yuppies«, sagte sie, als wäre das eine Krankheit. »Die arbeiten alle beide in der IT-Branche, was immer das auch heißt. Du wirst es nicht glauben: Die haben ein Au-pair-Mädchen. Hast du so was schon mal gehört? Ein junges Ding aus Russland oder so. Den Namen von der werd ich wohl mein Lebtag nicht aussprechen können. Das Kind ist erst ein Jahr alt, Gott steh ihm bei, und es kriegt seine Mammy oder seinen Daddy die ganze Woche nicht zu sehen. Da frag ich mich doch, wieso sie sich überhaupt eins angeschafft haben.«

Ich gab an den richtigen Stellen schockierte Laute von mir. »Was ist aus den Halleys geworden und Mrs Mulligan?«

»Die Halleys sind nach Tallaght gezogen, als der Vermieter das Haus verkauft hat. Ich hab euch fünf hier in dieser Wohnung großgezogen, und ich hab dafür kein Au-pair-Mädchen gebraucht. Ich wette, die Frau hat sich 'ne Epiduralspritze geben lassen, als sie das Kind gekriegt hat.« Ma haute ein weiteres Ei in die Pfanne.

Dad blickte von seinen Würstchen hoch. »Was glaubst du eigentlich, was für ein Jahr wir haben?«, fragte er mich. »Mrs Mulligan ist vor fünfzehn Jahren gestorben. Die Alte war neunundachtzig.«

Das lenkte Ma von den Epiduralyuppies ab; Ma liebt Todesfälle. »Ja, und rate mal, wer noch gestorben ist.« Kevin verdrehte die Augen.

»Wer denn?«, fragte ich ergeben.

»Mr Nolan. War sein ganzes Leben lang nicht einen Tag krank und fällt mitten in der Messe tot um, auf dem Weg zurück von der Kommunion. Schwerer Herzanfall. Ist das zu fassen?«

Gut gemacht, Mr Nolan: Das war meine Gelegenheit. »Wie schrecklich«, sagte ich. »Gott hab ihn selig. Ich war früher ganz gut mit Julie Nolan befreundet. Was ist aus der geworden?«

»Nach Sligo gezogen«, sagte Ma mit düsterer Genugtuung, als läge das Städtchen in Sibirien. Sie kratzte märtyrerhaft eine bescheidene Frühstücksportion auf ihren Teller und setzte sich zu uns an den Tisch. Sie bewegte sich schlurfend, als hätte sie Hüftprobleme. »Als die Fabrik dahin verlegt wurde. Sie ist zur Beerdigung hergekommen; ihr Gesicht ist runzlig wie ein Elefantenhintern, von zu viel Sonnenbank. Wo gehst du denn jetzt zur Messe, Francis?«

Dad schnaubte. »Mal hier, mal da«, sagte ich. »Was ist mit Mandy Cullen, wohnt die noch hier? Die kleine Dunkle, die ein Auge auf Shay geworfen hatte?«

»Hatten doch alle ein Auge auf Shay geworfen«, sagte Kevin grinsend. »Als ich in das Alter kam, hab ich bei all den Mädchen geübt, die bei Shay nicht landen konnten.«

Dad sagte: »Kleine Hurenböcke, alle, wie ihr da seid.« Ich glaube, das war nett gemeint von ihm.

»Und was hat er davon gehabt? Seht ihn euch doch an«, sagte Ma. »Mandy hat einen netten Mann von der New Street geheiratet und heißt jetzt Mandy Brophy. Die haben zwei Kinder und ein Auto. Sie könnte jetzt unsere Schwiegertochter sein, wenn Shay sich nur mal ein bisschen mehr ins Zeug gelegt hätte. Und du, junger Mann« – sie richtete ihre Gabel auf Kevin –, »du wirst genauso enden wie er, wenn du nicht aufpasst.«

Kevin konzentrierte sich auf seinen Teller. »Mir geht's gut.«

»Früher oder später musst du Vernunft annehmen. Du kannst nicht ewig glücklich sein. Wie alt bist du jetzt?«

Aus dieser speziellen Standpauke ausgeschlossen zu sein war ein wenig beunruhigend, nicht dass ich mich vernachlässigt fühlte, aber ich fragte mich erneut, wie viel Verlass auf Jackies Mundwerk war. Ich fragte: »Lebt Mandy noch hier? Ich sollte mal hallo sagen, wo ich schon da bin.«

»Noch immer in Nummer neun«, erwiderte Ma prompt. »Mr und Mrs Cullen haben das Erdgeschoss, Mandy und ihre Familie die beiden oberen Etagen. So kann sie sich um ihre Mammy und ihren Daddy kümmern. Ist ein tolles Mädchen, die Mandy. Bringt ihre Mammy jeden Mittwoch zu ihrem Arzttermin, wegen ihrer Knochen, und zu ihrem Freitagstermin wegen –«

Zunächst nahm ich bloß einen leisen Riss im stetigen Rhythmus des Regens wahr, irgendwo die Straße rauf. Ich hörte Ma nicht mehr zu. Platschende Schritte näherten sich, von mehr als zwei Beinen; Stimmen. Ich legte Messer und Gabel hin und trat eilig ans Fenster (»Francis Mackey, was in Gottes Namen ist denn in dich gefahren?«), und nach all den Jahren ging Nora Daly noch immer genau wie ihre Schwester.

Ich sagte: »Ich brauche einen Müllbeutel.«

»Ich habe extra für dich gekocht«, blaffte Ma und deutete mit ihrem Messer auf meinen Teller. »Du setzt dich gefälligst wieder hin und isst auf.«

»Ich ess es später. Wo habt ihr die Müllbeutel?«

Ma hatte ihr Vielfachkinn gesenkt, bereit zum Kampf. »Ich hab keine Ahnung, wie du inzwischen lebst, aber unter meinem Dach wird kein gutes Essen verschwendet. Iss auf, dann kannst du mich noch mal fragen.«

»Ma, dafür hab ich keine Zeit. Die Dalys sind da.« Ich zog die Schublade auf, wo früher die Müllbeutel lagen: voll mit irgendwelchen gefalteten, spitzenverzierten Dingern.

»Mach sofort die Schublade zu! Du wohnst hier schließlich nicht mehr –«

Kevin, cleverer Junge, der er war, hielt den Kopf schön unten. »Wie kommst du darauf, dass die Dalys deine hässliche Visage sehen wollen?«, fragte Dad. »Die denken wahrscheinlich, du bist an allem schuld.«

»– kommst hier reinspaziert wie Graf Koks –«

»Wahrscheinlich«, pflichtete ich bei, während ich weitere Schubladen aufriss, »aber ich werde ihnen trotzdem den Koffer zeigen, und ich will nicht, dass er nass wird. Wo zum Teufel –« Ich fand lediglich Unmengen von Möbelpolitur.

»*Nicht in dem Ton!* Hältst dich wohl für zu fein für ein anständiges Frühstück von mir –«

Dad sagte: »Warte, bis ich mir die Schuhe angezogen hab, dann komm ich mit. Ich möchte Matt Dalys Gesicht sehen.«

Und Olivia wollte, dass Holly das hier kennenlernte. »Nein, danke«, sagte ich.

»Was isst du denn sonst zum Frühstück? Kaviar?«

»Frank«, sagte Kevin, der es nicht länger aushielt. »Unter der Spüle.«

Ich öffnete den Schrank, und, Gott sei Dank, da war er, der Heilige Gral: eine Rolle Müllbeutel. Ich riss einen ab und hastete Richtung Wohnzimmer. Auf dem Weg dorthin fragte ich Kevin: »Hast du Lust mitzukommen?« Dad hatte recht, die Dalys waren ganz bestimmt keine Fans von mir, aber gegen Kevin hatte keiner was, zumindest früher nicht.

Kevin schob seinen Stuhl zurück. »Und ob, Mann«, sagte er.

Im Wohnzimmer stülpte ich den Müllbeutel, so vorsichtig ich konnte, über den Koffer. »Du liebe Zeit«, sagte ich. Ma zeterte noch immer (»Kevin Vincent Mackey! Du bewegst deinen Hintern auf der Stelle wieder hierher und –«). »Das ist ja 'n noch schlimmeres Irrenhaus als früher.«

Kevin zuckte die Achseln und zog sich seine Jacke an. »Die kriegen sich wieder ein, sobald wir zur Tür raus sind.«

»Hab ich gesagt, ihr dürft vom Tisch aufstehen? Francis! Kevin! Hört ihr mir überhaupt zu?«

»Halt endlich den Rand«, sagte Dad zu Ma. »Ich will in Ruhe frühstücken.«

Er wurde nicht laut, noch nicht jedenfalls, doch als ich seinen Tonfall hörte, biss ich unwillkürlich die Zähne zusammen, und ich sah, wie sich Kevins Augen eine Sekunde lang schlossen. »Komm, beeilen wir uns«, sagte ich. »Ich will Nora noch erwischen, ehe sie wieder nach Hause fährt.«

Ich trug den Koffer behutsam mit beiden Armen nach unten, hielt ihn gerade, um das Beweismaterial zu schonen. Kevin hielt für mich die Türen auf. Die Straße war leer. Die Dalys waren in Nummer 3 verschwunden. Der Wind fegte die Straße herunter und drückte mir gegen die Brust, wie eine riesige Hand, die mich am Weitergehen hindern wollte.

Soweit ich zurückdenken kann, konnten meine Eltern und die Dalys sich gegenseitig auf den Tod nicht ausstehen. Die Gründe dafür waren unklar und so vielfältig, dass jeder Außenstehende, der versucht hätte, sie nachzuvollziehen, einen Schlaganfall bekommen hätte. Damals, als Rosie und ich frisch zusammen waren, hörte ich mich vorsichtig um, wollte dahinterkommen, wieso unsere Freundschaft Mr Daly dermaßen auf die Palme brachte, doch ich bin mir einigermaßen sicher, dass ich nur die Spitze des Eisbergs zu sehen bekam. Zum Teil rührten die Animositäten daher, dass die Daly-Männer bei Guinness arbeiteten, wodurch sie was Besseres waren als wir Übrigen: sicherer Job, gute Sozialleistungen, Aufstiegschancen. Rosies Dad besuchte Abendkurse, redete davon, sich vom Fließband weg hochzuarbeiten. Von Jackie wusste ich, dass er inzwischen irgendeine Aufseherposition ergattert hatte und dass die Dalys Nummer 3 von ihrem Vermieter gekauft hatten. Meine Eltern konnten Leute mit Allüren nicht leiden; die Dalys konnten arbeitslose, alkoholsüchtige Nichtsnutze nicht leiden. Laut meiner Ma war auch ein gewisser Neid im Spiel – sie hatte uns fünf ohne Probleme in die

Welt gesetzt, während Theresa Daly nur die zwei Mädchen, aber keinen Sohn für ihren Mann zustande gebracht hatte –, doch wenn man zu lange bei dem Thema blieb, fing sie irgendwann an, über Mrs Dalys Fehlgeburten zu reden.

Ma und Mrs Daly sprachen immerhin noch miteinander, überwiegend. Frauen giften sich lieber aus nächster Nähe an, wo sich mit wenig Aufwand eine größere Wirkung erzielen lässt. Ich habe nie gesehen, dass mein Dad und Mr Daly auch nur zwei Worte gewechselt hätten. Die einzige Form von Kommunikation zwischen ihnen, wenn man das so nennen wollte – und dabei war ich mir nicht sicher, inwiefern das mit Jobfragen oder Geburtsneid zu tun hatte –, ergab sich ein- oder zweimal im Jahr, wenn Dad noch ein bisschen besoffener als sonst aus der Kneipe kam und schnurstracks an unserem Haus vorbei auf Nummer 3 zutorkelte. Dann stand er schwankend auf der Straße, trat gegen das Geländer und brüllte, Matt Daly solle rauskommen und sich mit ihm schlagen wie ein Mann, bis Ma und Shay – oder, wenn Ma an dem Abend Büros putzen war, Carmel und Shay und ich – nach draußen gingen und ihn überredeten, reinzukommen. Man konnte förmlich spüren, wie die ganze Straße lauschte und tuschelte und sich klammheimlich freute, doch die Dalys öffneten niemals ein Fenster, machten niemals Licht an. Der schwierigste Teil war der, Dad die gewundene Treppe hoch in die Wohnung zu bugsieren.

»Sobald wir drin sind«, sagte ich zu Kevin, als wir durch den Regen gehastet waren und er an die Tür von Nummer 3 klopfte, »übernimmst du das Reden.«

Er erschrak. »Ich? Wieso ich?«

»Tu mir den Gefallen. Erzähl ihnen einfach, wie das Ding hier aufgetaucht ist. Ab da übernehme ich.«

Er wirkte nicht glücklich darüber, aber unser Kev war schon

immer konfliktscheu, und ehe er sich eine nette Art einfallen lassen konnte, mir zu sagen, ich solle meine Drecksarbeit selber machen, ging die Tür auf, und Mrs Daly schaute uns an.

»Kevin«, sagte sie. »Wie geh–«, und dann erkannte sie mich. Ihre Augen wurden rund, und sie gab ein Geräusch von sich, das wie Schluckauf klang.

Ich sagte sanft: »Mrs Daly, entschuldigen Sie die Störung. Könnten wir kurz reinkommen?«

Sie hatte eine Hand an die Brust gelegt. Kev hatte recht gehabt mit den Fingernägeln. »Ich glaub nicht …«

Jeder Bulle weiß, wie er an jemandem, der sich nicht sicher ist, vorbei und durch die Tür kommt. »Ich möchte nicht, dass das hier im Regen länger nass wird«, sagte ich und schob den Koffer um sie herum. »Ich glaube, Sie und Mr Daly sollten sich das ansehen.«

Kevin folgte mir mit beklommener Miene. Mrs Daly schrie »Matt!« die Treppe hoch, ohne uns aus den Augen zu lassen.

»Ma?« Nora kam aus dem Wohnzimmer, richtig erwachsen und in einem Kleid, das keinen Zweifel daran ließ. »Wer – Das gibt's nicht. *Francis?*«

»Höchstpersönlich. Tag, Nora.«

»Großer Gott«, sagte Nora. Dann glitten ihre Augen über meine Schulter, zur Treppe.

Ich hatte Mr Daly als Schwarzenegger mit Strickjacke in Erinnerung, aber er war eher klein, ein drahtiger, kerzengerader Mann mit Bürstenhaarschnitt und trotzigem Kinn. Es schob sich noch weiter vor, während er mich musterte, in aller Ruhe. Dann sagte er zu mir: »Wir haben dir nichts zu sagen.«

Ich schielte zu Kevin hinüber. »Mr Daly«, sagte er schnell, »wir müssen Ihnen wirklich unbedingt etwas zeigen.«

»*Du* kannst uns zeigen, was du willst. Aber dein Bruder verschwindet aus meinem Haus.«

»Ja, ich weiß, und er wäre auch nicht gekommen, aber wir hatten keine andere Wahl, Ehrenwort. Es ist wichtig. Könnten wir nicht …? Bitte?«

Er war perfekt, trat auf der Stelle und schob sich die vollen Haare aus der Stirn, ganz verlegen und linkisch und beschwörend; ihn vor die Tür zu setzen wäre so gewesen, als würde man einen großen flauschigen Labrador treten. Kein Wunder, dass der Junge als Verkäufer arbeitete. »Wir würden Sie wirklich nicht behelligen«, fügte er unterwürfig hinzu, um noch einen draufzusetzen, »bloß, wir sehen keine andere Möglichkeit. Nur fünf Minuten?«

Nach einem Augenblick nickte Mr Daly steif, widerwillig. Ich hätte viel Geld für eine aufblasbare Kevin-Puppe bezahlt, die ich immer hinten in meinem Wagen mitnehmen und in Notfällen hervorholen könnte.

Sie führten uns ins Wohnzimmer, das nicht so vollgestellt war wie Mas und heller: schlichter beigefarbener Teppichboden, cremefarbener Anstrich statt Tapeten, an der Wand ein Foto von Johannes Paul II. und ein gerahmtes altes Gewerkschaftsplakat, keine Zierdeckchen oder Gips-Enten in Sicht. Selbst als wir alle Kinder waren und in den Häusern der anderen ganz selbstverständlich aus- und eingingen, hatte ich nie einen Fuß in dieses Zimmer gesetzt. Lange Zeit hatte ich mir gewünscht, hierher eingeladen zu werden, so wie man sich etwas heiß und innig wünscht, nachdem einem gesagt worden ist, man sei nicht gut genug dafür. So wie jetzt hatte ich mir die Umstände allerdings nicht ausgemalt. In meiner Version hatte ich den Arm um Rosie, und sie hatte einen Ring am Finger, einen teuren Mantel am Leib, ein Kind im Bauch und ein strahlendes Lächeln im Gesicht.

Nora bat uns, um den Couchtisch herum Platz zu nehmen. Ich sah ihr an, dass sie an Tee und Kekse dachte und es sich dann anders überlegte. Ich stellte den Koffer auf den Tisch, zog mir umständlich die Handschuhe an – Mr Daly war vermutlich der Einzige im Viertel, der lieber einen Polizisten in seinem Wohnzimmer sitzen hatte als einen Mackey – und streifte den Müllbeutel ab. »Haben Sie den schon mal gesehen?«, fragte ich.

Schweigen, eine Sekunde lang. Dann stieß Mrs Daly einen Laut zwischen Keuchen und Stöhnen aus und wollte nach dem Koffer greifen. Ich hob rechtzeitig die Hand. »Ich muss Sie bitten, ihn nicht anzufassen.«

Mr Daly sagte barsch: »Woher –«, und atmete zischend durch die Zähne ein. »Woher habt ihr den?«

Ich fragte: »Erkennen Sie ihn?«

»Es ist meiner«, sagte Mrs Daly gegen ihre Fingerknöchel. »Ich hatte ihn in unseren Flitterwochen dabei.«

»Woher habt ihr den?«, sagte Mr Daly, jetzt lauter. Sein Gesicht verfärbte sich ungesund rot.

Ich blickte Kevin mit hochgezogenen Brauen an. Er erzählte die Geschichte recht gut, alles in allem: Bauarbeiter, Geburtsurkunde, Telefonanrufe. Ich hielt währenddessen das eine oder andere zur Illustration hoch, wie eine Flugbegleiterin, die den Gebrauch von Schwimmwesten demonstriert, und beobachtete die Dalys.

Als ich von zu Hause wegging, war Nora dreizehn oder vierzehn, ein pummeliges Kind mit runden Schultern und krausem Lockenkopf, eine Frühentwicklerin, die darüber offensichtlich alles andere als glücklich war. Letztendlich konnte sie zufrieden sein: Sie hatte die gleiche atemberaubende Figur wie Rosie, noch immer umwerfend, auch wenn sie allmählich etwas fülliger wurde, die Art von Figur, wie man sie heutzutage nicht mehr sieht, weil die Mädchen sich in Größe 32 und ständige schlechte Laune hungern. Sie war ein paar Zentimeter kleiner als Rosie und ein deutlich weniger dramatischer Typ – dunkelbraunes Haar, graue Augen –, dennoch war die Ähnlichkeit da; nicht wenn man ihr direkt ins Gesicht sah, sondern wenn man sie flüchtig aus den Augenwinkeln wahrnahm. Es war schwer zu benennen, lag irgendwo an der Neigung ihrer Schultern, am Schwung ihres Halses und daran, wie sie zuhörte: absolut reglos, Hände um die Ellbogen gelegt, die Augen unverwandt auf Kevin gerichtet. Nur sehr wenige Menschen können stillsitzen und zuhören. Rosie war darin die Königin.

Mrs Daly hatte sich auch verändert, aber nicht zu ihrem Vorteil. Ich hatte sie als quirlig in Erinnerung, rauchend auf den Stufen vor ihrem Haus, eine Hüfte gegen das Geländer gedrückt, während sie uns Jungs Anzüglichkeiten zurief, so dass wir rot wurden und vor ihrem kehligen Lachen davonliefen. Rosies Weggang oder einfach zweiundzwanzig Lebensjahre und Mr Daly hatten sie geschafft: Ihr Rücken war gekrümmt, ihr Gesicht um die Augen herum eingefallen, und sie wirkte insgesamt so, als bräuchte sie dringend einen Xanax-Milchshake. Was mir an die Nieren ging, was mir entgangen war, als wir Teenager gewesen waren und sie erwachsen, war Folgendes: Unter dem blauen Lidschatten und dem voluminösen Haar und dem leicht irren Ausdruck sah Mrs Daly genauso aus wie Rosie. Sobald mir die Ähnlichkeit aufgefallen war, sah ich sie immerzu, am Rande meines Gesichtsfelds, wo sie auftauchte wie ein Hologramm, das sich ebenso schnell zeigte, wie es wieder verschwand. Der Gedanke, dass Rosie mit den Jahren vielleicht wie ihre Ma geworden wäre, löste bei mir eine ganz neue Form von Grusel aus.

Je länger ich dagegen Mr Daly beobachtete, desto mehr bestätigte sich mein Spießerbild von damals: An seiner unmodischen Strickweste waren zwei Knöpfe neu angenäht worden, seine Ohrenhaare waren säuberlich getrimmt, und er war frisch rasiert. Wahrscheinlich hatte er am Vorabend einen Rasierapparat mit zu Nora genommen und sich am Morgen rasiert, ehe sie ihre Eltern nach Hause fuhr.

Mrs Daly zuckte und wimmerte und biss sich in den Handballen, während sie zuschaute, wie ich den Kofferinhalt durchging, und Nora holte mehrfach tief Luft, warf den Kopf in den Nacken, blinzelte hektisch. Mr Dalys Gesicht blieb unverändert. Er wurde blasser und blasser, und ein Kiefermuskel hüpfte, als ich die Geburtsurkunde hochhielt, aber das war alles.

Kevin, der sich allmählich entspannte, warf mir einen Blick zu, um zu sehen, ob er seine Sache gut gemacht hatte. Ich legte Rosies Paisley-Bluse wieder zusammengefaltet in den Koffer und klappte den Deckel zu. Eine Sekunde lang herrschte absolute Stille.

Dann sagte Mrs Daly atemlos: »Aber wie kommt der in Nummer sechzehn? Rosie hat ihn doch mit nach *England* genommen.«

Die Gewissheit in ihrer Stimme brachte mein Herz ins Stolpern. Ich fragte: »Woher wissen Sie das?«

Sie starrte mich an. »Er war weg, nachdem sie gegangen war.«

»Woher wissen Sie so genau, dass sie nach England gegangen ist?«

»Sie hat uns doch einen Brief hinterlassen. Zum Abschied. Die Shaughnessy-Jungs und der Kleine von Sallie Hearne haben ihn uns am nächsten Tag gebracht. Sie hatten ihn in Nummer sechzehn gefunden. Da stand klipp und klar drin, dass sie nach England wollte. Zuerst dachten wir, ihr zwei …« Mr Daly bewegte sich, ein heftiger, wütender kurzer Ruck. Mrs Daly blinzelte schnell und verstummte.

Ich tat so, als hätte ich nichts bemerkt. »Ich glaube, das dachten alle, ja«, sagte ich leichthin. »Wann haben Sie erfahren, dass wir nicht zusammen waren?«

Als niemand anderes antwortete, sagte Nora: »Ist ewig her. Fünfzehn Jahre vielleicht, jedenfalls vor meiner Heirat. Ich hab Jackie eines Tages beim Einkaufen getroffen, und sie hat gesagt, sie hätte wieder Kontakt zu dir, und du wärst hier in Dublin. Sie hat gesagt, Rosie wäre ohne dich rübergefahren.« Ihre Augen glitten von mir zu dem Koffer und wieder zurück, weiteten sich rasch. »Glaubst du … Was glaubst du, wo sie ist?«

»Ich glaube noch gar nichts«, sagte ich mit meiner freundlichsten Polizistenstimme, als ginge es um irgendein verschwundenes Mädchen. »Solange wir nicht ein wenig mehr wissen. Habt ihr je irgendwas von ihr gehört, seit sie weg ist? Hat sie mal angerufen, geschrieben, ist ihr irgendwer irgendwo über den Weg gelaufen?«

Mrs Daly sagte in einem einzigen beeindruckenden Wortschwall: »Wir hatten doch noch gar kein Telefon, als sie ging, wie hätte sie uns da anrufen sollen? Als wir Telefon kriegten, hab ich die Nummer aufgeschrieben und bin zu deiner Mammy und zu Jackie und Carmel, und ich hab zu ihnen gesagt, ich hab gesagt, kommt mal her, wenn ihr irgendwas von eurem Francis hört, dann gebt ihm die Nummer und sagt ihm, er soll Rosie sagen, sie soll uns anrufen, auch wenn nur mal ganz kurz zu Weihnachten oder – Aber dann, als ich gehört hab, dass sie nicht bei dir ist, da wusste ich, dass sie nicht anrufen würde, weil sie ja die Nummer gar nicht gekriegt hat, nicht? Sie hätte schreiben können, klar, aber Rosie hat sich für alles immer die Zeit genommen, die sie gebraucht hat. Aber im Februar werd ich fünfundsechzig, und da schickt sie bestimmt eine Karte, das vergisst sie bestimmt nicht –«

Ihre Stimme wurde höher und schneller, nahm einen brüchigen Klang an. Mr Daly streckte eine Hand aus und schloss sie kurz um die seiner Frau, und sie biss sich auf die Lippen. Kevin sah aus, als versuchte er, zwischen den Sofakissen zu verschwinden.

Nora sagte leise: »Nein. Nicht ein Wort. Zuerst haben wir bloß gedacht …« Sie sah rasch ihren Vater an: Sie hatte gedacht, Rosie wäre davon ausgegangen, ihre Familie wollte nichts mehr mit ihr zu tun haben, weil sie mit mir durchgebrannt war. »Selbst als wir gehört haben, dass du nicht mit ihr zusammen warst. Wir haben immer gedacht, sie wäre in England.«

Mrs Daly legte den Kopf zurück und wischte sich eine Träne ab.

Das war's dann wohl: kein rascher Abgang, kein Winkewinke, mach's gut, Familie, um dann den gestrigen Abend aus dem Gedächtnis zu tilgen und wieder zu meiner persönlichen Version der Normalität zurückzukehren, und keine Chance, Nora ordentlich abzufüllen, um ihr Rosies Telefonnummer zu entlocken. Mr Daly sagte gewichtig und ohne einen von uns anzusehen: »Wir müssen die Polizei verständigen.«

Ich tat wenig, um meinen skeptischen Blick zu verbergen. »Klar. Das könnten Sie, ja. Das war auch der erste Impuls meiner Familie, aber ich fand, Sie sollten selbst entscheiden, ob Sie den Schritt wirklich machen wollen.«

Er starrte mich misstrauisch an. »Wieso denn nicht?«

Ich seufzte und fuhr mir mit einer Hand durchs Haar. »Wissen Sie«, sagte ich, »ich würde Ihnen gern erzählen, dass die Kollegen der Sache die Aufmerksamkeit widmen werden, die sie verdient hat, aber das kann ich nicht. Im Normalfall müsste der Koffer als Erstes nach Fingerabdrücken und Blutspuren untersucht werden« – Mrs Daly machte ein schreckliches fiependes Geräusch in ihre Hände hinein –, »doch dazu müsste die Sache erst eine Fallnummer bekommen und einem Detective zugeteilt werden, und der Detective müsste die Tests in Auftrag geben. Ich kann Ihnen jetzt schon sagen, dazu wird es nicht kommen. Niemand wird wertvolle Arbeitszeit in etwas stecken, was vielleicht nicht mal eine Straftat ist. Die Vermisstenabteilung und die für ungeklärte Fälle werden die Sache ein paar Monate zwischen sich hin und her schieben, bis alle aus Langeweile aufgeben und sie irgendwo im Keller ad acta legen. Darauf müssen Sie gefasst sein.«

Nora fragte: »Aber was ist mit dir? Könntest du die Untersuchung nicht veranlassen?«

Ich schüttelte kläglich den Kopf. »Nicht offiziell, nein. Ganz gleich, wie großzügig man es auch auslegt, die Sache fällt eindeutig nicht in den Zuständigkeitsbereich meines Dezernats. Sobald die Polizei offiziell eingeschaltet wird, sind mir die Hände gebunden.«

»Aber«, sagte Nora. Sie setzte sich auf, hellwach, und sah mich an. »Wenn die Polizei nicht offiziell eingeschaltet wird, na ja, wenn nur du dich drum kümmern würdest. Könntest du … besteht da keine Möglichkeit, dass …?«

»Dass ich ein paar Leute um einen Gefallen bitte, still und leise?« Ich zog die Augenbrauen hoch, dachte gründlich darüber nach. »Na ja. Möglich wär's schon. Ihr müsstet euch aber alle sicher sein, dass ihr das wirklich wollt.«

»Ich will es«, sagte Nora prompt. Entscheidungsfreudig, genau wie Rosie. »Wenn du das für uns tun würdest, Francis, wenn das ginge. Bitte.«

Mrs Daly nickte, fischte ein Taschentuch aus ihrem Ärmel und putzte sich die Nase. »Könnte sie nicht doch in England sein? Vielleicht?«

Sie flehte mich an. Der Ton ihrer Stimme tat weh. Kevin zuckte zusammen. »Doch«, sagte ich sanft, »ja. Wenn Sie mir die Sache anvertrauen wollen, könnte ich versuchen, auch das zu überprüfen.«

»O Gott«, sagte Mrs Daly leise. »O Gott …«

Ich fragte: »Mr Daly?«

Langes Schweigen trat ein. Mr Daly saß da, die Hände zwischen den Knien gefaltet, und starrte auf den Koffer, als hätte er mich nicht gehört.

Schließlich sagte er: »Ich kann dich nicht leiden. Dich nicht und auch nicht deine Familie. Ich will dir da nichts vormachen.«

»Ja«, sagte ich. »Das hab ich gemerkt, immer schon. Aber ich bin nicht als einer von den Mackeys hier. Ich bin als Polizeibeamter hier, der Ihnen vielleicht helfen kann, Ihre Tochter zu finden.«

»Still und leise, klammheimlich, durch die Hintertür. Die Menschen ändern sich nicht.«

»Sieht ganz so aus«, sagte ich und lächelte ihn höflich an. »Aber die Umstände ändern sich. Diesmal stehen wir auf derselben Seite.«

»Ach ja?«

»Das sollten Sie lieber hoffen«, sagte ich, »weil ich das Beste bin, was Sie kriegen können. Nehmen Sie's oder lassen Sie's bleiben.«

Da hob er den Blick und sah mir in die Augen, lange und durchdringend. Ich hielt mich kerzengerade und setzte mein seriöses Elternabend-Gesicht auf. Schließlich nickte er, ein jäher Ruck, und sagte, nicht unbedingt liebenswürdig: »Tu's. Was du kannst. Bitte.«

»Gut«, sagte ich und holte mein Notizbuch hervor. »Erzählen Sie mir zunächst einmal von dem Tag, als Rosie wegging. Von Anfang an. So genau wie möglich. Bitte.«

Sie kannten alles auswendig, genau wie jede Familie, die ein

Kind verloren hat – eine Mutter hat mir mal gezeigt, aus welchem Glas ihr Sohn morgens getrunken hatte, bevor er eine Überdosis nahm. Ein Sonntagmorgen im Advent, kalt, mit einem grauweißen Himmel und Atem, der wie Nebel in der Luft hing. Rosie war am Vorabend früh nach Hause gekommen, daher war sie mit dem Rest der Familie schon um neun zur Messe gegangen, statt länger zu schlafen und die Messe um zwölf zu besuchen, so wie sonst, wenn sie samstags noch spät unterwegs gewesen war. Nach der Kirche hatten sie gefrühstückt – wer damals vor der Heiligen Kommunion etwas aß, wurde bei der nächsten Beichte zu einer ordentlichen Reihe »Gegrüßet seist du, Maria« verdonnert. Rosie hatte die Wäsche aus dem Garten reingeholt und gebügelt, während ihre Mutter den Abwasch machte, und dann hatten die beiden besprochen, wann sie den Schinken fürs Weihnachtsessen kaufen sollten. Es verschlug mir für eine Sekunde den Atem, als ich mir vorstellte, wie sie seelenruhig über eine Mahlzeit sprach, bei der sie gar nicht mehr dabei wäre, und von einem Weihnachtsfest träumte, das sie nur mit mir feiern würde. Kurz vor Mittag waren die Mädchen rüber zur New Street gegangen, um Nana Daly zum Sonntagslunch abzuholen, und danach hatten sie alle zusammen ein wenig ferngesehen – auch dadurch waren die Dalys was Besseres als wir Proleten: Sie hatten einen eigenen Fernseher. Selbst in dieser Form macht Snobismus Spaß. Ich entdeckte feine Nuancen wieder, die ich schon fast vergessen glaubte.

Der Rest des Tages verging ähnlich ereignislos. Die Mädchen hatten ihre Großmutter nach Hause gebracht, Nora hatte sich mit zwei Freundinnen getroffen, und Rosie war auf ihr Zimmer gegangen, um zu lesen oder womöglich um zu packen oder den Abschiedsbrief zu schreiben oder auf der Bettkante zu sitzen und lange tief Luft zu holen. Abendessen, wieder

Spülen, noch etwas Fernsehen, Nora bei den Hausaufgaben helfen; rein gar nichts im Laufe des gesamten Tages hatte darauf hingedeutet, dass Rosie irgendwas im Schilde führte. »Der reinste Engel«, sagte Mr Daly düster. »Die ganze Woche war sie der reinste Engel. Das hätte mich stutzig machen müssen.«

Nora war gegen halb zehn ins Bett gegangen, der Rest der Familie kurz nach elf – Rosie und ihr Dad mussten am nächsten Morgen früh zur Arbeit. Das gemeinsame Zimmer der beiden Mädchen lag nach hinten raus, in dem anderen schliefen ihre Eltern; kein Ausziehsofa für die Dalys, vielen herzlichen Dank. Nora erinnerte sich an das Rascheln, als Rosie sich den Pyjama anzog und »Nacht« flüsterte, bevor sie sich ins Bett legte, und dann an nichts mehr. Sie hatte nicht gehört, wie Rosie wieder aufstand, auch nicht, wie sie sich anzog und aus dem Zimmer schlich oder aus der Wohnung. »Ich hab damals wie eine Tote geschlafen«, sagte sie trotzig, als hätte sie sich deshalb schon jede Menge Vorwürfe anhören müssen. »Ich war ein Teenager, du weißt doch, wie die sind …« Am Morgen, als Mrs Daly die Mädchen wecken wollte, war Rosie nicht da.

Zunächst hatten sie sich keine Sorgen gemacht, genauso wenig wie meine Eltern schräg gegenüber – ich hörte heraus, dass Mr Daly ein bisschen über die rücksichtslose moderne Jugend gemeckert hatte, aber das war's auch schon. Dublin in den achtziger Jahren war absolut sicher. Sie dachten, Rosie wäre ganz früh aus dem Haus, um irgendetwas zu erledigen, vielleicht um sich aus irgendeinem mysteriösen Mädchengrund mit ihren Freundinnen zu treffen. Dann, als Rosie auch zum Frühstück nicht zurück war, tauchten die Shaughnessy-Jungs und Barry Hearne mit dem Brief auf.

Es war nicht klar, was die drei in aller Herrgottsfrühe an einem kalten Montagmorgen in Nummer 16 getrieben hatten, aber ich hätte entweder auf Hasch oder Pornohefte getippt – damals machten ein paar kostbare Magazine die Runde, die der Vetter von irgendwem im Jahr zuvor aus England ins Land geschmuggelt hatte. Wie auch immer, als der Brief auftauchte, brach die Hölle los. Die Darstellung der Dalys fiel ein bisschen weniger anschaulich aus als die von Kevin – er warf mir ein oder zweimal einen Seitenblick zu, während sie ihre Version erzählten –, war aber im Großen und Ganzen gleich.

Ich deutete mit einem Nicken auf den Koffer. »Wo wurde der normalerweise aufbewahrt?«

»Im Mädchenzimmer«, sagte Mrs Daly in ihre geballten Finger hinein. »Rosie hat darin Kleidung und alte Spielsachen und so verstaut – damals hatten wir noch keine Einbauschränke, keiner hatte welche …«

»Überlegen Sie genau. Weiß noch einer, wann er ihn zuletzt gesehen hat?«

Keiner erinnerte sich. Nora sagte: »Vielleicht Monate vorher. Er stand unter ihrem Bett. Ich hab ihn immer nur gesehen, wenn sie ihn hervorholte, um irgendwas rauszunehmen.«

»Was ist mit den Sachen da drin, können Sie sich erinnern, wann Rosie zuletzt irgendwas davon benutzt hat? Die Kassetten gehört, irgendwelche von diesen Klamotten getragen hat?«

Schweigen. Plötzlich fuhr Nora hoch, und sie sagte mit einer Stimme, die sich einen Tick hob: »Der Walkman. Den hab ich an dem Donnerstag gesehen, drei Tage bevor sie verschwunden ist. Ich hab ihn nach der Schule aus ihrem Nachttischschränkchen genommen und ihre Kassetten gehört, bis sie von der Arbeit kam. Wenn sie mich dabei erwischt hat, hat sie mir immer eine gescheuert, aber das war's mir wert – sie hatte tolle Musik …«

»Wieso bist du dir so sicher, dass es an dem Donnerstag war?«

»Weil ich ihn mir immer donnerstags ausgeborgt hab. Donnerstags und freitags ging Rosie zusammen mit Imelda Tierney zur Arbeit – erinnerst du dich an Imelda? Sie hat mit Rosie genäht, in der Fabrik –, und dann ließ sie den Walkman zu Hause. Den Rest der Woche hatte Imelda eine andere Schicht, daher musste Rosie allein gehen und hat unterwegs Walkman gehört.«

»Dann hättest du ihn doch auch an dem Freitag gesehen haben können.«

Nora schüttelte den Kopf. »Freitags sind wir nach der Schule öfter mal ins Kino gegangen, unsere Clique. An dem Freitag ganz sicher. Das weiß ich so genau, weil …« Sie errötete, verstummte und schielte zu ihrem Vater hinüber.

Mr Daly sagte tonlos: »Sie weiß es deshalb so genau, weil ich Nora, nachdem Rosie durchgebrannt war, eine ganze Weile nicht mehr draußen hab herumscharwenzeln lassen. Wir hatten ein Kind verloren, weil wir zu lax gewesen waren. Das andere wollte ich nicht auch noch riskieren.«

»Verständlich«, sagte ich und nickte, als wäre das völlig normal. »Und keiner von Ihnen erinnert sich, irgendwas von den Sachen im Koffer nach dem Donnerstag gesehen zu haben?«

Einhelliges Kopfschütteln. Falls Rosie am Donnerstagnachmittag noch nicht fertig gepackt hatte, könnte es knapp für sie geworden sein, den Koffer selbst zu verstecken, vor allem bei Daddys Wachhund-Neigungen. Allmählich zeichnete sich ab, dass eventuell jemand anders den Koffer für sie versteckt hatte.

Ich fragte: »Ist Ihnen irgendwer aufgefallen, der sich in ihrer Nähe rumgetrieben hat, sie belästigt hat? Irgendjemand, der Sie beunruhigt hat?«

Mr Dalys Blick sagte: *Was, abgesehen von dir?*, doch er verkniff es sich. Er sagte ruhig: »Wenn mir aufgefallen wäre, dass sie jemand behelligt, hätte ich ihn mir vorgeknöpft.«

»Streit mit jemandem, Probleme?«

»Sie hat jedenfalls nichts erzählt. Darüber wüsstest du wahrscheinlich eher Bescheid als wir. Wir wissen doch alle, wie viel Mädchen ihren Eltern erzählen, in dem Alter.«

Ich sagte: »Eine letzte Frage.« Ich fischte aus meiner Jackentasche einen Stoß Umschläge, jeweils gerade so groß, dass ein kleines Foto hineinpasste, und reichte ihnen drei davon. »Kennt jemand von euch diese Frau?«

Die Dalys zogen die Fotos heraus und gaben sich alle Mühe, aber es gingen keine Hundert-Watt-Lampen an, höchstwahrscheinlich, weil Fingerabdruck-Fifi eine Mathematiklehrerin aus Nebraska ist, deren Foto ich aus dem Internet ausgedruckt habe. Wo immer ich hingehe, kommt Fifi mit. Ihr Bild hat einen schön breiten Rand, damit niemand das Gefühl hat, es besonders vorsichtig halten zu müssen, und da sie möglicherweise die unscheinbarste Person auf Gottes weiter Erde ist, muss man schon genau hinschauen – hoffentlich unter Zuhilfenahme beider Daumen und Zeigefinger –, um ganz sicher zu sein, dass man sie nicht kennt. Ich verdanke meiner Freundin Fifi viele diskrete Identifizierungen. Heute sollte sie mir helfen herauszufinden, ob die Dalys Abdrücke auf dem Koffer hinterlassen hatten.

Was meine Antennen bei den dreien hier in Schwingungen versetzte, war die atemberaubende Möglichkeit, dass Rosie sich doch wie vereinbart auf den Weg zu mir gemacht hatte. Wenn sie sich an unseren Plan gehalten hatte, wenn sie mir nicht ausweichen musste, hätte sie die gleiche Strecke gehabt wie ich: raus aus der Wohnung, die Treppe runter und schnurstracks auf den Place. Aber ich hatte von meinem Standort aus jeden Quadratzentimeter wunderbar im Auge behalten können, die ganze Nacht hindurch, und die Haustür hatte sich kein einziges Mal geöffnet.

Damals wohnten die Dalys im ersten Stock von Nummer 3. Im oberen Stockwerk wohnten die Harrison-Schwestern, drei uralte, überkandidelte Junggesellinnen, die uns ein Brot mit Zucker gaben, wenn wir für sie einkaufen gingen. Im Erdgeschoss wohnte die traurige, kleine Veronica Crotty, die behauptete, ihr Mann wäre Handlungsreisender, mit ihrem traurigen, kranken kleinen Kind. Anders ausgedrückt, falls jemand Rosie auf dem Weg zu unserem Treffpunkt abgefangen hatte, dann saß dieser Jemand mir und Kevin gegenüber am Couchtisch.

Alle drei Dalys sahen wirklich schockiert und aufgewühlt aus, aber das konnte vieles bedeuten. Nora war damals ein fülliges Kind in einem schwierigen Alter gewesen, Mrs Daly lag irgendwo auf der Verrücktheitsskala, und Mr Daly hatte ein hitziges Gemüt, ein Riesenproblem mit mir – und Muskeln. Rosie war kein Leichtgewicht gewesen. Ihr Dad mochte ja doch kein Schwarzenegger sein, aber er war der Einzige in dem Haus gewesen, der die Kraft gehabt hätte, Rosies Leichnam wegzuschaffen.

Mrs Daly, die nervös über das Foto hinweglugte, fragte: »Wer ist denn das? Die hab ich noch nie hier gesehen. Glaubst du, sie könnte unserer Rosie was getan haben? Ist sie dafür nicht zu schmächtig? Rosie war ein kräftiges Mädchen, sie hätte nicht –«

»Ich würde sagen, sie hat nichts damit zu tun«, erwiderte ich ehrlich, während ich die Umschläge samt Fotos wieder an mich nahm, mir die Reihenfolge einprägte und sie zurück in die Tasche steckte. »Ich versuche nur, jede Möglichkeit in Betracht zu ziehen.«

Nora sagte: »Aber du glaubst, es hat ihr jemand was getan.«

»Es ist noch zu früh, um davon auszugehen«, sagte ich. »Ich werde ein paar Nachforschungen anstellen und euch auf dem

Laufenden halten. Ich denke, ich hab genug für den Anfang. Danke für eure Zeit.« Kevin sprang hoch, als hätte er Sprungfedern.

Ich streifte die Handschuhe ab, um ihnen zum Abschied die Hände zu schütteln. Ich bat nicht um Telefonnummern – kein Grund, mich anzubiedern –, und ich fragte nicht, ob sie den Abschiedsbrief noch hatten. Bei dem Gedanken, ihn noch einmal zu sehen, verkrampfte sich meine Kiefermuskulatur.

Mr Daly brachte uns hinaus. An der Tür sagte er unvermittelt zu mir: »Als sie nie geschrieben hat, dachten wir, du würdest sie daran hindern.«

Das hätte eine Form von Entschuldigung sein können oder bloß ein letzter Hieb. »Rosie hat sich von nichts und niemandem je irgendwas verbieten lassen«, sagte ich. »Ich melde mich wieder, sobald ich was rausgefunden habe.« Als er die Tür hinter uns schloss, hörte ich, wie eine der Frauen anfing zu weinen.

4

DER REGEN WAR ZU EINEM Nieseln geworden, doch die Wolken wurden dichter, ließen mehr Niederschläge erwarten. Ma stand dicht am Wohnzimmerfenster, sandte Neugierstrahlen aus, die mir förmlich die Augenbrauen versengten. Als sie sah, dass ich in ihre Richtung schaute, hob sie flugs einen Lappen und fing an, wie wild die Scheibe zu putzen.

»Gut gemacht«, sagte ich zu Kevin. »War echt nett von dir.«

Er warf mir einen kurzen Seitenblick zu. »Das war gruselig.«

Sein eigener großer Bruder, der früher für ihn im Laden Chips geklaut hatte, voll im Polizistenmodus. »War dir nicht anzumerken«, sagte ich anerkennend. »Du hast das wie ein Profi gemacht. Du bist richtig talentiert, weißt du das?«

Er zuckte die Achseln. »Wie geht's jetzt weiter?«

»Ich bring den eben in mein Auto, bevor Matt Daly es sich anders überlegt«, sagte ich und schob den Koffer kurz auf einen Arm, um Ma mit einem breiten Grinsen zuzuwinken, »und dann besuch ich jemanden von früher auf einen kleinen Plausch. In der Zwischenzeit hältst du Ma und Dad in Schach.«

Kevins Augen weiteten sich vor Entsetzen. »Nee, kommt nicht in Frage. Ich denk nicht dran. Sie ist bestimmt noch stinksauer wegen heute Morgen.«

»Komm schon, Kev. Sei ein Mann und zeig ein bisschen Einsatz fürs Team.«

»Team, von wegen. Du hast sie doch überhaupt erst auf die Palme gebracht, und jetzt soll ich da rein und mir allein die Hölle heißmachen lassen?«

Die Haare standen ihm vor Empörung zu Berge. »Richtig«, sagte ich. »Ich will nicht, dass sie die Dalys nervt, und ich will nicht, dass sie die Sache rumerzählt, zumindest jetzt noch nicht. Ich brauche eine Stunde oder so, ehe sie anfängt, Schaden anzurichten. Kannst du mir die verschaffen?«

»Und was soll ich machen, wenn sie rauswill? Sie in den Schwitzkasten nehmen?«

»Wie ist deine Handynummer?« Ich holte mein Handy hervor, das, auf dem meine Jungs und meine Informanten mich anrufen, und schickte Kevin eine SMS mit dem Wort HI. »So«, sagte ich. »Falls Ma entwischt, schickst du mir einfach eine Antwort-SMS, und ich komme und nehme sie höchstpersönlich in den Schwitzkasten. In Ordnung?«

»Schöne Scheiße«, knurrte Kevin und starrte zum Fenster hoch.

»Nett von dir«, sagte ich und schlug ihm auf den Rücken. »Auf dich ist Verlass. Ich bin in einer Stunde wieder da, und heute Abend spendier ich dir ein paar Bierchen, was sagst du dazu?«

»Ein paar werden da nicht reichen«, sagte Kev finster, dann straffte er die Schultern und zog los, um sich dem Erschießungskommando zu stellen.

Ich verstaute den Koffer sicher in meinem Wagen, um ihn später zu einer netten Lady von der Kriminaltechnik zu bringen, deren Privatadresse ich zufällig kannte. Auf einer Mauer lümmelte sich eine Schar Zehnjähriger mit zotteligen Haaren bis in die Augen, die die Autos taxierten, als hätten sie vor, eins zu knacken. Hätte bloß noch gefehlt, dass der Koffer weg war, wenn ich wiederkam. Ich lehnte mich mit dem Hintern gegen den Kofferraum, beschriftete meine Fingerabdruck-Fifi-Umschläge, rauchte eine Zigarette und starrte die Zukunft unseres Landes so lange an, bis sie kapierten, was Sache war, und sich verpissten, um sich ein ungefährlicheres Opfer zu suchen.

Die Wohnung der Dalys war spiegelbildlich zu unserer geschnitten. Dort ließ sich nirgendwo eine Leiche verstecken, zumindest nicht langfristig. Falls Rosie in der Wohnung gestorben war, dann hatten die Dalys zwei Möglichkeiten gehabt. Angenommen, Mr Daly hatte eine gehörige Portion Mumm, was ich nicht ausschließen wollte, dann hätte er sie in irgendetwas einwickeln und zur Haustür raustragen können, um sie im Fluss zu versenken, auf einem verlassenen Grundstück zu verbuddeln oder auf die nächste Müllhalde zu werfen, wie Shay charmanterweise vorgeschlagen hatte. Aber in den Liberties hätte ihn dabei leicht jemand beobachten können, der sich dann daran erinnert und darüber geredet hätte. Mr Daly kam mir nicht vor wie eine Spielernatur.

Die Alternative für die Nicht-Spielernatur war der Garten hinterm Haus. Wahrscheinlich war die Hälfte der Gärten inzwischen mit Sträuchern und Veranden und diversen schmiedeeisernen Kinkerlitzchen aufgemotzt, aber damals waren sie vernachlässigt und verwildert: dürres Gras, Erde, Bretter und kaputte Möbel und das ein oder andere Schrottfahrrad. Kein Mensch ging in den Garten, außer er musste zum Klo, oder im Sommer, um Wäsche aufzuhängen. Das ganze Leben spielte sich vorne ab, auf der Straße. Es war kalt gewesen, aber nicht so kalt, dass der Boden gefroren gewesen wäre. Um heimlich ein Grab auszuheben, hätten zwei Nächte genügt, pro Nacht eine Stunde, und dann noch eine in der dritten Nacht, um es wieder zuzuschütten. Niemand hätte was gemerkt. Die Gärten hatten kein Licht, in dunklen Nächten brauchte man eine Taschenlampe, um den Weg zum Klo zu finden. Keiner hätte was gehört. Die Harrison-Schwestern waren stocktaub, die nach hinten liegenden Fenster von Veronica Crottys Erdgeschosswohnung waren mit Brettern vernagelt, damit keine Wärme verlorenging, die Fenster der Nachbarn waren wegen der Dezemberkälte bestimmt fest verschlossen. Das fertige Grab brauchte bloß noch mit einem Stück Wellblech oder einem alten Tisch oder was sonst noch so rumlag abgedeckt zu werden. Niemand würde Verdacht schöpfen.

Ohne Durchsuchungsbeschluss würde ich nicht in den Garten kommen, und ich bekam keinen, wenn ich nicht irgendetwas vorweisen konnte, das auch nur eine flüchtige Ähnlichkeit mit einem hinreichenden Verdacht hatte. Ich warf meine Kippe weg und ging zurück zum Faithful Place, um mit Mandy Brophy zu sprechen.

Mandy war die Erste, die sich offenkundig, unzweifelhaft freute, mich zu sehen. Sie stieß einen Schrei aus, der fast das Dach abgedeckt hätte. Ganz sicher war meine Ma bei dem Krach gleich wieder zum Fenster gerannt. »Francis Mackey! Jesus, Maria und Josef!« Sie stürzte sich auf mich und drückte mich so fest, dass ich blaue Flecke bekam. »Mich trifft der Schlag. Ich hätte nie im Leben gedacht, dass du noch mal hier aufkreuzt. Was machst du denn hier?«

Sie hatte eine Mammy-Figur bekommen, mit einer dazu passenden Mammy-Frisur, aber die Grübchen waren noch dieselben. »Dies und das«, sagte ich lächelnd. »Ich dachte, ich schau mal nach, wie es allen so geht.«

»Das wurde aber auch Zeit, Mensch. Los, rein mit dir. He, ihr beiden« – zwei dunkelhaarige, rundäugige kleine Mädchen lagen ausgestreckt auf dem Boden im Wohnzimmer –, »geht nach oben und spielt in eurem Zimmer, ich möchte in Ruhe mit dem Onkel sprechen. Na los!« Sie scheuchte die Mädchen mit den Händen hinaus.

»Die sind dir ja wie aus dem Gesicht geschnitten«, sagte ich und nickte hinter den Kindern her.

»Zwei kleine Satansbraten sind sie, und was für welche. Die schaffen mich richtig, das ist kein Witz. Meine Ma sagt, das ist die Quittung dafür, dass ich ihr ständig auf dem Kopf rumgetanzt bin, als ich jung war.« Sie fegte halbangezogene Puppen und Bonbonpapierchen und abgebrochene Buntstifte vom Sofa. »Und, was muss ich hören, du bist jetzt bei der Polizei. Was richtig Seriöses ist aus dir geworden.«

Sie hatte den Arm voller Spielsachen und lächelte zu mir hoch, aber ihre schwarzen Augen waren scharf und wachsam: Sie testete mich. »Übertreib mal nicht«, sagte ich, senkte den Kopf und schenkte ihr mein bestes Ungezogener-Junge-Grinsen. »Ich bin erwachsen geworden, mehr nicht. Genau wie du.«

Sie zuckte die Achseln. »Ich bin so geblieben, wie ich immer war. Guck dich um.«

»Ich auch. Du kannst zwar vom Place wegziehen …«

»Aber er steckt uns im Blut.« Ihre Augen blieben noch eine Sekunde länger argwöhnisch. Dann nickte sie, eine rasche knappe Bewegung, und deutete auf das Sofa. »Na los, setz dich. Du trinkst eine Tasse Tee, ja?«

Und ich war drin. Es gibt kein mächtigeres Passwort als die Vergangenheit. »Um Gottes willen, nein. Ich hab eben erst gefrühstückt.«

Mandy warf die Spielsachen in eine rosa Spielzeugkiste aus Plastik und knallte den Deckel zu. »Wirklich nicht? Hast du was dagegen, wenn ich dann die Wäsche falte, während wir uns unterhalten? Bevor die zwei Prinzessinnen wieder runterkommen und das Zimmer gleich wieder auf den Kopf stellen.« Sie ließ sich neben mir aufs Sofa plumpsen und zog einen Wäschekorb näher heran. »Hast du mitgekriegt, dass ich Ger Brophy geheiratet hab? Er ist jetzt Koch. Ger hat schon immer furchtbar gern gegessen.«

»Jamie Oliver, was?«, sagte ich und grinste sie anzüglich an. »Sag mal, bringt er seinen Pfannenheber mit nach Hause, für den Fall, dass du frech bist?«

Mandy kreischte auf und schlug mir klatschend aufs Handgelenk. »Du Ferkel. Du hast dich kein bisschen verändert, was? Nee, er ist kein Jamie Oliver, er arbeitet in einem von den neuen Hotels am Flughafen. Er sagt, da steigen überwiegend Familien ab, die ihren Flug verpasst haben, und Geschäftsleute, die mit ihren Geliebten irgendwohin wollen, wo sie nicht auffallen. Das Essen interessiert kein Schwein. Einmal, ich schwöre, das ist wahr, hat er aus Langeweile zum Frühstück Bananen mit in die Pfanne gehauen, bloß um zu sehen, was passiert. Keiner hat auch nur ein Wort gesagt.«

»Die haben bestimmt gedacht, das wäre Nouvelle Cuisine. Nicht schlecht, dein Ger.«

»Ich weiß nicht, was die gedacht haben, aber alle haben es gegessen. Eier und Würstchen und Banane.«

Ich sagte: »Ger ist schwer in Ordnung. Ihr beide habt was auf die Beine gestellt.«

Sie schüttelte mit einem Knall ein kleines rosa Sweatshirt aus. »Tja, ich kann nicht meckern. Er hat Humor. Das mit uns war ja sowieso abzusehen. Als wir Ma von unserer Verlobung erzählt haben, hat sie gesagt, das hätte sie schon kommen sehen, seit wir in den Windeln lagen. Genau wie bei …« Ein rascher Blick zu mir. »Genau wie bei den meisten Ehen hier.«

Früher hätte Mandy schon längst alles über den Koffer erfahren gehabt, samt detaillierten schauerlichen Spekulationen. Die nicht mehr so gut funktionierende Gerüchteküche und die gründliche Arbeit, die mein tapferer Kevin bei Ma leistete, hatten zur Folge, dass Mandy nicht nervös war, und sie war auch nicht auf der Hut. Bloß ein wenig taktvoll, um meine gekränkten Gefühle nicht zu verletzen. Ich lehnte mich entspannt auf dem Sofa zurück und genoss es, solange es währte. Ich finde chaotische Räume gemütlich, Räume, wo eine Frau und Kinder auf jedem Quadratzentimeter Spuren hinterlassen haben: klebrige Fingerabdrücke an den Wänden, Kleinkram und rosa Haarutensilien auf dem Kaminsims, dieser Geruch nach blumigen Sachen und Bügelwäsche.

Wir plauderten eine Weile über dies und das: ihre Eltern, meine Eltern, verschiedene Nachbarn, die geheiratet oder Nachwuchs bekommen hatten oder in die Vororte gezogen waren oder von faszinierenden gesundheitlichen Problemen geplagt wurden. Imelda wohnte noch in der Nähe, nur zwei Minuten zu Fuß entfernt auf der Hallows Lane, aber irgendetwas an Mandys Mundwinkeln verriet mir, dass die beiden sich nicht mehr so oft sahen, und ich fragte nicht weiter nach. Stattdessen brachte ich sie zum Lachen: Wer eine Frau zum Lachen bringt, hat sie schon halb zum Reden gebracht. Sie hatte noch immer dasselbe volle, perlende Kichern, das förmlich aus ihr rausplatzte und furchtbar ansteckend war.

Es dauerte etwa zehn Minuten, bis Mandy beiläufig fragte: »Sag mal, hast du je irgendwas von Rosie gehört?«

»Kein Sterbenswörtchen«, sagte ich, genauso leichthin. »Du?«

»Nichts. Ich dachte …« Wieder dieser Blick. »Ich dachte bloß, du hättest vielleicht was gehört«

Ich fragte: »Hast du's gewusst?«

Sie hatte die Augen auf die Socken gerichtet, die sie ineinanderstülpte, doch ihre Lider flatterten. »Was meinst du?«

»Du und Rosie, ihr wart doch gut befreundet. Ich dachte, sie hätte es dir vielleicht erzählt.«

»Dass ihr zwei durchbrennen wolltet, meinst du? Oder dass sie …«

»Sowohl als auch.«

Sie zuckte die Achseln. »Ach, Menschenskind, Mandy«, sagte ich und legte eine leichte Belustigung in meine Stimme. »Es ist über zwanzig Jahre her. Ehrlich, ich flipp schon nicht aus, weil Mädchen nun mal miteinander quatschen. Ich würd's nur gern wissen.«

»Ich hatte keinen Schimmer, dass sie überlegt hat, mit dir Schluss zu machen. Ehrenwort, nicht die geringste Ahnung. Du kannst mir glauben, Francis, als ich gehört hab, dass ihr zwei nicht zusammen wart, war ich total baff. Ich hab echt gedacht, ihr hättet geheiratet und inzwischen ein halbes Dutzend Kinder am Hals.«

»Dann wusstest du also, dass wir zusammen wegwollten?«

»Ihr seid in derselben Nacht verschwunden. Alle Welt hat das gedacht.«

Ich grinste sie an und schüttelte den Kopf. »›Schluss machen‹, hast du gesagt. Also wusstest du, dass wir noch zusammen waren. Wir hatten das fast zwei Jahre geheim gehalten, oder zumindest dachte ich, wir hätten.«

Nach einem Moment verzog Mandy das Gesicht und warf die Socken in den Wäschekorb. »Du Schlaumeier. Sie hat uns nicht immer alles brühwarm erzählt, weiß Gott nicht. Sie hat nie ein Wort gesagt, bis … Bis du mit Rosie was trinken gegangen bist, etwa eine Woche, bevor ihr zwei euch vom Acker gemacht habt. Irgendwo in der Stadt, glaub ich?«

Im *O'Neill* auf der Pearse Street, wo alle Studenten Rosie hinterherschauten, als sie mit einem Glas Bier in jeder Hand zurück zu unserem Tisch ging. Sie war, soweit ich wusste, das einzige Mädchen, das gern Bier trank, und sie gab selbst auch immer eine Runde aus. »Ja«, sagte ich. »Sind wir.«

»Dadurch ist es rausgekommen. Sie hatte ihrem Dad nämlich erzählt, sie würde mit mir und Imelda ausgehen, aber sie hatte uns nicht Bescheid gesagt, dass wir sie decken sollten, verstehst du? Wie gesagt, sie hat dich richtig gut verheimlicht; wir hatten keinen Schimmer. Aber an dem Abend sind wir beide früher als sonst nach Hause gegangen, und Mr Daly hat zufällig am Fenster gestanden und uns kommen sehen, ohne Rosie. Sie ist erst viel später zurückgekommen.« Mandy lächelte ihr Grübchenlächeln. »Ihr zwei müsst euch 'ne Menge zu erzählen gehabt haben, was?«

»Ja«, sagte ich. Gutenachtküsse, gegen die Mauer vom Trinity gepresst, meine Hände auf ihren Hüften, um sie ganz eng an mich zu ziehen.

»Jedenfalls, Mr Daly hat auf sie gewartet. Rosie ist am nächsten Tag zu mir gekommen – das war ein Samstag –, und sie hat gesagt, er ist total ausgerastet.«

Und schon waren wir wieder bei dem großen bösen Mr Daly. »Kann ich mir denken«, sagte ich.

»Ich und Imelda haben sie gefragt, wo sie gewesen ist, aber das wollte sie nicht sagen. Sie hat nur erzählt, wie wütend ihr Dad war. Da haben wir uns gedacht, dass sie sich mit dir getroffen haben muss.«

»Ich hab mich immer gefragt«, sagte ich, »was Matt Daly eigentlich gegen mich hatte?«

Mandy blinzelte. »Gott, keine Ahnung. Er und dein alter Herr können sich nicht riechen; vielleicht hat es was damit zu tun. Aber spielt das noch eine Rolle? Du lebst nicht mehr hier, du kriegst ihn nie zu Gesicht …«

Ich sagte: »Rosie hat mich verlassen, Mandy. Sie hat mich einfach abserviert, aus heiterem Himmel, und ich hab nie begriffen, warum. Wenn es eine Erklärung gibt, irgendeine, würde ich furchtbar gern wissen, welche. Ich würde furchtbar gern wissen, ob ich irgendetwas hätte tun können, damit alles anders gekommen wäre.«

Ich machte mächtig einen auf tapfer-aber-leidend, und prompt wurde Mandys Mund weich vor Mitgefühl. »Ach, Francis … Rosie hat sich doch einen feuchten Dreck darum gekümmert, was ihr Dad von dir gehalten hat. Das weißt du.«

»Mag sein. Aber wenn sie wegen irgendwas besorgt war oder mir was verschwiegen hat oder wenn sie vor irgendwem Angst hatte … Wie genau ist er eigentlich ausgerastet, wenn er auf sie wütend war?«

Mandy blickte verdutzt oder argwöhnisch, ich war mir nicht sicher. »Wie meinst du das?«

»Mr Daly war jähzornig«, sagte ich. »Als er dahinterkam, dass Rosie mit mir ging, war sein Gebrüll auf der ganzen Straße zu hören. Ich hab mich immer gefragt, ob das alles war oder ob … na ja. Ob er sie geschlagen hat.«

Ihre Hand fuhr hoch zum Mund. »Jesses, Francis! Hat sie je was in der Richtung gesagt?«

»Mir gegenüber nicht, aber vielleicht ja nur, weil sie nicht wollte, dass ich ihren Dad windelweich prügele. Ich dachte nur, sie hätte vielleicht mit dir und Imelda gesprochen.«

»Oh, nein. Gott, nein. So was hat sie mit keinem Wort erwähnt. Ich denke, sie hätte was gesagt, aber … absolut sicher kann man sich da natürlich nicht sein, oder?« Mandy dachte nach und strich währenddessen einen kleinen blauen Schuluniformrock auf dem Schoß glatt. »Ich würde sagen, er hat ihr nie ein Haar gekrümmt«, sagte sie schließlich. »Und das sag ich jetzt nicht nur, weil du es hören willst. Ein Teil von Mr Dalys Problem war, dass er einfach nicht geschnallt hat, dass Rosie erwachsen geworden war, weißt du, was ich meine? Als sie an dem Samstag bei mir war, nachdem er sie abgefangen hatte, als sie so spät nach Hause gekommen war, wollten wir drei eigentlich in die *Apartments*, der Club, weißt du noch? –, und Rosie konnte nicht mit, weil ihr Dad ihr die Schlüssel weggenommen hat, im Ernst. Als wäre sie ein Kind, keine erwachsene Frau, die jede Woche ihren Lohn auf den Tisch gelegt hat. Er hat gesagt, er würde die Tür um Punkt sieben abschließen, und wenn sie bis dahin nicht zu Hause wäre, könnte sie auf der Straße schlafen – und du weißt selbst, bis elf war in den *Apartments* tote Hose. Verstehst du, was ich sagen will? Wenn er sich über sie geärgert hat, hat er sie nicht geschlagen; er hat sie sozusagen in die Ecke geschickt, wie ich es mit meinen Töchtern mache, wenn sie frech sind.«

Und mir nichts, dir nichts war Mr Daly nicht mehr mein Hauptverdächtiger, es war für mich nicht mehr vordringlich, einen Durchsuchungsbeschluss für seinen Garten zu bekommen, und in der Kuschelecke von Mandys trautem Heim zu sitzen hatte seinen Reiz verloren. Wenn Rosie nicht zur Haustür herausgekommen war, dann nicht unbedingt deshalb, weil sie mir aus dem Weg gehen wollte oder weil Daddy sie in flagranti erwischt und in einem melodramatischen Moment zu dem berühmten stumpfen Gegenstand gegriffen hatte. Der Grund konnte einfach der gewesen sein, dass Daddy ihr keine Wahl gelassen hatte. Haustüren wurden nachts abgeschlossen, aber Hintertüren hatten innen einen Riegel, damit man, ohne umständlich nach einem Schlüssel zu suchen, zum Außenklo konnte. Ohne ihre Schlüssel spielte es keine Rolle, ob Rosie vor mir weg oder in meine Arme laufen wollte: Sie hatte zur Hintertür rausgemusst, über Mauern und durch die Gärten. Der Kreis der möglichen Verdächtigen weitete sich über Nummer 3 hinaus aus.

Und die Chance, an dem Koffer Fingerabdrücke zu sichern, verringerte sich. Falls Rosie gewusst hatte, dass sie über Gartenmauern würde kraxeln müssen, hatte sie den Koffer bestimmt im Voraus versteckt, um ihn später abzuholen. Und falls sie vorher von jemandem abgefangen worden war, hatte der womöglich gar nichts von der Existenz des Koffers gewusst.

Mandy beobachtete mich ein wenig beunruhigt, überlegte wohl, ob ich verstanden hatte, was sie meinte. »Leuchtet ein«, sagte ich. »Obwohl ich mir nicht vorstellen kann, dass Rosie das so ohne weiteres hingenommen hat. Hatte sie irgendwas vor? Vielleicht ihrem Dad die Schlüssel wieder abzuluchsen?«

»Nichts dergleichen. Deshalb hatten wir ja so ein Gefühl, dass irgendwas im Busch war. Ich und Imelda haben zu ihr gesagt: ›Pfeif auf ihn, komm trotzdem mit, wenn er dich aussperrt, kannst du hier schlafen.‹ Aber sie hat nein gesagt, sie wollte ihn bei Laune halten. Wir haben gesagt: ›Sag dir doch einfach, der kann mich mal‹ – wie du gesagt hast, das sah ihr gar nicht ähnlich. Und Rosie hat gesagt: ›Ist ja nicht mehr lang.‹ Da sind wir natürlich hellhörig geworden. Wir zwei haben sie gleich gelöchert, was sie vorhätte, aber sie wollte nichts sagen. Sie hat so getan, als hätte sie bloß gemeint, ihr Dad würde ihr die Schlüssel bestimmt schon bald zurückgeben, aber wir beide wussten, dass mehr dahintersteckte. Wir wussten nicht genau, was, bloß, dass irgendwas Großes passieren würde.«

»Ihr habt nicht nachgebohrt? Was sie geplant hatte, wann, ob es was mit mir zu tun hatte?«

»Aber klar doch. Wir haben keine Ruhe gegeben – ich habe sie angeknufft und so, und Imelda hat mit einem Kissen auf sie eingeschlagen, um sie zum Reden zu bringen –, aber sie blieb eisern, bis wir es aufgegeben und uns weiter ausgehfertig gemacht haben. Sie war … Jesses.« Mandy lachte, ein leises, erschrockenes, kleines Luftschnappen, ein Wispern. Ihre flinken Hände auf der Wäsche waren zur Ruhe gekommen. »Wir waren gleich da vorn, im Esszimmer – das war früher mein Zimmer. Ich hatte als Einzige von uns ein eigenes Zimmer. Da haben wir uns immer getroffen. Imelda und ich haben uns die Haare gemacht, toupiert auf Teufel komm raus – Gott, wie wir aussahen, und dann noch dieser türkise Lidschatten, erinnerst du dich? Wir haben gedacht, wir wären die Bangles und Cyndi Lauper und Bananarama zusammengenommen.«

»Ihr wart schön«, sagte ich und meinte es ehrlich. »Ihr alle drei. Die hübschesten Mädchen, die ich je gesehen habe.«

Sie sah mich an und rümpfte die Nase – »Du alter Schmeichler« –, aber mit den Augen war sie noch immer woanders. »Wir haben Rosie aufgezogen, sie gefragt, ob sie ins Kloster gehen will, gesagt, eine Nonnentracht würde ihr gut stehen und ob sie etwa auf Father McGrath stünde … Rosie hat auf meinem Bett gelegen, die Decke angestarrt und an einem Fingernagel gekaut – du weißt ja, wie sie das immer gemacht hat? Nur an dem einen Fingernagel?«

Der Nagel des rechten Zeigefingers, an dem kaute sie, wenn sie angestrengt nachdachte. In den letzten paar Monaten, als wir unsere Pläne schmiedeten, hatte sie ihn ein paarmal blutig gekaut. »Ich erinnere mich«, sagte ich.

»Ich hab sie beobachtet, im Spiegel von meiner Frisierkommode. Das war *Rosie*, die ich von klein auf kannte, und mit einem Mal sah sie aus wie ein neuer Mensch. Als wäre sie älter als wir, als wäre sie schon halb weg, irgendwo anders. Ich hatte das Gefühl, als sollten wir ihr irgendwas geben – eine Abschiedskarte oder vielleicht eine Christopherusplakette. Irgendwas für eine sichere Reise.«

Ich fragte: »Hast du das irgendwem erzählt?«

»Du spinnst wohl«, sagt Mandy, schnell und mit spitzer Stimme. »Ich hätte sie doch nie im Leben verpfiffen. Das solltest du eigentlich wissen.«

Sie setzte sich gerader hin, blickte gereizt. »Weiß ich doch, Liebes«, sagte ich und lächelte sie an. »Ich wollte bloß auf Nummer sicher gehen, Macht der Gewohnheit. Nimm's mir nicht krumm.«

»Ich hab mit Imelda geredet, klar. Wir haben uns beide gedacht, dass ihr durchbrennen wolltet. Wir fanden das total romantisch – Teenies, du weißt ja … Aber ich habe mit niemandem sonst drüber gesprochen, auch nicht danach. Wir waren auf eurer Seite, Francis. Wir wollten, dass ihr glücklich seid.«

Für einen Sekundenbruchteil war mir, als bräuchte ich mich nur umzudrehen, um sie dort im Nebenzimmer zu sehen: drei Mädchen, unruhig auf dem schmalen Grat, wo alles unmittelbar bevorsteht, schillernd vor Türkis und Begeisterung und Möglichkeiten. »Danke, Mandy«, sagte ich. »Ich weiß das wirklich zu schätzen.«

»Ich habe keine Ahnung, warum sie es sich anders überlegt hat. Sonst würde ich es dir sagen. Ihr zwei wart wie füreinander geschaffen. Ich hab echt gedacht …« Ihre Stimme erstarb.

»Ja«, sagte ich. »Ich auch.«

Mandy sagte leise: »Gott, Francis …« In den Händen hielt sie noch immer denselben kleinen Uniformrock, reglos, und ihre Stimme war durchzogen von einer ruhigen, unüberwindlichen Trauer. »Gott, ist das schrecklich lange her, was?«

Draußen auf der Straße war es still, von oben im Haus erklang nur das Singsanggemurmel eines der kleinen Mädchen, das dem anderen etwas erklärte, und eine Windböe trieb Nieselregen gegen die Fenster. »Stimmt«, sagte ich. »Ich weiß nicht, wo die Zeit geblieben ist.«

Ich erzählte es ihr nicht. Das sollte meine Ma übernehmen, die das in vollen Zügen genießen würde. Wir umarmten uns zum Abschied an der Tür, und ich gab Mandy einen Kuss auf die Wange und versprach, bald mal wieder vorbeizuschauen. Sie roch nach süßen gefahrlosen Dingen, die ich seit Jahren nicht gerochen hatte, Pfirsichseife und Vanillepudding und billiges Parfüm.

5

KEVIN LEHNTE AM GELÄNDER vor unserer Haustür und sah aus wie früher, als wir Kinder waren, wenn er nicht mitspielen durfte, weil er zu klein war, bloß dass er jetzt ein Handy hatte und im Blitztempo eine SMS schrieb. »Freundin?«, sagte ich und nickte Richtung Handy.

Er zuckte die Achseln. »Irgendwie schon, ja. Nichts Ernstes. Ich will mich noch nicht fest binden.«

»Das heißt, du hast so einiges am Laufen. Kev, du Schwerenöter.«

Er grinste. »Na und? Die wissen alle, was Sache ist. Die wollen doch auch nichts Festes; wir haben bloß Spaß. Daran ist doch nichts auszusetzen.«

»Nicht das Geringste«, pflichtete ich bei, »aber ich dachte, du wolltest Ma in Schach halten, statt deine aktuelle Spaßbringerin vollzusäuseln. Was ist daraus geworden?«

»Ich halte sie von hier aus in Schach. Sie hat mich fertiggemacht. Wenn sie versucht hätte, zu den Dalys rüberzugehen, hätte ich sie abgefangen.«

»Ich will aber auch nicht, dass sie alle Welt anruft.«

»Sie ruft keinen an, solange sie nicht bei Mrs Daly war und die ausgehorcht hat. Sie spült gerade und meckert rum. Ich wollte ihr helfen, da ist sie ausgeflippt, weil ich eine Gabel mit den Zacken nach oben ins Abtropfkörbchen gestellt hab, damit jemand drauffallen und sich ein Auge ausstechen kann, also hab ich mich verdrückt. Wo warst du? Etwa bei Mandy Brophy?«

Ich sagte: »Mal angenommen, du wolltest von Nummer drei zum Ende der Straße, aber könntest nicht zur Haustür raus, was würdest du machen?«

»Hintertür«, sagte Kevin prompt und widmete sich wieder seiner SMS. »Über die Gartenmauern. Hab ich x-mal gemacht.«

»Ich auch.« Ich richtete einen Finger auf die Häuserreihe und fuhr von Nummer 3 bis Nummer 15 daran entlang. »Sechs Gärten.« Sieben, der von den Dalys mitgezählt. Rosie könnte noch immer in irgendeinem von ihnen auf mich warten.

»Moment.« Kevin blickte von seinem Handy auf. »Meinst du heute oder damals?«

»Was ist der Unterschied?«

»Der verdammte Hund von den Halleys, das ist der Unterschied. Rambo, weißt du noch? Das kleine Mistviech hat mir mal ein Stück aus dem Hosenboden gerissen.«

»Scheiße, ja«, sagte ich. »Die kleine Töle hatte ich ganz vergessen. Ich hab ihn mal mit einem Tritt im hohen Bogen durch die Luft katapultiert.« Rambo war natürlich eine Promenadenmischung auf Terrierbasis und wog höchstens fünf Pfund, wenn er tropfnass war. Der Name hatte ihm einen ausgewachsenen Napoleonkomplex mitsamt den dazugehörigen Territorialansprüchen beschert.

»Jetzt, wo in Nummer fünf diese Idioten mit ihrer Teletubby-Farbe wohnen, würde ich so gehen, wie du gesagt hast« – Kevin zeichnete die gleiche Linie wie ich –, »aber damals, als Rambo nur drauf lauerte, mir noch eine Hose kaputtzureißen, hätte ich den Weg genommen.« Er drehte sich um, und ich folgte seinem Finger: an Nummer 1 vorbei, an der hohen Mauer am Ende der Straße entlang, durch die Gärten der geraden Hausnummern, über die Mauer von Nummer 16 zu dem Laternenpfahl.

Ich fragte: »Wieso nicht einfach wieder über die Mauer am Ende klettern und die Straße hochgehen? Wieso würdest du umständlich durch die Gärten auf unserer Seite schleichen?«

Kevin grinste. »Ich glaub's nicht, dass du das nicht weißt. Hast du denn nie Steinchen an Rosies Fenster geworfen?«

»Nicht mit Mr Daly im Zimmer nebenan. Ich wollte meine Weichteile noch ein bisschen behalten.«

»Ich war mal 'ne Weile auf Linda Dwyer scharf, als wir so sechzehn waren – erinnerst du dich noch an die Dwyers, in Nummer eins? Wir haben uns spätabends immer in ihrem Garten getroffen, nur damit sie mich dran hindern konnte, ihr an die Wäsche zu gehen. Die Mauer da« – er deutete ans Ende der Straße –, »die ist auf der anderen Seite total glatt verputzt. Da kannst du nirgendwo hochklettern. Du kommst nur an den Ecken rüber, wenn du erst auf die kleinere Mauer steigst und dich dann hochhievst. So kommst du in die Gärten.«

»Du bist ein unerschöpflicher Quell des Wissens«, sagte ich. »Hast du's je in Linda Dwyers BH geschafft?«

Kevin verdrehte die Augen und erklärte mir dann Lindas kompliziertes Verhältnis zur Legio Mariae, aber ich war mit den Gedanken längst woanders. Ich konnte mir schwer vorstellen, dass ein hergelaufener Psychokiller oder Sexualtäter sonntagnachts durch die Gärten schlich, in der schwachen Hoffnung, dass ein Opfer des Weges käme. Wenn jemand Rosie erwischt hatte, dann hatte er sie gekannt, dann hatte er gewusst, dass sie kommen würde, und er hatte zumindest einen ungefähren Plan gehabt.

Hinter der hohen Mauer am Ende verlief die Copper Lane:

ganz ähnlich wie Faithful Place, nur größer und belebter. Wenn ich irgendwo auf der Route, die Kevin vorgeschlagen hatte, ein heimliches Treffen oder einen Hinterhalt oder was auch immer hätte planen wollen, erst recht ein heimliches Treffen, das möglicherweise einen Kampf oder die Entsorgung einer Leiche nach sich ziehen könnte, dann hätte ich mich für Nummer 16 entschieden.

Was hatte ich gehört, während ich unter der Laterne wartete und wegen der Kälte von einem Fuß auf den anderen trat? Das Grunzen eines Mannes, erstickte Schreie einer Frau, Bumsgeräusche. Ein verliebter Jugendlicher ist ein wandelndes Paar Hoden mit einer rosaroten Brille auf der Nase: Ich war ganz selbstverständlich davon ausgegangen, dass ich allenthalben von Liebe umgeben war. Ich glaube, ich dachte, so verrückt, wie Rosie und ich nacheinander waren, musste die Luft davon erfüllt sein wie von einer schimmernden Droge, besonders in jener Nacht, als alles zusammenkam, dass sie die Liberties durchströmte und alle, die sie einatmeten, in Ekstase versetzte, so dass erschöpfte Fabrikarbeiter im Schlaf nach ihren Frauen griffen, Teenager sich plötzlich an Ecken küssten, als würde ihr Leben davon abhängen, alte Paare ihre Prothesen ausspuckten und sich gegenseitig die Flanellnachthemden vom Leib rissen. Ich war ganz selbstverständlich davon ausgegangen, dass ich ein Paar hörte, das es miteinander trieb. Aber vielleicht hatte ich mich ja getäuscht.

Es kostete mich immense Anstrengung, auch nur für eine Sekunde anzunehmen, dass sie doch auf dem Weg zu mir gewesen war. Falls ja, dann bedeutete der Abschiedsbrief, dass sie höchstwahrscheinlich Kevins Strecke genommen hatte, bis zu Nummer 16. Und der Koffer bedeutete, dass sie das Haus nie mehr verlassen hatte.

»Komm«, sagte ich und schnitt Kevin das Wort ab, der

noch immer in Erinnerungen schwelgte (»... mir nicht so viel Mühe gegeben, aber sie hatte einfach mehr Holz vor der Tür als ...«): »Wir gehen spielen, und zwar da, wo Mammy es uns immer verboten hat.«

Nummer 16 war in einem noch schlechteren Zustand, als ich gedacht hatte. In den Stufen vor dem Haus waren tiefe Furchen, weil die Arbeiter die Kamine darübergeschleift hatten, und irgendwer hatte die schmiedeeisernen Geländer auf beiden Seiten geklaut, oder aber der Besitzer hatte die auch verkauft. Das bombastische Schild mit der Aufschrift »PJ Lavery Builders« war in den Schacht vor den Kellerfenstern gefallen, und keiner hatte es für nötig befunden, es wieder herauszuholen.

Kevin fragte: »Was machen wir hier?«

»Das wissen wir noch nicht genau«, sagte ich, was allerdings stimmte. Ich wusste lediglich, dass wir Rosie folgten, uns Schritt für Schritt vortasteten, um zu sehen, wohin sie uns führte. »Wir werden es schon noch rausfinden, ja?«

Kevin stieß die Tür auf und beugte sich behutsam vor, um hineinzuspähen. »Wenn wir nicht vorher schon im Krankenhaus landen.«

Der Hausflur war ein Gewirr von sich kreuzenden Schatten, mehrfach überlagert, wo schwaches Licht aus jedem Winkel einfiel: aus den leeren Räumen mit den halbabgerissenen Türen, durch die dreckige Scheibe des Fensters oben im Flur, durch das Treppenhaus zusammen mit dem kalten Luftzug. Ich holte meine Taschenlampe raus. Ich bin zwar offiziell nicht mehr im Außeneinsatz, aber dennoch gern für das Unerwartete gerüstet. Ich habe mich für meine Lederjacke entschieden, weil sie so bequem ist, dass ich sie praktisch nie ausziehen muss, und dank ihrer vielen Taschen Platz für die wichtigsten Utensilien bietet: Fingerabdruck-Fifi, drei kleine Beweismittelbeutel aus Plastik, Notizbuch und Stift, Schweizer Messer, Handschellen und eine schlanke, leistungsstarke Maglite. Mein Colt Detective Special steckt in einem extra angefertigten Holster, wodurch ich ihn schön eng im Kreuz tragen kann, unter dem Bund meiner Jeans und unsichtbar.

»Ich mache keine Witze«, sagte Kevin, der die dunkle Treppe hinaufblinzelte. »Das gefällt mir nicht. Einmal niesen, und das ganze Haus stürzt über uns zusammen.«

»Das Dezernat hat mir einen Peilsender im Hals implantiert. Die buddeln uns wieder aus.«

»Ernsthaft?«

»Nein. Reiß dich zusammen, Kev. Uns passiert schon nichts.« Ich knipste meine Taschenlampe an und betrat Nummer 16. Ich spürte die Staubkörnchen, die seit Jahrzehnten in der Luft hingen, spürte, wie sie sich rührten und regten, in kalten kleinen Wirbeln um uns herum aufstiegen.

Die Treppenstufen knarrten und bogen sich unheilvoll unter unserem Gewicht, doch sie hielten. Ich fing mit dem Wohnzimmer ganz oben an, wo ich Rosies Brief gefunden hatte und wo, laut Ma und Dad, die polnischen Arbeiter den Koffer entdeckt hatten. Ein großes unregelmäßiges Loch klaffte an der Stelle, wo sie den Kamin herausgerissen hatten. Die Wand ringsherum war voll mit verblichenen Schmierereien: wer wen liebte, wer schwul war und wer sich verpissen sollte. Irgendwo an dem Kamin, jetzt auf dem Weg zu irgendeiner Villa im schicken Ballsbridge, prangten meine und Rosies Initialen.

Der Boden war übersät mit dem üblichen zu erwartenden Kram, Dosen und Zigarettenkippen und -verpackungen, aber überwiegend mit dickem Staub bedeckt – Jugendliche hatten heutzutage bessere Treffpunkte und genug Geld, um reinzukommen –, und hübscherweise rundeten benutzte Kondome die Mischung ab. Zu meiner Zeit waren die Dinger illegal. Wer überhaupt mal das Glück hatte, in eine Situation zu geraten, wo ein Kondom angebracht war, ging das Risiko ein und hatte die nächsten paar Wochen das große Flattern. Hoch oben in allen Ecken hingen dicke Spinnweben, und durch die Ritzen um die Schiebefenster pfiff ein dünner, kalter Wind. Demnächst würden die Fenster verschwinden, an irgendeinen Flachwichser verkauft werden, dessen Frau sich einen malerischen Touch Urtümlichkeit wünschte. Ich sagte – und unwillkürlich sprach ich hier leise: »In diesem Zimmer hab ich meine Unschuld verloren.«

Ich spürte, wie Kevin mich anblickte, eine Frage auf der Zunge hatte, aber er bremste sich. Er sagte: »Mir würden für eine Nummer eine ganze Reihe bequemere Plätze einfallen.«

»Wir hatten eine Decke. Und Bequemlichkeit ist nicht alles. Ich hätte diese Bude nicht mal gegen das schickste Penthouse eingetauscht.«

Nach einem Moment fröstelte Kevin. »Gott, ist das hier deprimierend.«

»Sieh's als Atmosphäre. Als eine Erinnerung an schöne alte Zeiten.«

»Von wegen schöne alten Zeiten. Hast du die Dalys gehört? Wie gottverdammt *öde* die Sonntage in den Achtzigern waren? Kirche, und dann das beschissene Sonntagsessen – um wie viel wetten wir, dass es geräucherten Speck gab mit Bratkartoffeln und Kohl?«

»Vergiss den Nachtisch nicht.« Ich ließ die Taschenlampe über die Dielenbretter gleiten: ein paar kleinere Löcher, das Holz an manchen Enden zersplittert, nirgendwo ausgebessert – und hier drin wäre einem jede ausgebesserte Stelle sofort aufgefallen. »Pudding aus der Tüte, jedes Mal. Schmeckte wie

Kreide mit Erdbeeraroma, aber wenn du das Zeug nicht gegessen hast, musste deinetwegen ein schwarzes Baby hungern.«

»Gott, ja. Und dann den ganzen Tag lang nichts zu tun als an der Ecke in der Kälte rumhängen, es sei denn, man konnte ins Kino abhauen oder wollte sich Ma und Dad antun. Nichts in der Glotze außer Father Soundso, der in seiner Predigt droht, von Verhütung wird man blind, und selbst dafür musste man stundenlang mit der bescheuerten Zimmerantenne durch die Gegend rennen, um einen halbwegs anständigen Empfang zu kriegen … An manchen Sonntagen war ich irgendwann so gelangweilt, dass ich mich richtig auf die Schule gefreut hab.«

Nichts, wo der Kamin gewesen war oder im Abzugsrohr. Bloß ganz oben ein Vogelnest, und an den Seiten weiße Streifen Vogeldreck, die sich über Jahre hinweg gesammelt hatten. Das Abzugsrohr war kaum breit genug für den Koffer. Die Leiche einer erwachsenen Frau hätte niemand da hineinschieben können, nicht mal vorübergehend. Ich sagte: »Glaub mir, Kleiner, du hättest herkommen sollen. Hier ging echt was ab. *Sex, Drugs and Rock 'n' Roll.*«

»Als ich alt genug war, wo richtig was abgehen konnte, ist keine Sau mehr hergekommen. Hier gab's Ratten.«

»Die gab's schon immer. Haben zusätzlich Atmosphäre verbreitet. Komm.« Ich ging in den nächsten Raum.

Kevin folgte mir. »Die haben *Bazillen* verbreitet. Du warst da schon weg, aber irgendwer hat hier mal Gift oder so ausgelegt – ich glaub, es war Mad Johnny, der hatte doch die totale Krise wegen Ratten, eine Art Schützengrabentrauma oder was weiß ich. Jedenfalls, ein paar von den Ratten sind in die Wände gekrochen und da verendet, und Mann, ich schwör dir, das hat vielleicht gestunken. Schlimmer als auf einer Müllkippe. Wir hätten an Typhus sterben können.«

»Ich finde, es riecht ganz passabel hier.« Ich leuchtete wieder alles mit der Taschenlampe ab. Allmählich fragte ich mich, ob ich mit der Suche hier nicht völlig auf dem falschen Dampfer war. Einmal übernachten bei meiner Familie, und schon färbte der ganze Irrsinn auf mich ab.

»Nach einer Weile ist der Gestank auch wieder verflogen, klar. Aber da hatten wir alle uns schon was Neues zum Rumhängen gesucht, das leere Grundstück oben an der Ecke Copper Lane, kennst du das? Das war eigentlich auch ganz schön beschissen – im Winter hat man sich den Arsch abgefroren, und alles war voll mit Brennnesseln und Stacheldraht –, aber da trafen sich auch die Jugendlichen von der Copper Lane und der Smith's Road, deswegen hatte man bessere Chancen, ein Bier zu schnorren oder wen zum Knutschen zu finden oder was auch immer. Deshalb sind wir nie wieder richtig hierher zurückgekommen.«

»Du hast was verpasst.«

»Au ja.« Kevin blickte sich skeptisch um. Er hatte die Hände in den Taschen und die Jacke fest um sich gezogen, damit sie mit nichts in Berührung kam. »Ich werd's überleben. So was wie das hier ist der Grund, warum ich es nicht ertragen kann, wenn Leute nostalgisch von den Achtzigern schwärmen. Von ihrer Jugend, in der sie sich zu Tode gelangweilt haben oder mit Stacheldraht gespielt oder in beschissenen Rattenlöchern gevögelt ... Was hab ich da verpasst?«

Ich sah ihn an, wie er dastand mit seinen Ralph-Lauren-Logos und der schicken Armbanduhr und dem coolen, teuren Haarschnitt, randvoll mit selbstgerechter Empörung, eine Erscheinung, wie sie deplatzierter nicht hätte sein können. Ich stellte ihn mir als mageres Kind vor, mit verwirbelten Haaren und in der geflickten Hose, die er von mir geerbt hatte, wie er in diesem Haus herumtobte, ohne auch nur auf die Idee zu kommen, es könnte nicht gut genug sein. Ich sagte: »Das war längst nicht alles.«

»Was war denn noch? Was ist so toll daran, sein erstes Mal in einem Drecksloch zu erleben?«

»Ich sag ja nicht, dass ich die Achtziger zurückholen würde, wenn ich die Wahl hätte, aber schütt das Kind nicht mit dem Bad aus. Und ich weiß natürlich nicht, wie das bei dir war, aber ich habe mich nie gelangweilt. Niemals. Darüber könntest du ruhig mal nachdenken.«

Kevin zuckte die Achseln und murmelte irgendetwas, das sich anhörte wie: »Ich hab keinen Schimmer, wovon du redest.«

»Denk nach. Dann kommst du schon noch drauf.« Ich ging weiter in die Räume nach hinten raus, ohne auf ihn zu warten – wenn er im Dämmerlicht mit dem Fuß durch ein morsches Dielenbrett trat, war das sein Problem. Nach einem Moment kam er schmollend hinter mir her.

Nichts Interessantes in den hinteren Räumen, nichts Interessantes in denen unten, bis auf eine riesige Sammlung leerer Wodkaflaschen, die jemand anscheinend lieber nicht mit dem Müll hatte rausbringen wollen. Oben an der Kellertreppe wich Kevin zurück. »Kommt nicht in Frage. Da geh ich nicht runter. Ehrlich, Frank.«

»Jedes Mal, wenn du deinem großen Bruder was abschlägst, tötet Gott ein Kätzchen. Na los.«

Kevin sagte: »Shay hat uns mal da unten eingeschlossen. Dich und mich – ich war noch klein. Erinnerst du dich?«

»Nein. Hast du deshalb solchen Schiss hier?«

»Ich hab keinen Schiss, Mann. Ich kapier bloß nicht, warum wir uns hier ohne den geringsten Grund lebendig begraben lassen sollen.«

Ich sagte: »Dann warte draußen auf mich.«

Nach einem Moment schüttelte er den Kopf. Er folgte mir aus demselben Grund, warum ich ihn überhaupt hatte mitnehmen wollen: aus alter Gewohnheit.

Ich war vielleicht dreimal in dem Keller gewesen, höchstens. Bei uns gab es die Legende, dass ein Typ namens Schlitzer Higgins seinem taubstummen Bruder die Gurgel durchgeschnitten und ihn da unten verbuddelt hatte, und wenn du in Hinkefuß Higgins' Reich eindrangst, kam er dich holen, wedelte mit seinen halbverwesten Händen und gab furchtbare Grunzgeräusche von sich, was an dieser Stelle der Erzählung dann eindringlich demonstriert wurde. Die Higgins-Brüder waren wahrscheinlich eine Erfindung besorgter Eltern, und keiner von uns glaubte die Geschichte, aber wir setzten trotzdem keinen Fuß in den Keller. Shay und seine Kumpel lungerten manchmal da unten herum, um zu beweisen, was für harte Männer sie waren, und mitunter wich ein Pärchen dahin aus, wenn es richtig scharf aufeinander war und alle anderen Räume anderweitig belegt waren, aber die richtig guten Sachen liefen oben: die Zehnerpackungen Marlboros und die billigen Zwei-Liter-Flaschen Cider, die streichholzdünnen Joints und Partien Strip-Poker, die nie über die Unterwäsche hinausgingen. Als Zippy Hearne und ich knapp neun waren, forderten wir uns einmal gegenseitig heraus, bis zur Kellerrückwand zu laufen und sie zu berühren, und ich hatte noch eine verschwommene Erinnerung daran, einige Jahre später Michelle Nugent mit nach unten genommen zu haben, in der Hoffnung, sie würde sich vor lauter Angst an mich klammern und womöglich mit mir knutschen. Das Glück war mir nicht hold. Schon in dem Alter stand ich auf Mädchen, die sich nicht so schnell Angst einjagen ließen.

Und dann war da noch das eine Mal, als Shay uns beide im Keller einsperrte. Vielleicht waren wir nur eine Stunde da unten, aber es kam mir vor wie Tage. Kevin war zwei oder drei, und er konnte vor lauter Panik nicht mal mehr schreien. Stattdessen pinkelte er sich in die Hose. Ich sagte ihm, es wäre nicht schlimm, und versuchte, die Tür einzutreten, die Bretter mit bloßen Fingern von den Fenstern zu reißen, und ich schwor mir, Shay eines Tages nach Strich und Faden zu vermöbeln.

Ich schwenkte die Taschenlampe in einem langsamen Bogen. Der Keller war noch fast so wie in meiner Erinnerung, außer dass ich jetzt besser verstehen konnte, warum unsere Eltern Probleme damit hatten, dass wir uns hier rumtrieben. Die Fenster waren noch immer zugenagelt, schlampig, denn dünne Strahlen fahles Licht drangen zwischen den Brettern hindurch. Die Decke hing auf eine Art durch, die mir nicht behagte, und an den Stellen, wo große Brocken Putz abgebrochen waren, kamen die Balken zum Vorschein, verbogen und rissig. Die Zwischenwände waren allesamt eingestürzt, so dass es im Grunde ein einziger großer Raum war, und stellenweise war der Fußboden bis auf das Fundament eingesackt – vielleicht hatte die Erde nachgegeben, weil das Haus als letztes in der Reihe auf einer Seite nicht gestützt wurde. Vor sehr langer Zeit hatte irgendwer einen halbherzigen Versuch unternommen, ehe er das Haus vollständig aufgab, ein paar der größeren Löcher im Boden zu flicken, indem er sie mit Betonplatten füllte und das Beste hoffte. Es roch hier so, wie ich es in Erinnerung hatte – nach Urin, Schimmel und Dreck –, nur noch stärker.

»O Mann …«, brummte Kevin unglücklich am Fuß der Treppe, wo er verharrte. Seine Stimme hallte bis in die hintersten Ecken, schallte in merkwürdigen Winkeln von Wänden zurück, so dass es klang, als würde jemand weit weg im Dunkeln murmeln. Er zuckte zusammen und verstummte.

Zwei der Betonplatten waren mannsgroß, und derjenige, der sie da hingelegt hatte, hatte groben Zement ringsherum in die Ritzen geklatscht, offenbar weil er Wert auf Qualitätsarbeit legte. Die dritte war noch stümperhafter: bloß ein schiefer Brocken, vielleicht ein Meter zwanzig mal neunzig Zentimeter, und scheiß auf den Zement.

»So«, sagte Kevin einen Tick zu laut hinter mir. »Du siehst, es ist alles wie gehabt, und das Haus ist immer noch 'ne Bruchbude. Können wir jetzt bitte gehen?«

Ich ging vorsichtig in die Mitte des Raumes und drückte mit einer Schuhspitze auf eine Ecke der Platte. Sie wurde von jahrealtem Dreck an Ort und Stelle gehalten, doch als ich drauftrat, spürte ich, wie sie sich ganz leicht bewegte: Sie schaukelte. Wenn ich irgendetwas zum Hebeln gehabt hätte, wenn auf einem der Schutthaufen in den Ecken eine Eisenstange oder sonst ein Stück Metall gelegen hätte, hätte ich die Platte anheben können.

»Kev«, sagte ich. »Überleg mal. Die Ratten, die in den Wänden verendet sind: War das in dem Winter, als ich abgehauen bin?«

Kevins Augen weiteten sich langsam. In den trübgrauen Lichtstreifen sah er durchscheinend aus, wie eine Projektion, die auf einer Leinwand flackerte. »Ach, Jesses, Frank. Nein, bitte.«

»Ich stelle dir eine Frage. Kurz nachdem ich die Biege gemacht habe, Ratten in den Wänden, ja oder nein?«

»Frank ...«

»Ja oder nein?«

»Es waren bloß *Ratten*, Frank. Hier in dem Haus wimmelte es davon. Wir haben sie gesehen, zigmal.«

Somit wäre, als das Wetter wärmer wurde, nichts mehr übrig gewesen, was einen massiven Gestank hätte verursachen können, weshalb die Leute sich vielleicht beim Hausbesitzer oder der Stadt beschwert hätten. »Und ihr habt sie gerochen. Die Verwesung.«

Nach einem Moment sagte Kevin schließlich: »Ja.«

Ich sagte: »Komm.« Ich packte seinen Arm – zu fest, aber ich konnte meinen Griff nicht lockern – und bugsierte ihn vor mir die Treppe hinauf, schnell, spürte unter den Füßen, wie sich Bretter bogen und splitterten. Als wir nach draußen auf die Stufen vor dem Haus traten, wo uns kühle, feuchte Luft und Nieselregen entgegenschlugen, hatte ich mein Handy bereits gezückt und wählte die Nummer der Kriminaltechnik.

Der Techniker, der sich am Telefon meldete, klang nicht gerade begeistert, entweder weil er die Wochenendschicht hatte oder weil er von seinem bescheuerten Computerspiel weggerissen wurde. Ich sagte, ich hätte Informationen, die darauf hindeuteten, dass im Keller des Hauses Nummer 16, Faithful Place, unter einer Betonplatte eine Leiche versteckt worden war – Nebensächlichkeiten, wie beispielsweise Daten, ließ ich weg –, und fügte hinzu, dass ich ein Spurensicherungsteam und zwei Uniformierte bräuchte und eventuell nicht mehr vor Ort wäre, wenn sie einträfen. Der Techniker meldete pingelige Bedenken an, von wegen Durchsuchungsbeschluss, bis ich ihm erklärte, dass jedweder mögliche Verdächtige das Haus ohnehin nur unbefugt hätte betreten können und der Schutz der Privatsphäre somit wegfiel. Als er weitermeckerte, teilte ich ihm mit, dass das Haus seit mindestens dreißig Jahren praktisch ungehindert von der Öffentlichkeit genutzt wurde und daher nach dem Besitzrecht ein öffentlicher Ort sei, womit kein Durchsuchungsbeschluss erforderlich war. Ich war mir nicht sicher, inwieweit das alles vor Gericht Bestand hätte, aber das war ein Problem für später, und der Techniker erhob keinerlei Einwände mehr. Ich speicherte ihn in meiner geistigen Datenbank zur späteren Verwendung unter unnützes Arschloch ab.

Kevin und ich setzten uns auf die Stufen vor Nummer 11, wo jetzt die Studenten wohnten, um auf den Techniker und seine Leute zu warten, nah genug, um eine gute Sicht zu haben, weit genug weg, um mit ein bisschen Glück nicht mit dem in Verbindung gebracht zu werden, was weiter oben an der Straße passieren würde. Falls alles so ablief, wie ich es mir vorstellte, war es wichtig, dass die Leute am Place mich weiter als Heimkehrer sahen, nicht als Bullen.

Ich zündete mir eine Zigarette an und hielt Kevin die Packung hin, aber er schüttelte den Kopf. »Was machen wir hier?«, fragte er.

»Wir bleiben aus der Schusslinie.«

»Musst du nicht dabei sein?«

»Die von der Spurensicherung sind große Jungs«, sagte ich. »Und Mädchen. Die machen ihre Arbeit auch, ohne dass ich ihnen das Händchen halte.«

Er blickte noch immer unsicher. »Hätten wir nicht …? Du weißt schon. Erst mal nachsehen sollen, ob da überhaupt was ist, statt gleich die Polizei zu alarmieren?«

Überraschenderweise war ich selbst auch schon auf diese Idee gekommen. Es hatte mich all meine Willenskraft gekostet, die Betonplatte nicht hochzustemmen, notfalls mit den Fingernägeln. Ich schaffte es, ihm nicht den Kopf abzureißen. »Beweismittel«, sagte ich. »Die Techniker haben die Ausrüstung, um Spuren sachgemäß zu sichern, und wir nicht. Hätte noch gefehlt, dass wir ihnen alles vermurksen. Vorausgesetzt natürlich, dass da überhaupt was ist.«

Kevin verlagerte das Gewicht, um seinen Hosenboden zu überprüfen. Die Stufen waren nass, und er trug noch immer seine guten Arbeitsklamotten vom Vortag. Er sagte: »Du hast dich am Telefon ziemlich sicher angehört.«

»Ich wollte, dass sie herkommen. Heute, nicht irgendwann nächste Woche, wenn sie mal Lust auf einen Nachmittagsausflug haben.«

Aus den Augenwinkeln sah ich, dass Kevin mir einen Seitenblick zuwarf, verwundert und ein bisschen misstrauisch. Danach schwieg er, wischte sich Staub und Spinnweben von der Hose, den Kopf gesenkt, was mir nur recht war. Geduld ist Teil meines Jobs, und ich gelte gemeinhin als jemand, der ein Talent dafür hat, doch nach einer gefühlten Woche Wartezeit spielte ich ernsthaft mit dem Gedanken, zur Kriminaltechnik zu fahren und den Techniker an seinen verkümmerten kleinen Eiern von *World of Warcraft* wegzuzerren.

Shay trat aus dem Haus, in den Zähnen stochernd, und kam zu uns herübergeschlendert. »Was liegt an?«, fragte er.

Kevin setzte an, etwas zu sagen, aber ich kam ihm zuvor. »Nicht viel.«

»Ich hab dich bei den Cullens reingehen sehen.«

»Gute Augen.«

Shay blickte die Straße rauf und runter; ich sah, wie die noch halboffene Tür von Nummer 16 seine Aufmerksamkeit erregte. »Wartet ihr auf was?«

»Bleib hier«, sagte ich, grinste zu ihm hoch und klopfte neben mir auf die Stufe. »Vielleicht findest du's bald raus.«

Shay schnaubte, doch nach einem Moment stieg er die Stufen hoch und setzte sich auf die oberste, mit den Füßen neben meinem Gesicht. »Ma sucht dich«, sagte er zu Kevin. Kevin stöhnte. Shay lachte und klappte seinen Kragen gegen die Kälte hoch.

In dem Augenblick hörte ich Autoreifen auf Kopfsteinpflaster, gleich um die Ecke. Ich zündete mir eine neue Zigarette an und sank auf den Stufen in mich zusammen, machte auf anonym und leicht heruntergekommen – wobei Shay mir netterweise allein schon dadurch half, dass er einfach da war. Wie sich herausstellte, war das gar nicht nötig: Zwei Uniformierte in einem Streifenwagen und drei Jungs von der Kriminaltechnik sprangen aus ihrem Van, und ich kannte keinen von ihnen.

»Jesses«, sagte Kevin, leise und beklommen. »Das ist ja 'ne halbe Armee. Sind die immer …«

»Das ist das Minimum. Kann sein, dass sie später noch Verstärkung rufen, je nachdem.« Shay stieß einen langen, gespielt beeindruckten Pfiff aus.

Es war lange her, seit ich zuletzt einen Tatort von außerhalb einer Polizeiabsperrung gesehen hatte, wie ein verdeckter Ermittler im Einsatz oder ein Zivilist. Ich hatte vergessen, wie es aussieht, wenn die Maschinerie einmal in Gang kommt. Als die Techniker, von Kopf bis Fuß in ihre weißen Schutzanzüge gehüllt, in der Hand ihre Koffer mit unheimlichem Trickgerät, sich den Mundschutz aufsetzten, während sie die Stufen hochstiegen, um dann in Nummer 16 zu verschwinden, sträubten sich mir die Nackenhaare wie bei einem Hund. Shay sang leise vor sich hin: *»Three big knocks came knocking at the door, weela weela waile; two policemen and a Special Branch man, down by the River Saille …«*

Kaum hatten die Uniformierten das Flatterband vor dem Haus entrollt, aber noch nicht befestigt, da hatten die Leute bereits Blut in der Luft gewittert und kamen zum Probieren. Alte Frauen mit Lockenwicklern und Kopftüchern tauchten in Türen auf und stapften näher, um sich in Bemerkungen und sensationslüsternen Spekulationen zu ergehen (»Irgendein junges Ding hat ein Baby gekriegt und es da abgelegt.« – »Um Gottes willen, wie schrecklich! Da fällt mir ein, Fiona Molley hat doch so zugenommen, glaubt ihr, sie könnte …?«) Männer beschlossen urplötzlich, auf den Stufen vor dem Haus eine zu rauchen und einen Blick aufs Wetter zu werfen; pickelige Jungs und pausbäckige Mädchen standen lässig an der Mauer am anderen Ende der Straße und taten desinteressiert. Eine Schar kleine Kinder mit geschorenen Haaren sausten auf Skateboards hin und her, starrten mit offenem Mund auf Nummer 16, bis eins von ihnen mit Sallie Hearne zusammenstieß und sie ihm einen Klaps auf den Hintern gab. Die Dalys standen vor ihrer Haustür. Mr Daly hatte einen Arm vor Mrs Daly ausgestreckt, um sie zurückzuhalten. Die ganze Szene machte mich kribbelig. Ich fühle mich unwohl, wenn ich den Überblick verliere, wie viele Leute um mich herum sind.

Die Menschen in den Liberties hatten schon immer einen Piranha-Instinkt für Klatsch und Tratsch. Wenn drüben in Dalkey ein Spurensicherungsteam die Stirn gehabt hätte, ohne offizielle Genehmigung auf der Straße aufzutauchen, hätte sich niemand dazu herabgelassen, etwas so Vulgäres wie Neugier an den Tag zu legen. Vielleicht hätte eine unternehmungslustige Seele den jähen Drang verspürt, im Garten vor dem Haus die Blumen zu stutzen und das, was sie aufschnappte, ihren Freundinnen beim Kräutertee zu erzählen, aber alles in allem hätten sie die Geschichte eher am nächsten Morgen aus der Zeitung erfahren. Die Leute am Place stürzten sich dagegen hemmungslos direkt auf die Informationsschlagader. Die alte Mrs Nolan hatte einen der Uniformierten fest am Ärmel gepackt und zog ein Gesicht, als erwarte sie eine vollständige Erklärung. Er sah aus, als hätte ihn die Grundausbildung auf so etwas nicht vorbereitet.

»Francis«, sagte Kevin. »Wahrscheinlich ist es falscher Alarm.«

»Vielleicht.«

»Im Ernst. Ich hab mir das wahrscheinlich eingebildet. Es ist zu spät, um –«

Shay fragte: »Was eingebildet?«

»Nichts«, sagte ich.

»Kev.«

»*Nichts*. Genau meine Rede. Ich hab's mir wahrscheinlich eingebildet –«

»Was suchen die denn?«

»Meine Eier«, sagte ich zu ihm.

»Hoffentlich haben sie ein Mikroskop dabei.«

»Verdammte Scheiße«, sagte Kev unglücklich, massierte sich eine Augenbraue und starrte auf die Uniformierten. »Das Spiel gefällt mir nicht mehr, Jungs. Hätte ich doch bloß ...«

»Achtung«, sagte Shay plötzlich. »Ma.«

Wir drei rutschten die Stufen hinunter, rasch und perfekt synchron, um hinter der Menschenmenge in Deckung zu gehen. Ich erhaschte zwischen Körpern hindurch einen Blick auf Ma: Sie stand auf der Treppe vor unserem Haus, die Arme fest unter dem Busen verschränkt, und suchte mit Luchsaugen die Straße ab, als wüsste sie genau, dass dieses Chaos auf mein Konto ging und dass sie mir dafür die Hammelbeine langziehen würde. Dad, gleich hinter ihr, rauchte eine Zigarette und schaute sich das Treiben ohne den geringsten Ausdruck an.

Geräusche im Haus. Einer der Techniker kam heraus, deutete ruckartig mit dem Daumen über die Schulter und sagte irgendwas Klugscheißerisches, worüber die Uniformierten schnaubend auflachten. Er schloss den Van auf, stöberte darin herum und lief dann mit einer Brechstange in der Hand wieder die Stufen hoch.

Shay sagte: »Wenn er die da drin benutzt, bricht ihm der ganze Schuppen überm Kopf zusammen.«

Kevin rutschte noch immer nervös auf der Stelle hin und her, als täte ihm von der Stufe der Hintern weh. »Was passiert, wenn sie nichts finden?«

»Dann sind alle sauer auf Francis«, sagte Shay. »Weil er ihre Zeit verschwendet hat. Wär das nicht ein Jammer?«

Ich sagte: »Danke für deine Besorgnis. Ich komm schon klar.«

»Ja, ganz bestimmt. Kommst du ja immer. Was suchen die?«

»Frag sie doch.«

Ein langhaariger Student in einem Limp-Bizkit-T-Shirt trat hinter uns aus der Tür von Nummer 11, rieb sich den Kopf und wirkte beeindruckend verkatert. »Was ist los?«

Ich sagte: »Gehen Sie rein.«

»Das ist unsere Treppe.«

Ich zeigte ihm meinen Ausweis. »Ah, *Mann*«, sagte er und verzog sich wieder ins Haus, niedergedrückt von der kolossalen Ungerechtigkeit dieser Welt.

»Richtig so«, sagte Shay, »mach ihm ordentlich Angst mit deiner Polizeimarke«, aber das war bloß ein Reflex. Seine Augen, gegen das schwindende Licht zusammengekniffen, waren auf Nummer 16 gerichtet.

Ein tosender, tiefer Knall wie ein Kanonenschuss hallte durch die Straße und von den Häusern wider und weiter über die dunklen Liberties. Die Betonplatte war gefallen. Nora Daly zuckte zusammen und gab einen kleinen, wilden Laut von sich. Sallie Hearne zog ihre Strickjacke am Hals fester zu und bekreuzigte sich.

In diesem Moment spürte ich das Vibrieren in der Luft, spürte den Stromstoß, der in den Tiefen von Nummer 16 begann und sich in Wellen ausbreitete: die Techniker, deren Stimmen lauter wurden und verklangen, die Uniformierten, die sich umdrehten und starrten, die Leute, die vorwärtsrückten, die Wolken, die sich über den Dächern zusammenzogen.

Hinter mir sagte Kevin irgendwas mit meinem Namen drin. Ich merkte, dass wir aufgestanden waren, und er hatte eine Hand auf meinem Arm. Ich sagte: »Lass los.«

»Frank …«

Im Haus rief irgendwer einen Befehl, ein scharfes, knappes Bellen. Auf einmal war mir egal, wer wusste, dass ich ein Cop war. »Bleibt, wo ihr seid.«

Der Uniformierte, der die Stufen vor dem Haus verteidigte, war dicklich und hatte ein zickiges Gesicht, wie die Tante von irgendwem. »Weitergehen, Mann«, sagte er zu mir. Er hörte sich an, als käme er vom Land, irgendein Provinzler. »Hier gibt's nichts zu sehen.«

Ich zeigte ihm meinen Ausweis, den er gründlich studierte. Beim Lesen bewegte er die Lippen. Schritte auf der Treppe im Haus, ein Gesicht, das am Flurfenster im ersten Stock vorbeiglitt. Irgendwo rief Mr Daly etwas, doch seine Stimme klang weit weg und verlangsamt, als würde sie durch ein langes Metallrohr hallen.

»Der hier«, sagte der Uniformierte, als er mir den Ausweis zurückgab, »ist von der Undercoverabteilung. Ich wurde nicht informiert, dass hier Undercoverleute sind.«

»Dann wissen Sie es jetzt.«

»Sie müssen mit dem Ermittlungsleiter sprechen. Das könnte mein Sergeant sein, oder es könnte einer vom Morddezernat sein, je nachdem, was –«

Ich sagte: »Gehen Sie mir aus dem Weg.«

Er spitzte die Lippen. »Es besteht kein Grund, so einen Ton anzuschlagen. Sie können da drüben warten, wo Sie waren, bis geklärt ist, ob Sie –«

Ich sagte: »Geh mir aus dem Weg, oder ich schlag dir die Zähne ein.«

Seine Augen quollen hervor, aber ich meinte es ernst, und er trat beiseite. Er rief noch hinter mir her, dass er über mich Beschwerde einreichen würde, als ich schon drei Stufen auf einmal nehmend zur Tür hochsprang und mich an seinem verdatterten Kollegen vorbei ins Haus drängte.

Es war schon irgendwie lustig: Tief in mir hatte ich keine Sekunde geglaubt, dass sie irgendetwas finden würden. Ich, der mit allen Wassern gewaschene Zyniker, der ich Neulingen gern mit meinen cleveren Sprüchen komme, von wegen, die Welt ist immer zwei Schritte grausamer, als du einplanst, glaubte nicht, dass sie zu dem hier in der Lage wäre. Nicht, als ich den Koffer öffnete, nicht, als ich spürte, wie die Betonplatte in dem düsteren Keller schaukelte, nicht, als ich spürte, wie der Stromstoß die Abendluft elektrisierte. Ganz tief in mir, tiefer als alles, was ich davor oder danach erfahren hatte, glaubte ich Rosie noch immer. Ich glaubte ihr den ganzen Weg die morsche Treppe hinunter in den Keller, und ich glaubte ihr, als ich den Kreis maskierter Gesichter sah, die in dem weißen Licht ihrer Lampen zu mir hochblickten, als ich die Betonplatte sah, die beiseitegekippt worden war und jetzt in einem verrückten Winkel zwischen Kabeln und Brechstangen lag, und als ich den starken unterirdischen Gestank roch von irgendetwas, das entsetzlich falsch war. Ich glaubte ihr sogar noch, bis ich mich durch die Techniker hindurchdrängte und sah, um was sie da hockten: das gezackte Loch, die dunkle verfilzte Masse Haar, die Fetzen, die einmal Jeansstoff gewesen sein mochten, und die glatten braunen Knochen, die von winzigen Nagespuren gekerbt waren. Ich sah den zarten Schwung einer Skeletthand, und ich wusste, wenn sie die Fingernägel fanden, irgendwo in den Schichten aus Dreck und toten Insekten und fauligem Schlamm, würde der rechte Zeigefingernagel bis runter abgekaut sein.

Ich hatte die Zähne so fest zusammengebissen, dass ich sicher war, sie würden abbrechen. Es war mir egal; ich wollte das Knacken spüren. Das Etwas da in dem Loch war zusammengerollt wie ein schlafendes Kind, das Gesicht tief in die Arme geneigt. Vielleicht rettete mir das den Verstand. Ich hörte Rosies Stimme *Francis* sagen, klar und verwundert, nah an meinem Ohr, unser erstes Mal.

Irgendwer sagte etwas Schnippisches über Kontamination, und eine Hand drückte mir eine Maske ins Gesicht. Ich wich zurück und fuhr mir mit dem Handgelenk über den Mund, fest. Die Risse in der Decke glitten weg, ruckelten wie ein gestörtes Fernsehbild. Ich glaube, ich hörte mich sehr leise sagen: »Ach, Scheiße.«

Einer der Techniker fragte: »Alles in Ordnung mit Ihnen?«

Er hatte sich aufgerichtet, stand viel zu dicht vor mir, und er klang, als hätte er mich mehrmals gefragt. Ich sagte: »Ja.«

»Geht einem am Anfang ganz schön an die Nieren, was?«, sagte einer aus seinem Team selbstgefällig. »Wir haben schon viel Schlimmeres gesehen.«

»Haben Sie uns verständigt?«, fragte der Techniker mich.

»Ja. Detective Frank Mackey.«

»Sind Sie vom Morddezernat?«

Ich brauchte eine Sekunde, um zu begreifen, wovon er redete. Mein Verstand hatte sich bis zum Stillstand verlangsamt. »Nein«, sagte ich.

Der Techniker bedachte mich mit einem seltsamen Blick. Er war ein bescheuerter kleiner Typ, höchstens halb so alt und halb so groß wie ich, vermutlich das unnütze Arschloch von vorhin. »Wir haben das Morddezernat verständigt«, sagte er. »Und die Rechtsmedizin.«

»Ich wette«, sagte sein Kollege heiter, »sie hat sich nicht freiwillig da hingelegt.«

Er hatte einen Beweismittelbeutel in der Hand. Wenn einer von ihnen sie in meinem Beisein anfasste, würde ich ihm die Fresse polieren, das wusste ich genau. »Gut«, sagte ich. »Die sind bestimmt jede Minute hier. Ich geh mal wieder hoch und greif den Uniformierten unter die Arme.«

Auf dem Weg die Treppe hinauf hörte ich, wie der Blödmann irgendwas sagte wie »die Eingeborenen werden unruhig«, was sein Team mit Gekicher quittierte. Sie klangen wie ein Haufen Teenager, und für einen letzten Sekundenbruchteil hätte ich geschworen, dass das Shay und seine Kumpel da unten im Keller waren, die einen Joint rauchten und über makabre Witze lachten, dass die Haustür sich zu dem Leben hin öffnete, in das ich hineingeboren worden war, dass das alles hier gar nicht passierte.

Draußen war die Menschentraube dichter geworden und näher gerückt, Hälse reckten sich nur wenige Schritte entfernt von meinem Freund, dem provinzlerischen Wachhund. Sein Kollege war von der Tür heruntergekommen und stand neben ihm vor den Stufen. Die Wolken hingen jetzt tiefer über den Dächern, und das Licht hatte sich verändert, eine leicht violett-weiße Farbe angenommen, wie ein Bluterguss.

Irgendetwas bewegte sich, hinten in der Menge. Mr Daly kam hindurch, drückte die Leute mit ausgestreckten Armen beiseite, als würde er sie kaum wahrnehmen, die Augen starr auf mich gerichtet.

»Mackey –« Er wollte rufen, doch seine Stimme brach und kam heiser und hohl heraus. »Was ist da drin?«

Der Provinzler sagte barsch: »Ich hab hier das Sagen. Zurücktreten.«

Ich wünschte nichts sehnlicher auf der Welt, als dass irgendeiner von den beiden Uniformierten, wer, war mir völlig egal, die Hand gegen mich erhob. »Jetzt spiel dich hier mal nicht so auf«, sagte ich zu dem Uniformierten, nur wenige Zentimeter vor seinem breiten, weichen Puddinggesicht, und als seine Augen von mir wegglitten, stieß ich ihn aus dem Weg und ging Mr Daly entgegen.

Kaum war ich in seiner Reichweite, als er mich auch schon am Kragen packte und mich zu sich riss, Kinn an Kinn. Ich spürte, wie etwas Rotes mich durchfuhr, etwas wie Freude. Er hatte mehr Mumm als der Uniformierte, oder er wollte auf keinen Fall vor einem Mackey kneifen, und mir war beides recht. »Was ist da drin? Was habt ihr gefunden?«

Eine alte Frau kreischte begeistert, und ein paar von den Jugendlichen in Kapuzenshirts johlten. Ich sagte, so laut, dass etliche Leute meine Warnung hören konnten: »Nimm sofort die Hände weg, Mann.«

»Wag es nicht, du kleines Dreckschwein, wag es nicht, mir zu sagen, ich soll – Ist das meine Rosie da drin? Ja?«

»*Meine* Rosie, Mann. Mein Mädchen. Meins. Ich sag es dir ein letztes Mal: Nimm die Hände weg.«

»Du bist schuld, du dreckiger kleiner Scheißer. Wenn sie das da drin ist, dann wegen dir.« Seine Stirn drückte sich gegen meine, und er war so stark, dass mir das Hemd in den Nacken schnitt. Die Kapuzenshirts skandierten jetzt »Kämpfen! Kämpfen! Kämpfen!«

Ich packte sein Handgelenk und wollte es ihm gerade brechen, als ich ihn roch, seinen Schweiß, seinen Atem: einen heißen, ranzigen, animalischen Geruch, den ich nur allzu gut kannte. Der Mann hatte Panik, war fast von Sinnen. In dieser Sekunde sah ich Holly.

Das ganze Rot wich mir aus den Muskeln. Es fühlte sich an,

als wäre etwas zerbrochen, tief unter meinen Rippen. »Mr Daly«, sagte ich, so sanft ich konnte, »sobald die irgendwas wissen, sagen sie Ihnen Bescheid. Bis dahin müssen Sie nach Hause gehen.«

Die Uniformierten versuchten jetzt, ihn von mir wegzuziehen, mit reichlich lautstarker ruppiger Untermalung. Keiner von uns beiden störte sich daran. Mr Daly hatte wilde weiße Ringe um die Augen. »*Ist das meine Rosie?*«

Ich schob den Daumen auf den Nerv in seinem Handgelenk und drückte zu. Er keuchte auf, und seine Hände sprangen von meinem Kragen weg, doch in der Sekunde, ehe der zweite Uniformierte ihn wegzerrte, presste er seine Wange an meine und zischte mir ins Ohr, so nah wie ein Liebhaber: »Du bist schuld.«

Mrs Daly tauchte aus dem Nichts auf, gab formlose Wimmerlaute von sich und stürzte sich auf ihn und den Uniformierten. Mr Daly sackte in sich zusammen, und sie schleppten ihn weg, zurück in die brabbelnde Menge.

Aus irgendeinem Grund hing der Provinzler hinten an meiner Jacke. Ich stieß ihn mit dem Ellbogen weg, fest. Dann lehnte ich mich seitlich gegen die Stufen, zog mein Hemd gerade und massierte mir den Hals. Mein Atem ging keuchend.

»Das hier wird für Sie noch ein Nachspiel haben«, drohte mir der Provinzler. Er hatte eine ungesunde lila Färbung angenommen. »Das schwöre ich Ihnen, ich werde schriftlich Beschwerde einreichen.«

Ich sagte: »Frank Mackey. Mit E-Y. Sagen Sie denen, sie sollen sie zu den anderen packen.«

Der Uniformierte stieß ein empörtes altjüngferliches Prusten aus und stakste davon, um seine Wut an den Schaulustigen auszulassen. Er schnauzte sie an, sie sollten verschwinden, wedelte hektisch mit den Armen. Mein Blick fiel auf Mandy mit einem kleinen Mädchen auf der Hüfte und einem an der Hand, drei Paar runde, bestürzte Augen. Die Dalys wankten die Stufen von Nummer 3 hoch, aneinandergeklammert, und verschwanden im Haus. Nora stand an die Wand neben der Tür gelehnt, eine Hand auf den Mund gepresst.

Ich ging zurück zu Nummer 11, aus Mangel an Alternativen. Shay drehte sich wieder eine Zigarette. Kevin sah aus, als wäre ihm schlecht.

»Sie haben was gefunden«, sagte er, »stimmt's?«

Der Rechtsmediziner und der Leichenwagen mussten jede Minute kommen. »Ja«, sagte ich. »Stimmt.«

»Ist es …?« Langes Schweigen. »Was ist es?«

Ich holte meine Zigaretten hervor. Shay hielt mir sein Feuerzeug hin, was wie eine Geste des Mitgefühls wirkte. Nach einer Weile fragte Kevin: »Alles in Ordnung mit dir?«

Ich sagte: »Mir geht's ganz prima.«

Lange Zeit sagte keiner von uns ein Wort. Kevin nahm eine von meinen Zigaretten. Die Leute beruhigten sich allmählich und fingen an, sich gegenseitig Geschichten über Polizeibrutalität zu erzählen und zu erörtern, ob Mr Daly Anzeige erstatten könnte. Die einen oder anderen unterhielten sich halblaut, und ich erntete so manchen Blick über die Schulter. Ich starrte jedes Mal unverwandt zurück, bis ich vor lauter Blicken nicht mehr mitkam.

»Seht euch vor«, sagte Shay leise, hoch zum schweren Himmel. »Der alte Mackey ist wieder da.«

6

COOPER, DER RECHTSMEDIZINER, ein grantiger kleiner Blödmann, der sich für Gott hält, war als Erster da. Er fuhr in seinem dicken schwarzen Mercedes vor, blickte streng über die Köpfe der Menge, bis das Meer sich teilte, um ihn durchzulassen, und marschierte ins Haus, während er sich seine Handschuhe überzog, was das Geraune hinter ihm hochkochen ließ. Zwei Jugendliche schlichen um den Wagen herum, doch der Provinzler rief ihnen irgendwas Unverständliches zu, und sie trollten sich wieder, ohne eine Miene zu verziehen. Die Straße wirkte zu voll und zu konzentriert, erfüllt von einem spürbaren Summen, als würde jeden Augenblick ein Krawall ausbrechen.

Als Nächstes kam der Leichenwagen. Zwei Männer stiegen aus dem schmutzigen weißen Van und gingen zum Haus, eine blaue Segeltuchtrage lässig zwischen ihnen baumelnd, und urplötzlich veränderte sich die Menschenmenge. Die kollektive Glühbirne war angegangen: Das hier war nicht bloß bessere Unterhaltung als irgendeine Pseudo-Realityshow im Fernsehen, das hier *war* die Realität, und früher oder später würde jemand auf dieser Trage rauskommen. Ihre Füße traten nicht mehr unruhig auf der Stelle, ein leises Zischen lief die Straße hinunter wie ein feiner Luftzug, verebbte zu absoluter Stille. Und dann tauchten die Jungs vom Morddezernat auf, mit einem Timing, das wie immer unfehlbar war.

Einer der vielen Unterschiede zwischen dem Morddezernat und der Undercoverabteilung ist unsere Einstellung in Sachen Unauffälligkeit. Undercoverleute sind darin sogar noch besser, als man glaubt, und wenn wir uns ein bisschen amüsieren wollen, schauen wir uns mit großem Vergnügen an, wie die Jungs vom Morddezernat mit Vorliebe Einzug halten. Diese beiden Kollegen kamen in einem silbernen BMW um die Ecke gebraust, einem Zivilfahrzeug, das genauso gut mit Blaulicht und Sirene hätte unterwegs sein können, bremsten scharf, ließen den Wagen in einem dramatischen Winkel stehen, knallten die Türen gleichzeitig zu – sie hatten das vermutlich geübt – und gingen lässig auf Nummer 16 zu, während ihnen die Musik von *Hawaii Fünf-Null* im Surround-Sound durch den Kopf schallte.

Einer der beiden war ein frettchengesichtiger blonder Grünschnabel, der den Gang noch perfektionierte und sich alle Mühe gab, Schritt zu halten. Der andere war in meinem Alter, schwang eine glänzende Lederaktentasche in einer Hand und beherrschte seinen wiegenden Gang, als gehörte er zu seinem schnieken Anzug. Die Kavallerie war eingetroffen, und zwar in Gestalt von Rocky Kennedy.

Rocky und ich kennen uns von der Polizeiakademie. Er war mein engster Kumpel während der Ausbildung, was aber nicht unbedingt heißt, dass wir uns mochten. Die meisten Typen kamen aus Orten, von denen ich noch nie gehört hatte und auch nicht hören wollte. Ihre hauptsächlichen Ziele in Sachen Karriere waren eine Uniform, zu der keine Gummistiefel gehörten, und eine Gelegenheit, Frauen kennenzulernen, die nicht ihre Cousinen waren. Rocky und ich waren beide Dubliner, und wir hatten beide Zukunftsvisionen, in denen gar keine Uniformen vorkamen. Wir guckten einander am ersten Tag aus und versuchten in den nächsten drei Jahren immer, in allem besser zu sein als der andere, von Fitnesstests bis hin zu Snooker.

Rockys richtiger Name ist Mick. Den Spitznamen habe ich ihm verpasst, und ich finde, damit ist er noch gut bedient. Er gewann nun mal für sein Leben gern, unser Mick. Auch ich freue mich, wenn ich gewinne, aber ich tue es dezent. Kennedy hatte die üble Angewohnheit, jedes Mal, wenn er bei irgendwas am besten abschnitt, triumphierend die Faust in die Luft zu recken wie Sylvester Stallone als Rocky Balboa. Ich nahm das ein paar Wochen lang hin und wurde dann zunehmend sauer: Hast du's mal wieder allen gezeigt, Mickey? Ja? Hast du uns wieder den Rocky gemacht? Ich kam mit den Provinzlern besser klar als er, und bald nannten alle ihn Rocky, was nicht immer nett gemeint war. Er war nicht gerade begeistert, aber das verbarg er ganz gut. Wie gesagt, er hätte wesentlich schlechter wegkommen können, und das wusste er. Ich hatte auch schon an Micky Maus gedacht.

Wir gaben uns keine große Mühe, in Kontakt zu bleiben, als wir schließlich hinaus in die große böse Welt geschickt wurden, aber wenn wir uns mal über den Weg liefen, gingen wir was trinken, in erster Linie um den Überblick zu behalten, wer von uns beiden vorne lag. Er brachte es fünf Monate früher als ich zum Detective, ich schaffte es anderthalb Jahre früher als er vom Sonderfahnder in ein Dezernat; er heiratete vor mir, wurde aber auch vor mir geschieden. Alles in allem lagen wir ungefähr gleichauf. Der blonde Grünschnabel an seiner Seite überraschte mich nicht. Während die meisten Detectives im Morddezernat einen Partner haben, bevorzugte Rocky natürlich einen Handlanger.

Rocky ist knapp über eins achtzig, zwei, drei Zentimeter größer als ich, aber er hat eine Haltung wie ein kleiner Mann: Brust raus, Schultern nach hinten, Hals sehr gerade. Er hat ziemlich dunkles Haar, eine schmale Statur, eine kräftige Kinnpartie und ein Talent, auf die Sorte Frauen anziehend zu wirken, die Statussymbole werden wollen, wenn sie mal groß sind, und nicht die Beine haben, um sich einen Rugbyspieler zu schnappen. Ich weiß auch, ohne dass es mir jemand erzählt hat, dass seine Eltern Stoffservietten benutzen statt welche aus Papier und lieber auf Essen verzichten würden als auf Gardinen. Rocky pflegt zwar die Sprache der Mittelschicht, aber etwas an der Art, wie er einen Anzug trägt, verrät seine Herkunft.

Auf den Stufen von Nummer 16 drehte er sich um und ließ ein zweites Mal den Blick über die Straße schweifen, um einen ersten Eindruck zu bekommen, womit er es hier zu tun hatte. Er entdeckte mich, keine Frage, doch seine Augen glitten über mich hinweg, als hätte er mich noch nie gesehen. Einer der vielen Vorteile beim Undercover besteht darin, dass Kollegen aus anderen Abteilungen nie genau durchschauen, wann du im Einsatz bist oder wann du, sagen wir, mit den Jungs tatsächlich um die Häuser ziehst, daher lassen sie dich meist schon vorsichtshalber in Ruhe. Wenn sie den falschen Schluss zögen und deine Tarnung auffliegen ließen, würden sie auf der Arbeit derartig zur Sau gemacht, dass die Lästereien, die sie sich obendrein auf ewig im Pub anhören müssten, nichts dagegen wären.

Als Rocky und sein Grünschnabel im dunklen Eingang verschwanden, sagte ich: »Wartet hier.«

Shay fragte: »Gefällt mir dein Ton?«

»Ich hoffe es für dich. Ich bin bald wieder da.«

»Lass gut sein«, sagte Kevin zu Shay, ohne aufzublicken. »Er macht seine Arbeit.«

»Er redet wie ein Scheißbulle.«

»Ach nee«, sagte Kevin, dem endlich der Geduldsfaden riss. Er hatte einen langen Tag gehabt, brudermäßig. »Fein beobachtet. Verdammt nochmal.« Er sprang von der Treppe, drängte sich durch eine Schar Hearnes in Richtung Straßenende und verschwand. Shay zuckte die Achseln. Ich überließ ihn sich selbst und ging los, um den Koffer zu holen.

Kevin war nirgends zu sehen, mein Wagen war noch unversehrt, und als ich zurück zu Nummer 11 kam, hatte sich auch Shay verzogen, wohin auch immer Shay sich so verzieht. Ma stand auf den Zehenspitzen an unserer Tür, winkte mir aufgeregt mit einer Hand und kreischte irgendwas, das dringend klang, aber das ist bei Ma immer so. Ich tat so, als würde ich sie nicht sehen.

Rocky stand auf den Stufen von Nummer 16, wie es aussah, in ein unergiebiges Gespräch mit meinem Lieblingsprovinzpolizisten vertieft. Ich klemmte mir den Koffer unter den Arm und drängte mich zwischen sie. »Rocky«, sagte ich und schlug ihm auf den Rücken. »Schön, dich zu sehen.«

»Frank!« Er packte meine Hand mit einem beidhändigen Machogriff und schüttelte sie. »Menschenskind, lange nicht gesehen. Ich hab gehört, du warst schon vor mir hier, ja?«

»Mein Fehler«, sagte ich und warf dem Uniformierten ein breites Grinsen zu. »Ich wollte mich nur rasch umsehen. Könnte sein, dass ich in der Sache ein paar Insiderinformationen hab.«

»Mann, spann mich nicht auf die Folter. Die Sache ist eiskalt. Wenn du wirklich was hast, was uns in die richtige Richtung lenkt, wär ich dir wahnsinnig dankbar.«

»So was hör ich gern«, sagte ich und zog ihn von dem Provinzler weg, der mit offenem Mund lauschte. »Ich hab eine mögliche Identifizierung für dich. Meinen Informationen nach könnte es sich um eine junge Frau namens Rose Daly handeln, die in Nummer drei wohnte und vor einer ganzen Weile verschwunden ist.«

Rocky stieß einen Pfiff aus, und seine Augenbrauen schnellten hoch. »Sehr schön. Hast du eine Beschreibung?«

»Neunzehn Jahre alt, eins siebzig groß, kurvige Figur – vielleicht etwas über sechzig Kilo –, langes, lockiges rotes Haar, grüne Augen. Ich kann dir nicht genau sagen, was sie anhatte, als sie zuletzt gesehen wurde, aber wahrscheinlich eine Jeansjacke und rotbraune Vierzehn-Loch-Doc-Stiefel.« Rosie liebte diese Stiefel. »Passt das zu dem, was ihr gefunden habt?«

Rocky sagte zurückhaltend: »Was wir gefunden haben, schließt es nicht aus.«

»Komm schon, Rocky. Du kannst mir mehr sagen.«

Rocky seufzte, fuhr sich mit einer Hand durchs Haar und drückte es sich gleich wieder zurecht. »Laut Cooper handelt es sich um eine junge ausgewachsene weibliche Person, die irgendwo zwischen fünf und fünfzig Jahren dort gelegen hat. Mehr will er erst nach der Obduktion sagen. Die Spurensicherung hat einen Haufen Kram gefunden, der noch identifiziert werden muss, einen Jeansknopf und eine Handvoll Metallringe, bei denen es sich um die Ösen von den Docs handeln könnte. Das Haar könnte rot gewesen sein. Ist schwer zu sagen.«

Die dunkle Masse, die mit Gott weiß was durchtränkt war. Ich sagte: »Irgendeine Idee, woran sie gestorben ist?«

»Schön wär's. Dieser bescheuerte Cooper – kennst du ihn? Der Mann ist ein Arschloch, wenn er dich nicht leiden kann, und aus irgendeinem Grund hat der mich nie leiden können. Er will nur eines bestätigen, nämlich, dass sie tot ist, ohne Scheiß, Sherlock. Für mich sieht es ganz danach aus, als hätte ihr jemand mit einem Backstein mehrmals eins über den Kopf gehauen – der Schädel ist zerschmettert –, aber was weiß ich schon, ich bin ja bloß Detective. Cooper hat noch irgendwas gefaselt von Post-mortem-Schäden und Druckfrakturen …« Plötzlich hörte Rocky auf, sich auf der Straße umzusehen, und musterte mich prüfend. »Wieso interessiert dich die Sache so? Hier geht's doch wohl nicht um irgendeine Informantin, die deinetwegen in die Scheiße geraten ist, oder?«

Es erstaunt mich immer wieder, dass Rocky nicht häufiger eins aufs Maul kriegt. Ich sagte: »Meine Informanten kriegen nicht mit Backsteinen eins über den Schädel gebraten, Rocky. Niemals. Sie führen alle ein langes, glückliches, erfülltes Leben und sterben an Altersschwäche.«

»Ist ja gut«, sagte Rocky und hob die Hände. »Entschuldige, dass ich lebe. Wenn sie keine Informantin von dir war, wieso interessiert dich dann so, was mit ihr passiert ist – und, ohne einem geschenkten Gaul ins Maul schauen zu wollen, aber wie bist du ausgerechnet hier reingestolpert?«

Ich erzählte ihm all das, was er ohnehin woanders erfahren hätte: junge Liebe, Rendezvous um Mitternacht, abservierter Held galoppiert davon in die kalte grausame Welt, Koffer, eine Reihe genialer Schlussfolgerungen. Als ich fertig war, bedachte er mich mit einem großäugigen Blick – Hochachtung, durchsetzt mit so etwas wie Mitleid –, der mir gar nicht gefiel.

»Heilige Scheiße«, sagte er, was die Sache eigentlich ziemlich genau auf den Punkt brachte.

»Durchatmen, Rocky. Die Sache ist zweiundzwanzig Jahre her. Die Liebe ist längst erkaltet. Ich bin bloß hier, weil meine Lieblingsschwester sich angehört hat wie kurz vor einem Herzinfarkt, und das hätte mir das ganze Wochenende versauen können.«

»Trotzdem. Ich beneide dich nicht gerade, Kumpel.«

»Ich ruf dich an, falls ich eine Schulter zum Ausweinen brauche.«

Er zuckte die Achseln. »Ich mein ja bloß. Keine Ahnung, wie das bei dir ist, aber ich wäre nicht unbedingt scharf drauf, die Sache meinem Boss zu erklären.«

»Mein Boss ist ein sehr verständnisvoller Typ. Sei nett zu mir, Rocky. Ich habe Weihnachtsgeschenke für dich.«

Ich reichte ihm den Koffer und meine Fingerabdruck-Fifi-Umschläge – er würde sie schneller und problemloser untersuchen lassen können als ich, und außerdem hatte Mr Daly nicht mehr ganz so sehr Vorrang für mich. Rocky beäugte sie, als hätten sie Läuse. »Was wolltest du damit machen?«, wollte er wissen. »Wenn ich fragen darf.«

»Sie von ein paar Leuten, die sich mir verbunden fühlen, untersuchen lassen. Bloß um eine ungefähre Ahnung zu bekommen, womit wir es hier zu tun haben.«

Rocky hob eine Augenbraue, sagte aber nichts dazu. Er blätterte die Umschläge durch, las die Namen darauf: Matthew Daly, Theresa Daly, Nora Daly. »Du glaubst, die Familie war's?«

Ich zuckte die Achseln. »Die lieben Angehörigen. Warum nicht mit ihnen anfangen?«

Rocky warf einen Blick zum Himmel. Die Luft war dunkel wie der Abend geworden, und erste Regentropfen fielen klatschend herab, als nähmen sie ihren Job sehr ernst. Die Menge Schaulustiger löste sich langsam auf, die Leute kehrten zu dem zurück, was sie eigentlich machen sollten, nur der harte Kern von Kapuzenshirts und Kopftüchern hielt weiter durch. Er sagte: »Ich muss hier noch ein paar Sachen erledigen, und dann will ich rasch schon mal vorab mit der Familie von dem Mädchen sprechen. Dann sollten wir ein Bier trinken gehen, du und ich, ja? Ein bisschen quatschen. Der Youngster kann derweil hier aufpassen; ist 'ne gute Übung für ihn.«

Die Geräusche hinter ihm veränderten sich, tief unten im Haus: ein langes mahlendes Schaben, ein Ächzen, Schuhe, die auf hohlen Brettern polterten. Vage weiße Gestalten bewegten sich, verschmolzen mit den dichten Schichten aus Schatten und dem Höllenfeuerschein, der aus dem Kellergeschoss heraufkam. Die Jungs vom Leichenwagen brachten ihren Fang heraus.

Die Alten schnappten nach Luft und bekreuzigten sich, genossen jede Sekunde. Die Jungs vom Leichenwagen kamen an mir und Rocky vorbei, die Köpfe gegen den stärker werdenden Regen gesenkt, wobei einer von ihnen bereits mit einem Schulterblick über den Verkehr meckerte. So nah, wie sie waren, hätte ich bloß die Hand auszustrecken brauchen, um den Leichensack zu berühren. Er war bloß eine formlose Masse auf der Trage, so flach, dass er hätte leer sein können, so leicht, dass sie ihn trugen, als wäre er nichts.

Rocky wartete, bis sie die Trage hinten in den Van geschoben hatten. »Ich bin in fünf Minuten wieder da«, sagte er. »Nicht weglaufen.«

Wir gingen ins *Blackbird*, ein paar Ecken entfernt, weit genug und ausschließlich männlich genug, dass die Nachricht sich noch nicht bis dort rumgesprochen hatte. Das *Blackbird* war der allererste Pub, in dem ich je bedient wurde, mit fünfzehn, nach meinem ersten Tag in einem Ferienjob auf dem Bau, wo ich von morgens bis abends Ziegelsteine geschleppt hatte. Joe der Barmann fand, dass jemand, der die Arbeit eines Erwachsenen tat, anschließend auch das Bier eines Erwachsenen verdient hatte. Joe war durch einen Typen mit einem gleichwertigen Toupet ersetzt worden, und der Zigarettenqualmschleier war zu einem Dunst aus schalem Fusel und Körpergerüchen verbessert worden, so dicht, dass man förmlich sehen konnte, wie er in der Luft wogte. Doch abgesehen davon hatte sich nicht viel verändert: dieselben rissigen Schwarzweißfotos von unbekannten Sportmannschaften an den Wänden, dieselben mit Fliegendreck besprenkelten Spiegel hinter der Bar, dieselben Kunstledersitze, aus denen die Füllung quoll, eine Handvoll alter Knaben auf ihren persönlichen Barhockern und eine Gruppe Typen in Arbeitsschuhen, die Hälfte davon Polen und etliche eindeutig minderjährig.

Ich pflanzte Rocky, der seinen Beruf nicht verleugnen kann, an einen Tisch in der Ecke und ging zur Theke. Als ich mit unseren Bieren zurückkam, hatte Rocky sein Notizbuch hervorgeholt und kritzelte mit einem schicken Designerstift drauflos – offenbar waren die Jungs vom Morddezernat über billige Kulis erhaben. »Sieh an«, sagte er, klappte das Notizbuch mit einer Hand zu und nahm sein Glas mit der anderen entgegen, »aus dieser Gegend kommst du also. Wer hätte das gedacht?«

Ich schenkte ihm ein Grinsen, in dem der Hauch einer Warnung lag. »Du hast wohl gedacht, ich wäre in einer Villa in Foxrock aufgewachsen, ja?«

Rocky lachte. »Eher nicht. Du hast aus deiner, sagen wir, bescheidenen Herkunft nie einen Hehl gemacht. Aber da du dich, was die Einzelheiten anging, ziemlich bedeckt gehalten hast, hab ich gedacht, du kämst aus irgendeiner heruntergekommenen Mietskaserne. Ich hätte es mir nie so – wie soll ich sagen? – malerisch vorgestellt.«

»Das ist eine gute Bezeichnung.«

»Matthew Daly und Theresa Daly sagen, du seist seit der Nacht, in der du und Rose das Weite gesucht habt, nicht mehr in der Gegend gewesen.«

Ich zuckte die Achseln. »Meine Toleranz für Lokalkolorit hat Grenzen.«

Rocky zeichnete einen Smiley in die Schaumkrone von seinem Bier. »Also. Schön, wieder zu Hause zu sein, ja? Auch wenn du es dir nicht unbedingt so vorgestellt hast?«

»Falls die Sache irgendwas Gutes hat«, sagte ich, »was ich bezweifele, dann jedenfalls nicht das.«

Er sah mich schmerzlich berührt an, als hätte ich in der Kirche gepupst. »Wenn ich dir einen Tipp geben darf«, sagte er, »sieh es als was Positives.«

Ich stierte ihn an.

»Im Ernst. Nimm das Negative, dreh es um und verwandele es in etwas Positives.« Er hielt einen Bierdeckel hoch, den er dann wendete, um das geistige Konzept des Umdrehens zu demonstrieren.

Normalerweise hätte ich ihm unmissverständlich vermittelt, was ich von diesem völlig bescheuerten Rat hielt, aber ich wollte etwas von ihm, also hielt ich mich bedeckt. »Erleuchte mich«, sagte ich.

Rocky zerstörte das Smiley-Gesicht mit einem langen Schluck und hob mahnend einen Finger. »Wahrnehmung«, sagte er, als er wieder auftauchte, um Luft zu holen, »ist alles. Wenn du daran glaubst, dass das hier gut für dich laufen kann, dann tut es das auch. Kannst du mir folgen?«

»Nicht so richtig, nein«, sagte ich. Adrenalin macht Rocky tiefsinnig, so wie Gin andere Typen rührselig macht. Ich wünschte, ich hätte einen Kurzen dazubestellt.

»Es geht im Grunde um *Glauben*. Der Erfolg dieses Landes beruht ausschließlich auf Glauben. Ist ein Grundstück in Dublin wirklich einen Tausender pro Quadratmeter wert? Schwachsinn. Aber die Leute zahlen so viel, weil sie daran *glauben*. Du und ich, Frank, wir sind der Zeit voraus. Damals in den Achtzigern saß das ganze Land in der Scheiße, es hatte nicht einen Funken Hoffnung, aber wir haben an uns selbst geglaubt, du und ich. So haben wir es dahin gebracht, wo wir heute sind.«

Ich sagte: »Ich habe es dahin gebracht, wo ich heute bin, weil ich meine Arbeit gut mache. Und ich hoffe bei Gott, das tust du auch, Kumpel, weil ich nämlich gern hätte, dass dieser Fall aufgeklärt wird.«

Der Blick, mit dem Rocky mich anstarrte, grenzte fast an Armdrücken. »Ich mache meine Arbeit sehr gut«, sagte er zu mir. »Sehr, sehr gut. Weißt du, wie hoch die Aufklärungsrate insgesamt beim Morddezernat ist? Zweiundsiebzig Prozent. Und weißt du, wie hoch meine persönliche Aufklärungsrate ist?«

Er legte eine Pause ein, damit ich den Kopf schütteln konnte. »Sechsundachtzig Prozent, Kleiner. Sechsund-zum-vor-Neid-Erblassen-achtzig Prozent. Du kannst von Glück sagen, dass du mich heute bekommen hast.«

Ich setzte ein widerwillig beeindrucktes Grinsen auf und nickte, ließ ihn gewinnen. »Hört sich ganz so an.«

»Und ob.« Nachdem er das klargemacht hatte, lehnte Rocky sich entspannt auf seiner Bank zurück, zuckte gleich wieder hoch und starrte gereizt auf eine kaputte Sprungfeder.

»Vielleicht«, sagte ich, hob mein Glas hoch ins Licht und spähte nachdenklich drauf, »vielleicht ist das ja unser beider Glückstag.«

»Inwiefern?«, fragte Rocky argwöhnisch. Er kennt mich gut genug, um schon aus Prinzip argwöhnisch zu sein.

Ich sagte: »Überleg doch mal. Wenn du mit der Arbeit an einem Fall anfängst, was wünschst du dir da am meisten?«

»Ein vollständiges Geständnis, das durch Augenzeugen und Beweislage untermauert wird.«

»Nein, nein, nein. Überleg doch mal, Rocky. Du denkst speziell. Denk allgemein. Mit einem Wort, was ist dein größter Gewinn, für dich als Detective? Was ist für dich das Schönste auf der ganzen weiten Welt?«

»Blödheit. Gib mir fünf Minuten mit einem Trottel –«

»*Informationen*. Jede Sorte, jede Qualität, jede Quantität, alles ist gut. Informationen sind Munition, Rocky. Informationen sind Brennstoff. Ohne Blödheit können wir immer noch irgendwie weiterkommen; ohne Informationen stecken wir fest.«

Rocky dachte darüber nach. »Und?«, fragte er vorsichtig.

Ich breitete die Arme aus und grinste ihn an. »Die Antwort auf deine Gebete, Mann.«

»Kylie im Stringtanga?«

»Deine beruflichen Gebete. Alle Informationen, die du dir je wünschen könntest, alle Informationen, an die du allein nie rankämst, weil dir keiner von hier irgendwas verraten wird, das Ganze schön hübsch verpackt in Gestalt deines ausgebildeten Lieblingsbeobachters. Mir.«

Rocky sagte: »Tu mir einen Gefallen und komm mal kurz runter auf mein Niveau, Frank. Werd konkret. Was willst du?«

Ich schüttelte den Kopf. »Es geht hier nicht um mich. Es geht um eine Win-win-Situation. Gemeinsam haben wir die besten Chancen, die Sache hier in etwas Positives zu verwandeln.«

»Du willst bei dem Fall mitmischen.«

»Vergiss, was ich will. Denk drüber nach, was sowohl für dich als auch für mich gut ist – und natürlich für den Fall. Wir wollen beide, dass er aufgeklärt wird, hab ich recht? Hat das nicht für alle Vorrang?«

Rocky tat so, als würde er kurz darüber nachdenken. Dann schüttelte er den Kopf, langsam und bedauernd. »Keine Chance. Sorry, Kumpel.«

Kumpel, von wegen. Ich grinste ihn herausfordernd an. »Hast du Angst? Du bist weiterhin der leitende Detective, Rocky. Das Ergebnis geht auf jeden Fall allein auf dein Konto. Bei uns in der Undercoverabteilung gibt's keine Aufklärungsraten.«

»Tja, schön für euch«, sagte Rocky seelenruhig, ohne den Köder zu schlucken. Er hatte mit den Jahren gelernt, seine

Geltungssucht besser zu kontrollieren. »Du weißt, ich hätte dich wirklich gern mit an Bord, Frank, aber mein Boss macht da niemals mit.«

Der Boss vom Morddezernat ist in der Tat nicht mein größter Fan, aber ich bezweifelte, dass Rocky das wusste. Ich zog eine Augenbraue hoch und tat amüsiert. »Dein Boss traut dir nicht zu, ein eigenes Team zusammenzustellen?«

»Doch, aber ich muss meine Entscheidung begründen können. Liefer mir irgendwas Handfestes, was ich ihm bieten kann, Frank. Lass doch mal ein paar von diesen erstklassigen Informationen hören. Hatte Rose Daly irgendwelche Feinde?«

Wie wir beide wussten, würde mir der Hinweis darauf, dass ich bereits eine ganze Menge verraten hatte, wenig nützen. »Nicht, dass ich wüsste. Das war mit ein Grund, warum ich nie auf den Gedanken gekommen bin, sie könnte tot sein.«

Er blickte skeptisch. »Was denn, war sie eine Idiotin?«

Ich sagte mit einem freundlichen Unterton, der ihn im Unklaren ließ, ob ich einen Witz machte: »Sie war wesentlich cleverer, als du es je sein wirst.«

»Langweilig?«

»Absolut nicht.«

»Hässlich?«

»Die schärfste Braut in der ganzen Nachbarschaft. Was traust du mir denn für einen Geschmack zu?«

»Dann hatte sie garantiert Feinde. Eine Langweilerin oder eine Schreckschraube würde vielleicht niemandem auf den Senkel gehen, aber wenn eine Frau Köpfchen und Persönlichkeit hat und noch dazu toll aussieht, macht sie zwangsläufig irgendwann jemanden sauer.« Er blickte mich neugierig über sein Bier hinweg an. »Die rosarote Brille ist nicht dein Stil, Frank. Du musst richtig verrückt nach ihr gewesen sein, was?«

Gefährliche Gewässer. »Erste Liebe«, sagte ich achselzuckend. »Lange her. Ich hab sie wahrscheinlich idealisiert, zugegeben, aber sie war wirklich ein nettes Mädchen. Mir fällt keiner ein, der mit ihr ein Problem gehabt hätte.«

»Keine Exfreunde mit Rachegelüsten? Keine Zickenkriege?«

»Rosie und ich waren ein paar Jahre zusammen, Rocky. Seit wir sechzehn waren. Ich glaube, sie hatte vor mir ein paar Freunde, aber das war Kinderkram: Händchenhalten im Kino, den Namen des anderen auf den Tisch in der Schule schreiben, nach drei Wochen Schluss machen, weil die Bindung zu intensiv wird.«

»Namen?«

Er hatte seinen glänzenden Detective-Stift in der Hand. Irgendwelche armen Teufel würden unerwünschten Besuch kriegen. »Martin Hearne, wurde damals auch Zippy genannt, obwohl er heute vielleicht nicht mehr drauf hört. Wohnte in Nummer sieben, durfte sich ganz kurze Zeit, als wir ungefähr fünfzehn waren, Rosies Freund nennen. Davor war sie mit einem gewissen Colm zusammen, der mit uns zur Schule ging, bis seine Eltern zurück in die Provinz zogen, und als wir ungefähr acht waren, hat sie Larry Sweeney von der Smith's Road geküsst, als eine Art Mutprobe. Ich bezweifle ernsthaft, dass einer von denen noch nach ihr geschmachtet hat.«

»Keine neidischen Freundinnen?«

»Neidisch auf was? Rosie war nicht der Femme-fatale-Typ; sie hat nicht mit den Freunden von anderen Mädels geflirtet. Und ich mag ja unwahrscheinlich sexy sein, aber selbst wenn jemand gewusst hätte, dass wir zusammen waren, was keiner wusste, bezweifele ich, dass irgendein Mädchen Rosie kaltgemacht hat, bloß um meinen heißen Körper in die Hände zu kriegen.«

Rocky grunzte. »Da geb ich dir recht. Aber, Frank, du musst

mir mehr geben. Was du mir bisher erzählt hast, hätte ich auch von jedem Tratschweib im Radius von einer Meile erfahren können. Wenn ich dich bei meinem Boss durchboxen will, brauch ich was Genaueres. Liefer mir ein paar Motive oder die pikanten Geheimnisse des Opfers oder – Ah, ich hab 'ne Idee.« Er schnippte mit den Fingern, zeigte auf mich. »Erzähl mir haarklein von der Nacht, in der ihr zwei verabredet wart. Die Erinnerungen eines Augenzeugen. Dann sehen wir, wie's weitergeht.«

Anders ausgedrückt: Wo warst du am Abend des Fünfzehnten, Kleiner? Ich war mir nicht sicher, ob er mich ernsthaft für so blöd hielt, dass ich das nicht merkte. »In Ordnung«, sagte ich. »Die Nacht von Sonntag auf Montag, vom fünfzehnten auf den sechzehnten Dezember 1985. Um ungefähr zwanzig Minuten vor Mitternacht verließ ich mein Elternhaus, Faithful Place Nummer acht, und begab mich ans Ende der Straße, wo ich so gegen zwölf mit Rose Daly verabredet war, je nachdem, wann unsere Familien zu Bett gingen und wir Gelegenheit hatten, uns unbemerkt davonzuschleichen. Ich blieb bis gegen fünf oder sechs Uhr früh dort – den exakten Zeitpunkt kann ich nicht mit Sicherheit sagen. Ich verließ meinen Standort nur ein einziges Mal für vielleicht fünf Minuten, und zwar um kurz nach zwei Uhr, um in Nummer sechzehn nachzusehen, ob es hinsichtlich des Treffpunktes eine Verwechslung gegeben hatte und Rose vielleicht dort auf mich wartete.«

»Irgendein Grund, warum Nummer sechzehn ein alternativer Treffpunkt hätte sein können?« Rocky machte sich Notizen in einer Art Privatsteno.

»Wir hatten darüber geredet, ehe wir uns für das Ende der Straße entschieden. In dem Haus trafen sich ständig die Jugendlichen aus der Straße. Wenn du mal Bier trinken oder rauchen oder knutschen oder sonst was machen wolltest, was deine Eltern nicht so toll fänden, und es nicht woanders machen konntest, weil du noch nicht alt genug warst, war Nummer sechzehn genau die richtige Adresse dafür.«

Rocky nickte. »Da hast du also nach Rose gesucht. In welchen Zimmern hast du nachgesehen?«

»In jedem Zimmer im unteren Stockwerk – ich wollte keinen Lärm machen, daher konnte ich nicht nach ihr rufen. Es war niemand da, ich habe den Koffer nicht gesehen, und ich habe nichts Ungewöhnliches gesehen oder gehört. Dann bin ich weiter in den obersten Stock, wo ich auf dem Fußboden im rechten Zimmer nach vorn raus einen Brief fand, der von Rose Daly unterschrieben war. Der Brief deutete darauf hin, dass sie beschlossen hatte, allein nach England zu gehen. Ich ließ ihn dort liegen.«

»Ich hab ihn gesehen. Er hat keine Anrede. Wieso bist du davon ausgegangen, dass er für dich war?«

Bei der Vorstellung, wie er den Brief genüsslich las und ihn vorsichtig in einen Beweismittelbeutel schob, hätte ich schon wieder nicht übel Lust gehabt, ihm eine reinzuhauen, und das schon, ehe er die nicht besonders zarte Andeutung machte, dass Rosie Zweifel gekommen waren. Ich fragte mich, was genau die Dalys ihm von mir erzählt hatten. »Das lag für mich auf der Hand«, sagte ich. »Schließlich war sie mit mir verabredet. Wenn sie einen Brief hinterlassen hatte, dann konnte er doch eigentlich nur für mich sein.«

»Sie hatte vorher in keiner Weise durchblicken lassen, dass ihr Bedenken gekommen waren?«

»Absolut nicht«, sagte ich mit einem breiten Grinsen. »Und wir wissen auch nicht, ob dem so war, Rocky, oder?«

»Vielleicht nicht«, sagte Rocky. Er notierte sich wieder etwas in seinem Büchlein und blickte mit zusammengekniffenen Augen darauf. »Du bist nicht runter in den Keller gegangen?«

»Nein. Da ging nie einer rein: Der war dunkel, der war baufällig, der wimmelte von Ratten und der war moderig und stank erbärmlich, deshalb hielten wir uns von da fern. Ich bin gar nicht auf die Idee gekommen, dass Rosie dort sein könnte.«

Rocky klopfte sich mit dem Stift gegen die Zähne und studierte seine Notizen. Ich kippte ein Drittel von meinem Bier in mich hinein und dachte, so kurz ich konnte, über die Möglichkeit nach, dass Rosie tatsächlich in dem Keller gewesen war, während ich oben vor Liebeskummer verging, nur wenige Schritte entfernt.

»Stattdessen bist du also«, sagte Rocky, »obwohl du Rose' Brief als Abschiedsbrief aufgefasst hattest, wieder zurück ans Ende der Straße gegangen und hast weiter gewartet. Warum?«

Seine Stimme klang sanft, beiläufig, doch ich bemerkte den Machtrausch in seinem Blick. Der kleine Scheißer genoss jede Sekunde. »Die Hoffnung stirbt zuletzt«, sagte ich achselzuckend. »Und Frauen ändern schon mal ihre Meinung. Ich dachte, ich geb ihr die Chance, ihre Meinung noch mal zu ändern.«

Rocky stieß ein kurzes männliches Schnauben aus. »Frauen, was? Du hast ihr also drei oder vier Stunden gegeben, und dann hast du dich vom Acker gemacht. Wo bist du hin?«

Ich erzählte ihm von dem besetzten Haus und den übelriechenden Rockern und der großzügigen Schwester, vergaß Nachnamen, nur für den Fall, dass er beschloss, irgendwem Scherereien zu machen. Rocky schrieb emsig mit. Als ich fertig war, fragte er: »Wieso bist du nicht einfach nach Hause gegangen?«

»Eigendynamik und Stolz. Ich wollte sowieso weg, daran hatte Rosies Entscheidung nichts geändert. England im Alleingang klang nicht mehr so toll, aber wie ein Volltrottel mit eingezogenem Schwanz zurück nach Hause zu schleichen genauso wenig. Ich war fest entschlossen zu gehen, also bin ich gegangen.«

»Mmm«, sagte Rocky. »Kommen wir noch mal zurück auf die knapp sechs Stunden – also das nenn ich Liebe, vor allem im Dezember –, die sechs Stunden, die du oben an der Straße gewartet hast. Weißt du noch, ob irgendjemand vorbeigekommen ist, eines der Häuser betreten oder verlassen hat, irgendwas in der Art?«

Ich sagte: »An ein paar Dinge erinnere ich mich. So um Mitternacht herum, die genaue Uhrzeit kann ich dir nicht sagen, hab ich Geräusche gehört, als würde ein Pärchen irgendwo in der Nähe es miteinander treiben. Im Rückblick allerdings hätte es beides sein können, eine heiße Nummer oder ein Kampf. Und später, etwa zwischen Viertel nach eins und halb zwei, ist irgendjemand durch die Gärten auf der Straßenseite mit den geraden Hausnummern gegangen. Ich weiß nicht, ob dir das nach der langen Zeit noch was nützt, aber vielleicht kannst du ja doch was damit anfangen.«

»Alles könnte nützlich sein«, sagte Rocky vage und schrieb drauflos. »Das weißt du ja selbst. Und damit hatte es sich an menschlichen Aktivitäten? Die ganze Nacht, in so einer Nachbarschaft? Seien wir ehrlich, das ist nicht gerade wie in den grünen Villensiedlungen.«

So allmählich ging er mir auf den Wecker, worauf er es vermutlich anlegte, daher hielt ich die Schultern entspannt und ließ mir Zeit mit meinem Bier. »Es war Sonntagnacht. Als ich raus zum Treffpunkt ging, war alles geschlossen und so ziemlich jeder im Bett, sonst hätte ich noch länger gewartet. Es war absolut still am Faithful Place. Ein paar Leute waren noch wach und haben geredet, aber kein Mensch ist die Straße rauf- oder runtergegangen oder hat irgendeines der Häuser betreten oder verlassen. Ich habe Leute um die Ecke gehört, Richtung

New Street, und zwei-, dreimal ist jemand so nahe gekommen, dass ich aus dem Lichtkegel von der Laterne getreten bin, damit mich keiner sieht, aber ich habe niemanden erkannt.«

Rocky drehte nachdenklich den Stift und betrachtete das Licht, das über die Oberfläche glitt. »Dann hat dich also keiner gesehen«, wiederholte er. »Weil keiner wusste, dass ihr beide ein Paar seid. Hab ich das richtig verstanden?«

»Ja, richtig.«

»Diese ganze Geheimnistuerei. Gab es dafür einen besonderen Grund?«

»Rosies Vater konnte mich nicht leiden. Er ist an die Decke gegangen, als er erfuhr, dass wir beide zusammen waren – deshalb haben wir ab da unsere Beziehung heimlich geführt. Wenn wir ihm erzählt hätten, dass ich mit seinem kleinen Mädchen nach London gehen wollte, hätte es einen heiligen Krieg gegeben. Ich fand, es wäre einfacher, Vergebung zu bekommen als eine Erlaubnis.«

»Manche Sachen ändern sich nie«, sagte Rocky ein wenig bitter. »Wieso konnte er dich nicht leiden?«

»Weil er keinen Geschmack hat«, grinste ich. »Dieses Gesicht muss man doch einfach lieben, oder?«

Er grinste nicht zurück. »Im Ernst.«

»Das musst du ihn schon selbst fragen. Er hat mich an seinem Gedankenprozess nicht beteiligt.«

»Mach ich. Wusste sonst irgendwer von euren Plänen?«

»Ich hab niemandem was erzählt. Soweit ich weiß, Rosie auch nicht.« Mandy hatte ich voll auf meiner Seite. Rocky konnte von mir aus ruhig mit ihr reden, es würde ihm nichts bringen. Bei dem Gespräch hätte ich liebend gern zugesehen.

Rocky überflog seine Notizen, ließ sich Zeit und trank von seinem Bier. »Schön«, sagte er schließlich und klickte die Miene seines Edelstifts rein. »Das dürfte vorerst genügen.«

»Frag deinen Boss, was er meint«, sagte ich. Die Chance, dass er mit seinem Boss sprechen würde, lag zwar bei null, aber wenn ich zu leicht klein beigab, würde er sich fragen, was für einen Plan B ich in der Hinterhand hatte. »Wenn er das alles hört, lässt er sich vielleicht vor lauter Rührung zu ein bisschen Kollaboration mit mir erweichen.«

Rocky sah mir in die Augen und blinzelte bloß eine halbe Sekunde zu lang nicht. Er dachte genau das, was mir in dem Augenblick klar geworden war, als ich von dem Koffer hörte. Der offensichtliche Verdächtige war der Typ vor Ort, der ein Motiv und die Gelegenheit und nicht den Hauch eines Alibis hatte, der Typ, der auf Rosie Daly gewartet hatte, der Typ, den sie wahrscheinlich in der Nacht abservieren wollte; der Typ, der behauptete, Ehrenwort, Officer, dass sie nie am Treffpunkt erschienen war.

Keiner von uns beiden wollte das als Erster auf den Tisch bringen. »Ich tu, was ich kann«, sagte Rocky. Er steckte das Notizbuch in seine Jacketttasche. Er sah mich nicht an. »Danke erst mal, Frank. Kann sein, dass wir das noch mal durchgehen müssen, irgendwann.«

»Kein Problem«, sagte ich. »Du weißt ja, wo du mich findest.«

Er trank sein Glas mit einem Zug aus. »Und merk dir, was ich dir geraten habe. Denk positiv. Dreh es um.«

»Rocky«, sagte ich. »Die Überreste, die deine Jungs da aus dem Keller geholt haben, das war mal meine Freundin. Ich hab gedacht, sie wäre auf und davon, würde es sich in England gutgehen lassen, glücklich und zufrieden. Verzeih mir, wenn es mir schwerfällt, da eine positive Seite zu sehen.«

Rocky seufzte. »Okay«, sagte er. »In Ordnung. Soll ich dir ein bisschen auf die Sprünge helfen?«

»Du könntest mir keine größere Freude machen.«

»Du hast einen guten Ruf bei den Kollegen, Frank, einen tollen Ruf, bis auf eine Kleinigkeit: Es heißt, du neigst zu Alleingängen. Dass du es – wie soll ich sagen? – mit den Vorschriften nicht immer ganz so genau nimmst, wie du solltest. Der Koffer ist ein gutes Beispiel dafür. Und den hohen Tieren sind Teamplayer um einiges lieber als einsame Helden. Einzelgänger sind nur beliebt, wenn sie Mel Gibson heißen. Wenn du dich während einer Ermittlung wie dieser, die dich verständlicherweise stark belastet, richtig verhältst, wenn du allen zeigst, dass du dich für das Team einsetzen kannst, dann steigen deine Aktien gewaltig. Denk langfristig. Kannst du mir folgen?«

Ich lächelte ihn breit und strahlend an, nur um ihm keine reinzuhauen. »Das ist eine ordentliche Portion gemischter Klischee-Salat, Rocky. Das muss ich alles erst mal verdauen.«

Er beäugte mich einen Moment. Als er von meinem Gesicht nichts ablesen konnte, zuckte er mit den Schultern. »Wie du meinst. Wollte dir bloß einen Rat geben.« Er zog die Aufschläge seines Jacketts gerade. »Du hörst von mir«, sagte er so, dass es ganz dezent nach Warnung klang, und dann nahm er seine schnieke Aktentasche und schritt nach draußen.

Ich hatte nicht die Absicht, mich so bald von der Stelle zu bewegen. Ich wusste schon, dass ich mir den Rest des Wochenendes freinehmen würde. Ein Grund war Rocky. Er und seine Kollegen würden die nächsten zwei Tage am Faithful Place herumspringen wie eine Meute Terrier auf Speed, in Ecken herumschnüffeln, bei manchen die Nasen in heikle Zonen stecken und allen gehörig auf den Geist gehen. Ich musste den Leuten hier zeigen, dass ich mit denen nichts zu tun hatte.

Der zweite Grund war wieder Rocky, bloß aus einem anderen Blickwinkel. Er kam mir, was mich anging, ein klitzekleines bisschen misstrauisch vor, und wenn ich ihm vierundzwanzig Stunden lang nicht in die Quere kam, könnte das erheblich dazu beitragen, dass er es bei mir ebenso hielt. Wenn man jemanden anschaut, den man in jungen Jahren kennengelernt hat, sieht man immer den Menschen, den man damals kannte, und Rocky sah noch immer einen hitzigen jungen Burschen, der Sachen entweder schnell erledigte oder gar nicht. Er würde nicht auf die Idee kommen, dass ich vielleicht inzwischen geduldiger geworden war, so wie er seine Geltungssucht besser in den Griff bekommen hatte. Wer jagen will wie ein braves kleines hechelndes Hündchen, das sich sofort auf die Fährte stürzt, kaum dass es von der Leine gelassen wird, arbeitet beim Morddezernat. Wer zur Undercoverabteilung will, und das wollte ich immer, lernt so zu jagen, wie es Raubkatzen machen: sich auf die Lauer legen, in Deckung bleiben und lautlos Zentimeter für Zentimeter anschleichen, selbst wenn es noch so lange dauert.

Der dritte Grund schäumte vermutlich gerade in Dalkey vor lauter Wut auf mich. Irgendwann in Kürze würde ich mit ihr reden müssen und, Gott steh uns allen bei, mit Olivia, aber ein Mann hat seine Grenzen. Ich betrinke mich nie, aber nach diesem Tag hatte ich meiner Meinung nach alles Recht der Welt, im Laufe des Abends herauszufinden, wie viel ich vertragen konnte, ehe ich umkippte. Ich fing den Blick des Barmanns auf und sagte: »Ich nehm noch eins.«

Der Pub hatte sich geleert, wahrscheinlich als Reaktion auf Rocky. Nach einer Weile deutete der Barmann mit einem Kopfnicken zur Tür. »Freund von Ihnen?«

Ich sagte: »So würde ich es nicht ausdrücken.«

»Hab Sie hier noch nie gesehen.«

»Wundert mich nicht.«

»Gehören Sie vielleicht zu den Mackeys am Faithful Place?«

Die Augen. »Lange Geschichte«, sagte ich.

»Ach so«, sagte der Barmann, als würde er alles verstehen, was es über mich zu wissen gab, »die haben wir alle«, und hielt mit gekonntem Schwung ein Glas unter den Zapfhahn.

Das letzte Mal berührt hatten Rosie Daly und ich uns an einem Freitag, neun Tage vor der Stunde null. In der Stadt war es an dem Abend frisch und kalt und voll, die Weihnachtsbeleuchtung strahlte in voller Pracht, die Leute hetzten hektisch umher, um Einkäufe für das Fest zu machen, und die Straßenhändler verkauften Geschenkpapier, fünf Bögen das Pfund. Ich stand nicht besonders auf Weihnachten – der Wahnsinn meiner Ma erreichte jedes Jahr beim Weihnachtsdinner seinen beeindruckenden Höhepunkt, ebenso wie der Alkoholkonsum meines Dads, irgendwas ging immer zu Bruch, und wenigstens eine Person brach irgendwann in Tränen aus –, doch in dem Jahr kam mir das alles unwirklich und gläsern vor, genau an der Grenze zwischen berückend und bedrückend: Die Privatschulmädchen, die mit glänzenden Haaren »Joy to the World« für wohltätige Zwecke sangen, kamen mir ein klein wenig zu adrett vor, die Kinder, die sich die Nasen an den Schaufenstern von Switzer plattdrückten, um die Märchenszenen zu bestaunen, wirkten ein klein wenig zu high von all den Farben und Klängen. Ich hielt eine Hand in der Tasche meines Armeeparkas, während ich durch das Gedränge ging; gerade an dem Tag wollte ich unter keinen Umständen beklaut werden.

Rosie und ich trafen uns immer im *O'Neill* auf der Pearse Street – es war ein Pub, der bei Trinity-Studenten beliebt war, weshalb die Wichserquote dort ein bisschen hoch war, aber wir fielen nicht auf, und es bestand keine Gefahr, irgendwem, den wir kannten, über den Weg zu laufen. Die Dalys dachten, Rosie wäre mit den Mädels unterwegs, und meine Familie kümmerte sich eh nicht drum, wo ich steckte. Das *O'Neill* ist groß, es wurde schnell sehr voll und füllte sich mit Wärme und Rauch und Gelächter, doch ich entdeckte Rosies kupferrote Haarpracht auf Anhieb: Sie lehnte an der Bar, sagte etwas zu dem Barmann, was ihn zum Grinsen brachte. Als sie unsere Biere bezahlte, hatte ich uns schon einen Tisch in einer netten, ungestörten Ecke gesichert.

»So ein Arschloch«, sagte sie, als sie die Gläser auf den Tisch stellte, und deutete mit einem Nicken auf eine Gruppe feixender Studenten an der Bar. »Wollte mir in den Ausschnitt glotzen, als ich mich vorgebeugt hab.«

»Welcher?«

Ich war schon halb aufgestanden, doch Rosie warf mir einen Blick zu und schob mir mein Bier hin. »Bleib sitzen, Mensch, und trink das. Mit dem komm ich schon allein klar.« Sie rutschte neben mir auf die Bank, so nah, dass unsere Oberschenkel sich berührten. »Der Typ da hinten, guck ihn dir an.«

Rugbytrikot, keinen Hals, und er drehte sich gerade von der Bar weg, in jeder Hand zwei Gläser, was eine riskante Angelegenheit war. Rosie winkte ihm zu, um wieder seine Aufmerksamkeit auf sich zu lenken, dann klimperte sie mit den Wimpern, beugte sich vor und fuhr mit der Zungenspitze in kleinen Kreisen durch den Schaum von ihrem Bier. Die Augen von Rugby-Boy quollen hervor, sein Mund klappte auf, er blieb mit einem Fuß an einem Hocker hängen und kippte jemandem einen Schwall Bier über den Rücken. »So«, sagte Rosie, zeigte ihm den Stinkefinger und vergaß ihn gleich wieder. »Hast du sie?«

Ich schob eine Hand in meine Jacke, die ich über die Armlehne der Bank gehängt hatte, um sie im Auge behalten zu können, und holte den Umschlag raus. »Da«, sagte ich, »für uns«, und dann fächerte ich die beiden Fahrkarten auf und legte sie auf den verkratzten Tisch zwischen uns.

DUN LAOGHAIRE – HOLYHEAD, ABFAHRT 06.30 UHR, MONTAG, 16. DEZEMBER. BITTE SPÄTESTENS 30 MINUTEN VOR ABFAHRT AN DER FÄHRE SEIN.

Beim Anblick der Fahrkarten schoss mir wieder Adrenalin ins Blut. Rosie entfuhr der Atem mit einem erstaunten kleinen Lachen.

Ich sagte: »Ich hab mir gedacht, das Boot am frühen Morgen ist besser. Wir hätten auch über Nacht fahren können, aber es wäre schwerer, schon am Abend mit unseren Sachen aus dem Haus zu kommen. So können wir Sonntagnacht zum Hafen, sobald die Luft rein ist, und dann warten wir da, bis wir auf die erste Fähre können. Ja?«

»Gott«, sagte Rosie nach einem Moment, noch immer atemlos. »Mein Gott. Ich finde, wir sollten –« Sie schob den Arm um die Fahrkarten, schirmte sie vor den Leuten am Nachbartisch ab. »Du weißt schon.«

Ich verschränkte meine Finger mit ihren. »Wir sind hier sicher. Wir haben doch noch nie jemanden gesehen, den wir kennen, oder?«

»Wir sind immer noch in Dublin. Ich werd mich erst sicher fühlen, wenn die Fähre aus Dun Laoghaire raus ist. Steck sie wieder ein, ja?«

Ich verzog das Gesicht. »Kannst *du* sie nicht aufbewahren? Meine Ma durchsucht regelmäßig unsere Sachen.«

Rosie grinste. »Wundert mich nicht. Würde mich auch nicht wundern, wenn mein Dad in meinen Sachen stöbert, aber die Schublade mit der Unterwäsche rührt er nicht an. Gib her.« Sie nahm die Fahrkarten so behutsam, als wären sie aus zarter Spitze, schob sie vorsichtig wieder in den Umschlag, den sie in die obere Tasche ihrer Jeansjacke steckte. Ihre Finger blieben einen Moment lang dort, über ihrer Brust. »Wow. Neun Tage, und dann …«

»Und dann«, sagte ich, während ich mein Glas hob, »auf dich und mich und unser neues Leben.«

Wir stießen an und tranken einen Schluck, und ich küsste sie. Das Bier schmeckte saugut, die Wärme im Pub taute mir nach dem Fußweg durch die Stadt langsam die Füße auf, die Bilderrahmen an den Wänden waren mit Lametta behängt, und die Studentenclique am Nachbartisch brach in angeheitertes Gelächter aus. Ich hätte glücklicher sein müssen als jeder andere im ganzen Pub, aber der Abend hatte noch immer irgendetwas Unsicheres an sich, wie ein blendend schöner Traum, der sich von einem Augenblick zum nächsten in einen scheußlichen verwandeln konnte. Ich ließ Rosie los, weil ich fürchtete, ihr weh zu tun, wenn ich sie zu fest küsste.

»Wir müssen uns spät treffen«, sagte sie, nahm dann wieder einen Schluck von ihrem Bier und schob ein Knie über meins. »Mitternacht oder danach. Mein Dad geht erst um elf ins Bett, und ich muss ihm Zeit zum Einschlafen geben.«

»Sonntags pennen bei mir alle schon um halb elf. Shay kommt manchmal spät nach Hause, aber solange ich ihm nicht in die Arme laufe, kein Problem. Und selbst wenn, er wird uns nicht aufhalten. Der ist froh, wenn ich endlich weg bin.« Rosie ließ eine Augenbraue hochschnellen und trank wieder einen Schluck Bier. Ich sagte: »Ich schleich mich gegen Mitternacht aus dem Haus. Wenn es bei dir ein bisschen länger dauert, kein Problem.«

Sie nickte. »Dürfte nicht viel später werden. Der letzte Bus ist dann aber schon weg. Schaffen wir das zu Fuß?«

»Nicht mit dem ganzen Gepäck. Da würden wir auf dem Zahnfleisch kriechen, bis wir an der Fähre sind. Wir nehmen ein Taxi.«

Sie warf mir einen beeindruckten Blick zu, der nur halb gespielt war. »Vornehm.«

Ich grinste und zwirbelte mir eine ihrer Locken um den Finger. »Ich hab diese Woche noch ein, zwei Jobs, dann hab ich genug Kohle. Für mein Mädchen nur das Beste. Ich würde dir ja so eine Stretchlimo bestellen, wenn ich könnte, aber das muss noch warten. Vielleicht zum Geburtstag, ja?«

Sie lächelte zurück, aber es war ein abwesendes Lächeln; sie war nicht in Stimmung für Albernheiten. »Treffen wir uns in Nummer sechzehn?«

Ich schüttelte den Kopf. »Da hängen in letzter Zeit dauernd die Shaughnessys rum. Ich hab keine Lust, ihnen in die Arme zu rennen.« Die Shaughnessy-Brüder waren harmlos, aber sie waren auch laut und doof und meistens bekifft, und es würde zu lange dauern, ihnen begreiflich zu machen, warum sie die Klappe halten mussten. »Oben an der Straße?«

»Da wird man uns sehen.«

»Nicht an einem Sonntag nach Mitternacht. Wer soll da schon draußen rumlaufen, außer uns und den Shaughnessy-Blödmännern?«

»Ein Einziger würde genügen. Und überhaupt, was ist, wenn es regnet?«

Das sah Rosie gar nicht ähnlich, diese Nervosität; sonst war sie meist die Ruhe selbst. Ich sagte: »Das müssen wir ja jetzt nicht klären. Wir warten ab, wie sich das Wetter nächste Woche entwickelt, und entscheiden dann.«

Rosie schüttelte den Kopf. »Wir sollten uns nicht mehr treffen, bis es losgeht. Ich will nicht, dass mein Dad Verdacht schöpft.«

»Wenn er bisher noch keinen geschöpft hat …«

»Ich weiß. Ich weiß. Aber ich – Gott, Francis, diese Fahrkarten …« Ihre Hand glitt wieder in ihre Tasche. »Wir sind so nah dran. Ich will nicht, dass wir zu entspannt werden, nicht mal für eine Sekunde, sonst geht noch irgendwas schief.«

»Was denn zum Beispiel?«

»Keine Ahnung. Irgendeiner, der uns aufhält.«

»Keiner wird uns aufhalten.«

»Ja«, sagte Rosie. Sie kaute an ihrem Fingernagel, und eine Sekunde lang glitten ihre Augen von meinen weg. »Ich weiß. Es wird prima laufen.«

Ich sagte: »Was ist los?«

»Nichts. Wir treffen uns also oben an der Straße, wie du gesagt hast, es sei denn, es schüttet aus Eimern. Dann weichen wir auf Nummer sechzehn aus. Bei strömendem Regen werden die Jungs ja wohl nicht vor die Tür gehen. Okay?«

»Okay«, sagte ich. »Rosie. Sieh mich an. Hast du Gewissensbisse deswegen?«

Ein Mundwinkel verzog sich sarkastisch. »Hast du sie noch alle? Schließlich machen wir das ja nicht aus Spaß. Wenn mein Dad sich wegen der ganzen Sache mit uns nicht so total bescheuert aufgeführt hätte, wären wir nie auf die Idee gekommen. Wieso? Hast du welche?«

»Keine Spur. Kevin und Jackie sind die Einzigen, die mich vermissen werden. Ich schick ihnen irgendwas Hübsches von meinem ersten Lohn, dann freuen sie sich. Wirst du deine Familie vermissen, ist es deswegen? Oder die Mädels?«

Sie dachte einen Moment darüber nach. »Die Mädels, ja, ganz bestimmt. Und meine Familie, ein bisschen. Aber ... ich weiß seit einer Ewigkeit, dass ich irgendwann ausziehe. Bevor wir mit der Schule fertig wurden, haben Imelda und ich schon darüber geredet, vielleicht nach London zu gehen, bis ...« Ein flüchtiges seitliches Grinsen in meine Richtung. »Bis uns beiden ein noch besserer Plan eingefallen ist. Egal, was passiert, früher oder später wäre ich sowieso abgehauen. Du nicht auch?«

Sie sparte sich die Frage, ob ich meine Familie vermissen

würde. »Ja«, sagte ich – ich war nicht sicher, ob das stimmte oder nicht, aber genau das wollten wir beide hören. »Ich wäre abgehauen, so oder so. Aber so wie jetzt gefällt es mir am besten.«

Wieder die Andeutung eines Lächelns, noch immer kein ganzes. »Mir auch.«

Ich fragte: »Was hast du denn dann? Seit du dich hingesetzt hast, benimmst du dich komisch.«

Jetzt war Rosie voll da. »Musst du gerade sagen. Du bist so gut drauf wie Oscar aus der Mülltonne –«

»Ich bin flatterig, weil du flatterig bist. Ich hab gedacht, du würdest dich tierisch über die Fahrkarten freuen, und stattdessen –«

»Schwachsinn. Du warst schon so, als du reingekommen bist. Du hättest dem Blödmann vorhin doch am liebsten eine reingehauen –«

»Du doch auch. Hast du's dir anders überlegt? Ist das der Grund?«

»Wenn du mit mir Schluss machen willst, Francis Mackey, dann benimm dich wie ein Mann und tu es. Versuch nicht, mir deine Drecksarbeit aufzuhalsen.«

Wir funkelten einander eine Sekunde lang an, haarscharf vor einem handfesten Streit. Dann stieß Rosie die Luft aus, ließ sich gegen die Lehne der Bank sinken und pflügte sich mit den Händen durchs Haar. Sie sagte: »Ich sag dir, was los ist, Francis. Wir zwei sind nervös, weil wir Angst haben, uns zu überschätzen.«

Ich sagte: »Du redest Blödsinn.«

»Nein, tu ich nicht. Wir zwei wollen nach London und die Musikbranche erobern, drunter tun wir's nicht. Wir malochen nicht mehr in irgendwelchen Fabriken, vielen herzlichen Dank, nicht unser Stil, wir werden für Rockgruppen arbeiten. Was würde deine Mammy dazu sagen, wenn sie es wüsste?«

»Sie würde wissen wollen, für wen zum Teufel ich mich halte. Dann würde sie mir eine schallern, mich einen dummen Trottel nennen und sagen, ich soll gefälligst wieder auf den Teppich kommen. Es würde laut werden.«

»Und das«, sagte Rosie und hob ihr Glas in meine Richtung, »das ist der Grund, warum wir flatterig sind, Francis. So gut wie alle, die wir kennen, würden das Gleiche sagen: Sie würden sagen, wir überschätzen uns. Wenn wir uns von dem Mist beeindrucken lassen, schreien wir uns irgendwann nur noch an und machen uns gegenseitig unglücklich. Deshalb müssen wir zur Vernunft kommen und zwar schnell. Klar?«

Insgeheim macht es mich noch immer stolz, wie Rosie und ich uns geliebt haben. Wir hatten sonst niemanden, von dem wir hätten lernen können – weder ihre noch meine Eltern waren leuchtende Beispiele für erfolgreiche Beziehungen –, daher lernten wir Folgendes voneinander: Wenn jemand, den du liebst, dich braucht, kannst du dein aufbrausendes Temperament zügeln, du kannst die namenlosen Dinge, die dir eine Heidenangst einjagen, in den Griff bekommen, du kannst dich wie ein Erwachsener benehmen statt wie der Cromagnon-Teenager, der du bist, du kannst zig Dinge tun, die du nie für möglich gehalten hättest. Ich sagte: »Komm her.« Ich fuhr mit den Händen an Rosies Armen hoch und streichelte ihre Wangen, und sie beugte sich vor und drückte die Stirn gegen meine, so dass der Rest der Welt hinter dem leuchtenden, dichten Gewirr ihrer Haare verschwand. »Du hast total recht. Tut mir leid, dass ich ein Idiot war.«

»Kann sein, dass wir die Sache in den Sand setzen, aber es gibt keinen Grund, warum wir nicht unser Bestes versuchen sollten.«

Ich sagte: »Du bist eine kluge Frau, weißt du das?«

Rosie betrachtete mich, war mir so nah, dass ich die goldenen Flecken im Grün ihrer Augen sehen konnte, die winzigen Fältchen in den Winkeln, als sie anfing zu lächeln. »Nur das Beste für meinen Liebsten«, sagte sie.

Diesmal küsste ich sie richtig. Ich konnte die Fahrkarten spüren, zusammengepresst zwischen meinem und ihrem wilden Herzschlag, und es fühlte sich an, als würden sie zischen und knistern, drauf und dran, bis zur Decke hinauf in einem Schauer aus goldenen Funken zu explodieren. In dem Augenblick nahm der Abend Gestalt an und hörte auf, nach Gefahr zu riechen. In dem Augenblick stieg die reißende Flut in mir an, wie ein Beben tief in meinen Knochen. Von dieser Sekunde an konnte ich mich nur noch von ihr mitreißen lassen und daran glauben, dass sie uns richtig lenken würde, unsere Füße durch die heiklen Strömungen ziehen und über die tückischen Tiefen zu sicheren Trittsteinen.

Als wir uns wenig später voneinander lösten, sagte Rosie: »Ich hab übrigens auch schon was erledigt, nicht nur du. Ich war bei Eason und hab in den englischen Zeitungen die Inserate durchgesehen.«

»Irgendwelche Jobs?«

»Einige. Überwiegend Sachen, die wir nicht machen können, Gabelstaplerfahrer und Vertretungslehrer und so, aber es werden auch Kellnerinnen und Barpersonal gesucht – wir können sagen, wir hätten Erfahrung, das überprüfen die nie. Für Beleuchter oder Roadies war nichts dabei, aber das wussten wir ja. Wir müssen vor Ort suchen. Und es gab haufenweise Wohnungsangebote, Francis. Hunderte.«

»Können wir uns was davon leisten?«

»Ja, können wir. Auch dann, wenn wir nicht sofort einen Job finden. Unsere Ersparnisse würden für die Kaution reichen, und die Miete zahlen wir von der Sozialhilfe. Es wäre natürlich ziemlich bescheiden – höchstens ein möbliertes Zimmer, und es könnte sein, dass wir das Bad mit anderen teilen müssen –, aber wenigstens würden wir unser Geld nicht länger als nötig für ein Wohnheim verschwenden.«

Ich sagte: »Ich teile Klo und Küche und alles andere, da hab ich kein Problem mit. Ich möchte bloß, dass wir möglichst schnell aus dem Wohnheim rauskommen. Wäre doch bescheuert, in getrennten Zimmern zu wohnen, wenn –«

Rosie lächelte mich an, und von der Glut in ihren Augen blieb mir fast das Herz stehen. Sie sagte: »Wenn wir unsere eigenen vier Wände haben könnten.«

»Ja«, sagte ich. »Unsere eigenen vier Wände.«

Genau das wollte ich: ein Bett, wo Rosie und ich die Nacht hindurch aneinandergeschmiegt schlafen und genauso aufwachen würden. Allein dafür hätte ich alles, einfach alles gegeben. Alles andere, was die Welt zu bieten hatte, war Nebensache. Ich höre, was sich Leute heutzutage von der Liebe wünschen, und es haut mich um. Ich gehe mit Kollegen ein Bier trinken und höre mir an, wie sie haarklein beschreiben, wie eine Frau aussehen sollte, an welchen Stellen sie sich wie rasieren sollte, was sie nach dem soundsovielten Date wie machen sollte und was sie immer oder niemals tun oder sagen oder wollen sollte. Ich belausche Frauen in Cafés, wie sie auflisten, welche Jobs ein Mann haben darf, welche Autos, welche Klamottenmarken, welche Blumen und Restaurants und welcher Schmuck den Genehmigungsstempel kriegen, und ich würde am liebsten rufen, *Seid ihr Spatzenhirne noch bei Trost?* Ich habe Rosie nicht ein einziges Mal Blumen gekauft – das hätte sie zu Hause nur schwer erklären können –, und ich habe mich kein einziges Mal gefragt, ob ihre Fußknöchel genauso aussahen, wie sie sollten. Ich wollte sie, ganz für mich allein, und ich glaubte, dass sie mich wollte. Bis zu dem Tag, an dem

Holly zur Welt kam, war nichts in meinem Leben je wieder so einfach.

Rosie sagte: »Manche Vermieter nehmen keine Iren.«

Ich sagte: »Die können uns mal.« Die Flut stieg weiter an, wurde stärker. Ich wusste, dass die erste Wohnung, die wir betreten würden, perfekt wäre, dass wir wie von einem Magneten schnurstracks in unser gemeinsames Zuhause gezogen würden. »Wir sagen denen, wir sind aus der Hinteren Mongolei. Wie ist dein mongolischer Akzent?«

Sie grinste. »Wir brauchen keinen Akzent. Wir sprechen bloß Irisch und behaupten, es wäre Mongolisch. Meinst du, die erkennen den Unterschied?«

Ich verbeugte mich übertrieben und sagte: *»Póg mo thóin«* – leck mich am Arsch: etwa neunzig Prozent meiner Irischkenntnisse. »Traditionelle mongolische Begrüßung.«

Rosie sagte: »Jetzt mal im Ernst. Ich sage das nur, weil ich weiß, dass du nicht gerade der Geduldigste bist. Wenn wir nicht am ersten Tag eine Wohnung finden, ist das kein Weltuntergang. Wir haben jede Menge Zeit.«

Ich sagte: »Ich weiß. Manche Vermieter werden uns nicht wollen, weil sie uns für Säufer oder Terroristen halten. Und manche …« Ich nahm ihre Hände von ihrem Glas und fuhr mit den Daumen über die Finger: kräftig, schwielig vom Nähen, billige Straßenstand-Silberringe in Form von keltischen Wirbeln und Katzenköpfen. »Manche werden uns nicht wollen, weil wir in Sünde leben.«

Rosie zuckte die Achseln. »Die können uns auch mal.«

»Wenn du willst«, sagte ich, »könnten wir so tun als ob. Uns Ringe besorgen, die aussehen wie aus Gold, und uns Mr und Mrs nennen. Bloß bis –«

Sie schüttelte den Kopf, augenblicklich und heftig. »Nein. Kommt nicht in Frage.«

»Das wäre doch nur vorübergehend, bis wir das Geld haben, um richtig zu heiraten. Das würde uns das Leben wahnsinnig erleichtern.«

»Egal. Das täusche ich nicht vor. Entweder man ist verheiratet oder nicht. Es geht nicht darum, was die Leute denken.«

»Rosie«, sagte ich und fasste ihre Hände fester. »Du weißt doch, dass wir heiraten werden, oder? Du weißt, dass ich dich heiraten will. Das ist mein größter Wunsch überhaupt.«

Das brachte mir die Ansätze eines Lächelns ein. »Das will ich dir auch geraten haben. Damals, als das mit uns beiden anfing, war ich ein braves Mädchen, wie die Nonnen es mir beigebracht haben, und was ist aus mir geworden? Ich bin drauf und dran, wie 'ne Mätresse zu leben –«

»Ich meine das ernst. Hör zu. Eine ganze Menge Leute würden dich für verrückt erklären, wenn sie das mit uns wüssten. Sie würden sagen, die Mackeys sind doch alles Drecksäcke, und ich würde mir von dir doch bloß holen, was ich haben will, und dich dann sitzenlassen mit einem Baby am Hals, so dass du gleich in die Liffey springen kannst.«

»In die Themse, meinst du.«

Ich sagte: »Ich will damit nur sagen, du wirst es nicht bereuen. Dafür werde ich alles tun. Das schwöre ich hoch und heilig.«

Rosie sagte zärtlich: »Das weiß ich, Francis.«

»Ich bin nicht mein Dad.«

»Wenn ich das denken würde, wäre ich nicht hier. So, jetzt schwirr ab und besorg uns 'ne Tüte Chips. Ich hab Hunger.«

Wir blieben an dem Abend im *O'Neill*, bis alle anderen weg waren und der Barmann schon anfing, um unsere Füße herum den Boden zu fegen. Wir tranken jedes Bier so langsam wie möglich, wir redeten über unverfänglichen, unbeschwerten Alltagskram, wir brachten uns gegenseitig zum Lachen. Bevor wir nach Hause gingen – getrennt, für den Fall, dass uns jemand sah, wobei ich Rosie aus sicherer Entfernung im Auge behielt –, küssten wir uns lange zum Abschied an der hinteren Mauer vom Trinity. Dann standen wir still da, eng umschlungen, von den Wangen bis zu den Zehen aneinandergepresst. Die Luft war so kalt, dass sie irgendwo Meilen über uns ein hohes, feinklirrendes Geräusch machte, wie zerspringendes Kristall. Rosies Atem war rau und warm an meinem Hals, ihr Haar roch nach Zitronendrops, und ich konnte das Rasen ihres Herzens spüren, das an meinen Rippen bebte. Dann ließ ich sie los und sah sie weggehen, ein letztes Mal.

Natürlich suchte ich nach ihr. Sobald ich das erste Mal mit einem Polizeicomputer allein war, ließ ich ihren Namen und ihr Geburtsdatum durchlaufen: Sie war nie in der Republik Irland verhaftet worden. Das war keine große Offenbarung – ich hatte nicht erwartet, dass sie Raubüberfälle begehen würde à la Ma Baker –, doch ich war den Rest des Tages wahnsinnig kribbelig, bloß weil ich einen ersten winzigen Schritt auf ihrer Fährte gemacht hatte. Je besser meine Kontakte wurden, desto ergiebiger meine Nachforschungen: Sie war nicht in Nordirland verhaftet worden, auch nicht in England oder Schottland oder Wales oder in den USA, sie bezog nirgendwo Sozialhilfe, hatte keinen Pass beantragt, war nicht gestorben, hatte nicht geheiratet. Ich wiederholte sämtliche Nachforschungen alle zwei Jahre, wobei ich mich jedes Mal an Kontakte hielt, die mir noch einen Gefallen schuldig waren. Sie stellten keine Fragen.

In den letzten Jahren – nach Hollys Geburt wurde ich milder – hoffte ich mehr oder weniger, dass Rosie irgendwann auf dem Radar auftauchen würde, dass sie eines dieser ehrlichen, zufriedenen Leben führte, die niemals vom System erfasst werden, und sich ab und zu mit einem schmerzlichen kleinen

Stich an mich erinnerte als an denjenigen, der es hätte gewesen sein können. Manchmal stellte ich mir vor, sie würde mich finden: das Klingeln des Telefons mitten in der Nacht, das Klopfen an meiner Bürotür. Ich stellte mir vor, wie wir beide Seite an Seite auf einer Bank in irgendeinem grünen Park saßen, wo wir in bittersüßem Schweigen zusahen, wie Holly mit zwei kleinen rothaarigen Jungen auf einem Klettergerüst herumturnte. Ich stellte mir einen endlosen Abend in irgendeinem schummrigen Pub vor, wie sich unsere Köpfe näher und näher zueinanderbeugten, während wir redeten und lachten und es immer später wurde, unsere Finger auf dem abgenutzten Holz des Tisches aufeinander zuglitten. Ich stellte mir ganz genau vor, wie sie jetzt aussehen würde: die Krähenfüße von all dem Lächeln, das ich nicht gesehen hatte, die Weichheit ihres Bauches von Kindern, die nicht meine waren, ihr ganzes Leben, das mir entgangen war, in Braille-Schrift auf ihrem Körper, von meinen Händen gelesen. Ich stellte mir vor, wie sie mir Antworten gab, an die ich nie gedacht hatte, Antworten, die alles erklären würden, jedes scharfkantige Puzzleteilchen glatt an der richtigen Stelle einfügten. Ob Sie es glauben oder nicht, ich stellte mir eine zweite Chance vor.

Aber in anderen Nächten wünschte ich mir selbst nach all den Jahren noch das Gleiche wie damals, als ich zwanzig war: dass sie als Opfer in einer Akte vom Dezernat für häusliche Gewalt auftauchte, in einer Akte von der Sitte als Prostituierte mit HIV, als Rauschgifttote in einer Leichenhalle in einem verrufenen Viertel Londons. Im Laufe der Jahre hatte ich die Beschreibungen von Hunderten unidentifizierter Frauenleichen gelesen.

Alle meine Orientierungspunkte waren in einer einzigen blendenden, schwindelerregenden Explosion in die Luft geflogen: meine zweiten Chancen, meine Rache, meine schöne, unüberwindliche Anti-Familie-Maginotlinie. Dass Rosie Daly mich abserviert hatte, war mein Meilenstein gewesen, riesig und massig wie ein Berg. Jetzt flimmerte er wie eine Fata Morgana, und die Landschaft ringsherum veränderte sich ständig, stülpte sich nach außen und wieder zurück; nichts davon kam mir mehr bekannt vor.

Ich bestellte noch ein Bier, dazu einen doppelten Jameson, was, soweit ich das abschätzen konnte, meine einzige Chance war, die Nacht zu überstehen. Mir fiel absolut nichts anderes ein, was das Bild in meinem Kopf löschen würde, diesen Albtraum aus schmierigen, braunen Knochen, zusammengerollt in seinem Loch, wo Erde auf ihn rieselte und dabei ein Geräusch machte wie winzige trippelnde Füße.

7

SIE LEGTEN EIN ZARTGEFÜHL an den Tag, mit dem ich nicht gerechnet hätte, und gönnten mir zwei Stunden für mich allein, ehe sie mich suchen kamen. Kevin tauchte als Erster auf: Er schob den Kopf zur Tür herein wie ein Kind beim Versteckspiel, verschickte rasch eine heimliche SMS, während der Barmann ihm ein Bier zapfte, und trat dann nervös neben meinem Tisch von einem Bein aufs andere, bis ich ihn von seinen Qualen erlöste und ihm bedeutete, sich hinzusetzen. Wir sprachen kein Wort. Es dauerte rund drei Minuten, bis die Mädchen eintrudelten, Regen von den Mänteln schüttelten und kicherten und sich unauffällig im Pub umschauten. »Jesses«, sagte Jackie in einer Lautstärke, die sie für Flüstern hielt, während sie sich den Schal abzog, »ich weiß noch, wie verrückt wir früher drauf waren, hier reinzudürfen, nur weil keine Frauen erlaubt waren. Wir haben nix verpasst, was?«

Carmel beäugte argwöhnisch den Sitz und wischte ihn rasch mit einem Papiertaschentuch ab, ehe sie sich setzte. »Gott sei Dank ist Mammy doch nicht mitgekommen. In dem Laden hier würde sie eine Herzattacke kriegen.«

»Was?«, sagte Kevin und hob ruckartig den Kopf. »*Ma* wollte mitkommen?«

»Sie macht sich Sorgen um Francis.«

»Die kann es nicht erwarten, ihn auszuhorchen, würde ich

eher tippen. Sie ist euch doch hoffentlich nicht heimlich gefolgt, oder?«

»Zutrauen würd ich's ihr«, sagte Jackie. »Geheimagentin Ma.«

»Macht sie nicht. Ich hab ihr gesagt, du wärst nach Hause gefahren«, sagte Carmel zu mir, die Fingerspitzen an den Lippen, eine Mischung aus Schuldgefühl und Schadenfreude. »Gott vergebe mir.«

»Du bist ein Genie«, sagte Kevin aufrichtig und ließ sich nach hinten gegen die Lehne sinken.

»Er hat recht. Sie hätte uns alle nur kirre gemacht.« Jackie reckte den Hals, versuchte, den Barmann auf sich aufmerksam zu machen. »Werde ich hier vielleicht auch mal bedient?«

»Ich geh schon«, sagte Kevin. »Was wollt ihr trinken?«

»Hol uns einen Gin-Tonic.«

Carmel zog ihren Hocker an den Tisch. »Meinst du, die haben vielleicht einen Babycham?«

»Herrgott, Carmel.«

»Ich vertrag das starke Zeug nicht. Das weißt du doch.«

»Ich geh nicht zur Theke und bestell einen blöden Babycham. Ich will mir nicht die Fresse polieren lassen.«

»Dir passiert schon nichts«, sagte ich. »Hier drin ist immer noch 1980. Wahrscheinlich haben sie einen ganzen Kasten Babycham-Sekt hinter der Bar.«

»Und einen Baseballschläger, der auf jeden Typen wartet, der einen bestellt.«

»Dann geh ich eben.«

»Da kommt Shay.« Jackie stand halb auf und winkte ihm. »Der kann uns was zu trinken holen. Er steht ja schon da.«

Kevin sagte: »Wer hat den denn eingeladen?«

»Ich«, erwiderte Carmel. »Und ihr zwei benehmt euch ausnahmsweise mal eurem Alter entsprechend und seid höflich zueinander. Heute Abend geht's hier um Francis, nicht um euch.«

»Darauf trink ich«, sagte ich. Ich war angenehm betrunken, näherte mich dem Stadium, wo alles bunt und weich aussieht, und nichts, nicht mal Shays Anblick, konnte mir auf die Nerven gehen. Normalerweise gehe ich beim ersten Anzeichen von Rührseligkeit schnellstens zu Kaffee über. An dem Abend nahm ich mir vor, jede Sekunde davon auszukosten.

Shay kam zu unserer Ecke rübergeschlendert, fuhr sich mit einer Hand durchs Haar, um die Regentropfen loszuwerden. »Ich hätte nie gedacht, dass der Laden hier deinen Ansprüchen genügt«, sagte er zu mir. »Du warst mit deinem Bullenkumpel hier?«

»Es war herzerwärmend. Alle haben ihn wie einen Bruder begrüßt.«

»Um mir das anzusehen, hätte ich sogar Eintritt bezahlt. Was trinkt ihr?«

»Schmeißt du eine Runde?«

»Von mir aus.«

»Super«, sagte ich. »Ein Guinness für mich und Kevin, Jackie trinkt einen Gin-Tonic, und Carmel möchte einen Babycham.«

Jackie sagte: »Wir wollen einfach zugucken, wie du ihn bestellst.«

»Kein Problem für mich. Passt gut auf, jetzt könnt ihr was lernen.« Shay ging an die Bar, gewann die Aufmerksamkeit des Barmanns mit einer Leichtigkeit, die verriet, dass er hier in seiner Stammkneipe war, und hielt triumphierend die Flasche Babycham hoch, so dass wir sie sehen konnten. Jackie sagte: »Alter Angeber.«

Shay kam zurück, trug alle Gläser für uns gleichzeitig und mit einer Sicherheit, die von jeder Menge Übung zeugte. »So«, sagte er, als er alles auf den Tisch stellte. »Jetzt erzähl mal, Francis: Ging's da um dein Mädel, bei dem ganzen Aufmarsch?«, und als alle erstarrten: »Kriegt euch wieder ein, ja? Ihr platzt doch selbst vor Neugier. Also, Francis, ja oder nein?«

Carmel sagte in ihrer besten Mammy-Stimme: »Lass Francis in Frieden. Vorhin hab ich es Kevin gesagt, und jetzt sag ich es dir: Ihr müsst euch heute Abend benehmen.«

Shay lachte und zog einen Stuhl heran. Ich hatte in den letzten zwei Stunden, als mein Verstand noch nicht so benebelt war, reichlich Zeit gehabt zu überlegen, wie viel genau ich den Leuten vom Place erzählen wollte oder zumindest meiner Familie, was ungefähr auf das Gleiche hinauslief. »Schon gut, Melly«, sagte ich. »Es steht noch nicht ganz eindeutig fest, aber ja, wie's aussieht, war das wahrscheinlich Rosie.«

Ein rasches Luftschnappen von Jackie und dann Schweigen. Shay stieß einen langen, leisen Pfiff aus.

»Gott hab sie selig«, sagte Carmel gedämpft. Sie und Jackie bekreuzigten sich.

»Das hat der Typ auch den Dalys erzählt«, sagte Jackie. »Der, mit dem du geredet hast. Aber, na ja, keiner wusste, ob man ihm glauben konnte oder nicht … Bullen eben. Die erzählen Gott weiß was – nicht du, nein, aber der Rest von denen. Hätte ja sein können, dass wir bloß glauben sollen, sie war's.«

»Woher wissen sie's?«, fragte Kevin. Er sah leicht grün im Gesicht aus.

Ich sagte: »Sie wissen es noch nicht. Sie machen Tests.«

»So DNA-Kram?«

»Keine Ahnung, Kev. Nicht mein Gebiet.«

»Dein Gebiet«, sagte Shay, während er sein Glas in den Fingern drehte. »Ich hab mich schon gefragt: Was ist eigentlich dein Gebiet?«

Ich sagte: »Dies und das.« Aus naheliegenden Gründen behaupten Undercoverleute gegenüber Zivilisten gern, sie würden in der Abteilung für Urheberrechtsverletzungen arbeiten oder was immer sich öde genug anhört, um das Gespräch im Keim zu ersticken. Jackie glaubt, ich bin zuständig für strategische Personalplanung.

Kevin fragte: »Können sie sagen … na ja. Was mit ihr passiert ist?«

Ich öffnete den Mund, schloss ihn wieder, zuckte die Achseln und trank einen langen Schluck von meinem Bier. »Hat Kennedy nicht mit den Dalys darüber gesprochen?«

Carmel sagte spitzzüngig: »Kein Wort. Die haben ihn *angefleht*, ihnen zu sagen, was mit ihr passiert ist, echt, und er hat nicht ein Wort gesagt. Ist einfach gegangen und hat sie mit ihren Fragen alleingelassen.«

Jackie hatte sich vor Empörung kerzengerade hingesetzt. Sogar ihr Haar sah aus, als wäre es größer geworden. »Ihre eigene Tochter, und er sagt ihnen, es ginge sie nichts an, ob sie ermordet wurde oder nicht. Auch wenn er dein Kumpel ist, Francis, so was gehört sich nicht.«

Rocky hinterließ einen noch besseren Eindruck, als ich erwartet hatte. Ich sagte: »Kennedy ist kein Kumpel von mir. Er ist bloß ein kleiner nerviger Wichtigtuer, mit dem ich ab und an beruflich zu tun hab.«

Shay sagte: »Ich wette, ihr seid immerhin so gute Kumpel, dass er dir erzählt hat, was mit Rosie passiert ist.«

Ich sah mich im Pub um. Die Gespräche waren ein bisschen auf Touren gekommen – nicht lauter, aber schneller und konzentrierter: Die Nachricht hatte es endlich bis hierher geschafft. Niemand schaute zu uns rüber, teils aus Höflichkeit Shay gegenüber und teils, weil in einem Pub dieser Sorte die meisten Leute eigene Probleme haben und wissen, wie wichtig Vertraulichkeit ist. Ich beugte mich auf den Ellbogen vor und sagte mit gesenkter Stimme: »Okay. Ich könnte zwar dafür gefeuert werden, aber die Dalys haben es verdient zu wissen, was wir wissen. Ihr müsst mir versprechen, dass Kennedy nichts davon spitzkriegt.«

Shay hatte einen tausend Watt skeptischen Blick aufgesetzt, doch die anderen drei waren ganz Ohr, nickten eifrig, stolz wie Oskar: unser Francis, nach all den Jahren immer noch vor allem ein Liberties-Junge und dann erst ein Bulle, Mann, ist das nicht toll, dass wir ein so verschworener Haufen sind. Genau das würden die Mädels in der Nachbarschaft rumerzählen, sozusagen als Sahnehäubchen zu meinen ohnehin schon schmackhaften Informationen: Francis ist einer von uns.

Ich sagte: »Es sieht ganz so aus, als ob sie ermordet wurde.«

Carmel keuchte auf und bekreuzigte sich wieder. Von Jackie: »Gott segne und errette uns!«

Kevin sah noch immer blass aus. Er fragte: »Wie?«

»Steht noch nicht fest.«

»Aber sie finden es raus, oder?«

»Wahrscheinlich. Könnte schwer werden nach der langen Zeit, aber die im Labor verstehen ihr Handwerk.«

»Wie in *CSI*?« Carmel machte große Augen.

»Ja«, sagte ich, was den unbrauchbaren Kriminaltechniker in Rage gebracht hätte – alle vom Kriminallabor regen sich über *CSI* so auf, dass sie vor Wut stottern –, den alten Damen aber den Tag versüßen würde. »Genau so.«

»Ganz ohne Zauberhand«, sagte Shay trocken in sein Bier.

»Du würdest dich wundern. Die Jungs finden so gut wie alles, was sie ins Visier nehmen – alte Blutspritzer, winzige Mengen DNA, zig verschiedene Arten von Verletzungen, egal was. Und während die rausfinden, wie sie ermordet wurde, finden Kennedy und seine Leute raus, wer sie ermordet hat. Die werden mit jedem sprechen, der damals hier in der Gegend gewohnt hat. Sie werden wissen wollen, mit wem sie befreundet war, mit wem sie Streit hatte, wer sie mochte und wer nicht und wieso, was sie in den letzten paar Tagen ihres Lebens in jeder Sekunde gemacht hat, ob irgendwem in der Nacht, in der sie verschwunden ist, irgendwas Merkwürdiges aufgefallen ist, ob irgendwem irgendwer aufgefallen ist, der sich um die Zeit oder kurz danach seltsam verhalten hat … Sie werden verdammt gründlich sein, und sie werden sich so viel Zeit nehmen, wie sie brauchen. Alles, auch die winzigste Kleinigkeit, könnte entscheidend sein.«

»Heiliger Bimbam«, hauchte Carmel. »Das ist genau wie im Fernsehen, nicht? Wahnsinn.«

In Pubs und Küchen und Wohnzimmern überall um uns herum redeten die Leute bereits: Sie dachten zurück, kramten Erinnerungen hervor, suchten nach Unterschieden und Widersprüchen, bündelten alles, um daraus unzählige Theorien zu filtern. In meinem Viertel ist Tratschen ein Wettkampfsport auf olympischem Niveau, und ich lehne Tratsch auf keinen Fall ab, sondern ich ehre ihn aus ganzem Herzen. Wie ich schon zu Rocky sagte, Informationen sind Munition, und inzwischen war garantiert jede Menge scharfe Munition im Umlauf, zusammen mit den Blindgängern. Ich wollte, dass der ganze schöne Tratsch sich darauf konzentrierte, die scharfen Patronen ans Licht zu holen, und ich wollte sicherstellen, dass sie bei mir landeten, so oder so. Wenn Rocky die Dalys vor den Kopf gestoßen hatte, würde er es schwerhaben, irgendwem in einem Radius von einer halben Meile irgendwelche Auskünfte zu entlocken. Und falls da draußen irgendwer Grund hatte, sich Sorgen zu machen, sollte er sich mächtig Sorgen machen, darauf kam es mir an.

Ich sagte: »Wenn ich noch irgendwas höre, was die Dalys wissen sollten, werde ich es ihnen nicht vorenthalten.«

Jackie streckte den Arm aus und berührte mein Handgelenk. Sie sagte: »Es tut mir leid, Francis. Ich hatte gehofft, es würde sich als was anderes herausstellen – irgendeine Verwechslung, keine Ahnung, irgendwas …«

»Das arme junge Ding«, sagte Carmel sanft. »Wie alt war sie? Achtzehn?«

Ich sagte: »Gerade neunzehn.«

»Ach Gott, kaum älter als mein Darren. Und hat all die Jahre allein in dem schrecklichen Haus gelegen. Ihre Eltern verrückt vor Sorge, wo sie wohl ist, und die ganze Zeit …«

Jackie sagte: »Ich hätte nie gedacht, dass ich das mal sagen würde, aber dieser PJ Lavery hatte doch sein Gutes.«

»Hoffentlich«, sagte Kevin. Er trank sein Bier aus. »Noch 'ne Runde?«

»Von mir aus«, sagte Jackie. »Was meinst du mit hoffentlich?«

Kevin zuckte die Achseln. »Hoffentlich wird alles gut, mehr nicht.«

»Menschenskind, Kevin, wie soll denn bitteschön alles gut werden? Das arme Mädchen ist tot! Entschuldige, Francis.«

Shay sagte: »Er meint, hoffentlich graben die Bullen nicht irgendwas aus, so dass wir uns hinterher wünschen, die Jungs von Lavery hätten den Koffer einfach in einen Müllcontainer geworfen, statt schlafende Hunde zu wecken.«

»Was denn zum Beispiel?«, fragte Jackie. »Kev?«

Kevin schob seinen Stuhl zurück und sagte mit plötzlicher Vehemenz: »Das Gespräch hier geht mir so was von auf den Geist, und Frank wahrscheinlich auch. Ich geh jetzt zur Theke. Falls ihr immer noch über den Mist redet, wenn ich zurückkomme, stell ich eure Getränke hin und geh nach Hause.«

»Na, sieh einer an«, sagte Shay und hob einen Mundwinkel. »Die Maus, die brüllte. Alle Achtung, Kev. Du hast völlig recht. Ab sofort reden wir über die neuste Staffel von *Lost.* Und jetzt hol uns ein Bier.«

Wir tranken noch eine Runde, und dann noch eine. Heftiger Regen prasselte gegen die Fenster, doch der Barmann hatte die Heizung hoch aufgedreht, und das Einzige, was wir vom Wetter mitbekamen, war der kalte Luftzug, wenn die Tür aufging. Carmel fasste sich ein Herz und ging zur Theke, um ein halbes Dutzend getoastete Sandwichs zu bestellen, und mir wurde klar, dass ich seit dem halben Frühstück bei Ma nichts mehr gegessen und Hunger hatte, so einen Heißhunger, der einen dazu bringen könnte, irgendwas aufzuspießen und roh zu essen. Shay und ich erzählten abwechselnd Witze, bei denen Jackie ihren Gin-Tonic in die Nase kriegte und Carmel kreischte und uns auf die Hände schlug, sobald sie die Pointe kapiert hatte. Kevin ahmte Ma beim Weihnachtsessen so unglaublich treffend nach, dass wir uns alle krümmten vor hilflosem, schmerzhaftem Lachen. »Aufhören«, keuchte Jackie verzweifelt und wedelte mit einer Hand. »Ich schwöre, das hält meine Blase nicht länger aus, ich mach mir in die Hose, wenn du nicht aufhörst.«

»Sie macht das wirklich«, sagte ich noch ganz außer Atem. »Und dann musst du einen Lappen holen und alles aufwischen.«

»Ich weiß nicht, was du da zu lachen hast«, sagte Shay zu mir. »Dieses Jahr Weihnachten wirst du mit uns zusammen leiden.«

»Von wegen. Ich werde schön gemütlich zu Hause hocken, Single Malt trinken und jedes Mal lachen, wenn ich an euch arme Schweine denke.«

»Wart's ab, Freundchen. Jetzt, wo Ma dich wieder in den Krallen hat, glaubst du, da lässt sie dich los, so kurz vor Weihnachten? Lässt sich die Chance entgehen, uns alle gleichzeitig unglücklich zu machen? Wart's ab.«

»Wetten wir?«

Shay streckte eine Hand aus. »Fünfzig Mäuse. Du wirst beim Weihnachtsessen mir gegenüber am Tisch sitzen.«

»Die Wette gilt«, sagte ich. Wir besiegelten sie mit Handschlag. Seine Hand war trocken und kräftig und schwielig, und bei der Berührung kriegten wir durch statische Aufladung einen gewischt, dass die Funken flogen. Keiner von uns zuckte.

Carmel sagte: »Weißt du was, Francis, wir haben zwar gesagt, wir würden dich nicht fragen, aber ich muss einfach – Jackie, hörst du endlich mal auf, mich zu kneifen!«

Jackie hatte ihre Blase wieder unter Kontrolle und warf Carmel einen unheilschwangeren Blick zu. Carmel sagte würdevoll: »Wenn er nicht drüber reden will, kann er es ja sagen. Francis, warum bist du nicht schon früher mal vorbeigekommen?«

Ich sagte: »Ich hatte Schiss, Ma würde den Holzlöffel nehmen und mich nach Strich und Faden verhauen. Ist doch verständlich, oder?«

Shay schnaubte. Carmel sagte: »Ach komm, im Ernst, Francis. Warum?«

Sie und Kevin und sogar Jackie – die mich das schon x-mal gefragt hatte, ohne je eine Antwort zu bekommen – blickten mich an, beschwipst und verwundert und sogar ein wenig verletzt. Shay fischte irgendeinen Krümel aus seinem Bier.

Ich sagte: »Ich will euch was fragen. Wofür würdet ihr sterben?«

»Jesses«, sagte Kevin. »Du bist echt eine Spaßkanone, was?«

»Ach, lass ihn«, sagte Jackie. »Gerade heute.«

Ich sagte: »Dad hat mal zu mir gesagt, er würde für Irland sterben. Würdet ihr das auch?«

Kevin verdrehte die Augen. »Dad ist in den Siebzigern hängengeblieben. So denkt doch heute keiner mehr.«

»Komm, überleg doch mal. Einfach so. Ja?«

Er sah mich verwirrt an. »Wieso sollte ich für Irland sterben wollen?«

»Sagen wir, die Engländer marschieren wieder ein.«

»Denen gehen wir doch am Arsch vorbei.«

»Nur mal angenommen, Kev. Komm, sag schon.«

»Keine Ahnung. Hab ich nie drüber nachgedacht.«

»Das«, sagte Shay, nicht besonders aggressiv, und zeigte mit seinem Glas auf Kevin, »genau so was hat dieses Land zugrunde gerichtet.«

»Ich? Was hab ich denn gemacht?«

»Du und alle anderen von deiner Sorte. Deine ganze verdammte Generation. Was interessiert euch denn schon, bloß Rolex-Uhren und Hugo Boss? Worüber macht ihr euch sonst noch Gedanken? Francis hat recht, ausnahmsweise mal. Du solltest dir wirklich was zulegen, wofür du sterben würdest, Kleiner.«

»Verdammt nochmal«, sagte Kevin. »Wofür würdest du denn sterben? Guinness? Eine tolle Nummer?«

Shay zuckte die Achseln. »Familie.«

»Was redest du denn da?«, fragte Jackie. »Du kannst Ma und Dad nicht ausstehen.«

Alle fünf prusteten wir los. Carmel musste den Kopf in den Nacken legen und sich mit den Fingerknöcheln Tränen aus den Augen wischen. »Stimmt«, gab Shay zu, »ja. Aber darauf kommt's nicht an.«

»Würdest du für Irland sterben, ja?«, fragte Kevin mich. Er klang noch immer etwas angesäuert.

»Ich bin doch nicht bescheuert«, sagte ich, was wieder eine Lachsalve auslöste. »Ich war mal 'ne Zeit lang in Mayo County stationiert. Wart ihr mal in Mayo? Nur Provinzler, Schafe und Landschaft. Für so was sterbe ich nicht.«

»Und für was dann?«

»Wie der gute Shay vorhin gesagt hat«, erwiderte ich und schwenkte mein Glas in Richtung Shay, »es kommt darauf an, dass ich es *weiß*.«

»Ich würde für die Kinder sterben«, sagte Carmel. »Gott behüte.«

Jackie sagte: »Ich glaube, ich würde für Gav sterben. Aber nur, wenn er wirklich drauf angewiesen wäre. Ist das Thema nicht furchtbar depressiv, Francis? Sollen wir nicht lieber über was anderes reden?«

Ich sagte: »Damals wäre ich für Rosie Daly gestorben. Das will ich euch eigentlich sagen.«

Stille trat ein. Dann hob Shay sein Glas. »Trinken wir auf alles, wofür wir sterben würden«, sagte er. »Cheers.«

Wir stießen an, nahmen tiefe Schlucke und lehnten uns wieder entspannt zurück. Ich wusste, es hatte womöglich damit zu tun, dass ich zu neun Zehntel stockbetrunken war, aber ich freute mich richtig, dass sie da waren, selbst Shay. Mehr noch: Ich war dankbar. Sie mochten ein verkorkster Haufen sein, und was sie über mich dachten, sei dahingestellt, aber die vier hatten einfach alles stehen- und liegengelassen, ihr Leben von jetzt auf gleich unterbrochen, um hierherzukommen, um mir heute Abend Gesellschaft zu leisten. Wir passten zusammen wie Puzzleteilchen, und das gab mir das Gefühl, von einem warmen, goldenen Licht umhüllt zu sein; als wäre ich durch irgendeinen vollkommenen Zufall genau an den richtigen Ort geraten. Ich war gerade noch nüchtern genug, um nicht den Versuch zu unternehmen, das in Worte zu fassen.

Carmel beugte sich zu mir und sagte fast schüchtern: »Als Donna noch ganz klein war, stimmte irgendwas mit ihren Nieren nicht. Die Ärzte dachten, sie bräuchte vielleicht eine Transplantation. Ich hab sofort gesagt, sie könnten meine haben, alle beide, kein Problem. Ich hab keine Sekunde gezögert. Am Ende war dann mit ihr doch alles in Ordnung, und sie hätten ja sowieso nur eine gebraucht, aber ich hab das nie vergessen. Weißt du, was ich meine?«

»Ja«, sagte ich und lächelte sie an. »Und ob.«

Jackie sagte: »Ach, sie ist süß, unsere Donna. Ein Schatz, lacht immerzu. Du musst sie endlich mal kennenlernen, Francis.«

Carmel sagte zu mir: »Ich seh dich in Darren. Weißt du das? Schon immer, seit er ein kleiner Junge gewesen ist.«

»Gott steh ihm bei«, sagten Jackie und ich gleichzeitig.

»Ach Quatsch. Ich meine die guten Seiten. Dass er aufs College geht, zum Beispiel. Das hat er nicht von mir oder Trevor, wir wären schon glücklich gewesen, wenn er ins Installationsgeschäft von seinem Daddy eingestiegen wäre. Nein, Darren hat das ganz allein geregelt, nie ein Wort zu uns gesagt. Er hat sich informiert, beschlossen, was er studieren will, und wie verrückt gebüffelt, um einen guten Schulabschluss zu schaffen. Ist zielstrebig drauflos, ganz allein. Wie du. Früher hab ich mir immer gewünscht, ich wäre auch so.«

Einen kurzen Moment lang meinte ich zu sehen, wie eine Welle von Traurigkeit über ihr Gesicht spülte. »Wenn ich mich recht entsinne, hast du das immer ganz gut hingekriegt, wenn du irgendwas wolltest«, sagte ich. »Zum Beispiel Trevor.«

Die Traurigkeit verschwand, und ich erntete ein rasches, neckisches kleines Kichern, das sie wieder wie ein Mädchen aussehen ließ. »Ja, nicht? Auf der Party, als ich ihn das erste Mal gesehen hab: Ein Blick genügte, und ich hab zu Louise Lacey gesagt, ich hab gesagt: ›Der da gehört mir.‹ Er trug so eine Hose mit Schlag, wie sie damals in waren –«

Jackie fing an zu lachen.

»Mach du dich nicht lustig«, sagte Carmel zu ihr. »Dein

Gavin läuft immer in derselben schäbigen alten Jeans rum. Ich mag es, wenn ein Mann ein bisschen was aus sich macht. Trevor hatte einen hübschen kleinen Hintern in der Schlaghose, o ja. Und er hat richtig toll gerochen. Was habt ihr zwei da zu lachen?«

»Du schamloses Luder«, sagte ich.

Carmel trank ein sittsames Schlückchen von ihrem Sekt. »War ich gar nicht. Damals herrschten andere Sitten. Wenn du verrückt nach einem Typen warst, wärst du lieber gestorben, als dir was anmerken zu lassen. Du musstest ihn dazu bringen, hinter dir her zu sein.«

Jackie sagte: »Jesses, wie in *Stolz und Vorurteil.* Ich hab Gavin gefragt, ob er mit mir ausgeht, einfach so.«

»Ich sag euch, das hat funktioniert. Besser als dieser Blödsinn heutzutage, wo die Mädchen ohne Höschen in die Clubs gehen. Ich hab meinen Typen bekommen, oder? Verlobt an meinem Einundzwanzigsten. Warst du da noch dabei, Francis?«

»So gerade eben«, sagte ich. »Drei Wochen später bin ich dann weg.« Ich erinnerte mich an die Verlobungsparty: die beiden Familien zusammengepfercht in unserem Wohnzimmer, die Mammys, die sich gegenseitig taxierten wie zwei übergewichtige Pitbulls, Shay, der einen auf großer Bruder machte und Trevor böse Blicke zuwarf, Trevor, bestehend nur aus Adamsapfel und verängstigten Glupschaugen, Carmel, mit glühenden Wangen und triumphierend, die eingezwängt in einen rosa plissierten Horror aussah wie ein auf links gestülpter Fisch. Damals war ich ein noch arroganteres Arschloch; ich saß auf der Fensterbank neben Trevors schweinsgesichtigem kleinen Bruder, übersah ihn und beglückwünschte mich selbst inbrünstig dazu, dass ich mich in drei Wochen vom Acker machen und niemals eine Verlobungsparty haben würde, auf der Schnittchen mit Ei serviert wurden. Man sollte vorsichtiger mit seinen Wünschen sein. Ich sah die vier um den Tisch im Pub sitzen und hatte so ein Gefühl, als wäre mir an dem Abend irgendetwas entgangen; als wäre eine Verlobungsfeier, zumindest auf lange Sicht, ja vielleicht doch etwas gewesen, was sich gelohnt hätte.

»Ich hatte mein rosa Kleid an«, sagte Carmel zufrieden. »Alle haben gesagt, ich hätte richtig umwerfend ausgesehen.«

»Hast du auch, wirklich«, sagte ich und zwinkerte ihr zu. »Schade bloß, dass du meine Schwester warst, sonst hätte ich mich an dich rangeschmissen.«

Sie und Jackie kreischten – »Igitt, hör auf!« –, doch ich achtete nicht mehr auf sie. Am Ende des Tisches unterhielten Shay und Kevin sich nämlich jetzt untereinander über irgendetwas, und der lauter werdende defensive Ton in Kevins Stimme hatte mich aufhorchen lassen. »Es ist ein *Job*. Was soll daran falsch sein?«

»Ein Job, in dem du dich abschuftest, um irgendwelchen Yuppies in den Hintern zu kriechen, ja, Sir, nein, Sir, wie Sie wünschen, Sir, und das alles für den Profit von irgend so einem fetten Konzern, der dich über die Klinge springen lässt, sobald es hart auf hart kommt. Du bringst denen Tausende pro Woche ein, und was kriegst du dafür?«

»Ich werde *bezahlt*. Nächsten Sommer fliege ich nach Australien. Ich werde am Great Barrier Reef schnorcheln und Känguruburger essen und mich auf Grillfeten am Bondi Beach mit tollen australischen Mädels besaufen, und das alles dank meines Jobs. Ist doch super, oder?«

Shay lachte, ein knappes Kratzen. »Spar dein Geld lieber.«

Kevin zuckte die Achseln. »Da kommt noch jede Menge nach.«

»Träum weiter. Das wollen sie dir nur weismachen.«

»Wer? Wovon redest du?«

»Die Zeiten ändern sich, Kleiner. Was glaubst du wohl, warum PJ Lavery –«

»Scheißprovinzler«, sagten wir im Chor, bis auf Carmel, die sich jetzt, wo sie eine Mammy war, auf »Provinzler« beschränkte.

»Was glaubst du wohl, warum der die Häuser entkernt?«

»Wen juckt's?« Kevin war allmählich genervt.

»*Dich* sollte es jucken, Mann. Er ist ein skrupelloses Schlitzohr, dieser Lavery. Der weiß, was im Busch ist. Er kauft letztes Jahr die drei Häuser für ein Schweinegeld, verschickt all die hübschen Broschüren über supertolle Luxuswohnungen, und jetzt auf einmal lässt er das ganze Projekt sausen und verscherbelt die Einzelteile?«

»Na und? Vielleicht lässt er sich scheiden oder hat Steuerschulden oder so. Ist doch nicht mein Problem.«

Shay starrte Kevin einen Moment lang herausfordernd an, vorgebeugt, die Ellbogen auf dem Tisch. Dann lachte er wieder und schüttelte den Kopf. »Du schnallst es nicht, was?«, sagte er und griff nach seinem Bier. »Du hast nicht den Hauch einer Ahnung. Du schluckst jeden Scheiß, den man dir erzählt. Du glaubst, es wird ewig eitel Sonnenschein herrschen. Ich kann es nicht erwarten, dein Gesicht zu sehen.«

Jackie sagte: »Du bist besoffen.«

Kevin und Shay hatten sich noch nie besonders leiden können, aber das hier spielte sich auf Ebenen ab, die mir entgingen. Es war, als hörte ich einen völlig verrauschten Radiosender: Ich bekam so gerade noch den Ton mit, verstand aber nicht wirklich, was los war. Und ich konnte nicht sagen, ob die Störung von zweiundzwanzig Jahren herrührte oder von acht Gläsern Bier. Ich hielt den Mund geschlossen und die Augen offen.

Shay schlug sein Glas mit einem dumpfen Knall auf den Tisch. »Ich will dir mal sagen, warum Lavery sein Geld nicht mehr in schicke Wohnungen steckt. Wenn die nämlich fertig sind, hat keiner mehr die Kohle, um sie ihm abzukaufen. Dieses Land geht den Bach runter. Es steht ganz oben am Rande des Abhangs, und es ist kurz davor, in die Tiefe zu sausen.«

»Also keine Wohnungen«, sagte Kev achselzuckend. »Na und? Die hätten Ma sowieso nur noch mehr Yuppies zum Ablästern geliefert.«

»Mit Yuppies verdienst du deine Brötchen, Kleiner. Wenn sie untergehen, gehst du mit unter. Wer soll protzige Flachbildfernseher kaufen, wenn die alle arbeitslos sind? Wie gut lebt ein Stricher, wenn die Freier pleitegehen?«

Jackie gab Shay einen Klaps auf den Arm. »Jetzt hör aber auf. Das ist ja widerlich.« Carmel hob eine Hand seitlich ans Gesicht, um es gegen Shay abzuschirmen, und formte mit den Lippen *betrunken* in meine Richtung, übertrieben und entschuldigend, aber sie hatte selbst drei Babychams intus und benutzte die falsche Hand. Shay ignorierte sie beide.

»Dieses Land ist auf nichts anderem aufgebaut als auf Großkotzigkeit und gute PR. Ein Tritt, und es stürzt zusammen, und der Tritt kommt bald.«

»Ich weiß nicht, was dich daran so freut«, sagte Kevin mürrisch. Er war auch ein wenig angeschlagen, aber das hatte ihn nicht aggressiv gemacht, sondern war ihm aufs Gemüt geschlagen. Er saß krumm über den Tisch gebeugt und starrte trübsinnig in sein Glas. »Falls es einen Crash gibt, dann gehst du auch unter, mit uns allen.«

Shay schüttelte grinsend den Kopf. »Nein, nein, nein. Sorry, Mann, da muss ich dich enttäuschen. Ich hab große Pläne.«

»Die hast du immer. Und wie weit hat dich einer davon je gebracht?«

Jackie seufzte geräuschvoll. »Tolles Wetter haben wir«, sagte sie zu mir.

Shay sagte zu Kevin: »Diesmal ist es anders.«

»Klaro.«

»Wart's ab, Kleiner. Wart's nur ab.«

»Das klingt wunderbar«, sagte Carmel mit Nachdruck, wie eine Gastgeberin, die versucht, die Stimmung auf ihrer Dinnerparty zu retten. Sie hatte ihren Stuhl dicht an den Tisch gerückt und saß sehr aufrecht da, einen kleinen Finger ladylike vom Glas weggestreckt. »Erzähl uns doch, was du vorhast.«

Nach einem Moment richteten sich Shays Augen auf sie, und er lehnte sich zurück und fing an zu lachen. »Ach, Melly«, sagte er. »Du warst schon immer die Einzige, die mir Manieren beibringen konnte. Wisst ihr eigentlich, dass Carmel mir mal, als ich schon ein baumlanger Teenager war, den Hintern versohlt hat, bis ich die Beine in die Hand genommen hab, weil ich Tracy Long als Flittchen bezeichnet hatte?«

»Das hattest du verdient«, sagte Carmel geziert. »So redet man nicht über ein Mädchen.«

»Hatte ich auch. Ich bin hier der Einzige in der Band, der dich richtig zu schätzen weiß, Melly. Halt dich an mich. Wir werden es noch weit bringen.«

»Ach ja?«, sagte Kevin. »Bis zum Arbeitsamt?«

Shay richtete mit Mühe sein Augenmerk wieder auf Kevin. »Was sie dir nicht verraten ist Folgendes«, sagte er. »In Boomzeiten gehen die ganzen dicken Chancen an die dicken Fische. Der normale Arbeitnehmer kann seinen Lebensunterhalt verdienen, aber reicher werden können nur die Reichen.«

Jackie fragte: »Könnte der normale Arbeitnehmer sich nicht einfach sein Bier schmecken lassen und nett mit seinen Geschwistern quatschen?«

»Wenn es wirtschaftlich bergab geht, kann sich jemand, der Köpfchen und eine gute Idee hat, ein großes Stück vom Kuchen abschneiden. Und ich hab beides.«

Heiße Verabredung heute Abend, sagte Shay früher oft, während er leicht vorgebeugt vor dem Spiegel stand und sich die Haare nach hinten gelte, aber er verriet nie, mit wem; oder *Hab ein bisschen Kohle extra verdient, Melly, hier, hol dir zusammen mit Jackie ein Eis*, aber du erfuhrst nie, woher das Geld gekommen war. Ich sagte: »Das hast du schon immer behauptet. Spuckst du's nun endlich aus, oder hast du vor, dich den ganzen Abend zu zieren?«

Shay starrte mich an, und ich setzte ein breites, argloses Lächeln auf. »Francis«, sagte er. »Unser Insider. Unser Mann im System. Wieso interessiert es dich, was ein Außenseiter wie ich so treibt?«

»Bruderliebe.«

»Ich schätze eher, du denkst, das kann eh nur Mist sein, und bist auf das schöne wohlige Gefühl aus, dass du mich mal wieder übertrumpft hast. Du wirst dich wundern. Ich kaufe den Fahrradladen.«

Allein es auszusprechen ließ seine Wangen leicht erröten. Kevin schnaubte. Jackies ohnehin schon angehobene Augenbrauen schossen noch höher. »Alle Achtung«, sagte sie. »Unser Shay, der Unternehmer, was?«

»Nicht schlecht«, sagte ich. »Wenn du dann der Donald Trump der Fahrradwelt bist, kauf ich meine BMX-Räder nur noch bei dir.«

»Conaghy setzt sich nächstes Jahr zur Ruhe, und sein Sohn will mit dem Geschäft nichts zu tun haben. Der verkauft dicke Autos, Fahrräder sind ihm nicht gut genug. Also hat Conaghy mir Vorkaufsrecht gegeben.«

Kevin war so weit aus seiner Schmolllaune aufgetaucht, dass

er von seinem Bier aufsah. Er fragte: »Wo nimmst du die Knete her?«

Das leidenschaftliche Glitzern in Shays Augen verriet mir, was Frauen in ihm sahen. »Die Hälfte hab ich zusammen. Ich spare schon lange darauf. Den Rest gibt mir die Bank. Die schmeißen nicht mehr so mit Krediten um sich, weil sie wissen, dass schwere Zeiten blühen, genau wie Lavery, aber ich hab die Sache gerade noch unter Dach und Fach gebracht. Nächstes Jahr um diese Zeit, Leute, bin ich selbständig.«

Carmel sagte: »Gut gemacht«, doch irgendetwas in ihrer Stimme ließ mich aufhorchen, eine gewisse Reserviertheit. »Das ist echt toll. Gratulation.«

Shay trank einen Schluck von seinem Bier und machte auf cool, aber ein Grinsen zuckte ihm in den Mundwinkeln. »Wie ich schon zu Kev gesagt habe, es bringt nichts, sein Leben lang zu arbeiten, um anderen die Taschen zu füllen. Du kommst nur weiter, wenn du dein eigener Chef bist. Ich mache einfach Nägel mit Köpfen.«

»Und?«, fragte Kevin. »Wenn du tatsächlich recht damit hast, dass hier demnächst alles den Bach runtergeht, dann wirst du doch mitgerissen.«

»Da liegst du falsch, Kleiner. Wenn die reichen Säcke von heute merken, dass sie in der Scheiße sitzen, kriege ich meine Chance. Damals in den Achtzigern, als keiner, den wir kannten, das Geld für ein Auto hatte, wie haben wir uns da fortbewegt? Auf Fahrrädern. Sobald die Blase platzt, wird Daddy seinen kleinen Lieblingen keine BMWs mehr kaufen können, um die halbe Meile zur Schule zu fahren. Und dann tauchen sie in meinem Laden auf. Ich kann es kaum erwarten, die Visagen von den kleinen Arschlöchern zu sehen.«

»Na denn«, sagte Kevin. »Jedenfalls, das ist toll. Echt.« Er starrte wieder in sein Bier.

Carmel sagte: »Heißt das, dass du dann über dem Laden wohnst?«

Shays Augen richteten sich auf sie, und irgendetwas Kompliziertes spielte sich zwischen ihnen ab. »Das heißt es. Ja.«

»Und du arbeitest Vollzeit. Du kannst dir deine Arbeitszeit nicht mehr einteilen.«

»Melly«, sagte Shay, deutlich sanfter, »das geht schon in Ordnung. Conaghy gibt den Laden ja erst in ein paar Monaten auf. Bis dahin …«

Carmel holte kurz Luft und nickte, als würde sie sich für irgendetwas wappnen. »Klar«, sagte sie, fast zu sich selbst, und hob ihr Glas an die Lippen.

»Ehrlich, mach dir keine Sorgen.«

»Ach nein, schon gut. Du hast das weiß Gott verdient. So wie du dich in letzter Zeit verhalten hast, da hab ich einfach gewusst, dass du irgendwas vorhast. Ich hab bloß nicht … Ich freu mich für dich. Glückwunsch.«

»Carmel«, sagte Shay. »Sieh mich an. Würde ich dir das antun?«

»He«, sagte Jackie. »Was habt ihr denn?«

Shay legte einen Finger auf Carmels Glas und drückte es nach unten, damit er ihr Gesicht sehen konnte. Ich hatte ihn noch nie fürsorglich erlebt, und ich fand es sogar noch beunruhigender als Carmel. »Hör zu. Alle Ärzte haben gesagt, es dauert nur noch ein paar Monate. Höchstens sechs. Wenn ich den Laden kaufe, ist er schon im Heim oder sitzt im Rollstuhl oder ist auf jeden Fall zu schwach, um noch irgendwelchen Schaden anzurichten.«

»Gott vergebe uns«, sagte Carmel leise. »Dass wir hoffen …«

Ich sagte: »Was ist los?«

Sie wandten sich mir zu und starrten mich an, zwei identische Paare ausdrucksloser blauer Augen. Es war das erste Mal, dass sie für mich gleich aussahen. Ich sagte: »Wollt ihr mir sagen, dass Dad Ma noch immer schlägt?«

Ein rasches Zucken, wie ein Stromstoß, ging einmal um den Tisch herum, ein winziges Zischen von eingezogenem Atem. »Du kümmerst dich um deinen Kram«, sagte Shay, »und wir kümmern uns um unseren.«

»Wer hat dich zum Obergroßmaul ernannt?«

Carmel sagte: »Wir hätten einfach gern, dass einer in der Nähe ist, mehr nicht. Für den Fall, dass Dad stürzt ...«

Ich sagte: »Jackie hat mir erzählt, das hätte aufgehört. Vor Jahren.«

Shay sagte: »Wie ich gesagt hab, Jackie hat keine Ahnung. Ihr alle hattet nie die geringste Ahnung. Also haltet euch gefälligst da raus.«

Ich sagte: »Weißt du was? Es geht mir langsam ein kleines bisschen auf die Nerven, dass du dich hier aufführst, als wärst du der Einzige, der je von Dad Senge gekriegt hat.«

Niemand atmete. Shay lachte, ein tiefer, gehässiger Klang. Er sagte: »Du glaubst, du hast von ihm Senge gekriegt?«

»Ich kann dir die Narben zeigen. Du und ich haben im selben Haus gelebt, Alter, schon vergessen? Der einzige Unterschied ist der, dass ich jetzt ein großer Junge bin und eine ganze Unterhaltung schaffe, ohne drüber zu jammern.«

»Du hast nichts abgekriegt. Überhaupt nichts. Und wir haben nicht im selben Haus gelebt, nicht einen einzigen Tag. Ihr habt wie die Maden im Speck gelebt, du und Jackie und Kevin, im Vergleich zu dem, was ich und Carmel durchgemacht haben.«

Ich sagte: »Erzähl mir bloß nicht, ich wäre glimpflich davongekommen.«

Carmel versuchte, Shay mit Blicken zu durchbohren, aber er merkte es nicht. Seine Augen waren starr auf mich gerichtet.

»Verwöhnt nach Strich und Faden, ihr alle drei. Ihr glaubt, ihr habt es schlecht gehabt? Von wegen, wir haben nämlich dafür gesorgt, dass ihr nie erfahren musstet, was schlecht wirklich bedeutet.«

»Wenn du den Barmann um ein Maßband bittest«, sagte ich, »können wir gern vergleichen, wer die größeren Narben hat oder den größeren Schwanz oder weshalb auch immer du dich künstlich aufregst. Ansonsten verläuft unser Abend erheblich angenehmer, wenn du deinen Märtyrerkomplex für dich behältst und mir nicht erzählst, was ich für ein Leben hatte.«

»Witzig. Du hast dich schon immer für schlauer als der Rest der Welt gehalten, nicht?«

»Nur für schlauer als du, mein Lieber. Ich halte mich bloß an die Fakten.«

»Wieso denkst du, du wärst schlauer? Bloß weil ich und Carmel mit sechzehn von der Schule runter sind? Hast du gedacht, wir wären zu blöd, um den Abschluss zu schaffen?« Shay saß jetzt vorgebeugt, die Hände zu Fäusten geballt auf der Tischkante, und eine fleckige, fiebrige Röte stieg ihm in die Wangen. »Wir sind von der Schule runter, um Geld nach Hause zu bringen, als Dad keine Arbeit mehr hatte. Damit ihr was zu essen gekriegt hab. Damit ihr drei euch Schulbücher und hübsche Uniformen kaufen und den Abschluss machen konntet.«

»Herrgott«, brummte Kevin in sein Bier. »Jetzt geht's los.«

»Ohne mich wärst du heute kein Bulle. Du wärst nichts. Hast du gedacht, ich würde bloß rumlabern, als ich gesagt hab, ich würde für meine Familie sterben? Ich bin praktisch gestorben. Ich hab meine Schulausbildung aufgegeben. Ich hab auf jede Chance verzichtet, die ich hatte.«

Ich zog eine Braue hoch. »Weil du sonst Uniprofessor geworden wärst? Dass ich nicht lache. Du hast gar nichts aufgegeben.«

»Ich werde nie wissen, was ich aufgegeben habe. Auf was hast du denn je verzichtet? Was hat dir diese Familie je genommen? Nenn mir nur eine Sache. Eine einzige.«

Ich sagte: *»Diese Scheißfamilie hat mir Rosie Daly genommen.«*

Totenstille. Die anderen starrten mich alle an. Jackie hatte ihr Glas gehoben und den Mund halb offen, kurz vor dem Schluck erstarrt. Ich merkte nur langsam, dass ich aufgestanden war, ein wenig schwankte, und dass ich gerade eben fast geschrien hatte. Ich sagte: »Von der Schule abgehen ist nichts. Ein paar Schläge sind nichts. Ich hätte das alles gern in Kauf genommen, sogar darum gebettelt, wenn ich dafür Rosie nicht verloren hätte. Aber sie ist gegangen.«

Carmel sagte mit schwacher, fassungsloser Stimme: »Du glaubst, sie hat dich wegen *uns* verlassen?«

Ich wusste, dass irgendwas an dem, was ich gesagt hatte, nicht stimmte, dass sich irgendwas verschoben hatte, aber ich konnte nicht genau sagen, was. Sobald ich aufgestanden war, hatte der Alkohol mich voll in den Kniekehlen erwischt. Ich sagte: »Verdammt nochmal, was glaubst du denn, was passiert ist, Carmel? Wir waren verrückt nacheinander, wahre Liebe bis in alle Ewigkeit, Amen. Wir wollten heiraten. Wir hatten die Fahrkarten gekauft. Ich schwöre hoch und heilig, Melly, wir hätten alles getan, einfach alles, um auf dieser großen weiten Welt zusammen zu sein. Und dann haut sie so einfach *von einem Tag auf den anderen* ohne mich ab.«

Die Stammgäste warfen erste Blicke in unsere Richtung, Gespräche verstummten, doch ich schaffte es einfach nicht, wieder leiser zu sprechen. Ich bewahre bei jedem Streit immer den kühlsten Kopf und habe in jedem Pub den niedrigsten

Alkoholpegel. Heute Abend war ich weit vom Kurs abgekommen, und für Korrekturen war es viel zu spät. »Es gibt nur eins, was zwischendurch passiert ist, weißt du noch, was? Dad hat sich volllaufen lassen und um zwei Uhr morgens versucht, bei den Dalys die Haustür einzurennen, und dann habt ihr alle miteinander einen Mordsterz mitten auf der Straße veranstaltet. Du erinnerst dich an die Nacht, Melly. Die ganze Straße erinnert sich an die Nacht. Kein Wunder, dass Rosie danach gemacht hat, dass sie wegkam. Wer will denn schon in so eine Familie einheiraten? Wer will so ein Blut in den eigenen Kindern?«

Carmel sagte ganz leise und noch immer völlig ausdruckslos: »Bist du deshalb nie wieder nach Hause gekommen? Weil du das die ganze Zeit gedacht hast?«

»Wenn Dad einigermaßen anständig gewesen wäre«, sagte ich. »Wenn er kein Säufer gewesen wäre oder wenigstens halbwegs unauffällig gesoffen hätte. Wenn Ma nicht Ma gewesen wäre. Wenn Shay sich nicht jeden Tag in der Woche neuen Ärger eingehandelt hätte. Wenn wir anders gewesen wären.«

Kevin sagte verwirrt: »Aber Rosie ist doch gar nicht abgehauen –«

Ich konnte ihm nicht mehr folgen. Der ganze Tag war plötzlich über mich hereingebrochen, und vor lauter Erschöpfung hatte ich das Gefühl, als würden meine Beine mit dem schäbigen Teppichboden verschmelzen. Ich sagte: »Rosie hat mich abserviert, weil meine Familie ein Haufen Tiere war. Und ich kann's ihr nicht verdenken.«

Jackie sagte, und ich hörte die Verletzung in ihrer Stimme: »Ach, das stimmt nicht, Francis. Das ist nicht fair.«

Shay sagte: »Mit mir hatte Rosie Daly jedenfalls keine Probleme, Kleiner. Das garantier ich dir.«

Er hatte sich wieder unter Kontrolle. Er saß jetzt locker zurückgelehnt auf seinem Stuhl, und das Rot war aus seinen Wangen gewichen. Es war die Art, wie er es sagte: das arrogante Glimmen in den Augen, das träge kleine Grinsen, das um seine Mundwinkel spielte. Ich sagte: »Wovon redest du?«

»Sie war ein nettes Mädchen, die Rosie. Sehr freundlich, sehr umgänglich, oder ist *zugänglich* das treffendere Wort?«

Ich war schlagartig nicht mehr müde. Ich sagte: »Statt hier eine Frau in den Dreck zu ziehen, die nicht da ist, um sich zu wehren, sag lieber klipp und klar, was Sache ist, wie ein Mann. Wenn du dazu nicht den Mumm hast, dann halt die Schnauze.«

Der Barmann ließ ein Glas auf den Tresen knallen. »He! Ihr da hinten! Es reicht. Regt euch ab, sofort, oder ihr fliegt raus.«

Shay sagte: »Ich beglückwünsche dich nur zu deinem Geschmack. Tolle Titten, toller Arsch und eine tolle Einstellung. Sie ging ganz schön ab, was? In null Komma nix von null auf hundert.«

Eine schneidende Stimme irgendwo in meinem Hinterkopf riet mir dringend zu gehen, aber sie kam nur schwach und undeutlich durch all die Alkoholschichten bei mir an. Ich sagte: »Rosie hätte dich nicht mal mit der Kneifzange angefasst.«

»Falsch gedacht, Kleiner. Mit anfassen hat sie sich nicht begnügt. Hast du mich nie an ihr gerochen, wenn du sie ausgezogen hattest?«

Ich hatte ihn vorn am Hemd vom Stuhl gerissen und schon mit der Faust ausgeholt, um ihm eine reinzuhauen, als die anderen mit der blitzschnellen, geballten Effizienz reagierten, die nur Kinder von Trinkern haben. Carmel sprang zwischen uns, Kevin packte meinen Schlagarm, und Jackie riss Gläser aus der Gefahrenzone. Shay zerrte meine andere Hand von seinem Hemd – ich hörte Stoff reißen –, und wir taumelten beide rückwärts. Carmel fasste Shay bei den Schultern, bugsierte ihn geschickt zurück auf seinen Stuhl und hielt ihn dort fest, versperrte ihm die Sicht auf mich und redete beruhigend auf ihn ein, als wäre er schwachsinnig. Kevin und Jackie packten mich unter den Armen und hatten mich umgedreht und schon fast an der Tür, ehe ich das Gleichgewicht wiederfand und kapierte, was da mit mir passierte.

Ich sagte: »Loslassen. Lasst mich los«, aber sie schoben mich weiter. Ich versuchte, sie abzuschütteln, doch Jackie klebte so eng an mir, dass ich sie nicht loswerden konnte, ohne ihr weh zu tun, und davon war ich noch viele Biere entfernt. Shay rief irgendwas Boshaftes über Carmels Schulter, sie machte noch lauter *sch!* und *pst!*, und dann manövrierten Kevin und Jackie mich gekonnt zwischen Tischen und Stühlen und verdutzt dreinblickenden Stammgästen hindurch nach draußen, in die kalte, schneidende Zugluft an der Straßenecke, und die Tür fiel hinter uns zu.

Ich sagte: »Was soll der Scheiß?«

Jackie sagte sanft, als würde sie mit einem Kind sprechen: »Ach, Francis. Du weißt doch, dass du dich da drin nicht prügeln kannst.«

»Das Arschloch wollte doch eins in die Fresse, Jackie. Hat doch förmlich drum gebettelt. Du hast ihn gehört. Erzähl mir nicht, er hätte nicht verdient, dass ich ihm die Fresse poliere.«

»Doch, hat er, natürlich, aber ihr könnt nicht die Kneipe demolieren. Machen wir einen kleinen Spaziergang?«

»Wieso schleppt ihr eigentlich *mich* nach draußen? Schließlich hat Shay –«

Sie hakten sich bei mir ein und gingen los. »An der frischen Luft geht's dir gleich wieder besser«, sagte Jackie beruhigend zu mir.

»Nein. Nein. Ich hab in aller Ruhe da gesessen und mein Bier getrunken, ganz friedlich, bis das Arschloch reingekommen ist und Streit angefangen hat. Habt ihr gehört, was er gesagt hat?«

Kevin sagte: »Er ist hackevoll, und er hat sich wie ein Arschloch aufgeführt. Überrascht dich das etwa?«

»Und wieso werde ich dann vor die Tür gesetzt, verdammt nochmal?« Ich wusste, dass ich mich wie ein Kind anhörte, das *Er hat angefangen* jammert, aber ich konnte nicht anders.

Kevin sagte: »Das ist Shays Stammkneipe. Da ist er jeden zweiten Abend.«

»Ihm gehört doch nicht das ganze Scheißviertel. Ich hab genauso ein Recht –« Ich versuchte, mich von ihnen loszureißen, um zurück zum Pub zu gehen, aber durch die Bewegung verlor ich fast das Gleichgewicht. Die kalte Luft machte mich nicht wieder nüchtern; stattdessen schlug sie von allen Seiten auf mich ein, machte mich schwindlig, schwirrte mir in den Ohren.

»Natürlich hast du das«, sagte Jackie, während sie mich resolut in die andere Richtung steuerte. »Aber wenn du zurückgehst, ärgert er dich bestimmt wieder. Also lässt du das lieber bleiben. Wir gehen woanders hin, ja?«

In dem Moment gelang es einer kalten Nadel Vernunft, den Guinness-Nebel zu durchbohren. Ich blieb wie angewurzelt stehen und schüttelte den Kopf, bis das Schwirren in meinen Ohren ein wenig abebbte. »Nein«, sagte ich. »Nein, Jackie, ich denke nicht, dass wir das machen.«

Jackie wandte den Kopf und sah mir besorgt ins Gesicht. »Alles in Ordnung? Du musst doch nicht kotzen, oder?«

»Scheiße, nein, ich muss nicht kotzen. Aber ich werde auf absehbare Zeit nirgendwo mehr hingehen, nur weil du es sagst.«

»Ach, Francis, sei nicht –«

Ich sagte: »Erinnerst du dich, wie die ganze Chose angefangen hat, ja? Du hast mich angerufen und überredet, meinen Arsch in diese Scheißgegend zu bewegen. Ich schwöre dir, ich muss vorübergehend geistig umnachtet gewesen sein, sonst hätte ich dir gleich gesagt, dass du dir die geniale Idee Gott weiß wohin stecken kannst. Nämlich, sieh dir an, was draus geworden ist, Jackie. Sieh's dir an. Bist du zufrieden mit dir, ja? Sonnst du dich im schönen Glanz deines Erfolges? Bist du jetzt glücklich?«

Ich schwankte. Kevin versuchte, eine Schulter unter meine zu bekommen, aber ich schüttelte sie beide ab, ließ mich mit dem ganzen Gewicht rückwärts gegen die Wand fallen und schlug die Hände vors Gesicht. Eine Million kleine Lichtpunkte flimmerten hinter meinen Augenlidern. »Wie konnte ich so blöd sein?«, sagte ich. »Wie konnte ich so verdammt blöd sein?«

Eine Weile sagte keiner etwas. Ich konnte spüren, wie Kevin und Jackie einander ansahen, versuchten, sich durch Augenbrauensignale zu verständigen. Schließlich sagte Jackie: »Also, ich weiß ja nicht, wie das bei euch ist, aber ich frier mir langsam den Arsch ab. Ich geh mal schnell meine Jacke aus dem Pub holen. Wartet ihr hier auf mich?«

Kevin sagte: »Bring meine auch mit.«

»Klar. Nicht weglaufen, ja? Francis?«

Sie drückte zaghaft meinen Ellbogen. Ich antwortete nicht. Nach einem Moment hörte ich sie seufzen, und dann das flotte Klack-Klack, als sie den Weg zurückstöckelte, den wir gekommen waren.

Ich sagte: »Was für ein mieser gottverdammter Scheißtag.«

Kevin lehnte sich neben mich an die Wand. Ich konnte seinen Atem hören, wie er ein wenig in der kalten Luft schnaufte. Er sagte: »Es ist ja eigentlich nicht Jackies Schuld.«

»Und das sollte ich bedenken, Kev. Ja, wirklich. Aber du

wirst mir verzeihen müssen, wenn mir das just in diesem Moment scheißegal ist.«

In der kleinen Gasse roch es nach Schmierfett und Urin. Irgendwo, ein oder zwei Straßen weiter, hatten zwei Typen angefangen, sich anzubrüllen, keine Worte, bloß heiserer, stupider Lärm. Kevin verlagerte das Gewicht an der Wand. »Jedenfalls«, sagte er, »ich bin froh, dass du zurückgekommen bist. Es war schön, ein bisschen Zeit mit dir zu verbringen. Ich meine, klar, nicht der ganze Rosie-Kram und … du weißt schon. Aber ich bin echt froh, dass wir uns mal wieder gesehen haben.«

»Wie gesagt, ich sollte das bedenken, aber die Dinge laufen nicht immer so, wie sie sollten.«

Kevin sagte: »Weil, na ja, Familie ist mir wirklich wichtig. Schon immer. Ich hab schließlich nicht gesagt, dass ich *nicht* dafür sterben würde, du weißt schon, als Shay so rumgelabert hat? Ich wollte mir von ihm bloß nicht sagen lassen, was ich zu denken habe.«

Ich sagte: »Wer würde das schon.« Ich nahm die Hände vom Gesicht und schob den Kopf ein paar Zentimeter von der Wand weg, um zu sehen, ob sich die Welt ein wenig stabilisiert hatte. Nichts geriet allzu sehr ins Schwanken.

»Früher war es einfacher«, sagte Kevin. »Als wir Kinder waren.«

»So hab ich das eindeutig nicht in Erinnerung.«

»Na ja, ich meine, Gott, es war nicht *einfach*, aber … immerhin wussten wir, was wir machen sollten, auch wenn es manchmal zum Kotzen war, es zu machen. Aber wir *wussten* es immerhin. Ich glaube, das fehlt mir. Weißt du, was ich meine?«

Ich sagte: »Kevin, mein Guter, ich muss dir sagen, ich weiß es wirklich und wahrhaftig nicht.«

Kevin drehte den Kopf an der Wand und sah mich an. Von der kalten Luft und dem Alkohol wirkte er rotwangig und verträumt. Er zitterte leicht, seine flotte Frisur war völlig zerzaust, und er sah aus wie ein Kind auf einer alten Weihnachtskarte. »Ja«, sagte er seufzend. »Okay. Wahrscheinlich nicht. Egal.«

Ich löste mich vorsichtig von der Wand und stützte mich für alle Fälle mit einer Hand ab, aber meine Knie hielten. Ich sagte: »Jackie sollte hier nicht allein rumlaufen. Geh ihr nach.«

Er sah mich an, blinzelte. »Willst du … ich meine, du wartest doch hier auf uns, ja? Ich bin gleich wieder da.«

»Nein.«

»Oh.« Er blickte unschlüssig. »Was ist, na ja, mit morgen?«

»Was soll damit sein?«

»Kommst du wieder?«

»Wohl kaum.«

»Heißt das … nie mehr?«

Er wirkte so verdammt jung und verloren, es machte mich fertig. Ich sagte: »Kümmer dich um Jackie.«

Mein Gleichgewicht war wieder stabil, und ich ging los. Nach ein paar Sekunden hörte ich hinter mir, wie sich Kevins Schritte in Bewegung setzten, langsam, in die andere Richtung.

8

ICH SCHLIEF EIN PAAR STUNDEN in meinem Auto – ich war viel zu betrunken, als dass mich irgendein Taxifahrer mitgenommen hätte, aber längst nicht betrunken genug, um dem Wahn zu verfallen, es wäre eine gute Idee, bei meiner Ma an die Tür zu klopfen. Ich wachte mit einem Geschmack im Mund auf, als wäre irgendwas da drin eines schrecklichen Todes gestorben, und es war so ein frostiger, trüber Morgen, an dem einem die Feuchtigkeit bis in die Knochen kriecht. Ich brauchte gut zwanzig Minuten, um meine Nackenmuskeln zu entkrampfen.

Die Straßen waren glänzend nass und leer, Glocken läuteten zur Frühmesse, ohne dass irgendwer groß darauf achtete. Ich fand ein deprimierendes Café voll mit deprimierten Osteuropäern und genehmigte mir ein nahrhaftes Frühstück: pappige Muffins, eine Handvoll Nurofen und einen Eimer Kaffee. Als ich das Gefühl hatte, wahrscheinlich unter dem Limit zu sein, fuhr ich nach Hause, stopfte die Klamotten, die ich seit Freitagmorgen trug, in die Waschmaschine, stellte mich unter eine sehr heiße Dusche und überlegte meinen nächsten Schritt.

Dieser Fall war für mich so abgeschlossen, wie es ein Fall nur sein kann. Sollte Rocky doch meinetwegen damit machen, was er wollte. Er mochte ja selbst an seinen besten Tagen ein nerviger kleiner Schwätzer sein, aber ausnahmsweise kam mir seine Besessenheit, besser als alle anderen zu sein, gerade recht: Früher oder später würde er Rosie Gerechtigkeit verschaffen, falls es welche zu verschaffen gab. Er würde mich sogar über alle wichtigen Entwicklungen auf dem Laufenden halten – wenn auch nicht unbedingt aus altruistischen Gründen, aber das war mir egal. In nicht ganz anderthalb Tagen hatte ich von meiner Familie schon wieder dermaßen die Nase voll, dass es für weitere zweiundzwanzig Jahre reichte. An dem Morgen unter der Dusche hätte ich meine Seele an den Teufel verwettet, dass mich keine zehn Pferde noch einmal zum Faithful Place bringen könnten.

Ich hatte bloß noch ein paar offene Fragen zu klären, bevor ich diesen ganzen Schlamassel wieder zurück in den Höllenkreis befördern konnte, aus dem er gekommen war. Ich halte »Trauerarbeit« zwar für einen bildungsbürgerlichen Quatsch, der erfunden wurde, um Psychiatern ihre Nobelkutschen zu finanzieren, aber trotzdem: Ich musste mit Sicherheit wissen, ob das da im Keller von Nummer 16 tatsächlich Rosie gewesen war, ich musste wissen, wie sie gestorben war, und ich musste wissen, ob Rocky und seine Jungs irgendeinen Hinweis darauf hatten, wo sie in der Nacht damals hingewollt hatte, ehe jemand sie daran hinderte. Ich hatte mein ganzes Erwachsenenleben damit verbracht, um eine Narbe herum zu wachsen, die die Form von Rosies Abwesenheit hatte. Der Gedanke, dieses wulstige Narbengewebe endlich loszuwerden, hatte mich schwindelig gemacht und dermaßen aus dem Lot gebracht, dass ich etwas so sagenhaft Idiotisches tun konnte, wie mich mit meinen Geschwistern zu besaufen, eine Vorstellung, die mich nur zwei Tage vorher noch veranlasst hätte, schreiend Reißaus zu nehmen. Ich fand, es wäre eine gute Idee, mir erst mal wieder einen klaren Kopf zu verschaffen, ehe ich irgendeine Dummheit anstellte, die mit Amputation enden konnte.

Ich zog mir frische Sachen an und ging raus auf den Balkon, wo ich mir eine Zigarette anzündete und Rocky anrief.

»Frank«, sagte er mit einem sorgsam austarierten Maß an Höflichkeit, um mir zu verstehen zu geben, dass er nicht froh darüber war, von mir zu hören. »Was kann ich für dich tun?«

Ich legte ein verlegenes Grinsen in meine Stimme. »Ich weiß, du hast viel um die Ohren, Rocky, aber ich hatte gehofft, du könntest mir einen Gefallen tun.«

»Liebend gern, alter Junge, aber ich bin ein bisschen –«

Alter Junge? »Dann komm ich gleich zur Sache«, sagte ich. »Mein reizender Kumpel aus der Undercoverabteilung, Yeates – du kennst ihn?«

»Flüchtig.«

»Ein echter Spaßvogel, nicht? Wir sind gestern Abend was trinken gegangen, ich hab ihm von der Geschichte hier erzählt, und er behauptet steif und fest, meine Freundin hätte mich sitzenlassen. Jedenfalls, um es kurz zu machen und um dir zu ersparen, wie tief gekränkt ich bin, dass ein Kollege von mir meine erotische Anziehungskraft in Zweifel zieht, ich habe um hundert Mäuse gewettet, dass Rosie mich nicht abserviert hat. Falls du irgendwas hast, was die Wette für mich entscheidet, teilen wir uns den Gewinn.« Yeates sieht aus, als ob er kleine Kätzchen zum Frühstück verspeist, und er ist weiß Gott kein Kumpeltyp; Rocky würde das nicht nachprüfen.

Rocky sagte förmlich: »Sämtliche Informationen im Zusammenhang mit den Ermittlungen sind vertraulich.«

»Ich hab nicht vor, irgendwas an den *Daily Star* zu verkaufen. Wenn ich mich nicht irre, ist Yeates noch immer ein Bulle, genau wie du und ich, nur dicker und hässlicher.«

»Ein Cop, der nicht meinem Team angehört. Genau wie du.«

»Komm schon, Rocky. Sag mir wenigstens, ob das da in dem Keller Rosie war. Wenn es irgendeine verscharrte Leiche aus der Zeit von Queen Victoria war, kann ich Yeates sein Geld geben und nach vorn schauen.«

»Frank, Frank, Frank«, sagte er mit dick aufgetragenem Mitgefühl. »Ich weiß, die Sache ist nicht einfach für dich, okay, Kumpel? Aber erinnerst du dich, worüber wir gesprochen haben?«

»Lebhaft. Unterm Strich hast du mir verklickert, dass ich dir von der Pelle bleiben soll. Deshalb biete ich dir ja diesen einmaligen Handel an, Rocky. Beantworte meine winzigkleine Frage, und du hörst erst wieder was von mir, wenn ich dich auf ein paar Bierchen einlade, um dir zur Aufklärung dieses Falles zu gratulieren.«

Rocky ließ das eine Sekunde in der Luft hängen. »Frank«, sagte er, als er meinte, ich müsste seine tiefe Missbilligung wahrgenommen haben, »wir sind hier nicht auf dem Iveagh Market. Ich werde nicht mit dir handeln oder Wetten für dich klären. Wir ermitteln in einem *Mord*fall, und meine Leute und ich können dabei keine Störung gebrauchen. Ich hätte gedacht, das würde genügen, damit du mir von der Pelle bleibst. Ehrlich gesagt, bin ich ein wenig enttäuscht vor dir.«

Ich hatte plötzlich ein Bild vor meinem inneren Auge, aus meiner Zeit in Templemore, als Rocky mich einmal nach einer Sauftour in stockbetrunkenem Zustand auf dem Weg nach Hause herausforderte, wer von uns beiden am höchsten gegen eine Wand pinkeln könnte. Ich fragte mich, wann er sich in dieses aufgeblasene Arschloch mittleren Alters verwandelt hatte, oder ob er im Grunde schon immer eins gewesen war und der jugendliche Testosteronrausch das nur eine Weile verdeckt hatte. »Du hast recht«, sagte ich, die Reue in Person. »Es geht mir bloß gegen den Strich, dass der Fettsack Yeates denkt, er hätte mich geschlagen, verstehst du, was ich meine?«

»Mmm«, sagte Rocky. »Weißt du, Frank, Siegeswille ist etwas Kostbares, solange du dich dadurch nicht zum Verlierer machen lässt.«

Ich war ziemlich sicher, dass das nichts zu bedeuten hatte, aber er schlug dabei einen Tonfall an, als würde er mir eine tiefgründige Erkenntnis unterbreiten. »Ist mir ein bisschen zu hoch, Kumpel«, sagte ich, »aber ich werde garantiert drüber nachdenken. Bis bald.« Ich legte auf.

Ich rauchte eine weitere Zigarette und schaute dabei zu, wie die sonntägliche Brigade aus Einkaufsbummlern sich die Quays rauf und runter schob. Ich finde Einwanderung gut: Das Spektrum an Frauen, das man heute zu sehen bekommt, ist mehrere Kontinente breiter als vor zwanzig Jahren, und im Gegensatz zu den irischen Frauen, die damit beschäftigt sind, sich in schaurige selbstgebräunte Lollis zu verwandeln, sind die hübschen Ladys aus der übrigen Welt damit beschäftigt, das auszugleichen. Die eine oder andere weckte in mir den Wunsch, sie vom Fleck weg zu heiraten und Holly ein Dutzend Geschwister zu bescheren, die meine Mutter als Mischlinge bezeichnen würde.

Der Kriminaltechniker war auch nicht zu gebrauchen: Der würde mir nicht mal erzählen, wann er zuletzt Stuhlgang hatte, weil ich ihm seinen netten Nachmittag mit Cyberpornos versaut hatte. Cooper dagegen kann mich gut leiden, er arbeitet auch an Wochenenden und falls er nicht einen gewaltigen Arbeitsrückstand aufzuholen hatte, musste er die Obduktion inzwischen abgeschlossen haben. Gut möglich, dass die Knochen ihm zumindest das eine oder andere von dem verraten hatten, was ich wissen musste.

So sauer, wie Holly und Olivia bereits auf mich waren, kam es auf eine weitere Stunde auch nicht mehr an. Ich warf meine Zigarette weg und machte mich auf den Weg.

Cooper kann die meisten Leute nicht ausstehen, und die meisten Leute denken, seine Antipathie wäre reine Willkür. Was sie nicht durchschauen ist Folgendes: Cooper mag es nicht, wenn man ihn langweilt, und er hat eine niedrige Toleranzschwelle. Wer ihn einmal langweilt – und das war Rocky offensichtlich gelungen –, ist bei ihm unten durch. Wer sein Interesse wachhält, wird belohnt. Mir ist schon vieles vorgeworfen worden, aber noch nie, dass ich langweilig bin.

Von meiner Wohnung bis zur Rechtsmedizin ist es zu Fuß ein Katzensprung; ich gehe die Quays runter, hinten am Busbahnhof vorbei, und schon bin ich an dem schönen, über hundert Jahre alten roten Backsteinbau. Ich habe nicht oft Gelegenheit, es zu betreten, doch für gewöhnlich macht mich der Gedanke an das Gebäude froh, so wie es mich froh macht, dass das Morddezernat in der Dubliner Burg untergebracht ist: Was wir tun, fließt durch das Herz dieser Stadt wie ein Fluss, wir haben die guten Teile ihrer Geschichte und Architektur verdient. An dem Tag konnte es mich allerdings nicht aufheitern. Irgendwo da drin, bei Cooper, der jedes noch erhaltene Stück von ihr wog und maß und untersuchte, befand sich eine junge Frau, die Rosie sein konnte.

Cooper kam zum Empfang, als ich nach ihm fragte, doch wie die meisten Leute an diesem Wochenende war er nicht begeistert, mich zu sehen. »Detective Kennedy«, erklärte er, wobei er den Namen so behutsam aussprach, als würde er schlecht schmecken, »hat mich ausdrücklich darauf hingewiesen, dass Sie seinem Ermittlungsteam nicht angehören und keinerlei Informationen über den Fall benötigen.«

Und das, nachdem ich ihn zum Bier eingeladen hatte. Der undankbare kleine Scheißer. »Detective Kennedy sollte sich dringend ein bisschen weniger wichtig nehmen«, sagte ich. »Ich muss seinem kleinen *Team* nicht angehören, um mich für den Fall zu interessieren. Es ist ein interessanter Fall. Und … na ja, es wäre mir lieb, wenn sich das nicht rumspricht, aber falls es sich bei dem Opfer um die Frau handelt, von der wir glauben, dass sie es ist, bin ich mit ihr zusammen aufgewachsen.«

Coopers glänzende kleine Augen funkelten prompt auf, genau wie ich erwartet hatte. »Tatsächlich?«

Ich senkte den Blick und gab mich zögerlich, um seine Neugier zu kitzeln. »Genau genommen«, sagte ich, während ich meinen Daumennagel inspizierte, »war ich, als wir Jugendliche waren, eine Weile mit ihr zusammen.«

Er biss an: Seine Brauen schnellten hoch bis zum Haaransatz, und das Funkeln in seinen Augen wurde heller. Wenn er nicht ganz offensichtlich den perfekten Job für sich gefunden hätte, hätte ich mich besorgt gefragt, was der Typ wohl in seiner Freizeit trieb. »Daher«, sagte ich, »können Sie sich bestimmt vorstellen, dass ich wirklich gern wüsste, was mit ihr passiert ist – das heißt natürlich nur, wenn Sie im Moment nicht zu beschäftigt sind. Was Kennedy nicht weiß, macht ihn nicht heiß.«

Coopers Mundwinkel zuckten, was bei ihm schon fast ein Lächeln ist. Er sagte: »Kommen Sie herein.«

Lange Korridore, elegantes Treppenhaus, ganz passable alte Aquarelle an den Wänden – irgendwer hatte dazwischen Girlanden mit künstlichen Tannennadeln aufgehängt, um eine dezente Balance zwischen festlich und pietätvoll zu erreichen. Sogar der eigentliche Obduktionssaal, ein langer Raum mit Stuck an der Decke und hohen Fenstern, wäre schön, wenn da nicht ein paar Kleinigkeiten wären: die trübe, kühle Luft, der Geruch, die nüchternen Fliesen auf dem Boden, die Reihen von Stahlschubfächern entlang einer Wand. Auf einem Schild zwischen den Fächern stand in säuberlicher Prägeschrift: FÜSSE NACH VORN, NAMENSETIKETT ANS KOPFENDE.

Cooper spitzte nachdenklich den Mund, betrachtete die Fächer und fuhr mit einem Finger an der Reihe entlang, ein Auge halb geschlossen. »Unsere neue Unbekannte«, sagte er. »Ah, hier.« Er trat auf ein Schubfach zu und zog es mit einer langen, schwungvollen Bewegung auf.

Bei der Undercoverarbeit lernst du schon sehr früh, einen Schalter umzulegen. Es wird mit der Zeit einfacher, vielleicht zu einfach: Ein Klicken, irgendwo in deinem Kopf, und die ganze Szene entfaltet sich in einiger Entfernung auf einer hübschen kleinen Leinwand in Technicolor, während du zusiehst und deine Strategien planst und den Figuren ab und an einen Stups gibst, wachsam und konzentriert und so sicher wie ein General. Diejenigen, die den Schalter nicht so schnell finden, landen in anderen Abteilungen oder unter der Erde. Diesen Schalter legte ich jetzt um und sah hin.

Die Knochen waren perfekt auf ihrem Metallbett angeordnet; fast künstlerisch, wie das ultimative Puzzle. Cooper und sein Team hatten sie irgendwie gesäubert, doch sie waren noch immer bräunlich und wirkten fettig, bis auf die zwei ordentlichen Reihen Zähne, colgateweiß. Das Etwas da sah millionenfach zu klein und zerbrechlich aus, um Rosie zu sein. Für einen Sekundenbruchteil schöpfte ein Teil von mir sogar Hoffnung.

Irgendwo draußen auf der Straße lachte eine Gruppe junger Frauen, hohes hilfloses Kreischen, schwach durch das dicke Glas. Der Raum kam mir zu hell vor. Cooper war mir bloß wenige Zentimeter zu nah, beobachtete mich bloß einen Tick zu aufmerksam. Er sagte: »Es handelt sich um die Überreste einer jungen, erwachsenen, weißen Frau, zwischen eins achtundsechzig und eins fünfundsiebzig groß, von mittlerer bis kräftiger Statur. Anhand der Entwicklung der Weisheitszähne und der Verschmelzung der Epiphysen lässt sich ihr Alter auf zwischen achtzehn und zweiundzwanzig Jahre bestimmen.«

Er hielt inne. Er wartete, bis ich schließlich fragen musste: »Können Sie mit Sicherheit feststellen, ob es Rosie Daly ist?«

»Es stehen keine zahnärztlichen Röntgenaufnahmen zur Verfügung, aber den Unterlagen nach hatte Rosie Daly eine Füllung im hinteren rechten unteren Backenzahn. Die Verstorbene hat ebenfalls eine Füllung, im gleichen Zahn.«

Er nahm den Kieferknochen zwischen Daumen und Zeigefinger, drückte ihn nach unten und deutete in den Mund.

Ich sagte: »Das haben andere Leute auch.«

Cooper zuckte die Achseln. »Unwahrscheinliche Zufälle kommen tatsächlich vor, wie wir wissen. Zum Glück sind wir für eine Identifizierung nicht allein auf die Zahnfüllung angewiesen.« Er blätterte einen säuberlichen Stapel Akten auf einem langen Tisch durch und zog zwei Folien heraus, die er übereinander an eine Lichtleiste heftete. »Bitteschön«, sagte er und schaltete das Licht an.

Und da war Rosie, beleuchtet und lachend vor rotem Backstein und grauem Himmel, das Kinn nach oben gereckt und die Haare flatternd im Wind. Eine Sekunde lang war sie alles, was ich sehen konnte. Dann sah ich die winzigen Xe, mit denen ihr Gesicht gesprenkelt war, und dann sah ich den leeren Schädel dahinter, der mich anstarrte.

»Wie Sie an den Punkten, die ich markiert habe, erkennen können«, sagte Cooper, »stimmen die anatomischen Orientierungspunkte des gefundenen Schädels – Größe, Winkel und Abstände von Augenhöhlen, Nase, Zähnen, Kiefer und so weiter – exakt mit Rose Dalys Gesichtszügen überein. Das stellt zwar keine eindeutige Identifizierung dar, erreicht aber ein akzeptables Maß an Sicherheit, insbesondere in Verbindung mit der Zahnfüllung und dem Fundort. Ich habe Detective Kennedy mitgeteilt, er könne die Familie verständigen. Ich hätte keine Probleme damit, unter Eid auszusagen, dass es sich bei der Toten meiner Überzeugung nach um Rose Daly handelt.«

Ich fragte: »Wie ist sie gestorben?«

»Was Sie da sehen, Detective Mackey«, sagte Cooper und deutete mit einer ausladenden Armbewegung auf die Knochen, »ist alles, was ich habe. Bei skelettierten Überresten lässt sich die Todesursache nur selten sicher bestimmen. Sie wurde eindeutig angegriffen, aber ich kann zum Beispiel nicht zweifelsfrei die Möglichkeit ausschließen, dass sie im Verlauf des Angriffs an einem Herzinfarkt gestorben ist.«

Ich sagte: »Detective Kennedy hat Schädelfrakturen erwähnt.«

Cooper musterte mich mit einem Blick, der förmlich vor Herablassung triefte. »Wenn ich mich nicht gewaltig täusche«, sagte er, »ist Detective Kennedy kein ausgewiesener Pathologe.«

Es gelang mir, ihn anzugrinsen. »Er ist auch kein ausgewiesener Langweiler, trotzdem stellt er sich dabei ganz ordentlich an.«

Coopers Mundwinkel zuckten. »Fürwahr«, sagte er. »Detective Kennedy hat, wenn auch per Zufall, recht damit, dass der Schädel Frakturen aufweist.«

Er streckte einen Finger aus und drehte Rosies Schädel auf die Seite. »Da«, sagte er.

In dem dünnen weißen Handschuh wirkte seine Hand nass und tot, als würde sie sich in Runzeln auflösen. Rosies Hinterkopf sah aus wie eine Windschutzscheibe, auf die mehrmals mit einem Golfschläger eingeschlagen worden war: Er war übersät mit verrückten, spinnennetzartigen Rissen, die in alle Richtungen ausstrahlten, kreuz und quer und wieder zurück. Ihr Haar hatte sich größtenteils gelöst, man hatte es in einem verfilzten Haufen neben sie gelegt, doch ein paar dünne Strähnen kringelten sich noch aus den zertrümmerten Knochen.

»Wenn Sie genau hinschauen«, sagte Cooper und strich behutsam mit einer Fingerspitze über die Risse, »werden Sie feststellen, dass die Bruchränder gesplittert sind, nicht säuberlich gebrochen. Das lässt darauf schließen, dass der Schädelknochen zu der Zeit, als die Verletzungen zugefügt wurden, flexibel und feucht war, nicht trocken und spröde. Mit anderen Worten, die Frakturen erfolgten nicht nach Eintritt des Todes. Sie wurden ihr zum oder um den Todeszeitpunkt herum beigebracht. Sie sind die Folge von mehreren wuchtigen Schlägen – ich würde schätzen, mindestens drei – mit einem Gegenstand mit flacher Oberfläche, zehn Zentimeter oder mehr breit, ohne scharfe Kanten oder Ecken.«

Ich unterdrückte den Drang zu schlucken; wenn ich das täte, würde er es sehen. »Tja«, sagte ich. »Ich bin auch kein Pathologe, aber ich glaube, so könnte man jemanden töten.«

»Ha«, sagte Cooper grinsend. »Das könnte man durchaus, aber in diesem Fall können wir nicht mit Sicherheit sagen, dass es auch so war. Schauen Sie hier.«

Er fummelte an Rosies Hals herum und fischte zwei zarte Knochenstücke heraus. »Das hier«, sagte er und fügte sie säuberlich zu einer Hufeisenform zusammen, »ist das Zungenbein. Es befindet sich oben am Hals, direkt unter dem Kiefer, wo es die Zunge stützt und den Atemweg schützt. Wie Sie sehen, ist eines der größeren Hörner komplett abgetrennt. Ein gebrochenes Zungenbein lässt mit an Sicherheit grenzender

Wahrscheinlichkeit auf einen Autounfall oder auf manuelle Strangulation schließen.«

Ich sagte: »Das heißt also, falls sie nicht von einem unsichtbaren Auto angefahren wurde, das irgendwie in einen Keller gelangt ist, hat irgendwer sie brutal erwürgt.«

»Das hier«, erklärte Cooper, während er mir Rosies Zungenbein demonstrativ entgegenstreckte, »ist in vielerlei Hinsicht der faszinierendste Aspekt des Falles. Wie wir vorhin festgestellt haben, scheint unser Opfer neunzehn Jahre alt gewesen zu sein. Bei jungen Erwachsenen kommt es aufgrund der Flexibilität des Knochens selten zu einem Zungenbeinbruch, dennoch erfolgte diese Fraktur ebenso wie die anderen eindeutig perimortal. Die einzige mögliche Erklärung ist die, dass sie mit extremer Gewalt gewürgt wurde, und zwar von einem Angreifer mit erheblicher Muskelkraft.«

Ich sagte: »Einem Mann.«

»Ein Mann kommt am ehesten in Frage, aber eine Frau in äußerster Affekterregung kann nicht ausgeschlossen werden. Eine Theorie lässt sich mit sämtlichen vorhandenen Verletzungen in Einklang bringen: Der Täter hat sie an der Gurgel gepackt und mit dem Kopf wiederholt gegen eine Wand geschlagen. Die beiden gegensätzlichen Kräfte, vom Aufprall auf die Wand und dem Druck, den der Täter ausübte, führten zu der Zungenbeinfraktur und zum Atemwegsverschluss.«

»Tod durch Ersticken.«

»Asphyxie«, sagte Cooper und warf mir einen Blick zu. »Das nehme ich an. Detective Kennedy liegt in der Tat richtig mit der Annahme, dass die Kopfverletzungen auf jeden Fall zum Tode geführt hätten, aufgrund intrakranialer Blutungen und Beschädigung des Gehirns, aber dieser Vorgang hätte bis zu einigen Stunden dauern können. Bevor es dazu kommen konnte, war sie sehr wahrscheinlich bereits an Sauerstoffmangel gestorben, verursacht entweder durch manuelle Strangulation, durch Vagus-Quetschung aufgrund manueller Strangulation oder durch Verschluss des Atemweges aufgrund des gebrochenen Zungenbeins.«

Ich legte weiter den geistigen Schalter um, fest. Eine Sekunde lang sah ich den Schwung von Rosies Hals, wenn sie lachte.

Cooper sagte, nur um mir so endgültig den Rest zu geben wie nur menschenmöglich: »Das Skelett weist keine weiteren perimortalen Verletzungen auf, doch aufgrund des Verwesungsgrades lässt sich unmöglich feststellen, ob es irgendwelche Weichgewebeverletzungen gab. Beispielsweise, ob das Opfer vergewaltigt wurde.«

Ich sagte: »Soweit ich weiß, hat Detective Kennedy angedeutet, dass sie bekleidet war. Falls das irgendwas aussagt.«

Er spitzte die Lippen. »Es ist sehr wenig Stoff übrig. Die Spurensicherung hat allerdings eine Reihe von kleidungstypischen Gegenständen auf oder neben dem Skelett sichergestellt – einen Reißverschluss, Metallknöpfe, Haken wie von einem BH-Verschluss et cetera –, was darauf hindeutet, dass sie zusammen mit einer vollständigen oder fast vollständigen Bekleidung begraben wurde. Das besagt jedoch nicht, dass das Opfer zum Zeitpunkt der Beerdigung tatsächlich bekleidet war. Durch den natürlichen Verwesungsprozess sowie durch beträchtliche Nageraktivität wurden diese Gegenstände verschoben, so dass sich unmöglich feststellen lässt, ob das Opfer die Kleidung am Körper trug oder ob sie mit ins Grab gelegt wurde.«

Ich fragte: »War der Reißverschluss auf oder zu?«

»Er war geschlossen. Ebenso der BH-Verschluss. Was jedoch keine Beweiskraft hat – sie könnte sich nach einer Vergewaltigung selbst wieder angezogen haben –, aber es lässt wohl durchaus gewisse Schlüsse zu.«

»Die Fingernägel«, sagte ich. »Waren sie abgebrochen?« Rosie hätte sich gewehrt, mit aller Kraft.

Cooper seufzte. Ich langweilte ihn allmählich, all diese Routinefragen, die Rocky bereits gestellt hatte. Ich musste interessant werden oder verschwinden. »Fingernägel«, sagte er mit einem verächtlichen kleinen Nicken auf ein paar bräunliche Späne neben Rosies Handknochen, »verwesen. In diesem Fall sind sie ebenso wie das Haar aufgrund der Alkalität des Bodens teilweise erhalten, allerdings in stark zersetztem Zustand. Und da ich kein Hellseher bin, sehe ich mich außerstande, Mutmaßungen über ihren Zustand vor der Zersetzung anzustellen.«

Ich sagte: »Nur noch ein oder zwei Punkte, wenn es Ihre Zeit erlaubt, und dann bin ich auch schon wieder weg. Wissen Sie, ob die Spurensicherung irgendetwas anderes bei ihr gefunden hat, abgesehen von dem Kleidungszubehör? Schlüssel vielleicht?«

»Ich könnte mir vorstellen«, sagte Cooper streng, »dass die Spurensicherung darüber genauere Kenntnisse hat als ich.«

Seine Hand war an dem Schubfach, bereit, es zuzuschieben. Falls Rosie ihre Schlüssel bei sich trug, entweder weil ihr Dad sie ihr zurückgegeben hatte oder weil sie sie stibitzt hatte, dann hätte sie die Möglichkeit gehabt, in jener Nacht vorne zur Haustür rauszugehen, und sie hatte sie nicht genutzt. Mir fiel nur ein Grund dafür ein, nämlich dass sie doch vorgehabt hatte, mir aus dem Weg zu gehen.

Ich sagte: »Natürlich, ich weiß – das ist ja nun wirklich nicht Ihr Ressort, Doc –, aber die meisten von denen sind ungefähr auf dem Niveau von dressierten Affen. Denen würde ich nicht mal zutrauen, dass sie wüssten, um welchen Fall es geht, von korrekten Auskünften mal ganz zu schweigen. Sie können sich vorstellen, dass ich gerade in dieser Sache keine Lust auf so ein Glücksspiel habe.«

Cooper zog die Augenbrauen einen gequälten Millimeter hoch, als wisse er genau, was ich da machte, und schere sich nicht drum. Er sagte: »Der vorläufige Bericht der Spurensicherung führt zwei silberne Ringe und drei silberne Ohrstecker auf, die allesamt von den Dalys unter Vorbehalt als Schmuckstücke identifiziert wurden, wie sie im Besitz ihrer Tochter waren, sowie einen kleinen Schlüssel, der von einem minderwertigen massenproduzierten Schloss stammt und offenbar zu den Schlössern des Koffers passt, der zu einem früheren Zeitpunkt am Tatort gefunden wurde. Ansonsten ist in dem Bericht keine Rede von weiteren Schlüsseln, Accessoires oder sonstigen Habseligkeiten.«

Und zack, war ich wieder genau da, wo ich gewesen war, als ich den Koffer das erste Mal zu Gesicht bekommen hatte: ratlos, in eine schwerelose Dunkelheit hineinkatapultiert, ohne irgendetwas Greifbares, um mich dran festzuhalten. Schlagartig wurde mir klar, zum allerersten Mal, dass ich die Wahrheit vielleicht nie erfahren würde, dass das tatsächlich passieren könnte.

Cooper fragte: »War das alles?«

Im Obduktionssaal war es ganz still, bloß das Temperaturaggregat summte irgendwo vor sich hin. Dass ich etwas bereue, kommt bei mir ebenso selten vor, wie dass ich mich betrinke, aber dieses Wochenende war da eine Ausnahme. Ich blickte auf die braunen Knochen, die nackt unter Coopers Neonlampen ausgebreitet lagen, und ich wünschte mir aus tiefstem Herzen, dass ich einen Rückzieher gemacht hätte, statt schlafende Mädchen zu wecken. Nicht um meinetwillen; um ihretwillen. Jetzt gehörte sie jedem: Cooper, Rocky, Faithful Place, und jeder konnte alles mit ihr machen, sie befingern und für seine Zwecke nutzen. Bestimmt hatte Faithful Place schon begonnen, sie sich gemächlich und genüsslich einzuverleiben und zu einer Schauerlegende zu verdauen, halb Gespenstergeschichte und halb Moralstück, halb urbanes Märchen und halb Wie-das-Leben-so-spielt. Er würde die Erinnerung an sie verschlingen, so wie seine Erde ihren Körper verschlungen hatte. Da unten in dem Keller war sie besser dran gewesen. Zumindest waren die Einzigen, die mit den Händen über die Erinnerung an sie gestrichen hatten, die Menschen gewesen, die sie liebten.

»Ja«, sagte ich. »Das ist alles.«

Cooper ließ das Schubfach zugleiten, ein langes Rutschen von Metall auf Metall, und die Knochen waren verschwunden, zurückgekehrt in ihre Wabe zwischen seinen anderen Fragezeichentoten. Das Letzte, was ich sah, ehe ich den Obduktionssaal verließ, war Rosies Gesicht, das noch an der Lichtleiste strahlte, leuchtend und durchscheinend, diese hellen Augen und das unschlagbare Lächeln, das papierdünn über verfaulenden Knochen lag.

Cooper brachte mich nach draußen. Ich legte mein charmantestes, schleimerischstes Dankeschön hin, ich versprach ihm eine Flasche von seinem Lieblingswein zu Weihnachten, er winkte mir zum Abschied von der Tür her und ging dann wieder zurück, um was auch immer für beunruhigende Dinge zu tun, mit denen Cooper sich beschäftigt, wenn er allein im Obduktionssaal ist. Kaum war ich um die Ecke des Gebäudes verschwunden, schlug ich mit der Faust gegen die Mauer. Ich verarbeitete meine Fingerknöchel zu Brei, doch der Schmerz war herrlich genug, um mir für ein paar Sekunden, während ich vorgebeugt dastand und meine Hand hielt, den Verstand weiß und leer zu brennen.

9

ICH HOLTE MEINEN WAGEN AB, dessen Innenraum verführerisch nach verschwitztem Betrunkenen roch, der in seinen Klamotten geschlafen hat, und fuhr nach Dalkey. Als ich bei Olivia schellte, hörte ich gedämpfte Stimmen, einen Stuhl, der heftig zurückgeschoben wurde, Schritte, die die Treppe hochstapften – wenn Holly sauer ist, wiegt sie an die zweihundert Pfund –, und dann einen Knall von nuklearer Dimension.

Olivia kam mit verschlossener Miene an die Tür. »Ich hoffe sehr, du hast eine gute Erklärung. Sie ist aufgelöst, sie ist wütend, und sie ist enttäuscht, und ich finde, sie hat guten Grund, alles drei zu sein. Ich bin übrigens auch nicht besonders begeistert über mein ruiniertes Wochenende, nur für den Fall, dass es dich interessiert.«

An manchen Tagen hüte selbst ich mich davor, einfach ins Haus zu marschieren und Olivias Kühlschrank zu plündern. Ich blieb, wo ich war, ließ mir letzte Regentropfen von der Dachrinne ins Haar tropfen. »Es tut mir leid«, sagte ich. »Wirklich, Liv. Ich hab das alles nicht gewollt, glaub mir. Es war ein Notfall.«

Ein winziges, zynisches Hochschnellen der Augenbrauen. »Ach wirklich? Lass hören. Wer ist gestorben?«

»Jemand, den ich gekannt habe, vor langer Zeit. Bevor ich von zu Hause weg bin.«

Damit hatte sie nicht gerechnet, aber ihr genügte bloß ein Sekundenbruchteil, um sich wieder zu fangen. »Mit anderen Worten, jemand, zu dem du seit über zwanzig Jahren keinen Kontakt hattest, und trotzdem war er mit einem Mal wichtiger als deine Tochter. Lohnt es sich überhaupt, mich noch einmal mit Dermot zu verabreden, oder ist das zu riskant, weil vielleicht wieder irgendwo irgendwem, den du mal gekannt hast, was passieren könnte?«

»So ist das nicht. Dieses Mädchen und ich waren uns sehr nahe. Sie wurde in der Nacht ermordet, als ich von zu Hause weggegangen bin. Ihre Leiche wurde am Wochenende gefunden.«

Plötzlich war Olivia ganz Ohr. »Dieses Mädchen«, sagte sie nach einem langen, forschenden Blick. »Wenn du ›nahe‹ sagst, meinst du eine Freundin, nicht? Eine erste Liebe.«

»Ja. So ungefähr.«

Liv ließ das auf sich wirken. Ihr Gesicht veränderte sich nicht, aber ich sah, wie sie sich zurückzog, irgendwo hinter ihre Augen, um darüber nachzudenken. Sie sagte: »Tut mir leid, das zu hören. Ich finde, du solltest das Holly erklären – in groben Zügen jedenfalls. Sie ist in ihrem Zimmer.«

Als ich an Hollys Tür klopfte, schrie sie: »Geh weg!« Hollys Zimmer ist der einzige Raum im Haus, wo noch zu sehen ist, dass es mich gibt: Zwischen dem Pink und dem ganzen Schnickschnack sind Stofftiere, die ich ihr mal gekauft habe, schlechte Karikaturen, die ich für sie gezeichnet habe, lustige Postkarten, die ich ihr aus keinem besonderen Anlass geschickt habe. Sie lag mit dem Gesicht nach unten auf dem Bett, ein Kissen über den Kopf gezogen.

Ich sagte: »Hi, Schätzchen.« Ein heftiges Gezappel, und sie zog sich das Kissen fester über die Ohren, aber das war's. Ich sagte: »Ich muss mich bei dir entschuldigen.«

Nach einem Moment sagte eine gedämpfte Stimme: »*Drei-*
mal.«

»Wieso das?«

»Du hast mich zurück zu Mum gebracht, und du hast gesagt, du holst mich später wieder ab, was du nicht getan hast, und du hast gesagt, du würdest mich gestern abholen, aber das hast du auch nicht getan.«

Schnurstracks an die Gurgel. »Du hast natürlich recht«, sagte ich. »Und wenn du da drunter rauskommst und mich anguckst, entschuldige ich mich dreimal bei dir, Auge in Auge. Aber ein Kissen bitte ich nicht um Verzeihung.«

Ich konnte spüren, wie sie überlegte, ob sie mich noch länger bestrafen sollte, aber Holly ist nicht stur – fünf Minuten sind ihre Obergrenze. »Ich muss dir auch was erklären«, fügte ich sicherheitshalber hinzu.

Ihre Neugier siegte. Nach einem Moment glitt das Kissen ein Stückchen zurück, und ein misstrauisches kleines Gesicht lugte darunter hervor. Ich sagte: »Ich entschuldige mich. Ich entschuldige mich zweifach. Und ich entschuldige mich dreifach, Hand aufs Herz und Sahnehäubchen obendrauf.«

Holly seufzte, kam hoch und schob sich Haarsträhnen aus dem Gesicht. Sie sah mich noch immer nicht an. »Was ist passiert?«

»Ich hab dir doch erzählt, dass deine Tante Jackie ein Problem hatte.«

»Ja.«

»Es ist jemand gestorben, Schätzchen. Jemand, den wir gekannt haben, vor langer Zeit.«

»Wer?«

»Eine junge Frau namens Rosie.«

»Warum ist sie gestorben?«

»Das wissen wir nicht. Sie ist gestorben, als du noch lange

nicht auf der Welt warst, aber wir haben es erst am Freitagabend erfahren. Alle waren ziemlich erschüttert. Verstehst du jetzt, warum ich zu Tante Jackie musste?«

Ein kleines einseitiges Achselzucken. »Kann sein.«

»Und heißt das, dass wir uns den letzten Rest vom Wochenende doch noch zusammen schönmachen können?«

Holly sagte: »Ich sollte zu Sarah. Zum Ersatz.«

»Häschen«, sagte ich. »Ich bitte dich hier um einen Gefallen. Ich wäre sehr froh, wenn wir dieses Wochenende noch einmal von vorn anfangen könnten, ab da, wo wir Freitagabend aufgehört haben, und so viele schöne Sachen zusammen machen, wie wir können, bevor ich dich heute Abend zurückbringen muss. Wir tun einfach so, als wäre zwischendurch gar nichts passiert.« Ich sah, wie ihre Lider zuckten, als sie rasch zu mir rüberschielte, aber sie sagte nichts. »Ich weiß, ich verlange viel von dir, und ich weiß, ich hab es nicht verdient, aber manchmal muss man ein bisschen großzügig sein. Weil man nur so klarkommt. Könntest du das für mich tun?«

Sie dachte darüber nach. »Musst du wieder zurück, wenn noch mal was passiert?«

»Nein, Kleines. Das ist dann Sache von Kollegen von mir. Egal, was passiert, sie werden angerufen und müssen sich drum kümmern. Es ist nicht mehr mein Problem. Okay?«

Nach einem Moment rieb Holly rasch den Kopf an meinem Arm, wie eine Katze. »Daddy«, sagte sie. »Tut mir leid, dass deine Freundin gestorben ist.«

Ich strich ihr übers Haar. »Danke, Kleines. Ich will dich nicht anlügen: Es war bisher ein ziemlich beschissenes Wochenende. Aber es wird langsam besser.«

Unten klingelte es an der Haustür. Ich fragte: »Erwartet ihr jemanden?«

Holly zuckte die Achseln, und ich sortierte meine Gesichtszüge, um Dermo ordentlich einzuschüchtern, aber es war eine Frauenstimme. Jackie: »Hallo, Olivia, furchtbar kalt draußen, was?« Eine leise, hektische Unterbrechung von Liv; eine Pause, dann das leise Schließen der Küchentür und gedämpftes Gemurmel, als beide einander auf den neusten Stand brachten.

»Tante Jackie! Darf sie mitkommen?«

»Klar«, sagte ich. Ich wollte Holly vom Bett heben, doch sie tauchte unter meinem Ellbogen durch und hechtete zum Schrank, wo sie anfing, zwischen massenhaft pastellfarbenem Zeug nach genau der Strickjacke zu stöbern, die sie sich in den Kopf gesetzt hatte.

Jackie und Holly verstehen sich blendend. Jackie und Liv auch, was mich überrascht und ein wenig beunruhigt hat – kein Mann möchte, dass die Frauen in seinem Leben befreundet sind, weil sie anfangen könnten, Informationen auszutauschen. Nachdem ich Liv kennenlernte, habe ich lange gewartet, bis ich die beiden miteinander bekannt machte. Ich weiß nicht, wegen welcher von beiden ich mich schämte oder vor welcher ich Angst hatte, aber mir kam der Gedanke, dass ich mich erheblich sicherer fühlen würde, wenn Jackie sich aus Abneigung gegen mein neues Mittelschichtmilieu gleich wieder aus meinem Leben verzogen hätte. Jackie zählt zu den Menschen, die ich am liebsten mag, aber ich hatte schon immer die Gabe, Achillesfersen zu entdecken, meine eigene eingeschlossen.

Nach meinem Weggang von zu Hause hielt ich mich acht Jahre lang fern von der Gefahrenzone, dachte ungefähr einmal pro Jahr an meine Familie, wenn eine ältere Frau auf der Straße Ma derart ähnlich sah, dass ich rasch in Deckung ging, und kam alles in allem ganz gut zurecht. In einer Stadt dieser Größe konnte das auf Dauer nicht gutgehen. Ich verdanke mein Wiedersehen mit Jackie einem stümperhaften Exhibitionisten, der sich für seinen Auftritt die falsche Frau aussuchte.

Als Minimax aus seiner Gasse sprang, seinen Schniedel rausholte und anfing, sich ihm mit Hingabe zu widmen, verpasste Jackie seinen beiden Egos einen Dämpfer, indem sie in schallendes Gelächter ausbrach und ihm dann in die Eier trat. Sie war siebzehn und gerade von zu Hause ausgezogen. Ich war dabei, mich auf dem Weg in die Undercoverabteilung im Dezernat für Sexualdelikte hochzuarbeiten, und da es in der Gegend zu ein paar Vergewaltigungen gekommen war, wollte mein Boss, dass irgendwer Jackies Aussage aufnahm.

Ich hätte es nicht machen müssen. Eigentlich hätte ich es nicht machen sollen: Man lässt die Finger von Fällen, in die die eigenen Angehörigen verwickelt sind, und ich wusste gleich Bescheid, als ich auf dem Anzeigeformular den Namen »Jacinta Mackey« las. Halb Dublin heißt entweder Jacinta oder Mackey, aber ich bezweifele, dass sich noch andere Eltern außer meinen dazu verstiegen hatten, ein Kind Jackie Mackey zu nennen. Ich hätte es meinem Boss nur zu sagen brauchen, dann hätte ein Kollege Jackies Beschreibung von Minimaxens Minderwertigkeitskomplex aufgenommen, und ich hätte friedlich weiterleben können, ohne je wieder über meine Familie nachdenken zu müssen oder über Faithful Place oder den mysteriösen Fall des mysteriösen Koffers. Aber ich war neugierig. Jackie war neun, als ich von zu Hause wegging, nichts von alledem war ihre Schuld, und sie war ein liebes Kind gewesen, damals. Ich wollte sehen, was aus ihr geworden war. Zu dem Zeitpunkt dachte ich eigentlich nur: Was soll schon Großartiges passieren? Mein Fehler war, dass ich das für eine rhetorische Frage hielt.

»Komm«, sagte ich zu Holly, hob ihren anderen Schuh auf und warf ihn ihr zu. »Wir machen mit deiner Tante Jackie einen Spaziergang, und dann holen wir uns die Pizza, die ich dir Freitagabend versprochen habe.«

Eine der vielen erfreulichen Seiten meiner Scheidung ist die, dass es mir erspart bleibt, erfrischende Sonntagsspaziergänge in Dalkey zu machen und höflich beigegekleidete Paare zu grüßen, die das Gefühl haben, ich würde mit meinem Dialekt die Grundstückspreise drücken. Holly mag die Schaukeln im Herbert Park – soweit ich das dem intensiven leisen Monolog entnehmen kann, den sie vom Stapel lässt, sobald sie in Schwung kommt, zählen sie als Pferde und haben irgendwas mit Robin Hood zu tun –, deshalb gingen wir mit ihr dorthin. Es war ein kalter, heller Tag geworden, fast schon frostig, und viele geschiedene Dads hatten dieselbe Idee gehabt. Manche hatten gleich auch noch die entsprechende Vorzeigefreundin mitgebracht. Mit Jackie und ihrer Jacke aus Leopardenkunstfell passte ich wunderbar ins Bild.

Holly rannte gleich zu den Schaukeln, und Jackie und ich suchten uns eine Bank, wo wir sie gut im Auge behalten konnten. Holly beim Schaukeln zuzuschauen ist eine der besten Therapien, die ich kenne. Sie ist stark für so ein kleines Wesen; sie kann stundenlang schaukeln, ohne müde zu werden, und ich kann ihr dabei unermüdlich zuschauen, mich vom Rhythmus fröhlich hypnotisieren lassen. Als ich spürte, wie meine Schultern herabsackten, merkte ich erst, wie verspannt sie gewesen waren. Ich atmete tief durch und fragte mich, wie ich meinen Blutdruck unter Kontrolle halten sollte, wenn Holly aus dem Spielplatzalter rauswuchs.

Jackie sagte: »Gott, sie ist bestimmt einen halben Meter gewachsen, seit ich sie zuletzt gesehen hab. Dauert nicht mehr lang, dann ist sie größer als ich.«

»Demnächst sperre ich sie bis zu ihrem achtzehnten Geburtstag in ihrem Zimmer ein. Ich warte nur noch, bis sie das erste Mal den Namen eines Jungen erwähnt, ohne Würgelaute zu machen.« Ich streckte die Beine vor mir aus, verschränkte die Hände hinter dem Kopf, hielt das Gesicht in die schwache Sonne und spielte mit dem Gedanken, den Rest des Nachmittags in genau dieser Haltung zu verbringen. Meine Schultern sanken noch ein Stückchen tiefer.

»Stell dich drauf ein. Die fangen heutzutage verdammt früh an.«

»Holly nicht. Ich hab ihr gesagt, Jungs lernen erst mit zwanzig, aufs Töpfchen zu gehen.«

Jackie lachte. »Dann verknallt sie sich gleich in ältere Männer.«

»Alt genug, um zu wissen, dass Daddy einen Revolver hat.«

Jackie sagte: »Sag mal, Francis, ist alles in Ordnung mit dir?«

»Ja, sobald der Kater nachlässt. Hast du Aspirin dabei?«

Sie kramte in ihrer Handtasche. »Leider nein. Ein bisschen Kopfschmerzen tun dir ganz gut: Dann bist du beim nächsten Mal zurückhaltender mit dem Alkohol. Aber das meinte ich nicht. Ich meinte … du weißt schon. Ist alles in Ordnung mit dir, nach gestern? Nach gestern Abend?«

»Ich genieße das Leben im Park mit zwei hübschen Ladys. Wie könnte ich da nicht glücklich sein?«

»Du hattest recht: Shay hat sich wie ein Arschloch aufgeführt. Er hätte das über Rosie nicht sagen dürfen.«

»Kann ihr jetzt nicht mehr viel schaden.«

»Ich glaube nicht, dass er bei ihr je eine Chance hatte. Nie im Leben. Er wollte dich bloß ärgern.«

»Was du nicht sagst, Sherlock. Du kannst einen Mann nicht von dem abhalten, was er nun mal gern tut.«

»Er ist sonst nicht so. Ich will nicht behaupten, dass er inzwischen ein Heiliger ist, aber er ist wesentlich entspannter als früher. Er … er weiß einfach nicht, wie er damit umgehen soll, dass du wieder da bist, verstehst du, was ich meine?«

Ich sagte: »Mach dir deshalb keine Gedanken, Kleines. Im Ernst. Tu mir einen Gefallen: Lass gut sein, genieß die Sonne und sieh dir an, wie toll mein Kind ist. Okay?«

Jackie lachte. »Okay«, sagte sie. »Das machen wir.«

Holly leistete prompt ihren Beitrag, indem sie so bezaubernd war, wie ich es mir nur wünschen konnte: Strähnen hatten sich aus ihrem Pferdeschwanz gelöst, die Sonne ließ sie rot auflodern, und sie sang halblaut fröhlich vor sich hin. Der gekonnte Schwung ihres Rückens und die Mühelosigkeit, mit der sie die Beine beugte und streckte, bahnten sich nach und nach einen Weg durch meine Muskeln, lockerten sie angenehm wie ein erstklassiger Joint. »Sie hat ihre Hausaufgaben schon gemacht«, sagte ich nach einer Weile. »Hast du Lust, nach dem Essen noch mit ins Kino zu gehen?«

»Gern, ich sag nur eben zu Hause Bescheid.«

Meine vier Geschwister durchlebten nach wie vor den wöchentlichen Albtraum: Sonntagabend mit Mammy und Daddy, Roastbeef und Fürst-Pückler-Eis, Friede, Freude, Eierkuchen, bis irgendwer den Verstand verliert. »Komm doch einfach zu spät. Lebe wild und gefährlich.«

»Ich hab Gav versprochen, mich erst noch mit ihm in der Stadt auf ein Bier zu treffen, bevor er mit den Jungs loszieht. Wenn ich nicht ein bisschen Zeit mit ihm verbringe, denkt er, ich hätte einen Liebhaber. Ich bin nur bei Liv vorbei, um zu sehen, ob mit dir alles in Ordnung ist.«

»Sag ihm, er soll mitkommen.«

»In einen Kinderfilm?«

»Genau sein Niveau.«

»Ach, sei still, du«, sagte Jackie gutmütig. »Du weißt Gavin nicht zu schätzen.«

»Jedenfalls nicht so wie du. Aber er würde auch bestimmt nicht wollen, dass ich ihn so schätze, wie du ihn schätzt.«

»Du bist ekelhaft, weißt du das? Was ist eigentlich mit deiner Hand passiert?«

»Ich hab eine kreischende Jungfrau vor satanistischen Motorradrockern gerettet.«

»Nein, sag mal ehrlich. Du bist doch nicht gestürzt, oder? Nachdem du gestern allein weitergegangen bist? Du warst ganz schön – also, ich will nicht sagen, sternhagelvoll, aber –«

In diesem Moment klingelte mein Handy, das, auf dem mich meine Jungs und Mädels im Einsatz anrufen. »Behalte Holly im Auge«, sagte ich, während ich es aus der Tasche fischte: Kein Name, und die Nummer sagte mir nichts. »Ich muss rangehen. Hallo?«

Ich stand von der Bank auf, als Kevin verlegen sagte: »Ähm, Frank?«

Ich sagte: »Tut mir leid, Kevin. Ist gerade ungünstig.« Ich legte auf, steckte das Handy ein und setzte mich wieder hin.

Jackie fragte: »War das Kevin?«

»Ja.«

»Bist wohl nicht in Stimmung, mit ihm zu sprechen, was?«

»Richtig. Bin ich nicht.«

Sie betrachtete mich mit einem großäugigen, mitfühlenden Blick. »Es wird wieder besser werden, Francis. Ganz sicher.«

Ich ging nicht darauf ein.

»Ich hab eine Idee«, sagte Jackie, einer plötzlichen Eingebung folgend. »Komm mit mir zu Ma und Dad, nachdem du Holly zurückgebracht hast. Bis dahin ist Shay bestimmt wieder nüchtern, er wird sich bei dir entschuldigen wollen, und Carmel bringt die Kinder mit –«

Ich sagte: »Kommt nicht in Frage.«

»Ach, Francis. Wieso denn nicht?«

»Daddydaddydaddy!« Holly hatte schon immer ein wunderbares Timing: Sie sprang von der Schaukel und kam im

Pferdchengalopp zu uns gelaufen, indem sie die Knie hoch in die Luft riss. Sie hatte rosige Wangen und war außer Atem. »Mir ist grad was eingefallen, damit ich's nicht wieder vergesse, kann ich weiße Stiefel haben? Solche, die Fell an den Kanten haben und zwei Reißverschlüsse und die ganz weich sind und bis hier gehen?«

»Du hast doch Schuhe. Als ich das letzte Mal gezählt hab, hattest du dreitausendelf Paar Schuhe.«

»Neeeee, doch nicht so welche! Besondere!«

Ich sagte: »Kommt drauf an. Wieso?« Wenn Holly etwas möchte, das weder notwendig ist noch für eine größere Feier, lasse ich mir ihre Gründe erklären. Sie soll den Unterschied lernen zwischen *brauchen, wollen* und *irgendwie toll finden*. Es gefällt mir, dass sie trotzdem meistens mich fragt statt Liv.

»Celia Bailey hat so welche.«

»Wer ist Celia noch mal? Geht sie mit dir zum Ballett?«

Holly blickte mich entgeistert an. »Celia Bailey. Die ist *berühmt*.«

»Schön für sie. Wofür?«

Der Blick wurde noch fassungsloser. »Sie ist ein Promi.«

»Davon bin ich überzeugt. Ist sie Schauspielerin?«

»Nein.«

»Sängerin?«

»Nein!« Ich wurde offensichtlich mit jeder Sekunde bescheuerter. Jackie verfolgte das Gespräch mit einem kleinen Grinsen in den Mundwinkeln.

»Astronautin? Stabhochspringerin? Heldin der französischen Résistance?«

»Daddy, *hör auf!* Sie ist im *Fernsehen*!«

»Das sind Astronautinnen auch, und Sängerinnen und Leute, die mit ihren Achseln Tiergeräusche machen können. Was macht diese Lady?«

Holly hatte die Hände auf den Hüften und konnte ihre Entrüstung kaum zügeln. »Celia Bailey ist ein Model«, klärte Jackie mich auf, wohl um uns beide zu erlösen. »Du kennst sie, bestimmt. Blondine, war vor ein paar Jahren mit einem Typen zusammen, der 'ne Reihe von Clubs hat. Er ist fremdgegangen, sie hat seine E-Mails an die andere Tussi gefunden und sie an den *Star* verkauft. Jetzt ist sie berühmt.«

Ich sagte: »Ach so. *Die.*« Jackie hatte recht, ich kannte sie in der Tat: eine lokale Knallcharge, deren größte Lebensleistung darin bestand, ein reiches Jüngelchen zu vögeln und regelmäßig im Nachmittagsfernsehen mit herzzerreißender Aufrichtigkeit und stecknadelgroßen Pupillen zu erklären, wie sie den Kampf gegen das Kokain gewonnen hatte. So was geht heutzutage in Irland als Superstar durch. »Holly, Schätzchen, sie ist kein Promi. Sie ist eine hohle Nuss in einem zu engen Kleid. Was hat sie denn je Vernünftiges zustande gebracht?«

Achselzucken.

»Was kann sie gut?«

Übertriebenes, stinksaures Achselzucken.

»Wo*für* zum Teufel ist sie dann gut? Wieso willst du sein wie sie?«

Augenverdrehen. »Sie ist hübsch.«

»Großer Gott«, sagte ich ehrlich entsetzt. »Nicht ein Fitzelchen an der Frau hat dieselbe Farbe, die es ursprünglich hatte, geschweige denn dieselbe Form. Sie sieht nicht mal mehr aus wie ein Mensch.«

Holly kam förmlich Rauch aus den Ohren vor lauter Empörung und Frust. »Sie ist ein Model! Hat Tante Jackie doch gesagt.«

»Noch nicht mal das ist sie. Die Frau war auf einem blöden Plakat für irgendeinen Joghurtdrink. Das ist was anderes.«

»Sie ist ein *Star*!«

»Nein, ist sie nicht. Katharine Hepburn war ein Star. Bruce Springsteen ist ein Star. Diese Celia-Tussi ist eine dicke, fette Null. Nur weil sie so lange rumerzählt hat, sie wäre ein Star, bis ihr ein paar Kleinstadtschwachköpfe geglaubt haben, ist das noch lange nicht wahr. Und du solltest nicht zu diesen Schwachköpfen gehören.«

Holly war rot angelaufen und hatte trotzig das Kinn vorgestreckt, doch sie hielt ihr Temperament im Zaum. »Mir doch egal. Ich will einfach bloß weiße *Stiefel.* Kann ich?«

Ich wusste, dass ich mich weitaus mehr aufregte, als es die Situation rechtfertigte, aber ich konnte mich nicht bremsen. »Nein. Bewundere doch zur Abwechslung mal eine Frau, die berühmt ist, weil sie auch wirklich was kann – stell dir vor, so was gibt's –, und ich schwöre dir, ich kauf dir alles, was sie im Kleiderschrank hat. Aber nur über meine Leiche verschwende ich Zeit und Geld dafür, dass du dich in die geklonte Version von einer gehirnamputierten nichtsnutzigen Schlampe verwandeln kannst, die es schon für eine Glanzleistung hält, ihre Hochzeitsfotos an irgendwelche Zeitschriften zu verkaufen.«

»Ich hasse dich!«, schrie Holly. »Du bist blöd, und du verstehst überhaupt nichts, und ich hasse dich!« Sie versetzte der Bank neben meinem Bein einen kräftigen Tritt, und dann stürmte sie zurück zu den Schaukeln, zu wütend, um zu merken, ob ihr der Fuß weh tat. Ein Kind hatte sich auf ihre Schaukel gesetzt. Sie ließ sich im Schneidersitz auf die Erde plumpsen, um vor sich hin zu schäumen.

Nach einem Moment sagte Jackie: »Jesses, Francis. Ich will dir ja nicht vorschreiben, wie du dein Kind erziehen sollst, davon hab ich weiß Gott keine Ahnung, aber war das wirklich nötig?«

»Offensichtlich ja, war es. Es sei denn, du denkst, ich würde meinem Kind die Nachmittage aus purem Spaß an der Freude versauen.«

»Sie wollte doch nur ein Paar Stiefel. Was spielt es für eine Rolle, wo sie die gesehen hat? Diese Celia Bailey ist saublöd, keine Frage, aber sie ist harmlos.«

»Nein, ist sie nicht. Celia Bailey verkörpert alles, was mit der Welt nicht stimmt. Sie ist ungefähr so harmlos wie ein Zyankalisandwich.«

»Ach, jetzt krieg dich wieder ein. Was ist denn so schlimm daran? In einem Monat hat Holly sie längst vergessen und schwärmt für irgendeine Girl-Band –«

»Das ist kein banaler Scheiß, Jackie. Holly soll begreifen, dass zwischen Wahrheit und sinnlosem Geschwafel ein Unterschied besteht. Sie ist umzingelt von Leuten, die ihr erzählen, die Realität wäre hundertprozentig subjektiv: Wenn du wirklich *glaubst*, du bist ein Star, dann hast du auch einen Plattenvertrag verdient, egal, ob du singen kannst oder zum Verrecken nicht, und wenn du wirklich an Massenvernichtungswaffen *glaubst*, dann spielt es eigentlich keine Rolle, ob sie existieren oder nicht, und Ruhm ist das höchste aller Dinge, weil *du* nur dann existierst, wenn genug Leute dich wahrnehmen. Meine Tochter soll lernen, dass nicht alles auf der Welt dadurch bestimmt wird, wie oft sie es hört oder wie sehr sie sich wünscht, dass es wahr ist, oder wie viele andere Leute zusehen. Wenn etwas real sein soll, muss es doch auch eine gewisse *Realität* haben, verdammt nochmal. Woanders wird sie das weiß Gott nicht lernen. Deshalb muss ich es ihr ganz allein beibringen. Wenn sie dabei hin und wieder ein bisschen patzig wird, sei's drum.«

Jackie zog die Augenbrauen hoch und spitzte die Lippen. »Du hast bestimmt recht«, sagte sie. »Ich halte jetzt einfach den Mund, ja?«

Das taten wir beide eine Weile. Holly hatte sich auf eine andere Schaukel gesetzt und drehte sich gemächlich im Kreis, um die Ketten zusammenzuzwirbeln.

»In einem Punkt hat Shay recht«, sagte ich. »Jedes Land, das Celia Bailey verehrt, ist dabei, den Bach runterzugehen.«

Jackie schnalzte mit der Zunge. »Beschwör's nicht.«

»Tu ich gar nicht. Aber wenn du mich fragst, wäre ein Crash vielleicht gar nicht mal so schlecht.«

»Jesses, Francis.«

»Ich versuche, ein Kind großzuziehen, Jackie. Schon das allein reicht aus, jedem zurechnungsfähigen Menschen eine Heidenangst einzujagen. Aber dann kommt hinzu, dass ich Holly in einem Umfeld erziehen muss, das ihr einredet, sie soll über nichts anderes nachdenken als Mode, Ruhm und Körperfett, interessier dich nicht dafür, wie's hinter den Kulissen aussieht, und geh dir was Hübsches kaufen ... Ich bin vor Angst wie gelähmt, die ganze Zeit. Als sie noch kleiner war, hatte ich es so halbwegs im Griff, aber mit jedem Tag, den sie älter wird, kriege ich mehr Schiss. Vielleicht bin ich ja verrückt, aber irgendwie gefällt mir der Gedanke, dass sie in einem Land aufwachsen könnte, wo die Leute sich notgedrungen von Zeit zu Zeit auf etwas Wichtigeres konzentrieren müssen als auf Schwanzersatzautos und Paris Hilton.«

Jackie sagte mit einem frechen kleinen Grinsen um die Mundwinkel: »Weißt du, wie du dich anhörst? Wie Shay.«

»Du heilige Scheiße. Wenn ich glauben würde, dass da was dran wäre, würde ich mir die Kugel geben.«

Sie warf mir einen nachsichtigen Blick zu. »Ich weiß, was mit dir los ist«, erklärte sie. »Eins von deinen Bierchen gestern Abend war schlecht, und jetzt ist deine Verdauung durcheinander. Das schlägt Männern immer auf die Stimmung. Hab ich recht?«

Mein Handy klingelte wieder: Kevin. Ich sagte: »Verdammt nochmal«, grimmiger, als ich es wollte. Als ich ihm die Nummer gegeben hatte, war mir das ganz vernünftig erschienen, aber reich meiner Familie den kleinen Finger, und sie zieht bei dir ein und fängt an zu renovieren. Ich konnte das Ding nicht mal ausmachen, nicht solange da draußen Leute waren, die mich jederzeit brauchen konnten. »Wenn unser Kev jeden Wink so schlecht versteht, wundert es mich nicht, dass er keine Freundin hat.«

Jackie tätschelte mir beruhigend den Arm. »Geh nicht ran. Lass einfach klingeln. Ich frag ihn heute Abend, ob es was Wichtiges war.«

»Nein, danke.«

»Ich schätze, er will bloß wissen, wann ihr zwei euch mal wieder treffen könnt.«

»Ich weiß nicht, wie ich dir das begreiflich machen soll, Jackie: Ich schere mich einen feuchten Kehricht darum, was Kevin will. Aber wenn sich rausstellt, dass du recht hast und er wissen will, wann wir uns mal wieder treffen, kannst du ihm von mir bestellen, mit lieben Grüßen und einem dicken Kuss: nie. Okay?«

»Ach, Francis, hör auf. Du weißt, dass du das nicht ernst meinst.«

»Doch. Glaub mir, Jackie, ich meine es ernst.«

»Er ist dein Bruder.«

»Und soweit ich das beurteilen kann, ist er ein sehr netter Kerl, der ganz bestimmt in seinem großen Freundes- und Bekanntenkreis beliebt ist. Aber ich gehöre nicht dazu. Meine einzige Verbindung zu Kevin war ein Unfall der Natur, der uns für ein paar Jahre in ein und dasselbe Haus verschlagen hat. Jetzt, da wir dort nicht mehr wohnen, hat er nichts mit mir zu tun, genauso wenig wie der Typ da drüben auf der

Bank. Das Gleiche gilt für Carmel, das Gleiche gilt für Shay, und das Gleiche gilt eindeutig für Ma und Dad. Wir kennen uns nicht, wir haben absolut nicht das Geringste gemeinsam, und ich sehe nicht einen Grund auf Gottes grüner Erde, warum wir uns zu Tee und Gebäck treffen sollten.«

Jackie sagte: »Jetzt mach aber mal halblang, ja. Du weißt genau, dass das nicht so einfach ist.«

Das Handy klingelte wieder. »Doch«, sagte ich. »Ist es.«

Sie stupste mit einer Schuhspitze gegen letzte Laubreste und wartete, bis das Handy ausgeklingelt hatte. Dann sagte sie: »Gestern hast du gesagt, du würdest uns die Schuld daran geben, dass Rosie dich verlassen hat.«

Ich nahm einen langen Atemzug und ließ meine Stimme heiterer klingen. »Dir kann ich wohl kaum die Schuld geben, Kleines. Du warst gerade erst aus den Windeln raus.«

»Ist das der Grund, warum es dir nichts ausmacht, mich zu sehen?«

Ich sagte: »Ich glaube nicht, dass du dich überhaupt an die Nacht erinnern kannst.«

»Ich habe Carmel gestern gefragt, hinterher ... Ich kann mich bloß an Bruchstücke erinnern. Es war so oft was mit Dad, da wirft man die Zeiten durcheinander, kennst du bestimmt.«

Ich sagte: »An das eine Mal damals erinnere ich mich kristallklar.«

Es war fast drei Uhr morgens gewesen, als mein Kumpel Wiggy im Club Feierabend hatte und zum Parkplatz kam, um mir ein paar Scheine zu geben und den Rest seiner Schicht zu übernehmen. Ich ging nach Hause, durch letzte Grüppchen von lärmenden, schwankenden Kneipengängern, pfiff leise vor mich hin, träumte von morgen und bedauerte jeden Mann, der nicht an meiner Stelle war. Als ich um die Ecke in den Faithful Place bog, schwebte ich auf Wolke sieben.

Ich wusste auf Anhieb, spürte es in den Achselhöhlen, dass irgendwas passiert war. Die Hälfte der Fenster auf der Straße, einschließlich unseren, war erleuchtet. Wenn man vorne an der Straße still stehen blieb und lauschte, konnte man hinter ihnen das Stimmengewirr hören, angespannt und in heller Aufregung.

Die Tür zu unserer Wohnung hatte ganz neue Dellen und Kratzspuren. Im Wohnzimmer lag ein Küchenstuhl verkehrt herum vor einer Wand, die Beine abgeknickt und gesplittert. Carmel, die auf dem Boden kniete und über einem verschossenen Blümchennachthemd einen Mantel trug, fegte mit Kehrblech und Handfeger Porzellanscherben auf. Ihre Hände zitterten derart heftig, dass ihr immer wieder Stücke herunterfielen. Ma saß schwer atmend in einer Ecke des Sofas und betupfte sich eine geplatzte Lippe mit einem nassen Waschlappen. Jackie lag zusammengerollt in der anderen Ecke, Daumen im Mund. Kevin saß im Armsessel und starrte ins Leere. Shay lehnte an der Wand, trat von einem Bein aufs andere, die Hände tief in den Taschen vergraben. Er hatte wilde weiße Ringe um die Augen, wie ein in die Enge getriebenes Tier, und wenn er atmete, blähten sich die Nasenflügel. Er würde bald ein prächtiges blaues Auge haben. Aus der Küche konnte ich hören, wie mein Dad sich laut würgend in die Spüle übergab.

Ich sagte: »Was ist passiert?«

Sie fuhren alle zusammen. Fünf Augenpaare richteten sich auf mich, riesig und starr, ohne den geringsten Ausdruck. Carmel hatte geweint.

Shay sagte: »Dein Timing ist Spitze.« Niemand sonst sagte ein Wort. Nach einer Weile nahm ich Carmel Kehrblech und Handfeger aus den Händen, führte sie sachte zum Sofa zwischen Ma und Jackie und fegte die Scherben auf. Eine ganze Weile danach änderten sich die Geräusche aus der Küche in

Schnarchen. Shay schlich sich hinein und kam mit den spitzen Messern wieder. In der Nacht ging keiner von uns ins Bett.

Irgendwer hatte Dad in der Woche einen Job gegeben: vier Tage Wände verputzen, kein Grund, dem Arbeitsamt Meldung zu machen. Er war mit dem zusätzlichen Geld in den Pub gegangen und hatte sich so viel Gin gegönnt, wie er in sich reinschütten konnte. Wenn mein Dad Gin trinkt, fängt er an, sich selbst leidzutun, und wenn mein Dad sich selbst leidtut, wird er gemeingefährlich. Er war zurück zum Place getorkelt und hatte vor dem Haus der Dalys seine kleine Nummer abgezogen, gebrüllt, Matt Daly solle rauskommen und kämpfen, bloß diesmal war er einen Schritt weiter gegangen. Zuerst hatte er sich gegen die Haustür geschmissen, und als er dadurch nur wie ein nasser Sack auf den Stufen landete, hatte er sich einen Schuh ausgezogen und angefangen, damit nach dem Fenster der Dalys zu werfen. In diesem Moment waren Ma und Shay aufgetaucht und hatten versucht, ihn nach Hause zu bugsieren.

Normalerweise verkraftete Dad die Nachricht, dass sein Abend zu Ende war, ganz gut, aber in der Nacht hatte er noch reichlich Sprit im Tank. Alle auf der Straße, einschließlich Kevin und Jackie, hatten von ihren Fenstern aus zugeschaut, wie er Ma als vertrocknete alte Fotze beschimpfte und Shay als nichtsnutzige kleine Schwuchtel und Carmel, die rauskam, um zu helfen, als dreckige Hure. Ma hatte ihn einen Tagedieb genannt und ein Tier und gebetet, er würde elendiglich krepieren und in der Hölle schmoren. Dad hatte allen dreien gedroht, sie sollten ihn loslassen, sonst würde er ihnen die Gurgel durchschneiden, wenn sie schliefen. Und derweil hatte er sein Äußerstes getan, um sie windelweich zu prügeln.

Das alles war an und für sich nichts Neues, aber bis dahin

hatte er sich immer in den eigenen vier Wänden ausgetobt. Dass er diese Grenze überschritten hatte, war für uns alle wie ein Sturz in den Abgrund. Carmel sagte, mit einer dünnen, ausdruckslosen, endgültigen Stimme: »Es wird schlimmer mit ihm.« Niemand sah sie an.

Kevin und Jackie hatten zum Fenster hinausgeschrien, Dad solle aufhören, Shay hatte sie angeschrien, sie sollten reingehen, Ma hatte sie angeschrien, es wäre alles ihre Schuld, weil sie ihren Dad zum Trinken trieben, Dad hatte sie angeschrien, ihnen würde ganz schön was blühen, wenn er nach oben käme. Schließlich hatte irgendwer – und die Harrison-Schwestern hatten als Einzige in der Straße ein Telefon – die Polizei angerufen. Das war genauso tabu, wie kleinen Kindern Heroin zu geben oder im Beisein eines Priesters zu fluchen. Meine Familie hatte es geschafft, die Harrison-Schwestern so weit zu treiben, dass sie das Tabu brachen.

Ma und Carmel hatten die Uniformierten angefleht, Dad nicht mitzunehmen – welche Schande –, und die hatten sich netterweise erweichen lassen. Damals war häusliche Gewalt in den Augen vieler Polizisten ungefähr das Gleiche, wie wenn jemand seine eigene Wohnung verwüstete: eine blöde Idee, aber wahrscheinlich kein Verbrechen. Sie hatten Dad die Treppe hochgeschleppt, in der Küche auf den Boden fallen lassen und waren gegangen.

Jackie sagte: »Das war wirklich schlimm.«

Ich sagte: »Ich hab gedacht, das hätte für Rosie den Ausschlag gegeben. Ihr Leben lang hat ihr Dad sie gewarnt, was die Mackeys für eine Bande dreckiger Wilder sind. Sie hat nicht auf ihn gehört, sie hat sich in mich verliebt, sie hat sich gesagt, ich bin anders. Und dann, ausgerechnet, als sie kurz davor ist, ihr ganzes Leben in meine Hände zu legen, ausgerechnet, als jeder winzige Zweifel in ihrem Kopf tausendmal größer sein muss als normalerweise, treten die Mackeys den lebenden Beweis für Daddys Standpunkt an: Sie ziehen für die ganze Nachbarschaft eine Show ab, brüllen und krakeelen und beißen und raufen sich wie ein Rudel Paviane auf Speed. Da musste sie sich doch fragen, wie ich wohl hinter verschlossenen Türen war. Sie musste sich fragen, ob ich nicht tief in mir drin genauso war. Sie musste sich fragen, wie lange es wohl dauern würde, bis das aus mir herausbrach.«

»Deshalb bist du weggegangen. Auch ohne sie.«

Ich sagte: »Ich fand, ich hatte den Preis für meine Flucht bezahlt.«

»Ich hab mich das immer gefragt. Warum du nicht einfach nach Hause gekommen bist.«

»Wenn ich das Geld gehabt hätte, hätte ich den nächsten Flieger nach Australien genommen. Je weiter, desto besser.«

Jackie fragte: »Gibst du ihnen noch immer die Schuld? Oder war das eher der Alkohol, der da gestern Abend gesprochen hat?«

»Ja«, sagte ich, »ich gebe ihnen die Schuld. Der ganzen Bagage. Vielleicht ist das unfair, aber manchmal ist das Leben einfach zum Kotzen.«

Mein Handy piepste: SMS. *Hi, Frank, will dich nicht nerven, weiß, du hast viel zu tun, aber wenn du kannst, ruf mich an, ok? Muss mit dir reden. Kev* Ich löschte die Nachricht.

Jackie sagte: »Aber was, wenn sie dich gar nicht sitzengelassen hat? Wenn es ganz anders war?«

Darauf hatte ich keine Antwort – ein großer Teil meines Kopfes verstand nicht einmal die Frage –, und ich hatte das Gefühl, dass es Jahrzehnte zu spät war, nach einer zu suchen. Ich ignorierte Jackie, bis sie mit den Schultern zuckte und anfing, ihre Lippen nachzuziehen. Ich sah zu, wie Holly sich in großen, trudelnden Kreisen drehte, als die Schaukelketten sich wieder entzwirbelten, und ich dachte ganz bewusst an rein gar nichts, außer ob sie ihren Schal umbinden sollte, wie lange es dauern würde, bis sie sich so weit abgeregt hatte, dass sie Hunger bekam, und was für eine Pizza ich wollte.

10

WIR ASSEN UNSERE PIZZA, Jackie fuhr los, um Gavin etwas Liebe zu zeigen, und Holly bettelte mich an, mit ihr zur weihnachtlichen Eisbahn in Ballsbridge zu gehen. Holly läuft Schlittschuh wie eine Elfe und ich wie ein Gorilla mit neurologischen Problemen, was für sie natürlich ein Bonus ist, da sie viel zu lachen kriegt, wenn ich gegen die Wände knalle. Als ich sie schließlich zurück zu Olivia brachte, waren wir glücklich erschöpft und ein bisschen high von dem blechernen Weihnachtsliedergedudel aus den Lautsprechern, und wir beide waren deutlich besser gelaunt. Unser Anblick vor der Haustür, verschwitzt und zerzaust und grinsend, entlockte sogar Liv ein zögerliches Lächeln. Ich fuhr in die Stadt und trank ein paar Bier mit den Jungs, ich fuhr nach Hause – Twin Peaks hatte nie hübscher ausgesehen – und vernichtete ein paar Zombienester auf der Xbox, und als ich ins Bett ging, freute ich mich so sehr auf einen schönen normalen Arbeitstag, dass ich mir schon fast vorstellen konnte, am nächsten Morgen als Erstes meine Bürotür zu knutschen.

Es war richtig von mir, die normale Welt zu genießen, solange ich sie hatte. Tief in mir, noch während ich die Faust gen Himmel schüttelte und mir schwor, nie wieder einen Fuß in diesen Höllenpfuhl zu setzen, muss ich gewusst haben, dass Faithful Place das als Provokation auffassen würde. Er hatte mir nicht erlaubt, so sang- und klanglos zu gehen, und würde mich suchen kommen.

Es war kurz vor der Mittagspause am Montag, und ich hatte meinem Jungen im Drogendealereinsatz gerade seine nagelneue Großmutter vorgestellt, als mein Bürotelefon klingelte.

»Mackey«, sagte ich.

Brian, unser Mann an der Zentrale, sagte: »Privater Anruf für dich. Soll ich durchstellen? Ich hätte dich nicht gestört, es klingt bloß … na ja. Dringend. Vorsichtig ausgedrückt.«

Wieder Kevin, wer sonst? Nach all der Zeit noch immer anhänglich wie eine Scheißklette: Da hatte ich ihn gerade mal einen Tag an der Backe gehabt, und schon dachte er, er wäre mein neuer bester Freund oder Kumpel oder was immer er sich einbildete. Je früher ich ihm diesen Wahn austrieb, desto besser. »Von mir aus«, sagte ich, während ich mir die Stelle zwischen den Augenbrauen rieb, die plötzlich angefangen hatte zu pochen. »Stell ihn durch.«

»Sie«, sagte Brian, »und sie macht nicht gerade den fröhlichsten Eindruck. Nur damit du gewarnt bist.«

Es war Jackie, und sie weinte heftig. »Francis, Gott sei Dank, bitte, du musst herkommen – ich *versteh's* nicht, ich weiß nicht, was passiert ist, *bitte* …«

Ihre Stimme verlor sich in einem Heulton, einem hohen, dünnen Klang, der sich weder von Schamgefühl noch von Selbstbeherrschung kontrollieren ließ. Etwas Kaltes zog sich in meinem Nacken zusammen. »Jackie!«, blaffte ich. »Red mit mir. Was ist los?«

Ich konnte die Antwort kaum verstehen: irgendetwas über die Hearnes und die Polizei und einen Garten. »Jackie, ich weiß, du bist außer dir, aber du musst dich zusammenreißen, für mich, nur eine Sekunde. Hol tief Luft und sag mir, was passiert ist.«

Sie rang nach Luft. »Kevin. Francis … Francis … Mein Gott … Kevin.«

Wieder die eisige Zwinge, fester. Ich sagte: »Ist er verletzt?«

»Er ist – Francis, o Gott … Er ist *tot.* Er ist –«

»Wo bist du?«

»Bei Ma. Draußen vorm Haus.«

»Bei Kevin?«

»Ja – nein – er ist nicht hier, hinten, im Garten, er, er …«

Ihre Stimme löste sich wieder auf. Sie schluchzte und hyperventilierte gleichzeitig. Ich sagte: »Jackie, hör zu. Du musst dich hinsetzen, etwas trinken, und es soll sich jemand um dich kümmern. Ich bin unterwegs.«

Ich hatte meine Jacke schon halb an. In der Undercoverabteilung fragt niemand, wo du heute Morgen gewesen bist. Ich legte auf und lief los.

Und da war ich wieder, zurück am Faithful Place, als wäre ich nie weg gewesen. Beim ersten Mal hatte die Straße mich zweiundzwanzig Jahre lang laufenlassen, ehe sie mit einem Ruck fest an der Leine zog. Das zweite Mal hatte sie mir sechsunddreißig Stunden gewährt.

Die Nachbarschaft war wieder draußen, genau wie am Samstagnachmittag, doch diesmal war es anders. Die Kinder waren in der Schule, und die Erwachsenen arbeiteten, daher bestanden die Schaulustigen aus alten Leuten und Nur-Hausfrauen und Arbeitslosen, dick eingepackt gegen die schneidende Kälte, und es lief niemand vergnügt herum. Alle Treppen vor den Haustüren und alle Fenster waren pickepackevoll mit ausdruckslosen, wachsamen Gesichtern, doch die Straße war leer bis auf meinen alten Freund, den Provinzler, der auf und ab marschierte, als würde er den Vatikan bewachen. Die Uniformierten waren diesmal schneller gewesen und hatten alle weggescheucht, ehe sich die Stimmung gefährlich hochschaukeln konnte. Irgendwo schrie ein Baby, doch ansonsten herrschte Totenstille, nichts außer dem weit entfernten Verkehrsrauschen und dem Schuhgeklapper des Provinzlers und dem langsamen Tröpfeln des morgendlichen Regens in den Rinnsteinen.

Diesmal kein Van von der Kriminaltechnik, kein Cooper, aber zwischen dem Streifenwagen und dem Leichenwagen stand Rockys schnittiger silberner BMW. Nummer 16 war erneut mit Flatterband abgesperrt, und ein kräftiger Bulle in Zivil – einer von Rockys Jungs, dem Anzug nach zu schließen – hielt davor Wache. Was immer Kevin umgebracht hatte, es war kein Herzinfarkt gewesen.

Der Provinzler ignorierte mich, was eine gute Entscheidung war. Auf den Stufen von Nummer 8 standen Jackie, meine Ma und mein Dad. Ma und Jackie stützten sich gegenseitig. Sie sahen aus, als würden sie beide zusammenbrechen, wenn eine von ihnen sich auch nur einen Zentimeter bewegte. Dad zog grimmig an einer Zigarette.

Als ich näher kam, richteten sich ihre Augen langsam auf mich, doch ohne ein erkennendes Flackern. Sie blickten mich an, als hätten sie mich noch nie gesehen. Ich sagte: »Jackie. Was ist passiert?«

Dad sagte: »Du bist zurückgekommen. Das ist passiert.«

Jackie packte meine Jacke vorn mit einem Klammergriff und presste das Gesicht fest gegen meinen Arm. Ich unterdrückte den Impuls, sie von mir wegzustoßen. »Jackie, Mäuschen«, sagte ich sanft. »Du musst dich bloß noch ein wenig länger zusammenreißen, mir zuliebe. Rede mit mir.«

Sie hatte angefangen zu zittern. »Oh, Francis«, sagte sie, mit einer nadelfeinen, verwunderten Stimme. »Oh, Francis. Wie …?«

»Ich weiß, Mäuschen. Wo ist er?«

Ma sagte finster: »Er ist hinten im Garten von Nummer sechzehn. Draußen im Regen, den ganzen Morgen.« Sie stützte sich schwer auf das Geländer, und ihre Stimme klang belegt und gepresst, als hätte sie stundenlang geschluchzt, aber ihre Augen waren scharf und trocken.

»Wissen wir ungefähr, was passiert ist?«

Niemand sagte etwas. Mas Mund bebte.

»Okay«, sagte ich. »Aber wissen wir hundertprozentig, dass es Kevin ist?«

»Ja, wissen wir, du Trottel«, blaffte Ma. Sie sah aus, als wollte sie mir jeden Augenblick eine runterhauen. »Glaubst du, ich erkenne mein eigen Fleisch und Blut nicht? Bist wohl nicht ganz dicht im Kopf, was?«

Ich überlegte kurz, sie von den Stufen zu schubsen. »Alles klar«, sagte ich. »Gut. Ist Carmel auf dem Weg hierher?«

»Carmel kommt«, sagte Jackie. »Und Shay kommt. Er muss, er muss, er muss bloß …«

Ihre Worte verebbten. Dad sagte: »Er wartet, bis sein Boss ihn im Laden ablösen kommt.« Er warf seinen Zigarettenstummel über das Geländer und sah zu, wie die Glut vor dem Kellerfenster zischend erlosch.

»Gut«, sagte ich. Ich würde Jackie auf gar keinen Fall mit den beiden allein lassen, aber sie und Carmel konnten aufeinander aufpassen. »Ihr müsst nicht hier draußen in der Kälte warten. Geht rein, trinkt was Heißes, und ich seh mal nach, was ich rausfinden kann.«

Niemand rührte sich. Ich löste Jackies Finger von meiner Jacke, so sanft ich konnte, und ließ die drei stehen. Dutzende starre Augenpaare folgten mir die Straße hoch zu Nummer 16.

Der kräftige Polizist am Flatterband warf einen Blick auf meinen Ausweis und sagte: »Detective Kennedy ist im Garten.

Geradeaus durch den Flur und hinten durch die Tür.« Ich war ihm angekündigt worden.

Die Hintertür stand offen, ließ ein gespenstisches, graues Licht schräg in den Flur fallen. Die vier Männer im Garten sahen aus wie eine Szene aus einem Gemälde oder einem Morphiumtraum. Die stämmigen Jungs von der Leichenhalle in ihren makellos weißen Kitteln stützten sich geduldig inmitten von hohem Unkraut und kaputten Flaschen und kabeldicken Brennnesseln auf ihre Trage; Rocky, scharfkantig und hyperreal, den gegelten Kopf gebeugt, während sein schwarzer Mantel gegen die verwitterte Backsteinmauer schlug, ging gerade in die Hocke und streckte eine behandschuhte Hand aus; und Kevin. Er lag auf dem Rücken, den Kopf zum Haus gedreht und die Beine in falschen Winkeln gespreizt. Ein Arm lag quer über der Brust, der andere war unter ihm angewinkelt, als hätte ihn jemand in den Polizeigriff genommen. Sein Kopf war wild nach hinten verdreht und von mir abgewandt, und ringsherum auf der Erde war etwas unregelmäßig schwarz Verklumptes zu sehen. Rockys weiße Finger schoben sich behutsam in Kevins Jeanstasche. Der Wind pfiff, ein hohes, irres Geräusch, über die Mauer.

Rocky hörte mich als Erster, oder er spürte mich: Er blickte hoch, riss die Hand von Kevin weg und richtete sich auf. »Frank«, sagte er und kam auf mich zu. »Mein herzliches Beileid.«

Er streifte sich den Handschuh ab, um mir die Hand zu schütteln. Ich sagte: »Ich möchte ihn sehen.«

Rocky nickte und trat zurück, machte mir den Weg frei. Ich kniete mich auf Erde und Unkraut, neben Kevins Leiche.

Der Tod hatte sein Gesicht einfallen lassen, unter den Wangenknochen und um den Mund. Er sah vierzig Jahre älter aus, als er je werden würde. Die nach oben gewandte Seite seines

Gesichts war eisweiß; die untere Seite, wo sich das Blut gesammelt hatte, war lila marmoriert. Ein verkrusteter Blutfaden kam ihm aus der Nase, sein Mund stand offen, und ich konnte sehen, dass seine Vorderzähne abgebrochen waren. Sein Haar war verklebt und dunkel vom Regen. Ein Augenlid hing halb über ein trübes Auge, wie ein listiges, albernes Zwinkern.

Mir war, als wäre ich unter einen gewaltigen, prasselnden Wasserfall gestoßen worden, als würde mir dessen Wucht den Atem rauben. Ich sagte: »Cooper. Wir brauchen Cooper.«

»Der war schon da.«

»Und?«

Ein kurzes Schweigen. Ich sah, wie die Jungs von der Leichenhalle sich Blicke zuwarfen. Dann sagte Rocky: »Er meint, dein Bruder ist entweder an einem Schädelbruch oder an einem Genickbruch gestorben.«

»Wie?«

Rocky sagte sanft: »Frank, die Jungs müssen ihn jetzt wegbringen. Komm rein, lass uns da reden. Sie kümmern sich gut um ihn.«

Er streckte eine Hand nach meinem Ellbogen aus, hütete sich aber, mich anzufassen. Ich warf einen letzten Blick auf Kevins Gesicht, das leere Zwinkern, das schwarze Blutrinnsal und die leicht schiefe Augenbraue, die ich jeden Morgen als Erstes gesehen hatte, neben mir auf dem Kissen, als ich sechs Jahre alt war. Dann sagte ich: »Okay.« Als ich mich abwandte, hörte ich das durchdringende Geräusch des Reißverschlusses, als die Jungs den Leichensack öffneten.

Ich erinnere mich nicht, wie ich wieder ins Haus kam oder dass Rocky mich die Treppe hochführte, um den Jungs Platz zu machen. Pubertärer Mist wie mit den Fäusten gegen Wände schlagen würde nicht ausreichen. Ich war so wütend, dass ich eine Sekunde lang dachte, ich wäre blind geworden. Als meine

Augen wieder klar wurden, waren wir im obersten Stockwerk, in einem der hinteren Räume, die Kevin und ich am Samstag unter die Lupe genommen hatten. Der Raum war heller und kälter, als ich in Erinnerung hatte: Irgendwer hatte die untere Hälfte des dreckigen Schiebefensters hochgeschoben, so dass eisiges Licht hereinströmte. Rocky sagte: »Geht's?«

Ich brauchte es so dringend, wie ein Ertrinkender Luft braucht, dass er mit mir von Cop zu Cop sprach, dieses schreiende Chaos in die präzisen, nüchternen Worte eines vorläufigen Berichts packte. »Was haben wir?«

Es mag ja so manches mit Rocky nicht stimmen, aber er ist einer von uns. Ich sah, dass er begriff. Er nickte und lehnte sich mit dem Rücken gegen die Wand, machte es sich bequem. »Dein Bruder wurde zuletzt um zwanzig nach elf gestern Nacht gesehen. Er, deine Schwester Jacinta, dein Bruder Seamus, deine Schwester Carmel und ihre Familie hatten bei deinen Eltern zu Abend gegessen, wie gewöhnlich – sag Bescheid, wenn ich dir irgendwas erzähle, was du schon weißt.«

Ich schüttelte den Kopf. »Red weiter.«

»Carmel und ihr Mann sind mit ihren Kindern gegen acht nach Hause gefahren. Die anderen blieben noch etwas länger, haben ferngesehen und sich unterhalten. Alle außer deiner Mutter haben sich im Laufe des Abends ein paar Dosen Bier genehmigt. Nach übereinstimmenden Aussagen waren die Männer angeheitert, aber keineswegs betrunken, und Jacinta hatte nur zwei intus. Kevin, Seamus und Jacinta haben sich kurz nach elf von deinen Eltern verabschiedet. Seamus ist hoch in seine Wohnung, und Kevin hat Jacinta das Stück die Smith's Road runter bis zur Ecke New Street zu ihrem Wagen gebracht. Sie bot Kevin an, ihn nach Hause zu fahren, aber er sagte, er wolle zu Fuß gehen, um den Alkohol abzubauen. Sie nahm an, dass er den Weg zurückgehen würde, den sie gekommen waren, die Smith's Road hoch, vorbei am Faithful Place, durch die Liberties und am Kanal entlang zu seiner Wohnung in Portobello, aber das kann sie natürlich nicht beweisen. Er wartete, bis sie eingestiegen war, sie haben sich zum Abschied zugewinkt, und sie ist losgefahren. Das Letzte, was sie von ihm gesehen hat, war, wie er sich umdrehte und die Smith's Road hochging. Danach wurde er, soweit wir bislang wissen, nicht mehr lebend gesehen.«

Gegen sieben hatte er es aufgegeben, mich anzurufen. Ich hatte ihn so gründlich ignoriert, dass er es irgendwann sinnlos fand, es noch einmal zu versuchen, ehe er auf die saublöde Idee verfiel, die Sache, worum es dabei auch immer ging, selbst in die Hand zu nehmen. »Aber er ist nicht nach Hause gegangen.«

»Sieht ganz so aus. Die Handwerker sind heute in dem Haus nebenan, deshalb wurde dein Bruder erst am späteren Morgen gefunden, von zwei Jungs namens Jason und Logan Hearne. Die sind in Nummer sechzehn rein, um sich den Keller anzusehen, und haben dann den Schock ihres Lebens gekriegt, als sie zum Flurfenster rausschauten. Die beiden sind dreizehn und elf, und warum sie nicht in der Schule waren –«

»Ich persönlich«, sagte ich, »bin heilfroh, dass sie nicht in der Schule waren.« Da Nummer 14 und Nummer 12 leer standen, hätte niemand Kevin von einem Fenster nach hinten raus entdecken können. Er hätte dort wochenlang liegen können. Ich habe schon Leichen nach so langer Zeit gesehen.

Rocky warf mir einen raschen, entschuldigenden Seitenblick zu. Er war abgeschweift. »Ja«, sagte er. »Hast ja recht. Jedenfalls, sie sind nichts wie raus da und zu ihrer Mutter gerannt, die uns alarmiert hat und anscheinend die halbe Nachbarschaft. Ms Hearne hat den Verstorbenen auch als deinen Bruder erkannt und gleich deine Mutter verständigt, die ihn eindeutig identifiziert hat. Tut mir leid, dass sie das sehen musste.«

Ich sagte: »Meine Ma ist zäh.« Hinter mir, irgendwo unten, ertönten ein Poltern, ein Ächzen und ein schabendes Geräusch, als die Trage durch den schmalen Flur manövriert wurde. Ich drehte mich nicht um.

»Cooper schätzt den Todeszeitpunkt auf ungefähr Mitternacht, plus, minus zwei Stunden. Berücksichtigt man die Aussagen deiner Eltern und Geschwister und die Tatsache, dass dein Bruder in denselben Kleidungsstücken aufgefunden wurde, die er laut Beschreibung deiner Familie gestern Abend anhatte, so können wir wohl davon ausgehen, dass er, nachdem er Jacinta zu ihrem Wagen gebracht hatte, auf direktem Wege zum Faithful Place zurückgegangen ist.«

»Und was dann? Wie zum Teufel ist er hier mit gebrochenem Genick gelandet?«

Rocky holte Luft. »Aus irgendeinem Grund«, sagte er, »ist dein Bruder in dieses Haus gekommen und dann hoch in diesen Raum. Dann ist er irgendwie aus dem Fenster gefallen. Wenn es ein Trost für dich ist, Cooper sagt, er war wahrscheinlich auf der Stelle tot.«

Sterne explodierten vor meinen Augen, als hätte ich einen Schlag auf den Kopf gekriegt. Ich fuhr mir mit einer Hand durchs Haar. »Nein. Das ergibt keinen Sinn. Vielleicht ist er von der Gartenmauer gefallen, von einer der Mauern –« Einen konfusen Moment lang sah ich Kev mit sechzehn, wie er geschmeidig über dunkle Gartenmauern setzte, auf der Jagd nach Linda Dwyers Brüsten. »Aus dem Fenster hier, das ergibt keinen Sinn.«

Rocky schüttelte den Kopf. »Die Mauern auf beiden Seiten sind wie hoch? Zwei zwanzig, höchstens zwei vierzig? Laut Cooper deuten die Verletzungen auf einen Sturz aus mindestens sechs Metern Höhe hin. Und er ist schnurgerade gefallen. Aus diesem Fenster.«

»Nein. Kevin fand das Haus immer furchtbar. Am Samstag musste ich ihn praktisch am Schlafittchen hier reinziehen, und dann hat er die ganze Zeit rumgejammert, über Ratten und wie gruselig es hier ist und dass die Decke einstürzt, und das war am helllichten Tag, und wir waren zu zweit. Was zum Teufel sollte er hier ganz allein zu suchen haben, mitten in der Nacht?«

»Das würden wir auch gern wissen. Ich hab mich gefragt, ob er vielleicht auf dem Nachhauseweg pinkeln musste und hier rein ist, damit ihn keiner sieht, aber wieso sollte er dann bis hier raufgehen? Er hätte doch einfach zum Flurfenster rauspinkeln können, falls er unbedingt den Garten begießen wollte. Keine Ahnung, wie das bei dir ist, aber wenn ich spätabends ein bisschen angeschlagen bin, steige ich ohne triftigen Grund keine Treppen rauf.«

Im selben Augenblick begriff ich, dass die Flecken am Fensterrahmen kein Schmutz waren, sondern Fingerabdruckpulver, und gleichzeitig wurde mir klar, warum Rockys Anblick in mir ein so widerwärtiges Gefühl ausgelöst hatte. Ich sagte: »Was machst du hier?«

Rockys Augenlider flackerten. Er wählte seine Worte mit Bedacht: »Zuerst haben wir an einen Unfall gedacht. Dein Bruder kommt hier hoch, warum auch immer, und steckt aus irgendeinem Grund den Kopf zum Fenster raus – vielleicht hat er im Garten ein Geräusch gehört, vielleicht ist ihm schlecht vom Alkohol, und er glaubt, er muss sich übergeben. Er beugt sich raus, verliert das Gleichgewicht, kann sich nicht festhalten …«

Irgendetwas Kaltes traf mich hinten in der Kehle. Ich biss die Zähne aufeinander, hielt es fest.

»Aber ich hab ein bisschen rumexperimentiert, um das mal durchzuspielen. Hamill, der Typ unten am Flatterband? Der hat in etwa die Größe und Statur von deinem Bruder. Er hat fast den ganzen Morgen für mich da aus dem Fenster gehangen. Es haut nicht hin, Frank.«

»Wovon redest du?«

»Hamill geht das Schiebefenster ungefähr bis hier.« Rocky legte eine Handkante an seine Rippen. »Um den Kopf drunterzukriegen, muss er die Knie beugen, und dadurch senkt er das Hinterteil, wodurch sein Schwerpunkt sicher im Raum bleibt. Wir haben es auf alle möglichen Arten probiert, immer mit demselben Resultat. Es wäre so gut wie unmöglich für jemanden von Kevins Größe, aus Versehen aus dem Fenster zu fallen.«

Das Innere meines Mundes fühlte sich eiskalt an. Ich sagte: »Jemand hat ihn gestoßen.«

Rocky zog seine Jacke ein Stück hoch und schob die Hände in die Taschen. Er sagte vorsichtig: »Wir haben keinerlei Anzeichen dafür, dass ein Kampf stattgefunden hat, Frank.«

»Was willst du damit sagen?«

»Wenn er mit Gewalt aus dem Fenster gestoßen worden wäre, müsste es Schleifspuren auf dem Fußboden geben, Absplitterungen am Holz, wo er rausgefallen ist, abgebrochene Fingernägel, weil er nach dem Angreifer oder dem Fensterrahmen gepackt hat, vielleicht Kratzer und Blutergüsse vom Kampf. Wir haben nichts dergleichen gefunden.«

Ich sagte: »Du willst damit sagen, dass Kevin sich umgebracht hat.«

Rocky schaute weg. Er sagte: »Ich will damit sagen, dass es kein Unfall war und dass nichts darauf hindeutet, dass er gestoßen wurde. Laut Cooper sind alle seine Verletzungen mit dem Sturz zu erklären. Er war ein kräftiger Bursche, und nach meinen bisherigen Erkenntnissen war er gestern Abend zwar betrunken, aber er war nicht hackevoll. Er hätte sich auf jeden Fall gewehrt.«

Ich holte tief Luft. »Okay«, sagte ich. »In Ordnung. Da ist was dran. Aber komm doch mal kurz her. Ich möchte dir was zeigen.«

Ich führte ihn zum Fenster. Er warf mir einen argwöhnischen Blick zu. »Was ist denn?«

»Schau doch mal aus diesem Blickwinkel in den Garten. Und achte auf die Stelle, wo er unten ans Haus grenzt. Dann siehst du, was ich meine.«

Er stützte sich auf die Fensterbank und reckte den Hals unter dem Schiebefenster durch. »Wo?«

Ich versetzte ihm einen Stoß, der fester ausfiel als geplant. Für einen Sekundenbruchteil fürchtete ich schon, ich würde ihn nicht wieder hereinziehen können. Ein winziger, tiefverborgener Teil von mir war hellauf begeistert.

»Menschenskind!« Rocky sprang vom Fenster zurück und starrte mich mit aufgerissenen Augen an. »Hast du sie noch alle?«

»Keine Schleifspuren, Rocky. Kein gesplitterter Fensterrahmen, keine abgebrochenen Fingernägel, keine Kratzer und Blutergüsse. Du bist ein kräftiger Kerl, du bist stocknüchtern, und du wärest ohne einen Muckser verschwunden gewesen. Bye-bye, danke fürs Mitspielen, Rocky hat sich sang- und klanglos verabschiedet.«

»Scheiße, Mann …« Er zog seinen Mantel gerade und klopfte Staub davon ab, fest. »Das war nicht witzig, Francis. Du hast mir einen Heidenschrecken eingejagt.«

»Gut so. Kevin war nicht selbstmordgefährdet, Rocky. Das musst du mir glauben. Er hätte sich nie und nimmer was angetan.«

»Schön. Dann sag mir eins: Wer hatte es auf ihn abgesehen?«

»Mir fällt da keiner ein, aber das heißt nichts. Die gesamte sizilianische Mafia hätte hinter ihm her sein können, und ich hätte keine Ahnung gehabt.«

Rocky erwiderte nichts und ließ das für sich sprechen.

Ich sagte: »Zugegeben, wir waren keine Busenfreunde. Aber auch wenn wir nicht gerade unzertrennlich waren, wusste ich, dass er ein kerngesunder junger Mann ist, keine psychische Krankheit, keine Probleme mit dem Liebesleben, keine Geldprobleme, alles bestens. Und dann eines schönen Abends beschließt er aus heiterem Himmel, in ein verfallenes Haus zu spazieren und einen Kopfsprung aus dem Fenster zu machen?«

»So was kommt vor.«

Rocky strich sich die Haare wieder in Form und seufzte. »Okay«, sagte er. »Ich zeige dir jetzt was, aber ich zeige es dir als meinem Kollegen, Frank. Nicht als Verwandtem des Opfers. Kein Wort darüber außerhalb dieses Raumes. Kriegst du das hin?«

»Kein Problem«, sagte ich. Mir schwante nichts Gutes.

Rocky beugte sich über seine tuntige Aktentasche, kramte darin herum und holte einen durchsichtigen Beweismittelbeutel hervor. »Nicht aufmachen«, sagte er.

Es war ein kleines Blatt liniertes Papier, vergilbt und von tiefen Knicken durchzogen, wo es lange gefaltet gewesen war. Ich blickte verständnislos darauf, bis ich es umdrehte und den verblassten Kugelschreiber sah, und dann, ehe mein Gehirn verarbeiten konnte, was los war, kam die Handschrift aus allen dunklen Ecken angeschossen und krachte in mich hinein wie ein führerloser Zug.

Liebe Mam, lieber Dad und liebe Nora,
wenn Ihr das hier lest, bin ich schon auf dem Weg nach England mit Francis. Wir werden heiraten, wir werden uns gute Jobs suchen, nicht in Fabriken, und wir werden zusammen ein tolles Leben haben. Mir wäre es bloß lieber gewesen, ich hätte Euch nicht anlügen müssen, Tag für Tag hatte ich nur den einen Wunsch, Euch in die Augen zu schauen und zu sagen, ich werde ihn heiraten, aber Dad ist nun mal, wie er ist. Ich wusste, Ihr würdet ausflippen, aber Frank ist KEIN Faulpelz und er wird mir NICHT wehtun. Er macht mich glücklich. Heute ist der glücklichste Tag meines Lebens.

»Die Jungs vom Labor werden noch ein paar Tests machen«, sagte Rocky, »aber ich würde sagen, wir beide haben die andere Hälfte davon schon mal gesehen.«

Draußen vor dem Fenster war der Himmel grauweiß, wurde eisig. Ein kalter Luftzug fegte durchs Fenster herein, und von den Dielenbrettern wirbelten Staubkörnchen auf, glitzerten eine Sekunde lang in dem schwachen Licht, sanken dann wieder herab und verschwanden. Irgendwo hörte ich das Zischeln und Rascheln von Wandputz, der sich auflöste, wegrieselte. Rocky beobachtete mich mit etwas, von dem ich im Interesse seiner Gesundheit hoffte, dass es kein Mitleid war.

Ich sagte: »Woher hast du das?«

»Es steckte in der Jackeninnentasche deines Bruders.«

Was den krönenden Abschluss für den Dreifachschlag von heute Morgen bildete. Als ich wieder etwas Luft in die Lunge bekam, sagte ich: »Damit weißt du noch nicht, woher er es hat. Damit weißt du noch nicht mal, dass er es selbst eingesteckt hat.«

»Nein«, sagte Rocky, zu sanft. »Stimmt.«

Wir schwiegen. Rocky ließ einen taktvollen Moment verstreichen, ehe er die Hand nach dem Beweismittelbeutel ausstreckte.

Ich sagte: »Du denkst, das bedeutet, Kevin hat Rosie umgebracht.«

»Ich denke gar nichts. Vorläufig sammele ich bloß die Beweise.«

Er griff nach dem Beutel; ich riss ihn weg. »Du sammelst schön weiter. Verstanden?«

»Ich brauche den zurück.«

»Unschuldig bis zum Beweis der Schuld, Kennedy. Das hier ist noch lange, lange kein Beweis. Vergiss das nicht.«

»Mmm«, sagte Rocky uneindeutig. »Außerdem möchte ich, dass du mir nicht in die Quere kommst, Frank. Das meine ich sehr ernst.«

»Was für ein Zufall. Ich auch.«

»Vorher war es schon schlimm genug. Aber jetzt ... Stärker kann man gar nicht emotional verstrickt sein. Mir ist klar, dass dich das ganz schön mitnimmt, aber wenn du dich weiter einmischst, könntest du meine ganzen Ermittlungen gefährden, und das lasse ich nicht zu.«

Ich sagte: »Kevin hat niemanden umgebracht. Nicht sich, nicht Rosie, niemanden. Sammel einfach weiter Beweise.«

Rockys Augen flackerten, glitten von meinen weg. Nach einem Augenblick gab ich ihm seinen kostbaren Ziploc-Beutel und ging. Als ich gerade durch die Tür war, sagte Rocky: »Hey, Frank? Zumindest wissen wir jetzt sicher, dass sie nicht vorhatte, dich zu verlassen.«

Ich drehte mich nicht um. Ich konnte noch die Hitze ihrer Schrift spüren, wie sie glatt durch Rockys pedantisches kleines Etikett drang, sich um meine Hand schlang und mich bis auf die Knochen verbrannte. *Heute ist der glücklichste Tag meines Lebens.*

Sie war auf dem Weg zu mir gewesen, und sie hatte es fast geschafft. Nur zehn Schritte hatten zwischen uns und unserer gemeinsamen schönen neuen Welt gelegen. Ich kam mir vor wie im freien Fall, als wäre ich aus einem Flugzeug gestoßen worden und sähe die harte Erde auf mich zugerast kommen, ohne Reißleine, die ich hätte ziehen können.

11

ICH ÖFFNETE DIE HAUSTÜR einen Spalt und schloss sie laut, damit Rocky es mitbekam, dann ging ich nach hinten raus in den Garten und stieg über die Mauer. Ich hatte keine Zeit, mich mit meiner Familie abzugeben. Bei der Polizei sprach sich alles schnell herum, erst recht, wenn es sich um so sensationellen Tratsch handelte wie in diesem Fall. Ich schaltete meine Handys aus und fuhr schnell ins Büro, um meinem Boss zu sagen, ich würde eine Zeitlang freinehmen, ehe er mir dasselbe empfehlen konnte.

George ist ein massiger Typ, kurz vor der Rente, mit einem schlaffen, erschöpften Gesicht wie bei einem Plüsch-Basset. Wir lieben ihn. Verdächtige begehen den Fehler zu glauben, sie können ihn auch lieben. »Ah«, sagte er und wuchtete sich aus seinem Sessel, als er mich an der Tür sah. »Frank.« Er streckte seine Hand über den Schreibtisch. »Mein Beileid.«

»Wir standen uns nicht nahe«, sagte ich und drückte ihm fest die Hand, »aber es ist ein Schock, klar.«

»Wie ich höre, könnte es Selbstmord gewesen sein.«

»Ja«, stimmte ich zu und sah das scharfe, prüfende Aufblitzen in seinen Augen, als er sich wieder in seinen Sessel sinken ließ. »Das wird vermutet. Ich kapier das alles nicht. Boss, ich hab noch jede Menge aufgelaufenen Urlaub. Wenn Sie nichts dagegen haben, würde ich den gern nehmen, möglichst sofort.«

George fuhr sich mit einer Hand über die kahle Stelle auf seinem Kopf und begutachtete sie bekümmert, tat so, als würde er darüber nachdenken. »Erlauben das Ihre Ermittlungen?«

»Kein Problem«, sagte ich. Was er bereits wusste: Etwas umgekehrt lesen zu können zählt zu den nützlicheren Fähigkeiten im Leben, und die Akte vor ihm war eine von meinen. »Nichts, was in einer entscheidenden Phase wäre. Muss alles nur weiter überwacht werden. Meinen Papierkram hab ich in ein, zwei Stunden erledigt, dann kann ich die Übergabe machen.«

»Verstehe«, sagte George mit einem Seufzer. »Dann von mir aus. Yeates soll übernehmen. Er muss sich in der Koks-Sache auf der Southside sowieso für eine Weile bedeckt halten; er hat Zeit.«

Yeates ist gut. Wir haben keine Luschen in der Undercoverabteilung. »Ich bring ihn auf den neusten Stand«, sagte ich. »Danke, Boss.«

»Nehmen Sie sich ein paar Wochen. Bis Sie wieder einen klaren Kopf haben. Was haben Sie vor? Sich um die Familie kümmern?«

Mit anderen Worten: Hast du vor, dich in Tatortnähe rumzutreiben und unangenehme Fragen zu stellen? Ich sagte: »Ich denke, ich fahre weg. Vielleicht nach Wexford. Die Küste soll um diese Jahreszeit schön sein.«

George massierte sich die Stirnfalten, als ob sie weh täten. »Irgendein Schwätzer vom Morddezernat hat mich heute Morgen in aller Herrgottsfrühe angerufen und sich über Sie beschwert. Kennedy, Kenny, so ähnlich. Hat gesagt, Sie würden seine Ermittlungen behindern.«

Dieser miese kleine Schleimscheißer. »Der hat PMS«, sagte ich. »Ich bring ihm ein paar hübsche Blumen, dann kriegt er sich schon wieder ein.«

»Bringen Sie ihm, was Sie wollen. Hauptsache, Sie geben ihm nicht noch mal Anlass, mich anzurufen. Ich lass mir nicht gern die Ohren vollquatschen, ehe ich meine erste Tasse Tee getrunken hab; schlägt mir auf die Verdauung.«

»Ich werde in Wexford sein, Boss, schon vergessen? Ich werde gar keine Gelegenheit haben, die kleine Hysterikerin vom Morddezernat aufzuregen, selbst wenn ich wollte. Ich mach bloß noch eben klar Schiff« – ich deutete mit dem Daumen in Richtung meines Büros –, »dann bin ich weg und komme keinem mehr in die Quere.«

George musterte mich unter schweren Lidern. Schließlich winkte er mit einer großen, schlaffen Hand und sagte: »Dann los, machen Sie klar Schiff. Lassen Sie sich Zeit.«

»Danke, Boss«, sagte ich. Deshalb lieben wir George. Eine der Qualitäten eines richtig guten Vorgesetzten ist, dass er weiß, wann er etwas nicht wissen will. »Bis in ein paar Wochen.«

Ich war schon halb zur Tür raus, als er »Frank« rief.

»Ja?«

»Kann die Abteilung was spenden, im Namen Ihres Bruders? Irgendwelche wohltätigen Zwecke? Ein Sportverein?«

Und da traf es mich schon wieder, wie ein Handkantenschlag genau auf die Gurgel. Einen Moment lang brachte ich keinen Ton heraus. Ich wusste nicht mal, ob Kev in einem Sportverein gewesen war, obwohl ich das bezweifelte. Mir schoss durch den Kopf, dass man speziell für solche beschissenen Situationen wie jetzt eine Wohltätigkeitsorganisation gründen sollte, einen Fonds für junge Leute, damit sie am Great Barrier Reef schnorcheln und am Grand Canyon Paragliding machen konnten, nur für den Fall, dass sich dieser Tag als ihre letzte Chance erwies.

»Spendet für die Opferhilfe«, sagte ich. »Und danke, Boss. Sehr nett. Sagen Sie auch den Jungs danke.«

Im Grunde seines Herzens glaubt jeder verdeckte Ermittler, dass das Morddezernat mehr oder weniger aus einem Haufen Weicheier besteht. Es gibt Ausnahmen, aber Tatsache ist, dass die Jungs vom Morddezernat unsere Profiboxer sind: Sie kämpfen hart, aber im Grunde eben doch mit Handschuhen und Mundschutz und einem Ringrichter, der mit seiner kleinen Glocke bimmelt, wenn einer mal verschnaufen oder sich das Blut abwischen muss. Undercoverleute kämpfen mit bloßen Händen, wir kämpfen mit allen Tricks, und wir kämpfen so lange, bis einer zu Boden geht. Wenn Rocky in das Haus eines Verdächtigen will, füllt er einen Berg Papiere aus und wartet auf die Stempel und stellt das geeignete Einsatzteam zusammen, damit niemandem was passiert. Ich schau harmlos aus der Wäsche, denke mir eine gute Geschichte aus und spaziere einfach rein, und wenn der Verdächtige beschließen sollte, Kleinholz aus mir zu machen, bin ich auf mich allein gestellt.

Das würde mir jetzt zugutekommen. Rocky war es gewohnt, nach den Regeln zu kämpfen. Er ging ganz selbstverständlich davon aus, dass ich, bis auf die eine oder andere unbedeutende Verfehlung à la böser kleiner Junge genauso kämpfte. Es würde eine Weile dauern, bis er auf den Trichter kam, dass meine Regeln rein gar nichts mit seinen gemeinsam hatten.

Ich breitete eine Reihe Akten auf meinem Schreibtisch aus, damit jeder, der zufällig hereinschaute, sah, dass ich fleißig die Übergabe vorbereitete. Dann rief ich meinen Kumpel in der Verwaltung an und bat ihn, mir die Personalakte von jedem Sonderfahnder zu mailen, der für den Mordfall Rosie Daly angefordert worden war. Er wand sich ein bisschen, von wegen Vertraulichkeit und so, doch zwei Jahre zuvor war seine Tochter wegen Drogenbesitzes nur deshalb noch einmal mit einem blauen Auge davongekommen, weil irgendwer drei Tütchen Koks und ihre schriftliche Aussage verschlampt hatte, daher ging ich davon aus, dass er mir mindestens zwei größere und vier kleinere Gefallen schuldete. Bei aller Winderei sah er die Sache genauso. Er hörte sich an, als würde sein Magengeschwür mit jeder Sekunde wachsen, doch die Akten waren bei mir auf dem Rechner, ehe wir auflegten.

Rocky hatte fünf Sonderfahnder zugeteilt bekommen, mehr, als ich bei einem eiskalten Fall erwartet hätte. Anscheinend hatte er sich mit seiner Erfolgsquote von über achtzig Prozent bei den Jungs vom Morddezernat tatsächlich Respekt verschafft. Der vierte Sonderfahnder war der, den ich brauchte. Stephen Moran, sechsundzwanzig Jahre alt, wohnhaft am North Wall Quay, gutes Abschlusszeugnis, direkt von der Schule nach Templemore, eine ganze Latte überschwänglicher Beurteilungen, seit gerade mal drei Monaten aus der Uniform raus. Das Foto zeigte einen mageren Knaben mit zotteligen roten Haaren und wachsamen grauen Augen. Ein Dubliner Junge aus dem Arbeitermilieu, gescheit und zielstrebig und auf der Überholspur und – dem Himmel sei Dank für kleine Grünschnäbel – viel zu unerfahren und eifrig, um irgendetwas in Frage zu stellen, was ihm ein routinierter Detective sagen würde. Der junge Stephen und ich würden wunderbar miteinander klarkommen.

Ich steckte Stephens Personalangaben in die Tasche, löschte die E-Mail und machte in den nächsten zwei Stunden meine Fälle für Yeates wasserdicht. Ich wollte keinesfalls, dass er mich im falschen Moment anrief, um noch irgendetwas abzuklären. Die Übergabe ging schnell und problemlos über die Bühne – Yeates war klug genug, mir jedes Mitleidsgetue zu ersparen, abgesehen von einem Schulterklopfen und dem Versprechen, sich um alles zu kümmern. Dann packte ich meinen Kram zusammen, schloss meine Bürotür und fuhr zur Dubliner Burg, wo das Morddezernat untergebracht ist, um mir Stephen Moran zur Brust zu nehmen.

Wenn ein anderer die Ermittlungen geleitet hätte, wäre Stephen vielleicht schwerer zu finden gewesen. Er hätte um sechs oder sieben oder acht Schluss machen können, und wenn er unterwegs im Einsatz gewesen wäre, hätte er womöglich direkt den Nachhauseweg angetreten, ohne noch extra ins Büro zu fahren und seine Rechercheergebnisse abzugeben. Aber ich kenne Rocky. Überstunden lösen bei Vorgesetzten Herzklabaster aus, und Papierkram verschafft ihnen Orgasmen, daher war ich sicher, dass Rockys Jungs und Mädels um Punkt fünf Feierabend machen würden und vorher noch sämtliche Formulare ordnungsgemäß ausgefüllt hätten. Ich suchte mir eine Bank im Park der Burg, die einen guten Blick auf die Tür und einen hübschen Anti-Rocky-Sichtschutz aus Büschen bot, zündete mir eine Zigarette an und wartete. Es regnete nicht einmal. Heute war wirklich mein Glückstag.

Vor allem eine Sache wollte mir nicht mehr aus dem Kopf: Kevin hatte keine Taschenlampe dabeigehabt. Falls doch, hätte Rocky das erwähnt, um seine kleine Selbstmordtheorie zu untermauern. Und Kevin hatte sich nie auf irgendetwas Gefährliches eingelassen, es sei denn, er hatte einen verdammt guten Grund. Riskante Spielchen aus Spaß an der Freude überließ er lieber mir und Shay. Sämtliche Dosen Guinness in ganz Dublin hätten nicht ausgereicht, um ihn auf den Gedanken zu bringen, es könnte lustig sein, in Nummer 16 herumzuspazieren, ganz allein und im Stockdunkeln, nur so aus Jux und Dollerei. Entweder er hatte im Vorbeigehen irgendetwas gesehen oder gehört, das ihn hatte glauben lassen, keine andere Wahl zu haben, als hineinzugehen und nach dem Rechten zu sehen – irgendetwas, das zu dringend war, um erst mal

Verstärkung zu holen, aber doch so unauffällig, dass niemand sonst auf der Straße es gehört hatte –, oder jemand hatte ihn hereingerufen, jemand, der wundersamerweise gewusst hatte, dass er ungefähr um die Zeit vorne am Faithful Place vorbeikommen würde. Oder aber er hatte Jackie einen vom Pferd erzählt und die ganze Zeit vorgehabt, zu dem Haus zu gehen, um sich mit jemandem zu treffen, der zu allem bereit war.

Es war dunkel, und zu meinen Füßen hatte sich ein hübscher kleiner Haufen Zigarettenstummel angesammelt, als Rocky und sein Kollege erwartungsgemäß um Punkt fünf zur Tür herauskamen und Richtung Parkplatz strebten. Rocky hatte den Kopf hoch erhoben und einen federnden Gang, und er schwang seine Aktentasche, während er irgendeine Geschichte erzählte, die dem frettchengesichtigen Burschen ein pflichtschuldiges Lachen entlockte. Noch ehe sie verschwunden waren, kam Grünschnabel Stephen heraus. Er hatte ein Handy am Ohr und kämpfte gleichzeitig mit einem Rucksack, einem Fahrradhelm und einem langen Schal. Er war größer, als ich erwartet hatte, und seine Stimme tiefer und irgendwie rau, was ihn jünger klingen ließ, als er war. Er trug einen grauen Mantel, der von sehr guter Qualität war und sehr, sehr neu: Er hatte sein Sparbuch geplündert, um auch ja zu den Jungs vom Morddezernat zu passen.

Das Gute war, dass ich hier freie Hand hatte. Stephen mochte vielleicht Bedenken haben, mit dem Bruder eines Opfers zu plaudern, aber ich wäre jede Wette eingegangen, dass er nicht ausdrücklich vor mir gewarnt worden war. Cooper war eine Sache, aber einem klitzekleinen Sonderfahnder gegenüber hätte Rocky niemals eingestanden, dass er sich durch meine Wenigkeit bedroht fühlte. Rockys übertriebenes Hierarchiedenken kam mir jetzt durchaus gelegen. In seiner Welt sind Polizisten in Uniform Wasserträger, Sonderfahnder sind Droiden, nur reguläre Detectives und höhere Ränge verdienen Respekt. Eine solche Einstellung ist immer von Nachteil, nicht nur, weil dir dadurch einiges entgehen kann, sondern auch, weil du auf diese Art ziemlich viele Schwachstellen um dich versammelst. Wie gesagt, ich hatte schon immer ein gutes Auge für Schwachstellen.

Stephen beendete sein Telefonat und steckte das Handy ein, ich warf meine Kippe weg, trat aus dem Park hervor und stellte mich ihm in den Weg. »Stephen.«

»Ja?«

»Frank Mackey«, sagte ich und streckte ihm eine Hand hin. »Undercoverabteilung.«

Ich sah, wie seine Augen größer wurden, nur ein bisschen, entweder vor Ehrfurcht oder Angst oder irgendwas dazwischen. Im Laufe der Jahre habe ich eine ganze Reihe von interessanten Legenden gepflanzt und gewässert, die meine Person betreffen und von denen manche wahr sind, manche nicht, aber alle nützlich, daher bin ich solche Reaktionen gewohnt. Stephen unternahm zumindest einen ganz anständigen Versuch, sich nichts anmerken zu lassen, was ich ihm hoch anrechnete. »Stephen Moran, Sonderfahndung«, sagte er, während er mir einen Tick zu fest die Hand schüttelte und einen Tick zu lange Augenkontakt hielt. Der Junge gab sich alle Mühe, mich zu beeindrucken. »Freut mich, Sie kennenzulernen, Sir.«

»Nennen Sie mich Frank. Bei uns Undercoverleuten ist ›Sir‹ ein Fremdwort. Ich beobachte Sie schon eine ganze Weile, Stephen. Uns kommen immer wieder sehr positive Dinge über Sie zu Ohren.«

Er schaffte es, sowohl die Gesichtsröte als auch die Neugier zu zügeln. »Das hört man gern.« Der Junge gefiel mir allmählich.

Ich sagte: »Gehen wir ein paar Schritte«, und steuerte zurück in den Park – jeden Moment würden noch mehr Sonderfahnder und noch mehr Jungs vom Morddezernat aus dem Gebäude kommen. »Sagen Sie, Stephen. Sie sind vor drei Monaten zum Detective befördert worden, hab ich recht?«

Er bewegte sich wie ein Teenager, hatte diesen ausladenden, federnden Gang, wenn der Körper förmlich strotzt vor zu viel Energie. »Das stimmt.«

»Gut gemacht. Korrigieren Sie mich, wenn ich da falschliege, aber Sie sind in meinen Augen nicht der Typ, der damit zufrieden wäre, bis ans Ende seiner Laufbahn bei der Sonderfahndung zu bleiben, jedes Mal zu springen, wenn in irgendeinem Dezernat ein Detective mit den Fingern schnippt, wie diese Woche. Dafür haben Sie viel zu viel Potential. Sie wollen doch irgendwann mal selbst Ermittlungen leiten. Seh ich das richtig?«

»Das habe ich vor.«

»Und welches Dezernat schwebt Ihnen da vor?«

Diesmal schaffte es ein kleines bisschen Röte durch die Selbstbeherrschung hindurch. »Morddezernat oder Undercover.«

»Sie haben einen guten Geschmack«, sagte ich grinsend. »Dann wird ja jetzt, wo Sie an einem Mordfall mitarbeiten, ein Traum für Sie wahr, ja? Macht's Spaß?«

Stephen sagte verhalten: »Ich lerne viel.«

Ich lachte laut auf. »Sie lernen null. Rocky Kennedy müsste sich schon gewaltig geändert haben, wenn er Sie nicht wie seinen ganz privaten dressierten Schimpansen behandelt. Was lässt er Sie machen, Kaffee kochen? Seine Klamotten von der Reinigung abholen? Seine Socken stopfen?«

Einer von Stephens Mundwinkeln zuckte widerwillig. »Zeugenaussagen tippen.«

»Oh, reizend. Wie viele Anschläge schaffen Sie die Minute?«

»Es macht mir nichts aus. Ich meine, ich bin der Unerfahrenste, wissen Sie? Alle anderen haben schon ein paar Jahre hinter sich. Und einer muss ja schließlich –«

Er war tapfer bemüht, sich richtig zu verhalten. »Stephen«, sagte ich. »Ganz ruhig. Das hier ist kein Test. Sie Sekretärsarbeiten machen zu lassen ist Verschwendung. Sie wissen das, ich weiß das, und wenn Rocky sich mal zehn Minuten Zeit genommen hätte, Ihre Akte zu lesen, wüsste er das auch.« Ich deutete auf eine Bank unter einer Laterne, so dass ich sein Gesicht beobachten konnte, ohne selbst von den Hauptausgängen gesehen zu werden. »Setzen wir uns.«

Stephen stellte Rucksack und Helm auf den Boden und nahm Platz. Trotz meiner Schmeicheleien blickten seine Augen argwöhnisch, was gut war. »Wir sind beide vielbeschäftigte Männer«, sagte ich und setzte mich zu ihm auf die Bank, »daher komme ich gleich zur Sache. Es würde mich interessieren zu hören, wie Sie so mit den aktuellen Ermittlungen vorankommen. Von Ihrer Warte aus, nicht aus der von Detective Kennedy, schließlich wissen wir ja beide, was das bringen würde. Es besteht kein Grund, diplomatisch zu sein: Wir unterhalten uns streng vertraulich, unter vier Augen.«

Ich konnte sehen, dass sein Verstand auf Hochtouren arbeitete, aber er hatte ein ganz passables Pokerface, und ich konnte nicht erkennen, in welche Richtung er dachte. Er sagte: »Hören, wie ich so vorankomme. Was genau meinen Sie damit?«

»Wir treffen uns hin und wieder. Ich spendiere Ihnen vielleicht ein kühles Glas Bier oder zwei. Sie erzählen mir, was Sie in den letzten paar Tagen so ermittelt haben, wie Sie darüber denken, was Sie anders machen würden, wenn Sie der Boss wären. Ich kriege einen Eindruck von Ihrer Arbeit. Was halten Sie davon?«

Stephen nahm ein verirrtes welkes Blatt von der Bank und fing an, es sorgfältig entlang der Adern zu falten. »Darf ich offen mit Ihnen reden? Als wären wir nicht im Dienst. Von Mann zu Mann?«

Ich breitete die Hände aus. »Wir sind nicht im Dienst, Stephen, mein Lieber. Haben Sie das nicht gemerkt?«

»Ich meine –«

»Ich weiß, was Sie meinen. Entspannen Sie sich. Reden Sie frisch von der Leber weg. Sie haben nichts zu befürchten.«

Seine Augen hoben sich von dem Blatt und richteten sich auf meine, gelassen und grau und intelligent. »Es heißt, Sie hätten ein persönliches Interesse an dem Fall. Jetzt sogar ein doppeltes Interesse.«

»Das ist weiß Gott kein Staatsgeheimnis. Und?«

»Für mich hört sich das so an«, sagte Stephen, »als sollte ich diese Mordermittlungen ausspionieren und Ihnen dann Bericht erstatten.«

Ich sagte in heiterem Tonfall: »Wenn Sie das so sehen wollen.«

»Das gefällt mir nicht.«

»Interessant.« Ich holte meine Zigaretten raus. »Auch eine?«

»Nein, danke.«

Nicht so grün, wie er auf Papier gewirkt hatte. Er mochte ja ganz wild darauf sein, bei mir gut anzukommen, aber er war nicht blöd. Normalerweise hätte mir das gefallen, aber im Augenblick hatte ich keine große Lust, behutsam um seine widerspenstige Seite herumzutänzeln. Ich zündete mir eine Zigarette an und pustete den Rauch in das trübe gelbe Licht der Laterne. »Stephen«, sagte ich. »Sie sollten sich das gründlich durch den Kopf gehen lassen. Ich nehme an, drei Fragen geben Ihnen zu denken: die Frage nach dem Aufwand, die Frage nach der Moral und die Frage nach den möglichen Konsequenzen, nicht unbedingt in dieser Reihenfolge. Hab ich recht?«

»Mehr oder weniger, ja.«

»Fangen wir mit dem Aufwand an. Ich erwarte von Ihnen keine täglichen detaillierten Berichte über alles, was beim Morddezernat abläuft. Ich werde Ihnen sehr konkrete Fragen stellen, die Sie ein Minimum an Zeit und Mühe kosten werden. Die Rede ist von zwei oder drei Treffen pro Woche, die nicht länger als fünfzehn Minuten dauern müssen, wenn Sie was Besseres zu tun haben, plus vielleicht eine halbe Stunde Recherche vor jedem Treffen. Meinen Sie, das wäre für Sie machbar, rein hypothetisch?«

Nach einem Augenblick nickte Stephen. »Es geht nicht darum, ob ich was Besseres zu tun habe –«

»Guter Mann. Zweitens, mögliche Konsequenzen. Ja, Detective Kennedy würde wahrscheinlich einen Riesenkoller kriegen, wenn er dahinterkäme, dass wir uns unterhalten haben, aber er muss ja nicht dahinterkommen. Es sollte Ihnen klar sein, dass ich sehr, sehr gut den Mund halten kann. Wie steht's da mit Ihnen?«

»Ich bin keine Plaudertasche.«

»Dachte ich mir. Das Risiko, dass Detective Kennedy Sie erwischt und abstraft, ist also minimal. Und, Stephen, bedenken Sie, das ist nicht die einzige mögliche Konsequenz hier. Aus dieser Geschichte könnte sich so einiges ergeben.«

Ich wartete, bis er fragte: »Was denn zum Beispiel?«

»Als ich vorhin sagte, Sie haben Potential, wollte ich Ihnen keinen Zucker in den Arsch blasen. Vergessen Sie nicht, dieser Fall dauert nicht ewig, und sobald er zu Ende ist, landen Sie wieder bei der Sonderfahndung. Freuen Sie sich darauf?«

Er zuckte die Achseln. »Das ist der einzige Weg, um in ein Dezernat zu kommen. So läuft das nun mal.«

»Sich um gestohlene Autos und aufgebrochene Fenster kümmern und darauf warten, dass jemand wie Rocky Kennedy nach Ihnen pfeift, damit Sie ihm ein paar Wochen lang die Sandwichs holen. Klar, so läuft das, aber für manche läuft das ein Jahr lang so und für manche zwanzig Jahre lang. Wenn Sie persönlich die Wahl hätten, wie schnell würden Sie endgültig da rauswollen?«

»Je früher, desto besser. Klar.«

»Das hab ich mir gedacht. Ich garantiere Ihnen, ich werde genau verfolgen, wie Sie arbeiten, wie ich vorhin gesagt habe. Und jedes Mal, wenn in meiner Abteilung eine Stelle frei wird, erinnere ich mich an Leute, die gut für mich gearbeitet haben. Das Gleiche kann ich Ihnen für meinen Freund Rocky nicht versprechen. Eins würde mich interessieren, nur unter uns: Kennt er überhaupt Ihren Vornamen?«

Stephen antwortete nicht. »Also«, sagte ich, »ich denke, das mit den möglichen Konsequenzen wäre damit geklärt, nicht? Bleibt noch die Moralfrage. Bitte ich Sie um etwas, was Ihre Arbeit an dem Mordfall gefährden könnte?«

»Bisher nicht.«

»Und das werde ich auch nicht. Falls Sie irgendwann das Gefühl haben, unser Kontakt könnte Ihre Fähigkeit beeinträchtigen, sich voll und ganz auf Ihre offizielle Aufgabe zu konzentrieren, sagen Sie mir das einfach, und Sie hören nie wieder von mir. Darauf gebe ich Ihnen mein Wort.« Man sollte ihnen unbedingt immer einen Ausweg anbieten, ihnen aber nie die Chance geben, den auch zu nutzen. »In Ordnung?«

Er wirkte nicht beruhigt. »Ja.«

»Bitte ich Sie, die Anweisungen von jemand anderem zu missachten?«

»Das ist Haarspalterei. Okay, Detective Kennedy hat mir

nicht ausdrücklich untersagt, mit Ihnen zu reden, aber nur, weil er gar nicht auf die Idee gekommen ist, dass ich das tun könnte.«

»Sehen Sie? Er hätte auf die Idee kommen sollen. Wenn nicht, ist das sein Problem, nicht Ihres oder meines. Sie schulden ihm gar nichts.«

Stephen fuhr sich mit einer Hand durchs Haar. »Ich schulde ihm doch was«, sagte er. »Er hat mich zu dem Fall dazugezogen. Im Augenblick ist er mein Boss. Die Vorschrift lautet, dass ich meine Anweisungen von ihm bekomme. Von sonst niemandem.«

Mir klappte der Unterkiefer herunter. »Die *Vorschrift*? Das darf doch wohl nicht … Ich dachte, Sie haben gesagt, Sie hätten ein Auge auf die Undercoverabteilung geworfen. Wollten Sie sich damit bei mir nur einschleimen? Ich kann Schleimscheißer nämlich nicht ab, Stephen. Absolut nicht.«

Er fuhr kerzengerade hoch. »Nein! Natürlich nicht. Ich – Was denken Sie denn – ich will wirklich zur Undercoverabteilung!«

»Und Sie denken, wir können es uns leisten, den lieben langen Tag rumzuhocken und die Vorschriften auswendig zu lernen? Glauben Sie, ich hätte drei Jahre als verdeckter Ermittler in einem Drogenring überlebt, indem ich mich an die *Vorschriften* gehalten hab? Sagen Sie mir, dass das ein Witz war, mein Junge. Bitte. Sagen Sie mir, dass ich nicht jedes Mal aufs falsche Pferd gesetzt hab, wenn ich mir Ihre Akte durchgesehen hab.«

»Ich hab Sie nicht gebeten, meine Akte zu lesen. Und ich wette, Sie haben sie diese Woche überhaupt zum ersten Mal zu Gesicht bekommen. Weil Sie jemanden brauchen, der mit dem Fall betraut ist.«

Gar nicht schlecht, der Junge. »Stephen. Ich biete Ihnen

eine Chance, für die jeder Sonderfahnder, jeder Kollege, mit dem Sie zusammen ausgebildet wurden, jeder Kollege, den Sie morgen früh bei der Arbeit sehen werden, seine Großmutter verkaufen würde. Und Sie lassen sich diese Chance durch die Lappen gehen, weil ich nicht beweisen kann, dass ich Ihnen genug *Aufmerksamkeit* geschenkt habe?«

Er war rot bis über beide Ohren, aber er ließ sich nicht unterkriegen. »*Nein*. Ich versuche, das Richtige zu tun.«

Gott im Himmel, war der jung. »Ich will Ihnen mal was sagen, mein Junge, und das sollten Sie sich aufschreiben und auswendig lernen: Das Richtige ist nicht immer das, was in Ihrem hübschen kleinen Vorschriftenbuch steht. Im Grunde genommen ist das, was ich Ihnen hier anbiete, nichts anderes als ein Undercovereinsatz. Ein bisschen moralische Uneindeutigkeit gehört nun mal zum Job dazu. Wenn Sie das nicht auf die Reihe kriegen, wäre jetzt der ideale Zeitpunkt, sich darüber klarzuwerden.«

»Das hier ist was anderes. Das ist Undercoverarbeit gegen unsere eigenen Leute.«

»Mein Lieber, Sie würden sich wundern, wie oft das vorkommt. Ehrlich. Wie gesagt, wenn Sie das nicht über sich bringen, sollten nicht nur Sie das wissen, sondern ich auch. Dann müssten wir beide noch mal Ihre Karriereziele überdenken.«

Stephens Mundwinkel spannten sich. »Wenn ich es nicht mache«, sagte er, »kann ich mir eine Stelle in der Undercoverabteilung abschminken.«

»Nicht aus Gehässigkeit, Kleiner. Machen Sie sich nichts vor. Ein Typ könnte meine beiden Schwestern gleichzeitig vor laufender Kamera vögeln und das Video bei YouTube veröffentlichen, trotzdem würde ich problemlos weiter mit ihm arbeiten, solange ich denke, dass er seine Arbeit erledigt. Aber wenn Sie mir zu verstehen geben, dass Sie grundsätzlich ungeeignet sind für die Undercoverarbeit, dann nein, dann werde ich Sie nicht empfehlen. Auch wenn Sie mich für verrückt halten.«

»Kann ich ein paar Stunden darüber nachdenken?«

»Nee«, sagte ich und schnippte meine Zigarette weg. »Wenn Sie sich nicht hier und jetzt entscheiden können, brauchen Sie sich gar nicht zu entscheiden. Ich habe noch anderweitig zu tun und Sie sicherlich auch. Die Sache ist die, Stephen: In den nächsten paar Wochen können Sie Rocky Kennedys Schreibkraft sein, oder Sie können mein Detective sein. Was von beidem hört sich für Sie mehr danach an, weshalb sie zur Polizei gegangen sind?«

Stephen nagte an seiner Lippe und wickelte sich das Ende seines Schals um die Hand. »Falls ich es mache«, sagte er. »Falls. Was würden Sie dann wissen wollen? Nur als Beispiel.«

»Nur als Beispiel, wenn die Fingerabdruckergebnisse vorliegen, würde ich liebend gern hören, ob Abdrücke auf dem Inhalt des Koffers gefunden wurden, auf den zwei Hälften des Briefes und an dem Fenster, aus dem Kevin gefallen ist, und falls ja, wessen Abdrücke das sind. Ich würde mich auch für eine ausführliche Beschreibung seiner Verletzungen interessieren, möglichst inklusive Graphik und Obduktionsbericht. Das würde mir an Infos genügen, um eine Weile weiterzumachen. Wer weiß, vielleicht wäre das ja auch schon alles, was ich brauche. Und beide Berichte müssten doch innerhalb der nächsten zwei Tage vorliegen, nicht?«

Nach einem Augenblick atmete Stephen langsam aus, eine weiße Fahne in der kalten Luft, und hob den Kopf. »Nichts für ungut«, sagte er, »aber bevor ich Insiderinformationen in einem Mordfall an einen Wildfremden weitergebe, möchte ich gern Ihren Ausweis sehen.«

Ich lachte schallend auf. »Stephen«, sagte ich, während ich meinen Ausweis herausfischte, »Sie sind ein Mann nach meinem Geschmack. Wir werden uns gegenseitig guttun, Sie und ich.«

»Ja«, sagte Stephen, ein wenig trocken. »Hoffentlich.« Ich betrachtete seinen unordentlichen roten Haarschopf, der sich über den Ausweis beugte, und eine kurze Sekunde lang spürte ich unter dem triumphierenden lauten Pochen meines Herzens – *Leck mich am Arsch, Rocky, alter Knabe, der Junge gehört jetzt mir* – eine impulsive Zuneigung zu dem Burschen. Es war ein gutes Gefühl, jemanden auf meiner Seite zu haben.

12

UND LÄNGER KONNTE ICH ES nun wirklich nicht mehr aufschieben, zu meinen Eltern zu gehen. Ich versuchte, mich dafür bei Burdock zu stärken – der Gedanke an Leo Burdocks Fish & Chips-Laden war das Einzige, was mich hätte verlocken können, wieder in die Liberties zu ziehen –, doch selbst der beste geräucherte Kabeljau mit Pommes schafft nicht alles. Wie die meisten verdeckten Ermittler neige ich nicht zur Ängstlichkeit. Ich bin schon, ohne ins Schwitzen zu geraten, zu Treffen mit Männern spaziert, die fest vorhatten, mich in handliche Teile zu zerlegen und unter dem nächstbesten Stück Beton künstlerisch zu arrangieren. Jetzt jedoch machte ich mir vor Angst fast in die Hose. Ich sagte mir das Gleiche, was ich dem jungen Stephen gesagt hatte: Betrachte es als Undercovereinsatz. Frankie, der unerschrockene Detective, auf seiner verwegensten Mission, mitten hinein ins Verderben.

Die Wohnung war wie verwandelt. Die Haustür war unverschlossen, und kaum hatte ich den Flur betreten, kam die Welle die Treppe heruntergerollt und erfasste mich: Wärme und Stimmen und der Geruch von heißem Whiskey und Gewürznelken, alles quoll aus der offenen Wohnungstür. Die Heizung war hochgedreht, und das Wohnzimmer war voll mit Leuten, die weinten, einander umarmten, die Köpfe zusammensteckten und den ganzen Horror gemeinsam genossen,

Sixpacks trugen oder Babys oder Teller mit Schnittchen unter Frischhaltefolie. Sogar die Dalys waren da. Mr Daly wirkte höllisch angespannt, und Mrs Daly wirkte, als hätte sie irgendwelche besonders starken Glückspillen eingeworfen, aber der Tod drängt alles andere in den Hintergrund. Ich hielt augenblicklich und automatisch nach Dad Ausschau, doch er und Shay und ein paar andere hatten eine Männerzone in der Küche eingerichtet, mit Zigaretten und Bierdosen und einsilbigen Gesprächen, und bisher machte er einen ganz guten Eindruck. Auf einem Tisch unter der Herz-Jesu-Statue, zwischen Blumen und Totenbildchen und elektrischen Kerzen, standen Fotos von Kevin: Kevin als pummeliges, rotwurstiges Baby, in einem schicken weißen Miami-Vice-Anzug bei seiner Firmung, an einem Strand mit einer Horde lautstarker, sonnengegrillter Jungs, die schrille Cocktails schwangen.

»Da bist du ja«, blaffte Ma und stieß mit dem Ellbogen jemanden aus dem Weg. Sie hatte sich in ein verblüffendes lavendelfarbenes Outfit geworfen, das eindeutig ihre beste Garderobe darstellte, und sie hatte seit dem Nachmittag unübersehbar viel geweint. »Wurde auch Zeit, dass du dich mal blicken lässt.«

»Ich bin so schnell zurückgekommen, wie ich konnte. Geht's dir einigermaßen?«

Sie kniff mich mit ihrem Hummerzangengriff, den ich noch gut in Erinnerung hatte, in den weichen Teil meines Arms. »Komm her, du. Der Bursche von deiner Arbeit, der mit dem Riesenkinn, der behauptet, Kevin ist aus einem Fenster gefallen.«

Sie hatte offenbar beschlossen, das als persönliche Beleidigung aufzufassen. Bei Ma weiß man nie, welche Kriterien dafür erfüllt sein müssen. Ich sagte: »So sieht's aus, ja.«

»So einen ausgemachten Blödsinn hab ich ja noch nie gehört. Wie kann dein Freund nur so einen Schwachsinn reden? Du wirst ihn dir gefälligst vorknöpfen und ihm sagen, dass unser Kevin doch kein dummer Spasti war und in seinem ganzen Leben noch aus keinem Fenster gefallen ist.«

Und dabei hatte Rocky doch nur einem Kumpel einen Gefallen tun wollen, indem er einen Selbstmord als Unfall hinstellte. Ich sagte: »Ich werd's ihm ausrichten.«

»Fehlt gerade noch, dass die Leute glauben, ich hätte einen Trottel großgezogen, der nicht einen Fuß vor den anderen setzen konnte. Ruf ihn an und sag ihm das. Wo ist dein Telefon?«

»Ma, er hat Feierabend. Wenn ich ihn jetzt störe, wird er bloß sauer. Ich mach das morgen früh, einverstanden?«

»Tust du nicht. Das sagst du nur, damit ich Ruhe gebe. Ich kenn dich, Francis Mackey: Du warst schon immer ein Lügner, und du hast dich schon immer für gescheiter gehalten als alle anderen. Na, lass dir eins von mir gesagt sein, ich bin die Mammy, und du bist nicht gescheiter als ich. Du rufst diesen Burschen jetzt auf der Stelle an, damit ich es sehe.«

Ich versuchte, meinen Arm aus ihrem Klammergriff zu befreien, doch sie drückte nur noch fester zu. »Hast du Angst vor dem Burschen, ist das der Grund? Gib mir das Telefon, und ich sag's ihm selbst, wenn du nicht den Mumm dazu hast. Los, her damit.«

Ich fragte: »Was willst du ihm sagen?« Was ein Fehler war: Der Irrsinnspegel stieg auch ohne mein Zutun schon schnell genug. »Nur mal interessehalber. Wenn Kevin nicht aus dem Fenster gefallen ist, was zum Teufel soll ihm deiner Ansicht nach denn dann passiert sein?«

»Pass auf, wie du mit mir redest«, fauchte Ma. »Er ist von einem Auto überfahren worden, was denn sonst? Irgendein Betrunkener war auf dem Weg nach Hause von seiner Weihnachtsfeier und hat unseren Kevin überfahren, und dann –

hörst du gefälligst zu? – hat er, statt dafür geradezustehen wie ein Mann, unseren armen Jungen in den Garten gebracht und gehofft, es würde ihn keiner finden.«

Sechzig Sekunden mit ihr, und schon drehte sich mir der Kopf. Erschwerend kam hinzu, dass ich ihr ja mehr oder weniger zustimmte, was das Thema »aus dem Fenster gefallen« anging. »Ma. So war es nicht. Keine seiner Verletzungen lässt sich hinlänglich überzeugend auf einen Autounfall zurückführen.«

»Dann setz deinen Hintern in Bewegung und find raus, was mit ihm passiert ist! Das ist dein Beruf und der von deinem hochnäsigen Freund, nicht meiner. Woher soll ich wissen, was passiert ist? Seh ich etwa aus wie eine Polizistin?«

Ich sah Jackie mit einem Tablett voller Schnittchen aus der Küche kommen, fing ihren Blick auf und schickte ihr das superdringende Geschwisternotsignal. Sie drückte das Tablett dem erstbesten Teenager in die Hände und kam rasch zu mir rüber. Ma zeterte noch immer (»*Hinlänglich überzeugend*, hör sich den einer an, für wen hältst du dich eigentlich ...«), aber Jackie hakte sich bei mir ein und sagte mit halblauter Dringlichkeit zu uns beiden: »Komm mit, ich hab Tante Concepta gesagt, ich würde Francis gleich zu ihr bringen, sobald er kommt. Sie dreht durch, wenn wir noch länger warten. Wir gehen besser gleich.«

Ein netter Schachzug: Tante Concepta ist eigentlich Mas Tante und der einzige Mensch, der sie in einem Psychoduell der Gladiatoren besiegen kann. Ma schnaubte und entließ meinen Arm aus der Hummerzange, gab mir aber mit einem Zornesblick zu verstehen, dass das Thema noch nicht beendet war, und Jackie und ich holten tief Luft und stürzten uns ins Gewühl.

Es war der mit Abstand skurrilste Abend meines Lebens.

Jackie manövrierte mich durch die Wohnung, stellte mich meinen Neffen und Nichten vor, Kevins früheren Freundinnen – Linda Dwyer brach in Tränen aus und drückte mich an ihren Atombusen –, den neuen Familien meiner alten Freunde sowie den vier ungemein verwirrten chinesischen Studenten, die unten wohnten und zusammengedrängt an einer Wand standen, jeder höflich eine unangetastete Dose Guinness in der Hand, und sich alle Mühe gaben, das Ereignis als eine kulturell lehrreiche Erfahrung zu betrachten. Ein Mensch namens Waxer schüttelte mir geschlagene fünf Minuten die Hand, während er sich verklärt daran erinnerte, wie er und Kevin mal zusammen beim Ladendiebstahl erwischt worden waren – sie hatten Comics geklaut. Jackies Gavin boxte mir unbeholfen gegen den Arm und murmelte irgendwas Tiefempfundenes. Carmels Kinder betrachteten mich mit einem vierfachen blauäugigen Blick, bis die Zweitjüngste – Donna, die stets gut aufgelegt war, wie alle immer sagten – in lautes, hicksiges Schluchzen ausbrach.

Sie waren noch der leichteste Teil. Praktisch jedes Gesicht meiner Vergangenheit befand sich hier im Raum: Kinder, mit denen ich mich gebalgt hatte und zur Schule gegangen war, Frauen, die mir eins auf den Hintern gegeben hatten, wenn ich über ihre frisch gewischten Fußböden gelaufen war, Männer, die mir Geld gegeben hatten, damit ich zum Laden lief und ihnen ihre zwei Zigaretten kaufte; Menschen, die mich anblickten und den kleinen Francis Mackey sahen, der durch die Straßen stromerte und wegen seiner großen Klappe von der Schule suspendiert wurde, wartet's nur ab, er endet noch genauso wie sein Dad. Keiner sah noch so aus wie früher. Alle sahen sie aus wie die oscarreife Leistung eines Maskenbildners, Hängebacken und dicke Bäuche und Stirnglatzen, ungeniert über die wahren Gesichter gelegt, die ich kannte. Jackie steuerte mich auf sie zu und flüsterte mir Namen ins Ohr. Ich sagte ihr nicht, dass ich mich sehr wohl erinnerte.

Zippy Hearne schlug mir auf den Rücken und sagte, ich sei ihm einen Fünfer schuldig: Er hatte Maura Kelly schließlich doch noch ins Bett gekriegt, auch wenn er sie dafür hatte heiraten müssen. Linda Dwyers Ma achtete darauf, dass ich ein paar von ihren besonderen Schnittchen mit Ei aß. Ich bemerkte den ein oder anderen komischen Blick quer durch den Raum, aber alles in allem hatte Faithful Place beschlossen, mich mit offenen Armen willkommen zu heißen. Anscheinend hatte ich mich übers Wochenende klug genug angestellt, und eine ordentliche Portion Trauer hilft immer, erst recht wenn sie kräftig mit Skandal gewürzt ist. Eine der Harrison-Schwestern – auf Hollys Größe geschrumpft, aber wundersamerweise noch am Leben – packte mich am Ärmel und stellte sich auf die Zehenspitzen, um mir, so laut es ihre schwache Lunge erlaubte, zu sagen, dass aus mir ein recht stattlicher Mann geworden sei.

Als es mir endlich gelang, mich von allen loszueisen und mit einem schönen kalten Bier in eine unauffällige Ecke zu flüchten, kam ich mir vor, als hätte ich eine Art von surrealem Psycho-Spießrutenlauf absolviert, der sorgsam inszeniert worden war, um mich in einen unheilbaren Zustand der Verwirrung zu versetzen. Ich lehnte mich mit dem Rücken gegen die Wand, drückte mir die Bierdose an den Hals und versuchte, jeden Blickkontakt zu vermeiden.

Die Stimmung im Raum hatte sich hochgeschaukelt, wie das bei Totenfeiern schon mal vorkommt: Alle waren vom Schmerz erschöpft, sie mussten verschnaufen, ehe sie weitertrauern konnten. Die Lautstärke stieg, immer mehr Leute drängten in die Wohnung, und eine Gruppe von jungen Männern in meiner Nähe brach in Gelächter aus: »Und in dem

Moment, wo der Bus losfährt, beugt Kev sich oben aus dem Fenster, hält sich so ein Verkehrshütchen vor den Mund und brüllt den Bullen durch das Ding zu, ›Kniet nieder vor Zod!‹ …« Irgendwer hatte den Couchtisch verschoben, um vor dem Kamin Platz zu schaffen, und jemand anders zog Sallie Hearne rüber, damit sie ein Lied anstimmte. Sie zierte sich – das gehörte dazu –, doch sobald jemand ihr einen Schluck Whiskey zum Kehle-Anfeuchten gereicht hatte, ging's los: *»There were three lovely lassies from Kimmage«*, und der halbe Raum fiel in den Refrain mit ein: *»From Kimmage …«* Auf jeder Feier meiner Kindheit war das gemeinsame Singen genauso losgegangen, und jedes Mal hatten ich und Rosie und Mandy und Ger uns irgendwann unter Tischen versteckt, um nicht mit den anderen Kindern ins Gemeinschaftsbett in Gott weiß wessen Schlafzimmer zu müssen. Mittlerweile war Ger so kahlköpfig, dass ich meine Rasur in seiner Glatze überprüfen konnte.

Ich sah mich im Zimmer um und dachte, *Einer von denen.* Das hier hätte er sich auf keinen Fall entgehen lassen. Es wäre viel zu auffällig gewesen, und mein Mann war sehr, sehr gut darin, die Nerven zu behalten und mit seiner Umgebung zu verschmelzen. Irgendeiner in diesem Raum, der unser Bier trank und sich in rührseligen Erinnerungen erging und mit Sallie mitsang.

Kevs Kumpel lachten sich noch immer kaputt; zwei von ihnen kriegten kaum noch Luft. »… wir hätten uns echt fast bepisst vor Lachen. Und dann fällt uns ein, dass wir einfach auf den ersten Bus gesprungen sind, der gerade hielt, und dass wir nicht den leisesten Schimmer haben, wo der hinfährt …«

»And whenever there's a bit of a scrimmage, sure I was the toughest of all …« Selbst Ma, auf dem Sofa schützend eingerahmt von Tante Concepta und ihrer Albtraumfreundin As-

sumpta, sang jetzt mit. Sie war rotäugig und betupfte sich immer wieder die Nase, aber sie hob ihr Glas und reckte kämpferisch ihr Mehrfachkinn vor. In Kniehöhe rannte eine Schar Kinder herum, alle in ihren guten Sachen, Schokokekse in der Hand und ständig auf der Hut davor, dass irgendwer beschließen könnte, sie gehörten allmählich ins Bett. Jeden Augenblick würden sie sich unter dem Tisch verstecken.

»Wir also raus aus dem Bus, und wir sind anscheinend irgendwo in Rathmines, aber die Party ist in *Crumlin*, unmöglich, da noch hinzukommen. Und Kevin sagt: ›Leute, es ist Freitagabend, hier wimmelt es von Studenten, da wird doch wohl irgendwo 'ne Party abgehen …‹«

Der Raum heizte sich auf, roch jetzt voll, lebendig und vertraut: heißer Whiskey, Qualm, Parfüm für besondere Anlässe und Schweiß. Sallie zog ihren Rock ein Stück höher und machte einen kleinen Tanzschritt auf der Kaminplatte, zwischen den Strophen. Sie hatte es noch gut drauf. *»When he's had a few jars he goes frantic …«* Die jungen Männer kamen zur Pointe – »… und am Ende des Abends schleppt Kev das schärfste Gerät im ganzen Laden ab!« – und bogen sich, lachten schallend und stießen mit ihren Dosen auf Kevins legendäre Aufreißerquote an.

Jeder, der undercover arbeitet, weiß, dass es ein gewaltiger Fehler ist, sich dazugehörig zu fühlen, aber diese Feier war schon lange, bevor ich diese Lektion lernte, ein fester Bestandteil von mir gewesen. Ich stimmte in den Gesang mit ein – *»Goes frantic …«* – und als Sallie in meine Richtung schaute, zwinkerte ich ihr anerkennend zu und hob meine Bierdose ein wenig an.

Sie blinzelte. Dann glitten ihre Augen von mir weg, und sie sang weiter, einen halben Takt schneller: *»But he's tall and he's dark and romantic, and I love him in spite of it all …«*

Soweit ich wusste, hatte ich mich immer gut mit allen Hearnes verstanden. Ehe ich ihre Reaktion einschätzen konnte, stand Carmel plötzlich neben mir. »Weißt du was?«, sagte sie. »Ich finde das toll, richtig toll. Wenn ich sterbe, möchte ich auch so eine Abschiedsfeier.«

Sie hatte ein Glas Wein mit Fruchtsaft oder irgendwas ähnlich Abartiges in der Hand, und in ihrem Gesicht lag die Mischung aus verträumt und entschlossen, die sich nur bei der richtigen Menge Alkohol einstellt. »All diese Leute«, sagte sie und gestikulierte mit ihrem Glas, »all diese Leute haben unseren Kev gemocht. Und ich sag dir was: Ich kann es ihnen nicht verdenken. Er war ein Schatz, unser Kevin. Ein kleiner Schatz.«

Ich sagte: »Er war immer ein lieber Junge.«

»Und es ist ein total netter Kerl aus ihm geworden, Francis. Ich wünschte, du hättest ihn richtig kennenlernen können. Meine Kinder waren verrückt nach ihm.«

Sie warf mir einen raschen Blick zu, und eine Sekunde lang dachte ich, sie würde noch etwas sagen, doch sie bremste sich. Ich sagte: »Das wundert mich nicht.«

»Darren ist mal weggelaufen – nur das eine Mal, als er vierzehn war –, und, ehrlich, ich hab mir überhaupt keine Sorgen gemacht. Ich wusste gleich, dass er zu Kevin wollte. Er ist am Boden zerstört, unser Darren. Er sagt, Kevin wäre als Einziger von uns allen nicht durchgeknallt gewesen, und jetzt wüsste er gar nicht mehr, was er in dieser Familie soll.«

Darren lungerte die ganze Zeit in irgendeiner Ecke des Raumes herum, zupfte an den Ärmeln seines weiten schwarzen Pullovers und versuchte ein cooles Emo-Depri-Gesicht. Er wirkte so traurig, dass er sogar vergessen zu haben schien, es als peinlich zu empfinden, hier zu sein. Ich sagte: »Er ist achtzehn und ziemlich wirr im Kopf. Er läuft zurzeit nicht auf allen Zylindern. Lass dich davon nicht fertigmachen.«

»Ach, ich weiß, er ist bloß durcheinander, aber …« Carmel seufzte. »Weißt du was? Manchmal denk ich, er hat recht.«

»Und? Durchgeknallt sein hat bei uns Familientradition, Liebes. Er wird es zu schätzen wissen, wenn er älter ist.«

Ich wollte sie zum Lächeln bringen, aber sie rieb sich die Nase und warf Darren einen beunruhigten Blick zu. »Glaubst du, ich bin ein schlechter Mensch, Francis?«

Ich lachte laut auf. »Du? Meine Güte, Melly, nein. Ich hab das zwar schon länger nicht mehr überprüft, aber wenn du nicht angefangen hast, in deiner hübschen Doppelhaushälfte ein Bordell zu betreiben, würde ich sagen, mit dir ist alles in Ordnung. Ich hab im Laufe der Jahre ein paar schlechte Menschen kennengelernt, und glaub mir: Du passt nicht ins Schema.«

»Es hört sich bestimmt furchtbar an«, sagte Carmel. Sie schaute mit zusammengekniffenen Augen auf das Glas in ihrer Hand, als wäre sie nicht sicher, wie es dahingekommen war. »Ich sollte das gar nicht sagen, wirklich nicht. Aber du bist mein Bruder, nicht? Und dafür hat man doch Geschwister, oder?«

»Ja, natürlich. Was hast du angestellt? Muss ich dich verhaften?«

»Ach Quatsch, ich hab gar nichts angestellt. Es geht nur darum, was ich gedacht hab. Lach mich bloß nicht aus, ja?«

»Würde mir nicht im Traum einfallen. Ehrenwort.«

Carmel warf mir einen prüfenden Blick zu, für den Fall, dass ich sie verarschte, doch dann seufzte sie und nippte vorsichtig an ihrem Drink – er roch künstlich, nach Pfirsicharoma. »Ich war neidisch auf ihn«, sagte sie. »Auf Kevin. Immer.«

Damit hatte ich nicht gerechnet. Ich wartete.

»Ich bin auch auf Jackie neidisch. Früher war ich's sogar auf dich.«

Ich sagte: »Ich hatte den Eindruck, dass du ziemlich glücklich bist, zurzeit. Lieg ich da falsch?«

»Nein, Gott, nein. Ich bin glücklich, wirklich. Ich hab ein tolles Leben.«

»Auf was bist du dann neidisch?«

»Das mein ich nicht. Ich ... Erinnerst du dich an Lenny Walker, Francis? Mit dem bin ich mal gegangen, als ich noch ganz jung war, vor Trevor?«

»Schwach. Der mit dem sagenhaften Kratergesicht?«

»Sag das nicht. Der arme Junge hatte Akne. Die ist dann später weggegangen. Das mit seiner Haut hat mich ohnehin nicht gestört. Ich war bloß froh, meinen ersten Freund zu haben. Ich hätte ihn furchtbar gern mit nach Hause gebracht und mit ihm angegeben, vor euch allen, aber, na ja, du weißt ja selbst.«

Ich sagte: »Ja, ich weiß.« Keiner von uns hatte je jemanden mit nach Hause gebracht, nicht mal, wenn die Gelegenheit günstig war, weil Dad angeblich Arbeit hatte. Wir waren nicht so blöd, uns auf irgendwas zu verlassen.

Carmel schaute sich um, rasch, um sich zu vergewissern, dass auch niemand lauschte. »Aber dann«, sagte sie, »einmal abends, als ich und Lenny uns geküsst und geschmust haben, auf der Smith's Road, kommt ausgerechnet Dad aus dem Pub und erwischt uns. Er ist total ausgerastet. Er hat Lenny eine geschallert und gesagt, er soll ja die Finger von mir lassen, und dann hat er mich am Arm gepackt und mir rechts und links ein paar um die Ohren gehauen. Und er hat mich beschimpft – die Ausdrücke will ich gar nicht wiederholen ... Er hat mich den ganzen Weg nach Hause geschleift. Dann hat er gesagt, wenn ich mich noch mal wie eine dreckige Schlampe benehme, steckt er mich in ein Heim für gefallene Mädchen. Ich schwöre bei Gott, Francis, wir haben uns bloß geküsst, ich und Lenny. Ich hätte doch nie im Leben mehr gemacht, nicht mal gewusst, wie.«

Nach all den Jahren verwandelte die Erinnerung ihr Gesicht noch immer in ein leuchtendes, fleckiges Rot. »Jedenfalls, das mit uns zweien war zu Ende. Wenn wir uns danach über den Weg gelaufen sind, hat Lenny mich nicht mal angesehen, so peinlich war ihm das. Und ich hab das sogar verstanden.«

Dads Einstellung zu Shays und meinen Freundinnen war um einiges wohlwollender gewesen, wenn auch nicht hilfreicher. Damals als Rosie und ich offen zusammen gingen, ehe Matt Daly dahinterkam und sie zur Schnecke machte: *Ach nee, die kleine Daly? Alle Achtung, Sohnemann. Ein süßes Ding.* Ein zu fester Schlag auf den Rücken und ein feistes Grinsen angesichts meiner verbissenen Miene. *Und was für Titten, meine Fresse. Sag mal, hat sie dich da schon mal rangelassen?* Ich sagte: »Das ist beschissen, Melly. Echt. Total beschissen.«

Carmel holte tief Luft und wedelte mit einer Hand vor ihrem Gesicht, bis das Rot schwächer wurde. »O Gott, wie ich aussehe, da müssen ja alle denken, ich hab Hitzewallungen … Nicht, dass ich bis über beide Ohren in Lenny verknallt gewesen wäre, das nicht. Wahrscheinlich hätte ich sowieso über kurz oder lang mit ihm Schluss gemacht, er konnte ganz schlecht küssen. Aber ich hab mich danach nie wieder so gefühlt wie vorher. Du weißt das bestimmt nicht mehr, aber davor war ich ein freches, kleines Biest – ich hab Ma und Dad ständig Widerworte gegeben, richtig heftig. Aber danach bin ich überängstlich geworden. Stell dir vor, ich und Trevor haben ein Jahr lang davon geredet, uns zu verloben, bevor wir es dann getan haben. Er hatte Geld für den Ring und alles zusammengespart, aber ich wollte nicht, weil ich wusste, dass es dann eine Verlobungsfeier geben würde. Die beiden Familien in einem Raum. Die Vorstellung hat mich richtig fertiggemacht.«

»Kann ich verstehen«, sagte ich. Einen Moment lang wünschte ich, ich wäre netter gewesen zu Trevors schweinsgesichtigem kleinen Bruder.

»Und bei Shay ist es genauso. Er ist nicht ängstlich geworden wie ich oder so, und Dad hat ihm auch nie wegen der Mädchen Ärger gemacht, aber …« Ihre Augen glitten zu Shay, der am Küchentürrahmen lehnte, eine Bierdose in der Hand und den Kopf dicht zu Linda Dwyer gebeugt. »Erinnerst du dich – da musst du ungefähr dreizehn gewesen sein –, wie er mal bewusstlos geworden ist?«

Ich sagte: »Ich versuche, möglichst nicht dran zu denken.« Das war besonders spaßig gewesen. Dad hatte Ma eine knallen wollen, aus Gründen, die mir entfallen sind, und Shay hatte sein Handgelenk gepackt. Dad konnte es nicht sonderlich leiden, wenn seine Autorität untergraben wurde. Er machte das Shay überdeutlich, indem er ihn an der Gurgel packte und seinen Kopf mit voller Wucht gegen die Wand schlug. Shay verlor das Bewusstsein, wahrscheinlich für eine Minute, aber uns kam es vor wie eine Stunde, und konnte den Rest des Abends nicht mehr geradeaus sehen. Ma wollte nicht, dass wir ihn ins Krankenhaus brachten – es war nicht klar, ob sie wegen der Ärzte besorgt war, wegen der Nachbarn oder sowohl als auch, aber der Gedanke machte sie hysterisch. Ich verbrachte die Nacht damit, den schlafenden Shay zu beobachten und Kevin zu beruhigen, dass er nicht sterben würde, während ich mich gleichzeitig fragte, was ich machen würde, falls doch.

Carmel sagte: »Danach war er nicht mehr der Alte. Das hat ihn hart gemacht.«

»Davor war er aber auch nicht gerade ein großer, weicher Marshmallow.«

»Ich weiß, ihr habt euch nie verstanden, aber ich schwöre bei Gott, Shay war in Ordnung. Er und ich hatten manchmal richtig tolle Gespräche, und er kam auch prima in der Schule klar … Erst danach hat er sich mehr und mehr zurückgezogen.«

Sallie erreichte ihr großes Finale – *»In the meantime we'll live with me Ma!«* –, und es brach Jubel und Applaus aus. Carmel und ich klatschten automatisch. Shay hob den Kopf und schaute sich im Raum um. Eine Sekunde lang sah er aus wie ein Sterbenskranker: gräulich und erschöpft, mit dunklen Schatten unter den Augen. Dann lächelte er wieder über irgendetwas, das Linda Dwyer ihm erzählte.

Ich fragte: »Was hat das alles mit Kevin zu tun?«

Carmel seufzte tief und nippte wieder geziert an ihren falschen Pfirsichen. Ihre hängenden Schultern verrieten, dass sie auf das melancholische Stadium zusteuerte. »Weil«, sagte sie, »ich deshalb neidisch auf ihn war. Kevin und Jackie … die beiden hatten es auch nicht leicht, ich weiß. Aber so etwas haben sie nie erlebt, etwas, was sie total verändert hat. Dafür haben ich und Shay gesorgt.«

»Und ich.«

Sie dachte darüber nach. »Ja«, bestätigte sie. »Und du. Aber wir haben versucht, uns auch um dich zu kümmern – doch, Francis, das haben wir. Ich hab immer gedacht, dass es dir auch gutgeht. Du hattest jedenfalls den Mumm abzuhauen. Und dann haben wir von Jackie erfahren, dass du richtig was erreicht hast … Für mich war das der Beweis dafür, dass du noch rechtzeitig den Absprung geschafft hast, ehe du völlig verkorkst worden bist.«

Ich sagte: »Es war aber haarscharf.«

»Das ist mir erst neulich Abend im Pub klargeworden, als du es gesagt hast. Wir haben für dich getan, was wir konnten, Francis.«

Ich lächelte sie an. Ihre Stirn war ein Irrgarten aus kleinen ängstlichen Furchen, von der lebenslangen Sorge, ob es allen in ihrer Nähe gutging. »Das weiß ich doch, Herzchen. Besser hätte das keiner machen können.«

»Und verstehst du jetzt, warum ich Kevin beneidet habe? Er und Jackie, die konnten noch richtig glücklich sein. Genau wie ich, als kleines Mädchen. Natürlich hab ich nie gewünscht, dass ihm was Schlimmes passiert – Gott bewahre. Ich hab ihn bloß angeschaut und mir gewünscht, auch so sein zu können.«

Ich sagte sanft: »Ich denke nicht, dass dich das zu einem schlechten Menschen macht, Melly. Du hast es schließlich nicht an Kevin ausgelassen. Du hast in deinem ganzen Leben nie irgendwas getan, um ihm zu schaden. Du warst ihm eine gute Schwester.«

»Es ist trotzdem eine Sünde«, sagte Carmel. Sie blickte traurig in den Raum und schwankte ein kleines bisschen auf ihren guten Pumps. »Neid. Schon der Gedanke daran ist eine Sünde, aber das weißt du ja selbst. ›Vergib mir, Vater, denn ich habe gesündigt, in Gedanken, Worten und Werken, durch das, was ich getan und nicht getan habe …‹ Wie soll ich das jemals beichten, jetzt, wo er tot ist? Ich würde mich für mein Leben schämen.«

Ich legte einen Arm um sie und drückte kurz ihre Schulter. Sie fühlte sich weich und tröstlich an. »Hör zu, Schwesterherz. Ich garantiere dir, wegen ein bisschen Geschwisterneid kommst du nicht in die Hölle. Wenn überhaupt, wird es umgekehrt sein: Du kriegst von Gott Extrapunkte, weil du alles getan hast, um darüber wegzukommen. Klar?«

Carmel sagte automatisch: »Du hast bestimmt recht«, – jahrelange Gewohnheit, um Trevor bei Laune zu halten –, aber überzeugt klang sie nicht. Eine Sekunde lang hatte ich das diffuse Gefühl, sie im Stich gelassen zu haben. Dann nahm sie abrupt Haltung an und vergaß mich völlig: »Um Himmels willen, hat Louise da etwa ein Bier in der Hand? Louise! Komm sofort her!«

Louise riss die Augen auf und verschwand blitzschnell in der Menge. Carmel stürmte hinter ihr her.

Ich lehnte mich in meiner Ecke an die Wand und blieb, wo ich war. Der Raum verwandelte sich erneut. Tommy Murphy stimmte »The Rare Old Times« an, mit einer Stimme, die früher klang wie mit Torfrauch und Honig gewürzt. Das Alter hatte die glatten Kanten aufgeraut, aber er schaffte es noch immer, Gespräche mitten im Satz verstummen zu lassen. Frauen hoben ihre Gläser und wiegten sich Schulter an Schulter, Kinder lehnten an den Beinen ihrer Eltern und hörten zu, Daumen im Mund. Sogar Kevins Kumpel erzählten sich ihre Anekdoten nur noch im Flüsterton weiter. Tommy Murphy hatte die Augen geschlossen und das Gesicht zur Decke gehoben. *»Raised on songs and stories, heroes of renown, the passing tales and glories that once was Dublin town …«* Als mein Blick auf Nora fiel, die am Fensterrahmen lehnte und zuhörte, blieb mir fast das Herz stehen: Sie sah zu sehr aus wie eine Schatten-Rosie, dunkel und traurig und ganz still, einfach unerreichbar weit weg.

Ich schaute rasch wieder weg, und da entdeckte ich Mrs Cullen, Mandys Ma, drüben am Jesus-und-Kevin-Schrein in ein Gespräch mit Veronica Crotty vertieft, die noch immer so aussah, als hätte sie einen ganzjährigen Husten. Mrs Cullen und ich konnten uns gut leiden, damals, als ich ein Teenager war. Sie lachte gern, und ich konnte sie immer zum Lachen bringen. Als ich jetzt jedoch ihren Blick auffing und lächelte, zuckte sie zusammen, als hätte irgendetwas sie gebissen. Sie fasste Veronica am Ellbogen und tuschelte ihr aufgeregt ins Ohr, während sie immer wieder zu mir rüberschielte. Die Cullens waren noch nie besonders dezent gewesen. Das war der Punkt, an dem ich anfing, mich zu fragen, wieso Jackie, als ich ankam, eigentlich nicht mit mir zu ihnen gegangen war, um hallo zu sagen.

Ich machte mich auf die Suche nach Des Nolan, Julies Bruder, der auch ein Freund von mir gewesen war und den wir auf Jackies Begrüßungsrunde irgendwie auch vergessen hatten. Des' Gesicht, als er mich erblickte, hätte amüsant sein können, wenn mir nach Lachen zumute gewesen wäre. Er stammelte irgendwas Unverständliches, deutete auf eine Bierdose, die auf mich keinen leeren Eindruck machte, und verschwand Richtung Küche.

Jackie war von unserem Onkel Bertie in eine Ecke gedrängt worden, damit er ungestört auf sie einquatschen konnte. Ich setzte eine gequälte Kurz-vor-dem-Zusammenbruch-Miene auf, befreite sie aus seinen schwitzigen Fängen und bugsierte sie ins Schlafzimmer, wo ich die Tür hinter uns schloss. Der Raum war jetzt apricotfarben gestrichen, und jede vorhandene Fläche war mit irgendwelchen Kinkerlitzchen aus Porzellan bedeckt, was einen gewissen Mangel an Weitblick bei Ma verriet. Es roch nach Hustensaft und etwas anderem, medizinisch und stärker.

Jackie ließ sich aufs Bett fallen. »Herr im Himmel«, sagte sie, fächelte sich Luft zu und atmete tief aus. »Tausend Dank. Jesses, ich weiß, lästern gehört sich nicht, aber hat der Mann schon mal was von duschen gehört?«

»Jackie«, sagte ich. »Was ist hier los?«

»Wie meinst du das?«

»Die meisten Leute hier reden kein Wort mit mir, sie schauen mir nicht mal in die Augen, aber sie haben jede Menge Gesprächsstoff, wenn sie glauben, dass ich nicht hinsehe. Also, was liegt an?«

Jackie schaffte es, gleichzeitig arglos und durchtrieben zu blicken, wie ein Kind, das mit Schokoladenmund abstreitet, genascht zu haben. »Du warst weg. Die Leute haben dich zwanzig Jahre nicht gesehen. Sie fremdeln nur ein bisschen.«

»Blödsinn. Liegt es daran, weil ich jetzt Bulle bin?«

»Ach Quatsch. Na ja, vielleicht ein bisschen. Übergeh das doch einfach. Vielleicht bist du ja bloß paranoid.«

Ich sagte: »Ich muss wissen, was los ist, Jackie. Ich meine es ernst. Verscheißer mich jetzt nicht.«

»Jesses, nun mach aber mal halblang. Ich bin schließlich keine Verdächtige von dir.« Sie schüttelte die Cider-Dose in ihrer Hand. »Weißt du zufällig, ob hiervon noch was da ist?«

Ich hielt ihr mein Guinness hin – ich hatte kaum davon getrunken. »Raus mit der Sprache«, sagte ich.

Jackie seufzte, drehte die Dose zwischen den Händen. Sie sagte: »Du kennst doch die Leute hier. Wenn sie irgendwo einen Skandal wittern …«

»Stürzen sie sich drauf wie die Aasgeier. Was hat mich zur heutigen Hauptspeise gemacht?«

Sie zuckte beklommen die Achseln. »Rosie wurde in der Nacht getötet, als du verschwunden bist. Kevin ist in der zweiten Nacht gestorben, nachdem du wiedergekommen bist. Und du hast den Dalys gesagt, sie sollten nicht zur Polizei gehen. Ein paar Leute …«

Sie ließ den Satz unvollendet. Ich sagte: »Bitte, Jackie, sag, dass du mich verarschst. Sag, dass die Leute nicht glauben, ich hätte Rosie und Kevin getötet.«

»Nicht alle. Nur ein paar. Ich denke, Francis, hör mir zu – ich denke, so richtig glauben sie es selbst nicht. Die sagen das nur, weil es als Geschichte mehr hermacht – wo du so lange weg warst und jetzt Bulle bist und so. Mach dir nichts draus. Die wollen einfach nur noch mehr Drama, mehr nicht.«

Ich merkte, dass ich noch immer Jackies leere Dose in der Hand hielt und sie völlig zerquetscht hatte. Ich hatte das von Rocky erwartet, vom Rest der Wichtigtuer im Morddezernat, vielleicht sogar von ein paar Jungs in der Undercoverabteilung. Ich hatte es nicht von den Leuten aus meiner Straße erwartet.

Jackie betrachtete mich besorgt. »Verstehst du, was ich meine? Außerdem ist jeder, der Rosie das angetan haben könnte, von hier. Die Leute wollen einfach nicht glauben –«

Ich sagte: »Ich bin von hier.«

Schweigen. Jackie streckte zögerlich eine Hand aus und wollte meinen Arm berühren. Ich riss ihn weg. Der Raum kam mir zu schlecht beleuchtet und bedrohlich vor, Schatten drängten sich zu dicht in den Ecken. Draußen im Wohnzimmer fielen Leute mehr schlecht als recht mit ein, als Tommy sang: *»The years have made me bitter, the gargle dims my brain, and Dublin keeps on changing; nothing seems the same …«*

Ich sagte: »Irgendwelche Leute haben mich beschuldigt, sie haben es dir ins Gesicht gesagt, und du lässt sie in dieses Haus?«

»Hast du sie noch alle?«, blaffte Jackie mich an. »Zu mir hat keiner ein Wort gesagt, glaubst du, das würde sich einer trauen? Ich würde ihn in Einzelteile zerlegen. Alles nur Andeutungen. Mrs Nolan hat zu Carmel gesagt, dass du immer da bist, wenn was passiert, Sallie Hearne hat zu Ma gesagt, du wärst schon immer ein Hitzkopf gewesen und dass sie sich noch erinnern kann, wie du Zippy mal eine blutige Nase geschlagen –«

»Weil er Kevin schikaniert hat. Deshalb hab ich ihm eins auf die Nase gegeben, verdammt. Als wir etwa *zehn* waren.«

»Das weiß ich doch. Achte nicht auf sie, Francis. Gib ihnen nicht die Genugtuung. Das sind alles bloß Idioten. Man sollte meinen, sie hätten selbst genug Drama am Hals, aber anscheinend reicht es ihnen nicht. So sind die Leute hier nun mal.«

»Ja«, sagte ich. »So sind die Leute hier.« Draußen wurde der Gesang lauter, kräftiger, als mehr Stimmen mit in den Refrain einfielen: *»Ring-a-ring-a-rosy, as the light declines, I remember Dublin city in the rare oul' times …«*

Ich lehnte mich gegen die Wand und fuhr mir mit den Händen durchs Gesicht. Jackie beobachtete mich aus den Augenwinkeln und trank mein Guinness. Schließlich bat sie unsicher: »Komm, lass uns wieder rausgehen, ja?«

Ich sagte: »Hast du Kevin eigentlich gefragt, worüber er mit mir reden wollte?«

Sie sah mich traurig an. »Ach, Francis, tut mir leid – ich hätte, aber du hast gesagt …«

»Ich weiß, was ich gesagt habe.«

»Hat er dich denn noch erreicht?«

»Nein«, sagte ich. »Hat er nicht.«

Wieder kurzes Schweigen. Jackie sagte erneut: »Es tut mir so leid, Francis.«

»Es ist nicht deine Schuld.«

»Die suchen bestimmt schon nach uns.«

»Ich weiß. Noch eine Minute, dann gehen wir wieder raus.«

Jackie hielt mir die Dose hin. Ich sagte: »Scheiß drauf. Ich brauch was Richtiges.« Unter der Fensterbank war ein lockeres Dielenbrett, wo Shay und ich immer unsere Kippen vor Kevin versteckt hatten, und klar hatte Dad es irgendwann entdeckt. Ich zog eine kleine halbvolle Flasche Wodka heraus, nahm einen Schluck und bot sie Jackie an.

»Jesses«, sagte sie. Sie sah richtig verstört aus. »Ach, warum eigentlich nicht.« Sie nahm die Flasche, trank einen damenhaften Schluck und betupfte ihre geschminkten Lippen.

»Genau«, sagte ich. Ich genehmigte mir noch einen langen Zug aus der Flasche und verstaute sie wieder in ihrem kleinen Versteck. »So, dann stellen wir uns mal dem wütenden Mob.«

In diesem Moment veränderten sich die Geräusche draußen. Der Gesang ebbte ab, schnell. Eine Sekunde später erstarb das Stimmengeraune. Ein Mann zischte leise irgendwas Wütendes, ein Stuhl polterte gegen eine Wand, und dann legte Ma los, mit einer Stimme, die irgendwo zwischen Silvesterheuler und Alarmanlage lag.

Dad und Matt Daly standen einander mitten im Wohnzimmer gegenüber, Kinn an Kinn. Mas lavendelfarbenes Kleid war mit irgendetwas Nassem bespritzt, über die ganze obere Hälfte, und sie zeterte (»Ich wusste es, du Dreckskerl, ich wusste es, bloß diesen einen Abend, mehr hab ich nicht von dir verlangt ...«). Alle anderen waren zurückgewichen, um keinem der Streithähne ins Gehege zu kommen. Ich fing Shays Blick quer durch den Raum auf, mit einem sofortigen Klicken, wie Magneten, und sogleich bahnten wir uns einen Weg durch die Gaffer.

Matt Daly sagte: »Setz dich hin.«

»Dad«, sagte ich und berührte ihn an der Schulter.

Er bekam nicht mal mit, dass ich da war. Er sagte zu Matt Daly: »In meinem Haus tu ich, was mir passt.«

Shay war jetzt auf seiner anderen Seite und sagte: »Dad.«

»Setz dich hin«, sagte Matt Daly wieder, leise und kalt. »Mach hier nicht so einen Aufstand.«

Dad holte aus. Die wirklich nützlichen Fertigkeiten vergisst man nicht: Ich packte ihn genauso schnell wie Shay, meine Hände kannten den Griff noch immer, und mein Rücken war angespannt und auf alles gefasst, als er aufhörte zu kämpfen und ihm die Knie einknickten. Ich war puterrot, bis zum Haaransatz, vor purer, glühendheißer Scham.

»Schafft ihn hier raus«, zischte Ma. Ein paar zungeschnalzende Frauen hatten sich um sie geschart, und irgendwer wischte mit einem Taschentuch an ihrem Oberteil herum, doch sie merkte es vor lauter Wut nicht einmal. »Los, du, verschwinde, hau ab, geh zurück in die Gosse, wo du hingehörst, ich hätte dich da nie rausholen sollen – auf der Trauerfeier von deinem eigenen Sohn, du Hund, hast du denn vor nichts Achtung –«

»Du Schlampe!«, brüllte Dad über seine Schulter, als wir ihn gekonnt zur Tür hinausbugsierten. »Du blödes Rabenaas!«

»Hinten raus«, sagte Shay schroff. »Die Dalys sollen vorne raus.«

»Ich scheiß auf Matt Daly«, sagte Dad zu uns, auf dem Weg die Treppe hinunter, »und ich scheiß auf Tessie Daly. Und ich scheiß auf euch zwei. Kevin war der Einzige von euch dreien, der was getaugt hat.«

Shay stieß ein schroffes, abgehacktes Lachen aus. Er wirkte unsäglich erschöpft. »Da hast du wahrscheinlich recht.«

»Der Beste von der ganzen Bagage«, sagte Dad. »Mein Junge mit den blauen Augen.« Er fing an zu weinen.

»Du wolltest wissen, wie es ihm geht?«, fragte Shay mich. Seine Augen sahen mich über Dads Nacken hinweg an, wie die Flammen von Bunsenbrennern. »Jetzt hast du Gelegenheit, es rauszufinden. Viel Spaß.« Er schob die Hintertür geschickt mit einem Fuß auf, setzte Dad auf die Stufe und verschwand wieder nach oben.

Dad blieb, wo wir ihn abgeladen hatten, schluchzte hingebungsvoll, gab dann und wann eine Bemerkung über die Grausamkeiten des Lebens zum Besten und hatte einen Heidenspaß. Ich lehnte mich gegen die Wand und zündete mir eine Zigarette an. Das dämmerige orangerote Licht, das von nirgendwo Bestimmtes herkam, ließ den Garten unwirklich aussehen, wie einem Tim-Burton-Film entsprungen. Den Verschlag, in dem das Klo gewesen war, gab es immer noch, aber ihm fehlten ein paar Bretter, und er stand bedenklich schief.

Hinter mir knallte die Vordertür zu: Die Dalys gingen nach Hause.

Nach einer Weile fing Dad an, sich zu langweilen, oder aber er kriegte langsam einen kalten Hintern. Er hörte mit dem Melodram auf, wischte sich die Nase an seinem Ärmel ab und verzog das Gesicht, als er sich auf der Stufe etwas bequemer zurechtsetzte. »Gib mir mal 'ne Kippe.«

»Bitte, heißt das.«

»Ich bin dein Vater, und ich hab gesagt, gib mir mal 'ne Kippe.«

»Meinetwegen«, sagte ich und hielt ihm eine hin. »Ich stifte immer gern für gute Zwecke. Und das ist eindeutig einer, wenn du Lungenkrebs kriegst.«

»Du warst schon immer ein arroganter kleiner Wichser«, sagte Dad und nahm die Zigarette. »Ich hätte deine Ma die Treppe runterstoßen sollen, als sie dich im Bauch hatte.«

»Hast du wahrscheinlich auch.«

»Blödsinn. Ich hab keinen von euch je angerührt, außer ihr hattet es verdient.«

Er war zu zittrig, um die Zigarette anzuzünden. Ich setzte mich neben ihn, nahm das Feuerzeug und tat es für ihn. Er stank nach Nikotin und schalem Guinness, mit einer würzigen Kopfnote Gin. Sämtliche Nerven in meinem Rückgrat waren noch immer aus Angst vor ihm wie gelähmt. Das Stimmengemurmel, das aus dem Fenster über uns drang, nahm allmählich wieder Fahrt auf, klang aber hier und da noch beklommen.

Ich fragte: »Was ist mit deinem Rücken los?«

Dad ließ eine üppige Lunge voll Rauch entströmen. »Geht dich nichts an.«

»Ich mach nur Konversation.«

»Du hast noch nie Konversation gemacht. Ich bin nicht blöd. Also behandel mich auch nicht so.«

»Ich hab dich nie für blöd gehalten«, sagte ich, und das meinte ich ehrlich. Wenn er ein bisschen mehr Zeit in Weiterbildung gesteckt hätte und ein bisschen weniger in Kneipenbesuche, hätte mein Dad was aus sich machen können. Als ich etwa zwölf war, behandelten wir in der Schule den Zweiten Weltkrieg. Der Lehrer, ein gehässiger, weltfremder kleiner Idiot von auswärts, hielt uns Kinder aus den Liberties für zu beschränkt, um etwas so Komplexes zu kapieren, und versuchte gar nicht erst, uns etwas beizubringen. Mein Dad war an dem Wochenende zufälligerweise mal nüchtern. Er setzte sich mit mir hin und zeichnete auf dem Tischtuch in der Küche mit Bleistift Schaubilder und stellte mit Kevins Bleisoldaten Armeen auf und erklärte mir alles so klar und lebendig, dass ich noch heute jede Einzelheit deutlich vor mir sehe. Eine der Tragödien meines Dads bestand immer darin, dass er intelligent genug war, um genau zu begreifen, wie umfassend er sein Leben in den Sand gesetzt hatte. Strohdumm wäre er um einiges besser dran gewesen.

»Was interessiert dich mein Rücken?«

»Neugier. Und falls irgendjemand von mir verlangen sollte, dass ich die Kosten fürs Pflegeheim mittrage, wäre es schön, im Voraus Bescheid zu wissen.«

»Ich hab dich nie um was gebeten. Und ich geh auf keinen Fall ins Pflegeheim. Eher jag ich mir eine Kugel in den Kopf.«

»Gute Idee. Aber warte nicht zu lange damit.«

»Die Genugtuung würde ich dir nicht geben.«

Er nahm wieder einen kräftigen Zug von der Zigarette und sah den Rauchbändern nach, die sich aus seinem Mund wanden. Ich fragte: »Worum zum Teufel ging's denn da vorhin, oben?«

»Dies und das. Männersache.«

»Und das heißt? Hat Matt Daly in deinem Revier gewildert?«

»Er hätte nicht in mein Haus kommen dürfen. Ausgerechnet heute Abend.«

Wind strich durch den Garten, streifte die Wände des Verschlags. Für den Bruchteil einer Sekunde sah ich Kevin, wie er bloß eine Nacht zuvor lilaweiß und zerschmettert im Dunkeln lag, vier Gärten weiter. Doch das Bild machte mich nicht wütend, es gab mir nur das Gefühl, bleischwer zu sein und die ganze Nacht hier sitzen zu müssen, weil meine Chancen, je wieder von der Stufe aufstehen zu können, gleich null waren.

Nach einer Weile sagte Dad: »Erinnerst du dich an das Gewitter? Da musst du, keine Ahnung, fünf, sechs gewesen sein. Ich hab dich und deinen Bruder mit nach draußen genommen. Deine Ma hat einen Anfall gekriegt.«

Ich sagte: »Ja, ich erinnere mich.« Es war so ein schwülwarmer Abend gewesen, wo keiner richtig Luft kriegt und wie aus dem Nichts wüste Streitereien ausbrechen. Als der erste Donnerschlag losging, lachte Dad laut brüllend und befreit auf. Er schnappte sich Shay mit einem Arm und mich mit dem anderen und rannte die Treppe runter, während Ma wütend hinter uns herschrie. Er hielt uns hoch, damit wir die Blitze über den Schornsteinen zucken sehen konnten, und sagte, wir bräuchten keine Angst vor Donner zu haben, weil die nur daher kamen, dass die Blitze die Luft explosionsartig schnell erhitzten, und auch keine Angst vor Ma, die sich aus dem Fenster lehnte und immer schriller kreischte. Als schließlich ein Regenschauer auf uns niederprasselte, warf er den Kopf in den Nacken und blickte hoch in den lilagrauen Himmel und wirbelte uns auf der leeren Straße im Kreis; Shay und ich schrien wie verrückt vor Lachen, dicke, warme Regentropfen klatschten uns ins Gesicht, und es knisterte elektrisch in unseren Haaren, Donner ließ den Boden erbeben und grollte durch Dads Knochen hindurch in unsere.

»Das war ein gutes Gewitter«, sagte Dad. »Ein guter Abend.«

Ich sagte: »Ich kann mich noch an den Geruch erinnern. Den Geschmack.«

»Ja.« Er paffte ein letztes Mal kurz an seiner Zigarette und warf den Stummel in eine Pfütze. »Ich sag dir, was ich am liebsten gemacht hätte, an dem Abend. Am liebsten hätte ich euch zwei genommen und wäre mit euch abgehauen. In die Berge, um dort zu leben. Irgendwo ein Zelt und eine Knarre klauen, von der Jagd leben. Keine Frauen, die an uns rumnörgeln, keiner, der uns sagt, wir wären nicht gut genug, keiner, der den arbeitenden Mann kleinhält. Ihr wart gute Jungs, du und Kevin, gute kräftige Jungs, zu allem imstande. Ich glaube, wir wären prima klargekommen.«

Ich sagte: »Das an dem Abend waren ich und Shay.«

»Du und Kevin.«

»Nein. Ich war noch so klein, dass du mich auf den Arm nehmen konntest. Das heißt, Kevin muss noch ein Baby gewesen sein. Wenn er überhaupt schon geboren war.«

Dad dachte eine Weile darüber nach. »Ach, leck mich doch«, sagte er. »Weißt du, was das war? Das war eine meiner schönsten Erinnerungen an meinen toten Sohn. Warum musst du so ein Arsch sein und mir die kaputtmachen?«

Ich sagte: »Du hast nur deshalb keine richtigen Erinnerungen an Kevin, weil du dir das Hirn praktisch schon weichgesoffen hattest, als er auf die Welt kam. Wenn du mir erklären möchtest, wieso das meine Schuld war, bin ich ganz Ohr.«

Er holte Luft, machte sich bereit, um mir eine reinzuhauen, doch stattdessen bekam er einen Hustenanfall, der ihn beinahe von der Stufe geschmissen hätte. Mit einem Mal fand ich uns beide zum Kotzen. Ich hatte es die letzten zehn Minuten förmlich drauf angelegt, einen Schlag ins Gesicht zu bekommen. So lange hatte ich gebraucht, um zu kapieren, dass ich da jemanden provozierte, der mir nicht mehr gewachsen war. Ich begriff, dass ich noch ungefähr drei Minuten im Dunstkreis dieses Hauses aushalten würde, bis ich den Verstand verlor.

»Nimm«, sagte ich und hielt Dad noch eine Zigarette hin. Er konnte nicht sprechen, aber er nahm sie mit einer zittrigen Hand. Ich sagte: »Genieß sie«, und ließ ihn damit allein.

Oben hatte Tommy Murphy wieder ein Lied angestimmt. Der Abend war in dem Stadium angekommen, wo die Leute von Guinness zu härteren Sachen übergegangen waren, und wir kämpften jetzt gegen die Briten. *»No pipe did hum nor battle drum did sound its loud tattoo, but the Angelus bell o'er the Liffey's swell rang out through the foggy dew ...«*

Shay war verschwunden, und Linda Dwyer ebenso. Carmel lehnte an einer Seite vom Sofa, summte mit, einen Arm um die halbschlafende Donna gelegt und die andere Hand auf Mas Schulter. Ich sagte ihr leise ins Ohr: »Dad ist hinterm Haus. Früher oder später sollte irgendwer nach ihm sehen.« Carmel riss erschrocken den Kopf herum, doch ich legte einen Finger an die Lippen und deutete mit einem Nicken auf Ma. »Schsch. Wir sehen uns bald. Versprochen.«

Ich ging, ehe irgendwer sonst auf die Idee kam, mich anzusprechen. Die Straße war dunkel, nur bei den Dalys und in der Wohnung der langhaarigen Studenten brannte noch Licht. Alle anderen schliefen oder waren bei meinen Eltern. Tommys Stimme kam aus unserem hellen Wohnzimmerfenster, drang schwach und alterslos durch die Scheibe: *»As back through the glen I rode again, my heart with grief was sore, for I parted then with valiant men whom I never shall see more ...«* Sie folgte mir die ganze Straße hinunter. Selbst als ich in die Smith's Road bog, meinte ich trotz des Rauschens vorbeifahrender Autos, ihn noch immer zu hören, wie er aus vollem Herzen sang.

13

ICH STIEG INS AUTO und fuhr nach Dalkey. Zu dieser späten Stunde war die Straße dunkel und beängstigend still, weil alle Anwohner längst in ihrer behaglichen Edelbettwäsche lagen. Ich parkte unter einem dekorativen Baum und blieb eine Weile im Auto sitzen, schaute zum Fenster von Hollys Zimmer hoch und dachte an Nächte, in denen ich spät von der Arbeit zu diesem Haus hier gekommen war, in der Einfahrt geparkt hatte, als würde ich dort hingehören, um dann möglichst leise den Schlüssel im Haustürschloss zu drehen. Olivia hatte mir oft etwas auf die Frühstückstheke gelegt: phantasievolle Sandwichs und kleine Zettelchen und alles, was Holly an dem Tag gemalt hatte. Ich aß die Sandwichs immer an der Theke, schaute mir im Laternenlicht, das durchs Küchenfenster fiel, Hollys Bilder an und lauschte auf die Geräusche des Hauses unter der dicken Schicht Stille: das Summen des Kühlschranks, der Wind in den Dachtraufen, das sanft wogende Atmen meiner Mädchen. Dann schrieb ich Holly einen Zettel, mit dem sie Lesen üben konnte (»HALLO HOLLY, DAS IST EIN SEHR, SEHR SCHÖNER TIGER! MALST DU MIR HEUTE EINEN BÄREN? ICH HAB DICH LIEB, DADDY«), und gab ihr auf dem Weg ins Bett einen Gutenachtkuss. Holly schläft lang ausgestreckt auf dem Rücken, nimmt so viel Fläche wie möglich in Anspruch. Damals zumindest schlief Liv zusammengerollt, ließ meine Seite frei. Wenn ich mich dann ins Bett legte, murmelte sie irgendwas und drückte sich an mich, tastete nach meiner Hand, um meinen Arm um sich zu schlingen.

Ich rief zuerst Olivias Handy an, damit Holly nicht wach wurde. Als sie es drei Versuche hintereinander klingeln ließ, bis die Mailbox ansprang, wählte ich die Festnetznummer.

Olivia meldete sich beim ersten Klingeln. »*Was*, Frank?«

Ich sagte: »Mein Bruder ist gestorben.«

Schweigen.

»Mein Bruder Kevin. Er wurde heute Morgen tot aufgefunden.«

Nach einem Augenblick ging ihre Nachttischlampe an. »Mein Gott, Frank. Das tut mir leid. Was zum Teufel …? Wie ist er …?«

»Ich bin vor dem Haus«, sagte ich. »Kannst du mich reinlassen?«

Erneutes Schweigen.

»Liv, ich wusste nicht, wohin sonst.«

Ein Atmen, nicht ganz ein Seufzer. »Warte einen Moment.« Sie legte auf. Ihr Schatten bewegte sich hinter den Schlafzimmervorhängen, Arme schlüpften in Ärmel, Hände fuhren durch ihr Haar.

Sie öffnete die Tür in einem abgetragenen weißen Bademantel, unter dem ein blaues Jersey-Nachthemd hervorlugte, was vermutlich bedeutete, dass ich sie zumindest nicht bei einem heißen Liebesakt mit Dermo gestört hatte. Sie legte einen Finger an die Lippen und schaffte es, mich in die Küche zu manövrieren, rasch, ohne mich zu berühren.

»Was ist passiert?«

»Am Ende von unserer Straße steht ein halbverfallenes Haus. In dem Haus haben wir Rosie gefunden.« Olivia zog einen Hocker heran und faltete die Hände auf der Theke, bereit zuzuhören, doch ich konnte mich nicht setzen. Ich tigerte in der Küche auf und ab, unfähig, damit aufzuhören. »Kevin wurde heute Morgen dort im Garten gefunden. Er ist aus einem Fenster im obersten Stock gefallen. Genickbruch.«

Ich sah, wie sich Olivias Kehle bewegte, als sie schluckte. Es war vier Jahre her, seit ich sie zuletzt mit offenem Haar gesehen hatte – sie löst es nur, wenn sie ins Bett geht –, und das versetzte meinem Bezug zur Wirklichkeit einen weiteren raschen, schmerzhaften Tritt in die Weichteile. »Sechsunddreißig Jahre alt, Liv. Er hatte ein halbes Dutzend Frauen gleichzeitig, weil er sich noch nicht fest binden wollte. Er wollte das Great Barrier Reef sehen.«

»Großer Gott, Frank. Was ist … wie …?«

»Er ist gestürzt, er ist gesprungen, jemand hat ihn gestoßen, such dir was aus. Ich hab keine Ahnung, was er überhaupt in dem verdammten Haus zu suchen hatte, und erst recht nicht, wie er da runtergestürzt ist. Ich weiß nicht, was ich machen soll, Liv. Ich weiß nicht, was ich machen soll.«

»Musst du denn irgendetwas tun? Gibt es keine Ermittlungen?«

Ich lachte. »Oh, doch. Und was für welche. Das Morddezernat ist an der Sache dran – nicht weil irgendetwas auf Mord hindeutet, sondern wegen der Verbindung zu Rosie: selber Ort, enger Zeitrahmen. Rocky Kennedy ist jetzt dafür zuständig.«

Olivias Gesicht verfinsterte sich noch ein wenig mehr. Sie kennt Rocky und kann ihn nicht besonders leiden, beziehungsweise sie kann mich nicht besonders leiden, wenn ich mit ihm zusammen bin. Sie fragte höflich: »Bist du froh darüber?«

»Nein. Ich weiß nicht. Zuerst hab ich gedacht, ja, schön, es hätte auch viel schlimmer kommen können. Ich weiß, Liv, Rocky ist eine Nervensäge, aber er gibt nicht auf, und so jemanden brauchen wir hier. Die ganze Rosie-Sache war ein eiskalter Fall. Neun von zehn Leuten im Morddezernat hätten ihn schleunigst ins Archiv verbannt, damit sie mit irgendwas weitermachen können, wo sie wenigstens eine minimale Chance haben. Rocky hatte das nicht vor. Und das fand ich gut.«

»Aber jetzt …?«

»Jetzt … Der Typ ist der reinste Pitbull, Liv. Er ist nicht annähernd so clever, wie er glaubt, und sobald er in irgendwas die Zähne geschlagen hat, lässt er nicht mehr los, selbst wenn er auf dem völlig falschen Dampfer ist. Und jetzt …«

Ich war stehen geblieben. Ich lehnte mich gegen die Spüle und strich mir mit den Händen übers Gesicht, holte mit offenem Mund tief Luft durch die Finger. Die Energiesparlampen sprangen allmählich an, und die Küche wurde kalt weiß, flirrend und gefährlich. »Sie werden sagen, Kevin hat Rosie umgebracht, Liv. Das hab ich Rocky am Gesicht angesehen. Er hat es nicht ausgesprochen, aber er denkt es. Sie werden sagen, Kev hat Rosie ermordet und sich dann selbst umgebracht, als er dachte, wir wären ihm dicht auf den Fersen.«

Olivia hatte die Fingerspitzen an den Mund gehoben. »Mein Gott. Wieso? Haben sie … Wie kommen sie darauf … *Warum?*«

»Rosie hat einen Brief hinterlassen – einen halben Brief. Die andere Hälfte ist bei Kevins Leiche gefunden worden. Wenn ihn jemand aus dem Fenster gestoßen hat, hätte er ihm den Brief in die Tasche stecken können, aber so denkt Rocky nicht. Er denkt, er hat eine naheliegende Erklärung und löst damit zwei Fälle mit einem Streich, Akte geschlossen, kein Grund für Zeugenbefragungen oder Gerichtsbeschlüsse oder einen Prozess oder sonst was von dem ganzen komplizierten Kram.

Wieso sich das Leben unnötig schwermachen?« Ich stieß mich von der Spüle ab und ging wieder hin und her. »Er ist vom Morddezernat. Die vom Morddezernat sind dämliche Trottel. Die sehen nur Spuren, die ihnen schnurgerade vor die Nase gelegt werden. Und wenn du von ihnen verlangst, auch nur einen Zentimeter von dieser Spur nach rechts oder links zu schauen, nur ein einziges verdammtes Mal in ihrem Leben, stehen sie auf dem Schlauch. Einen halben Tag in der Undercoverabteilung, und sie wären alle tot.«

Olivia zog eine lange Locke aschgoldenes Haar glatt und sah zu, wie sie sich spannte. Sie sagte: »Ich könnte mir denken, dass die unkomplizierte Erklärung meistens auch die richtige ist.«

»Ja. Klar. Toll. Ist sie bestimmt. Aber diesmal, Liv, diesmal ist sie absolut falsch. Diesmal ist die unkomplizierte Erklärung eine verdammte Farce.«

Einen Moment lang sagte Olivia nichts, und ich fragte mich, ob sie begriffen hatte, wer die unkomplizierte Erklärung gewesen sein musste, bis Kev seinen Kopfsprung machte. Dann sagte sie sehr bedächtig: »Du hattest Kevin lange nicht gesehen. Kannst du dir absolut sicher sein –«

»Ja. Ja. Ja. Ich bin mir absolut sicher. Ich hab die letzten paar Tage mit ihm verbracht. Er war derselbe Mensch wie damals, als wir Kinder waren. Schickere Frisur, ein paar Zentimeter größer und breiter, aber er war derselbe Mensch. Bei so was kann man sich nicht vertun. Ich weiß alles Wichtige, was es über ihn zu wissen gab, und er war kein Mörder und kein Selbstmörder.«

»Hast du versucht, das Rocky klarzumachen?«

»Natürlich hab ich das. Ich hätte genauso gut mit der Wand reden können. Es war nicht das, was er hören wollte, also hat er es nicht gehört.«

»Und wenn du mal mit seinem Vorgesetzten sprichst? Würde der dir zuhören?«

»Nein. Um Gottes willen, nein. Das wäre das Schlimmste, was ich machen könnte. Rocky hat mich schon gewarnt, ihm bloß nicht ins Gehege zu kommen, und er wird mich genau beobachten, damit ich mich auch dran halte. Wenn ich was über seinen Kopf hinweg mache, vor allem wenn ich mich in irgendeiner Weise einmische, die ihm seine kostbare Aufklärungsquote versauen könnte, schaltet er erst recht auf stur. Also was soll ich tun, Liv? Was? Was soll ich machen?«

Olivia betrachtete mich, nachdenkliche graue Augen mit verborgenen Winkeln. Sie sagte sanft: »Vielleicht wäre es am besten, wenn du dich aus der Sache raushältst, Frank. Nur für ein Weilchen. Was sie auch sagen, es kann Kevin nichts mehr anhaben. Sobald sich die Wogen geglättet haben …«

»*Nein*. Kommt gar nicht in Frage. Ich werde nicht tatenlos zusehen, wie sie ihn zum Sündenbock machen, bloß weil er tot ist. Er kann sich nicht mehr wehren, aber ich kann das verdammt nochmal für ihn machen.«

Eine leise Stimme sagte: »Daddy?«

Wir fuhren beide zusammen, als hätten wir an eine Hochspannungsleitung gepackt. Holly stand in der Tür, in einem zu großen Hannah-Montana-Nachthemd, eine Hand an der Klinke und die Zehen auf den kalten Fliesen eingerollt. Olivia sagte rasch: »Geh wieder ins Bett, Schätzchen. Mummy und Daddy unterhalten sich bloß.«

»Du hast gesagt, jemand ist gestorben. Wer ist gestorben?«

Auch das noch. »Schon gut, Schätzchen«, sagte ich. »Bloß jemand, den ich kenne.«

Olivia ging zu ihr. »Es ist mitten in der Nacht. Geh ins Bett. Morgen früh reden wir alle zusammen darüber.«

Sie versuchte, Holly zur Treppe umzudrehen, aber Holly

klammerte sich an der Klinke fest und blieb stur. »Nein! Daddy, wer ist *gestorben*?«

»Ins Bett. Sofort. Morgen können wir –«

»Nein! Ich will es *wissen*!«

Früher oder später würde ich es ihr erzählen müssen. Gott sei Dank wusste sie schon, was Tod bedeutet: Goldfische, ein Hamster, der Großvater ihrer Freundin Sarah. So ein Gespräch hätte ich nicht auch noch bewältigen können. »Deine Tante Jackie und ich haben einen Bruder«, sagte ich – immer schön einen längst verlorengeglaubten Angehörigen nach dem anderen. »Hatten. Er ist heute Morgen gestorben.«

Holly starrte mich an. »Dein Bruder?«, sagte sie, mit einem hohen kleinen Beben in der Stimme. »Also mein Onkel?«

»Ja, Kleines. Dein Onkel.«

»Welcher?«

»Keiner von denen, die du kennst. Das sind die Brüder von deiner Mummy. Das hier war dein Onkel Kevin. Du hast ihn nie kennengelernt, aber ich glaube, ihr zwei hättet euch gemocht.«

Eine Sekunde lang wurden ihre butangasartigen Augen riesengroß. Dann verzog sich Hollys Gesicht, ihr Kopf fiel in den Nacken, und sie stieß einen wilden, kummervollen Schrei aus. »*Neeeeiiiin!* Nein, Mummy, nein, Mummy, nein …«

Der Schrei ging in ein lautes, herzzerreißendes Schluchzen über, und sie drückte das Gesicht an Olivias Bauch. Olivia kniete sich auf den Boden, schlang die Arme um Holly und murmelte tröstliche, wortlose Dinge.

Ich fragte: »Wieso weint sie?«

Ich war ehrlich verblüfft. Nach den letzten paar Tagen arbeitete mein Verstand nur noch im Schneckentempo. Erst als ich Olivias raschen Blick nach oben sah, flüchtig und schuldig, wurde mir klar, dass irgendetwas im Busch war.

»Liv«, sagte ich. »Wieso weint sie?«

»Nicht jetzt. Schsch, Schätzchen, schsch, ist ja gut –«

»*Neeeiiin!* Es ist nicht gut!«

Das Kind hatte nicht ganz unrecht. »Doch, jetzt. Warum zum Teufel weint sie?«

Holly hob ihr nasses Gesicht von Olivias Schulter. »Onkel *Kevin*!«, kreischte sie. »Er hat mir *Super Mario Brothers* beigebracht, und er wollte mit mir und Tante Jackie ins *Kindertheater*!«

Sie versuchte zu sprechen, doch die Worte wurden von einem weiteren Tränentsunami weggespült. Ich setzte mich ruckartig auf einen Hocker an der Theke. Olivia mied jeden Blickkontakt mit mir und wiegte Holly hin und her, streichelte ihr den Kopf. Ich hätte auch gern so eine Behandlung gehabt, vorzugsweise von jemandem mit einem sehr großen Busen und einem dichten Vorhang Wallchaar.

Schließlich hatte Holly sich verausgabt und erreichte das Zittrig-nach-Luft-schnappen-Stadium, und Liv bugsierte sie sachte nach oben ins Bett. Ihr fielen schon die Augen zu. Während die beiden oben waren, holte ich eine schöne Flasche Chianti aus dem Weinregal – Olivia hat kein Bier mehr im Haus, seit ich nicht mehr hier wohne – und entkorkte sie. Dann saß ich auf dem Thekenhocker, die Augen geschlossen, den Kopf gegen die Küchenwand gelehnt, und während ich hörte, wie Olivia über mir tröstende Laute von sich gab, überlegte ich, ob ich je im Leben so wütend gewesen war wie jetzt.

»Also«, sagte ich munter, als Olivia wieder nach unten kam. Sie hatte die Gelegenheit genutzt, um ihren Hübsche-Mummy-Panzer anzulegen, knackige Jeans, karamellfarbener Kaschmirpullover und selbstgerechte Miene. »Ich denke, ich hab eine Erklärung verdient, meinst du nicht auch?«

Sie warf einen Blick auf mein Glas und zog dezent die Augenbrauen hoch. »Und offenbar auch ein Glas Wein.«

»Oh, nein, nein. Mehrere Gläser. Ich fange gerade erst an.«

»Ich hoffe, du bildest dir nicht ein, dass du hier schlafen kannst, wenn du zu viel trinkst, um dich noch ans Steuer zu setzen.«

»Liv«, sagte ich, »normalerweise würde ich mich mit dem größten Vergnügen auf jedes Nebenscharmützel einlassen, das du zur Ablenkung startest, aber heute Abend sollte ich dich warnen. Ich werde ziemlich strikt bei der Sache bleiben. Wieso verdammt nochmal kennt Holly Kevin?«

Olivia fing an, sich das Haar nach hinten zu binden, und schlang gekonnt mehrmals ein Gummiband darum. Offensichtlich hatte sie beschlossen, sich gleichmütig und gelassen und gefasst zu geben. »Ich habe Jackie erlaubt, die beiden miteinander bekannt zu machen.«

»Oh, glaub mir, ich werde noch ein Wörtchen mit Jackie reden. Ich kann mir vorstellen, dass du tatsächlich so naiv bist, das für eine nette Idee zu halten, aber Jackie hat keine Entschuldigung. Bloß Kevin oder die ganze verfluchte Addams Family? Sag mir, dass es nur Kevin war, Liv. Bitte.«

Olivia verschränkte die Arme und drückte den Rücken flach gegen die Küchenwand. Ihre Kampfhaltung: Ich hatte sie schon zu oft gesehen. »Ihre Großeltern, ihre Onkel, ihre andere Tante, ihr Cousin und ihre Cousinen.«

Shay. Meine Mutter. Mein Vater. Ich habe noch nie eine Frau geschlagen. Ich merkte erst, dass ich mit dem Gedanken spielte, als ich spürte, wie meine Hand die Kante des tuntigen kleinen Thekenhockers umklammerte, fest.

»Jackie hat sie ab und an mal zum Abendessen mitgenommen, nach der Schule. Sie hat ihre Familie kennengelernt, Frank. Das ist kein Weltuntergang.«

»Meine Familie lernt man nicht kennen, man eröffnet sofort das Feuer. Man nimmt einen Flammenwerfer mit und eine Panzerweste. Wie oft genau war Holly bei meiner Familie zum Abendessen, um sie *kennenzulernen*, wie du so schön sagst?«

Ein knappes Achselzucken. »Ich hab nicht mitgezählt. Zwölf-, fünfzehnmal? Vielleicht zwanzigmal?«

»Über welchen Zeitraum?«

Das erste schuldbewusste Wimpernflattern. »Etwa ein Jahr.«

Ich sagte: »Du hast meine Tochter also ein Jahr lang dazu gebracht, dass sie mich anlügt?«

»Wir haben ihr gesagt –«

»Ein Jahr. Ein Jahr lang hat Holly mir jedes Wochenende, wenn ich sie gefragt hab, was sie die Woche über gemacht hat, einen vom Pferd erzählt.«

»Wir haben ihr gesagt, die Sache müsste eine Weile ein Geheimnis bleiben, weil du dich mit deiner Familie zerstritten hast. Mehr nicht. Wir wollten –«

»Nenn es von mir aus ein Geheimnis bewahren, nenn es lügen, nenn es, wie du willst. Auf so einen Scheiß versteht meine Familie sich am besten. Das ist ihr gottgegebenes Naturtalent. Ich wollte Holly so weit wie möglich davon fernhalten, damit sie es vielleicht irgendwie schafft, ihren Genen ein Schnippchen zu schlagen und zu einem ehrlichen, gesunden, unverkorksten Menschen heranzuwachsen. Hört sich das für dich maßlos an, Olivia? Hört sich das wirklich so an, als wäre es zu viel verlangt?«

»Frank, du wirst sie wieder aufwecken, wenn –«

»Stattdessen lässt du sie mitten in die Höhle des Löwen schleppen. Und schwups, große Überraschung, ehe du dich versiehst, benimmt sie sich haargenau wie eine verdammte

Mackey. Sie lügt, als hätte sie nie was anderes getan. Und du ermunterst sie auch noch dazu. Das ist niederträchtig, Liv. Wirklich. Das ist so ziemlich das Niederträchtigste, Mieseste, Beschissenste, was ich je gehört habe.«

Sie hatte zumindest den Anstand, rot zu werden. »Wir wollten es dir ja sagen, Frank. Wir dachten, wenn du erst mal siehst, wie gut es läuft –«

Ich lachte so laut auf, dass Olivia zusammenzuckte. »Verdammt und zugenäht, Liv! Das nennst du *gut laufen*? Korrigier mich, wenn mir da was entgangen ist, aber soweit ich das sehen kann, ist dieser ganze Riesenschlamassel sehr, sehr weit davon entfernt, gut zu laufen.«

»Himmelherrgott, Frank, wir konnten doch nicht ahnen, dass Kevin –«

»Du hast gewusst, dass ich sie niemals in die Nähe meiner Familie bringen wollte. Das hätte vollauf genügen müssen. Was hast du daran nicht verstanden?«

Olivia hatte den Kopf gesenkt, und ihr Kinn hatte einen trotzigen Zug angenommen, genau wie Hollys. Ich griff wieder zu der Flasche und sah Olivias bösen Blick, doch es gelang ihr, nichts zu sagen, woraufhin ich mir großzügig nachschenkte und dabei einen ordentlichen Schwall auf die hübsche Schiefertheke schwappen ließ. »Oder hast du es deshalb erlaubt – weil du wusstest, dass ich strikt dagegen war? Bist du wirklich so sauer auf mich? Na los, Liv. Ich kann die Wahrheit vertragen. Reden wir Tacheles. Hat es dir Spaß gemacht, mich zum Deppen zu machen? Hast du dich gut amüsiert? Hast du Holly in diese Bagage von irren Vollidioten gelassen, bloß um mir eins auszuwischen?«

Sie richtete sich mit einem Ruck wieder auf. »Untersteh dich. Ich würde nie irgendetwas tun, was Holly schaden könnte, und das weißt du. Niemals.«

»Warum dann, Liv? Warum? Wieso in Gottes Namen hast du das für eine gute Idee gehalten?«

Olivia atmete rasch durch die Nase ein und bekam sich wieder in den Griff. Sie hatte Übung darin. Sie sagte kühl: »Sie sind auch ihre Familie, Frank. Sie hat mir Löcher in den Bauch gefragt. Warum sie nicht zwei Großmütter hat wie alle ihre Freundinnen, ob du und Jackie noch mehr Geschwister habt, warum sie die nicht sehen dürfte –«

»Schwachsinn. Ich glaube, sie hat mich *ein* einziges Mal nach meiner Familie gefragt, in ihrem ganzen Leben.«

»Ja, und deine Reaktion hat ihr gezeigt, dass sie lieber nicht noch mal fragt. Stattdessen hat sie mich gefragt, Frank. Sie hat Jackie gefragt. Sie wollte es wissen.«

»Na und, soll sie doch fragen. Sie ist neun Jahre alt. Sie wünscht sich auch ein Löwenjunges und würde sich am liebsten ausschließlich von Pizza und roten Smarties ernähren. Willst du ihr da auch nachgeben? Wir sind ihre Eltern, Liv. Wir sind dazu da, ihr zu geben, was gut für sie ist, nicht alles, was sie gerne hätte.«

»Frank, *sei leise*. Wieso in aller Welt sollte deine Familie schlecht für sie sein? Du hast mir immer nur gesagt, dass du keinen Kontakt mehr zu ihr haben wolltest. Du hast sie mir gegenüber doch nicht als eine Bande von Axtmördern hingestellt. Jackie ist reizend, sie ist immer nur lieb zu Holly gewesen, und sie hat gesagt, alle anderen wären ausgesprochen nette Menschen –«

»Und du hast ihr das einfach geglaubt? Jackie lebt in ihrer eigenen heilen Welt. Sie glaubt, Ted Bundy hätte bloß mal eine nette Frau kennenlernen müssen. Seit wann entscheidet sie über unsere Erziehungsfragen?«

Liv setzte an, etwas zu sagen, aber ich redete mit noch größerer Vehemenz auf sie ein, bis sie es aufgab und den Mund hielt. »Mir wird richtig schlecht, Liv, körperlich schlecht. Ich hab immer gedacht, ich könnte mich wenigstens in dieser einen Sache voll und ganz auf dich verlassen. Meine Familie war nie gut genug für dich. Wieso ist sie plötzlich gut genug für Holly?«

Endlich verlor Olivia die Beherrschung. »Wann hab ich das *je* gesagt, Frank? *Wann?*«

Ich starrte sie an. Sie war weiß vor Wut, hatte die Hände gegen die Tür hinter sich gepresst, atmete schwer. »Wenn du deine Familie nicht für gut genug hältst, wenn du dich ihretwegen schämst, dann ist das dein Problem, nicht meins. Wälz das nicht auf mich ab. Ich habe das nie gesagt. Ich hab es nicht mal *gedacht*. Niemals.«

Sie fuhr herum und riss die Tür auf. Sie schloss sie hinter sich mit einem Klicken, das, wenn Holly nicht gewesen wäre, als Knall ausgefallen wäre, der das Haus hätte erbeben lassen.

Ich saß eine Weile da, glotzte auf die Tür wie ein Blödmann und hatte das Gefühl, als würden meine Gehirnzellen einander rammen wie Autoscooter. Dann nahm ich die Weinflasche, holte ein zweites Glas und ging hinter Olivia her.

Sie saß im Wintergarten auf dem Korbsofa, die Beine unter sich gezogen und die Hände tief in den Ärmeln versteckt. Sie sah nicht auf, aber als ich ihr ein Glas hinhielt, zog sie eine Hand raus und nahm es. Ich goss uns beiden so viel Wein ein, dass ein kleines Tier darin ertrunken wäre, und setzte mich neben sie.

Es regnete noch immer, geduldige, unermüdliche Tropfen prasselten auf die Scheiben, und ein kalter Luftzug drang durch irgendeine Ritze und breitete sich wie Rauch im Raum aus – ich ertappte mich dabei, dass ich mir nach all der Zeit vornahm, die Ritze ausfindig zu machen und abzudichten. Olivia trank einen Schluck Wein, und ich betrachtete ihr Spiegelbild in der Scheibe, umschattete Augen, die sich auf irgendetwas konzentrierten, das nur sie sehen konnte. Nach einer Weile fragte ich: »Warum hast du nie was gesagt?«

Sie wandte nicht den Kopf. »In Bezug auf was?«

»In Bezug auf alles. Aber zunächst mal, warum hast du mir nie gesagt, dass du kein Problem mit meiner Familie hast?«

Sie zuckte die Achseln. »Du warst nie besonders scharf darauf, über sie zu reden. Und ich hätte nicht gedacht, dass ich das überhaupt sagen muss. Wieso sollte ich ein Problem mit Leuten haben, die ich nie kennengelernt habe?«

»Liv«, sagte ich. »Tu mir einen Gefallen: Stell dich nicht blöd. Dafür bin ich zu müde. Wir sind hier im *Desperate-Housewives*-Land – in einem *Wintergarten*, verdammt nochmal. Wo ich herkomme, gibt es keine Wintergärten. Bei uns ging es eher zu wie in *Die Asche meiner Mutter*. Während Leute wie du im Wintergarten sitzen und Chianti nippen, hocken Leute wie ich in irgendeiner Mietwohnung und überlegen, auf welche Töle sie beim Hunderennen das Arbeitslosengeld verpulvern sollen.«

Das wurde mit einem kaum merklichen Zucken der Lippen quittiert. »Frank, aus welcher Schicht du stammst, wusste ich in dem Moment, als du zum ersten Mal den Mund aufgemacht hast. Du hast nie ein Geheimnis daraus gemacht. Und ich bin trotzdem mit dir ausgegangen.«

»Klar. Lady Chatterley hat eine Schwäche fürs Grobe.«

Die Verbitterung in meiner Stimmer erstaunte uns beide. Olivia sah mich an. In dem schwachen Licht, das von der Küche hereinfiel, war ihr Gesicht lang und traurig und schön, wie auf einem Andachtsbild. Sie sagte: »Das hast du nie gedacht.«

»Nein«, räumte ich nach einem Moment ein. »Vielleicht nicht.«

»Ich wollte dich. So einfach war das.«

»Es war einfach, solange meine Familie nicht mitmischen konnte. Du hast mich gewollt, ja, aber du hättest niemals meinen Onkel Bertie gewollt, der gern Furzwettbewerbe veranstaltet, bei denen der Lauteste gewinnt, oder meine Großtante Concepta, die dir erzählt, sie hätte im Bus hinter ein paar Negern gesessen und du hättest mal sehen sollen, was die für Köppe haben, oder meine Cousine Natalie, die ihre Siebenjährige vor ihrer Kommunion ins Sonnenstudio geschickt hat. Ich kann mir vorstellen, dass ich allein für eure Nachbarn noch kein Grund war, einen Herzinfarkt zu kriegen, höchstens ein bisschen Herzklabastern, aber wir wissen beide, wie der Rest des Clans bei Daddys Golfkumpeln oder Mummys Brunchclub angekommen wäre. Das wäre bei YouTube blitzartig zum Klassiker geworden.«

Olivia sagte: »Ich will nicht behaupten, dass das nicht stimmt. Oder dass mir nie der Gedanke gekommen ist.« Sie schwieg eine Weile, drehte ihr Glas in den Händen. »Am Anfang, ja, da hab ich gedacht, es hat wahrscheinlich einiges einfacher gemacht, dass du keinen Kontakt zu ihnen hattest. Nicht dass sie nicht gut genug waren; bloß … einfacher. Aber als Holly dann da war … Durch sie hab ich alles anders gesehen, Frank, alles. Ich wollte, dass sie Kontakt zu ihnen hat. Sie sind ihre Familie. Das zählt mehr als ihre Sonnenbankmarotten.«

Ich lehnte mich auf dem Sofa zurück, schüttete mehr Wein in mich hinein und versuchte, meinen Kopf neu zu ordnen, um Platz für diese Informationen zu schaffen. Es hätte mich eigentlich nicht dermaßen schockieren sollen. Olivia war mir schon immer ein einziges großes Rätsel, in jedem Moment unserer Beziehung und vor allem in den Momenten, in denen ich meinte, sie am besten zu verstehen.

Als wir uns kennenlernten, war sie Staatsanwältin. Sie wollte einen kleinen Heroindealer namens Pippy anklagen, der bei einer Drogenrazzia geschnappt worden war, wohingegen ich ihn laufenlassen wollte, weil es mir in den letzten sechs Wochen gelungen war, Pippys Busenfreund zu werden, und ich das Gefühl hatte, seine vielen interessanten Möglichkeiten noch nicht ausgeschöpft zu haben. Ich besuchte Olivia in ihrem Büro, um sie persönlich zu überzeugen. Wir stritten uns eine Stunde lang, ich setzte mich auf ihren Schreibtisch und vergeudete ihre Zeit und brachte sie zum Lachen, und als es dann spät geworden war, lud ich sie zum Essen ein, damit wir in angenehmer Atmosphäre weiterstreiten konnten. Pippy bekam ein paar Monate Freiheit zusätzlich, und ich bekam ein zweites Date.

Sie war eine Klasse für sich: schicke Kostüme und dezenter Lidschatten und einwandfreie Manieren, ein messerscharfer Verstand, endlos lange Beine, ein stählernes Rückgrat und ein beruflicher Ehrgeiz, den man förmlich schmecken konnte. Ehe und Kinder waren das Letzte, was sie auf dem Schirm hatte, und das wiederum betrachtete ich als Grundvoraussetzung für jede gute Beziehung. Ich war noch dabei gewesen, mich aus einer anderen zu lösen – die siebte oder auch achte, keine Ahnung –, die fröhlich begonnen hatte, um nach gut einem Jahr, als meine mangelnden Absichten uns beiden klargeworden waren, in Stagnation und Nörgelei zu versinken. Wäre die Pille unfehlbar, wären Liv und ich denselben Weg gegangen. Stattdessen bekamen wir eine kirchliche Hochzeit mit allem Drum und Dran, eine anschließende Feier in einem Schloss auf dem Lande, ein Haus in Dalkey und Holly.

»Ich hab es nie auch nur eine Sekunde bereut«, sagte ich. »Du?«

Sie brauchte einen Moment, entweder weil sie überlegte, was ich meinte, oder weil sie überlegte, was sie antworten sollte. Dann sagte sie: »Nein. Ich auch nicht.«

Ich streckte eine Hand aus und legte sie auf ihre auf ihrem Schoß. Der Kaschmirpullover war weich und abgetragen, und ich kannte noch immer die Form ihrer Hand wie die meiner eigenen. Nach einer Weile ging ich ins Wohnzimmer und holte eine Decke vom Sofa, die ich ihr um die Schultern legte.

Olivia sagte, ohne mich anzuschauen: »Sie hat immer wieder nach ihnen gefragt. Und sie sind ihre Familie, Frank. Familie ist wichtig. Sie hatte das Recht, sie kennenzulernen.«

»Und ich hätte das Recht gehabt, dabei ein Wörtchen mitzureden. Ich bin immer noch ihr Vater.«

»Ich weiß. Ich hätte es dir sagen sollen. Oder deinen Wunsch respektieren sollen. Aber ...« Sie schüttelte den Kopf, an der Sofalehne. Ihre Augen waren geschlossen, und das Halbdunkel malte Schatten unter sie, wie große Blutergüsse. »Ich wusste, wenn ich das Thema anspräche, würde es einen Riesenkrach geben. Und dazu hatte ich nicht die Energie. Deshalb ...«

»Meine Familie ist rettungslos verkorkst, Liv«, sagte ich. »Wenn ich anfangen würde, dir das genauer zu erklären, würde ich kein Ende finden. Ich will nicht, dass Holly auch so wird.«

»Holly ist ein glückliches, ausgeglichenes, gesundes kleines Mädchen. Das weißt du. Es hat ihr nicht geschadet; sie war gern bei ihnen. Die Sache jetzt ... Das hätte doch niemand ahnen können.«

Ich fragte mich müde, ob das wirklich stimmte. Ich persönlich hätte sogar drauf gewettet, dass mindestens ein Mitglied meiner Familie ein böses und undurchsichtiges Ende finden würde, obwohl ich nicht auf Kevin gesetzt hätte. Ich sagte: »Ich muss dauernd daran denken, wie oft ich sie gefragt hab, was sie so gemacht hat, und sie hat dann losgelegt, sie und Sarah wären inlinegeskatet oder sie hätten in der Schule einen Vulkan gebaut. Quietschvergnügt, nie eine Spur verlegen. Ich wäre nicht im Traum auf die Idee gekommen, dass sie irgendwas vor mir verheimlicht. Das macht mich fertig, Liv. Das macht mich richtig fertig.«

Olivia wandte mir den Kopf zu. »Es war nicht so schlimm, wie es klingt, Frank. Ehrlich. Sie hatte nicht das Gefühl, dass sie dich anlügt. Ich hab ihr gesagt, wir müssten noch ein Weilchen warten, bis wir es dir erzählen könnten, weil du dich schlimm mit deiner Familie gestritten hättest, und sie hat gesagt: ›Wie bei dem Streit, den ich mal mit Chloe hatte, wo ich die ganze Woche immer gleich weinen musste, wenn ich bloß an sie gedacht hab.‹ Sie versteht mehr, als du denkst.«

»Ich will nicht, dass sie mich beschützt. Niemals. Ich will, dass es umgekehrt ist.«

Irgendetwas glitt über Olivias Gesicht, etwas leicht Gequältes und leicht Trauriges. Sie sagte: »Sie wird älter, weißt du. In ein paar Jahren ist sie ein Teenager. Die Dinge ändern sich.«

»Ich weiß«, sagte ich. »Ich weiß.« Ich dachte daran, wie Holly ausgestreckt oben in ihrem Bett lag, verweint und träumend, und an die Nacht, in der wir sie gemacht hatten: das leise triumphierende Lachen in Livs Kehle, ihr Haar um meine Finger gewickelt, der Geschmack von sauberem Sommerschweiß auf ihrer Schulter.

Nach einigen Augenblicken sagte Olivia: »Sie wird über all das reden müssen, morgen früh. Es wäre leichter, wenn wir beide hier wären. Wenn du im Gästezimmer schlafen möchtest …«

»Danke«, sagte ich. »Das wäre gut.«

Sie stand auf, schüttelte die Decke aus und legte sie sich über den Arm. »Das Bett ist gemacht.«

Ich neigte mein Glas. »Ich trink das noch aus. Danke für den Wein.«

»Die Gläser Wein.« In ihrer Stimme lag der traurige Geist eines Lächelns.

»Für die auch.«

Hinter dem Sofa blieb sie stehen, und ihre Fingerspitzen berührten meine Schulter, so zaghaft, dass ich sie kaum spürte. Sie sagte: »Das mit Kevin tut mir schrecklich leid.«

Ich sagte, und ich hörte, wie rau meine Stimme klang: »Er war mein kleiner Bruder. Es spielt keine Rolle, wie er da runterfallen konnte, ich hätte ihn auffangen müssen.«

Liv holte Atem, als ob sie irgendetwas Wichtiges sagen wollte, doch einen Augenblick später stieß sie einen Seufzer aus. Sie sagte kaum hörbar, vielleicht zu sich selbst: »Ach, Frank.« Ihre Finger glitten von meiner Schulter, hinterließen kleine kalte Stellen, wo sie warm gewesen waren, und ich hörte, wie sich die Tür mit einem leisen Klicken hinter ihr schloss.

14

ALS OLIVIA MICH mit einem leichten Klopfen an die Gästezimmertür aus dem Tiefschlaf riss, war ich schlagartig wach und deprimiert, sogar noch ehe mir die Zusammenhänge wieder einfielen. Ich hatte viel zu viele Nächte in diesem Zimmer verbracht, damals, als Liv und ich dabei waren herauszufinden, dass sie keine Lust mehr hatte, mit mir verheiratet zu sein. Schon durch den Geruch des Raumes, Leere mit einem zarten Hauch Jasmin, fühle ich mich wund und müde und ungefähr hundert Jahre alt, als wären alle meine Gelenke bis aufs Mark verschlissen.

»Frank, es ist halb acht«, sagte Liv leise durch die Tür. »Ich dachte, es wäre gut, wenn du mit Holly sprichst, ehe sie zur Schule geht.«

Ich schwang die Beine aus dem Bett und rubbelte mir mit beiden Händen durchs Gesicht. »Danke, Liv. Ich komme.« Ich wollte sie noch fragen, ob sie irgendwelche Vorschläge hätte, doch ehe ich die Worte rausbringen konnte, hörte ich ihre Absätze die Treppe runterklappern. Sie wäre ohnehin nicht ins Zimmer gekommen, vielleicht für den Fall, dass ich sie im Adamskostüm begrüßen würde und sie zu einem Quickie verführen wollte.

Ich hatte schon immer eine Schwäche für starke Frauen, was ein Glück für mich ist, weil es keine andere Sorte gibt, sobald du über fünfundzwanzig bist. Frauen hauen mich einfach um. Das, was ihnen alles regelmäßig angetan wird, würde die meisten Menschen umbringen, aber Frauen verwandeln sich in Stahl und halten durch. Jeder Mann, der behauptet, nicht auf starke Frauen zu stehen, lügt sich gehörig was in die Tasche: Er steht nämlich auch auf starke Frauen, nur dass die, wenn sie wollen, einen Schmollmund ziehen und mit Klein-Mädchen-Stimme sprechen können, aber am Ende packen sie sich seine Eier in ihr Schminktäschchen.

Ich möchte, dass Holly die ganz große Ausnahme wird. Ich möchte, dass sie all das wird, was mich bei einer Frau zu Tode langweilt, weich wie Pusteblumen und zerbrechlich wie gesponnenes Glas. Keiner soll mein Kind in Stahl verwandeln. Als sie geboren wurde, wollte ich losziehen und jemanden für sie töten, nur damit sie ihr Leben lang ganz genau wissen würde, dass ich nötigenfalls dazu bereit war. Stattdessen hatte ich ihr eine Familie aufgehalst, die ihr binnen eines Jahres, nachdem sie sie das erste Mal zu Gesicht bekommen hatte, Unehrlichkeit beigebracht und das Herz gebrochen hatte.

Holly saß in ihrem Zimmer im Schneidersitz auf dem Boden vor ihrem Puppenhaus, mit dem Rücken zu mir. »Hallo, Schätzchen«, sagte ich. »Wie fühlst du dich?«

Achselzucken. Sie hatte ihre Schuluniform an. In dem marineblauen Blazer sahen ihre Schultern so schmal aus, dass ich sie mit einer Hand hätte umfassen können.

»Kann ich kurz reinkommen?«

Wieder ein Achselzucken. Ich schloss die Tür hinter mir und setzte mich auf den Boden neben sie. Hollys Puppenhaus ist ein Kunstwerk, die genaue Kopie eines großen viktorianischen Hauses, samt winzigen überladenen Möbeln und winzigen Jagdszenen an den Wänden und winzigen, sozial benachteiligten Bediensteten. Es war ein Geschenk von Olivias

Eltern. Holly hatte den Esstisch herausgenommen und polierte ihn wie wild mit einem durchgekaut aussehenden Stück Küchenpapier.

»Schätzchen«, sagte ich, »ich kann gut verstehen, dass du wegen Onkel Kevin ganz verstört bist. Das bin ich auch.«

Ihr Kopf beugte sich noch weiter nach unten. Sie hatte sich selbst Zöpfe gemacht; helle Haarbüschel sprossen kreuz und quer aus ihnen heraus.

»Hast du vielleicht irgendwelche Fragen auf dem Herzen?«

Das Polieren wurde langsamer, ein ganz klein wenig. »Mum hat gesagt, er ist aus dem Fenster gefallen.« Ihre Nase war noch ganz verstopft vom vielen Weinen.

»Das stimmt.«

Ich konnte sehen, dass sie es sich vorstellte. Ich hätte ihr am liebsten meine Hände auf den Kopf gelegt und das Bild ausgesperrt. »Hat es weh getan?«

»Nein, Kleines. Es ist sehr schnell gegangen. Er hat nicht mal gemerkt, was passiert ist.«

»Warum ist er gefallen?«

Olivia hatte ihr wahrscheinlich erzählt, dass es ein Unfall war, aber als Kind mit einem doppelten Zuhause hat Holly den starken Hang, immer die Gegenprobe zu machen. Bei den meisten Menschen habe ich keinerlei Skrupel, sie zu belügen, aber Holly gegenüber habe ich ein ganz eigenständiges Gewissen. »Das steht noch nicht fest, Liebes.«

Endlich glitten ihre Augen zu mir herüber, geschwollen und gerötet und heftig wie ein Fausthieb. »Aber du findest es raus. Nicht?«

»Ja«, sagte ich. »Versprochen.«

Sie blickte mich noch eine Sekunde länger an, dann nickte sie und senkte den Kopf wieder über den kleinen Tisch. »Ist er im Himmel?«

»Ja«, sagte ich. Selbst mein spezielles Holly-Gewissen hat Grenzen. Persönlich halte ich Religion für ausgemachten Schwachsinn, aber wenn eine schluchzende Fünfjährige von dir wissen will, was mit ihrem Hamster passiert ist, glaubst du plötzlich an alles, was das Herzeleid in ihrem Gesicht ein wenig lindert. »Ganz bestimmt. Er ist jetzt da oben, sitzt an einem Strand, der eine Million Meilen lang ist, trinkt ein Guinness so groß wie eine Badewanne und flirtet mit einem hübschen Mädchen.«

Sie gab einen Laut von sich, der irgendwo zwischen einem Kichern, einem Schniefen und einem Schluchzer lag. »Daddy, *nein*, ich mach keine Witze!«

»Ich auch nicht. Und ich wette, er winkt dir jetzt zu und sagt, du sollst nicht weinen.«

Ihre Stimme zitterte stärker. »Ich will nicht, dass er tot ist.«

»Ich weiß, Kleines. Ich auch nicht.«

»Conor Mulvey hat mir in der Schule immer meine Schere weggenommen, früher, und Onkel Kevin hat gesagt, wenn er das noch mal macht, soll ich sagen: ›Du machst das nur, weil du in mich verknallt bist‹, und dann würde er ganz rot werden und aufhören, mich zu ärgern, und das hab ich gemacht, und es hat geklappt.«

»Das war gut von deinem Onkel Kevin. Hast du's ihm erzählt?«

»Ja. Er hat gelacht. Daddy, das ist nicht fair.«

Sie stand kurz vor einem weiteren gewaltigen Dammbruch von Tränen. »Es ist total unfair, Liebes. Ich wünschte, ich könnte irgendwas sagen, um es besser zu machen, aber mir fällt nichts ein. Manchmal passieren einfach ganz, ganz schlimme Dinge, und du kannst nichts dagegen tun.«

»Mum sagt, wenn ich eine Weile warte, kann ich an ihn denken, und es macht mich nicht mehr traurig.«

»Deine Mummy hat meistens recht«, sagte ich. »Hoffen wir, dass sie diesmal auch recht hat.«

»Einmal hat Onkel Kevin gesagt, ich wäre seine Lieblingsnichte, weil du mal sein Lieblingsbruder warst.«

O Gott. Ich streckte einen Arm aus, um ihn um ihre Schultern zu legen, doch sie rückte weg und wienerte noch fester an dem Tisch, drückte mit einem Fingernagel das Papier in winzige Holzwindungen. »Bist du böse, weil ich zu Nana und Granddad gegangen bin?«

»Nein, Häschen. Nicht auf dich.«

»Auf Mum?«

»Nur ein kleines bisschen. Wir vertragen uns schon wieder.«

Hollys Augen huschten zu mir rüber, nur ganz kurz. »Schreit ihr euch wieder an?«

Ich bin mit einer Mutter aufgewachsen, die den schwarzen Gürtel im Wecken von Schuldgefühlen hat, aber selbst in Hochform ist sie nichts im Vergleich zu dem, was Holly schafft, ohne es nur zu wollen. »Wir schreien uns nicht an«, sagte ich. »Ich ärgere mich nur ein bisschen darüber, dass keiner mir was gesagt hat.«

Schweigen.

»Weißt du noch, wie wir mal über Geheimnisse gesprochen haben?«

»Ja.«

»Weißt du noch, dass wir gesagt haben, es ist in Ordnung, wenn du mit deinen Freundinnen gute Geheimnisse hast, aber wenn dich irgendwas beunruhigt, dass das dann ein schlechtes Geheimnis ist? Eins, worüber du mit mir oder deiner Mummy reden musst?«

»Es war nicht *schlecht*. Es sind doch meine *Großeltern*.«

»Ich weiß, Schätzchen. Ich will dir damit bloß sagen, dass es noch eine Art von Geheimnis gibt. Ein Geheimnis, das auch nicht unbedingt schlecht sein muss, aber trotzdem hat ein anderer ein Recht darauf, es zu erfahren.« Ihr Kopf war noch immer gesenkt, und sie schob trotzig das Kinn vor. »Sagen wir, deine Mummy und ich beschließen, nach Australien zu ziehen. Sollen wir dir das dann erzählen? Oder sollen wir dich einfach mitten in der Nacht in ein Flugzeug verfrachten?«

Achselzucken. »Mir erzählen.«

»Weil dich das auch was angeht. Du hättest ein Recht darauf, es zu erfahren.«

»Ja.«

»Als du anfingst, meine Familie zu besuchen, ist mich das auch was angegangen. Es war falsch, das vor mir geheim zu halten.«

Sie wirkte nicht überzeugt. »Wenn ich es dir erzählt hätte, wärst du bestimmt böse geworden.«

»Jetzt bin ich sehr viel böser, als ich es gewesen wäre, wenn es mir gleich jemand erzählt hätte. Holly, Kleines, es ist immer besser, mir etwas frühzeitig zu erzählen. Immer. Okay? Auch wenn es etwas ist, was mir nicht gefällt. Es zu verheimlichen macht alles bloß schlimmer.« Holly setzte den Tisch wieder vorsichtig ins Puppenhauszimmer, rückte ihn mit einer Fingerspitze zurecht. Ich sagte: »Ich versuche immer, dir die Wahrheit zu sagen, auch wenn es ein bisschen wehtut. Das weißt du. Du musst das auch bei mir machen. Abgemacht?«

Holly sagte mit dünner, erstickter Stimme zu dem Puppenhaus: »Tut mir leid, Daddy.«

Ich sagte: »Das weiß ich, Liebes. Es wird alles gut. Aber denk dran, wenn du das nächste Mal mit dem Gedanken spielst, mir was zu verheimlichen, okay?«

Nicken. »Gut«, sagte ich. »Und jetzt erzähl mir mal, wie du dich mit unserer Familie verstehst. Hat Nana dir auch schon ihren leckeren Trifle zum Nachtisch gemacht?«

Ein zittriger kleiner Seufzer der Erleichterung. »Ja. Und sie sagt, ich hab schöne Haare.«

Heiliger Strohsack: ein Kompliment. Ich hatte mich voll und ganz darauf eingestellt, allen möglichen Mäkeleien zu widersprechen, an Hollys Sprechweise, über ihre Manieren bis hin zur Farbe ihrer Socken, aber anscheinend wurde Ma altersmild. »Hast du auch. Wie findest du deinen Cousin und deine Cousinen?«

Holly zuckte die Achseln und hob einen winzigen Konzertflügel aus dem Puppenhauswohnzimmer. »Nett.«

»Wie nett?«

»Darren und Louise reden nicht viel mit mir, weil sie zu groß sind, aber ich und Donna machen gern unsere Lehrer nach. Einmal haben wir uns kaputtgelacht, bis Nana gemeint hat, wir sollen leise sein, sonst würde uns die Polizei holen kommen.«

Was sich schon ein bisschen eher nach der Ma anhörte, die ich kannte und mied. »Und wie findest du deine Tante Carmel und Onkel Shay?«

»Ganz okay. Tante Carmel ist ein bisschen langweilig, aber wenn Onkel Shay da ist, hilft er mir bei den Mathehausaufgaben, weil ich ihm erzählt hab, dass Mrs O'Donnell rumschimpft, wenn man was falsch hat.«

Und ich hatte mich darüber gefreut, dass sie endlich richtig gut im Dividieren geworden war. »Das ist nett von ihm«, sagte ich.

»Wieso besuchst du sie nicht?«

»Das ist eine lange Geschichte, Häschen. Zu lange für einen Morgen.«

»Darf ich trotzdem weiter zu ihnen, auch wenn du nicht hingehst?«

Ich sagte: »Wir werden sehen.« Es hörte sich alles richtig

idyllisch an, aber Holly schaute mich noch immer nicht an. Irgendetwas machte ihr zu schaffen, abgesehen von dem Offensichtlichen. Falls sie meinen Dad in seiner bevorzugten Gemütsverfassung erlebt hatte, würde es einen heiligen Krieg und womöglich eine ganz neue Sorgerechtsverhandlung geben. Ich fragte: »Was ist los? Hat dich einer von ihnen geärgert?«

Holly fuhr mit einem Fingernagel über die Tasten des Flügels. Nach einem Augenblick sagte sie: »Nana und Granddad haben kein Auto.«

Damit hatte ich nicht gerechnet. »Nein.«

»Wieso nicht?«

»Sie brauchen keins.«

Verständnisloser Blick. Mir kam der Gedanke, dass Holly noch nie im Leben Leute getroffen hatte, die kein Auto hatten, ob sie eins brauchten oder nicht. »Wie kommen sie denn irgendwohin?«

»Zu Fuß oder mit dem Bus. Die meisten ihrer Freunde wohnen nur ein oder zwei Minuten weit weg, und die Geschäfte sind gleich um die Ecke. Was sollen sie da mit einem Auto?«

Sie dachte kurz darüber nach. »Wieso wohnen sie nicht in einem ganzen Haus?«

»Sie haben immer da gewohnt. Deine Nana ist in der Wohnung zur Welt gekommen. Jeder, der je versuchen sollte, sie da rauszuholen, tut mir jetzt schon leid.«

»Wieso haben sie keinen Computer und nicht mal eine Spülmaschine?«

»Nicht jeder hat so was.«

»Jeder hat einen *Computer.*«

Ich gestand es mir nur äußerst ungern ein, aber irgendwo im Hinterkopf schwante mir ganz allmählich, wieso Olivia und Jackie gewollt hatten, dass Holly sah, wo ich herkam. »Nein«, sagte ich. »Die meisten Menschen auf dieser Welt haben nicht das Geld, um sich so etwas zu kaufen. Sogar ganz viele Leute hier in Dublin.«

»Daddy. Sind Nana und Granddad *arm*?«

Ihre Wangen färbten sich blassrosa, als hätte sie ein unanständiges Wort gesagt. »Na ja«, sagte ich. »Kommt drauf an, wen du fragst. Sie würden nein sagen. Es geht ihnen deutlich besser als zu der Zeit, als ich klein war.«

»Waren sie da arm?«

»Ja, Schätzchen. Wir haben nicht gehungert oder so, aber wir waren ziemlich arm.«

»Wie arm?«

»Wir hatten kein Geld, um in Urlaub zu fahren, und wir mussten sparen, um mal ins Kino gehen zu können. Ich hab Onkel Shays alte Sachen aufgetragen und dein Onkel Kevin meine, statt neue zu bekommen. Deine Nana und dein Granddad mussten im Wohnzimmer schlafen, weil wir nicht genug Zimmer hatten.«

Sie machte große Augen, als würde ich ihr ein Märchen erzählen. »Ehrlich?«

»Ja. Viele Menschen haben so gelebt. Es war kein Weltuntergang.«

Holly sagte: »Aber.« Ihre Wangen waren jetzt nicht mehr rosa, sondern knallrot. »Chloe sagt, arme Leute sind Prolls.«

Das überraschte mich absolut nicht. Chloe ist eine alberne, gehässige, humorlose kleine Göre mit einer magersüchtigen, gehässigen, humorlosen Mutter, die betont laut und langsam und mit bewusst einfachen Worten mit mir redet, weil ihre Familie eine Generation früher als meine aus der Gosse gekrochen ist und weil ihr fetter, gehässiger, humorloser Gatte einen dicken Geländewagen fährt. Ich fand schon immer, wir sollten der ganzen schnöden Bagage Hausverbot erteilen. Liv meinte, Holly würde schon irgendwann von selbst über Chloe hinauswachsen. Was mich betraf, so klärte dieser herrliche Augenblick die Frage ein für alle Mal.

»Verstehe«, sagte ich. »Was genau meint Chloe damit?«

Ich achtete darauf, meine Stimme ruhig zu halten, aber Holly kennt mich gut, und sie warf mir einen raschen Seitenblick zu, las in meinem Gesicht. »Das ist kein Schimpfwort.«

»Kommt drauf an. Was glaubst du denn, was es bedeutet?«

Zappeliges Achselzucken. »Weißt du doch.«

»Häschen, wenn du ein Wort benutzt, musst du doch ungefähr wissen, was du da sagst. Na los.«

»Na ja, dumme Leute. Leute, die Trainingsanzüge tragen und die keine Arbeit haben, weil sie faul sind, und richtig sprechen können sie auch nicht. *Arme* Leute.«

Ich sagte: »Was ist mit mir? Findest du, ich bin dumm und faul?«

»Du doch nicht!«

»Aber meine ganze Familie war bitterarm.«

Sie wurde langsam aufgebracht. »Das ist was anderes.«

»Genau. Du kannst genauso gut ein reicher Mistkerl sein, wie du ein armer Mistkerl sein kannst, und du kannst als reicher und armer Mensch anständig sein. Das hat mit Geld nichts zu tun. Es ist schön, welches zu haben, aber es macht dich nicht zu dem, der du bist.«

»Chloe sagt, ihre Mum sagt, es ist superwichtig, allen sofort zu zeigen, dass man viel Geld hat. Sonst kriegt man keinen Respekt auf dieser Welt.«

»Chloe und ihre Eltern«, sagte ich, mit der Geduld am Ende, »sind so vulgär, da würde sogar der durchschnittliche, mit Goldketten behängte Proll rot werden.«

»Was bedeutet vulgär?«

Holly hatte inzwischen aufgehört, mit dem Flügel zu hantieren, und blickte mich jetzt zutiefst verwirrt und mit zusammengezogenen Augenbrauen an, während sie darauf wartete, dass ich alles einleuchtend und verständlich erklärte. Zum vielleicht ersten Mal in ihrem Leben hatte ich keine Ahnung, was ich ihr sagen sollte. Mir war schleierhaft, wie ich einem Kind, das glaubte, jeder hätte einen Computer, den Unterschied zwischen einem fleißigen Armen und einem miesen Armen klarmachen sollte oder wie ich einem Kind, das mit Britney Spears aufgewachsen ist, das Wort vulgär erklären sollte oder wie ich überhaupt irgendwem erklären sollte, wie diese Situation sich in ein so heilloses Fiasko hatte verwandeln können. Am liebsten hätte ich Olivia gerufen, damit sie mir sagte, was ich machen sollte, bloß das war nicht mehr Livs Problem. Meine Beziehung zu Holly war jetzt ganz allein mein Problem. Am Ende nahm ich ihr den Miniaturflügel aus der Hand, stellte ihn zurück ins Puppenhaus und zog sie auf meinen Schoß.

Holly lehnte sich zurück, um mein Gesicht zu beobachten, und sagte: »Chloe ist doof, nicht?«

»Gott, ja«, sagte ich. »Wenn die doofen Leute weltweit knapp würden, könnten Chloe und ihre Eltern den Mangel im Nu allein beheben.«

Sie nickte und schmiegte sich an meine Brust, und ich zog ihren Kopf unter mein Kinn. Nach einer Weile sagte sie: »Zeigst du mir irgendwann, wo Onkel Kevin aus dem Fenster gefallen ist?«

»Wenn du meinst, du musst das sehen, klar«, sagte ich. »Ich zeig's dir.«

»Aber nicht heute.«

»Nein«, sagte ich. »Den heutigen Tag wollen wir alle einfach nur möglichst heil überstehen.« Wir saßen schweigend auf dem Boden, ich wiegte Holly hin und her, und sie lutschte versonnen am Ende eines Zopfes, bis Olivia hereinkam und sagte, es sei Zeit für die Schule.

Ich kaufte mir irgendwo in Dalkey einen extragroßen Kaffee und einen undefinierbaren, biomäßig aussehenden Muffin – ich hab das Gefühl, Olivia fürchtet, wenn sie mir was zu essen anbietet, könnte ich das als Einladung auffassen, wieder einzuziehen – und frühstückte auf einer Mauer sitzend, während ich beobachtete, wie übergewichtige Anzugträger in dicken Schlitten die Wut kriegten, wenn die Verkehrsfluten sich nicht extra für sie teilten. Dann rief ich meine Mailbox an.

»Ja, ähm, Frank … Hi. Ich bin's, Kev. Hör mal, ich weiß, du hast gesagt, es ist ungünstig, aber … ich meine, nicht jetzt, aber wenn du Zeit hast, rufst du mich dann mal an? Am besten noch heute Abend, auch wenn's spät ist, macht gar nichts. Ähm. Danke. Bye.«

Das zweite Mal legte er wieder auf, ohne Nachricht. Ebenso beim dritten Mal, während Holly und Jackie und ich uns den Bauch mit Pizza vollschlugen. Der vierte Anruf war um kurz vor sieben gewesen, vermutlich als Kevin auf dem Weg zu Ma und Dad war. »Frank, ich bin's noch mal. Hör zu … ich muss echt mit dir sprechen. Ich weiß, du willst wahrscheinlich gar nicht über den ganzen Mist nachdenken, klar, aber ich schwöre, ich hab nicht vor, dich kirre zu machen, ich … Rufst du mich bitte an? Okay, ähm, also dann … bye.«

Zwischen Samstagnacht, als ich ihn zurück zum Pub schickte, und Sonntagnachmittag, als der Telefonterror losging, hatte sich irgendetwas verändert. Möglich, dass es um etwas ging, was unterwegs passiert war, vielleicht im Pub – bei einigen Stammgästen des *Blackbird* ist es purer Zufall, dass sie noch niemanden umgebracht haben –, aber das bezweifelte ich. Kevin war schon nervös gewesen, ehe er überhaupt im Pub auftauchte. Alles, was ich über ihn wusste – und ich glaubte noch immer, dass das etwas zählte –, sagte mir, dass er ein gelassener Typ gewesen war, aber ungefähr von dem Zeitpunkt an, als wir zusammen in Nummer 16 gewesen waren, hatte er unruhig gewirkt. Ich hatte mir das damit erklärt, dass der Durchschnittsbürger durch den Gedanken an Tote nun mal ein wenig aus der Bahn geworfen wird – und ich hatte mir über andere Dinge den Kopf zerbrochen. Aber es musste weit mehr dahintergesteckt haben.

Was immer Kevin auch beschäftigt hatte, es war irgendetwas, das nicht erst am letzten Wochenende passiert war. Es hatte tief in seinem Unterbewusstsein festgesteckt, vielleicht seit zweiundzwanzig Jahren, bis es am Samstag durch irgendetwas gelockert worden war. Ganz allmählich – unser Kev war nie der Schnellsten einer gewesen – war es im weiteren Verlauf des Tages an die Oberfläche getrieben und hatte ihn angestupst, immer fester. Er hatte vierundzwanzig Stunden lang versucht, es zu ignorieren oder daraus schlau zu werden oder mit dem, was es bedeutete, allein klarzukommen, und dann hatte er seinen großen Bruder Francis um Hilfe bitten wollen. Als ich ihn abblitzen ließ, hatte er sich an die schlimmstmögliche Person gewandt.

Er hatte eine nette Stimme, am Telefon. Selbst in seiner verwirrten und besorgten Verfassung klang er angenehm. Wie ein Guter, wie jemand, den man gern kennenlernen würde.

Was meine nächsten Schritte betraf, so waren meine Möglichkeiten begrenzt. Die Vorstellung, jovial mit den Nachbarn zu plaudern, erschien mir längst nicht mehr so prickelnd, seit ich wusste, dass die Hälfte von ihnen mich für einen kaltblütigen Ninja-Brudermörder hielt, und außerdem musste ich mich aus Rockys Blickfeld raushalten, und wenn auch nur Georges Verdauung zuliebe. Andererseits fand ich die Vorstellung, die ganze Zeit nur Däumchen zu drehen und wie ein Teenager nach dem ersten Kuss auf mein Handy zu starren, in der Hoffnung, dass Stephens Nummer im Display erschien, auch nicht sonderlich reizvoll. Wenn ich nichts tue, sollte das möglichst einen Zweck haben.

Irgendetwas zwickte mich im Nacken, als würde mir jemand einzeln die kleinen Härchen ausreißen. Ich achte auf so ein Gefühl. Ich hätte schon eine Menge Situationen nicht überlebt, wenn ich es ignoriert hätte. Irgendetwas übersah ich, irgendetwas, das ich gesehen oder gehört und nicht beachtet hatte.

Verdeckte Ermittler können nicht alles Interessante auf Video aufnehmen, so wie die Kollegen vom Morddezernat, daher haben wir alle ein sehr, sehr gutes Gedächtnis. Ich machte es mir auf der Mauer etwas bequemer, zündete mir eine Zigarette an und ging noch einmal jede einzelne Information durch, die ich in den letzten paar Tagen gesammelt hatte.

Eine Sache stach heraus: Ich konnte mir noch immer nicht erklären, wie der Koffer in den Kamin gekommen war. Laut Nora musste er irgendwann zwischen Donnerstagnachmittag, als sie sich heimlich Rosies Walkman ausgeliehen hatte, und Samstagabend dort versteckt worden sein. Doch laut Mandy hatte Rosie in diesen zwei Tagen ihre Schlüssel nicht gehabt, womit mehr oder weniger ausgeschlossen war, dass sie den Koffer abends unbemerkt aus dem Haus geschafft hatte – sie hätte bis zu Nummer 16 über schrecklich viele lästige Mauern klettern müssen –, und Matt Daly hatte sie mit Adleraugen beobachtet, wodurch es praktisch unmöglich für sie war, etwas so Großes wie den Koffer tagsüber rauszuschmuggeln. Nora hatte außerdem gesagt, dass Rosie donnerstags und freitags immer zusammen mit Imelda Tierney zur Arbeit und wieder nach Hause gegangen war.

Am Freitagabend war Nora mit ihren Freundinnen im Kino gewesen. Rosie hatte das gemeinsame Zimmer also für sich, vielleicht um zusammen mit Imelda in aller Ruhe zu packen und Pläne zu schmieden. Imelda ging bei den Dalys ein und aus, es hätte also niemand großartig auf sie geachtet. Sie hätte praktisch alles, was sie wollte, aus der Wohnung schleppen können.

Inzwischen wohnte Imelda auf der Hallows Lane, gerade weit genug vom Faithful Place entfernt, um nicht mehr von Rockys Rasterblick erfasst zu werden. Und Mandys Gesichtsausdruck nach zu schließen bestanden gute Chancen, dass Imelda an einem Werktag zu Hause war und dass ihr Verhältnis zur Nachbarschaft so durchwachsen war, dass sie vielleicht eine Schwäche für einen verlorenen Sohn hatte, der nicht mehr ganz drin und auch nicht mehr ganz draußen war. Ich kippte den letzten Rest kalten Kaffee in mich hinein und ging zu meinem Wagen.

Mein Kumpel bei den Stadtwerken hatte im Computer eine Imelda Tierney, Hallows Lane 10, Wohnung 3. Das Haus war eine Bruchbude: fehlende Dachpfannen, abblätternde Farbe an der Tür, schlaffe Gardinen hinter dreckigen Fenstern. Höchstwahrscheinlich beteten die Nachbarn darum, dass der Vermieter an irgendeinen netten seriösen Yuppie verkaufte oder das Haus wenigstens abfackelte, um das Geld von der Versicherung zu kassieren.

Ich hatte recht gehabt: Imelda war zu Hause. »Francis«, sagte sie, irgendwo zwischen schockiert und begeistert und entsetzt, als sie die Wohnungstür öffnete. »Jesses.«

Nicht eines der zweiundzwanzig Jahre war gut zu Imelda gewesen. Sie war nie eine Klassefrau gewesen, aber sie war groß und hatte tolle Beine und einen tollen Gang gehabt, und alles drei zusammen ist ein echtes Pfund. Inzwischen sah sie aus wie den Serien *Baywatch* und *Crimewatch* gleichzeitig entsprungen – gute Figur, verlebtes Gesicht. Sie war schlank geblieben, hatte aber Tränensäcke unter den Augen, und ihr Gesicht war mit Falten wie Messernarben übersät. Sie trug einen weißen Trainingsanzug mit einem Kaffeefleck vorne drauf, und ihre selbstblondierten Haare zeigten etwa fünf Zentimeter lange erschöpfte Ansätze. Bei meinem Anblick schnellte ihre Hand hoch, um ihre Frisur in Form zu drücken, als würde allein das genügen, um uns in die Zeit zurückzukatapultieren, als wir strahlende Teenager gewesen waren, überschäumend vor Freitagabenderwartungen. Es war diese kleine Geste, die mir geradewegs ans Herz ging.

Ich sagte: »Hallo, Melda«, und schenkte ihr mein bestes Grinsen, um sie daran zu erinnern, dass wir dicke Freunde gewesen waren, damals. Ich hatte Imelda immer gemocht. Sie war clever gewesen, rastlos, mit einer launischen Ader und einer dicken Haut, die sie sich schwer verdient hatte: Statt eines dauerhaften Vaters hatte sie viel zu viele vorübergehende gehabt, einige davon verheiratet mit Frauen, die nicht ihre Mutter waren, was zur damaligen Zeit echt was hieß. Imelda hatte sich wegen ihrer Mutter so einiges anhören müssen, als wir Kinder waren. Die meisten von uns saßen auf die eine oder andere Art im Glashaus, aber ein arbeitsloser Säufer als Vater war längst nicht so schlimm wie eine Ma, die Sex hatte.

Imelda sagte: »Ich hab das mit Kevin gehört, Gott hab ihn selig. Tut mir furchtbar leid, was ihr durchmacht.«

»Gott hab ihn selig«, pflichtete ich bei. »Wo ich schon mal wieder in der Gegend bin, dachte ich, ich schau auf einen Sprung bei ein paar alten Freunden vorbei.«

Ich blieb im Türrahmen stehen, wartete. Imelda warf einen raschen Blick über ihre Schulter, aber ich rührte mich nicht, und sie hatte keine andere Wahl. Nach einer Sekunde sagte sie: »Die Wohnung ist ziemlich chaotisch –«

»Glaubst du, das stört mich? Du solltest mal meine Bude sehen. Es ist wirklich schön, dich wiederzusehen.«

Als ich zu Ende gesprochen hatte, war ich auch schon an ihr vorbei und durch die Tür. Die Wohnung war zwar nicht gerade verwahrlost, aber ich verstand, was sie meinte. Bei Mandy zu Hause hatte ein Blick genügt, um zu erkennen, dass die Frau zufrieden war; nicht gerade überglücklich vielleicht, aber ihr Leben hatte sich so gestaltet, dass es ihr gefiel. Ganz anders bei Imelda. Das Wohnzimmer wirkte kleiner, als es war, weil überall irgendwas herumstand und -lag: schmutzige Tassen und Imbissverpackungen vom Chinesen auf dem Boden vor dem Sofa, Frauenklamotten – verschiedene Größen – trockneten auf den Heizkörpern, wackelige verstaubte Stapel DVD-Raubkopie-Hüllen in den Ecken. Die Heizung war zu hoch gedreht, und die Fenster waren lange nicht mehr geöffnet worden. Es roch stark nach Aschenbechern, Essen und Frauen. Alles bis auf die Hochleistungsglotze musste ersetzt werden.

»Du hast eine hübsche kleine Wohnung«, sagte ich.

Imelda sagte knapp: »Sie ist beschissen.«

»Ich bin in einer schlechteren aufgewachsen.«

Sie zuckte die Achseln. »Und? Sie ist trotzdem beschissen. Willst du 'nen Tee?«

»Gerne. Wie ist es dir ergangen?«

Sie verschwand in der Küche. »Siehst du ja selbst. Setz dich doch.«

Ich entdeckte ein nicht verkrustetes Fleckchen Sofa und nahm Platz. »Ich hab gehört, du hast Töchter, ja?«

Durch die halboffene Küchentür sah ich, wie Imelda innehielt, eine Hand auf dem Kessel. Sie sagte: »Und ich hab gehört, du bist bei der Polizei.«

Ich gewöhnte mich langsam an die unlogische Wut, die in mir hochschoss, wenn jemand mich darüber in Kenntnis setzte, dass ich mich in einen Handlanger der Obrigkeit verwandelt hatte; die erwies sich inzwischen sogar als ganz nützlich. *»Imelda«*, sagte ich nach einer stummen Schrecksekunde, empört und bis ins Mark verletzt. »Ist das dein Ernst? Du glaubst, ich bin hier, um dir wegen deiner Kinder Ärger zu machen?«

Achselzucken. »Woher soll ich das wissen? Sie haben sowieso nichts ausgefressen.«

»Ich weiß nicht mal, wie sie *heißen*. Ich hab mich nur nett erkundigt, verdammt nochmal. Von mir aus kannst du die verdammten Sopranos großziehen, interessiert mich einen Scheißdreck. Ich wollte bloß hallo sagen, um der alten Zeiten willen. Aber wenn du nicht damit klarkommst, womit ich meine Brötchen verdiene, dann sag das, und ich verschwinde wieder. Glaub mir.«

Nach einem Moment sah ich, wie Imeldas Mund widerwillig zuckte, und sie schaltete den Elektrokessel ein. »Immer noch der alte Francis, geht gleich an die Decke. Ja, ich hab drei. Isabelle, Shania und Genevieve. Tanzen mir ganz schön auf der Nase herum. Teenager. Hast du auch Kinder?«

Kein Wort von einem Vater – oder Vätern. »Eine Tochter«, sagte ich. »Sie ist neun.«

»Da hast du ja noch alles vor dir. Gott steh dir bei. Es heißt, Jungs ruinieren dir das Haus und Mädchen ruinieren dir die Nerven, und das stimmt.« Sie warf Teebeutel in Tassen. Allein vom Zuschauen, wie sie sich bewegte, fühlte ich mich alt.

»Gehst du immer noch nähen?«

Ein Schnauben, das ein Lachen gewesen sein könnte. »Gott, das ist lange her. Ich hab vor zwanzig Jahren in der Fabrik aufgehört. Inzwischen mach ich dies und das. Überwiegend putzen.« Sie warf mir einen Seitenblick zu, streitlustig, falls ich irgendeine blöde Bemerkung von mir geben würde. »Die aus Osteuropa sind billiger, aber es gibt noch ein paar Leute, die lieber jemanden nehmen, der Englisch spricht. Ich komm ganz gut zurecht, wirklich.«

Das Wasser im Kessel kochte. Ich sagte: »Hast du das von Rosie gehört?«

»Ja, hab ich. Das war vielleicht ein Schock. Die ganze Zeit …« Imelda goss den Tee auf und schüttelte rasch den Kopf, als wollte sie irgendetwas daraus loswerden. »Die ganze Zeit dachte ich, sie wäre in England. Als ich es gehört hab, konnte ich es nicht glauben. Ich konnte einfach nicht. Ich schwöre, den Rest des Tages bin ich rumgelaufen wie ein Zombie.«

Ich sagte: »Ich auch. War alles in allem keine tolle Woche.«

Imelda brachte eine Packung Milch und eine Tüte Zucker aus der Küche und machte dafür ein Plätzchen auf dem Couchtisch frei. Sie sagte: »Kevin war immer so ein netter junger Kerl. Hat mir leidgetan, als ich das mit ihm gehört hab, richtig leid. Ich hätte bei euch vorbeigeschaut, an dem Abend, als es passiert ist, bloß …«

Sie zuckte die Achseln, ließ den Satz unvollendet. Nicht in einer Million Jahren hätten Chloe und Chloes Mummy den feinen, eindeutigen Schichtenunterschied verstanden, der Imelda, vermutlich zu Recht, hatte glauben lassen, sie wäre meiner Mutter nicht willkommen. Ich sagte: »Ich hatte gehofft, dich da zu sehen. Aber, Mensch, so können wir uns wenigstens richtig unterhalten, stimmt's?«

Wieder ein halbes Grinsen, diesmal nicht ganz so widerwillig. »Francis, wie er leibt und lebt. Du konntest schon immer gut reden.«

»Ich hab aber jetzt eine bessere Frisur.«

»Jesses, ja. Die Stachelhaare, weißt du noch?«

»Hätte schlimmer sein können. Ich hätte 'nen Vokuhila haben können, wie Zippy.«

»Igitt, hör auf. Wie der aussah.«

Sie ging zurück in die Küche, um die Tassen zu holen. Selbst mit aller Zeit der Welt hätte es mir nicht viel gebracht, hier rumzusitzen und zu quatschen: Imelda war um einiges härter als Mandy, sie wusste längst, dass ich auf etwas Bestimmtes hinauswollte, auch wenn sie nicht genau sagen konnte, worauf. Als sie zurückkam, sagte ich: »Kann ich dich was fragen? Ich bin unverschämt neugierig, aber ich schwöre, ich hab einen guten Grund zu fragen.«

Imelda drückte mir eine fleckige Tasse in die Hand und setzte sich in einen Sessel, aber sie lehnte sich nicht zurück, und ihre Augen waren noch immer argwöhnisch. »Schieß los.«

»Als du Rosies Koffer für sie nach Nummer sechzehn gebracht hast, wo genau hast du ihn versteckt?«

Der sofortige leere Blick, halb Maulesel, halb Schwachkopf, machte mir schlagartig wieder deutlich, wo genau ich jetzt stand. Nichts in der Welt konnte darüber hinwegtäuschen, dass Imelda gegen jeden Instinkt in ihrem Körper mit einem Bullen sprach. Sie sagte reflexartig: »Was für ein Koffer?«

»Ach, komm schon, Imelda«, sagte ich, locker und grinsend – ein falscher Ton, und der ganze Aufwand hier wäre für die Katz gewesen. »Ich und Rosie, wir hatten die Sache monatelang geplant. Glaubst du, sie hat mir nicht erzählt, wie sie das mit dem Koffer machen wollte?«

Langsam wich der leere Ausdruck aus Imeldas Gesicht; nicht ganz, aber ausreichend. Sie sagte: »Ich will mit der ganzen Sache nix zu tun haben. Wenn mich irgendwer sonst fragt, hab ich nie einen Koffer gesehen.«

»Kein Problem, Süße. Ich hab nicht vor, dich in irgendwas reinzureiten. Du hast uns immerhin einen Gefallen getan, und das weiß ich zu schätzen. Ich will bloß wissen, ob irgendwer sich an dem Koffer zu schaffen gemacht hat, nachdem du ihn ins Haus gebracht hattest. Erinnerst du dich, wo du ihn versteckt hast? Und wann?«

Sie beobachtete mich scharf unter ihren dünnen Wimpern hinweg, überlegte, was sie davon halten sollte. Schließlich angelte sie eine Zigarettenpackung aus einer Tasche und sagte: »Rosie hat es mir erst drei Tage vorher erzählt. Davor hat sie kein Wort gesagt. Ich und Mandy, wir haben zwar geahnt, dass irgendwas im Busch war, aber wir wussten nichts Genaues. Warst du schon bei Mandy?«

»Ja. Sie macht einen prima Eindruck.«

»Arrogante Kuh«, sagte Imelda, durch das Klicken des Feuerzeugs hindurch. »Zigarette?«

»Ja, danke. Ich dachte, du und Mandy wärt Freundinnen.«

Ein hartes, schnaubendes Lachen, während sie mir das Feuerzeug hinhielt. »Nicht mehr. Sie ist zu gut für unsereinen. Ich weiß eigentlich nicht, ob wir je wirklich Freundinnen waren. Früher waren wir beide einfach mit Rosie befreundet, und nachdem sie weg war …«

Ich sagte: »Mit dir war sie immer am engsten befreundet.«

Imelda warf mir einen Blick zu, der besagte, dass schon ganz andere vergeblich versucht hatten, bei ihr Süßholz zu raspeln. »Wenn wir so eng befreundet gewesen wären, hätte sie mir doch wohl von Anfang an von eurem Plan erzählt, oder? Sie hat nur was gesagt, weil ihr Dad sie dauernd im Auge behielt und sie deshalb ihre Sachen nicht selbst aus dem Haus schaffen konnte. Wir zwei sind an manchen Tagen in der Woche immer zusammen zur Fabrik gegangen und haben uns über irgendwelchen Mädchenkram unterhalten, worüber, weiß ich nicht mehr. Und auf einmal hat sie zu mir gesagt, ich müsste ihr einen Gefallen tun.«

Ich sagte: »Wie hast du den Koffer aus der Wohnung geschafft?«

»Kein Problem. Nach der Arbeit am nächsten Tag – am Freitag – bin ich rüber zu Rosie. Ihren Eltern haben wir erzählt, wir würden auf ihr Zimmer gehen und uns ihr neues Eurythmics-Album anhören, und sie haben bloß gesagt, wir sollten die Musik nicht so laut stellen. Wir haben sie gerade so laut aufgedreht, dass sie nicht hören konnten, wie Rosie ihre Sachen gepackt hat.« Ein leises Lächeln umspielte einen von Imeldas Mundwinkeln. Sie saß vorgebeugt da, die Ellbogen auf die Knie gestützt, und lächelte durch den Zigarettenrauch vor sich hin, und einen ganz kurzen Moment lang sah sie wieder so aus wie das behände, vorlaute Mädchen von damals. »Du hättest sie sehen sollen, Francis. Sie ist durchs Zimmer getanzt, sie hat in ihre Haarbürste gesungen, sie hatte sich neue Schlüpfer gekauft, damit du ihre ausgeleierten alten nicht sehen würdest, und sie hat sie über dem Kopf geschlenkert … Ich musste auch mittanzen und alles. Wir müssen ausgesehen haben wie zwei Irre, haben uns vor Lachen nicht mehr eingekriegt und die ganze Zeit versucht, möglichst leise zu sein, damit ihre Ma nicht reinkommt und sieht, was wir da machen. Ich glaube, das war, weil sie es endlich jemandem erzählen konnte, nachdem sie es so lange verheimlicht hatte. Sie war einfach überglücklich.«

Ich knallte die Tür vor diesem Bild schnell zu; das musste warten. »Schön«, sagte ich. »Wirklich schön zu hören. Und als sie dann mit Packen fertig war …?«

Das Grinsen breitete sich auf beide Seiten von Imeldas Mund aus. »Ich hab einfach den Koffer genommen und bin damit nach draußen spaziert. Ehrenwort. Ich hatte meine Jacke drübergelegt, aber da wäre keiner drauf reingefallen, wenn er richtig hingeguckt hätte. Ich bin aus Rosies Zimmer raus, und sie hat sich von mir verabschiedet, schön laut, und ich hab Mr Daly und Mrs Daly noch einen schönen Abend gewünscht – die saßen im Wohnzimmer vor der Glotze. Er hat sich umgedreht, als ich an der Tür vorbeikam, aber er wollte bloß nachsehen, ob Rosie auch nicht mitging. Den Koffer hat er gar nicht gesehen. Ich bin dann einfach allein raus.«

»Alle Achtung, ihr zwei«, sagte ich und grinste ebenfalls. »Und du bist dann mit dem Koffer gleich rüber zu Nummer sechzehn?«

»Ja. Es war Winter: schon dunkel, und kalt, deshalb waren alle schon zu Hause im Warmen. Mich hat keiner gesehen.« Ihre Augen waren zusammengekniffen gegen den Rauch, während sie sich erinnerte. »Ehrlich, Francis. Ich hatte einen Heidenschiss, als ich in das Haus rein bin. Ich war noch nie im Dunkeln da drin gewesen, jedenfalls nicht allein. Am schlimmsten waren die Treppen. In den Zimmern war ein bisschen Licht, das von draußen reinfiel, aber die Treppen waren stockfinster. Ich musste mich hochtasten. Über mir alles voller Spinnweben, und die Hälfte von den Stufen wackelte, als würde das ganze Haus jeden Moment über mir zusammenkrachen, und überall so leise Geräusche … Ich schwöre hoch und heilig, ich dachte, da ist irgendwo jemand oder vielleicht ein Geist, der mich beobachtet. Ich hätte mir die Lunge aus dem Hals geschrien, wenn mich einer gepackt hätte. Ich bin, so schnell ich konnte, wieder da raus.«

»Weißt du noch, wo du den Koffer versteckt hast?«

»Klar. Ich und Rosie hatten alles genau besprochen. Ich hab ihn im Kamin versteckt, von dem oberen Wohnzimmer – so ein großer Raum, du weißt schon. Wenn er nicht reingepasst hätte, sollte ich ihn im Keller verstecken, unter dem Haufen Bretter und Metall und so Kram, aber ich war nicht gerade scharf drauf, da runterzugehen. Zum Glück passte er prima rein.«

»Danke, Imelda«, sagte ich. »Dass du uns geholfen hast. Ich

hätte mich schon lange bei dir bedanken sollen, aber besser spät als nie.«

Imelda sagte: »Kann ich dich auch mal was fragen? Oder geht das nur in eine Richtung?«

»Meinst du, weil ich der Bulle bin, stell nur ich hier die Fragen? Quatsch, Süße, klar kannst du mich was fragen. Nur zu.«

»Die Leute sagen, dass Rosie und Kevin getötet worden sind. Ermordet. Alle beide. Ist das bloß dummes Gequatsche, oder stimmt das?«

Ich sagte: »Rosie wurde ermordet, ja. Bei Kevin weiß man noch nicht genau.«

»Wie wurde sie umgebracht?«

Ich schüttelte den Kopf. »Das sagt mir keiner.«

»Ja, ja. Schon klar.«

»Imelda«, sagte ich. »Du kannst mich von mir aus weiter bloß als Bullen sehen, aber ich garantier dir, im Augenblick denkt kein Mensch bei der Polizei so. Ich bearbeite den Fall nicht, ich soll sogar die Finger davon lassen. Ich setze meinen Job aufs Spiel, schon allein dadurch, dass ich hier bin. Ich bin diese Woche kein Bulle. Ich bin der nervige Arsch, der nicht verschwinden will, weil er Rosie Daly geliebt hat.«

Imelda biss sich seitlich auf die Lippe, fest. Sie sagte: »Ich hatte sie auch furchtbar gern, wirklich. Ich hab das Mädchen richtig liebgehabt.«

»Das weiß ich. Deshalb bin ich ja hier. Ich hab keine Ahnung, was mit ihr passiert ist, und ich hab nicht den Eindruck, dass die Bullen sich überschlagen, um es rauszufinden. Ich brauche Unterstützung, Melda.«

»Das hätte nie passieren dürfen. Das ist schrecklich, echt schrecklich. Rosie hat doch nie einem was getan. Sie wollte doch bloß ...« Imelda verstummte, rauchte und betrachtete ihre Finger, die sich durch ein Loch im verschlissenen Sofabezug bohrten, aber ich spürte, dass sie nachdachte, und wollte sie nicht unterbrechen. Nach einer Weile sagte sie: »Ich hab gedacht, wenigstens sie hätte den Absprung geschafft.«

Ich zog eine fragende Augenbraue hoch. Eine schwache Röte verfärbte Imeldas erschlaffte Wangen, als hätte sie irgendwas gesagt, das sich vielleicht dumm anhörte, aber sie sprach weiter: »Sieh dir Mandy an, ja? Das reinste Abziehbild ihrer Ma. So schnell sie konnte geheiratet, mit der Arbeit aufgehört, um sich um die Familie zu kümmern, gute kleine Ehefrau, gute kleine Mammy, wohnt im selben *Haus*, ob du's glaubst oder nicht, sie trägt sogar dieselben Klamotten, die ihre Ma früher getragen hat. Bei allen anderen, die wir von früher kennen, ist es das Gleiche: Abziehbilder ihrer Eltern, auch wenn sie sich noch so fest eingeredet haben, sie würden mal anders.«

Sie drückte ihre Zigarette in einem vollen Aschenbecher aus. »Und sieh mich an. Was aus mir geworden ist.« Sie deutete mit einer ruckartigen Kinnbewegung auf die Wohnung um uns herum. »Drei Kinder, drei Dads – hat Mandy dir wahrscheinlich erzählt, nicht? Ich war zwanzig, als ich Isabelle bekam. Sofort danach arbeitslos. Hatte seitdem keinen anständigen Job mehr, hab nie geheiratet, nie einen Typen länger als ein Jahr behalten – die Hälfte von denen ist längst verheiratet, klar. Ich hatte eine Million Pläne, als ich ein junges Ding war, und aus keinem ist was geworden. Stattdessen hab ich mich sang- und klanglos in meine Ma verwandelt. Ich bin einfach eines Morgens aufgewacht, und hier bin ich.«

Ich zog zwei weitere Zigaretten aus meiner Packung, zündete eine für Imelda an. »Danke.« Sie wandte den Kopf, um den Rauch von mir wegzublasen. »Rosie war die Einzige, die sich nicht in ihre Ma verwandelt hat. Ich hab gern an sie gedacht. Wenn es bei mir beschissen lief, war es schön zu wissen, dass sie da draußen irgendwo war, in London oder New York oder Los Angeles, und irgendeinen verrückten Job macht, von dem ich noch nie was gehört hab. Die Einzige, die den Absprung geschafft hatte.«

Ich sagte: »Ich hab mich nicht in meine Ma verwandelt. Oder in meinen Dad, besser gesagt.«

Imelda lachte nicht. Sie warf mir einen kurzen Blick zu, den ich nicht deuten konnte – vielleicht irgendwas in der Richtung, ob es wirklich als Verbesserung galt, dass aus mir ein Bulle geworden war. Nach einem Moment sagte sie: »Shania ist schwanger. Siebzehn. Sie weiß nicht genau, wer der Dad ist.«

Nicht mal Rocky hätte das in etwas Positives ummünzen können. Ich sagte: »Wenigstens hat sie eine gute Mammy, die ihr helfen kann.«

»Ja«, sagte Imelda. Ihre Schultern sanken ein kleines bisschen tiefer, als hätte sie sich von mir die Lösung erhofft, wie das Problem aus der Welt zu schaffen wäre. »Mag sein.«

In einer der anderen Wohnungen hatte jemand höllisch laut 50 Cent aufgelegt, und irgendwer brüllte ihn an, er solle leiser drehen. Imelda achtete nicht mal darauf. Ich sagte: »Ich muss dich noch was fragen.«

Imelda hatte gute Antennen, und irgendetwas in meiner Stimme hatte die aktiviert: Der leere Ausdruck legte sich wieder über ihr Gesicht. Ich sagte: »Wem hast du erzählt, dass Rosie und ich wegwollten?«

»Ich hab's niemandem erzählt. Ich bin doch keine Verräterin.«

Sie setzte sich aufrechter hin, bereit zum Kampf. Ich sagte: »Dafür hab ich dich auch nie gehalten. Aber es gibt alle möglichen Arten, Informationen aus Leuten rauszukriegen. Du warst erst … wie alt – achtzehn, neunzehn? Vielleicht hat dich irgendwer betrunken gemacht, damit du was ausplauderst, oder dich mit einem Trick dazu gebracht, irgendwelche Andeutungen zu machen.«

»Ich bin auch nicht blöd.«

»Ich auch nicht. Hör mal, Imelda. Irgendwer hat in jener Nacht in Nummer sechzehn auf Rosie gewartet. Irgendwer hat ihr aufgelauert, sie umgebracht und ihre Leiche verscharrt. Nur drei Leute auf der ganzen Welt wussten, dass Rosie in das Haus kommen würde, um den Koffer zu holen: ich, Rosie und du. Von mir hat es keiner erfahren. Und wie du vorhin selbst gesagt hast, hat Rosie unseren Plan monatelang für sich behalten. Du warst wahrscheinlich ihre beste Freundin, und sie hätte es nicht mal dir erzählt, wenn sie eine andere Wahl gehabt hätte. Glaubst du im Ernst, sie hat noch irgendwem sonst ihr Herz ausgeschüttet, einfach nur so? Nie im Leben. Damit bleibst nur noch du übrig.«

Ehe ich den Satz zu Ende gesprochen hatte, war Imelda aus dem Sessel gesprungen und riss mir die Tasse aus der Hand. »Eine verdammte Frechheit ist das von dir, hier aufzutauchen und mir so was zu unterstellen – ich hätte dich gar nicht reinlassen sollen. Dein ganzes Gesülze von wegen, du wolltest eine alte Freundin besuchen, Freundin, dass ich nicht lache, aushorchen wolltest du mich, mehr nicht –«

Sie fegte in die Küche und knallte die Tassen in die Spüle. Nur ein schlechtes Gewissen bringt einen dazu, dermaßen heftig aus allen Rohren zu feuern. Ich folgte ihr. »Und dein Gesülze von wegen, wie gern du Rosie hattest. Wie froh du warst, dass sie den Absprung geschafft hat. War das auch alles bloß erstunken und erlogen, Imelda? Ja?«

»Du hast ja keine Ahnung, wovon du redest. Für dich ist es einfach, kreuzt hier auf nach all den Jahren, Mister Großkotz, und kannst dich jederzeit wieder aus dem Staub machen – ich muss hier *leben*. Meine Kinder müssen hier *leben*.«

»Sieht es für dich so aus, als würde ich mich aus dem Staub machen? Ich bin hier, Imelda, ob es mir gefällt oder nicht. Ich gehe nirgendwohin.«

»O doch. Du verlässt auf der Stelle meine Wohnung. Steck dir deine Fragen sonst wohin und verschwinde.«

»Sag mir, mit wem du geredet hast, und du bist mich los.«

Ich stand zu dicht vor ihr. Imelda hatte den Rücken gegen den Herd gepresst. Ihre Augen huschten durch den Raum, auf der Suche nach Fluchtwegen. Als sie sich wieder auf mich richteten, sah ich blinde Furcht in ihnen aufflammen.

»Imelda«, sagte ich, so sanft ich konnte. »Ich werde dich nicht schlagen. Ich stelle dir bloß eine Frage.«

Sie sagte: »Verschwinde.«

Sie hatte eine Hand hinter dem Rücken, umklammerte irgendetwas. In dem Moment begriff ich, dass die Furcht kein Reflex war, kein Vermächtnis von irgendeinem Scheißkerl, der sie verprügelt hatte. Imelda hatte Angst vor mir.

Ich sagte: »Verdammte Scheiße, was glaubst du denn, was ich mit dir machen will?«

Sie sagte leise: »Ich bin vor dir gewarnt worden.«

Ehe ich wusste, was ich tat, hatte ich schon einen Schritt auf sie zu gemacht. Als ich sah, wie sie das Brotmesser hob und den Mund öffnete, um zu schreien, nahm ich Reißaus. Ich war schon unten im Treppenhaus, ehe sie die Fassung zurückgewann, sich übers Geländer beugte und so laut, dass die Nachbarn es auch ja mitbekamen, hinter mir herrief: »Und lass dich bloß nie wieder hier blicken!« Dann knallte ihre Wohnungstür zu.

15

ICH GING TIEFER IN DIE Liberties hinein, weg von der Innenstadt. Das gesamte Stadtzentrum wimmelte wie von Lemmingen beim Weihnachtseinkauf, die sich gegenseitig aus dem Weg rempelten, um für alles, was ihnen ins Auge fiel, die Kreditkarte zu zücken, je überteuerter, desto besser, und früher oder später würde mir einer von ihnen einen Vorwand für eine Schlägerei liefern. Ich kenne einen netten Burschen, der Danny Matches genannt wird und der mir mal angeboten hat, alles abzufackeln, was meiner Meinung nach abgefackelt gehört. Ich dachte an Faithful Place, an den gierigen Ausdruck auf Mrs Cullens Gesicht und die Unsicherheit auf Des Nolans und die Angst auf Imeldas und erwog ernsthaft, Danny anzurufen.

Ich ging weiter und weiter, bis ich den Drang, jeden, der mir zu nahe kam, k.o. zu schlagen, halbwegs abgelaufen hatte. Die Sträßchen und Gassen sahen so aus wie die Leute auf Kevins Totenfeier, verzerrte Versionen des Vertrauten, wie ein Witz, den ich nicht verstand: nagelneue BMWs dicht an dicht vor ehemaligen Mietshäusern, minderjährige Mütter, die in Designerkinderwagen hineinschrien, verstaubte Tante-Emma-Läden, aus denen schicke Boutiquen geworden waren. Ich schaffte es, endlich stehen zu bleiben, vor St. Patrick's Cathedral. Ich setzte mich eine Weile in den Park, ließ meine Augen auf etwas ruhen, das seit achthundert Jahren unverändert war, und hörte zu, wie sich Autofahrer allmählich in potentielle Amokläufer verwandelten, weil der Verkehr in der abendlichen Rushhour mehr und mehr zum Erliegen kam.

Ich saß noch immer dort und rauchte sehr viel mehr, als Holly lieb gewesen wäre, als mein Handy piepte. Die SMS war von dem guten alten Stephen, und ich wäre jede Wette eingegangen, dass er sie vier- oder fünfmal überarbeitet hatte, um genau den richtigen Ton zu treffen. *Hallo Detective Mackey, wollte nur Bescheid geben, dass ich die gewünschten Infos habe. Beste Grüße, Stephen Moran (Det).*

Braver Junge. Es war kurz vor fünf. Ich simste zurück. *Gut gemacht. Treffen wir uns im* Cosmo*, jetzt gleich.*

Das *Cosmo* ist ein mieser kleiner Sandwichladen und liegt versteckt in dem Gewirr von Sträßchen, die von der Grafton Street abgehen. Keiner aus dem Morddezernat würde sich je dort blicken lassen, was ein großes Plus war. Außerdem zählt das *Cosmo* zu den wenigen Lokalen der Stadt, die noch irische Bedienung haben, was bedeutet, dass sich keiner dort dazu herablassen würde, einen direkt anzusehen. Bei manchen Gelegenheiten ist das von Vorteil. Ich treffe mich hin und wieder dort mit meinen Informanten.

Als ich ankam, saß der Junge schon an einem Tisch, hielt sich an einer Tasse Kaffee fest und malte mit einer Fingerspitze Muster in verschütteten Zucker. Er blickte nicht auf, als ich mich zu ihm setzte. Ich sagte: »Schön, Sie wiederzusehen, Detective. Danke, dass Sie sich gemeldet haben.«

Stephen zuckte die Achseln. »Ja. Wie auch immer. Hatte ich ja versprochen.«

»Aha. Gibt's Probleme?«

»Ich komme mir irgendwie schäbig vor.«

»Ich lege Ihnen morgen schon kein Geld auf den Nachttisch, Ehrenwort.«

Er sagte: »Auf der Akademie haben sie uns gesagt, die Polizei ist wie eine Familie. Ich hab das geglaubt, wissen Sie? Ich hab das ernst genommen.«

»Das sollten Sie auch. Es ist Ihre Familie. Und so läuft das in Familien nun mal, mein Lieber. Haben Sie das noch nie gemerkt?«

»Nein. Bis jetzt noch nicht.«

»Na, schön für Sie. Eine glückliche Kindheit ist eine gute Sache. Jetzt sehen Sie, wie der Rest der Menschheit lebt. Was haben Sie für mich?«

Stephen biss sich auf die Wange. Ich beobachtete ihn interessiert und ließ ihn seinen Gewissenskonflikt ganz allein bearbeiten, und schließlich schnappte er sich natürlich nicht seinen Rucksack und machte, dass er wegkam, sondern er bückte sich und zog einen dünnen grünen Ordner heraus. »Der Obduktionsbericht«, sagte er und reichte ihn mir.

Ich überflog die Seiten rasch. Diagramme mit Kevins Verletzungen sprangen mir ins Auge, Gewichtsangaben von Organen, Hirnkontusionen, nicht gerade die ideale Lektüre zum Kaffee. »Sehr schön«, sagte ich. »Ich weiß das zu schätzen. Fassen Sie ihn für mich zusammen, dreißig Sekunden oder weniger.«

Das brachte ihn aus dem Konzept. Wahrscheinlich hatte er schon mal Familienangehörige benachrichtigen müssen, aber nicht inklusive aller medizinischen Details. Als ich nicht mit der Wimper zuckte, sagte er: »Äh … okay. Er – ich meine, der Verstorbene, äh, Ihr Bruder … ist aus einem Fenster gestürzt, kopfüber. Es gab keine Abwehrverletzungen oder Anzeichen für einen Kampf, nichts, was darauf hindeutet, dass eine weitere Person beteiligt war. Er ist circa siebeneinhalb Meter tief gefallen, auf harten Boden, und seitlich mit der Schädeldecke aufgeschlagen, etwa hier. Der Aufprall bewirkte eine Schädelfraktur und eine Gehirnverletzung. Und er hat sich das Genick gebrochen, was zur Atemlähmung geführt haben muss. An einem von beidem ist er gestorben. Sehr schnell.«

Genau das hatte ich hören wollen, und doch hätte ich mich glatt in die aufgedonnerte Kellnerin verlieben können, weil sie just in dem Moment auftauchte. Ich bestellte Kaffee und irgendein Sandwich. Sie notierte sich zweimal das Falsche, nur um zu demonstrieren, dass sie zu gut für diesen Job war, verdrehte die Augen ob meiner Blödheit und fegte beinahe Stephens Tasse in seinen Schoß, als sie mir die Speisekarte entriss, aber als sie schließlich von dannen wackelte, hatte sich meine Kiefermuskulatur wenigstens teilweise wieder gelockert. Ich sagte: »Also nichts Überraschendes. Haben Sie den Bericht über die Fingerabdrücke?«

Stephen nickte und zog einen weiteren, etwas dickeren Ordner heraus. Rocky musste das Labor gehörig unter Druck gesetzt haben, dass er die Ergebnisse so schnell bekommen hatte. Er wollte diesen Fall abschließen und zu den Akten legen. Ich sagte: »Lassen Sie hören.«

»Die Außenseite des Koffers war ziemlich hinüber. Durch die lange Zeit im Kamin ist fast alles, was mal drauf war, abgerieben worden, und dann haben die Arbeiter ihn angefasst und die Familie, die – Ihre Familie.« Er senkte verlegen den Kopf. »Es gibt noch immer ein paar Fingerabdrücke, die von Rose Daly stammen, sowie einer von ihrer Schwester Nora und drei unbekannte – ihrer Position nach zu schließen wahrscheinlich alle von derselben Hand und zur selben Zeit hinterlassen. Bei dem Inhalt sieht es ähnlich aus: jede Menge von Rose auf allen Sachen, wo Fingerabdrücke halten, jede Menge von Nora auf dem Walkman, ein paar von Theresa Daly auf der Innenseite des eigentlichen Koffers – was nicht verwunderlich ist, ich meine, es war schließlich mal ihrer – und massenhaft von der Familie Mackey, vor allem von Josephine Mackey. Ist das, äh, Ihre Mutter?«

»Volltreffer«, sagte ich. Natürlich war Ma diejenige, die den Koffer ausgepackt hatte. Ich konnte sie förmlich hören: *Jim Mackey, nimm deine dreckigen Finger weg, da sind Schlüpfer drin, bist du pervers oder was?* »Irgendwelche unbekannten Abdrücke?«

»Nicht auf dem Inhalt. Äh, wir haben außerdem auch ein paar Abdrücke von Ihnen auf dem Umschlag, in dem die Fahrscheine waren.«

Selbst nach den letzten paar Tagen war in mir noch gerade genug Platz für den Schmerz, den das auslöste: meine Abdrücke von jenem sagenhaft unschuldigen Abend im *O'Neill*, nach zwanzig Jahren in ihrem dunklen Versteck noch so frisch wie gestern, Spielmaterial für die Kriminaltechniker. Ich sagte: »Ja, klar. Ich bin nicht auf die Idee gekommen, Handschuhe zu tragen, als ich die gekauft hab. Sonst noch was?«

»Was den Koffer angeht, war das alles. Und es sieht so aus, als wäre der Abschiedsbrief saubergewischt worden. Auf der zweiten Seite, die ja 1985 gefunden wurde, haben wir Matthew, Theresa und Nora Daly, die drei Jungs, die die Nachricht gefunden und ihnen gebracht haben, und Sie. Kein Abdruck von Rose. Auf der ersten Seite, der aus Kevins Tasche, haben wir gar nichts. Absolut keine Abdrücke. Blitzblank.«

»Und das Fenster, aus dem er gefallen ist?«

»Das gegenteilige Problem: zu viele Abdrücke. Die Kriminaltechnik ist ziemlich sicher, dass wir Kevins Abdrücke auf dem Rahmen haben, was logisch ist, wenn er das Fenster aufgeschoben hat, und Abdrücke von seinen Handflächen auf der Fensterbank, als er sich rausgelehnt hat – aber schwören wollen sie nicht drauf, weil es darunter zu viele Schichten von anderen Abdrücken gibt. Dadurch verwischen die Details.«

»Gibt es sonst noch irgendetwas, was ich wissen sollte?«

Er schüttelte den Kopf. »Nichts Auffälliges. Kevins Abdrücke wurden auch noch an anderen Stellen gefunden – an der Tür zum Flur, an der Tür zu dem Raum, wo er aus dem Fenster gefallen ist –, aber nirgends, wo sie nicht hingehören. Im Haus wimmelt es überall von nicht identifizierten Abdrücken. Das Labor lässt sie noch durch den Computer laufen. Bislang sind ein paar Typen mit kleineren Vorstrafen dabei rausgekommen, aber das sind alles Jungs aus dem Viertel, die sich wahrscheinlich einfach in dem Haus rumgetrieben haben. Vielleicht schon vor Jahren.«

»Gute Arbeit«, sagte ich. Ich legte die beiden Ordner Kante auf Kante und verstaute sie in meiner Aktentasche. »Das werde ich Ihnen nicht vergessen. Und jetzt fassen Sie mir kurz Detective Kennedys Theorie zu dem Fall zusammen.«

Stephens Augen verfolgten meine Hände. »Erklären Sie mir doch noch mal, inwiefern das hier moralisch in Ordnung ist.«

Ich sagte: »Es ist moralisch in Ordnung, weil es schon abgehakt ist, mein Junge. Zusammenfassung.«

Nach einer Sekunde hob er den Blick und sah mir in die Augen. »Ich weiß nicht, wie ich mit Ihnen über diesen Fall reden soll.«

Die Kellnerin knallte meinen Kaffee und unsere Sandwichs auf den Tisch und stakste davon, um sich für ihr Fotoshooting fertigzumachen. Wir achteten beide nicht auf sie. Ich sagte: »Sie meinen, weil ich mit fast allem und jedem in diesem Fall persönlich zu tun habe.«

»Genau. Das muss schwer sein. Ich will es nicht noch schlimmer machen.«

Und fürsorglich war er obendrein. Der Junge würde es in spätestens fünf Jahren zum Polizeichef bringen. Ich sagte: »Vielen Dank für Ihre Rücksichtnahme, Stephen. Aber im

Augenblick brauche ich von Ihnen keine Sensibilität, sondern Objektivität. Sie müssen sich vorstellen, dieser Fall hätte nichts mit mir zu tun. Ich bin bloß ein Außenstehender, der zufällig hereinkommt und auf den neusten Stand gebracht werden muss. Schaffen Sie das?«

Er nickte. »Ja. In Ordnung.«

Ich lehnte mich zurück und zog meinen Teller näher ran. »Prima. Schießen Sie los.«

Stephen ließ sich Zeit, was gut war: ertränkte sein Sandwich in Ketchup und Mayonnaise, schob seine Kartoffelchips auf dem Teller zusammen, sortierte seine Gedanken. Dann sagte er: »Okay. Detective Kennedys Theorie lautet folgendermaßen. Am Abend des fünfzehnten Dezember 1985 wollen Francis Mackey und Rose Daly sich am Ende der Straße Faithful Place treffen, um zusammen durchzubrennen. Mackeys Bruder Kevin bekommt Wind davon –«

»Und wie?« Ich konnte mir nicht vorstellen, dass Imelda einem Fünfzehnjährigen ihr Herz ausgeschüttet hatte.

»Das ist unklar, aber offensichtlich hat irgendwer davon Wind bekommen, und Kevin bietet sich da am ehesten an. Das ist einer der Faktoren, die für Detective Kennedys Theorie sprechen. Jeder, mit dem wir geredet haben, hat ausgesagt, dass Francis und Rose ihre Flucht vollkommen geheim gehalten hatten, dass keiner auch nur eine Ahnung von ihrem Plan gehabt hatte. Aber Kevin war ganz nah am Geschehen. Er hatte ein gemeinsames Zimmer mit Francis. Er könnte etwas bemerkt haben.«

Die gute Mandy hatte den Mund gehalten. »Mal angenommen, die Möglichkeit fällt weg. In dem Zimmer gab es nichts zu sehen.«

Stephen zuckte die Achseln. Er sagte: »Ich bin in North Wall aufgewachsen. Ich würde sagen, die Liberties sind ganz ähnlich oder waren es zumindest: Die Leute leben Wand an Wand, die Leute reden viel, Geheimhaltung ist ein Ding der Unmöglichkeit. Ehrlich gesagt, ich würde mich stark wundern, wenn wirklich keiner von der geplanten Flucht gewusst hätte. Sehr stark.«

Ich sagte: »In Ordnung. Lassen wir das mal offen. Wie geht's weiter?«

Er konzentrierte sich darauf, seinen Bericht abzugeben, was ihn ein wenig entspannte; das war für ihn wieder vertrautes Terrain. »Kevin beschließt, Rose abzufangen, bevor sie sich mit Francis trifft. Vielleicht verabredet er sich mit ihr, vielleicht weiß er aber auch, dass sie ihren Koffer abholen muss, wie auch immer, sie begegnen sich jedenfalls, höchstwahrscheinlich irgendwo in Nummer sechzehn, Faithful Place. Sie geraten in Streit, er packt sie am Hals und schlägt sie mit dem Kopf gegen die Wand. Cooper meint, es muss ganz schnell gegangen sein, eine Sache von Sekunden. Als Kevin sich wieder in der Gewalt hat, ist es zu spät.«

»Motiv? Warum sollte er sie überhaupt abfangen, von dem Streit mal ganz zu schweigen?«

»Unbekannt. Alle sagen aus, dass Kevin sehr an Francis hing, also wollte er vielleicht verhindern, dass Rose ihn mitnimmt. Oder es könnte sexuelle Eifersucht gewesen sein – er war gerade in das Alter gekommen, in dem er damit Probleme gehabt haben könnte. Nach allem, was man hört, sah sie toll aus. Vielleicht hatte sie Kevin abblitzen lassen, oder vielleicht hatten sie heimlich was miteinander –« Stephen erinnerte sich plötzlich wieder daran, mit wem er sprach. Er wurde rot, verstummte und warf mir einen bangen Blick zu.

Ich erinnere mich an Rosie, hatte Kevin gesagt. *An ihre Haare und dieses Lachen, und an ihren Gang …* Ich sagte: »Dafür war der Altersunterschied ein bisschen zu groß – ich meine, vergessen Sie nicht, fünfzehn und neunzehn. Aber er könnte für sie geschwärmt haben, stimmt. Weiter im Text.«

»Tja. Das Motiv muss keine große Sache gewesen sein. Ich meine, soweit wir wissen, hatte er nicht vor, sie zu töten. Es sieht eher so aus, als wäre es einfach passiert. Als er also merkt, dass sie tot ist, schleift er ihren Körper runter in den Keller – vorausgesetzt, sie waren nicht schon da unten – und versteckt sie unter der Betonplatte. Er war stark für sein Alter. Er hatte in dem Sommer als Aushilfe auf dem Bau gearbeitet, Sachen geholt und geschleppt. Er wäre dazu in der Lage gewesen.« Wieder ein kurzer Seitenblick in meine Richtung. Ich pulte mir Schinkenfasern aus einem Backenzahn und sah ihn ausdruckslos an.

»Irgendwann findet Kevin dann den Abschiedsbrief, den Rose für ihre Familie dalassen wollte, und ihm wird klar, dass er den zu seinem Vorteil nutzen kann. Er steckt die erste Seite ein und lässt die zweite liegen. Er denkt sich, falls Francis sowieso abhaut, werden alle einfach annehmen, was die beiden ursprünglich geplant hatten: Sie sind zusammen durchgebrannt, und der Brief ist für ihre Eltern. Und falls Francis doch wieder nach Hause geht, weil Rose nicht auftaucht, oder falls er sich irgendwann mal bei seiner Familie meldet, werden alle denken, der Brief war für ihn, und sie ist allein weggegangen.«

»Und zweiundzwanzig Jahre lang«, sagte ich, »ist es genauso gelaufen.«

»Ja. Dann wird Rose' Leiche gefunden, wir fangen an zu ermitteln, und Kevin gerät in Panik. Alle, die wir befragt haben, sagen, dass er in den letzten beiden Tagen ziemlich gestresst wirkte, mit steigender Tendenz. Schließlich erträgt er die Anspannung nicht mehr. Er holt die erste Seite des Abschiedsbriefs aus dem Versteck, wo er sie die ganze Zeit aufbewahrt hat, er verbringt einen letzten Abend mit seiner Familie, und dann kehrt er an den Ort zurück, wo er Rose getötet hat und … Na ja.«

»Er spricht ein Gebet und hechtet aus dem Fenster im obersten Stock. Und der Gerechtigkeit ist Genüge getan.«

»Mehr oder weniger, anscheinend. Ja.« Stephen beobachtete mich unauffällig über seinen Kaffee hinweg, um festzustellen, ob er mir auf den Schlips getreten war.

Ich sagte: »Gut gemacht, Detective. Klar, knapp und objektiv.« Stephen atmete erleichtert auf, als hätte er gerade eine mündliche Prüfung bestanden, und machte sich über sein Sandwich her. »Was meinen Sie, wie viel Zeit haben wir, bis diese Version zum heiligen Evangelium nach Kennedy wird und beide Fälle im Archiv landen?«

Er schüttelte den Kopf. »Vielleicht ein paar Tage. Er hat die Akten noch nicht nach oben geschickt, und wir sammeln noch immer Beweise. Detective Kennedy ist gründlich, ehrlich. Ich meine, ich weiß, er hat diese Theorie, aber das heißt nicht, dass er sie dem Fall aufdrückt und alles andere als nebensächlich abtut. Zumindest hört er sich so an, als würden wir – ich und die anderen Fahnder – noch bis Ende der Woche im Morddezernat bleiben.«

Was praktisch hieß, dass mir noch rund drei Tage blieben. Keiner kramt gern alte Sachen aus. Wenn die Ermittlungen erst mal abgeschlossen waren, würde ich schon notariell beglaubigte Videoaufnahmen vorlegen müssen, die zeigten, wie ein anderer beide Morde beging, ehe sie wieder aufgenommen wurden. »Das wird bestimmt ein Heidenspaß«, sagte ich. »Was halten Sie persönlich von Detective Kennedys Theorie?«

Damit hatte er nicht gerechnet. Er musste sich anstrengen, seinen vollen Mund unter Kontrolle zu bringen. »Ich?«

»Sie, mein Bester. Ich weiß, wie Rocky arbeitet. Und wie ich bereits sagte, mich interessiert, was Sie zu bieten haben. Abgesehen von Ihren tollen Tippkünsten.«

Er zuckte die Achseln. »Es ist nicht meine Aufgabe –«

»Doch, ist es. Ich will wissen, was Sie davon halten; damit ist es Ihre Aufgabe, mir zu antworten. Ist Ihnen wohl bei seiner Theorie?«

Stephen biss noch einmal kräftig in sein Sandwich, um Bedenkzeit zu schinden. Er starrte nach unten auf seinen Teller, hielt die Augen von mir abgewandt. Ich sagte: »O ja, Stevie, Sie dürfen tatsächlich nicht vergessen, dass ich verflucht voreingenommen sein könnte oder vor Trauer halb wahnsinnig oder einfach nur von Natur aus wahnsinnig und dass ich, sollte eines oder alles davon zutreffen, weiß Gott nicht gerade derjenige bin, dem Sie Ihr Innenleben preisgeben sollten. Aber dennoch, ich wette, Ihnen kommt heute nicht zum ersten Mal der Gedanke, dass Detective Kennedy falschliegen könnte.«

Er sagte: »Das ist mir schon mal durch den Kopf gegangen.«

»Selbstverständlich. Wäre dem nicht so, wären Sie ein Idiot. Ist das auch schon mal anderen in Ihrem Team durch den Kopf gegangen?«

»Mir hat keiner was gesagt.«

»Und das wird auch keiner. Die haben alle drüber nachgedacht, weil sie auch keine Idioten sind, aber sie halten die Klappe, weil sie Schiss davor haben, sich bei Rocky unbeliebt zu machen.« Ich beugte mich über den Tisch so nah zu ihm vor, dass er aufsehen musste. »Damit bleiben Sie, Detective Moran. Sie und ich. Falls der Typ, der Rose Daly getötet hat, noch immer da draußen rumläuft, wird außer uns beiden keiner versuchen, ihn zu fassen. Begreifen Sie jetzt allmählich, wieso unser kleines Spiel *ethisch in Ordnung* ist?«

Nach einem Moment sagte Stephen: »Ich glaub schon.«

»Es ist ethisch absolut erste Sahne, weil Ihre primäre Verantwortung nicht gegenüber Detective Kennedy besteht – oder gar mir. Sie haben eine Verantwortung gegenüber Rose Daly und Kevin Mackey. Wir sind die letzte Hoffnung der beiden. Also hören Sie auf, sich zu zieren wie eine Jungfrau, die ihr Höschen festhält, und erzählen Sie mir, was Sie von Detective Kennedys Theorie halten.«

Stephen sagte lapidar: »Ich bin nicht begeistert davon.«

»Warum nicht?«

»Die Lücken stören mich nicht so sehr – das unklare Motiv, die Frage, wie Kevin von der geplanten Flucht erfahren haben soll und so weiter. Nach so langer Zeit sind derartige Leerstellen normal. Aber was mir zu schaffen macht, sind die Fingerabdrücke.«

Ich hatte mich gefragt, ob ihm das auffallen würde. »Was ist damit?«

Er leckte sich Mayo vom Daumen und hielt ihn hoch. »Erstens: die unbekannten Abdrücke auf dem Koffer. Sie könnten belanglos sein, aber wenn das meine Ermittlungen wären, würde ich versuchen, die Abdrücke zu identifizieren, ehe ich den Fall abschließe.«

Ich hatte einen starken Verdacht, wer diese Abdrücke hinterlassen hatte, aber ich war nicht in Plauderlaune. Ich sagte: »Das würde ich auch. Sonst noch was?«

»Und ob. Zweitens« – ein Finger ging hoch –, »wieso sind keine Abdrücke auf der ersten Seite des Briefes? Die zweite Seite abzuwischen macht Sinn: Falls jemand misstrauisch wird und Rose als vermisst meldet, will Kevin nicht, dass die Cops seine Abdrücke auf ihrem Abschiedsbrief finden. Aber die erste Seite? Er holt sie aus dem Versteck, in dem er sie die ganzen Jahre aufbewahrt hat, er will sie als Erklärung für seinen Selbstmord und als *Geständnis* verwenden, und dann wischt er sie ab und zieht *Handschuhe* an, ehe er sie einsteckt?

Etwa für den Fall, dass irgendwer ihn damit in *Verbindung* bringt?«

»Und wie erklärt sich Detective Kennedy das?«

»Er sagt, das ist eine kleine Ungereimtheit, unwichtig, so was gibt es bei jeder Ermittlung. Kevin wischt in der ersten Nacht beide Blätter ab und versteckt das erste irgendwo. Und als er es wieder rausnimmt, hinterlässt er keine Abdrücke – das kommt schon mal vor. Was auch stimmt, aber ... Es geht hier um jemanden, der vorhat, sich umzubringen. Um jemanden, der praktisch einen Mord gesteht. Da kann einer noch so cool sein, er wird trotzdem schwitzen wie ein Schw- ... wie verrückt. Und wenn einer schwitzt, hinterlässt er Fingerabdrücke.« Stephen schüttelte den Kopf. »Auf dem Blatt müssten Fingerabdrücke sein«, sagte er, »aus die Maus.« Er fiel wieder über sein Sandwich her.

Ich sagte: »Lassen Sie uns nur so zum Spaß ein bisschen rumspekulieren. Nehmen wir mal kurz an, mein alter Freund Detective Kennedy ist dieses eine Mal auf dem falschen Dampfer, und Kevin Mackey ist nicht der Mörder von Rose Daly. Was hätten wir dann?«

Stephen musterte mich. Er fragte: »Gehen wir davon aus, dass Kevin auch ermordet wurde?«

»Das frag ich Sie.«

»Falls er den Brief nicht abgewischt und in seine Tasche gesteckt hat, dann muss das jemand anderes getan haben. Ich tippe auf Mord.«

Ich spürte wieder diese jähe tückische Welle von Zuneigung in mir aufschäumen. Fast hätte ich den Jungen in den Schwitzkasten genommen und ihm die Haare zerzaust. »Keine Einwände«, sagte ich. »Und was wissen wir über den Mörder?«

»Vermuten wir, dass es sich um ein und dieselbe Person handelt?«

»Das will ich hoffen. Meine alte Gegend mag ja ein bisschen abgedreht sein, aber ich hoffe schwer, nicht so abgedreht, dass gleich zwei Killer auf derselben Straße ihr Unwesen treiben.«

Irgendwann während der letzten sechzig Sekunden, seit er angefangen hatte, eigene Meinungen zu haben, war Stephen mir gegenüber wesentlich mutiger geworden. Er saß jetzt vorgebeugt, Ellbogen auf dem Tisch, und hatte vor lauter Konzentration den Rest seines Sandwichs vergessen. In seinen Augen lag ein neues, hartes Leuchten, härter, als ich das von so einem treuherzigen, unschuldigen Frischling erwartet hätte. »Dann müsste es laut Cooper ein Mann sein. Alter zwischen, sagen wir, Ende dreißig und fünfzig – so dass er zwischen fünfzehn und dreißig war, als Rose starb –, und ziemlich fit, damals wie heute. Die Tat hat einige Kraft erfordert.«

Ich sagte: »Der Mord an Rose ja. Der an Kevin nicht. Wenn er ihn dazu gebracht hat, sich aus dem Fenster zu lehnen – und er war kein argwöhnischer Mensch –, hätte ein kleiner Stoß genügt. Ohne große Kraftanstrengung.«

»Okay, falls unser Mann zwischen fünfzehn und fünfzig war, als er Rose erledigte, dann wäre er heute irgendwo zwischen Ende dreißig und siebzig.«

»Leider ja. Können wir sonst noch was über ihn sagen, um den Kreis einzuengen?«

Stephen sagte: »Er ist irgendwo ganz in der Nähe von Faithful Place aufgewachsen. Er kennt Haus Nummer sechzehn wie seine Westentasche: Als er merkte, dass Rose tot war, muss er total geschockt gewesen sein, aber er hat trotzdem an diese Betonplatten im Keller gedacht. Und nach allem, was wir hören, sind die Leute, die sich in Nummer sechzehn auskennen, allesamt Leute, die als Teenager entweder am Faithful Place gewohnt haben oder in der näheren Umgebung. Möglicherweise lebt er nicht mehr dort – er könnte auf vielerlei Weise erfahren haben, dass Rose' Leiche entdeckt worden ist –, aber er hat dort gelebt.«

Zum ersten Mal, seit ich Polizist war, bekam ich eine leise Ahnung, warum die vom Morddezernat ihre Arbeit so lieben. Wenn wir Undercoverleute auf Jagd gehen, nehmen wir alles, was uns in die Falle tappt. Zu wissen, was man als Köder benutzen kann, was man laufenlässt, was man killt und mit nach Hause nimmt, ist schon die halbe Miete. Das hier war etwas völlig anderes. Diese Jungs waren darauf spezialisiert, ein gemeingefährliches Raubtier aufzuspüren, und auf dieses Wesen richteten sie ihr Augenmerk wie auf eine Geliebte. Alles andere, was ihnen vors Visier lief, während sie die Dunkelheit nach dieser einen Silhouette durchforsteten, war scheißegal. Die Sache hier war präzise, und sie war intim, und sie war berauschend: ich und der Gegner, irgendwo da draußen, jeder auf einen Fehler des anderen lauernd. An jenem Abend im *Cosmo* erschien mir das wie die intimste Verbindung, die ich je hatte.

Ich sagte: »Die große Frage ist nicht, wie er erfahren hat, dass Rose gefunden worden ist – wie Sie schon sagten, wahrscheinlich hat bei jedem, der je in den Liberties gewohnt hat, deswegen das Telefon geklingelt. Die große Frage ist, wie er dahintergekommen ist, dass Kevin nach all den Jahren eine Bedrohung für ihn war. Meiner Ansicht nach gibt es nur eine Person, die ihm das klargemacht haben kann, und das ist Kevin selbst. Entweder die beiden hatten die ganze Zeit Kontakt, oder sie sind sich bei dem ganzen Tamtam am Wochenende über den Weg gelaufen, oder Kevin hat den Kontakt extra wiederhergestellt. Stellen Sie bitte fest, sobald Sie können, wen Kevin in seinen letzten achtundvierzig Stunden angerufen hat – Handy und Festnetzanschluss, falls er einen hatte –, wem er gesimst hat und wer ihn angerufen oder ihm Textnachrichten geschickt hat. Ich kann doch wohl hoffentlich davon ausgehen, dass Detective Kennedy sich die Telefonnachweise besorgt hat.«

»Die liegen noch nicht vor, aber er hat sie angefordert, ja.«

»Wenn wir rausfinden, mit wem Kevin an diesem Wochenende geredet hat, dann finden wir auch unseren Mann.« Ich dachte daran, wie Kevin am Samstagnachmittag die Geduld verloren hatte und davongestürmt war, während ich den Koffer für Rocky holte. Das nächste Mal hatte ich ihn dann erst im Pub gesehen. In der Zwischenzeit hätte er sich mit so ziemlich jedem treffen können.

Stephen sagte: »Da ist noch was. Ich denke, dass er vermutlich gewalttätig ist. Ich meine, klar war er gewalttätig, aber ich meine öfter als nur diese beiden Male. Ich denke, es besteht die Wahrscheinlichkeit, dass er vorbestraft ist oder zumindest einen entsprechenden Ruf hat.«

»Interessanter Gedanke. Wie kommen Sie darauf?«

»Zwischen den beiden Morden gibt es einen Unterschied, oder? Der zweite muss geplant gewesen sein, wenn auch nur wenige Minuten vorab, aber der erste war es mit an Sicherheit grenzender Wahrscheinlichkeit nicht.«

»Na und? Er ist älter geworden, ist beherrschter, plant im Voraus. Beim ersten Mal ist er einfach ausgerastet.«

»Ja, aber genau das hab ich gemeint. Wenn er ausrastet, dann so. Das ändert sich nicht, ganz gleich, wie alt er ist.«

Ich zog eine Braue hoch. Ich wusste, was er meinte, aber ich wollte seine Erläuterung hören. Stephen rieb sich unbeholfen ein Ohr, während er nach Worten suchte. »Ich habe zwei Schwestern«, sagte er. »Die eine ist achtzehn, und wenn sie sich aufregt, schimpft sie so laut, dass man sie auf der ganzen Straße hört. Die andere ist zwanzig, und wenn sie die Beherrschung verliert, wirft sie Sachen gegen die Wand – nichts Zerbrechliches, bloß Filzstifte oder irgendwas in der Art. So waren die beiden schon immer, sogar schon als Kinder. Wenn die Jüngere mit irgendwas um sich werfen würde oder die Ältere anfangen würde zu schreien oder wenn eine von beiden auf irgendjemanden losgehen würde, dann wäre ich baff. Leute rasten immer nur auf eine bestimmte Art aus.«

Ich brachte ein anerkennendes Lächeln für ihn zustande – der Junge hatte sich ein Hinterkopftätscheln verdient – und fragte mich gerade, wie *er* wohl ausrastete, als mich ein Gedanke traf wie ein Faustschlag. Das widerliche dumpfe Krachen, als Shays Kopf gegen die Wand schlug, sein offener Mund, sein schlaffer Körper, Dads große Hände um seinen Hals. Mas kreischende Stimme: *Sieh dir an, was du gemacht hast, du Schwein, du hast ihn umgebracht*, und Dads heisere, raue Stimme: *Geschieht ihm recht.* Und Cooper: *Der Täter hat sie an der Gurgel gepackt und mit dem Kopf wiederholt gegen eine Wand geschlagen.*

Irgendetwas in meinem Gesicht verunsicherte Stephen; vielleicht glotzte ich ihn an. Er sagte: »Was ist?«

»Nichts«, sagte ich und warf mir meine Jacke über. Matt Daly, tonlos und endgültig: *Die Menschen ändern sich nicht.* »Sie machen Ihre Sache gut, Detective. Im Ernst. Melden Sie sich, sobald Sie die Liste mit den Telefonverbindungen haben.«

»Mach ich, klar. Ist alles –«

Ich zückte zwanzig Euro und schob sie ihm über den Tisch zu. »Ich lad Sie ein. Sagen Sie mir sofort Bescheid, falls das Labor die unbekannten Abdrücke auf dem Koffer zuordnen kann oder falls Detective Kennedy Ihnen verrät, wann er die Ermittlung abschließen will. Vergessen Sie nicht, Detective: Es kommt auf Sie und mich an. Nur auf uns beide.«

Ich ging. Das Letzte, was ich sah, war Stephens Gesicht, verwässert durch das Glas des Caféfensters. Er hielt den Zwanziger in der Hand und sah mir nach, und sein Mund stand offen.

16

ICH GING NOCH MAL ein paar Stunden spazieren. Ich machte einen Abstecher zur Smith's Road, ging sie runter und an der Abzweigung zum Place vorbei, Kevins wahrscheinliche Strecke, nachdem er Jackie am Sonntagabend zu ihrem Auto gebracht hatte. Die meiste Zeit hatte ich ungehinderte Sicht auf die oberen rückwärtigen Fenster von Nummer 16, wo Kevin seinen Kopfsprung gemacht hatte, und ich warf einen raschen Blick über die Mauer auf die Fenster im ersten Stock. Als ich das Haus passiert hatte und mich umdrehte, sah ich die gesamte Front, während ich weiter am Faithful Place vorbeiging. Wenn irgendwer im Haus wartete, hätte er mich im Licht der Straßenlampen sehen müssen, durch die die Fenster zudem in ein mattes, rauchiges Orangerot getaucht wurden: Falls im Haus eine Taschenlampe angeknipst worden wäre oder sich irgendetwas bewegt hätte, ich hätte es niemals bemerkt. Und wenn sich irgendwer rausgelehnt und mich gerufen hätte, dann hätte er das so laut tun müssen, dass die gesamte Straße ihn hätte hören können. Kevin war nicht in das Haus gegangen, weil ihn irgendwas Glitzerndes angelockt hatte. Er war verabredet gewesen.

Als ich auf die Portobello Road kam, suchte ich mir eine freie Bank am Kanal, um noch einmal in Ruhe den Obduktionsbericht durchzugehen. Der kleine Stephen hatte ein

Talent für gute Zusammenfassungen: keinerlei Überraschungen, abgesehen von ein paar Fotos, auf die ich eigentlich hätte gefasst sein müssen. Kevin war kerngesund gewesen. Coopers Einschätzung nach hätte er ewig leben können, wenn er es bloß geschafft hätte, sich von hochgelegenen Fenstern fernzuhalten. In der Rubrik Todesart stand »ungeklärt«. Wenn selbst Cooper anfängt, taktvoll mit einem umzugehen, weiß man, dass man richtig in der Scheiße steckt.

Ich ging zurück in die Liberties und marschierte ein paarmal die Copper Lane rauf und runter, merkte mir dabei die eine oder andere Stelle an der Mauer, wo man gut würde drüberklettern können. Gegen halb acht, als ich sicher sein konnte, dass alle entweder beim Abendessen saßen oder vor der Glotze oder die Kinder ins Bett brachten, stieg ich über die Mauer, schlich durch den Garten der Dwyers in den der Dalys.

Ich musste rausfinden, was zwischen meinem Vater und Matt Daly vorgefallen war. Die Vorstellung, wahllos an die Türen in der Nachbarschaft zu klopfen, war nicht besonders reizvoll, und außerdem gehe ich möglichst immer an die Originalquelle. Ich war ziemlich sicher, dass Nora schon immer eine Schwäche für mich gehabt hatte. Laut Jackie wohnte sie jetzt irgendwo in Blanchardstown, aber normale Familien, die nicht so sind wie meine, rücken in schlimmen Zeiten enger zusammen. Ich wäre jede Wette eingegangen, dass Nora nach letztem Samstag Mann und Kind allein gelassen hatte, damit sie aufeinander aufpassten, und jetzt ein paar Tage unter dem Dach von Mammy und Daddy Daly verbrachte.

Kies knirschte unter meinen Schuhen, als ich landete. Ich blieb reglos dicht an der Mauer im Schatten stehen, aber niemand kam nachsehen.

Allmählich gewöhnten sich meine Augen an die Dunkelheit. Ich war noch nie in diesem Garten gewesen. Wie ich

Kevin erklärt hatte, aus Schiss davor, geschnappt zu werden. Er war so, wie man ihn von Matt Daly erwarten konnte: große Terrasse, akkurat gestutzte Büsche, kleine etikettierte Stangen in Blumenbeeten, startklar für den Frühling. Das Außenklo war in einen robusten kleinen Gartenschuppen umgewandelt worden. Ich suchte mir eine herzige schmiedeeiserne Bank in einer praktischerweise dunklen Ecke, wischte sie einigermaßen trocken, machte es mir bequem und wartete.

Im ersten Stock brannte Licht, und ich konnte eine ordentliche Reihe von Kiefernholzhängeschränken sehen: die Küche. Und tatsächlich, nach etwa einer halben Stunde kam Nora herein. Sie trug einen übergroßen schwarzen Pullover und hatte das Haar zu einem lockeren Knoten zurückgebunden. Selbst auf diese Entfernung sah sie müde und blass aus. Sie ließ sich ein Glas Leitungswasser einlaufen, lehnte sich gegen die Spüle, um es zu trinken, und starrte blicklos aus dem Fenster, während sie sich mit der freien Hand den Nacken massierte. Nach einem Moment schnellte ihr Kopf hoch; sie rief etwas über die Schulter, spülte rasch das Glas aus, ehe sie es auf das Abtropfgitter stellte, nahm irgendetwas aus einem Schrank und ging.

Ich würde also hier hocken wie bestellt und nicht abgeholt, bis Nora Daly beschloss, ins Bett zu gehen. Ich konnte nicht mal rauchen, weil jemand die Glut sehen könnte: Matt Daly war der Typ, der zum Wohle der Allgemeinheit mit dem Baseballschläger auf Herumtreiber losgehen würde. Zum ersten Mal seit einer halben Ewigkeit, so kam es mir vor, konnte ich nichts anderes tun als warten.

Faithful Place begab sich allmählich zur Ruhe. Ein Fernseher warf Flimmerlicht auf die Mauer der Dwyers; von irgendwoher drang schwach Musik, eine zarte, schwermütige Frauenstimme, die über die Gärten wehte. In Nummer 7 glitzerten bunte Weihnachtslämpchen und pummelige Weihnachtsmänner in den Fenstern, und aus Sallie Hearnes derzeitiger Teenagerschar rief einer: »Nein! Ich hasse dich!«, um daraufhin eine Tür zuzuknallen. Oben in Nummer 5 brachten die Epiduralyuppies ihr Kind ins Bett: Daddy trug es frisch gebadet in einem kleinen weißen Morgenrock ins Zimmer, schaukelte es hoch in die Luft und kitzelte es am Bauch, während Mummy lachte und sich bückte, um das Bett aufzuschlagen. Schräg gegenüber von ihnen stierten meine Ma und mein Dad vermutlich katatonisch den Fernseher an, eingehüllt in ihre einsamen unvorstellbaren Gedanken, und versuchten, es bis zum Schlafengehen zu schaffen, ohne miteinander reden zu müssen.

Die Welt fühlte sich letal an in jener Nacht. Normalerweise genieße ich Gefahr, es gibt nichts Besseres, um den Verstand auf Hochtouren zu bringen, aber diesmal war das anders. Diesmal wogte und krümmte sich die Welt unter mir wie ein gewaltiger Muskel, ließ uns alle den Halt verlieren und zeigte mir von neuem, wer hier das Sagen hatte und wer in diesem Spiel millionenfach überfordert war. Das tückische Zittern in der Luft war eine Drohung: Alles, was du glaubst, steht zur Disposition, jede Grundregel kann sich schlagartig ändern, und die Bank gewinnt immer, absolut immer. Es hätte mich nicht erstaunt, wenn Nummer 7 über den Hearnes und ihren Weihnachtsmännern eingestürzt wäre oder wenn Nummer 5 in einem bombastischen *Wuuschhh* aus Flammen und pastellfarbigem Yuppiestaub in die Luft geflogen wäre. Ich dachte an Holly und ihr vermeintliches Leben im Elfenbeinturm, dessen ich mir so sicher gewesen war, wie sie jetzt versuchte zu begreifen, dass die Welt auch ohne Onkel Kevin weiterbestehen konnte; an den guten kleinen Stephen in seinem nagelneuen Mantel, der nicht glauben wollte, was ich ihm über seine Arbeit beibrachte; an meine Mutter, die mit meinem Vater vor den Altar getreten war und seine Kinder zur Welt gebracht und geglaubt hatte, dass das eine gute Idee war. Ich dachte an mich und Mandy und Imelda und die Dalys, wie wir stumm in unseren jeweiligen Winkeln der Nacht saßen und versuchten, uns klarzumachen, welche Form die letzten zweiundzwanzig Jahre ohne Rosie angenommen hatten, ohne Rosie irgendwo da draußen wie ein unsichtbares Kraftfeld.

Wir waren achtzehn und an einem späten Samstagabend im Frühling im *Galligan*, als Rose zum ersten Mal *England* zu mir sagte. Meine ganze Generation hat Geschichten über das *Galligan* zu erzählen, und wer keine hat, borgt sich welche von anderen. Jeder Dubliner Anzugträger im mittleren Alter wird Ihnen für sein Leben gern erzählen, wie er mal aus dem *Galligan* abgehauen ist, als es um drei Uhr morgens von der Polizei geräumt wurde, oder wie er U2 einen Drink spendierte, ehe sie berühmt wurden, oder wie er seine Frau kennenlernte oder sich beim Pogen einen Zahn ausgeschlagen hat oder so zugedröhnt war, dass er auf dem Klo eingeschlafen ist und das Wochenende dort verbringen musste. Der Laden war ein Saustall und eine Feuerfalle: abblätternde schwarze Farbe, keine Fenster, aufgesprühte Schablonenporträts von Bob Marley und Che Guevara und wen die Belegschaft gerade sonst noch bewunderte. Aber es wurde auch spät noch Alkohol ausgeschenkt – mehr oder weniger: keine Bierlizenz, also hatte man die Wahl zwischen zwei süßlichen deutschen Weinen, wodurch man sich leicht tuntig und schwer abgezockt fühlte –, und welche Livemusik gespielt wurde, funktionierte nach dem Lotterieprinzip, weshalb man nie wusste, was einen abends erwartete. Die Kids von heute würden nicht mal einen Zeh ins *Galligan* setzen. Wir liebten es.

Rosie und ich waren da, um uns eine neue GlamRock-Band

namens Lipstick On Mars anzuhören, von der Rosie gehört hatte, dass sie gut sein sollte. Wer sonst noch auftrat, wussten wir nicht. Wir tranken den besseren deutschen Wein und tanzten uns schwindelig – ich sah Rosie wahnsinnig gern tanzen, die schwingenden Hüften und das fliegende Haar und den lächelnden Mund: Sie ließ ihr Gesicht nie leer werden, wenn sie tanzte, wie andere Mädchen das machten, sie hatte immer einen Ausdruck. Die Nacht ließ sich gut an. Die Band war nicht gerade Led Zeppelin, aber sie hatten gute Texte, einen starken Drummer und so ein lässiges Flair, wie es Bands damals hatten, als keiner irgendwas zu verlieren hatte und es scheißegal war, dass du nie im Leben groß rauskommen würdest, denn nur die Tatsache, dass du alles, was du hattest, in diese Band stecktest, hielt dich davon ab, bloß irgend so ein hoffnungsloser Sozialhilfeempfänger zu sein, der in seinem möblierten Zimmer vor sich hin kümmerte. Das verlieh ihnen irgendwie einen besonderen Zauber.

Der Bassist traktierte eine Saite so heftig, dass sie riss, nur um zu beweisen, dass er es ernst meinte, und während er eine neue aufzog, holten Rosie und ich uns an der Bar Weinnachschub. »Das Zeug ist der letzte Mist«, sagte Rosie zu dem Typ hinter der Theke und fächelte sich mit ihrem Top Luft zu.

»Ich weiß, klar. Ich glaube, die fabrizieren das aus Hustensaft. Wenn du das ein paar Wochen im Heizungskeller stehen lässt, hebst du ab.« Der Barmann mochte uns.

»Heute ist es noch beschissener als sonst. Die haben euch Ausschuss geliefert. Habt ihr nichts Anständiges da?«

»Kommt doch auf die Wirkung an, oder? Ansonsten, servier deinen Freund ab und warte, bis wir schließen, dann gehen wir noch woanders hin, wo's besser ist.«

Ich sagte: »Soll ich dir selbst eine reinhauen oder das deiner Braut überlassen?« Seine Freundin hatte einen Irokesenschnitt und beide Arme komplett tätowiert. Mit ihr verstanden wir uns auch gut.

»Mach du das. Ihre Hammerfaust ist härter als deine.« Er zwinkerte uns zu und schob ab, um mein Wechselgeld zu holen.

Rosie sagte: »Ich muss dir was sagen.«

Sie klang ernst. Ich vergaß den Barkeeper und überschlug hektisch, ob sie schwanger sein könnte. »Ja? Was denn?«

»Nächsten Monat geht bei Guinness am Fließband eine in Rente. Mein Dad sagt, er hat mich die ganze Zeit über den grünen Klee gelobt, und wenn ich den Job will, krieg ich ihn.«

Ich bekam wieder Luft. »Mensch, stark«, sagte ich. Bei jedem anderen wäre es mir schwergefallen, mich zu freuen, zumal Mr Daly seine Finger im Spiel hatte, aber Rosie war mein Mädchen. »Das ist super. Alle Achtung.«

»Ich mach's nicht.«

Der Kellner ließ mein Wechselgeld über die Theke rutschen, und ich fing es auf. »Was? Wieso nicht?«

Sie zuckte die Achseln. »Ich will nichts, was mein Dad mir besorgt, ich will allein was schaffen. Und überhaupt –«

Die Band legte mit einem ohrenbetäubenden Drummereinsatz wieder los, und der Rest von Rosies Worten ging in dem Krach unter. Sie lachte und zeigte auf den hinteren Teil des Raumes, wo man sich normalerweise noch selbst denken hören konnte. Ich nahm ihre freie Hand und ging voraus durch einen Pulk tanzender Mädchen mit fingerlosen Handschuhen und Waschbär-Eyeliner und umkreist von wortkargen Typen, die sich der Hoffnung hingaben, dass sie heute Abend noch bei einer landen würden, wenn sie nur nah genug dranblieben.

»Hier«, sagte Rosie und schwang sich auf den Sims eines zugemauerten Fensters. »Die Jungs sind nicht schlecht, oder?«

Ich sagte: »Die sind super.« Ich hatte die Woche damit verbracht, auf der Suche nach Arbeit wahllos die Lokale in der Stadt abzuklappern, und in fast jedem war ich ausgelacht worden. Das versiffteste Restaurant der Welt suchte einen Tellerwäscher, und ich hatte mir schon Hoffnungen auf den Job gemacht, weil kein halbwegs zurechnungsfähiger Mensch den würde haben wollen, aber als der Manager sah, wo ich wohnte, hatte er mich prompt weggeschickt, mit der plumpen Andeutung, sie wollten schließlich ihr Inventar behalten. Seit Monaten ließ Shay keinen Tag verstreichen, ohne irgendeinen Spruch darüber abzulassen, dass Mister Oberschlau mit seiner tollen Schulbildung kein Gehalt auf den Tisch legen konnte. Der Barmann hatte gerade meinen letzten Zehnpfundschein kleingemacht. Jede Band, die laut und hart genug spielte, um mir den Kopf leerzupusten, hatte bei mir einen Stein im Brett.

»Na, super sind die nicht. Sie sind gut, aber das liegt zur Hälfte daran.« Rosie deutete mit ihrem Weinglas zur Decke. Das *Galligan* hatte ein paar Scheinwerfer, von denen die meisten mit dünnem Draht an den Balken befestigt waren. Ein Typ namens Shane war für sie zuständig. Wenn man seinem Lichtpult mit einem Drink in der Hand zu nahe kam, drohte er einem Prügel an.

»Was? An der Beleuchtung?« Shane hatte einen schnell dahingleitenden silbrigen Effekt zustande gebracht, der die Band in einen aufreizenden, halbseidenen Beinaheglamour tauchte. Mit Sicherheit würde mindestens einer von ihnen nach dem Set noch seinen Spaß haben.

»Ja. Der gute Shane, der hat was drauf. Ohne ihn würden sie nicht so rüberkommen. Das Entscheidende ist die Atmosphäre. Denk dir die Beleuchtung und die Klamotten weg, dann hast du nur noch vier Jungs, die sich wie Idioten aufführen.«

Ich lachte. »Klar, aber das kannst du von jeder Band behaupten.«

»Irgendwie schon, ja. Wahrscheinlich.« Rosies Augen huschten fast schüchtern über den Rand ihres Glases zu mir rüber. »Soll ich dir mal was sagen, Francis?«

»Lass hören.« Ich liebte Rosies Verstand. Wenn ich irgendwie in ihren Kopf gekonnt hätte, wäre ich glücklich und zufrieden gewesen, den Rest meines Lebens dort herumzuspazieren und mich einfach nur umzuschauen.

»So was würde ich auch gern machen.«

»Beleuchtung? Für Bands?«

»Genau. Ich steh auf Musik, das weißt du ja. Ich hab mir immer gewünscht, mal in der Musikbranche zu arbeiten, schon als ich ganz klein war.« Ich wusste – alle wussten –, dass Rosie als einziges Mädchen am Faithful Place das ganze Geld, das sie zu ihrer Firmung geschenkt bekommen hatte, für Schallplatten ausgegeben hatte, aber sie hatte noch nie irgendetwas von Beleuchtung gesagt. »Ich kann ums Verrecken nicht singen, echt nicht, und der ganze kreative Kram ist eh nicht mein Ding – Songs schreiben oder Gitarre spielen oder so. Das da gefällt mir.« Sie deutete mit dem Kinn auf die einander überkreuzenden Lichtkegel.

»Ernsthaft? Warum?«

»Darum. Der Typ hat die Band besser gemacht. Basta. Ganz egal, ob die gerade gut oder schlecht drauf sind oder ob nur 'ne Handvoll Leute da sind oder ob irgendwer sonst überhaupt was von seiner Arbeit mitkriegt: Was auch immer passiert, er kommt und macht die Band besser, als sie ohne ihn wäre. Und wenn er saugut ist, kann er sie *jede Menge* besser machen, jedes Mal. Das gefällt mir.«

Das Leuchten in ihren Augen machte mich glücklich. Ihr Haar war vom Tanzen ganz zerzaust; ich strich es glatt. »Ist 'ne gute Sache, stimmt.«

»Und mir gefällt, dass er wirklich was bewirkt, wenn er saugut ist. So was hab ich noch nie gemacht. Interessiert doch kein Schwein, ob ich saugut nähen kann; solange ich keinen Mist baue, sagt keiner was. Und bei Guinness wär das genauso. Ich würde gerne in irgendwas gut sein, das *zählt*, richtig gut.«

Ich sagte: »Ich könnte dich heimlich hinter die Bühne vom *Gaiety* bringen, dann kannst du mit den Schaltern spielen.«

Aber Rosie lachte nicht. »Gott ja, stell dir das mal vor. Das hier ist ja bloß 'ne mickrige Anlage. Stell dir vor, was man mit einer richtigen machen könnte, in großen Hallen. Wenn man für eine gute Band arbeiten würde, die auf Tournee geht, dann würde man alle paar Tage 'ne andere Anlage in die Finger kriegen ...«

Ich sagte: »Ich lass dich nicht mit 'nem Haufen Rockstars auf Tour gehen. Ich will gar nicht wissen, was du da sonst noch alles in die Finger kriegen würdest.«

»Du würdest doch auch mitkommen. Als Roadie.«

»Das wär gut. Dann wär ich nach 'ner Weile so ein Muskelprotz, dass sich nicht mal die Rolling Stones mehr trauen würden, meine Braut anzubaggern.« Ich ließ meinen Bizeps spielen.

»Würdest du mitmachen?«

»Darf ich dann die Groupies vortesten?«

»Ferkel«, sagte Rosie heiter. »Darfst du nicht. Nur wenn ich mit den Rockstars ins Bett darf. Aber im Ernst: Würdest du das machen? Als Roadie arbeiten oder so?«

Sie meinte es ernst, sie wollte es wissen. »Und ob ich das machen würde. Sofort. Hört sich doch super an: reisen, gute Musik hören, sich nie langweilen ... Aber da wird bestimmt nie was draus.«

»Wieso nicht?«

»Na, hör mal. Wie viele Bands in Dublin können einen

Roadie bezahlen? Meinst du, die etwa?« Ich nickte Richtung Lipstick On Mars, die aussahen, als könnten sie sich nicht mal das Busticket nach Hause leisten, ganz zu schweigen von irgendwelchen Mitarbeitern. »Ich garantiere dir, wenn die einen Roadie haben, dann ist es der kleine Bruder von irgendwem, und der verstaut die Drums hinten im Van von irgendeinem Dad.«

Rosie nickte. »Bei der Beleuchtung ist das auch so. Da gibt's nur wenige Jobs, und die gehen an Leute, die schon Erfahrung haben. Es gibt keine Kurse, die man belegen kann, keine Lehre, nichts – hab ich alles schon gecheckt.«

»Dachte ich mir.«

»Also mal angenommen, du wolltest wirklich deinen Fuß in die Tür kriegen, ja? Koste es, was es wolle. Wo würdest du anfangen?«

Ich zuckte die Achseln. »Hier jedenfalls nicht. London, vielleicht Liverpool. Auf jeden Fall England. Du müsstest eine Band finden, die es sich leisten kann, dich wenigstens zu ernähren, während du angelernt wirst, und dich dann nach oben arbeiten.«

»Genauso seh ich das auch.« Rosie nippte an ihrem Wein, lehnte sich nach hinten in die Mauernische und beobachtete die Band. Dann sagte sie ganz sachlich: »Also, lass uns nach England gehen.«

Zuerst dachte ich, ich hätte mich verhört. Ich starrte sie an. Als sie nicht mit der Wimper zuckte, sagte ich: »Ist das dein Ernst?«

»Ja.«

»Gott«, sagte ich. »Dein voller Ernst? Kein Witz?«

»Ich mein das todernst. Warum nicht?«

Ich fühlte mich, als hätte sie in mir ein ganzes Lager mit Feuerwerkskörpern angezündet. Das fette Abschlussriff des

Drummers rollte durch meine Knochen wie eine wunderbare Kette von Explosionen, und ich konnte kaum noch geradeaus sehen. Ich sagte – mehr brachte ich nicht heraus: »Dein Dad würde an die Decke gehen.«

»Ja, würde er. Na und? Der geht sowieso an die Decke, wenn er rausfindet, dass wir immer noch zusammen sind. Wenigstens müssen wir uns das dann nicht mehr anhören. Noch ein guter Grund, nach England zu gehen: je weiter weg, desto besser.«

»Klar«, sagte ich. »Stimmt. Jesses. Wie würden wir …? Wir haben kein Geld. Wir bräuchten einen ganzen Batzen für den Anfang – für die Fähre und für eine Wohnung und … Jesses.«

Rosie ließ ein Bein baumeln und sah mich unverwandt an, doch dann musste sie grinsen. »Das weiß ich doch, du Dummkopf. Ich meine ja nicht, dass wir heute Abend abhauen. Wir müssten erst ordentlich was zusammensparen.«

»Das dauert Monate.«

»Hast du irgendwas Besseres zu tun?«

Vielleicht lag es am Wein; es fühlte sich an, als würde der Raum um mich herum aufplatzen, die Wände in Farben erblühen, die ich nie zuvor gesehen hatte, der Boden von meinem Herzschlag vibrieren. Die Band legte ein bombastisches Finale hin, bei dem der Sänger sich das Mikro gegen die Stirn schlug und das Publikum schier durchdrehte. Ich klatschte automatisch. Als es wieder ruhiger wurde und alle inklusive Band zur Bar strömten, sagte ich: »Du meinst das wirklich ernst, nicht?«

»Sag ich doch die ganze Zeit.«

»Rosie«, sagte ich. Ich stellte mein Glas ab und trat näher an sie ran, Nase an Nase, ihre Knie rechts und links von mir. »Hast du darüber nachgedacht? Ich meine, hast du es richtig bis zu Ende gedacht?«

Sie trank noch einen Schluck Wein und nickte. »Klar. Ich denke schon seit Monaten darüber nach.«

»Ich hatte keine Ahnung. Du hast nie was gesagt.«

»Ich wollte erst sicher sein. Jetzt bin ich sicher.«

»Wieso?«

Sie sagte: »Der Job bei Guinness. Danach hab ich mich entschieden. Solange ich hier bin, wird mein Dad versuchen, mich da unterzubringen, und irgendwann werde ich nachgeben und den Job nehmen – weil er ja recht hat, Francis, es ist eine Riesenchance, andere würden sich die Finger danach lecken. Aber wenn ich einmal drin bin, komm ich da nie wieder raus.«

Ich sagte: »Und wenn wir rüberfahren, kommen wir nicht zurück. Das tut keiner.«

»Ich weiß. Darum geht's ja gerade. Wie wollen wir sonst je zusammen sein – so richtig? Ich weiß ja nicht, wie du das siehst, aber ich hab keine Lust, mir die nächsten zehn Jahre die Brüllerei von meinem Dad anzuhören und mich dauernd von ihm zusammenscheißen zu lassen, bis er irgendwann kapiert, dass wir glücklich sind. Ich möchte, dass wir beide was auf die Beine stellen, machen, was wir wollen, zusammen, ohne dass unsere Eltern uns das Leben schwermachen. Nur wir beide.«

Die Beleuchtung verbreitete jetzt einen trüben Unterwasserdunst, und hinter mir fing ein Mädchen an zu singen, tief und kehlig und kraftvoll. In den langsam kreisenden Strahlen aus Grün und Gold sah Rosie aus wie eine Meerjungfrau, wie eine Fata Morgana aus Farbe und Licht; einen kurzen Moment lang wollte ich sie packen und fest an mich drücken, ehe sie sich zwischen meinen Fingern auflösen konnte. Sie verschlug mir den Atem. Wir waren noch in dem Alter, in dem Mädchen etliche Jahre reifer sind als Jungen, und Jungen erwachsener werden, indem sie ihr Bestes tun, wenn die Mädchen das von ihnen erwarten. Ich hatte schon als kleines Kind gewusst, dass ich mehr wollte als das, wofür wir nach Meinung unserer Lehrer bestimmt waren, Fabriken und Schlangestehen im Arbeitsamt, aber ich war nie auf den Trichter gekommen, dass ich tatsächlich die Möglichkeit haben könnte, loszuziehen und dieses Mehr aus eigener Kraft zu erreichen. Ich wusste seit Jahren, dass meine Familie hoffnungslos verkorkst war und dass jedes Mal, wenn ich mit zusammengebissenen Zähnen die Wohnung betrat, ein weiteres kleines Stück meiner Seele in Trümmer geschossen wurde. Aber so erdrückend der Wahnsinn auch wurde, mir war nicht ein einziges Mal in den Sinn gekommen, dass ich ja einfach gehen konnte. Das erkannte ich erst, als Rosie von mir erwartete, dass ich zu ihr aufschloss.

Ich sagte: »Ich bin dabei.«

»Jesses, Francis, nicht so schnell! Du musst dich doch nicht heute Abend entscheiden. Denk erst mal drüber nach.«

»Ich hab nachgedacht.«

»Aber«, sagte Rosie nach einem Moment. »Deine Familie. Kannst du so einfach weg?«

Wir hatten nie über meine Familie gesprochen. Sie musste so ungefähr Bescheid wissen – der ganze Faithful Place wusste so ungefähr Bescheid –, aber sie hatte sie kein einziges Mal erwähnt, und dafür war ich ihr dankbar. Sie sah mir unverwandt in die Augen.

Ich hatte an dem Abend weggehen können, weil ich Shay, der knallhart verhandelte, als Gegenleistung das ganze nächste Wochenende angeboten hatte. Als ich aus dem Haus ging, schrie Ma gerade Jackie an, sie wäre eine freche Göre und ihr Dad würde nur deshalb in den Pub gehen, weil er es in ihrer Nähe nicht mehr aushielt. Ich sagte: »Du bist jetzt meine Familie.«

Das Lächeln begann irgendwo weit hinten, versteckt hinter Rosies Augen. Sie sagte: »Das bin ich doch sowieso. Auch hier, wenn du nicht wegkannst.«

»Nein. Du hast verdammt recht – das heißt, wir müssen hier raus.«

Das langsame, breite, wunderbare Lächeln erfasste Rosies ganzes Gesicht. Sie sagte: »Hast du für den Rest meines Lebens schon was vor?«

Ich schob meine Hände über ihre Oberschenkel hinauf zu ihren weichen Hüften und zog sie auf der Fensterbank näher an mich heran. Sie schlang die Beine um meine Taille und küsste mich. Sie schmeckte süß von dem Wein und salzig vom Tanzen, und ich spürte, dass sie noch immer lächelte, an meinem Mund, bis die Musik um uns herum anschwoll und der Kuss leidenschaftlicher wurde und das Lächeln verschwand.

Die Einzige, die sich nicht in ihre Ma verwandelt hat, sagte Imeldas Stimme in der Dunkelheit nah an meinem Ohr, rau von Millionen Zigaretten und einer unendlichen Menge Traurigkeit. *Die Einzige, die den Absprung geschafft hat.* Imelda und ich waren beide als Lügner geboren und aufgewachsen, aber sie hatte nicht gelogen, als sie sagte, dass sie Rosie furchtbar gerngehabt hatte, und ich hatte nicht gelogen, als ich sagte, dass sie mit ihr am engsten befreundet gewesen war. Imelda, Gott stehe ihr bei, hatte es verstanden.

Das Yuppie-Baby war im geborgenen Schein seines Nachtlichts eingeschlafen. Seine Ma stand behutsam auf und schlich aus dem Zimmer. Ein Licht nach dem anderen erlosch auf der Straße: Sallie Hearnes Weihnachtsmänner, der Fernseher der Dwyers, die Budweiser-Reklame, die schief in der Wohnung der langhaarigen Studenten hing. Nummer 9 war dunkel, Mandy und Ger hatten sich früh im Bett aneinandergekuschelt. Wahrscheinlich musste er in aller Herrgottsfrühe zur

Arbeit und Geschäftsleuten ihr Frühstück mit den gebratenen Bananen servieren. Mir froren allmählich die Füße ein. Der Mond hing tief über den Dächern, verschwommen und schmutzig hinter einem Wolkenschleier.

Um Punkt elf Uhr steckte Matt Daly den Kopf in die Küche, schaute sich einmal gründlich um, überprüfte, dass die Kühlschranktür geschlossen war, und schaltete das Licht aus. Eine Minute später ging in einem der oberen Zimmer eine Lampe an, und da war Nora, löste ihr Haargummi mit einer Hand und hielt sich die andere vor den gähnenden Mund. Sie schüttelte ihre Locken aus und griff nach oben, um die Vorhänge zu schließen.

Ehe sie sich ihr Nachthemd anziehen konnte, in dem sie sich vielleicht so verletzlich fühlte, dass sie Daddy alarmieren würde, wenn sie einen Eindringling vermutete, warf ich ein Kieselsteinchen gegen ihr Fenster. Ich hörte es leise gegen die Scheibe prallen, aber nichts geschah. Nora hatte das Geräusch anscheinend den Vögeln zugeschrieben, dem Wind, dem nächtlichen Haus. Ich warf noch ein Steinchen, etwas fester.

Ihre Lampe ging aus. Der Vorhang bewegte sich, nur ein paar argwöhnische Zentimeter. Ich knipste meine Taschenlampe an, richtete sie auf mein Gesicht und winkte. Ich ließ ihr einen Moment Zeit, um mich zu erkennen, dann hob ich einen Finger an die Lippen und signalisierte ihr, sie sollte runterkommen.

Gleich darauf ging Noras Lampe wieder an. Sie zog einen Vorhang zurück und wedelte mit einer Hand, aber das konnte alles bedeuten, *Verschwinde* oder *Warte.* Ich winkte erneut, dringlicher, lächelte dabei beruhigend und hoffte, das Licht der Taschenlampe würde es nicht in ein irres Jack-Nicholson-Grinsen verwandeln. Sie griff sich ins Haar, wurde ungeduldig; dann – einfallsreich wie ihre Schwester – beugte sie sich über das Fensterbrett, hauchte gegen die Scheibe und schrieb mit einem Finger: WARTE. Sie schrieb es sogar rückwärts, alle Achtung, damit ich es leichter lesen konnte. Ich hielt einen Daumen hoch, schaltete die Taschenlampe aus und wartete.

Keine Ahnung, was das Zubettgehritual der Dalys umfasste, jedenfalls war es schon fast Mitternacht, als die Hintertür aufging und Nora halb auf Zehenspitzen in den Garten gelaufen kam. Sie hatte sich einen langen Wollmantel über Rock und Pullover gezogen, und sie war außer Atem, eine Hand an die Brust gedrückt. »Gott, die Tür! Ich musste mit aller Kraft ziehen, um sie überhaupt aufzukriegen, und dann ist sie mir aus der Hand gerutscht und zugeknallt, klang wie ein Autounfall, hast du das nicht gehört? Ich bin fast in Ohnmacht gefallen –«

Ich grinste und rutschte auf der Bank beiseite. »Hab keinen Mucks gehört. Du bist die geborene Ausbrecherin. Setz dich.«

Sie blieb, wo sie war, rang nach Atem und betrachtete mich mit unsteten, misstrauischen Augen. »Ich kann nur ganz kurz bleiben. Ich bin bloß rausgekommen, um zu sehen … ich weiß nicht. Wie es dir geht. Ob mit dir alles in Ordnung ist.«

»Jetzt, wo du da bist, geht's mir besser. Aber du siehst aus, als hättest du fast einen Herzinfarkt gekriegt.«

Das wurde mit einem zögerlichen Lächeln quittiert. »Hab ich auch, ja. Ich dachte schon, mein Dad kommt jeden Moment runter … Ich fühl mich, als wäre ich sechzehn und gerade die Regenrinne runtergeklettert.«

Und wirklich, mit ihrem für die Nacht frisch gewaschenen Gesicht und dem ungebändigten Haar sah sie in dem dunklen winterlich traurigen Garten kaum älter aus. Ich sagte: »Hast du so deine wilden Jugendjahre verbracht? Du kleine Rebellin, du.«

»Ich? Von wegen, keine Chance; nicht bei meinem Dad. Ich

war ein braves Mädchen. So Sachen hab ich nie gemacht. Mir immer nur von meinen Freundinnen erzählen lassen.«

»Wenn das so ist«, sagte ich, »hast du alles Recht der Welt, so viel nachzuholen, wie du nur kannst. Fang doch mal hiermit an.« Ich zog meine Zigaretten heraus, machte die Packung auf und hielt sie ihr schwungvoll hin. »Fluppe?«

Nora beäugte die Packung skeptisch. »Ich rauche nicht.«

»Du sollst ja auch gar nicht damit anfangen. Heute Nacht zählt nicht. Heute Nacht bist du sechzehn und eine freche kleine Rebellin. Ich wünschte nur, ich hätte auch noch eine Flasche billigen Cider mitgebracht.«

Nach einem Moment sah ich, wie sich ihre Mundwinkel langsam wieder nach oben zogen. »Warum nicht«, sagte sie, ließ sich neben mir auf die Bank fallen und nahm eine Zigarette.

»Ich bin stolz auf dich.« Ich beugte mich vor und gab ihr Feuer, lächelte und sah ihr in die Augen. Sie nahm einen zu tiefen Zug und bekam prompt einen Hustenanfall. Ich fächelte ihr Luft zu, und wir beide kicherten unterdrückt, zeigten dabei aufs Haus, zischelten *Pst!* und prusteten noch lauter los. »O Mann«, sagte Nora und wischte sich über die Augen, als sie wieder atmen konnte. »Ich bin für so was nicht geschaffen.«

»Nur paffen«, erklärte ich ihr. »Nicht inhalieren. Denk dran, du bist ein Teenager, also geht's hier nicht ums Nikotin. Es geht nur darum, cool auszusehen. Pass auf, der Experte zeigt dir, wie's geht.« Ich nahm eine lässige James-Dean-Haltung ein, klemmte mir eine Zigarette in den Mundwinkel, zündete sie an und schob den Unterkiefer vor, um den Rauch in einem langen Strom auszupusten. »*Voilà*. Hast du gesehen?«

Sie kicherte wieder. »Du siehst aus wie ein Gangster.«

»Das ist ja auch Sinn der Sache. Aber falls du eher zum raffinierten Starlet-Look tendierst, der geht anders. Setz dich gerade hin.« Sie tat es. »Schlag die Beine übereinander. Jetzt das Kinn runter, sieh mich aus den Augenwinkeln an, spitz die Lippen und …« Sie paffte an der Zigarette, kippte zusätzlich noch affektiert das Handgelenk ab und blies den Rauch in den Himmel. »Ausgezeichnet«, sagte ich. »Ab sofort bist du offiziell das supercoolste, ungehorsamste Mädchen in der ganzen Nachbarschaft. Herzlichen Glückwunsch.«

Nora lachte und machte es noch mal. »Bin ich wirklich, oder?«

»Absolut. Ein echtes Naturtalent. Ich hab schon immer gewusst, dass du in Wahrheit ein schlimmer Finger bist.«

Nach einem Moment sagte sie: »Hast du dich hier draußen immer mit Rosie getroffen?«

»Nein. Ich hatte zu viel Schiss vor deinem Dad.«

Sie nickte, blickte prüfend auf die Glut ihrer Zigarette. »Ich hab heute Abend an dich gedacht.«

»Tatsache? Warum?«

»Rosie. Und Kevin. Deshalb bist du doch auch hergekommen, oder?«

»Ja«, sagte ich vorsichtig. »Mehr oder weniger. Ich habe mir gedacht, falls irgendwer weiß, wie die letzten paar Tage waren …«

»Sie fehlt mir, Francis. Sehr.«

»Ich weiß, Nora. Ich weiß. Mir auch.«

»Ich hätte nicht gedacht … Vorher hab ich sie nur ganz selten mal vermisst: Als ich das Baby bekam und sie nicht da war, um sich den Kleinen anzusehen, oder wenn Ma oder Dad mir auf den Keks gegangen sind und ich Rosie gern angerufen hätte, um ordentlich über sie zu lästern. Ansonsten hab ich kaum an sie gedacht, nicht mehr. Ich hatte andere Dinge im Kopf. Aber als ich erfahren hab, dass sie tot ist, hab ich mir die Augen ausgeheult.«

»Dafür bin ich nicht der Typ«, sagte ich, »aber ich weiß, was du meinst.«

Nora schnippte Asche ab, ließ sie gezielt auf den Kies fallen, wo ihr Daddy sie am Morgen nicht sehen würde. Sie sagte mit schmerzhaft spröder Stimme: »Mein Mann nicht. Er versteht nicht, warum ich so aufgewühlt bin. Ich hab sie zwanzig Jahre nicht gesehen und bin trotzdem ein Wrack … Er hat gesagt, ich soll mich zusammenreißen, weil ich sonst dem Kleinen Angst mache. Meine Ma ist auf Valium, und mein Dad meint, ich sollte mich um sie kümmern, weil sie ja schließlich ein Kind verloren hat … Ich musste dauernd an dich denken. Ich hab gedacht, du bist vielleicht der Einzige, der mich nicht für meschugge hält.«

Ich sagte: »Ich habe Kevin in den letzten zweiundzwanzig Jahren nur ein paar Stunden gesehen, und es tut trotzdem höllisch weh. Ich finde dich überhaupt nicht meschugge.«

»Ich hab das Gefühl, ich bin nicht mehr derselbe Mensch. Verstehst du, was ich meine? Mein ganzes Leben lang hab ich immer, wenn Leute gefragt haben, ob ich Geschwister hab, geantwortet: *Ja; ja, ich hab eine große Schwester.* Von jetzt an muss ich sagen: *Nein, es gibt nur mich.* Als wäre ich Einzelkind.«

»Aber du kannst den Leuten doch immer noch von ihr erzählen.«

Nora schüttelte so heftig den Kopf, dass ihr das Haar ins Gesicht flog. »Nein. Ich werde nicht lügen. Das ist das Schlimmste dabei: Ich hab die ganze Zeit gelogen und wusste es noch nicht mal. Immer wenn ich irgendwem erzählt hab, ich hätte eine Schwester, stimmte das gar nicht. Ich war die ganze Zeit schon Einzelkind.«

Ich dachte an Rosie im *O'Neill*, wie sie sich dagegen gesträubt hatte, so zu tun, als wären wir verheiratet: *Kommt nicht in Frage, ich täusch so was nicht vor, es geht nicht darum, was die Leute denken* … Ich sagte sanft: »Ich mein ja nicht lügen. Ich meine bloß, dass sie nicht völlig verschwinden muss. *Ich hatte eine große Schwester*, das kannst du sagen. *Sie hieß Rosie. Sie ist gestorben.*« Ein Beben durchlief Nora, jäh und krampfhaft. Ich sagte: »Kalt?«

Sie schüttelte den Kopf und drückte ihre Zigarette auf einem Stein aus. »Alles gut. Danke.«

»Komm, gib her«, sagte ich, nahm ihr die Kippe aus der Hand und steckte sie zurück in meine Packung. »Gute Rebellen hinterlassen von ihren Teenagervergnügungen niemals Spuren, die ihr Dad finden könnte.«

»Ist doch egal. Ich weiß überhaupt nicht, in was ich mich da reingesteigert hab. Schließlich kann er mich nicht mehr zu Hausarrest verdonnern. Ich bin eine erwachsene Frau. Wenn ich gehen will, gehe ich.«

Sie sah mich nicht mehr an. Sie entglitt mir. Noch eine Minute länger, und sie würde sich daran erinnern, dass sie eine anständige Frau in den Dreißigern war mit Ehemann und Kind und einem gewissen Maß an gesundem Menschenverstand und dass nichts davon damit vereinbar war, um Mitternacht mit einem Fremden im Garten zu sitzen und zu rauchen. »Das liegt am Eltern-Voodoo«, sagte ich und setzte ein sarkastisches Grinsen auf. »Zwei Minuten in ihrer Gegenwart, und du verwandelst dich im Handumdrehen wieder in ein Kind. Vor meiner Ma hab ich immer noch einen Heidenschiss – allerdings würde sie mich auch tatsächlich noch mit dem Holzlöffel verhauen, ob ich erwachsen bin oder nicht. Stört sie nicht die Bohne.«

Nach einer Sekunde lachte Nora, ein zögerliches, leises Schnauben. »Meinem Dad würde ich glatt zutrauen, dass er versucht, mich zu Hausarrest zu verdonnern.«

»Und dann würdest du ihn anschreien, er soll aufhören, dich wie ein kleines Kind zu behandeln, genau wie du das gemacht hast, als du sechzehn warst. Wie gesagt, Eltern-Voodoo.«

Diesmal lachte sie richtig, und sie lehnte sich entspannt auf der Bank zurück. »Und irgendwann machen wir es bei unseren Kindern genauso.«

Ich wollte nicht, dass sie an ihr Kind dachte. »Wo wir gerade von deinem Vater sprechen«, sagte ich. »Ich wollte mich dafür entschuldigen, wie mein Dad sich gestern Abend aufgeführt hat.«

Nora zuckte die Achseln. »Sie haben sich beide danebenbenommen.«

»Hast du mitgekriegt, worum es ging? Ich hab mich mit Jackie unterhalten und das Beste verpasst. Eben war noch alles paletti, und auf einmal wollen beide aufeinander los, als wären sie im Boxring.«

Nora zupfte an ihrem Mantel, zog sich den schweren Kragen enger um den Hals. Sie sagte: »Ich hab's auch nicht mitgekriegt.«

»Aber du kannst dir denken, worum es ging. Oder?«

»Männer, die ein paar Gläser intus haben, du weißt doch selbst, wie das läuft; und sie hatten beide ein paar schwere Tage hinter sich … Da könnte alles sie auf die Palme gebracht haben.«

Ich legte ein raues, verwundetes Beben in meine Stimme: »Nora, ich hab eine halbe Stunde gebraucht, um meinen Dad zu beruhigen. Wenn das so weitergeht, kriegt er früher oder später einen Herzinfarkt. Ich weiß nicht, ob dieser Groll zwischen ihnen irgendwie meine Schuld ist, ob es was damit zu tun hat, dass ich mit Rosie zusammen war und dein Dad das nicht wollte. Aber falls das das Problem ist, dann würde ich es wenigstens gern wissen, damit ich was dagegen unternehmen kann, ehe es meinen Vater noch ins Grab bringt.«

»Gott, Francis, sag so was nicht! Es ist nicht deine Schuld!« Sie hatte die Augen weit aufgerissen, die Finger um meinen Arm geschlungen: Ich hatte die richtige Mischung aus schuldbewusst und vorwurfsvoll getroffen. »Ich schwöre bei Gott, es ist nicht deine Schuld. Die beiden haben sich nie vertragen. Schon damals, als ich noch klein war, lange bevor du mit Rosie zusammen warst, hat mein Dad nie …«

Sie verstummte, als hätte sie sich die Zunge verbrannt, und ihre Hand ließ meinen Arm los. Ich sagte: »Er hat nie ein gutes Wort über Jimmy Mackey verloren. Wolltest du das sagen?«

Nora antwortete: »Das gestern Abend war nicht deine Schuld. Mehr wollte ich nicht sagen.«

»Aber wessen Schuld war es dann, verdammt nochmal? Ich bin total ratlos, Nora. Ich tappe im Dunkeln, und ich weiß nicht mehr weiter, und kein Schwein rührt auch nur einen Finger, um mir zu helfen. Rosie ist tot. Kevin ist tot. Die Hälfte der Straße denkt, ich wäre ein Mörder. Ich könnte durchdrehen. Ich wollte mit dir reden, weil ich dachte, du wärst die Einzige, die vielleicht halbwegs versteht, was ich durchmache. Ich flehe dich an, Nora. Sag mir, was zum Teufel hier los ist.«

Multitasking ist für mich kein Problem. Die Tatsache, dass ich es darauf anlegte, sie aus der Reserve zu locken, änderte nichts daran, dass ich jedes Wort ehrlich meinte. Nora betrachtete mich; im Halbdunkel sahen ihre Augen übergroß und bekümmert aus. Sie sagte: »Ich hab nicht mitbekommen, was der Auslöser war, Francis. Aber wenn ich raten müsste, würde ich sagen, dass dein Dad mit meiner Ma geredet hat.«

Und da war es. Einfach so, als würden Zahnräder ineinandergreifen und sich in Bewegung setzen, kreisten und surrten

Dutzende Kleinigkeiten aus meiner Kindheit los und fügten sich nahtlos zusammen. Ich hatte mir hundert mögliche Erklärungen überlegt, die immer komplizierter und unwahrscheinlicher geworden waren – hatte Matt Daly die halbillegalen Aktivitäten meines Vaters angezeigt, oder gab es irgendeinen Erbschaftszwist bis zurück zu der Frage, wer wem in der Zeit der Großen Hungersnot die letzte Kartoffel geklaut hatte? –, aber nie war mir der eine Grund in den Sinn gekommen, auf den praktisch jeder Streit zwischen zwei Männern zurückzuführen ist, vor allem die richtig bösartigen: eine Frau. Ich sagte: »Die beiden hatten mal was miteinander.«

Ich sah ihre Wimpern flattern, schnell und verlegen. Es war zu dunkel, um ganz sicher zu sein, aber ich hätte gewettet, dass sie rot wurde. »Ich glaub schon, ja. Das hat mir nie einer so direkt gesagt, aber … ich bin fast sicher.«

»Wann?«

»Ach, vor einer Ewigkeit, ehe sie verheiratet waren – es war keine *Affäre* oder so. Bloß eine Jugendliebe.«

Was es auf keinen Fall unbedeutend machte, wie ich besser als jeder andere wusste. »Und was ist dann passiert?«

Ich rechnete damit, dass Nora irgendwelche unsäglichen Gewalttätigkeiten schilderte, wahrscheinlich inklusive Strangulation, aber sie schüttelte den Kopf. »Ich weiß es nicht, Francis. Ehrlich. Wie gesagt, keiner hat je mit mir darüber geredet. Ich hab's mir einfach selbst zusammengereimt.«

Ich beugte mich vor, drückte meine Zigarette im Kies aus und schob die Kippe zurück in die Packung. »Also ehrlich«, sagte ich, »auf die Idee bin ich nie gekommen. Ganz schön blöd von mir.«

»Wieso …? Ich hätte nicht gedacht, dass dich das überhaupt interessiert.«

»Du meinst, wieso interessiert mich überhaupt irgendwas,

was hier passiert, wo ich mich doch über zwanzig Jahre lang nicht mehr hab blicken lassen?«

Sie starrte mich noch immer an, besorgt und verwirrt. Der Mond war hervorgekommen; in dem kalten Dämmerlicht sah der Garten rein und unwirklich aus, wie eine symmetrische, spießige Vorhölle. Ich sagte: »Nora, verrat mir eins. Hältst du mich für einen Mörder?«

Ich war entsetzt, wie dringend ich mir wünschte, dass sie nein sagte. Und in dem Moment wurde mir klar, dass ich aufstehen und gehen sollte – ich hatte ihr schon alles entlockt, was sie mir verraten konnte, jede Sekunde länger war gefährlich. Nora sagte schlicht und sachlich: »Nein. Das hab ich nie.«

Irgendetwas in mir krampfte sich zusammen. Ich sagte: »Anscheinend sehen das eine ganze Reihe Leute anders.«

Sie schüttelte den Kopf. »Einmal, als ich noch ganz klein war, vielleicht fünf oder sechs, hatte ich ein Junges von Sallie Hearnes Katze zum Spielen mit auf die Straße genommen, und ein paar große Jungs kamen vorbei und nahmen es mir weg, um mich zu ärgern. Sie warfen es hin und her, und ich hab gebrüllt wie am Spieß ... Dann bist du gekommen und hast mir geholfen. Du hast ihnen das Kätzchen abgenommen und mir gesagt, ich sollte es zurück zu den Hearnes bringen. Du erinnerst dich bestimmt nicht mehr daran.«

»Doch, doch«, sagte ich. Das wortlose Flehen in ihren Augen: Sie wünschte sich sehnlich, dass wir beide die Erinnerung teilten, und von all ihren Wünschen konnte ich ihr nur diesen einen kleinen erfüllen. »Natürlich erinnere ich mich.«

»Bei jemandem, der so was tut, kann ich mir nicht vorstellen, dass er irgendwem ein Haar krümmen würde, jedenfalls nicht absichtlich. Vielleicht bin ich ja bloß naiv.«

Wieder dieser Krampf, diesmal schmerzhafter. »Nicht

naiv«, sagte ich. »Aber lieb«, sagte ich. »Einfach lieb. Ungeheuer lieb.«

In dem Licht sah sie aus wie ein Mädchen, wie ein Geist, sie sah aus wie eine atemberaubende Schwarzweiß-Rosie, die für ein hauchdünnes Scheibchen Zeit aus einem flackernden alten Film entstiegen war oder einem Traum. Ich wusste, wenn ich sie berührte, würde sie verschwinden, sich von einem Augenblick auf den anderen wieder in Nora verwandeln und endgültig fort sein. Das Lächeln auf ihren Lippen hätte mir das Herz aus der Brust reißen können.

Ich berührte ihr Haar, sacht, mit den Fingerspitzen. Ihr Atem strich schnell und warm innen über mein Handgelenk. »Wo bist du gewesen?«, sagte ich leise, dicht an ihrem Mund. »Wo bist du die ganze Zeit gewesen?«

Wir klammerten uns aneinander wie wilde verirrte Kinder, brennend und verzweifelt. Meine Hände kannten den weichen heißen Schwung ihrer Hüften auswendig, deren Form sich mir entgegenhob aus einem unergründlich tiefen Ort meiner Seele, von dem ich geglaubt hatte, ihn für immer verloren zu haben. Ich weiß nicht, nach wem sie suchte; sie küsste mich so hart, dass ich Blut schmeckte. Sie roch nach Vanille. Rosie hatte immer nach Zitronendrops und Sonne und dem ätherischen Lösungsmittel gerochen, mit dem sie in der Fabrik Flecken aus Stoffen entfernten. Ich vergrub meine Finger tief in Noras üppigen Locken und spürte, wie sich ihre Brüste an meinem Oberkörper hoben und senkten, so dass ich einen Moment lang glaubte, sie würde weinen.

Sie war es, die sich aus der Umarmung löste. Ihre Wangen waren hochrot, und sie atmete schwer, als sie ihren Pullover herunterzog. Sie sagte: »Ich muss jetzt wieder rein.«

Ich sagte: »Bleib hier«, und umfasste sie wieder.

Ich schwöre, eine Sekunde lang schwankte sie. Dann schüttelte sie den Kopf und zog meine Hände von ihrer Taille. Sie sagte: »Ich bin froh, dass du heute Abend gekommen bist.«

Rosie wäre geblieben. Fast hätte ich das ausgesprochen. Ich hätte es getan, wenn ich geglaubt hätte, dass es mir irgendetwas bringen würde. Stattdessen lehnte ich mich auf der Bank zurück, atmete tief durch und spürte, wie sich mein Herzschlag allmählich verlangsamte. Dann drehte ich Noras Hand um und küsste die Innenseite. »Ich auch«, sagte ich. »Danke, dass du zu mir rausgekommen bist. Nun geh rein, ehe du mich vollends um den Verstand bringst. Träum was Schönes.«

Ihr Haar war zerzaust und ihre Lippen geschwollen und weich vom Küssen. Sie sagte: »Komm gut nach Hause, Francis.« Dann stand sie auf, zog den Mantel fester um sich und ging zurück durch den Garten.

Sie schlüpfte ins Haus und schloss die Tür hinter sich, ohne noch einmal zurückzublicken. Ich blieb auf der Bank sitzen und beobachtete, wie sich ihre Silhouette im Lampenlicht hinter den Schlafzimmervorhängen bewegte, bis meine Knie aufhörten zu zittern und ich über die Mauern klettern und nach Hause zurückkehren konnte.

17

AUF DEM ANRUFBEANTWORTER war eine Nachricht von Jackie, die mich um Rückruf bat. »Nichts Wichtiges. Bloß ... ach, na ja, du weißt schon. Bis dann.« Sie klang ausgelaugt und älter, als ich sie je gehört hatte. Ich war selbst derart mitgenommen, dass ein Teil von mir regelrecht Angst hatte, die Nacht abzuwarten, weil ich daran denken musste, was passiert war, nachdem ich Kevins Nachrichten ignoriert hatte, aber es war unmenschlich früh am Morgen. Ein klingelndes Telefon hätte ihr und Gavin einen Heidenschreck eingejagt. Ich ging schlafen. Als ich meinen Pullover auszog, konnte ich am Kragen noch immer Noras Haar riechen. Am Mittwochmorgen wachte ich spät auf, gegen zehn, und fühlte mich noch um einiges erschöpfter als am Vorabend. Es war ein paar Jahre her, dass ich mich im oberen Bereich der Schmerzskala bewegt hatte, psychisch oder physisch. Ich hatte vergessen, wie sehr einen das auslaugt. Ich verjagte ein oder zwei Schichten Watte im Gehirn mit kaltem Wasser und schwarzem Kaffee und rief Jackie an.

»Morgen, Francis, wie geht's dir?«

Der dumpfe Klang lag noch immer in ihrer Stimme, war sogar noch stärker geworden. Selbst wenn ich die Zeit oder die Energie gehabt hätte, ihr wegen Holly Vorwürfe zu machen, ich hätte es nicht übers Herz gebracht. »Morgen, Kleines. Ich hab gerade deine Nachricht gehört.«

»Ach so … ja. Hinterher hab ich gedacht, ich hätte vielleicht nicht … ich wollte dich nicht erschrecken oder so. Dir Angst machen, dass schon wieder was passiert ist. Ich wollte bloß … ich weiß auch nicht. Mich erkundigen, wie es dir geht.«

Ich sagte: »Ich weiß, dass ich Montagabend früh abgehauen bin. Ich hätte länger bleiben sollen.«

»Vielleicht, kann sein. Aber es ist, wie es ist. Hat aber kein Drama mehr gegeben: Alle haben noch mehr getrunken, alle haben noch ein bisschen länger gesungen, dann sind alle nach Hause.«

Im Hintergrund waren jede Menge Geräusche zu hören: Geplapper, Musik von Girls Aloud und ein Föhn. Ich sagte: »Bist du bei der Arbeit?«

»Ja, klar. Warum nicht? Gav konnte nicht noch einen Tag freinehmen, und mir war nicht danach, allein in der Wohnung rumzuhängen … Überhaupt, falls du und Shay recht habt mit euren Wirtschaftsprognosen, sollte ich meine Stammkunden lieber bei der Stange halten, was?« Es sollte ein Witz sein, aber sie hatte nicht die Kraft, ihn komisch rüberzubringen.

»Quäl dich nicht, Liebes. Wenn du erledigt bist, geh nach Hause. Ich bin sicher, deine Stammkunden bleiben dir auf jeden Fall treu, komme, was da wolle.«

»Man kann nie wissen, oder? Nein, nein, mir geht's gut hier. Alle sind supernett zu mir. Sie wissen, was passiert ist, aus der Zeitung und weil ich gestern nicht da war, und sie bringen mir Tee und lassen mich Zigarettenpause machen, wenn ich eine brauche. Hier geht's mir besser. Wo bist du? Musst du nicht arbeiten?«

»Ich hab mir ein paar Tage freigenommen.«

»Das ist gut, Francis. Du arbeitest nämlich echt zu viel. Gönn dir ruhig mal was. Mach mit Holly einen Ausflug.«

Ich sagte: »Weißt du was? Wo ich jetzt ein bisschen Freizeit habe, würde ich mich gerne mal mit Ma unterhalten. Nur wir zwei, ohne dass Dad in der Nähe ist. Welche Tageszeit wäre da am besten? Ich meine, geht er noch raus, was einkaufen oder in den Pub?«

»An den meisten Tagen, ja. Aber …« Ich konnte ihr anhören, dass sie sich anstrengen musste, bei der Sache zu bleiben. »Gestern hatte er höllische Rückenschmerzen. Heute auch, würde ich sagen. Er ist kaum aus dem Bett gekommen. Wenn sein Rücken ihm so zusetzt, schläft er meistens bloß.« Übersetzung: Irgendein Arzt hat ihm Wunderpillen gegeben, Dad hat sie mit Wodka aus dem Bodendielenversteck runtergespült, er ist auf absehbare Zeit außer Gefecht gesetzt. »Mammy wird den ganzen Tag da sein, wenigstens bis Shay nach Hause kommt, für den Fall, dass er irgendwas braucht. Schau einfach vorbei, sie wird sich freuen.«

Ich sagte: »Das mach ich. Sag deinem Gav, er soll nett zu dir sein, okay?«

»Er war rührend, ehrlich, ich weiß gar nicht, was ich ohne ihn machen würde … Hör mal, hast du Lust, heute Abend zu uns zu kommen? Vielleicht zum Essen?«

Bratfisch und Pommes mit Mitleidssoße: klang lecker. »Ich hab schon was vor«, sagte ich. »Aber danke, Kleines. Vielleicht ein andermal. Jetzt geh lieber wieder an die Arbeit, sonst kriegt noch jemand grüne Strähnchen.«

Jackie versuchte ein gefälliges Lachen, scheiterte aber kläglich. »Ja, muss ich wohl. Pass auf dich auf, Francis. Grüß Mammy von mir.« Und weg war sie, zurück in den Dunst aus Föhnrauschen und Geplapper und Tassen mit süßem Tee.

Jackie hatte recht, als ich klingelte, kam Ma an die Tür. Auch sie sah erschöpft aus, und sie hatte seit Samstag abgenommen, mindestens eine Bauchrolle war verschwunden. Sie beäugte mich einen Moment, unschlüssig, wie sie sich verhalten sollte. Dann blaffte sie: »Dein Dad schläft. Komm in die Küche und mach keinen Krach.« Sie drehte sich um und stapfte mühselig wieder die Treppe hinauf. Sie hätte mal wieder zum Friseur gemusst.

Die Wohnung stank nach Kneipe, Raumspray und Silberpolitur. Der Kevin-Schrein war bei Tageslicht sogar noch deprimierender. Die Blumen waren halb verwelkt, die Totenbildchen waren umgekippt, die elektrischen Kerzen wurden schwächer und flimmerten schon. Leises, zufriedenes Schnarchen drang durch die Schlafzimmertür. Ma hatte sämtliches Silber, das sie besaß, auf dem Küchentisch ausgebreitet: Besteck, Broschen, Fotorahmen, rätselhafter pseudoornamentaler Kitsch, der ganz offensichtlich lange Zeit auf dem Weiterverschenkkarussell verbracht hatte, ehe er schließlich hier gelandet war. Ich dachte an Holly, die völlig verheult wie eine Wilde ihr Puppenstubenmobiliar geputzt hatte. »Weißt du was?«, sagte ich und nahm den Polierlappen. »Ich helf dir.«

»Das kannst du sowieso nicht, du mit deinen dicken, ungeschickten Fingern.«

»Lass es mich wenigstens versuchen. Wenn ich was falsch mache, kannst du mir ja zeigen, wie's richtig geht.«

Ma warf mir einen misstrauischen Blick zu, aber das Angebot war zu gut, um es abzulehnen. »Kannst dich wirklich mal nützlich machen. Du trinkst einen Tee.«

Das war ein Befehl. Ich zog mir einen Stuhl heran und begann mit dem Besteck, während Ma Schranktüren aufriss. Das Gespräch, das ich führen wollte, hätte am besten als vertrauliche Plauderei zwischen Mutter und Tochter funktioniert; da mir die dafür erforderliche Ausstattung fehlte, würde ein bisschen gemeinsame Hausarbeit uns zumindest in die richtige Stimmung lenken. Wenn sie nicht gerade mit dem Silber beschäftigt gewesen wäre, hätte ich mir was anderes zu putzen gesucht.

Ma legte mit einer Begrüßungssalve los. »Bist ziemlich schnell verschwunden, Montagabend.«

»Ich musste weg. Wie war es denn noch so?«

»Was denkst du denn? Wenn es dich interessiert hätte, wärst du geblieben.«

»Ich kann mir gar nicht ausmalen, wie das für dich sein muss«, sagte ich, was zwar eine gezielte Nettigkeit war, aber vermutlich auch stimmte. »Kann ich irgendwas tun?«

Sie warf Teebeutel in die Kanne. »Uns geht's gut, besten Dank. Die Nachbarn waren eine große Hilfe. Haben uns so viel Fressalien gebracht, dass es zwei Wochen reicht, und Marie Dwyer hat mir erlaubt, dass ich alles in ihre Tiefkühltruhe packe. Wir sind schon so lange ohne deine Hilfe zurechtgekommen, da brauchen wir sie jetzt auch nicht.«

»Ich weiß, Mammy. Aber wenn dir doch noch irgendwas einfällt, sag mir einfach Bescheid. Okay? Egal, was.«

Ma fuhr herum und zeigte mit der Teekanne auf mich. »Ich will dir sagen, was du tun kannst. Du kannst dir deinen Freund vorknöpfen, diesen Soundso mit dem Kinn, und ihm sagen, dass er deinen Bruder nach Hause schicken soll. Ich kann nichts mit dem Bestatter vereinbaren, ich kann mit Father Vincent nicht den Trauergottesdienst vereinbaren, ich kann keinem sagen, wann ich meinen eigenen Sohn beerdige, bloß weil irgendein junger Bursche mit einem Gesicht wie Popeye mir nicht verraten will, wann er *die Leiche freigibt* – so hat der sich ausgedrückt. Dieser unverschämte Lümmel. Als wäre unser Kevin sein Eigentum.«

»Ich weiß«, sagte ich. »Und ich verspreche dir, ich werde tun, was ich kann. Aber er will euch nicht schikanieren. Er macht nur seine Arbeit, und zwar so schnell er kann.«

»Dem seine Arbeit ist sein Problem, nicht meins. Wenn er uns noch länger warten lässt, müssen wir die Trauerfeier mit geschlossenem Sarg machen. Hast du daran schon mal gedacht?«

Ich hätte ihr sagen können, dass der Sarg wahrscheinlich ohnehin geschlossen sein musste, aber ich wollte dieses Thema nicht gründlicher abhandeln als unbedingt nötig. Ich sagte: »Wie ich höre, hast du Holly kennengelernt.«

Eine Frau von weniger Format hätte schuldbewusst dreingeblickt, und wenn auch nur ganz kurz. Nicht so meine Ma. Ihr Kinn schoss vor. »Wurde auch Zeit! Das Kind hätte schon verheiratet sein können und mir Urenkel geschenkt haben, ehe dir auch nur im Traum eingefallen wäre, sie mal hierherzubringen. Hast du gehofft, wenn du nur lange genug wartest, bin ich tot und du musst sie mir nicht mehr vorstellen?«

Der Gedanke war mir in den Sinn gekommen. »Sie mag dich ziemlich gern«, sagte ich. »Wie findest du sie?«

»Ihrer Mammy wie aus dem Gesicht geschnitten. Hübsche Dinger, alle beide. Hast du gar nicht verdient.«

»Du hast Olivia kennengelernt?« Im Geiste zog ich meinen Hut vor Liv. Das hatte sie mir gekonnt unterschlagen.

»Bin ihr nur zweimal begegnet. Sie hat Holly und Jackie bei uns abgesetzt. Ein Mädchen aus den Liberties war dir wohl nicht gut genug, was?«

»Du kennst mich doch, Ma. Ich will immer hoch hinaus.«

»Und sieh dir an, was dir das gebracht hat. Seid ihr beide jetzt geschieden oder bloß getrennt?«

»Geschieden. Schon seit ein paar Jahren.«

»Hmf.« Mas Mund wurde zu einer dünnen Linie. »Ich hab mich nie von deinem Dad scheiden lassen.«

Worauf mir aus vielerlei Gründen keine passende Antwort einfiel. »Wohl wahr«, sagte ich.

»Jetzt kannst du nicht mehr zur Kommunion gehen.«

Ich wusste, dass es klüger wäre, nicht darauf einzugehen, aber keiner bringt einen so schnell in Fahrt wie die eigenen Eltern. »Ma. Selbst wenn ich zur Kommunion gehen wollte, was ich nicht will, wäre die Scheidung kein Problem. Ich kann mich bis zur Bewusstlosigkeit scheiden lassen, und der Kirche wäre das schnuppe, solange ich niemanden vögele, der nicht Olivia ist. Problematisch wären nur all die hübschen Ladys, die ich seit der Scheidung gevögelt habe.«

»Du Schmutzfink«, zischte Ma. »Ich bin nicht so ein Klugschwätzer wie du, ich kenn mich da nicht so aus, aber eins weiß ich: Father Vincent würde nicht zulassen, dass du zur Kommunion gehst. In der Kirche, in der du getauft worden bist.« Sie zeigte mit einem triumphierenden Finger auf mich. Offenbar zählte das als Sieg.

Ich rief mir in Erinnerung, dass ich das Gespräch mit ihr mehr brauchte als das letzte Wort. Also sagte ich kleinlaut: »Wahrscheinlich hast du recht.«

»Natürlich hab ich recht.«

»Immerhin erziehe ich Holly nicht dazu, auch als Heidin zu leben. Sie geht in die Kirche.«

Ich hatte gedacht, Ma würde versöhnlicher, wenn die Rede auf Holly kam, aber diesmal stachelte es sie nur noch mehr an. Bei ihr weiß man nie. »Sie könnte genauso gut eine Heidin sein, bei dem, was ich alles nicht mitbekommen hab. Ich hab ihre Erstkommunion verpasst! Bei meiner ersten Enkeltochter!«

»Ma, sie ist deine dritte Enkeltochter. Carmel hat zwei Mädchen, die älter sind als Holly.«

»Die erste, die unseren Namen trägt. Und wie's aussieht, ja wohl auch die letzte. Ich weiß überhaupt nicht, was Shay so treibt – der könnte Dutzende von Freundinnen haben, und wir hätten keine Ahnung, er hat in seinem ganzen Leben noch keine einzige mit nach Hause gebracht, ich schwöre bei Gott, allmählich geb ich bei ihm die Hoffnung auf. Dein Dad und ich, wir hatten gedacht, Kevin würde …«

Sie biss sich auf die Lippen und verstärkte das Geklapper ihrer Teevorbereitungen, knallte Tassen auf Untertassen und Kekse auf einen Teller. Nach einer Weile sagte sie: »Und jetzt werden wir Holly wohl auch nicht mehr sehen.«

»Guck mal«, sagte ich und hielt eine Gabel hoch. »Ist das so blank genug?«

Ma schielte nur kurz rüber. »Nein. Reib gefälligst zwischen den Zinken.« Sie trug die Teesachen zum Tisch, goss eine Tasse für mich ein und schob mir Milch und Zucker rüber. Sie sagte: »Ich hab Weihnachtsgeschenke für Holly gekauft. Ein hübsches Samtkleidchen hab ich für sie.«

»Bis dahin ist es ja noch eine Weile hin«, sagte ich. »Mal sehen, was dann ist.«

Ma warf mir einen Seitenblick zu, den ich nicht deuten konnte, beließ es aber dabei. Sie holte einen zweiten Lappen, setzte sich mir gegenüber und nahm irgendein Silberteil in die Hand, das so ähnlich aussah wie ein Flaschenverschluss. »Trink deinen Tee«, sagte sie.

Der Tee war so stark, dass es mich fast umgehauen hätte. Die Leute waren bei der Arbeit, und auf der Straße war es ruhig bis auf das leise Plätschern des Regens und das ferne Verkehrsrauschen. Ma arbeitete sich durch allerlei undefinierbare silberne Dinge; ich polierte das Besteck zu Ende und griff mir einen Fotorahmen. Er war mit komplizierten Blumen verziert, die ich nie so sauber kriegen würde, wie meine Ma das erwartete, aber zumindest wusste ich, was es war. Als ich das Gefühl hatte, dass die Atmosphäre im Raum ruhig genug war, sagte ich: »Ich wollte dich was fragen. Stimmt es, dass Dad mit Theresa Daly gegangen ist, bevor du aufgetaucht bist?«

Mas Kopf wippte hoch, und sie starrte mich an. Ihr Gesichtsausdruck veränderte sich nicht, aber in ihren Augen spielte sich eine Menge ab. »Wo hast du das gehört?«, wollte sie wissen.

»Also war er mit ihr zusammen.«

»Dein Dad ist ein verdammter Idiot. Das weißt du doch längst, oder du bist genauso blöd.«

»Ja, das weiß ich. Ich wusste nur nicht, dass er auch noch in der Hinsicht ein verdammter Idiot war.«

»Die war doch schon immer ein Plage, dieses Weib. Hat immer eine Schau abgezogen, ist hinternwackelnd die Straße runterstolziert, hat mit ihren Freundinnen rumgekreischt und Trara gemacht.«

»Und Dad ist drauf reingefallen.«

»Alle sind drauf reingefallen. Männer sind beschränkt, sind ganz wild nach so was. Dein Dad und Matt Daly und die Hälfte der Jungs in den Liberties, alle sind sie um Tessie O'Byrne rumscharwenzelt. Und die hat's genossen, hat immer drei oder vier gleichzeitig an der Nase rumgeführt und andauernd mit irgendwem Schluss gemacht, wenn sie nicht genug Aufmerksamkeit gekriegt hat. Aber alle sind ihr immer gleich wieder hinterhergekrochen.«

»Wir wissen einfach nicht, was gut für uns ist«, sagte ich. »Besonders, wenn wir jung sind. Dad muss damals ja noch blutjung gewesen sein, nicht?«

Ma schniefte. »Alt genug, um es besser zu wissen. Ich war drei Jahre jünger, und ich hätte ihm sagen können, dass das nie im Leben gut ausgeht.«

Ich sagte: »Du hattest schon ein Auge auf ihn geworfen, was?«

»Ja, hatte ich. Gott, ja. Du kannst dir das wahrscheinlich heute nicht mehr vorstellen ...« Ihre Finger auf dem Dingsbums waren langsamer geworden. »Du kannst es dir wahrscheinlich nicht vorstellen, aber er hat richtig toll ausgesehen, dein Dad, damals. Ganz volles lockiges Haar und so blaue Augen und dieses Lachen; er hatte ein wunderbares Lachen.«

Wir blickten beide unwillkürlich durch die Küchentür Richtung Schlafzimmer. Ma sagte, und man konnte noch immer hören, dass der Name ihr mal wie köstliches Sahneeis auf der Zunge zergangen war: »Jimmy Mackey hätte jedes Mädchen haben können.«

Ich lächelte sie schwach an. »Und er hat sich nicht gleich in dich verknallt?«

»Ich war doch noch ein Kind. Er war fünfzehn, als er anfing, Tessie O'Byrne hinterherzurennen, und ich war nicht so wie die jungen Dinger heutzutage, die schon mit zwölf aussehen wie zwanzig; ich hatte noch keine Figur, kein Make-up, ich hatte keine Ahnung … Ich hab immer versucht, ihn mit Blicken auf mich aufmerksam zu machen, wenn ich ihn morgens auf dem Weg zur Arbeit gesehen hab, aber er hat gar nicht reagiert. Er war verrückt nach Tessie. Und sie mochte ihn am liebsten von allen.«

Ich hörte das alles zum ersten Mal, und ich wäre jede Wette eingegangen, dass Jackie genauso ahnungslos war, denn sonst hätte sie es mir erzählt. Ma ist nicht der Typ für gefühlvolle Geständnisse; hätte ich sie eine Woche früher oder später nach dieser Geschichte gefragt, ich hätte kein Wort von ihr erfahren. Durch Kevins Tod war sie gebrochen und vorübergehend schutzlos. Aber einem geschenkten Gaul schaut man nicht ins Maul. »Und warum haben sie sich getrennt?«, fragte ich.

Mas Mund wurde spitz. »Wenn du mir beim Silberputzen helfen willst, dann auch richtig. Geh in die Ritzen. Hat keinen Zweck, wenn ich hinterher doch alles noch mal machen muss.«

Ich sagte: »'tschuldigung«, und legte größeren Eifer an den

Tag. Nach einem Moment sagte sie: »Ich behaupte nicht, dass dein Dad ein Heiliger war. Tessie O'Byrne hatte keinen Funken Schamgefühl im Leib, aber dein Dad hat sich auf sie eingelassen.«

Ich wartete, polierte emsig vor mich hin. Ma hielt mein Handgelenk fest und zog es zu ihr rüber, um den Rahmen zu inspizieren. Dann nickte sie knapp und ließ wieder los. »Schon besser. Damals war vieles anders. Wir hatten noch Anstand und Sitte. Wir haben nicht so rumgemacht wie die im Fernsehen.«

Ich fragte nach: »Aber Dad hat mit Tessie O'Byrne rumgemacht wie die im Fernsehen?«

Prompt handelte ich mir einen Schlag auf den Arm ein. »Nein! Hörst du mir nun zu oder nicht? Die beiden waren schon vorher ziemlich wild gewesen. Und sie haben sich gegenseitig noch wilder gemacht. Einmal, im Sommer, hat dein Dad sich ein Auto von einem Freund geborgt und ist an einem Sonntagnachmittag mit Tessie runter nach Powerscourt gefahren, um sich den Wasserfall anzusehen. Aber auf dem Rückweg sind sie mit dem Auto liegengeblieben.«

Oder aber das war Dads Version gewesen. Ma sah mich vielsagend an. »Und?«, fragte ich.

»Und sie sind dageblieben! Über Nacht! Damals gab's noch keine Handys. Sie konnten keine Werkstatt anrufen oder auch nur Bescheid geben, was los war. Sie wollten zu Fuß weiter, aber sie waren auf einer Landstraße irgendwo in Wicklow, und es wurde schon dunkel. Sie haben im Wagen übernachtet, und am nächsten Morgen hat ein Farmer, der vorbeikam, ihnen Starthilfe gegeben. Bis sie endlich nach Hause kamen, dachten alle schon, sie wären durchgebrannt.«

Sie drehte das Silberdingsbums im Licht, um zu überprüfen, ob der Glanz makellos war, und um die Pause in die Länge zu ziehen – Ma hatte schon immer Sinn für dramatische Wirkung. »Tja. Dein Dad hat mir immer erzählt, er hätte vorne geschlafen und Tessie auf der Rückbank. Was weiß ich. Jedenfalls, die ganze Straße hat was anderes gedacht.«

Ich sagte: »Das kann ich mir vorstellen.«

»Damals blieben Mädchen nicht über Nacht mit irgendwelchen Jungs weg. So was machten nur Schlampen. Ich kannte kein Mädchen, das vor der Ehe du weißt schon was gemacht hat.«

»Ich hätte gedacht, die beiden hätten danach heiraten müssen. Um ihren Ruf zu retten.«

Mas Gesicht wurde verschlossen. Sie sagte mit einem Schnauben in der Stimme: »Dein Dad hätte das bestimmt gemacht, der war verrückt nach ihr, der verdammte Idiot. Aber er war den O'Byrnes nicht gut genug – die haben sich schon immer was eingebildet. Tessies Dad und ihre Onkel haben ihn windelweich geprügelt. Ich hab ihn am nächsten Tag gesehen, hab ihn kaum wiedererkannt. Sie haben ihm gesagt, er soll sich bloß von ihr fernhalten. Er hätte schon genug Schaden angerichtet.«

Ich sagte: »Und er hat sich dran gehalten.« Das gefiel mir, sehr. Es war beruhigend. Matt Daly und seine Freunde hätten mich halbtot schlagen können, und ich wäre, sobald man mich aus dem Krankenhaus entlassen hätte, so schnell wieder zu Rosie gehumpelt, wie ich gekonnt hätte.

Ma sagte spitzzüngig und zufrieden: »Es blieb ihm nichts anderes übrig. Tessies Dad hatte ihr immer alles durchgehen lassen, jawohl, und das war dabei herausgekommen, aber danach ließ er sie kaum noch vor die Tür. Sie durfte nur noch zur Arbeit gehen, und er hat sie persönlich hingebracht. Ich kann's ihm nicht verdenken, die Leute haben sich das Maul zerrissen. Kleine Bengel haben ihr auf der Straße Sachen hinterhergerufen, die Älteren haben bloß drauf gewartet, dass sie einen dicken Bauch kriegt, die Hälfte ihrer Freundinnen durfte nicht mehr mit ihr reden, damit sie aus denen nicht auch noch Huren macht. Father Hanratty hat eine Predigt über lose Frauenzimmer gehalten, die das Land schwächen, und dass die Männer 1916 nicht dafür gestorben wären. Keine Namen, wohlgemerkt, aber jeder wusste, wer gemeint war. Danach war endgültig Schluss mit Tessies Mätzchen.«

Über fast ein halbes Jahrhundert hinweg konnte ich die zermürbenden Anfeindungen fühlen, ihre trunkene Hysterie, den rasenden Adrenalinrausch, als Faithful Place Blut witterte und zum Angriff überging. Diese Wochen hatten wahrscheinlich den Keim des Wahnsinns in Tessie Dalys Kopf gepflanzt. »Das glaub ich unbesehen«, sagte ich.

»Und verdient hatte sie's! Der haben sie's gezeigt. Hat sich benommen wie ein Flittchen, aber wollte nicht so genannt werden.« Ma saß jetzt kerzengerade und hatte ihr selbstgerechtes Gesicht aufgesetzt. »Direkt danach hat sie dann was mit Matt Daly angefangen – der hatte sie schon seit Jahren angehimmelt, aber sie hatte ihn keines Blickes gewürdigt. Erst als er ihr gelegen kam. Matt war ein anständiger Kerl. Tessies Dad hatte nichts dagegen, dass sie mit ihm ging. Das waren die einzigen Gelegenheiten, wo sie vor die Tür durfte.«

Ich sagte: »Und deshalb hat Dad was gegen Matt Daly? Weil er ihm sein Mädchen weggeschnappt hat?«

»Das war der Hauptgrund. Aber die beiden konnten sich noch nie leiden.« Sie legte das Silberding in eine Reihe mit drei anderen, die genauso aussahen, schnippte ein winziges Schmutzkörnchen weg und nahm ein kitschiges Teil aus der noch unpolierten Abteilung Christbaumschmuck zur Hand. »Matt war immer neidisch auf deinen Dad. Dein Dad sah tausendmal besser aus als Matt, keine Frage, und alle mochten ihn – nicht bloß die Mädchen, auch die anderen Burschen fanden ihn nett, lustig … Matt war ein langweiliger kleiner Schwachkopf. Saft- und kraftlos.«

In ihrer Stimme schwangen alte Gefühle mit, Triumph und Verbitterung und Schadenfreude ineinander verschlungen. Ich sagte: »Und als Matt dann doch noch das Mädchen abschleppte, hat er es Dad unter die Nase gerieben?«

»Das hat ihm noch nicht gereicht. Dein Dad hatte sich bei Guinness beworben, als Fahrer. Die hatten ihm gesagt, er hätte den Job so gut wie in der Tasche, sobald der nächste Fahrer in den Ruhestand gehen würde. Aber Matt Daly hatte schon ein paar Jahre da gearbeitet und sein Dad vor ihm; er hatte Beziehungen. Nach der Geschichte mit Tessie ging Matt zu seinem Vorarbeiter und erzählte dem, Jimmy Mackey wäre nicht der Richtige für Guinness. Auf jede freie Stelle bewarben sich mindestens zwanzig junge Männer. Die wollten keinen, mit dem es Ärger geben könnte.«

»Und so ist Dad auf dem Bau gelandet.« Immer noch besser als *im* Bau, dachte ich.

»Mein Onkel Joe hat ihm da eine Lehrstelle besorgt. Wir hatten uns kurz nach dem Tamtam mit Tessie verlobt. Dein Dad brauchte was Solides, weil wir eine Familie gründen wollten.«

Ich sagte: »Du hast schnell reagiert.«

»Ich hab meine Chance gesehen und genutzt. Ich war inzwischen siebzehn; die Jungs schauten mir also schon hinterher. Dein Dad war …« Mas Lippen verschwanden, und sie presste ihren Lappen fester in die Ritzen des Christbaumanhängers. »Ich wusste, dass er noch immer verrückt nach Tessie war«, sagte sie nach einem Moment, und in ihrer Stimme lag ein trotziges Funkeln, das mich für einen winzigen Augenblick ein Mädchen sehen ließ, das mit vorgerecktem Kinn an diesem Küchenfenster stand, den wilden Jimmy Mackey beobachtete und dachte: *Du gehörst mir.* »Aber das hat mir nichts ausgemacht. Ich hab mir gedacht, das ändert sich schon, wenn ich ihn erst mal in die Finger gekriegt hab. Ich hab nie große Wünsche gehabt. Ich hab mir nie vorgestellt, ich würde mal ein Hollywoodstar. Ich hab mir nie was eingebildet. Ich wollte immer bloß ein Häuschen und ein paar Kinder und Jimmy Mackey.«

»Tja«, sagte ich. »Du hast die Kinder gekriegt und den Mann.«

»Ja, am Ende hab ich ihn gekriegt. Das, was Tessie und Matt von ihm übriggelassen hatten. Da hatte er schon mit dem Saufen angefangen.«

»Aber du wolltest ihn trotzdem haben.« Ich ließ meine Stimme bewusst freundlich und unvoreingenommen klingen.

»Ich hatte mein Herz an ihn gehängt. Meine Mammy, sie ruhe in Frieden, hat mich gewarnt: Lass dich nie mit einem Trinker ein. Aber ich hatte keine Ahnung. Mein eigener Dad – an den wirst du dich nicht erinnern, Francis, aber er war ein lieber Mann – hat nie einen Tropfen angerührt. Ich konnte mir überhaupt nicht vorstellen, was es heißt, wenn ein Mann trinkt. Ich wusste, dass Jimmy schon mal einen über den Durst trank, aber das machten doch alle Männer. Ich hab gedacht, mehr wäre das nicht – und das stimmte auch, zumindest, als ich mich in ihn verguckt hab. Bis Tessie O'Byrne ihn kaputtgemacht hat.«

Ich glaubte ihr. Ich weiß, was die richtige Frau im richtigen Moment einem Mann antun kann. Natürlich war Tessie selbst offenbar auch nicht ganz ungeschoren davongekommen. Manche Menschen sollten sich besser nie begegnen. Die Auswirkungen können so verheerend und nachhaltig sein wie radioaktiver Niederschlag.

Ma sagte: »Alle haben immer gesagt, Jimmy Mackey wäre ein Taugenichts. Seine Ma und sein Dad waren alle beide alte Alkis, die ihr Lebtag keinen Finger krummgemacht haben; schon als kleiner Knirps hat er bei den Nachbarn gefragt, ob er zum Essen bleiben durfte, weil es zu Hause nix gab. Mitten in der Nacht ist er auf der Straße rumgelaufen … Als ich ihn kennenlernte, sagten alle, er würde todsicher genauso ein Nichtsnutz werden, wie seine Eltern welche waren.« Ihre Augen waren von der Polierarbeit abgeglitten, hinüber zum Fenster und dem fallenden Regen. »Aber ich wusste, dass die Leute falschlagen. Er war nicht schlecht, Jimmy war nicht schlecht, bloß wild. Und er war nicht blöd. Er hätte was werden können. Er brauchte Guinness nicht, er hätte seinen eigenen kleinen Betrieb haben können. Er hätte sich nicht jeden Tag rumkommandieren lassen müssen, das hasste er nämlich. Er ist schon immer gern gefahren. Er hätte Lieferungen fahren können, mit einem eigenen Lieferwagen … Wenn dieses Weib ihn nicht vorher in ihre Krallen gekriegt hätte.«

Und da war das Motiv, hübsch verpackt mit Schleife obendrauf, und es passte so wunderbar zu seinem typischen Verhalten. Da hatte Jimmy Mackey eben noch eine Spitzenfrau im Arm und einen Spitzenjob in der Tasche gehabt, er war drauf und dran gewesen, die Zukunft mit beiden Händen zu packen und den Blödmännern, die ihm das nie zugetraut hatten, den Stinkefinger zu zeigen. Und dann beging er einen Fehler, nur einen einzigen, und schon kam der brave Matt Daly in aller Seelenruhe angetrabt und sackte sich Jimmys ganzes Leben ein. Als Jimmy wieder klar denken konnte, war er mit einer Frau verheiratet, die er nie hatte haben wollen, steckte in einem Beruf ohne Perspektive, in dem er, wenn er Glück hatte, ab und an mal ein paar Tage Arbeit ergatterte, und trank mehr, als selbst Peter O'Toole verkraftet hätte. Mehr als zwanzig Jahre lang hatte er zugesehen, wie sich sein verlorenes Leben gleich auf der anderen Straßenseite entfaltete, im Haus eines anderen Mannes. Und dann kam das Wochenende, an dem Matt Daly ihn demütigte und beinahe hätte verhaften lassen – im Gehirn eines Säufers, wenn man da überhaupt von »Gehirn« sprechen kann, ist immer ein anderer schuld –, und er hatte irgendwie herausgefunden, dass Rosie Daly dabei war, seinen Sohn um den kleinen Finger zu wickeln und ihn Gott weiß wohin mitzunehmen.

Und vielleicht war da noch etwas, etwas noch Schlimmeres. Dad, wie er mich angrinste, zwinkerte, mich provozierte: *Ach nee, die kleine Daly? So ein süßes Ding. Und was für Titten, meine Fresse …* Meine Rosie, seiner hübschen Tessie O'Byrne wie aus dem Gesicht geschnitten.

Er musste mich also doch gehört haben, als ich durchs Wohnzimmer schlich, in dem sicheren Gefühl, unantastbar zu sein. Ich hatte hundertmal gesehen, wie er sich schlafend stellte. Vielleicht hatte er ihr nur sagen wollen, sie solle die Finger von seiner Familie lassen; vielleicht hatte er mehr gewollt. Aber dann stand sie vor ihm und schlug ihm förmlich um die Ohren, wie unwichtig es doch war, was er wollte: Tessie O'Byrnes Tochter, auch sie unwiderstehlich und unberührbar zugleich, Matt Dalys Tochter, die Jimmy einfach alles wegnahm, wonach ihr gerade war. Wahrscheinlich war er betrunken, zumindest bis zu dem Punkt, als ihm klar wurde, was passiert war. Damals war er noch ein kräftiger Mann gewesen.

Wir waren in jener Nacht nicht die Einzigen gewesen, die wach waren. Irgendwann war Kevin aufgestanden, vielleicht weil er aufs Klo musste, und hatte gemerkt, dass wir beide weg waren. Damals hatte er sich nichts dabei gedacht: Es kam öfter vor, dass Dad für ein paar Tage verschwand, und Shay und ich hatten immer mal wieder nachts irgendwas zu erledigen. Aber letztes Wochenende hatte er begriffen, dass in jener Nacht irgendwer draußen gewesen war und Rosie getötet hatte, und da war es ihm wieder eingefallen.

Es kam mir vor, als hätte ich in irgendeinem Spalt im verborgensten Teil meines Gehirns jedes Detail der Geschichte von der Sekunde an gewusst, als ich Jackies Stimme auf dem Anrufbeantworter hörte. Es kam mir vor, als würde eisiges schwarzes Wasser in meine Lunge dringen.

Ma sagte: »Er hätte warten sollen, bis ich groß genug war. Tessie war ganz hübsch, aber als ich sechzehn war, gab's reichlich Burschen, die mich auch ganz hübsch fanden. Ich weiß, ich war jung, aber ich wurde ja schließlich älter. Wenn er sie bloß mal kurz aus seinen schönen dummen Augen gelassen und mich angesehen hätte, wäre das alles nicht passiert.«

Die greifbare Schwere der Trauer in ihrer Stimme hätte Schiffe versenken können. Und da wurde mir klar, dass sie meinte, Kevin wäre sinnlos betrunken gewesen, so wie er das von seinem Daddy gelernt hatte, und wäre deshalb aus dem Fenster gekippt. Ehe ich mich wieder zusammenreißen und sie korrigieren konnte, fuhr sich Ma mit den Fingern über den Mund, blickte zu der Uhr auf dem Fensterbrett und kreischte auf. »Großer Gott, sieh dir das an, es ist nach eins! Ich muss was essen, sonst wird mir blümerant.« Sie ließ den Christbaumanhänger fallen und schob ihren Stuhl zurück. »Du isst ein Sandwich.«

Ich sagte: »Soll ich Dad eins reinbringen?«

Mas Gesicht wandte sich kurz Richtung Schlafzimmertür. Dann sagte sie: »Lass ihn«, und fing an, Sachen aus dem Kühlschrank zu nehmen.

Die Sandwichs bestanden aus weicher Butter und Formschinken auf in Dreiecke geschnittenen Weißbrotscheiben. Sie versetzten mich schnurstracks zurück in die Zeit, als meine Füße an demselben Tisch nicht bis zum Boden reichten. Ma machte noch eine Kanne mörderischen Tee und aß sich methodisch durch ihre Dreiecke. Die Art, wie sie kaute, verriet, dass sie irgendwann bessere dritte Zähne bekommen hatte. Als wir Kinder waren, erzählte sie uns dauernd, ihre fehlenden Zähne wären unsere Schuld: Sie hatte sie verloren, als sie uns bekam, einen Zahn pro Kind. Als die Tränen kamen, stellte sie ihre Tasse hin, zog ein blassblaues Taschentuch aus ihrer Strickjacke und wartete, bis sie versiegten. Dann putzte sie sich die Nase und griff zum nächsten Sandwich.

18

EIN TEIL VON MIR hätte ewig bei meiner Ma sitzen bleiben können, bei aufgewärmtem Tee und regelmäßigen Sandwichportionen. Ma war keine schlechte Gesellschaft, wenn sie den Mund hielt, und zum ersten Mal empfand ich ihre Küche wie einen Schutzraum, zumindest im Vergleich zu dem, was mich draußen erwartete. Sobald ich durch die Tür da trat, würde ich nur noch nach handfesten Beweisen suchen müssen. Das war nicht weiter schwierig – ich rechnete damit, dass ich höchstens vierundzwanzig Stunden brauchen würde. Aber dann würde der nackte Albtraum beginnen. Sobald ich Beweise hatte, würde ich mir überlegen müssen, was ich damit machen wollte.

Gegen zwei Uhr drangen erstmals Geräusche aus dem Schlafzimmer: quietschende Bettfedern, ein wortloses lautes Räuspern, dieser nicht endenwollende Ganzkörperwürgehusten. Ich fand, das war mein Signal, mich zu verabschieden, worauf Ma eine Salve komplizierter Fragen zum Weihnachtsessen abfeuerte (»*Falls* du mit Holly kämst, ich sage ja nur *falls*, würde sie dann lieber helles oder dunkles Fleisch essen, oder überhaupt keins, weil sie gesagt hat, von ihrer Mammy kriegt sie nur Bio-Pute …«) Ich hielt den Kopf gesenkt und ging einfach weiter. Als ich zur Tür hinaushechtete, rief sie mir nach: »Schön, dass du da warst, komm bald wieder!« Hinter ihr ertönte von Dad ein laut geröcheltes: »Josie!«

Ich wusste sogar genau, wie er herausgefunden haben konnte, wohin Rosie in jener Nacht wollte. Diese Info konnte er nur von Imelda bekommen haben, und mir fiel nur ein Grund ein, warum Dad irgendwo in ihrer Nähe gewesen sein mochte. Ich war immer davon ausgegangen, dass Dad, wenn er für ein paar Tage einfach verschwand, auf der Jagd nach Hochprozentigem war. Sogar nach allem, was er getan hatte, war mir niemals in den Sinn gekommen, dass er meine Ma betrog – und selbst wenn ich daran gedacht hätte, hätte ich vermutet, dass er alkoholbedingt außerstande wäre, irgendetwas in dieser Richtung zu tun. Meine Familie ist einfach immer für eine Überraschung gut.

Vielleicht hatte Imelda ihrer Ma gleich erzählt, was Rosie ihr erzählt hatte – Vertraulichkeiten unter Frauen, Suche nach Aufmerksamkeit, keine Ahnung –, vielleicht hatte sie auch eine Andeutung gemacht, als mein Dad bei ihnen war, nur eine ganz kleine, damit sie sich schlauer fühlen konnte als der Mann, der ihre Mutter vögelte. Wie gesagt, mein Dad ist kein Idiot. Er hätte zwei und zwei zusammengezählt.

Als ich diesmal bei Imelda klingelte, machte niemand auf. Ich trat zurück und beobachtete ihr Fenster: Hinter den Gardinen bewegte sich etwas. Ich hielt die Klingel gut drei Minuten lang gedrückt, ehe sie sich barsch über die Sprechanlage meldete. *»Was?«*

»Tagchen, Imelda. Ich bin's, Francis. Überraschung.«

»Verpiss dich.«

»Na na, Melda, sei lieb. Ich muss mit dir reden.«

»Ich hab dir nichts zu sagen.«

»Schade. Aber ich hab gerade nichts Besonderes vor, also warte ich gegenüber in meinem Auto, so lange wie es sein muss. Das ist der silberne Mercedes älteren Baujahrs. Wenn dir das Spielchen langweilig wird, komm runter, wir unterhalten uns nur ganz kurz, und dann lass ich dich bis ans Ende deiner Tage in Ruhe. Falls mir vorher langweilig wird, fang ich an, mich in der Nachbarschaft umzuhören. Alles klar?«

»Verpiss dich.«

Sie legte auf. Imelda konnte schon immer mächtig auf stur schalten. Ich richtete mich darauf ein, dass es mindestens zwei oder drei Stunden dauern würde, bis sie einknickte und zu mir runterkam. Ich ging zurück zu meinem Wagen, drehte Otis Redding laut auf und öffnete das Fenster, damit die Nachbarn auch was davon hatten. Es stand in den Sternen, ob sie mich für einen Bullen halten würden, einen Drogendealer oder einen Geldeintreiber. Nichts davon würde gut ankommen.

Um diese Tageszeit war auf der Hallows Lane alles ruhig. Ein alter Knacker mit einem Rollator und eine Alte, die ihre Türklinke wienerte, führten ein langes verärgertes Gespräch über mich, und zwei flotte Mummys, die vom Einkaufen kamen, beäugten mich aus den Augenwinkeln. Ein Typ in einem glänzenden Trainingsanzug, der offensichtlich jede Menge Probleme hatte, verbrachte volle vierzig Minuten vor Imeldas Haus, schwankte hin und her und setzte all seine noch verbliebenen Hirnzellen ein, um im Zehnsekundentakt »Deco!« zum obersten Fenster hinaufzubrüllen, doch Deco war anderweitig beschäftigt, und schließlich torkelte der Typ von dannen. Gegen drei hievte sich jemand, bei dem es sich offensichtlich um Shania handelte, die Stufen zu Nummer 10 hoch und ging hinein. Isabelle kam kurz danach nach Hause. Sie sah haargenau so aus wie Imelda in den Achtzigern, bis hin zu der trotzigen Kinnlade und dem langbeinigen Leck-mich-doch-Gang. Ich konnte nicht sagen, ob sie mich traurig machte oder mir Hoffnung gab. Jedes Mal, wenn die vergilbten Gardinen wackelten, winkte ich.

Um kurz nach vier, als es dunkel wurde, Genevieve von der

Schule nach Hause gekommen war und ich zu James Brown gewechselt hatte, klopfte jemand an mein Beifahrerfenster. Es war Rocky.

Ich soll mich von dem Fall fernhalten, hatte ich zu Imelda gesagt; *ich setze meinen Job aufs Spiel, schon allein dadurch, dass ich hier bin*. Ich war unschlüssig, ob ich sie verachten sollte, weil sie mich verpfiffen hatte, oder ihren Einfallsreichtum bewundern. Ich schaltete die Musik aus und ließ die Scheibe runter. »Detective. Was kann ich für Sie tun?«

»Mach die Tür auf, Frank.«

Ich hob die Augenbrauen, tat verwundert über seinen barschen Ton, aber ich beugte mich rüber und entriegelte die Tür. Rocky stieg ein und knallte sie fest zu. »Und jetzt fahr«, sagte er.

»Bist du auf der Flucht? Ich kann dich im Kofferraum verstecken, wenn du willst.«

»Ich bin nicht zu Späßen aufgelegt. Ich verfrachte dich von hier weg, ehe du den armen Mädchen noch mehr Angst einjagen kannst.«

»Ich bin bloß ein Mann in seinem Auto, Rocky. Ich sitze hier und nehme mir Zeit für einen nostalgischen Blick auf mein altes Revier. Was ist daran so beängstigend?«

»Fahr los.«

»Ich fahre los, wenn du mir einen Gefallen tust und ein paarmal tief durchatmest. Gegen Beifahrerherzinfarkte bin ich nicht versichert. Einverstanden?«

»Bring mich nicht dazu, dich festzunehmen.«

Ich lachte. »Ach, Rockylein, du bist unbezahlbar. Ich vergesse immer wieder, warum ich dich so mag. Wir können uns ja gegenseitig festnehmen, was hältst du davon?« Ich fuhr vom Bordstein los und fädelte mich in den Verkehr ein. »Jetzt mal raus mit der Sprache. Wem habe ich Angst eingejagt?«

»Imelda Tierney und ihren Töchtern. Und das weißt du genau. Ms Tierney sagt, du hast gestern versucht, gewaltsam in ihre Wohnung einzudringen, und sie musste dich mit einem Messer bedrohen, um dich abzuwehren.«

»Imelda? Die hast du auch mit Mädchen gemeint? Sie ist über vierzig, Rocky. Ein bisschen mehr Respekt, wenn ich bitten darf. Die korrekte Bezeichnung heutzutage lautet *Frau*.«

»Und ihre Töchter sind Mädchen. Die jüngste ist erst elf. Sie sagen, du hast den ganzen Nachmittag da gesessen und obszöne Gesten in ihre Richtung gemacht.«

»Ich hatte noch nicht das Vergnügen, ihre Bekanntschaft zu machen. Sind es nette Mädchen? Oder kommen sie nach ihrer Mammy?«

»Was hab ich dir gesagt, als wir uns das letzte Mal gesehen haben? Was war das Einzige, was ich von dir wollte?«

»Dass ich dir nicht in die Quere komme. Hab ich laut und deutlich gehört. Was mir entgangen ist, war der Teil, wo du dich in meinen Boss verwandelt hast. Wenn ich mich recht entsinne, ist mein Boss deutlich schwerer als du und sieht nicht annähernd so gut aus.«

»Ich muss nicht dein Boss sein, um dir zu sagen, dass du dich verdammt nochmal aus dem Fall raushalten sollst. *Meine* Ermittlung, Frank. *Meine* Anweisung. Du hast sie missachtet.«

»Dann beschwer dich doch über mich. Brauchst du dafür meine Dienstnummer?«

»Sehr witzig, Frank. Ich weiß, Vorschriften sind für dich zum Schreien komisch. Ich weiß, du hältst dich für immun. Scheiße, vielleicht hast du ja recht. Keine Ahnung, wie das bei euch in der Undercoverabteilung so läuft.« Empörung stand Rocky nicht gut. Davon schwoll sein Kinn zu doppelter Größe an, und eine Ader auf der Stirn wurde so dick, dass es schon richtig alarmierend aussah. »Aber vielleicht solltest du auch mal daran denken, dass ich mir große Mühe gegeben habe, dir einen Gefallen zu tun, Herrgott nochmal. Ich hab mich für dich meilenweit aus dem Fenster gelehnt. Und im Augenblick weiß ich beim besten Willen nicht mehr, wieso eigentlich. Wenn du mir weiter bei jeder Gelegenheit dazwischenfunkst, könnte ich es mir einfach anders überlegen.«

Ich unterdrückte den Impuls, voll in die Bremsen zu steigen und seinen Kopf gegen die Windschutzscheibe knallen zu lassen. »Einen Gefallen? Du meinst, dass du die Geschichte von Kevins angeblichem Unfall verbreitet hast?«

»Nicht bloß verbreitet. Das kommt auch auf den Totenschein.«

»Ach so, ja dann: Donnerwetter. Ich bin von Dankbarkeit überwältigt, Rocky. Ganz ehrlich.«

»Es geht hier nicht nur um dich, Frank. Dir mag ja vollkommen egal sein, ob dein Bruder als Unfall oder Selbstmord eingestuft wird, aber ich wette, deine Familie sieht das anders.«

»O nein, nein, nein. Nein. Komm mir nicht so. Wenn es um meine Familie geht, hast du nicht den geringsten Schimmer, womit du es zu tun hast, mein Bester. Erstens, und das könnte jetzt ein Schock für dich sein: Du bist nicht der Herrscher ihres Universums. Die glauben alle durch die Bank genau das, was sie glauben wollen, egal, was du und Cooper auf den Totenschein schreibt – meine Mutter beispielsweise lässt dir von mir ausrichten, dass es, und ich verarsch dich nicht, ein Verkehrsunfall war. Zweitens, falls der größte Teil meiner Familie in Flammen stünde, würde ich nicht mal draufpinkeln, um das Feuer zu löschen. Mir ist jedenfalls scheißegal, was die über Kevins Tod glauben.«

»Kann ein Selbstmörder heutzutage in geweihter Erde bestattet werden? Was sagt der Pfarrer in der Trauerpredigt für einen Selbstmörder? Was sagt die übrige Nachbarschaft über ihn? Was macht das mit den Hinterbliebenen? Red dir nichts ein, Frank: Dagegen bist selbst du nicht immun.«

Meine Selbstbeherrschung franste an den Rändern allmählich aus. Ich fuhr in eine enge Sackgasse zwischen zwei Mietskasernen – rückwärts, damit ich schnell abhauen konnte, falls ich Rocky doch noch aus dem Auto schubste – und stellte den Motor aus. Über uns hatte ein verspielter Architekt Balkone blau streichen lassen, aber die mediterrane Wirkung ging ein wenig verloren, weil die Aussicht aus einer Backsteinmauer und etlichen Müllcontainern bestand.

»Also«, sagte ich. »Kevin wird unter ›Unfall‹ abgeheftet, alles schön und gut. Aber verrat mir eins: Worunter wollt ihr Rosie abheften?«

»Mord. Natürlich.«

»Natürlich. Mord, begangen von wem? Dem großen Unbekannten?«

Rocky schwieg. Ich sagte: »Oder von Kevin.«

»Na ja, so einfach ist das nicht.«

»Erklär's mir.«

»Falls unser Verdächtiger ebenfalls tot ist, haben wir einen gewissen Spielraum. Es ist eine knifflige Angelegenheit. Einerseits wird es keine Verhaftung geben, daher sind die da oben nicht besonders scharf drauf, viel Zeit und Energie in die Ermittlung zu stecken. Andererseits …«

»Andererseits gibt es die allmächtige Aufklärungsquote.«

»Mach dich ruhig darüber lustig. Aber so was ist wichtig. Denkst du, ich hätte so viel Personal für deine Freundin gekriegt, wenn meine Quote im Keller wäre? Das eine bedingt das andere: Je mehr ich aus diesem Fall raushole, desto mehr kann ich in den nächsten investieren. Sorry, Frank, aber ich werde weder meinen Ruf gefährden noch die Chance des nächsten Opfers auf Gerechtigkeit, nur um deine Gefühle zu schonen.«

»Drück dich deutlicher aus, Rocky. Was genau hast du in Rosies Fall vor?«

»Ich habe vor, alles richtig zu machen. Wir werden die nächsten paar Tage weiter Beweise und Zeugenaussagen sammeln und abgleichen. Und wenn sich nichts Unerwartetes ergibt …« Er zuckte die Achseln. »Ich hab schon ein paar Fälle dieser Art bearbeitet. Normalerweise versuchen wir, die Situation so rücksichtsvoll wie möglich zu handhaben. Die Akte geht an die Staatsanwaltschaft, aber diskret. Nichts wird öffentlich zugänglich gemacht, vor allem, wenn es nicht um einen Berufsverbrecher geht. Wir möchten den Namen eines Mannes nicht ruinieren, wenn er sich nicht mehr verteidigen kann. Falls die Staatsanwaltschaft die Ermittlungsergebnisse überzeugend findet, unterhalten wir uns mit der Familie des Opfers – erklären ihnen, dass wir nichts Definitives haben, aber dass wir ihnen immerhin einen gewissen Abschluss bieten können –, und das war's dann. Sie können wieder nach vorn schauen, die Familie des Täters behält ihren Seelenfrieden, und wir können den Fall als gelöst zu den Akten legen. So läuft das normalerweise.«

Ich sagte: »Wieso hab ich das Gefühl, dass du mir drohen willst?«

»Ich bitte dich, Frank. Das ist sehr drastisch formuliert.«

»Wie würdest du es denn formulieren?«

»Ich würde sagen, dass ich dich warnen will. Und du machst es mir nicht leicht.«

»Wovor genau warnen?«

Rocky seufzte. »Falls ich eine ausführliche gerichtliche Untersuchung anleiern muss, um Kevins Todesart zu bestimmen, dann mach ich das«, sagte er. »Und ich wette, die Medien würden sich draufstürzen wie die Geier. Ganz gleich, wie du zu der Selbstmordfrage stehst, wir kennen beide ein oder zwei Reporter, die nichts lieber mögen als einen zwielichtigen Bullen. Und wie du dir bestimmt vorstellen kannst, könnte diese Story dich, sollte sie in die falschen Hände geraten, verflucht zwielichtig aussehen lassen.«

Ich sagte: »Das hört sich für mich doch gewaltig nach einer Drohung an.«

»Ich denke, ich habe ziemlich deutlich gemacht, dass ich diesen Weg lieber nicht einschlagen möchte. Aber wenn ich dich nur so daran hindern kann, weiter Kalle Blomquist zu spielen … Ich möchte bloß, dass du mir zuhörst, Frank. Anders klappt das ja nicht.«

Ich sagte: »Überleg mal, Rocky. Was war das Einzige, das ich dir gesagt habe, als wir uns das letzte Mal gesehen haben?«

»Dass dein Bruder kein Mörder ist.«

»Richtig. Und hast du mir etwa zugehört?«

Rocky klappte die Sonnenblende herunter, um einen Schnitt zu inspizieren, den er sich beim Rasieren geholt hatte. Er legte den Kopf in den Nacken und strich sich mit dem Daumen an der Kinnlade entlang. »In gewisser Weise«, sagte er, »schulde ich dir wohl ein Dankeschön. Ich muss zugeben, ich hätte Imelda Tierney vielleicht nicht gefunden, wenn du das nicht für mich getan hättest. Und sie erweist sich als überaus nützlich.«

Dieses durchtriebene kleine Miststück. »Das kann ich mir vorstellen. Sie ist sehr entgegenkommend. Wenn du verstehst, was ich meine.«

»Oh, nein. Sie versucht nicht bloß, mich glücklich zu machen. Ihre Aussage wird Bestand haben, falls es so weit kommt.«

Genauer wurde er nicht. Das winzige Grinsen, das er nicht

unterdrücken konnte, vermittelte mir eine gewisse Ahnung, aber ich ließ mich trotzdem darauf ein. »Na los. Hau's mir um die Ohren. Was hat sie gesagt?«

Rocky spitzte die Lippen, tat so, als würde er nachdenken. »Könnte sein, dass sie als Zeugin benannt wird, Frank. Kommt ganz drauf an. Ich kann dir nicht sagen, was sie aussagen wird, wenn du versuchst, sie zu bedrängen und zu beeinflussen. Wir wissen doch beide, dass das ein schlimmes Ende nehmen könnte, nicht?«

Ich ließ mir Zeit. Einen langen kalten Moment lang starrte ich ihn herausfordernd an. Dann ließ ich meinen Kopf nach hinten an die Kopfstütze sinken und fuhr mir mit den Händen durchs Gesicht. »Weißt du was, Rocky? Das war die längste Woche meines Lebens.«

»Das weiß ich, Alter. Ich versteh dich. Aber im Interesse aller Beteiligten musst du dir irgendwas Produktiveres suchen, in das du deine Energie steckst.«

»Du hast recht. Ich hätte gar nicht erst nach Imelda suchen sollen; das war nicht in Ordnung. Ich hab nur gedacht ... sie und Rosie standen sich sehr nahe, verstehst du? Ich dachte, wenn irgendwer was weiß ...«

»Du hättest mir ihren Namen geben sollen. Ich hätte für dich mit ihr geredet. Dasselbe Endergebnis, ohne die ganzen Scherereien.«

»Ja. Hast schon wieder recht. Es ist bloß ... Es ist so schwer loszulassen, wenn es so oder so nichts Definitives gibt, verstehst du? Ich weiß immer gern, was Sache ist.«

Rocky sagte trocken: »Als wir uns das letzte Mal unterhalten haben, hast du dich angehört, als wärst du ziemlich sicher, was Sache ist.«

»Dachte ich auch. Ich war fest davon überzeugt.«

»Und jetzt ...?«

Ich sagte: »Ich bin müde, Rocky. In der letzten Woche hatte ich mit toten Exfreundinnen, toten Brüdern und einer saftigen Dosis Eltern zu tun, und jetzt bin ich ziemlich am Boden zerstört. Vielleicht liegt's daran. Ich bin mir bei nichts mehr sicher. Bei gar nichts.«

Der aufgeblasene Ausdruck auf Rockys Gesicht verriet mir, dass er mich jetzt an seiner Weisheit teilhaben lassen wollte, was seine Laune bestimmt heben würde. »Frank, früher oder später«, so erklärte er, »kriegt jeder von uns einen kräftigen Schlag ins Kontor seiner Gewissheiten verpasst. So ist das Leben. Wichtig ist, dass wir diesen Schlag in ein Sprungbrett auf die nächsthöhere Ebene der Gewissheit umwandeln. Verstehst du, was ich meine?«

Diesmal schluckte ich meine Portion gemischter Metaphernsalat wie ein braver Junge runter. »Ja, und ob. Und es fällt mir verdammt schwer, das ausgerechnet dir gegenüber zuzugeben, aber ich brauche Hilfe, um auf die nächste Ebene zu kommen. Ehrlich, Kumpel. Spann mich nicht so auf die Folter: Was hat Imelda gesagt?«

»Du machst ihr deshalb keinen Ärger?«

»Ich finde mein Leben auch dann vollkommen, wenn ich Imelda Tierney nie wiedersehe.«

»Du musst mir dein Wort geben, Frank. Ohne Hintertürchen.«

»Ich gebe dir mein Wort, dass ich mich nie wieder in Imeldas Nähe begeben werde. Nicht wegen Kevin, nicht wegen Rosie, nicht wegen überhaupt irgendwas.«

»Ohne Wenn und Aber.«

»Ohne Wenn und Aber.«

»Glaub mir, ich will dir dein Leben nicht unnötig schwermachen. Und das muss ich auch nicht, solange du mir meins nicht schwermachst. Also zwing mich nicht dazu.«

»Versprochen.«

Rocky strich sich die Haare glatt und klappte die Sonnenblende hoch. »In gewisser Weise«, sagte er, »hattest du recht damit, dich auf Imelda zu konzentrieren. Deine Technik ist grottenschlecht, mein Freund, aber dein Instinkt ist untrüglich.«

»Sie wusste was.«

»Sie wusste jede Menge. Ich hab eine kleine Überraschung für dich, mein Alter. Ich weiß, du hast gedacht, du und Rose Daly hättet eure Beziehung erfolgreich geheim gehalten, aber wenn eine Frau sagt, sie erzählt keiner Menschenseele ein Sterbenswörtchen, meint sie meiner Erfahrung nach, dass sie es nur ihren beiden allerbesten Freundinnen erzählt. Imelda Tierney war voll im Bilde. Sie wusste von der Beziehung, von euren Plänen abzuhauen, sie wusste alles.«

»Gott«, sagte ich. Ich schüttelte den Kopf, lachte kurz und betreten, ließ Rocky Zeit, sich selbstzufrieden aufzublähen. »Klar. Sie … au Mann. Das haut mich echt um.«

»Du warst ja noch ein Junge. Du kanntest die Spielregeln noch nicht.«

»Trotzdem. Nicht zu fassen, wie naiv ich war.«

»Jetzt kommt noch was, was dir wahrscheinlich entgangen ist: Imelda sagt, Kevin wäre damals heftig in Rose verknallt gewesen. Du musst zugeben, das passt zu dem, was du mir erzählt hast: Sie war der Liebling der ganzen Nachbarschaft, alle Jungs haben für sie geschwärmt.«

»Na ja, sicher. Stimmt. Aber Kevin? Er war doch erst fünfzehn.«

»Das ist das Alter, in dem die Hormone durchdrehen. Das Alter, in dem er sich in Clubs mogeln konnte, in denen er nichts verloren hatte. Einmal war Imelda im *Bruxelles*, und Kevin hat sie angesprochen und sie auf einen Drink eingeladen. Sie sind ins Gespräch gekommen, und er hat sie gebeten – sie angefleht –, bei Rose ein gutes Wort für ihn einzulegen. Darüber hat Imelda sich totgelacht, aber Kevin hat richtig gekränkt aus der Wäsche geschaut, und als sie sich wieder eingekriegt hatte, hat sie ihm gesagt, es hätte nichts mit ihm zu tun, aber Rose wäre schon vergeben. Weiter wollte sie eigentlich nicht gehen, aber Kevin hat nicht lockergelassen und immer wieder gefragt, wer der Typ wäre, und er hat ihr einen Drink nach dem anderen spendiert …«

Rocky schaffte es, die ganze Zeit ernst dreinzublicken, aber er amüsierte sich prächtig. Knapp unter der Oberfläche war er noch immer dieser nach Deo stinkende Teenager, der die Faust in die Luft reckte. »Letzten Endes hat sie alles ausgeplaudert. Sie dachte sich nichts dabei. Sie fand, er war ein netter, lieber Junge, und außerdem meinte sie, er würde den Rückzug antreten, wenn er wüsste, dass es um seinen eigenen Bruder ging, richtig? Falsch. Er drehte völlig durch: tobte, trat gegen die Wand, warf mit Gläsern … Die Rausschmeißer mussten ihn vor die Tür setzen.«

Was wirklich absolut nicht seine Art war – wenn Kev wütend wurde, zog er höchstens beleidigt ab –, aber ansonsten passte alles wunderbar zusammen. Imelda imponierte mir von Minute zu Minute mehr. Sie kannte sich mit Tauschgeschäften aus: Noch ehe sie Rocky anrief, hatte sie gewusst, dass sie ihm was bieten musste, falls er für sie den bösen Mann von der Straße holen sollte. Wahrscheinlich hatte sie ein paar alte Bekannte angerufen, um rauszufinden, was das wohl sein könnte. Offensichtlich hatten die Jungs vom Morddezernat bei ihren Haus-zu-Haus-Befragungen durchblicken lassen, dass sie sich für irgendwelche Verbindungen zwischen Kevin und Rosie interessierten, und den Rest konnten sich die Leute leicht zusammenreimen. Ich sollte vermutlich froh sein, dass Imelda so klug gewesen war, sich erst umzuhören, anstatt sofort aus der Haut zu fahren und mich in die Schusslinie zu schubsen.

»Gott«, sagte ich. Ich legte die Arme aufs Lenkrad und ließ mich nach vorne hängen, starrte durch die Windschutzscheibe auf den Verkehr, der sich an der Mündung der Einbahnstraße vorbeischob. »Großer Gott. Und ich hatte von nichts eine Ahnung. Wann war das?«

Rocky sagte: »Wenige Wochen vor Rosies Tod. Imelda hat ein ziemlich schlechtes Gewissen wegen der Geschichte, weil sie jetzt weiß, was daraus entstanden ist. Deshalb hat sie sich auch gemeldet. Ich kriege eine offizielle Aussage von ihr, sobald wir hier fertig sind.«

Und ob er die von ihr kriegen würde. »Tja«, sagte ich. »Das ist allerdings beweiskräftig.«

»Es tut mir leid, Frank.«

»Ich weiß. Danke.«

»Mir ist klar, dass du dir was anderes erhofft hast –«

»Das kann man wohl sagen.«

»– aber, wie du selbst gesagt hast, jede Art von Gewissheit hilft. Selbst wenn du das im Augenblick nicht so wahrnimmst. Zumindest kannst du jetzt irgendwie innerlich damit abschließen. Und nach einer Weile wirst du in der Lage sein, das Ganze allmählich in deine Weltsicht zu integrieren.«

»Rocky«, sagte ich. »Ich muss dich was fragen. Gehst du zum Psychologen?«

Er schaffte es, gleichzeitig verlegen und selbstgerecht und angriffslustig zu blicken. »Ja. Wieso? Soll ich dir einen empfehlen?«

»Nein, danke. Hat mich nur interessiert.«

»Der Mann ist ziemlich gut. Er hat mir zu einer Menge interessanter Erkenntnisse verholfen. Zum Beispiel, wie ich meine äußere Realität in Einklang mit meiner inneren Realität bringe.«

»Klingt sehr motivierend.«

»Ist es auch. Ich glaube, er könnte viel für dich tun.«

»Ich bin da ziemlich altmodisch. Ich denke immer noch, meine innere Realität sollte in Einklang mit meiner äußeren geraten. Aber vielleicht komme ich irgendwann auf dein Angebot zurück.«

»Ja, mach das.« Rocky verpasste meinem Armaturenbrett einen männlichen Klaps, als wäre es ein Pferd, das seine Lektion gelernt hatte. »War gut, mit dir zu reden, Frank. Ich sollte jetzt besser zurück in die Tretmühle, aber du kannst mich jederzeit anrufen, wenn du mal wieder quatschen willst, okay?«

»Mach ich. Aber ich glaub, ich brauch vor allen Dingen erst mal Zeit für mich allein, um das alles zu verarbeiten. Ist nicht einfach.«

Rocky legte eine tiefsinnige Nicken-und-Augenbrauen-Nummer hin, die er sich vermutlich von seinem Therapeuten abgeguckt hatte. Ich sagte: »Soll ich dich zurück zum Dezernat fahren?«

»Nein, danke. Ein kleiner Spaziergang wird mir guttun, muss auf die schlanke Linie achten.« Er klopfte sich auf den Bauch. »Mach's gut, Frank. Bis bald.«

Die Seitenstraße war so schmal, dass er die Tür nur ein kleines Stück öffnen konnte und sich dann rauswinden musste, was seinem Abgang ein wenig die Dynamik nahm, doch er gewann sie zurück, sobald er wieder seinen Morddezernatgang einlegte. Ich sah ihm nach, wie er zwischen den müde dahinhastenden Fußgängern verschwand, ein Mann mit einer Aktentasche und einer Bestimmung, und dachte an den Tag vor ein paar Jahren zurück, als wir uns zufällig begegnet waren und feststellten, dass wir beide dem Club der Geschiedenen beigetreten waren. Unsere Sauftour dauerte vierzehn Stunden und endete in einem UFO-mäßig eingerichteten Pub in Bray, wo Rocky und ich zwei gehirnamputierten Grazien einreden wollten, dass wir russische Millionäre wären, die vorhätten, die Dubliner Burg zu kaufen, nur dass wir immer wieder die Beherrschung verloren und hilflos wie kleine Jungs in unsere Biergläser kicherten. Mir kam in den Sinn, dass ich Rocky Kennedy doch zwanzig Jahre lang irgendwie gemocht hatte und ihn tatsächlich vermissen würde.

Die meisten Leute unterschätzen mich, und das ist mir ausgesprochen recht, aber Imelda hatte mich dennoch ein wenig überrascht. Sie kam mir nicht vor wie jemand, der die weniger kuschelige Seite der menschlichen Natur so leicht übersah. Ich an ihrer Stelle hätte zumindest dafür gesorgt, dass ein großer, übelaussehender Bekannter mit irgendeiner Form von Waffe ein paar Tage bei mir verbringt, aber am Donnerstagmorgen schien bei den Tierneys alles wieder seinen gewohnten Gang zu nehmen. Genevieve schlurfte an einem KitKat lutschend Richtung Schule, Imelda ging zur New Street und kam mit zwei Plastiktüten zurück, Isabelle stakste irgendwohin, wo offenbar nach hinten gebundene Haare und eine schicke weiße Bluse erwartet wurden. Von einem bewaffneten oder anderweitig imposanten Bodyguard war weit und breit nichts zu sehen. Und diesmal entdeckte mich niemand auf meinem Beobachtungsposten.

Gegen Mittag klingelten zwei blutjunge Mädchen mit zwei Babys an der Haustür, Shania kam nach unten, und sie zogen gemeinsam los, um shoppen zu gehen oder zu klauen oder was auch immer. Sobald ich sicher war, dass sie nicht gleich zurückkam, weil sie ihre Zigaretten vergessen hatte, knackte ich das Haustürschloss und ging hoch zu Imeldas Wohnung.

Sie hatte irgendeine Talkshow lautgedreht, Leute brüllten einander an, und das Publikum schrie nach Blut. Die Tür war mit Schlössern übersät, aber ein prüfender Blick durch die Ritze verriet mir, dass nur eines abgeschlossen war. Ich hatte es nach knapp zehn Sekunden auf. Der Fernseher überdeckte das Quietschen, als ich die Tür öffnete.

Imelda saß auf dem Sofa und packte Weihnachtsgeschenke ein, was liebenswerter gewirkt hätte, wäre da nicht die Talkshow gewesen und der Umstand, dass die meisten Geschenke nachgemachte Burberry-Teile waren. Ich hatte die Tür wieder geschlossen und näherte mich ihr, als irgendetwas – mein Schatten, eine Bodendiele – sie herumfahren ließ. Sie holte Luft, um zu schreien, doch ehe sie loslegen konnte, hatte ich schon eine Hand auf ihrem Mund und drückte mit meinem freien Unterarm ihre beiden Handgelenke fest auf ihren Schoß. Ich machte es mir auf der Sofalehne bequem und sagte dicht an ihrem Ohr: »Imelda, Imelda, Imelda. Und dabei hast du mir geschworen, dass du keine Verräterin bist. Ich bin schwer enttäuscht.«

Sie versuchte, mir einen Ellbogen in den Bauch zu rammen. Als ich fester zugriff, wollte sie mir in die Hand beißen. Ich drückte noch fester zu, zog ihren Kopf zurück, bis ihr Hals nach hinten gebogen war und ich durch ihre Lippe hindurch den Druck der Zähne spüren konnte. Ich sagte: »Ich möchte, dass du dir zwei Dinge klarmachst, ehe ich meine Hand wegnehme. Erstens, ich bin dir näher als irgendjemand sonst. Zweitens, was würde Deco da oben wohl denken, wenn er wüsste, dass hier eine Bullen-Informantin wohnt, weil er das nämlich sehr, sehr leicht erfahren könnte. Meinst du, er würde das an dir persönlich auslassen, oder denkt er vielleicht, dass Isabelle appetitlicher ist? Oder auch Genevieve. Ich frage dich, Imelda. Weil ich ja nicht weiß, was er für Vorlieben hat.«

In ihren Augen brannte nackte Wut, wie die eines gefangenen Tiers. Wenn sie mir die Kehle hätte durchbeißen können, sie hätte es getan. Ich sagte: »Also, was sagst du. Hast du vor zu schreien?«

Nach einem Moment lockerten sich ihre Muskeln allmählich, und sie schüttelte den Kopf. Ich ließ los, fegte einen Haufen Burberryfakes von einem Sessel auf den Boden und setzte mich. »Na bitte«, sagte ich. »Ist doch gemütlich, oder?«

Imelda rieb sich vorsichtig das Kinn. »Schwein«, sagte sie.

»Das war ja wohl nicht meine Entscheidung, Süße. Ich hab dir zweimal die Chance gegeben, wie ein gesitteter Mensch mit mir zu reden, aber nein: Du wolltest es so haben.«

»Mein Typ kommt jeden Moment nach Hause. Der ist beim Sicherheitsdienst. Mit dem solltest du dich lieber nicht anlegen.«

»Das ist komisch, wo er doch letzte Nacht nicht zu Hause war und hier in diesem Zimmer nichts darauf hindeutet, dass es ihn überhaupt gibt.« Ich kickte die Pseudo-Burberrysachen beiseite, damit ich die Beine ausstrecken konnte. »Wieso tischst du mir so eine Lüge auf, Imelda? Sag bloß nicht, du hast Angst vor mir.«

Sie schmollte in ihrer Sofaecke, Arme und Beine fest verschränkt, aber das brachte sie in Rage. »Hättste wohl gern, Francis Mackey. Ich hab schon Leute zusammengeschlagen, die ein ganz anderes Kaliber hatten als du.«

»Das kann ich mir vorstellen. Und wenn *du* sie nicht zusammenschlagen kannst, dann rennst du zu jemandem, der das kann. Du hast mich bei Rocky Kennedy verpfiffen – nein, halt verdammt nochmal deine große Klappe und versuch nicht, mir irgendeinen Scheiß zu erzählen –, und das macht mich ziemlich sauer. Aber der Schaden lässt sich leicht beheben. Du musst mir nur verraten, wem du von Rosie und mir erzählt hast, und alles ist in null Komma nix vergeben und vergessen.«

Imelda zuckte die Achseln. Im Hintergrund gingen die TV-Affen noch immer mit dem Studiomobiliar aufeinander los. Ich beugte mich vor, wobei ich Imelda für alle Fälle im Auge behielt, und riss den Stecker aus der Dose. Dann sagte ich: »Ich hab dich nicht verstanden.«

Wieder ein Achselzucken. Ich sagte: »Ich finde, ich war überaus geduldig mit dir. Aber hier und jetzt, womit hast du's da zu tun? Du hast mit mir zu tun, und ich bin kurz davor, die Geduld zu verlieren. Sieh dir alles gut an. Denn was als Nächstes kommt, ist längst nicht mehr so nett.«

»Na und?«

»Na und? Ich dachte, man hätte dich vor mir gewarnt.«

Ich sah Angst über ihr Gesicht flackern. Ich sagte: »Ich weiß, was man sich hier so alles erzählt. Was meinst du, Imelda, wen hab ich umgebracht? Rosie oder Kevin? Oder beide?«

»Ich habe nie behauptet –«

»Also, ich tippe auf Kevin. Hab ich recht? Ich hab gedacht, er hat Rosie umgebracht, und deshalb hab ich ihn mit einem Tritt aus dem Fenster befördert. Hast du dir das so zurechtgelegt?«

Imelda war klug genug, nicht zu antworten. Meine Stimme wurde immer lauter, aber es war mir egal, ob Deco und seine Drogenkumpel jedes Wort mitbekamen. Ich hatte die ganze Woche auf eine Gelegenheit gewartet, so die Beherrschung zu verlieren. »Eins würde ich gern wissen: Wie blöd muss man sein, wie unglaublich *dämlich*, um Spielchen mit jemandem zu spielen, der seinem eigenen Bruder so was antut? Ich bin nicht in der Stimmung, mich verarschen zu lassen, Imelda, und gestern hast du mich den ganzen Nachmittag verarscht. Hältst du das für eine gute Idee?«

»Ich wollte bloß –«

»Und jetzt tust du's schon wieder. Legst du es bewusst drauf an, mich weiter zu reizen? Willst du, dass ich richtig ausraste?«

»Nein –«

Ich sprang aus dem Sessel hoch, packte die Rückenlehne des Sofas rechts und links von ihrem Kopf und schob mein Gesicht so nah an ihres, dass ich Käse-Zwiebel-Chips in ihrem Atem riechen konnte. »Ich erklär dir jetzt mal was, Imelda. Und ich werde mich ganz einfach ausdrücken, damit selbst du es verstehen kannst. Innerhalb der nächsten zehn Minuten, das schwöre ich bei Gott, wirst du meine Frage beantworten. Ich weiß, dass du gerne bei der Geschichte bleiben würdest, die du Kennedy verklickert hast, aber die Möglichkeit hast du nicht. Du kannst nur eine einzige Entscheidung treffen, und zwar, ob du erst nach ein paar kräftigen Schlägen ins Gesicht antworten willst oder schon vorher.«

Sie versuchte, ihren Kopf von mir weg nach unten zu ziehen, aber ich hatte eine Hand um ihr Kinn und zwang ihr Gesicht nach oben. »Und ehe du dich entscheidest, solltest du dir noch eine Frage stellen: Wie schwer wäre es für mich, wenn ich ausraste, dir den Hals umzudrehen wie einem Huhn? Hier halten mich sowieso schon alle für Hannibal Lecter. Was zum Teufel hab ich noch zu verlieren?« Vielleicht war sie inzwischen längst bereit zu reden, aber ich gab ihr keine Gelegenheit dazu. »Dein Freund Detective Kennedy ist nicht unbedingt mein größter Fan, aber er ist ein Bulle, genau wie ich. Meinst du nicht, er hält zu seinen Leuten, falls man dich halbtotgeprügelt auffindet oder, Gott bewahre, sogar mausetot? Oder denkst du ernsthaft, ihm liegt mehr an einer saublöden grottenhässlichen Schlampe, deren Leben keinem Schwein auch nur einen Pfifferling wert war? Er würde dich, ohne mit der Wimper zu zucken, abschreiben, Imelda. Wie man das eben mit einem Stück Scheiße wie dir so macht.«

Ich erkannte den Ausdruck in ihrem Gesicht, das schlaffe Kinn, die blicklosen dunklen Augen, zu weit aufgerissen, um noch blinzeln zu können. Ich hatte ihn hundertmal bei meiner Ma gesehen, in der Sekunde, in der sie begriff, dass sie geschlagen werden würde. Es war mir egal. Die Vorstellung, wie mein Handrücken auf Imeldas Mund krachte, raubte mir fast den Atem, so sehr wünschte ich es mir. »Du hattest keine Hemmungen, deine hässliche Klappe für jeden anderen aufzumachen, der dich gefragt hat. Und jetzt wirst du sie für mich aufmachen, bei Gott. Wem hast du von mir und Rosie erzählt? Wem, Imelda? Deiner Mutter, diesem Flittchen? Wem verdammt –«

Ich konnte förmlich hören, wie sie es mir entgegenschleuderte wie fette schleimige Giftbrocken: *deinem versoffenen Dad, deinem widerlichen, dreckigen Hurenbock von Dad*, und ich war bereit und gewappnet dafür, als ihr Mund sich weit und rot öffnete und sie mir fast ins Gesicht brüllte: »Ich hab's deinem Bruder erzählt!«

»Schwachsinn, du verlogenes Miststück. Den Scheiß hast du Rocky Kennedy erzählt, und der hat's geglaubt, aber seh ich aus, als wäre ich so blöd wie er? Hä?«

»Nicht Kevin, du blödes Arschloch, was hatte ich denn mit Kevin zu tun? Shay. Ich hab's Shay erzählt.«

Alle Geräusche im Raum erstarben, eine gewaltige vollkommene Stille, als würde es schneien, als hätte es in der ganzen Welt noch nie irgendeinen Laut gegeben. Nach einer Weile, von der ich nicht weiß, wie lange sie währte, merkte ich, dass ich wieder in dem Sessel saß und dass ich am ganzen Körper taub war, als hätte mein Blut aufgehört zu pulsieren. Noch einige Zeit später registrierte ich, dass in der Etage über uns eine Waschmaschine lief. Imelda hatte sich tief in die Sofapolster gedrückt. Das Entsetzen auf ihrem Gesicht verriet mir, wie meines aussehen musste.

Ich sagte: »Was hast du ihm erzählt?«

»Francis … Es tut mir leid, ja? Ich hab nicht gedacht –«

»Was hast du ihm erzählt, Imelda?«

»Bloß … das mit dir und Rosie. Dass ihr wegwolltet.«

»Wann hast du ihm das erzählt?«

»Am Samstagabend, im Pub. An dem Abend, ehe ihr abhauen wolltet. Ich hab gedacht, was kann das jetzt noch schaden, es war zu spät, als dass euch noch irgendwer hätte aufhalten können.«

Drei Mädchen ans Geländer gelehnt, Haare schüttelnd, schimmernd und unruhig wie wilde Fohlen, tänzelnd am Beginn eines Alles-ist-möglich-Abends. Und anscheinend war vieles nicht nur möglich geblieben. Ich sagte: »Wenn ich noch eine beschissene Entschuldigung von dir höre, tret ich eure geklaute Glotze ein.« Imelda verstummte. Ich sagte: »Hast du ihm gesagt, wann wir loswollten?«

Ein schnelles abgehacktes Nicken.

»Und wo du den Koffer versteckt hattest?«

»Ja. Nicht in welchem Zimmer, bloß … in Nummer sechzehn.«

Das schmutzig weiße Winterlicht, das durch die Gardinen fiel, war grausam zu ihr. Zusammengesunken in einer Sofaecke in diesem überhitzten Zimmer, das nach Bratfett und Zigaretten und Abfall stank, sah sie aus wie ein Klappergestell, das von schlaffer grauer Haut zusammengehalten wurde. Nichts, was diese Frau sich je gewünscht haben mochte, war das wert, was sie weggeworfen hatte. Ich sagte: »Warum, Imelda? Herrgott, warum?«

Sie zuckte die Achseln. Das Begreifen setzte langsam ein, zusammen mit der schwachen Rotfärbung, die ihr in die Wangen stieg. »Das kann doch wohl nicht wahr sein«, sagte ich. »Du warst in Shay verknallt?«

Wieder ein Achselzucken, diesmal stärker und trotziger. Die farbenfrohen Mädchen, die kreischten und rumalberten. *Mandy hat gesagt, ich soll dich fragen, ob dein Bruder Lust hat, ins Kino zu gehen …* Ich sagte: »Ich dachte, Mandy wäre hinter ihm her gewesen.«

»Sie auch. Wir alle – außer Rosie. Fast alle. Er hätte jede haben können.«

»Du hast also Rosie verraten, um seine Aufmerksamkeit zu kriegen. Hast du das damit gemeint, als du zu mir gesagt hast, du hättest sie furchtbar gerngehabt?«

»Das ist unfair. Ich wollte doch nicht –«

Ich schleuderte den Aschenbecher in die Glotze. Er war schwer, und ich warf ihn mit voller Kraft. Der Bildschirm zerbarst mit einem eindrucksvollen Krachen und einer Explosion aus Asche und Zigarettenkippen und Glasscherben. Imelda stieß einen Laut aus, der halb Japsen und halb Jaulen war, und drückte sich von mir weg, einen Arm schützend vors Gesicht gerissen. Ascheflöckchen stiegen in die Luft, wirbelten herum und landeten auf dem Teppich, dem Couchtisch, ihrer Trainingshose.

»Siehst du?«, sagte ich. »Ich hab dich gewarnt.«

Sie schüttelte den Kopf, Panik im Blick. Sie hatte eine Hand auf den Mund gepresst: Irgendwer hatte ihr beigebracht, nicht zu schreien.

Ich schnippte ein paar glitzernde Glassplitter weg und nahm mir Imeldas Zigaretten, die unter einem grünen Knäuel Geschenkband auf dem Couchtisch lagen. »Du erzählst mir jetzt, was du zu ihm gesagt hast, Wort für Wort, so gut du dich erinnern kannst. Lass nichts aus. Falls du dir nicht mehr ganz sicher bist, dann sag das und erfind bloß nicht irgendwelchen Scheiß. Ist das klar?«

Imelda nickte hastig, noch immer die Hand vor dem Mund.

Ich steckte mir eine Zigarette an und lehnte mich im Sessel zurück. »Gut«, sagte ich. »Schieß los.«

Ich hätte die Geschichte auch selbst erzählen können. Der Pub war irgendwo in der Nähe der Wexford Street gewesen. Imelda wusste den Namen nicht mehr: »Wir wollten tanzen gehen, ich und Mandy und Julie, aber Rosie musste früh zu Hause sein – ihr Dad war auf dem Kriegspfad –, deshalb wollte sie keinen Eintritt für die Disco zahlen. Also sind wir erst was trinken gegangen …« Imelda war an der Theke gewesen, um eine Runde zu holen, als sie Shay entdeckte. Sie hatte ihn angequatscht – ich sah sie förmlich, wie sie das Haar zurückwarf, die Hüfte vorschob, mit ihm rumschäkerte. Shay hatte automatisch zurückgeflirtet, aber er mochte hübschere und weichere und viel zurückhaltendere Mädchen, und als seine Bestellung kam, hatte er die Gläser genommen und wollte zurück zu seinen Kumpels an ihrem Tisch.

Sie hatte bloß versucht, sein Interesse weiter wachzuhalten. *Was ist los, Shay? Hat Francis etwa recht damit, dass du mehr auf Typen stehst?*

Das muss der gerade sagen, hatte er erwidert. *Wann hatte der kleine Scheißer denn das letzte Mal eine Freundin?* Und damit hatte er sich zum Gehen gewandt.

Imelda hatte gesagt, *Du weißt eben nicht alles.*

Das hatte ihn aufhorchen lassen. *Ach ja?*

Die Jungs warten auf ihr Bier. Nun geh schon.

Ich bin gleich wieder da. Schön hierbleiben.

Vielleicht mach ich das. Vielleicht auch nicht.

Natürlich hatte sie auf ihn gewartet. Rosie hatte über sie gelacht, als sie ihnen in aller Hast ihre Getränke brachte, und Mandy hatte empört getan *(Spann mir nicht meinen Kerl aus)*, aber Imelda hatte ihnen den Stinkefinger gezeigt und war zurück zur Theke geflitzt, wo sie ganz lässig tat, einen Blusenknopf aufmachte und an ihrem Bier nippte, bis Shay zurückkam. Ihr raste das Herz. Er hatte sie vorher noch nie eines Blickes gewürdigt.

Er beugte sich zu ihr und richtete diesen strahlendblauen Blick auf sie, der ihn nie im Stich ließ, fläzte sich auf einen Barhocker, schob ein Knie zwischen ihre und spendierte ihr den nächsten Drink. Als er ihn ihr reichte, strich er mit einem Finger über ihre Knöchel. Sie zog die Geschichte so weit in die Länge, wie sie konnte, um ihn bei sich zu halten, aber schließlich lag der ganze Plan vor ihnen ausgebreitet auf der Theke: der Koffer, der Treffpunkt, die Fähre, das möblierte Zimmer in London, die Jobs in der Musikbranche, die bescheidene Hochzeit; alle Geheimnisse, die Rosie und ich über Monate hinweg aufgebaut hatten, Stückchen für Stückchen, die wir gehütet und in unserem Innersten bewahrt hatten. Imelda fühlte sich mies deswegen. Sie konnte nicht mal zu Rosie rübersehen, die sich mit Mandy und Julie über irgendwas kaputtlachte. Noch zweiundzwanzig Jahre später brannten ihr die Wangen, als sie darüber redete. Sie hatte es trotzdem getan.

Es war so eine jämmerliche kleine Geschichte, eine Bagatelle, etwas, worüber sich pubertierende Mädchen öfter mal streiten und was sie gleich wieder vergessen. Sie hatte uns zu dieser Woche und in dieses Zimmer gebracht.

»Eins würd mich interessieren«, sagte ich. »Hat er dich anschließend wenigstens noch schnell durchgebumst?«

Imelda sah mich nicht an, aber die roten Flecken wurden dunkler. »Sehr schön. Wo du dir schon die ganze Arbeit gemacht und Rosie und mich ans Messer geliefert hast, wäre ich schwer enttäuscht, wenn du nichts davon gehabt hättest. So sind zwar zwei Menschen gestorben und eine Menge Leben in die Brüche gegangen, aber, Mensch, du hast wenigstens deinen Fick gekriegt.«

Sie sagte mit dünner, verzerrter Stimme: »Du meinst …? Weil ich das Shay erzählt habe? Deshalb ist Rosie gestorben?«

»Du bist ein verdammtes Genie.«

»Francis. Hat …?« Imelda erbebte am ganzen Körper, wie ein verstörtes Pferd. »Hat Shay …?«

»Hab ich das gesagt?«

Sie schüttelte den Kopf.

»Gut erkannt. Jetzt pass auf, Imelda: Wenn du die Sache rumerzählst, wenn du sie auch nur einer Menschenseele verrätst, dann wirst du das den Rest deines Lebens bereuen. Du hast alles getan, um den Namen von einem meiner Brüder in den Dreck zu ziehen. Ich werde nicht zulassen, dass du das auch noch dem anderen antust.«

»Ich sag keinem was. Ich schwöre es, Francis.«

»Das gilt auch für deine Töchter. Nur für den Fall, dass Verpfeifen in der Familie liegt.« Sie zuckte zusammen. »Du hast nie mit Shay geredet, und ich war nie hier. Ist das klar?«

»Ja. Francis … es tut mir leid. Gott, es tut mir so leid. Ich hätte nicht im Traum gedacht …«

Ich sagte: »Gott, was hast du getan.« Das war das Einzige, was mir über die Lippen kam. »Großer Gott, Imelda. Was hast du getan.« Als ich sie allein ließ, starrte sie auf Asche und zersplittertes Glas und ins Nichts.

19

DIESE NACHT DAUERTE LANG. Fast hätte ich meine reizende Freundin von der Kriminaltechnik angerufen, aber ich dachte mir, dass nur wenige Dinge einem unbeschwerten Nümmerchen mehr im Wege stehen als eine Partnerin, die allzu genau weiß, wie deine Exfreundin gestorben ist. Ich erwog, in einen Pub zu gehen, aber das würde nichts bringen, solange ich nicht vorhatte, mich ins Koma zu saufen, und diese Idee wiederum erschien mir ausgesprochen kontraproduktiv. Ich spielte sogar lange mit dem Gedanken, Olivia anzurufen und zu fragen, ob ich zu ihr kommen könnte, sah aber schließlich davon ab, da ich ihre Geduld in dieser Woche wahrscheinlich schon genug strapaziert hatte. Schließlich landete ich im *Ned Kelly* auf der O'Connell Street, wo ich im Hinterzimmer mit drei Russen, die kaum Englisch konnten, aber auch so verstanden, wenn ein Mann in Not war, bis zur Sperrstunde eine Partie Billard nach der anderen spielte. Anschließend ging ich nach Hause und saß dann kettenrauchend auf dem Balkon, bis mir fast der Hintern abfror, woraufhin ich reinging und mir, bis es hell genug wurde, um zu frühstücken, in der Glotze durchgeknallte weiße Jungs anschaute, die sich in irgendeiner Realityshow Rapper-Handzeichen gaben. Alle paar Minuten versuchte ich, den mentalen Schalter fest genug umzulegen, so dass ich nicht Rosies Gesicht sah oder Kevins oder Shays.

Es war nicht der erwachsene Kev, den ich die ganze Zeit vor mir sah; es war der Junge mit dem klebrigen Gesicht, der so lange mit mir auf einer Matratze geschlafen hatte, dass ich noch immer spüren konnte, wie er im Winter seine kalten Füße wärmesuchend zwischen meine Schienbeine schob. Er war mit Abstand der Hübscheste von uns gewesen, ein pausbäckiger blonder Engel wie aus einer Werbung für Kindernahrung. Carmel und ihre Freundinnen schleppten ihn gerne herum wie eine Stoffpuppe, zogen ihn an, fütterten ihn mit Süßigkeiten und übten für ihre zukünftige Mutterrolle. Er lag mit einem breiten glücklichen Grinsen in ihren Puppenwagen und genoss die Aufmerksamkeit. Schon in dem Alter hatte unser Kev Erfolg bei Frauen gehabt. Ich hoffte, irgendwer hatte seinen zahlreichen Freundinnen schonend beigebracht, dass er nicht mehr zu Besuch kommen würde.

Und die Rosie, die mir ständig in den Sinn kam, glühte nicht vor lauter erster Liebe und großen Plänen; es war eine wütende Rosie. Ein Herbstabend, als wir siebzehn waren, Carmel und Shay und ich rauchend auf den Stufen vorm Haus – damals rauchte Carmel noch, und während des Schuljahrs, wenn ich nicht jobbte und mir keine Zigaretten leisten konnte, ließ sie mich welche von ihr schnorren. Die Luft roch nach Torfrauch und Nebel und Guinness, und Shay pfiff leise und tonlos »Take Me up to Monto« vor sich hin. Dann fing die Schreierei an.

Es war Mr Daly, und er war fuchsteufelswild. Es war längst nicht alles zu verstehen, aber sinngemäß ging es darum, dass er sich nicht unter seinem eigenen Dach auf der Nase herumtanzen lassen würde und dass jemand gleich rechts und links ein paar hinter die Ohren bekommen würde, wenn sie nicht aufpasste. Meine Innereien verwandelten sich in einen einzigen festen Eisklumpen.

Shay sagte: »Ich wette ein Pfund, dass er seine Alte mit irgendeinem jungen Typen beim Bumsen erwischt hat.«

Carmel schnalzte mit der Zunge. »Sei nicht so versaut.«

Ich sagte bemüht lässig: »Die Wette gilt.« Wir waren seit knapp über einem Jahr zusammen, Rosie und ich. Unsere Freunde wussten Bescheid, aber wir taten bemüht beiläufig, wollten nicht, dass es sich überall herumsprach: Wir amüsieren uns bloß, albern bloß rum, nichts Ernstes. Mir kam das von Woche zu Woche schwachsinniger vor, aber Rosie meinte, ihr Dad wäre bestimmt entsetzt, und sie sagte das sehr überzeugend. Ein Teil von mir hatte das ganze letzte Jahr über auf diesen Abend gewartet wie auf einen Schlag ins Gesicht.

»Du hast doch gar kein Pfund.«

»Werd ich auch nicht brauchen.«

Schon gingen die ersten Fenster auf – bei den Dalys gab es seltener Krach als in praktisch jedem anderen Haus am Place, daher war das ein Skandal erster Güte. Rosie schrie: »Du kapierst überhaupt nichts!«

Ich nahm einen letzten Zug von meiner Zigarette, bis runter zum Filter. »Das macht dann ein Pfund«, sagte ich zu Shay.

»Kriegst du, wenn ich meinen nächsten Lohn kriege.«

Rosie kam aus Nummer 3 gestürzt. Sie knallte die Tür so laut zu, dass die neugierigen Hühner zurück in ihre Ställe flohen, um sich dort genüsslich und ungestört ihrem Schock hinzugeben, und kam auf uns zu. An dem grauen Herbsttag sah ihr Haar aus, als würde es gleich die Luft in Brand setzen und den ganzen Faithful Place zersprengen.

Shay sagte: »Tag, Rosie. Siehst mal wieder super aus.«

»Und du siehst mal wieder zum Kotzen aus. Francis, kann ich dich mal kurz sprechen?«

Shay stieß einen Pfiff aus, Carmel klappte der Unterkiefer runter. Ich sagte: »Ja, klar«, und stand auf. »Lass uns ein Stück spazieren gehen, ja?« Das Letzte, was ich hörte, als wir auf die Smith's Street bogen, war Shays dreckige Lache.

Rosie hatte die Hände tief in die Taschen ihrer Jeansjacke geschoben, und sie ging so schnell, dass ich kaum mitkam. Sie sagte kurz und bündig: »Mein Dad hat's rausgefunden.«

Ich war darauf gefasst gewesen, aber mir rutschte trotzdem das Herz in die Hose. »Scheiße. Hab ich mir schon gedacht. Wie denn?«

»Als wir im *Neary* waren. Ich hätte wissen sollen, dass es da nicht sicher ist. Meine Cousine Shirley und ihre Freundinnen gehen da öfter hin, und ihr Mundwerk ist so groß wie eine Kirchentür. Die dumme Kuh hat uns gesehen. Sie hat's ihrer Ma erzählt, ihre Ma hat's meiner Ma erzählt, und meine Ma hat's natürlich meinem Dad erzählt.«

»Und der ist ausgerastet.«

Rosie fuhr aus der Haut. »Dieses Miststück, dieses blöde Miststück, wenn ich Shirley das nächste Mal sehe, knall ich ihr eine – er hat mir überhaupt nicht zugehört, ich hätte genauso gut mit der Wand reden können –«

»Rosie, beruhig dich –«

»Er hat gesagt, ich sollte bloß nicht irgendwann schwanger und sitzengelassen und voller blauer Flecken angekrochen kommen und ihm was vorjammern, Gott, Frank, ich hätte ihn umbringen können, ehrlich –«

»Und was machst du dann hier? Weiß er, dass –?«

Rosie sagte: »Ja, weiß er. Er hat mich losgeschickt, ich soll mit dir Schluss machen.«

Ich merkte nicht mal, dass ich mitten auf dem Bürgersteig stehen geblieben war, bis sie sich umdrehte, um nachzusehen, wo ich blieb. »Mach ich doch nicht, du Dummkopf! Denkst du ernsthaft, ich würde dich verlassen, weil mein Dad das will? Bist du verrückt?«

»Herrgott!«, sagte ich. Mein Herz kletterte langsam wieder dahin, wo es hingehörte. »Willst du, dass ich einen Herzinfarkt kriege? Ich dachte schon … Mann.«

»Francis.« Sie kam zu mir zurück und verschränkte ihre Finger so fest mit meinen, dass es weh tat. »Ich tu's ja nicht. Okay? Ich weiß bloß nicht, *was* ich tun soll.«

Ich hätte eine Niere verkauft, wenn mir dadurch die magische Antwort eingefallen wäre. Stattdessen versuchte ich es mit dem großartigsten Drachentöterangebot, das mir in den Sinn kam. »Ich geh zu deinem Dad und rede mit ihm. Von Mann zu Mann. Ich sage ihm, dass ich auf gar keinen Fall Mist bauen werde.«

»Das hab ich ihm schon gesagt. Hundertmal. Er denkt, dass du mir einen Haufen Schwachsinn erzählt hast, damit du mir an die Wäsche kannst, und ich dir jedes Wort geglaubt hab. Denkst du etwa, er wird auf dich hören, wenn er nicht auf mich hört?«

»Dann muss ich es ihm eben beweisen. Wenn er erst mal sieht, dass ich dich anständig behandele –«

»Die Zeit haben wir nicht! Er sagt, ich muss heute Abend mit dir Schluss machen, sonst schmeißt er mich raus, und das macht der, garantiert. Es würde meiner Mammy das Herz brechen, aber das ist dem schnurzegal. Er wird ihr verbieten, mich überhaupt noch zu sehen, und Gott steh ihr bei, sie wird tun, was er ihr sagt.«

Nach siebzehn Jahren in meiner Familie war meine Standardlösung für alles, die Klappe zu halten. Ich sagte: »Dann erzähl ihm einfach, du hättest es gemacht. Mich abserviert. Muss ja keiner wissen, dass wir immer noch zusammen sind.«

Rosie erstarrte, und ich sah förmlich, wie sich ihre Gedanken überschlugen. Nach einem Moment sagte sie: »Für wie lange?«

»Bis uns was Besseres einfällt, bis dein Dad sich beruhigt hat, ich weiß nicht. Wir müssen nur lange genug abwarten, irgendwann tut sich schon irgendwas.«

»Kann sein.« Sie dachte noch immer angestrengt nach, den Kopf über unsere verschränkten Hände gebeugt. »Denkst du, wir kriegen das hin? Die Leute zerreißen sich hier doch ständig das Maul …«

Ich sagte: »Es wird bestimmt nicht leicht werden. Wir müssen allen erzählen, wir hätten Schluss gemacht, und wir müssen überzeugend klingen. Wir können nicht zusammen zur Schulabschlussfeier gehen. Du wirst ständig Angst haben, dass dein Dad dahinterkommt und dich rausschmeißt.«

»Ist mir scheißegal. Aber was ist mit dir? Du könntest dir schließlich die Heimlichtuerei sparen. Dein Dad versucht nicht, eine Nonne aus dir zu machen. Ist es das wert?«

Ich sagte: »Was redest du denn da? Ich liebe dich.«

Ich war geschockt. Ich hatte das noch nie gesagt. Ich wusste, dass ich es nie wieder sagen würde, nicht wirklich; dass man nur einmal im Leben die Chance dazu bekam. Meine bekam ich ganz plötzlich und unerwartet an einem nebligen Herbstabend unter einer Straßenlampe, die gelbe Streifen auf das nasse Pflaster warf, während Rosies starke, geschmeidige Finger mit meinen verflochten waren.

Rosies Mund öffnete sich. Sie sagte: »Oh.« Und gleichzeitig stieß sie ein wunderbares, hilfloses, atemloses Lachen aus.

»Jetzt weißt du's«, sagte ich.

Sie sagte mit einem weiteren plötzlichen Beinahe-Lachen: »Na dann, dann ist doch alles in Ordnung, oder?«

»Ja, nicht?«

»Ja. Ich liebe dich auch. Also finden wir auch eine Lösung. Hab ich recht?«

Mir fehlten die Worte. Mir fiel nichts anderes ein, als sie

ganz eng an mich zu ziehen. Ein alter Mann, der mit seinem Hund Gassi ging, musste um uns herum und murmelte irgendwas von empörendem Benehmen, aber ich hätte mich nicht von der Stelle bewegen können, selbst wenn ich gewollt hätte. Rosie drückte ihr Gesicht fest in meine Halsbeuge. Ich spürte das Flattern ihrer Lider auf meiner Haut, und dann die Nässe, wo sie gewesen waren. »Wir finden eine«, sagte ich in ihr warmes Haar, und ich war überzeugt, dass das stimmte, weil wir den höchsten Trumpf in der Hand hielten, den unverhofften Joker, der alle anderen Karten im Spiel schlägt. »Wir finden eine Lösung.«

Nachdem wir bis zur Erschöpfung weitergegangen waren und geredet und geredet hatten, machten wir uns auf den Rückweg, um mit Sorgfalt den heiklen Plan in die Tat umzusetzen, alle am Faithful Place von unserer Trennung zu überzeugen. Und obwohl wir vorsichtshalber eine lange Wartezeit vereinbart hatten, trafen wir uns später in der Nacht in Nummer 16. Es war uns längst egal, wie gefährlich der Zeitpunkt war. Wir legten uns zusammen auf die knarrenden Bodendielen, und Rosie schlang uns Brust an Brust in die weiche blaue Decke, die sie immer mitbrachte, und in dieser Nacht sagte sie nicht mehr *Stopp*.

Jener Abend war einer der Gründe, warum mir nie in den Sinn gekommen war, dass Rosie tot sein könnte. Das Feuer in ihr, wenn sie so zornig war: Man hätte mit einer bloßen Berührung ein Streichholz an ihrer Haut entzünden können, man hätte Weihnachtsbäume erleuchten können, man hätte sie aus dem Weltraum sehen können. Dass all das ins Nichts verschwunden sein sollte, für immer und ewig, das war unvorstellbar.

Danny Matches würde, wenn ich ihn nett darum bat, den Fahrradladen abfackeln und sämtliche Beweise kunstvoll so arrangieren, dass sie geradewegs auf Shay hindeuteten. Außerdem kannte ich etliche Typen, neben denen Danny wirkte wie ein Weichei und die zuverlässig und mit jedwedem Schmerzmaß, das ich in Auftrag gab, dafür sorgen würden, dass kein einziges Körperteil von Shay je wieder auftauchte.

Das Problem war nur, dass ich weder Danny Matches haben wollte noch die Bolzenschusstruppe noch sonst irgendwen. Und Rocky kam schon gar nicht in Frage: Falls er Kevin wirklich so sehr als seinen bösen Buben brauchte, konnte er ihn haben – Olivia hatte recht, nichts, was irgendwer sagte, konnte Kev jetzt noch irgendwas anhaben, und Gerechtigkeit war auf meiner Weihnachtswunschliste ganz nach unten gerutscht. Das Einzige auf der Welt, was ich wirklich wollte, war Shay. Jedes Mal wenn ich über die Liffey blickte, sah ich ihn an seinem Fenster, irgendwo in diesem Lichtergewirr, wie er rauchte und über den Fluss zurückstarrte und darauf wartete, dass ich zu ihm kam. Ich hatte noch keine Frau, nicht mal Rosie, so sehr gewollt, wie ich ihn wollte.

Freitagnachmittag simste ich Stephen: *Selber Ort, selbe Zeit.* Es regnete, schwerer Graupelregen, der alles durchdrang, was man anhatte, und einem die Kälte in die Knochen trieb. Das *Cosmo* war voll mit nassen, müden Menschen, die Einkaufstüten zählten und hofften, wenn sie lange genug blieben, würde ihnen irgendwann warm werden. Diesmal bestellte ich Kaffee. Ich wusste schon, dass unser Treffen nicht lange dauern würde.

Stephen schien nicht recht zu wissen, was er hier sollte, aber er war zu höflich, um zu fragen. Stattdessen sagte er: »Kevins Telefonverbindungen liegen noch nicht vor.«

»Dachte ich mir. Wissen Sie, wann die Ermittlungen abgeschlossen werden?«

»Uns ist gesagt worden, wahrscheinlich Dienstag. Detective

Kennedy meint … na ja. Er denkt, wir haben genug Beweise. Ab jetzt erledigen wir nur noch Papierkram.«

Ich sagte: »Ich nehme an, Sie haben von der reizenden Imelda Tierney gehört.«

»Äh. Ja.«

»Detective Kennedy hält ihre Geschichte für das letzte fehlende Puzzleteilchen, das tadellos passt. Jetzt will er alles hübsch verpacken, ein Schleifchen drumbinden und damit zum Staatsanwalt marschieren. Hab ich recht?«

»Mehr oder weniger, ja.«

»Und was denken Sie?«

Stephen fuhr sich durchs Haar, wonach es in alle Richtungen stand. »Ich denke«, sagte er, »nach dem, was Detective Kennedy gesagt hat – und korrigieren Sie mich, falls ich mich irre –, muss Imelda Tierney einen Heidenzorn auf Sie haben.«

»Ich bin im Augenblick nicht ihr liebster Freund, nein.«

»Sie kennen sie, auch wenn das lange her ist. Würde sie, wenn sie stinkwütend ist, so was erfinden?«

»Ohne mit der Wimper zu zucken, würde ich sagen. Aber ich bin ja auch befangen.«

Stephen schüttelte den Kopf. »Damit würde ich mir das vielleicht erklären, wenn ich nicht immer noch das Problem mit den Fingerabdrücken hätte. Solange Imelda Tierney nicht erklären kann, warum der Abschiedsbrief abgewischt wurde, wiegt das meiner Meinung nach schwerer als ihre Geschichte. Leute lügen, Beweise nicht.«

Der Junge war zehnmal mehr wert als Rocky und wahrscheinlich auch zehnmal mehr als ich. Ich sagte: »Mir gefällt Ihre Art zu denken, Detective. Leider steht nicht zu erwarten, dass Detective Kennedy in absehbarer Zukunft ebenso denken wird.«

»Es sei denn, wir können ihm eine Theorie präsentieren, die

so überzeugend ist, dass er sie nicht einfach abtun kann.« Er legte immer noch ein schüchternes kleines Zögern in das »wir«, wie ein Teenager, der von seiner ersten Freundin spricht. Die Zusammenarbeit mit mir war für ihn eine große Sache. »Also hab ich mich darauf konzentriert. Ich hab mir den Fall immer wieder durch den Kopf gehen lassen, nach irgendwas gesucht, was wir vielleicht übersehen haben, und gestern Abend ist mir was aufgefallen.«

»Ach ja? Was denn?«

»Okay.« Stephen holte tief Luft: Er hatte das einstudiert, wollte mich beeindrucken. »Bislang hat doch keiner von uns der Tatsache, dass die Leiche von Rose Daly versteckt wurde, sonderlich Beachtung geschenkt, oder? Wir haben darüber nachgedacht, *wo* sie versteckt wurde, welche Implikationen das hat, aber nicht über die Tatsache, dass sie überhaupt versteckt wurde. Und ich denke, das hätte uns etwas verraten können. Es sind sich doch alle einig, dass das Verbrechen offenbar nicht geplant war, oder? Unser Täter ist einfach durchgedreht?«

»So sieht's aus.«

»Demnach muss er doch völlig fertig gewesen sein, als ihm klar wurde, was er getan hatte. Ich jedenfalls wäre aus dem Haus abgehauen, so schnell ich nur kann. Aber unser Bursche hat die Kaltblütigkeit, dazubleiben, ein Versteck zu suchen, einen schweren Körper unter einer schweren Betonplatte zu verstecken ... Das war zeitaufwendig und anstrengend, sehr anstrengend. Er *musste* die Leiche verstecken. Unbedingt. Warum? Warum konnte er sie nicht einfach liegen lassen, bis irgendwer sie am nächsten Tag findet?«

Er würde es noch zum Profiler bringen. Ich sagte: »Verraten Sie's mir.«

Stephen hatte sich über den Tisch vorgebeugt, starrte mir in die Augen, war ganz in die Geschichte eingetaucht. »Weil er wusste, dass irgendwer da draußen ihn entweder mit Rose oder mit dem Haus in Verbindung bringen konnte. So muss es gewesen sein. Falls ihre Leiche am nächsten Tag gefunden worden wäre, hätte irgendwer gesagt: ›Moment mal, ich hab doch letzte Nacht gesehen, wie Soundso in Haus Nummer sechzehn gegangen ist‹, oder ›Ich glaube, Soundso wollte sich mit Rose Daly treffen‹. Er konnte nicht zulassen, dass sie gefunden wird.«

»Klingt ziemlich einleuchtend.«

»Also müssen wir bloß diese Verbindung finden. Wir glauben Imeldas Geschichte nicht, aber irgendwer hat eine andere ganz ähnliche Geschichte, nur mit dem Unterschied, dass sie wahr ist. Wahrscheinlich denkt die betreffende Person gar nicht mehr daran, weil ihr nicht klar ist, wie wichtig sie ist, aber wenn wir ihrem Gedächtnis ein bisschen auf die Sprünge helfen würden … Ich würde zuerst mit den Leuten reden, die Rose am nächsten standen – ihrer Schwester, ihren besten Freundinnen –, und mit den Leuten, die auf der Seite von Faithful Place mit den geraden Hausnummern wohnten. In Ihrer Aussage steht, dass Sie gehört haben, wie jemand durch die Gärten ging. Also hätte er aus einem der rückwärtigen Fenster gesehen werden können.«

Wenn er noch ein paar Tage länger in dieser Richtung ermittelte, würde er tatsächlich etwas rausbekommen. Er sah so hoffnungsvoll aus, und es tat mir in der Seele leid, dass ich den armen Jungen jetzt ausbremsen würde – als würde ich einen jungen Golden Retriever treten, der mir gerade sein schönstes Kauspielzeug angeschleppt hatte –, aber es ging nicht anders. Ich sagte: »Gut kombiniert, Detective. Das passt alles sehr schön zusammen. Und jetzt lassen Sie's gut sein.«

Verständnisloser Blick. »Was …? Wie meinen Sie das?«

»Stephen. Was meinen Sie, warum ich Ihnen heute die SMS

geschickt habe? Ich wusste, dass Sie die Telefonnachweise noch nicht haben konnten, ich wusste bereits von Imelda Tierney, ich war mir ziemlich sicher, dass Sie sich gemeldet hätten, wenn irgendwas Wichtiges passiert wäre. Also, was dachten Sie, warum ich mich mit Ihnen treffen wollte?«

»Äh, ich hab vermutet … wir würden uns gegenseitig auf den neusten Stand bringen.«

»Könnte man so sagen. Und jetzt hören Sie zu: Ab sofort lassen wir den Fall auf sich beruhen. Ich mache einfach nur Urlaub, und Sie widmen sich wieder Ihren Aufgaben als Schreibkraft. Viel Spaß.«

Stephens Kaffeetasse knallte auf den Tisch. »Was? Wieso?«

»Haben Sie je von Ihrer Mutter den Spruch gehört: ›Weil ich es sage!‹?«

»Sie sind nicht meine Mutter. Was zum Teufel –« Dann brach er mitten im Satz ab, weil ihm ein Licht aufging. »Sie haben was rausgefunden«, sagte er, »hab ich recht? Letztes Mal, als Sie wie von der Tarantel gestochen hier weg sind: Da ist Ihnen irgendwas klargeworden. Und dieser Sache sind Sie ein paar Tage nachgegangen, und jetzt –«

Ich schüttelte den Kopf. »Schon wieder so eine hübsche Theorie, aber nein. Ich hätte es toll gefunden, wenn sich dieser Fall durch einen genialen Geistesblitz wie von allein gelöst hätte, aber ich muss Ihnen leider sagen, dass das sehr viel seltener passiert, als Sie vielleicht meinen.«

»– und jetzt, wo Sie die Lösung haben, behalten Sie sie für sich. Tschüss, Stephen, vielen Dank, dass Sie mitgespielt haben, aber jetzt Abmarsch, zurück ins Glied. Vielleicht sollte ich mich ja geschmeichelt fühlen, dass Sie befürchten, ich könnte von allein drauf kommen.«

Ich seufzte, lehnte mich zurück und massierte meinen Nacken. »Junge. Falls es Ihnen nichts ausmacht, sich von jemandem, der schon viel länger im Job ist als Sie, einen guten Rat anzuhören, lassen Sie mich Ihnen ein kleines Geheimnis verraten: Die einfachste Erklärung ist fast immer auch die richtige Erklärung. Es gibt keine Vertuschung, keine große Verschwörung, und die Regierung hat Ihnen keinen Chip hinterm Ohr einpflanzen lassen. Das Einzige, was ich in den letzten Tagen rausgefunden habe, ist, dass es für Sie und mich an der Zeit ist, den Fall als erledigt zu betrachten.«

Stephen starrte mich an, als wäre mir plötzlich ein zweiter Kopf gewachsen. »Moment mal. Was ist aus unserer *Verantwortung* gegenüber den Opfern geworden? Was ist aus ›Wir zwei sind die letzte Hoffnung der beiden‹ geworden?«

Ich sagte: »Es bringt nichts mehr, mein Junge. Das ist daraus geworden. Rocky Kennedy hat recht: Sein Fall ist niet- und nagelfest. Wenn ich der Staatsanwalt wäre, würde ich ihm im Handumdrehen meinen Segen geben. Er würde seine ganze schöne Theorie niemals in die Tonne hauen und noch mal von vorne anfangen, selbst wenn der Erzengel Gabriel vom Himmel herabstiege und ihm sagen würde, dass er falschliegt. Und wenn bei Kevins Telefonverbindungen irgendwas Seltsames auftaucht oder wenn Sie und ich finden, dass Imeldas Geschichte zum Himmel stinkt, was soll's? Es spielt keine Rolle mehr, was von jetzt bis Dienstag noch passiert: Der Fall ist abgeschlossen.«

»Und Sie finden das okay?«

»Nein, mein Lieber, finde ich nicht. Ich finde das kein bisschen okay. Aber ich bin erwachsen. Wenn ich mich schon heldenhaft in die Schusslinie werfe, dann nur, wenn ich damit auch tatsächlich etwas bewirken kann. Ich setze mich nicht für aussichtslose Fälle ein, wie romantisch sie auch sein mögen, weil das sinnlos ist. Genauso wie es sinnlos wäre, wenn Sie degradiert und zu irgendeinem Schreibtischjob in der Provinz verdonnert würden, nur weil herauskommt, dass Sie mir heimlich nutzlose Informationen zugespielt haben.«

Der Junge hatte ein hitziges Temperament: Er hatte eine Faust auf dem Tisch geballt und sah aus, als würde er sie mir am liebsten ins Gesicht schlagen. »Das ist meine Entscheidung. Ich bin schon groß und durchaus in der Lage, auf mich selbst aufzupassen.«

Ich lachte. »Machen Sie sich nichts vor: Es geht mir nicht darum, Sie zu schützen. Ich würde Sie bedenkenlos dazu überreden, Ihre Karriere bis in alle Ewigkeit oder bis nächsten Dienstag aufs Spiel zu setzen, wenn ich auch nur eine Sekunde lang daran glauben würde, dass es irgendwas bringen könnte. Aber das glaube ich nicht.«

»*Sie* wollten mich hier dabeihaben, Sie haben mich praktisch mit *reingezerrt*, und jetzt bin ich dabei, und das bleibe ich auch. Ich lasse nicht zu, dass Sie alle paar Tage Ihre Meinung ändern: Hol das Stöckchen, Stephen, bring's her, Stephen, hol das Stöckchen, Stephen … Ich bin nicht Ihr Stiefelputzer, und auch nicht der von Detective Kennedy.«

»Doch«, sagte ich, »das sind Sie. Ich werde Sie im Auge behalten, Freundchen, und wenn ich auch nur ansatzweise mitkriege, dass Sie weiterhin Ihre Nase in Dinge stecken, die Sie nichts angehen, marschiere ich mit dem Obduktionsbericht und den Fingerabdruckergebnissen zu Detective Kennedy und sage ihm, wo ich die herhabe. Dann ist er schlecht auf Sie zu sprechen, und ich bin schlecht auf Sie zu sprechen, und Sie landen höchstwahrscheinlich hinter irgendeinem Schreibtisch am Arsch der Welt. Deshalb sage ich Ihnen noch mal: Finger weg. Haben Sie mich verstanden?«

Stephen war zu baff und zu jung, um sein Gesicht unter Kontrolle zu halten. Er starrte mich mit einer unverhüllten, lodernden Mischung aus Zorn, Fassungslosigkeit und Ekel an.

Genau darauf hatte ich es angelegt – je wütender er auf mich war, desto weniger würde er von den zahlreichen bösen Konsequenzen betroffen sein, die sich anbahnten –, aber trotzdem versetzte es mir einen Stich. »Mann«, sagte er kopfschüttelnd. »Ich begreife Sie nicht. Beim besten Willen nicht.«

Ich sagte: »Wie wahr«, und wollte mein Portemonnaie zücken.

»Und ich muss mir von Ihnen auch nicht den Kaffee spendieren lassen. Ich kann für mich selbst zahlen.«

Wenn ich sein Ego zu stark malträtierte, würde er vielleicht weiter an dem Fall dranbleiben, nur um sich selbst zu beweisen, dass er immer noch Rückgrat besaß. »Ganz, wie Sie wollen«, sagte ich. »Und, Stephen?« Er hielt den Kopf gesenkt, während er in seinen Taschen kramte. »Detective. Ich möchte, dass Sie mich ansehen.« Ich wartete, bis er nachgab und mir widerwillig in die Augen sah, ehe ich sagte: »Sie haben ausgezeichnete Arbeit geleistet. Ich weiß, wir wollten beide nicht, dass es so endet, aber ich kann Ihnen versichern, dass ich das nicht vergessen werde. Wenn ich mal was für Sie tun kann – und irgendwann wird der Fall eintreten –, können Sie auf mich zählen.«

»Wie gesagt. Ich kann für mich selbst zahlen.«

»Das weiß ich, aber ich lege auch Wert darauf, meine Schulden zu begleichen, und ich bin Ihnen was schuldig. Es war ein Vergnügen, mit Ihnen zu arbeiten, Detective. Ich freue mich auf das nächste Mal.«

Ich versuchte nicht, ihm die Hand zu schütteln. Stephen warf mir einen finsteren Blick zu, der nichts verriet, knallte einen Zehner auf den Tisch – was für jemanden mit Anfängergehalt tatsächlich eine große Geste war – und zog seine Jacke an. Ich blieb, wo ich war, und ließ ihm seinen demonstrativen Abgang.

Und dann war ich wieder da, wo ich nur eine Woche zuvor gewesen war – vor Livs Haus, um Holly fürs Wochenende abzuholen. Es kam mir vor, als lägen Jahre dazwischen.

Olivia trug ein dezentes karamellfarbenes Teil statt des dezenten schwarzen Kleides von letzter Woche, aber die Botschaft war dieselbe: Pseudo-Pädo Dermo war im Anmarsch, und seine Chancen standen nicht schlecht. Diesmal jedoch blockierte sie nicht die Tür, sondern öffnete sie weit und zog mich rasch in die Küche. Als wir noch verheiratet waren, graute mir vor Livs »Wir müssen reden«-Signalen, aber heute waren sie mir sogar ganz lieb. Sie waren auf jeden Fall besser als ihre »Ich hab dir nichts mehr zu sagen«-Nummer.

Ich fragte: »Ist Holly noch nicht fertig?«

»Sie ist im Bad. Heute konnte jeder in Sarahs Hiphop-Kurs noch jemanden mitbringen. Sie ist gerade erst nach Hause gekommen, völlig verschwitzt. Sie kommt gleich runter.«

»Wie geht's ihr?«

Olivia seufzte und strich mit einer Hand leicht über ihre tadellose Frisur. »Ich denke, es geht ihr so einigermaßen. Jedenfalls unter den gegebenen Umständen. Letzte Nacht hatte sie einen Albtraum, und sie ist ziemlich still, aber sie wirkt nicht … ich weiß nicht. Die Hiphop-Stunde hat ihr jedenfalls Spaß gemacht.«

Ich sagte: »Isst sie?« Nach meinem Auszug war Holly eine Zeitlang in den Hungerstreik getreten.

»Ja. Aber sie ist keine fünf mehr. Mittlerweile zeigt sie ihre Gefühle nicht mehr so offen. Das heißt nicht, dass keine da sind. Würdest du versuchen, mit ihr zu reden? Vielleicht kannst du besser abschätzen, wie sie mit allem fertig wird.«

»Also behält sie manches für sich«, sagte ich, aber nicht annähernd so gehässig, wie ich es hätte sagen können. »Ich frage mich, woher sie das hat.«

Olivias Mundwinkel verkrampften sich. »Ich hab einen Fehler gemacht. Einen schlimmen Fehler. Ich habe ihn zugegeben und mich dafür entschuldigt, und ich tue, was ich kann, um ihn wiedergutzumachen. Glaub mir: Ich fühl mich auch so schon schlecht genug, weil sie verletzt wurde, egal, was du sagst.«

Ich zog einen Küchenhocker heran und ließ mich schwerfällig darauf nieder – diesmal nicht, um Olivia zu ärgern, sondern weil ich so erledigt war, dass mir schon eine zweiminütige Verschnaufpause in einem Raum, der nach Toast und Erdbeermarmelade roch, wie ein Riesengenuss vorkam. »Menschen verletzen sich gegenseitig. So ist das nun mal. Zumindest wolltest du etwas Gutes erreichen. Das kann nicht jeder von sich behaupten.«

Die Verkrampfung hatte sich runter zu Livs Schultern ausgedehnt. Sie sagte: »Menschen müssen sich nicht notwendigerweise gegenseitig verletzen.«

»Doch Liv, sie können nicht anders. Eltern, Paare, Geschwister, alle, wie sie da sind. Je näher man sich kommt, desto größeren Schaden richtet man an.«

»Okay, manchmal, ja. Natürlich. Aber so zu tun, als wäre es ein unabänderliches Naturgesetz – das ist eine faule Ausrede, Frank, und das weißt du auch.«

»Ich will dir jetzt mal ein schönes kühles Glas Realität einschenken. Die meisten Menschen genießen es, sich gegenseitig fertigzumachen. Und der kleinen Minderheit, die sich redlich, aber vergeblich bemüht, das nicht zu tun, kommt die Welt in die Quere und sorgt dafür, dass sie es trotzdem tut.«

»Manchmal«, sagte Olivia unterkühlt, »wünschte ich wirklich, du könntest dir selbst zuhören. Du klingst wie ein Teenager, ist dir das klar? Wie ein sich selbst bemitleidender Teenager, der zu viel Morrissey hört.«

Es war ein Schlusssatz, sie hatte die Hand schon auf der Türklinke, und ich wollte nicht, dass sie rausging. Ich wollte, dass sie in der warmen Küche blieb und sich weiter mit mir stritt. Ich sagte: »Ich spreche nur aus Erfahrung. Vielleicht gibt es ja irgendwo Leute, die nie etwas Destruktiveres tun, als sich gegenseitig heißen Kakao mit Sahne zu machen, aber denen bin ich persönlich nie begegnet. Falls du solche Menschen kennst, bitte, korrigiere mich. Ich bin da ganz aufgeschlossen. Nenn mir eine Beziehung, eine einzige, die keinen Schaden angerichtet hat.«

Mag ja sein, dass ich Olivia ansonsten nie dazu bringen kann, das zu tun, was ich möchte, aber ich konnte sie schon immer wunderbar in Streitgespräche verwickeln. Sie ließ die Klinke los, lehnte sich gegen die Wand und verschränkte die Arme. »Na gut«, sagte sie. »Meinetwegen. Diese Rose Daly. Verrat mir doch bitte mal, wie sie dich verletzt hat. Nicht der Mensch, der sie getötet hat. Sie selbst. Rose.«

Und die andere Wahrheit über Liv und mich ist, dass ich am Ende doch immer den Kürzeren ziehe. Ich sagte: »Ich denke, ich hab diese Woche mehr als genug über Rose Daly geredet, falls du nichts dagegen hast.«

Liv sagte: »Sie hat dich nicht verlassen, Frank. Niemals. Früher oder später wirst du dich damit auseinandersetzen müssen.«

»Lass mich raten. Jackie und ihr Plappermaul.«

»Ich hab Jackie nicht gebraucht, um zu wissen, dass irgendeine Frau dich verletzt hat oder dass du das zumindest geglaubt hast. Das wusste ich praktisch schon seit unserer ersten Begegnung.«

»Liv, ich enttäusche dich wirklich nur äußerst ungern, aber deine telepathischen Fähigkeiten sind heute nicht die besten. Vielleicht klappt's ja nächstes Mal besser.«

»Und ich hab auch keine telepathischen Fähigkeiten gebraucht. Frag egal welche Frau, mit der du je eine Beziehung hattest: Ich garantiere dir, sie wusste, dass sie zweite Wahl war. Ein vorübergehender Ersatz, bis die eine, die du wirklich wolltest, zurückkäme.«

Sie wollte noch etwas sagen, verkniff es sich aber. Ihre Augen blickten ängstlich, beinahe bestürzt, als hätte sie gerade erst gemerkt, wie weit sie sich vorgewagt hatte.

Ich sagte: »Na los, red es dir von der Seele. Du hast damit angefangen, nun bring es auch zu Ende.«

Nach einem Moment machte Liv eine kleine Bewegung, wie ein Achselzucken. »Na schön. Das war einer der Gründe, warum ich dich gebeten habe auszuziehen.«

Ich lachte laut auf. »Ach so. Ja. Alles klar. Dann waren also unsere ganzen verdammten endlosen Streitereien wegen meiner Arbeit und weil ich nie zu Hause war bloß ein Ablenkungsmanöver? Um mich im Ungewissen zu lassen?«

»Das hab ich nicht gesagt. Und du weißt ganz genau, dass ich irgendwann die Nase gestrichen voll davon hatte, nie genau wissen zu können, ob du mit ›Bin um acht wieder da‹ denselben Abend oder nächsten Dienstag meintest, oder wenn ich dich gefragt habe, wie dein Tag war, bloß ein knappes ›anstrengend‹ zu hören zu bekommen, oder –«

»Ich weiß bloß eins: Ich hätte mir im Scheidungsvertrag schriftlich bestätigen lassen sollen, dass ich diese Unterhaltung nie wieder führen muss. Und überhaupt, was Rose Daly damit zu tun haben soll –«

Olivia hielt ihre Stimme ruhig, aber ihr Unterton war so kraftvoll, dass er mich fast vom Hocker gehauen hätte. »Sie hatte sehr viel damit zu tun. Ich hab immer gewusst, der ganze Rest hatte mit der Tatsache zu tun, dass ich nicht diese andere Frau war, wer auch immer sie war. Wenn *sie* dich um drei Uhr morgens angerufen hätte, um nachzufragen, warum du nicht zu Hause bist, dann wärst du an das verdammte Telefon gegangen. Oder du wärst wahrscheinlich längst zu Hause gewesen.«

»Wenn Rosie mich um drei Uhr morgens angerufen hätte, dann hätte ich mit meiner Hotline ins Jenseits Millionen verdient und wäre nach Barbados gezogen.«

»Du weißt genau, was ich meine. Du hättest sie nie, niemals so behandelt, wie du mich behandelt hast. Frank, manchmal hatte ich das Gefühl, dass du mich bewusst aus deinem Leben ausschließen wolltest, um mich für irgendwas zu bestrafen, was sie getan hatte, oder einfach nur, weil ich nicht sie war. Dass du versucht hast, mich dazu zu bringen, dich zu verlassen, damit niemand ihren Platz eingenommen hätte, wenn sie irgendwann zurückkäme. So kam es mir vor.«

Ich sagte: »Ich probier's jetzt noch ein letztes Mal: Du hast mich abserviert, weil du das wolltest. Ich behaupte nicht, dass es völlig überraschend kam, und ich sage auch nicht, dass ich es nicht verdient hätte. Aber ich sage, dass Rose Daly, zumal du schließlich nicht mal wusstest, dass es sie je gegeben hat, absolut nichts damit zu tun hatte.«

»Doch, sie hatte damit zu tun, Frank. Sie hatte. Du hast dich auf unsere Ehe in dem sicheren Gefühl eingelassen, dass sie unmöglich halten würde. Ich habe lange gebraucht, um das zu erkennen. Aber als ich es endlich verstanden hatte, kam es mir ziemlich sinnlos vor weiterzumachen.«

Sie sah so schön aus, und so müde. Ihre Haut begann allmählich zu erschlaffen und wurde dünner, und im grellen Küchenlicht waren ihre Augenfältchen zu erkennen. Ich dachte an Rosie, rund und fest und üppig wie ein reifer Pfirsich, und daran, dass sie nie die Chance bekommen hatte, anders hübsch zu sein als makellos hübsch. Ich hoffte, Dermot begriff, wie schön Olivias Falten waren.

Ich hatte bloß eine lauschige kleine Kabbelei mit ihr führen wollen. Aber irgendwo am Horizont baute sich mehr und mehr ein Streit auf, vor dem selbst das Schlimmste, was Olivia und ich uns je angetan hatten, zu harmlos verspielten Nichtigkeiten verblassen würde. Jedes Fitzelchen Zorn, das ich aufbringen konnte, wurde in diesen gewaltigen Strudel hineingesogen. Ich konnte den Gedanken an einen ausgewachsenen tiefen und bedeutsamen Krach mit Liv nicht ertragen. »Weißt du was?«, sagte ich. »Ich geh jetzt besser rauf und hole Holly. Sonst führ ich mich bestimmt weiter wie ein gehässiger Saftsack auf, bis wir uns mordsmäßig in die Haare kriegen und ich dir schlechte Laune mache und dein Date ruiniere. Das hab ich letzte Woche schon gemacht. Ich will nicht vorhersehbar werden.«

Olivia lachte, ein verblüfftes, explosives Schnauben. »Überraschung«, sagte ich. »Ich bin doch kein absolutes Arschloch.«

»Das weiß ich. Ich hab dich nie für eins gehalten.« Ich sah sie an, zog eine skeptische Augenbraue hoch und wollte mich von dem Hocker hieven, aber sie hielt mich auf. »Ich hole sie. Sie wird nicht wollen, dass du sie im Bad störst.«

»Was? Seit wann das denn?«

Ein leises, halb trauriges Lächeln glitt über Olivias Lippen. »Sie wird älter, Frank. Selbst mich lässt sie nicht mehr ins Bad, wenn sie noch nicht angezogen ist. Vor ein paar Wochen hab ich die Tür aufgemacht, weil ich irgendwas holen wollte, und sie hat aufgekreischt wie eine Wilde und mir einen wütenden Vortrag über das Bedürfnis nach Privatsphäre gehalten. Ich garantiere dir, wenn du auch nur in ihre Nähe kommst, fliegen die Fetzen.«

»Mein Gott«, sagte ich. Ich dachte daran, wie Holly mich mit zwei Jahren angesprungen hatte, wenn sie gerade aus der Wanne kam, pitschnass und ausgelassen kichernd, wenn ich ihre zarten Rippen kitzelte. »Geh bloß schnell rauf und hol sie, ehe sie Achselhaare kriegt oder sonst was.«

Liv hätte fast wieder gelacht. Früher hatte ich sie dauernd zum Lachen gebracht; heutzutage wäre zweimal an einem Abend fast ein Rekord gewesen. »Dauert nicht lange.«

»Lass dir Zeit. Ich muss nirgendwohin, wo ich lieber wäre.«

Auf dem Weg aus der Küche sagte sie fast widerwillig: »Die Kaffeemaschine ist an, falls du eine Tasse möchtest. Du siehst müde aus.«

Dann zog sie die Tür mit einem festen leisen Klicken hinter sich zu, um mir zu signalisieren, dass ich schön bleiben sollte, wo ich war, nur für den Fall, dass Dermo kam und ich beschloss, ihm in der Unterhose die Tür aufzumachen. Ich stand vom Hocker auf und machte mir einen doppelten Espresso. Mir war durchaus bewusst, dass an dem, was Liv gesagt hatte, einiges dran war. Manches davon war interessant, einiges wichtig und das ein oder andere ausgesprochen paradox. Doch das alles konnte warten, bis ich mir überlegt hatte, was um alles in der finsteren bösartigen Welt ich mit Shay machen wollte und es dann gemacht hatte.

Ich hörte oben das Badewasser auslaufen und Hollys Geplapper mit gelegentlichen Kommentaren von Olivia. Auf einmal wollte ich, so unvermutet und drängend, dass es mich fast umgehauen hätte, nach oben rennen, die beiden in die Arme schließen und mit ihnen auf Livs und mein Doppelbett fallen, so wie ich das an Sonntagnachmittagen oft gemacht hatte. Ich wollte kichernd und lachend dort bleiben, während Dermo an der Haustür klingelte und sich in kinnlose Empörung hineinsteigerte, um dann mit seinem Audi in den Sonnenuntergang zu fahren. Ich wollte haufenweise Fastfood bestellen und übers Wochenende und bis weit in die kommende Woche hinein dortbleiben. Eine irrwitzige Sekunde lang hätte ich es fast versucht.

Holly brauchte eine Weile, bis sie das Gespräch auf die jüngsten Ereignisse brachte. Beim Abendessen erzählte sie mir von dem Hiphop-Kurs mit ausführlichen Demonstrationen und reichlich atemlosen Kommentaren. Danach setzte sie sich mit wesentlich weniger Widerstand als sonst an ihre Hausaufgaben und machte es sich hinterher dicht neben mir auf dem Sofa bequem, um sich eine Folge Hannah Montana anzusehen. Sie lutschte an einer Haarsträhne, was sie schon eine ganze Weile nicht mehr gemacht hatte, und ich konnte spüren, dass sie nachdachte.

Ich drängte sie nicht. Erst als sie gemütlich im Bett lag, mein Arm um sie, ihre warme Milch getrunken und ihre Gutenachtgeschichte gelesen war, sagte sie: »Daddy.«

»Was geht dir durch den Kopf?«

»Willst du heiraten?«

Wo kam das denn her? »Nein, Schätzchen. Ausgeschlossen. Mit deiner Mummy verheiratet gewesen zu sein genügt mir. Wie kommst du denn darauf?«

»Hast du eine Freundin?«

Ma, ganz bestimmt; wahrscheinlich irgendwas über Scheidung und keine erneute kirchliche Hochzeit. »Nein. Das hab ich dir doch schon letzte Woche gesagt, weißt du nicht mehr?«

Holly dachte darüber nach. »Diese Rosie, die gestorben ist«, sagte sie. »Die du schon gekannt hast, bevor ich geboren wurde.«

»Was ist mit ihr?«

»War sie deine Freundin?«

»Ja, das war sie. Da hatte ich deine Mummy noch nicht kennengelernt.«

»Wolltest du sie heiraten?«

»Das hatten wir vor, ja.«

Blinzeln. Ihre Augenbrauen, fein wie Pinselstriche, waren

dicht zusammengezogen; sie konzentrierte sich noch immer fest. »Warum hast du's nicht getan?«

»Weil Rosie vorher gestorben ist.«

»Aber du hast gesagt, dass du bis jetzt gar nicht wusstest, dass sie gestorben ist.«

»Das stimmt. Ich hab gedacht, sie hätte mich sitzenlassen.«

»Wieso wusstest du es nicht?«

Ich sagte: »Eines Tages ist sie einfach verschwunden. Sie hat einen Brief hinterlassen, in dem stand, dass sie nach England wollte, und ich hab ihn gefunden und gedacht, das hieße, dass sie mich sitzengelassen hatte. Aber jetzt stellt sich raus, dass ich mich geirrt habe.«

Holly sagte: »Daddy.«

»Ja.«

»Hat jemand sie getötet?«

Sie trug ihren rosaweißgeblümten Schlafanzug, den ich vorher für sie gebügelt hatte – Holly liebt frisch gebügelte Sachen –, und sie hatte Clara auf ihre angewinkelten Knie gesetzt. Im weichen goldenen Lichtschein der Nachttischlampe sah sie vollkommen und zeitlos aus, wie ein kleines mit Aquarellfarben gemaltes Mädchen in einem Bilderbuch. Sie machte mir Angst. Ich hätte einen Arm dafür gegeben zu wissen, dass ich dieses Gespräch richtig führte oder auch nur nicht fürchterlich falsch.

Ich sagte: »Es sieht so aus, als könnte es so gewesen sein. Es war vor langer, langer Zeit, deshalb kann man sich da nicht ganz sicher sein.«

Holly blickte Clara in die Augen und dachte darüber nach. Wieder wanderte die Haarsträhne in ihren Mund. »Wenn ich verschwinden würde«, sagte sie. »Würdest du dann denken, dass ich weggelaufen bin?«

Olivia hatte etwas von einem Albtraum erwähnt. Ich sagte:

»Es wäre völlig egal, was ich denke. Ich könnte sogar denken, dass du auf ein Raumschiff gehüpft und zu einem anderen Planeten gereist bist, ich würde trotzdem nach dir suchen und nicht aufhören, bis ich dich gefunden habe.«

Holly stieß einen tiefen Seufzer aus, und ich spürte, dass ihre Schulter fester gegen meine drückte. Einen kurzen Moment lang glaubte ich, es wäre mir zufällig gelungen, etwas wieder besserzumachen. Dann sagte sie: »Wenn du diese Rosie geheiratet hättest. Wäre ich dann nie geboren worden?«

Ich zog die Strähne aus ihrem Mund und strich sie glatt. Ihr Haar roch nach Babyshampoo. »Ich weiß nicht, wie das so läuft, Häschen. Das ist alles ziemlich rätselhaft. Ich weiß nur, dass du du bist, und ich persönlich glaube, dass du irgendeinen Weg ins Leben gefunden hättest, ganz unabhängig davon, was ich tue.«

Holly rutschte weiter nach unten im Bett. Sie sagte in ihrer streitbereiten Stimme: »Sonntagnachmittag will ich zu Nana.«

Und ich könnte mit Shay über das feine Teeservice hinweg ein munteres Schwätzchen halten. »Tja«, sagte ich behutsam. »Wir können ja mal drüber nachdenken und schauen, ob wir das in unsere anderen Pläne einbauen können. Gibt's einen besonderen Grund?«

»Donna darf jeden Sonntag hin, wenn ihr Dad Golf spielt. Sie sagt, Nana kocht leckeres Essen, und hinterher gibt's Apfeltorte mit Eis, und manchmal macht Tante Jackie den Mädchen die Haare ganz schick, und manchmal gucken alle eine DVD – Donna und Darren und Ashley und Louise dürfen immer abwechselnd eine aussuchen, aber Tante Carmel hat gesagt, wenn ich mal dabei wäre, dürfte ich als Erste eine aussuchen. Ich bin nie dabei gewesen, weil du ja nicht gewusst hast, dass ich schon mal bei Nana war, aber jetzt weißt du's, und ich will hin.«

Ich fragte mich, ob Ma und Dad für die Sonntagnachmittage vielleicht einen Vertrag abgeschlossen hatten oder ob sie ihm einfach ein paar Glückspillen ins Essen bröselte und ihn anschließend im Schlafzimmer einschloss, mit hochprozentigem Trost aus dem Dielenboden. »Mal sehen, was sich so ergibt.«

»Einmal ist Onkel Shay mit allen zum Fahrradladen gegangen und hat sie Fahrräder ausprobieren lassen. Und manchmal bringt Onkel Kevin seine Wii mit, und er hat zusätzliche Fernbedienungen, und dann schimpft Nana, weil sie zu wild rumspringen, und sie sagt, wenn sie nicht aufpassen, stürzt noch das Haus ein.«

Ich neigte den Kopf, um Holly genauer anzusehen. Sie hielt Clara ein bisschen zu fest an sich gedrückt, aber ihr Gesicht verriet mir nichts. »Schätzchen«, sagte ich. »Du weißt doch, dass Onkel Kevin diesen Sonntag nicht da sein wird?«

Hollys Kopf beugte sich tiefer über Clara. »Ja. Weil er gestorben ist.«

»Das stimmt, Liebes.«

Ein rascher Seitenblick zu mir rüber. »Manchmal vergess ich das. Sarah hat mir heute einen Witz erzählt, und den wollte ich ihm erzählen, aber dann ist es mir wieder eingefallen.«

»Ich weiß. Passiert mir auch manchmal. Das liegt daran, dass der Kopf sich erst an Sachen gewöhnen muss. Nach einer Weile hört das auf.«

Sie nickte, kämmte mit den Fingern durch Claras Mähne. Ich sagte: »Und du weißt, dass dieses Wochenende alle, die bei Nana zu Besuch sind, ziemlich durcheinander sein werden, nicht? Es wird nicht lustig sein, so wie die Male, von denen Donna dir erzählt hat.«

»Das *weiß* ich. Ich will hin, weil ich einfach *da* sein will.«

»Okay, Häschen. Wir werden sehen, was sich machen lässt.«

Schweigen. Holly flocht einen Zopf in Claras Mähne und inspizierte ihn sorgfältig. Dann: »Daddy.«

»Ja.«

»Wenn ich an Onkel Kevin denke. Manchmal weine ich dann nicht.«

»Das ist okay, Kleines. Nicht weiter schlimm. Ich weine auch nicht.«

»Aber wenn ich ihn doch gerngehabt hab, müsste ich dann nicht weinen?«

Ich sagte: »Ich glaube, es gibt keine Regeln dafür, wie man sich verhalten soll, wenn jemand stirbt, den man gernhatte, Schätzchen. Ich glaube, das ergibt sich irgendwie von allein. Manchmal musst du weinen, und manchmal nicht, manchmal bist du sogar wütend auf ihn, weil er einfach gestorben ist. Du darfst nur nicht vergessen, dass das alles okay ist. Genau wie alles andere, was sich so in deinem Kopf tut.«

»In *American Idol* weinen sie immer, wenn sie von irgendwem reden, der gestorben ist.«

»Klar, aber solche Shows sind mit Vorsicht zu genießen, Kleines. Das ist Fernsehen.«

Holly schüttelte so heftig den Kopf, dass ihr Haar auf die Wangen schlug. »Daddy, *nein*, das ist kein Film, das sind echte Leute. Die erzählen dir ihre Geschichte, wie zum Beispiel, dass sie eine liebe Oma hatten, die an sie geglaubt hat, und dann ist sie gestorben, und dabei weinen sie immer. Manchmal weint sogar Paula Abdul.«

»Kann ich mir vorstellen. Aber das heißt nicht, dass du auch weinen solltest. Jeder Mensch ist anders. Und ich verrat dir jetzt mal ein Geheimnis: Sehr oft tun diese Leute nur so, damit sie viele Stimmen kriegen.«

Holly schien noch immer nicht überzeugt. Ich dachte an

meine erste Begegnung mit dem Tod: Ich war sieben, irgendein entfernter Großonkel oben auf der New Street hatte einen Herzinfarkt gehabt, und Ma schleppte uns alle zur Totenfeier. Die lief ungefähr so ab wie bei Kevin: Tränen, Lachen, Geschichten, turmhohe Sandwichberge, Alkohol und Gesang und Tanz die ganze Nacht hindurch – irgendwer hatte ein Akkordeon mitgebracht, ein anderer beherrschte das komplette Repertoire von Mario Lanza. Als Einführung in die Kunst der Trauerarbeit war das alles um ein Vielfaches heilsamer gewesen als irgendwas mit Paula Abdul. Auf einmal fragte ich mich, ob ich Holly nicht vielleicht zu Kevins Totenfeier hätte mitnehmen sollen, selbst angesichts Dads Beitrag zu der Veranstaltung.

Die Vorstellung, in einem Raum mit Shay zu sein und ihn nicht zu einem einzigen blutigen Brei schlagen zu können, machte mich ganz benommen. Ich dachte daran, dass ich ein unreifer Junge gewesen war und in gewaltigen schwindelerregenden Sprüngen erwachsen wurde, weil Rosie das brauchte, und daran, dass Dad mir gesagt hatte, ein Mann müsse wissen, wofür er zu sterben bereit sei. Du tust, was deine Frau oder dein Kind braucht, selbst wenn es dir sehr viel schwerer vorkommt, als zu sterben.

»Weißt du was?«, sagte ich. »Sonntagnachmittag gehen wir deine Nana besuchen, wenn auch vielleicht nur kurz. Da wird bestimmt viel über deinen Onkel Kevin geredet, aber ich garantiere dir, dass jeder seine eigene Art hat, damit umzugehen: Sie werden nicht die ganze Zeit in Tränen aufgelöst sein, und sie werden nicht denken, du benimmst dich falsch, wenn du gar nicht weinst. Meinst du, das würde dir helfen, besser damit klarzukommen?«

Das munterte Holly auf. Plötzlich sah sie nicht mehr nur Clara an, sondern mich. »Ja. Wahrscheinlich.«

»Na denn«, sagte ich. Bei der Vorstellung lief es mir wie Eiswasser über den Rücken, aber ich würde es einfach aushalten müssen wie ein großer Junge. »Abgemacht.«

»Ehrlich? Versprochen?«

»Ja. Ich ruf gleich deine Tante Jackie an, dass sie Nana Bescheid sagen soll, dass wir kommen.«

Holly sagte mit einem weiteren tiefen Seufzer: »Gut.« Diesmal spürte ich, wie sich ihre Schultern entspannten.

»Und bis dahin sieht bestimmt alles schon ein bisschen besser aus, wenn du erst mal eine Nacht gut und fest geschlafen hast. Licht aus.«

Sie rutschte runter, bis sie auf dem Rücken lag, und drückte sich Clara unters Kinn. »Deck mich schön zu.«

Ich stopfte die Decke rund um sie fest, aber nicht zu fest. »Und keine Albträume heute Nacht, okay, Häschen? Erlaubt sind nur schöne Träume. Das ist ein Befehl.«

»Okay.« Ihr fielen schon die Augen zu, und ihre Finger lösten sich aus Claras Mähne. »Schlaf gut, Daddy.«

»Schlaf schön, Kleines.«

Ich hätte es längst vorher merken müssen. Ich hatte es nun bereits fast fünfzehn Jahre geschafft, meine Jungs und Mädels und mich selbst am Leben zu halten, indem ich nicht ein einziges Mal irgendwelche verräterischen Anzeichen übersah: den beißenden Geruch nach verbranntem Papier, wenn du in ein Zimmer kamst, den kruden animalischen Unterton in einer Stimme bei einem vermeintlich banalen Telefongespräch. Es war schon schlimm genug, dass ich sie irgendwie bei Kevin übersehen hatte, aber ich hätte sie niemals, nicht in einer Million Jahre, bei Holly übersehen dürfen. Ich hätte sehen müssen, dass etwas die Stofftiere umflackerte wie Wetterleuchten und das gemütliche kleine Schlafzimmer erfüllte wie Giftgas: Gefahr.

Stattdessen stand ich leise vom Bett auf, knipste die Lampe aus und stellte Hollys Tasche beiseite, damit sie das Nachtlicht nicht verdunkelte. Sie hob mir das Gesicht entgegen und murmelte irgendetwas. Ich beugte mich runter, um sie auf die Stirn zu küssen, und sie kuschelte sich tiefer in die Decke und atmete zufrieden aus. Ich sah sie lange an, helles, auf dem Kissen verwirbeltes Haar und Wimpern, die spitze Schatten auf ihre Wangen warfen, dann schlich ich aus dem Zimmer und zog die Tür hinter mir zu.

20

JEDER COP, DER SCHON MAL undercover gearbeitet hat, weiß, dass nichts auf der Welt vergleichbar ist mit dem letzten Tag vor einem Einsatz. Ich könnte mir vorstellen, dass Astronauten während des Countdowns das Gefühl kennen, und Fallschirmspringer, die sich zum Absprung hinter die feindlichen Linien bereitmachen. Das Licht wird gleißend und hart wie Diamanten, jedes Gesicht, das du siehst, ist so schön, dass es dir den Atem verschlägt; dein Verstand arbeitet kristallklar, jede Sekunde breitet sich vor dir aus wie eine große, flächige Landschaft, Dinge, die dich monatelang verwirrt haben, findest du plötzlich vollkommen einleuchtend. Du könntest den ganzen Tag trinken und wärst trotzdem stocknüchtern; kryptische Kreuzworträtsel sind leicht wie Kinderpuzzle. Dieser Tag dauert hundert Jahre.

Es war lange her, dass ich undercover gewesen war, aber ich erkannte das Gefühl wieder, sobald ich am Samstagmorgen erwachte. Ich entdeckte es in den schwankenden Schatten an meiner Schlafzimmerdecke und schmeckte es im Bodensatz meines Kaffees. Langsam und unaufhaltsam, während Holly und ich im Phoenix Park ihren Drachen steigen ließen und während ich ihr bei den Hausaufgaben half und während wir uns zu viele Makkaroni mit zu viel Käse kochten, nahmen die Dinge in meinem Kopf Gestalt an. Und als wir am frühen

Sonntagnachmittag in mein Auto stiegen und auf die andere Seite des Flusses fuhren, wusste ich, was ich tun würde.

Faithful Place sah so blitzblank und unschuldig aus wie einem Traum entstiegen, randvoll von einem hellen zitronengelben Licht erfüllt, das über das rissige Kopfsteinpflaster floss. Hollys Hand schloss sich fester um meine. »Was ist los, Häschen?«, fragte ich. »Hast du's dir anders überlegt?«

Sie schüttelte den Kopf. Ich sagte: »Kannst du aber, wenn du willst. Ein Wort von dir, und wir drehen um und holen uns eine schöne DVD mit lauter Märchenprinzessinnen und einen Eimer voll Popcorn, so groß wie dein Kopf.«

Kein Kichern. Sie sah nicht mal zu mir hoch. Stattdessen hievte sie ihren Rucksack fester auf die Schultern und zog an meiner Hand, und wir traten vom Bordstein in dieses seltsame blassgoldene Licht.

Ma überschlug sich förmlich, um diesen Nachmittag richtig hinzubekommen. Sie hatte sich in einen Rausch gebacken – jede freie Fläche war mit Bergen von Ingwerkuchen und Marmeladentörtchen bedeckt –, die Truppen in aller Frühe antreten lassen und Shay und Trevor und Gavin losgeschickt, einen Weihnachtsbaum zu kaufen, der für das Wohnzimmer mindestens einen Meter zu breit war. Als Holly und ich ankamen, dudelte Bing Crosby aus dem Radio, Carmels Kinder waren allerliebst um den Baum herum verteilt und schmückten ihn, jeder hatte eine dampfende Tasse Kakao vor sich, und sogar Dad war mit einer Decke über den Knien aufs Sofa platziert worden, wo er patriarchalisch und ziemlich nüchtern aussah. Mir war, als spazierte ich mitten in eine Reklame aus den fünfziger Jahren hinein. Die ganze groteske Scharade war offensichtlich zum Scheitern verurteilt – alle sahen unglücklich aus, und Darren hatte bereits diesen glasigen Blick, der mir verriet, dass er kurz vor der Explosion stand –, aber ich verstand, was Ma versuchte. Es wäre mir fast zu Herzen gegangen, wenn sie nicht rasch mal eben in ihren Normalmodus geschaltet hätte, indem sie mich darüber informierte, dass ich furchtbare Runzeln um die Augen bekäme und über kurz oder lang ein Kuttelngesicht haben würde.

Am meisten von allen im Raum bannte Shay meinen Blick. Er sah aus, als hätte er erhöhte Temperatur: unruhig und rot im Gesicht, mit neuen Vertiefungen unter den Wangenknochen und einem gefährlichen Glitzern in den Augen. Doch besonders auffällig fand ich das, was er tat. Er saß breitbeinig in einem Sessel, wippte heftig mit einem Knie und führte mit Trevor ein angeregtes Gespräch über Golf. Menschen ändern sich, aber soweit ich wusste, war Shays Hass auf Golf nur unwesentlich geringer als sein Hass auf Trevor. Der einzige Grund, dass er sich freiwillig auf beides einlassen würde, war Verzweiflung. Shay – und das stufte ich als nützliche Information ein – war in schlechter Verfassung.

Wir arbeiteten uns erbittert durch Mas kompletten Weihnachtsschmuckvorrat – stell dich nie zwischen eine Mammy und ihre Christbaumanhänger. Es gelang mir, Holly im Schutze von »Santa Baby« unbemerkt zu fragen: »Fühlst du dich wohl?«

Sie sagte tapfer: »Ganz toll«, und tauchte wieder in dem Rudel Cousinen unter, ehe ich weitere Fragen stellen konnte. Das Kind eignete sich schnell die Sitten der Eingeborenen an. Im Geist fing ich schon mal an, die Nachbesprechung vorzubereiten.

Sobald Ma sich vergewissert hatte, dass der Kitschlevel in den kritischen Bereich vorgestoßen war, sagten Gavin und Trevor, sie wollten mit den Kindern nach Smithfield auf den Weihnachtsmarkt. »Ein bisschen Ingwerkuchen ablaufen«, erklärte Gavin und tätschelte sich den Bauch.

»Mit meinem Ingwerkuchen ist alles in Ordnung«, blaffte Ma. »Dass du fett geworden bist, Gavin Keogh, hat nichts mit meiner Küche zu tun.« Gav nuschelte irgendwas vor sich hin und warf Jackie einen gequälten Blick zu. Er versuchte auf seine tollpatschige Art, taktvoll zu sein: wollte unserer Familie Gelegenheit geben, ein bisschen ungestört zusammen zu sein, in dieser schwierigen Zeit. Carmel packte die Kinder in Mäntel und Schals und Wollmützen – Holly geriet zwischen Donna und Ashley in die Reihe hinein, als wäre sie eines von Carmels eigenen –, und weg waren sie. Ich sah vom Wohnzimmerfenster aus zu, wie das Trüppchen die Straße hinuntertrabte. Holly, so fest bei Donna eingehakt, dass sie aussahen wie siamesische Zwillinge, schaute nicht hoch, um mir zuzuwinken.

Die traute Familienidylle gestaltete sich nicht ganz so, wie Gav geplant hatte: Wir hängten uns alle stumm vor die Glotze, bis Ma sich von ihrem Baumschmuck-Blitzkrieg erholt hatte und Carmel in die Küche schleppte, um irgendwas mit Gebäck und Frischhaltefolie anzustellen. Ich sagte leise zu Jackie, ehe auch sie gekrallt werden konnte: »Lass uns eine rauchen.«

Sie sah mich unsicher an, wie ein Kind, das weiß, dass es sich eine Tracht Prügel einfangen wird, sobald es mit seiner Ma allein ist. Ich sagte: »Nimm's wie eine Frau, Baby. Je eher du es hinter dich bringst …«

Draußen war es kalt und klar und still, und der Himmel über den Dächern verdunkelte sich gerade von wässrigem Blau-Weiß zu Fliederfarben. Jackie stapfte runter zu ihrem Stammplatz auf der untersten Stufe, ein Gewirr von langen Beinen und lila Lacklederstiefeln, und streckte eine Hand aus. »Gib mir erst eine Zigarette, ehe du mich fertigmachst. Gav hat unsere mitgenommen.«

»Dann lass mal hören«, sagte ich freundlich, sobald ich ihre

Zigarette und meine angezündet hatte. »Du und Olivia, was zum Teufel habt ihr euch bloß dabei gedacht?«

Jackies Kinn war streitlustig vorgeschoben, und eine verstörende Sekunde lang sah sie Holly verblüffend ähnlich. »Ich fand, es wäre schön, wenn Holly uns alle kennenlernen würde. Ich würde sagen, Olivia hat das auch so gesehen. Und wir hatten doch auch recht, oder? Hast du gesehen, wie gut sie sich mit Donna versteht?«

»Ja, hab ich. Die beiden sind niedlich zusammen. Ich hab auch gesehen, wie untröstlich sie wegen Kevin war. Sie hat vor lauter Schluchzen kaum noch Luft bekommen. Das war weniger niedlich.«

Jackie sah zu, wie sich die Rauchkringel von ihrer Zigarette über die Stufen ausbreiteten. Sie sagte: »Wir sind alle völlig fertig. Ashley auch, und sie ist erst sechs. So ist das Leben nun mal. Du hattest doch Sorge, Holly würde nicht genug vom realen Leben mitkriegen, oder? Ich würde sagen, realer wird's nicht.«

Was wahrscheinlich stimmte, aber ob jemand recht hat, tut nichts zur Sache, wenn es um Holly geht. Ich sagte: »Jackie, falls meine Tochter hier und da eine Extraprise Realität braucht, dann ziehe ich es im Allgemeinen vor, selbst darüber zu entscheiden. Oder zumindest informiert zu werden, wenn jemand anderes das für mich erledigt. Hört sich das für dich unsinnig an?«

Jackie erwiderte: »Ich hätt's dir sagen sollen. Das ist unentschuldbar.«

»Warum hast du's dann nicht?«

»Ich wollte es ja immer, ehrlich, aber ... Zuerst hab ich gedacht, wozu dich aufregen, wenn doch vielleicht gar nichts draus wird. Ich hab gedacht, ich bring Holly nur ein einziges Mal her, und wir sagen es dir hinterher –«

»Und ich würde einsehen, was für eine wundervolle Idee das doch war, und prompt hier angerannt kommen mit einem großen Blumenstrauß für Ma in der einen Hand und einem für dich in der anderen, und wir würden alle ein großes Fest feiern und glücklich und zufrieden bis an unser seliges Ende leben. Hattest du dir das so gedacht?«

Sie zuckte die Achseln. Ihre Schultern zogen sich allmählich immer höher bis rauf zu den Ohren.

»Weil das bei Gott schon bescheuert genug gewesen wäre, aber immer noch eine ganze Ecke besser als so. Warum hast du deine Meinung geändert? Warum hast du mir, und ich muss wirklich erst den Unterkiefer wieder hochklappen, ehe ich das aussprechen kann, *ein ganzes Jahr lang* kein Wort gesagt?«

Jackie sah mich noch immer nicht an. Sie rutschte auf der Stufe hin und her, als hätte sie Schmerzen. »Jetzt lach mich bloß nicht aus.«

»Glaub mir, Jackie. Ich bin nicht in Alberlaune.«

Sie sagte: »Ich hatte Angst. Okay? Deshalb hab ich nichts gesagt.«

Ich brauchte einen Moment, bis ich mir sicher war, dass sie mich nicht verarschte. »Ach, hör doch auf. Was hast du denn gedacht, was ich machen würde? Dich windelweich prügeln?«

»Ich hab nicht gesagt –«

»Was denn dann? Du kannst nicht so eine Bombe platzen lassen und dich anschließend zieren. Wann hab ich dir je im Leben irgendeinen Grund dafür geliefert, vor mir Angst zu haben?«

»Sieh dich doch jetzt mal an! Was du für ein Gesicht ziehst, und reden tust du, als würdest du mich richtig hassen – ich komm einfach nicht damit klar, wenn Leute rumschimpfen und schreien und ausrasten. Das war schon immer so. Das weißt du.«

Ehe ich mich bremsen konnte, sagte ich: »Ich bin doch nicht Dad.«

»Um Gottes willen, nein. Nein, Francis. Du weißt, dass ich das so nicht gemeint hab.«

»Das will ich dir auch geraten haben. Fang bloß nicht so an, Jackie.«

»Tu ich ja gar nicht. Ich hab bloß … ich hatte nicht den Mut, es dir zu sagen. Und das ist meine Schuld, nicht deine. Es tut mir leid. Ehrlich, ehrlich leid.«

Über uns wurde ein Fenster aufgerissen, und Mas Kopf kam herausgeschossen. »Jacinta Mackey! Willst du weiter da draußen sitzen bleiben wie die Königin von Saba und schön abwarten, bis ich und deine Schwester dir das Abendessen auf einem goldenen Teller servieren?«

Ich rief nach oben: »Das ist meine Schuld, Ma. Ich hab sie überredet, auf ein Schwätzchen mit rauszukommen. Wir machen hinterher den Abwasch, ja?«

»Hmf. Kreuzt hier wieder auf und kommandiert alle rum, als wäre er der Herr im Haus, und tut dabei so, als könnte er kein Wässerchen trüben, mit seiner Silberputzerei und Spülerei.« Aber sie wollte sich nicht zu sehr mit mir anlegen, damit ich mir nicht einfach Holly schnappte und ging. Sie zog den Kopf wieder rein, obwohl ich sie noch weiter schimpfen hören konnte, bis das Fenster zuknallte.

Faithful Place fing an, die abendlichen Lichter einzuschalten. Wir waren nicht die Einzigen, die sich mit Elan auf die Weihnachtsdeko gestürzt hatten; bei den Hearnes sah es aus, als hätte jemand den gesamten Inhalt der Werkstatt vom Weihnachtsmann in eine Panzerfaust gestopft und sie damit unter Beschuss genommen, Lametta und Rentiere und blinkende Lichterketten an den Decken, irre Elfen und süßliche Engel auf jeden Quadratzentimeter Wand geklatscht, »MERRY XMAS«

in Sprühschneeschrift am Fenster. Selbst die Yuppies hatten einen geschmackvoll stilisierten Baum in hellem Holz aufgestellt, samt drei schwedisch aussehenden Ornamenten.

Ich stellte mir vor, jeden Sonntagabend an diesen Fleck zurückzukehren und zu beobachten, wie die Straße ihre immer wiederkehrenden jahreszeitlichen Rituale absolvierte. Frühjahr, und die Erstkommunionkinder rannten von Haus zu Haus, präsentierten ihre Festtagskleidung und verglichen die Beute; Sommerwind, klingelnde Eiswagen, und die Mädchen ließen ihre Dekolletés an die frische Luft; nächstes Jahr um dieselbe Zeit der bewundernde Blick auf das neue Rentier der Hearnes, genau wie im Jahr darauf. Der Gedanke stieg mir ein wenig zu Kopf, als wäre ich angetrunken oder spürte eine schwere Grippe im Anzug. Vermutlich würde Ma jede Woche irgendwas Neues finden, worüber sie sich aufregen konnte.

»Francis«, sagte Jackie zögerlich. »Ist zwischen uns alles in Ordnung?«

Ich hatte eine Tirade erster Güte in petto gehabt, doch der Gedanke, wieder hierherzugehören, hatte mir allen Schwung genommen. Zuerst Olivia und jetzt das: Auf meine alten Tage wurde ich weich. »Ja«, sagte ich. »Alles in Ordnung. Aber wenn du mal Kinder hast, kaufe ich jedem davon ein Schlagzeug und einen Bernhardinerwelpen.«

Jackie warf mir einen argwöhnischen Blick zu – sie hatte nicht damit gerechnet, so leicht davonzukommen –, aber sie beschloss, einem geschenkten Gaul nicht ins Maul zu schauen. »Meinetwegen. Aber wenn ich sie dann aus dem Haus schmeiße, gebe ich ihnen deine Adresse.«

Hinter uns ging die Haustür auf: Shay und Carmel. Ich hatte innerlich mit mir selbst gewettet, wie lange Shay es wohl ertragen könnte, ohne Unterhaltung auszukommen, ganz zu schweigen vom Nikotin. »Worüber redet ihr?«, fragte er und ließ sich auf seinen Platz auf der obersten Stufe sinken.

Jackie sagte: »Holly.«

Ich sagte: »Ich hab Jackie die Leviten gelesen, weil sie sie hergebracht hat, ohne mir was davon zu sagen.«

Carmel plumpste auf die Stufe über meiner. »Uff! Mannomann, die werden immer härter. Wenn ich nicht so gut gepolstert wäre, hätte ich mir glatt weh getan ... Aber Francis, schimpf doch nicht mit Jackie. Sie wollte Holly bloß einmal herbringen, nur damit wir sie kennenlernen, aber wir waren alle so vernarrt in sie, dass wir Jackie überredet haben, sie öfter mitzubringen. Das Kind ist so ein süßer Fratz, wirklich. Du solltest vor Stolz platzen.«

Ich lehnte den Rücken gegen das Geländer, so dass ich alle anderen im Auge hatte, und streckte die Beine auf der Stufe aus. »Tu ich auch.«

Shay tastete nach seinen Zigaretten und sagte: »Und nicht mal unsere Gesellschaft hat sie in eine Bestie verwandelt. Wahnsinn, nicht?«

Ich sagte zuckersüß: »Das liegt bestimmt nicht daran, dass ihr es nicht versucht hättet.«

Carmel sagte mit einem unsicheren Seitenblick zu mir, der ihren Satz in eine Frage verwandelte: »Donna hat Panik, dass sie Holly nie wiedersehen wird.«

Ich sagte: »Ich wüsste nicht, wieso.«

»Francis! Ist das dein Ernst?«

»Klar. Ich bin doch nicht verrückt und reiße neunjährige Mädchen wieder auseinander.«

»Mensch, das ist ja prima. Die beiden sind richtig gute Freundinnen, ehrlich. Es hätte Donna das Herz gebrochen. Heißt das ...?« Kurzes linkisches Nasereiben. Ich erinnerte mich an diese Geste, von vor einer Million Jahren. »Kommst du dann auch wieder her? Oder lässt du Holly nur von Jackie herbringen?«

Ich sagte: »Ich bin doch hier, oder?«

»Ja, stimmt. Und es ist schön, dich zu sehen. Aber bist du …? Du weißt schon. Fühlst du dich jetzt zu Hause?«

Ich lächelte zu ihr hoch. »Ich find's auch schön, dich zu sehen, Melly. Ja, ich komme wieder.«

»Jesus, Maria und Josef, und das wurde auch allmählich Zeit«, sagte Jackie und verdrehte die Augen. »Hättest du dir das nicht schon vor fünfzehn Jahren überlegen können? Hätte mir 'ne Menge Ärger erspart.«

»Mensch, super«, sagte Carmel. »Das ist richtig super, Francis. Ich dachte …« Wieder dieses verlegene Reiben. »Okay, vielleicht hab ich das zu dramatisch gesehen. Ich dachte, sobald hier alles geregelt ist, bist du wieder weg. Endgültig.«

Ich sagte: »Das hatte ich vor, ja. Aber ich muss zugeben: Mich von hier loszureißen, fällt mir doch schwerer, als ich gedacht hätte. Wie du gesagt hast, es tut gut, wieder zu Hause zu sein.«

Shays Augen ruhten auf mir, mit diesem wachen, ausdruckslosen blauen Blick. Ich erwiderte ihn und packte noch ein breites, entspanntes Grinsen obendrauf. Es war mir nur recht, dass Shay nervös wurde. Nicht übernervös, noch nicht; nur ein schillernder Zusatzfaden Beklommenheit, der sich durch seinen bestimmt schon ziemlich ungemütlichen Abend zog. Vorläufig wollte ich bloß irgendwo tief in seinem Kopf ein winziges Samenkorn der Erkenntnis pflanzen: Das hier war erst der Anfang.

Stephen stand mir nicht mehr im Weg, und auf Rocky würde das auch bald zutreffen. Sobald sie sich dem nächsten Fall auf ihrer Liste widmeten, wäre es nur noch eine Sache zwischen Shay und mir, für immer und ewig. Ich könnte ein ganzes Jahr damit zubringen, ihn auf und ab hüpfen zu lassen wie ein Jo-Jo, ehe ich ihm Gewissheit gab, dass ich Bescheid wusste, und noch ein weiteres Jahr damit, ihm meine vielen interessanten Möglichkeiten anzudeuten. Ich hatte alle Zeit der Welt.

Shay dagegen nicht so viel. Man muss seine Familie nicht mögen, man muss nicht mal Zeit mit ihr verbringen, um jeden Einzelnen durch und durch zu kennen. Shay war schon immer leicht reizbar gewesen, er hatte sein ganzes Leben in einem Umfeld verbracht, das selbst den Dalai Lama in ein sabberndes Nervenwrack verwandelt hätte, und er hatte Dinge getan, die einem die Albträume von Jahrzehnten um den Gehirnstamm winden. Er war garantiert nur ein paar Schritte von einem Nervenzusammenbruch entfernt. Mir haben schon viele Leute bescheinigt – und etliche von ihnen meinten das tatsächlich als Kompliment –, dass ich ein Naturtalent darin bin, andere kirre zu machen, und mit Fremden kann man längst nicht so viel anstellen wie mit der eigenen Familie. Ich war mir beinahe sicher, dass ich Shay, Zeit und nötiges Engagement vorausgesetzt, dazu bringen konnte, sich einen Strick um den Hals zu legen, das andere Ende oben ans Treppengeländer von Nummer 16 zu binden und zu springen.

Shay hatte den Kopf nach hinten geneigt und beobachtete mit zusammengekniffenen Augen die Hearnes, die in ihrer Weihnachtswerkstatt herumhantierten. Er sagte zu mir: »Klingt, als würdest du dich wieder in der Wirklichkeit einrichten.«

»Findest du, ja?«

»Ich hab gehört, du warst neulich bei Imelda Tierney.«

»Ich hab hochgestellte Freunde. Du anscheinend ja auch.«

»Was wolltest du denn von Imelda? Plaudern oder bumsen?«

»Na, hör mal, Shay, du könntest mir ruhig mehr zutrauen.

Manche von uns haben einen besseren Geschmack als du, wenn du verstehst, was ich meine.« Ich zwinkerte Shay zu und registrierte das kurze Aufblitzen in seinen Augen, als er anfing, sich zu wundern.

»Sei still, du«, sagte Jackie zu mir. »Hör auf zu lästern. Du bist auch kein Brad Pitt, falls dir das noch niemand gesagt hat.«

»Hast du Imelda in letzter Zeit mal gesehen? Sie war schon damals keine Schönheit, aber Jesses, wie sie jetzt aussieht …«

»Ein Kumpel von mir hatte mal was mit ihr«, sagte Shay. »Vor ein paar Jahren. Er hat mir erzählt, er hat sie ins Bett gekriegt und hatte echt das Gefühl, er sieht ZZ Top mit Kopfschuss vor sich.«

Ich fing an zu lachen, und Jackie brach in eine schrille Schimpfkanonade aus, aber Carmel fiel nicht mit ein. Mir schien, dass sie die letzte Bemerkung gar nicht mitbekommen hatte. Sie faltete ihren Rock zwischen den Fingern und starrte darauf wie in Trance. Ich sagte: »Melly, alles in Ordnung?«

Sie blickte erschrocken auf. »Was? Ja. Schon. Es ist bloß … Ach, ihr wisst schon. Es ist irgendwie verrückt. Oder?«

Ich sagte: »Ja, und wie.«

»Dauernd denke ich, wenn ich aufblicke, ist er da, Kevin. Sitzt da gleich unter Shay. Jedes Mal, wenn ich ihn nicht sehe, habe ich schon auf der Zunge zu fragen, wo er steckt. Geht euch das nicht auch so?«

Ich hob den Arm, nahm ihre Hand und drückte sie. Shay stieß mit unvermuteter Wildheit hervor: »Das blöde Arschloch.«

»Was ist denn in dich gefahren?«, wollte Jackie wissen. Shay schüttelte den Kopf und zog an seiner Kippe.

Ich sagte: »Das würde mich auch interessieren.«

Carmel sagte: »Das hat er nicht so gemeint. Ganz bestimmt nicht, oder, Shay?«

»Denk, was du willst.«

Ich sagte: »Tu doch einfach so, als wären wir auch alle blöd, und erklär's uns.«

»Wie kommst du darauf, dass ich so tun müsste?«

Carmel fing an zu weinen. Shay sagte – nicht unfreundlich, aber so, als hätte er es diese Woche schon hundertmal gesagt: »Ach bitte, Melly. Lass das.«

»Ich kann nicht. Können wir nicht einfach nett zueinander sein, nur dieses eine Mal? Nach allem, was passiert ist? Unser armer kleiner Kevin ist *tot.* Er kommt nie wieder. Warum sitzen wir hier und machen uns gegenseitig fertig?«

Jackie sagte: »Ach, Carmel, Liebes. Das war doch nur im Spaß. Wir meinen das nicht so.«

»Ich schon«, warf Shay ein.

Ich sagte: »Wir sind eine Familie, Melly. So benehmen sich Familien nun mal.«

»Der Wichser hat recht«, sagte Shay. »Ausnahmsweise.«

Carmel weinte noch heftiger. »Wenn ich dran denke, wie wir letzten Freitag hier gesessen haben, wir alle fünf ... Ich war überglücklich, ehrlich. Ich hätte nie gedacht, dass es das letzte Mal war, versteht ihr? Ich dachte, es wäre erst der Anfang.«

Shay sagte: »Ich weiß. Aber tu mir bitte einen Gefallen und versuch, dich am Riemen zu reißen. Mir zuliebe, ja?«

Sie fing eine Träne mit einem Fingerknöchel ab, aber es kamen immer mehr. »Gott verzeih mir, ich hab gewusst, dass Rosie wahrscheinlich irgendwas Schlimmes zugestoßen war. Das wussten wir doch alle, oder? Aber ich hab einfach versucht, nicht dran zu denken. Meint ihr, das war die Strafe dafür?«

Alle sagten wir wie aus einem Munde: »Ach, Carmel.« Sie versuchte, noch irgendetwas zu sagen, aber es ging in einer kläglichen Mischung aus Schluchzen und Schniefen unter.

Auch Jackies Kinn begann, leicht zu beben. Jeden Moment würde hier eine einzige gigantische Heulerei losgehen. Ich sagte: »Wisst ihr, weswegen ich mich beschissen fühle? Dass ich letzten Sonntag nicht hier war. An dem Abend, als er …«

Ich schüttelte rasch den Kopf, gegen das Geländer gedrückt, und beendete den Satz nicht. »Das war unsere letzte Chance«, sagte ich in den dämmrigen Himmel hinein. »Ich hätte hier sein sollen.«

Der zynische Seitenblick, den Shay mit zuwarf, machte klar, dass er mir kein Wort glaubte, aber die Mädchen sahen mich mit großen Augen an und waren gerührt und mitfühlend. Carmel fischte ein Taschentuch hervor und vertagte ihre restlichen Tränen auf später, wo ich doch jetzt ihre Zuwendung brauchte. »Ach, Francis«, sagte Jackie, griff hoch und tätschelte mein Knie. »Wie hättest du das denn wissen können?«

»Darum geht's nicht. Es geht darum, dass ich zweiundzwanzig Jahre mit ihm verpasst habe, und dann hab ich auch noch die allerletzten paar Stunden mit ihm verpasst. Ich wünschte bloß …«

Ich schüttelte den Kopf, nahm mit zittrigen Händen eine neue Zigarette und brauchte ein paar Versuche, um sie anzuzünden. »Egal«, sagte ich nach ein paar tiefen Zügen, um meine Stimme wieder unter Kontrolle zu bringen. »Na los: Redet mit mir. Erzählt mir von dem Abend. Was hab ich verpasst?«

Shay stieß ein Schnauben aus, was ihm von beiden Frauen wütende Blicke eintrug. »Lass mich kurz nachdenken«, sagte Jackie. »Es war bloß ein normaler Abend, weißt du? Nichts Besonderes. Hab ich recht, Carmel?«

Die beiden sahen sich an, überlegten angestrengt. Carmel schnäuzte sich die Nase. Sie sagte: »Ich fand, Kevin war ein bisschen neben der Spur. Fandet ihr nicht?«

Shay schüttelte angewidert den Kopf und drehte sich demonstrativ halb von ihnen weg, um sich von dem Gespräch zu distanzieren. Jackie sagte: »Ich fand, er wirkte ganz in Ordnung. Er und Gav haben hier draußen Fußball mit den Kindern gespielt.«

»Aber er hat geraucht. Nach dem Essen. Kevin raucht nie, außer er ist auf hundertachtzig, sonst nie.«

Und da hatten wir's. Ungestörte Zweisamkeit war in Mas Haushalt Mangelware *(Kevin Mackey, was habt ihr zwei denn da zu flüstern, wenn das so interessant ist, wollen wir's alle gern hören …).* Falls Kevin mit Shay hatte reden wollen – und genau darauf hatte es der arme Trottel bestimmt angelegt, nachdem ich ihm eine Abfuhr erteilt hatte; irgendwas Durchtriebeneres wäre ihm nie in den Sinn gekommen –, hatte er ihm auf eine Zigarette raus auf die Stufen vorm Haus folgen müssen.

Kev hatte es bestimmt total vermasselt, hatte an seiner Zigarette genuckelt und unsicher herumgestammelt, um das gefährliche Durcheinander aus dem Kopf zu bekommen, das ihm keine Ruhe mehr ließ. Und in der ganzen verlegenen Situation hatte Shay reichlich Zeit gehabt, die Fassung wiederzugewinnen, und dann wahrscheinlich laut aufgelacht: *Ach du Schande, Mann, glaubst du jetzt ernsthaft, ich hab Rosie Daly umgebracht? Da liegst du so was von daneben. Wenn du wissen willst, wie es wirklich war …* Rascher Blick nach oben zum Fenster, und die Zigarette wird auf der Treppe ausgedrückt. *Aber nicht jetzt, keine Zeit. Wir treffen uns später noch mal, ja? Komm zurück, nachdem du dich verabschiedet hast. Zu mir in die Wohnung können wir nicht, weil Ma dann wissen will, worum's geht, und die Pubs sind dann schon dicht, aber wir könnten uns in Nummer sechzehn treffen. Dauert auch nicht lange.*

So hätte ich das gemacht, an Shays Stelle, und es wäre wirklich ein Kinderspiel gewesen. Kevin war bestimmt nicht begeistert davon, noch einmal in Haus Nummer sechzehn zu gehen, schon gar nicht im Dunkeln, aber Shay war viel cleverer als er, und Kevin hatte sich schon immer leicht überrollen lassen. Er wäre nie auf die Idee gekommen, dass er vor seinem eigenen Bruder Angst haben sollte; nicht diese Art von Angst. Für jemanden aus unserer Familie war Kev so arglos gewesen, dass ich bei dem Gedanken schmerzhaft die Zähne zusammenbeißen musste.

Jackie sagte: »Ich schwöre, Francis, es ist nichts vorgefallen. Es war wie heute. Erst wurde Fußball gespielt, und dann haben wir gegessen und ein bisschen ferngesehen … Kevin war wirklich okay. Du darfst dir keine Vorwürfe machen.«

Ich fragte: »Hat er irgendwo angerufen? Ist er angerufen worden?«

Shays Augen huschten kurz zu mir rüber, verkniffen und prüfend, aber er hielt den Mund. Carmel sagte: »Er und irgendein Mädchen haben sich dauernd gesimst – Aisling heißt sie, glaube ich. Ich hab ihm gesagt, er soll sie nicht zappeln lassen, aber er hat gesagt, ich hätte keine Ahnung, das wäre heutzutage alles anders … Er war ziemlich arrogant zu mir, ehrlich. Das meine ich ja mit ›neben der Spur‹. Es war das letzte Mal, dass ich ihn gesehen hab, und …« Ihre Stimme hatte einen kleinlauten, verletzten Beiklang. Sie würde jeden Moment wieder losheulen.

»Sonst keine Anrufe?«

Jackie und Carmel schüttelten den Kopf. Ich sagte: »Hmm.«

Jackie fragte: »Wieso, Francis? Was spielt das für eine Rolle?«

»Kojak hat eine Spur«, sagte Shay zum lilafarbenen Himmel hinauf. »Wo ist denn dein Lolli?«

Ich sagte: »Lasst es mich mal so formulieren: Ich hab jede Menge unterschiedliche Erklärungen dafür gehört, was mit

Rosie passiert ist und was mit Kevin passiert ist. Und mir gefällt keine einzige davon.«

Jackie sagte: »Wie denn auch?«

Carmel stach mit einem Fingernagel Farbblasen am Geländer auf. Sie sagte: »Unfälle passieren immer wieder. Manchmal kommt einfach ein Unglück zum anderen, ohne dass man sich das erklären kann. Verstehst du?«

»Nein, Melly, das versteh ich nicht. Das klingt für mich genau wie die vielen anderen Erklärungen, die ich von verschiedenen Leuten gehört hab und die ich schlucken sollte: Das ist ein großer stinkender Haufen Gülle, der weder für Rosie noch für Kevin auch nur annähernd gut genug ist. Und ich hab absolut keine Lust, ihn zu schlucken.«

Carmel sagte mit einer Gewissheit, die ihre Stimme schwer wie einen Stein machte: »Es gibt nichts, was das alles irgendwie besser machen könnte, Francis. Wir sind alle untröstlich, und es gibt keine Erklärung auf dieser Welt, die daran etwas ändern kann. Warum nimmst du es nicht so hin, wie es ist?«

»Das würde ich, bloß viele andere Leute tun das eben nicht, und in einer der beliebtesten Theorien bin ich der böse Bube. Denkst du, das sollte ich einfach ignorieren? Du hast doch selbst gesagt, du möchtest, dass ich auch in Zukunft hierherkomme. Denk mal drüber nach, was das heißt. Soll ich etwa jeden Sonntag in einer Straße verbringen, wo mich alle für einen Mörder halten?«

Jackie drehte sich auf ihrem Platz um. Sie sagte: »Ich hab dir doch schon gesagt, das ist bloß Gerede. Das hört wieder auf.«

Ich sagte: »Also, wenn ich nicht der böse Bube bin und Kev nicht der böse Bube ist, dann lasst mal hören. Was ist an dem Abend passiert?«

Die Stille zog sich in die Länge. Wir hörten sie kommen, ehe wir sie sahen: Kinderstimmen, die zusammenflossen, ein rasches, gedämpftes, unaufhörliches Murmeln irgendwo in dem blendenden Spätabendlicht oben am Ende der Straße. Sie lösten sich als Silhouettenknäuel aus diesem gleißenden Lichtfeld, die Männer groß wie Laternenpfähle, die Kinder verschwommen und hin und her flimmernd. Hollys Stimme rief »Daddy!«, und ich hob einen Arm und winkte, obwohl ich nicht erkennen konnte, welche sie war. Ihre Schatten hüpften vor ihnen die Straße hinunter und warfen rätselhafte Formen vor unsere Füße.

»Gut jetzt«, sagte Carmel leise zu sich selbst. Sie atmete durch und strich sich mit den Fingern unter den Augen entlang, damit auch die letzten Tränenspuren verschwanden. »Gut jetzt.«

Ich sagte: »Bei nächster Gelegenheit müsst ihr mir den Rest erzählen, was letzten Sonntag passiert ist.«

Shay sagte: »Und dann wurde es spät, und Ma und Dad und ich sind schlafen gegangen, und Kev und Jackie haben sich auf den Heimweg gemacht.« Er warf die Zigarette über das Geländer und stand auf. »Ende«, sagte er.

Sobald wir alle wieder in der Wohnung waren, legte Ma einen Zahn zu, um uns dafür zu bestrafen, dass wir sie in ihrem großen Elend allein gelassen hatten. Sie machte sich grimmig über irgendwelches Gemüse her und erteilte Befehle in Warp-Geschwindigkeit. »Du, Carmel-Jackie-Carmel-wer-immer-du-bist, setz die Kartoffeln auf – Shay, tu das dahin, *nein*, du Dummkopf, *dahin* – Ashley, Liebchen, wisch für deine Nana mal schnell den Tisch ab – und Francis geh rein und unterhalt dich mit deinem Dad, der ist wieder im Bett und will ein bisschen Gesellschaft. Nun geh schon!« Sie klatschte mir ein Geschirrtuch gegen den Hinterkopf, damit ich mich in Bewegung setzte.

Holly hatte sich an mich gedrückt, um mir irgendein angemaltes Keramikteil zu zeigen, das sie auf dem Weihnachtsmarkt für Olivia gekauft hatte, und mir detailliert zu schildern, wie sie die Elfen vom Weihnachtsmann kennengelernt hatte, doch daraufhin verschwand sie prompt wieder zwischen ihren Cousinen, was ich für extrem vernünftig hielt. Ich erwog, dasselbe zu tun, aber Mas Fähigkeit, einen endlos lange zu nerven, ist beinahe übermenschlich, und das Geschirrtuch schoss schon wieder in meine Richtung. Ich sah zu, dass ich von ihr wegkam.

Das Schlafzimmer war kühler als die übrige Wohnung, und stiller. Dad saß im Bett gegen Kissen gestützt und tat offenbar gar nichts, außer vielleicht auf die Stimmen aus den anderen Zimmern zu lauschen. Das flauschig Weiche rings um ihn herum – apricotfarbenes Dekor, fransenbesetzte Möbel, gedämpftes Licht von der Stehlampe – ließ ihn bizarr deplatziert wirken und auch irgendwie stärker, brutaler. Man konnte sich vorstellen, warum Frauen um ihn gekämpft hatten: die kantige Kieferpartie, die arrogant vorspringenden Wangenknochen, das ruhelose blaue Glitzern seiner Augen. Für einen Moment sah er in diesem trügerischen Licht noch immer wie der wilde Jimmy Mackey aus.

Doch seine Hände verrieten ihn. Sie waren völlig hinüber – die Finger dick geschwollen und nach innen gekrümmt, die Nägel weiß und rau, als würden sie schon verfaulen –, und sie bewegten sich unablässig auf der Decke, zupften fahrig an losen Fäden. Das Zimmer stank nach Krankheit und Arznei und Füßen.

Ich sagte: »Ma meinte, du hättest Lust auf ein Pläuschchen.«

Dad sagte: »Lass uns eine rauchen.«

Er wirkte noch immer nüchtern, aber mein Dad hat sich sein Leben lang mit großem Einsatz bemüht, seine Alkoholverträglichkeit zu steigern, und es ist schon eine ordentliche Menge erforderlich, ihn noch sichtlich anzuschlagen. Ich zog den Stuhl von Mas Frisierkommode rüber ans Bett, aber nicht zu nah. »Ich dachte, Ma lässt dich hier drin nicht rauchen.«

»Die blöde Kuh kann mich mal.«

»Ich sehe, alte Liebe rostet nicht, wie schön.«

»Und du kannst mich auch mal. Gib mir 'ne Zigarette.«

»Tut mir leid. Du kannst Ma ja auf die Palme bringen, so viel du willst. Aber ich leg mich nicht mit ihr an.«

Dad musste grinsen, aber nicht auf die nette Art. »Viel Spaß damit«, sagte er, aber plötzlich blickte er hellwach drein und musterte mein Gesicht schärfer. »Warum?«

»Warum nicht?«

»Du hast dich doch immer einen Scheißdreck dafür interessiert, sie bei Laune zu halten.«

Ich zuckte die Achseln. »Meine Kleine ist ganz verrückt nach ihrer Nana. Und wenn ich dafür einen Nachmittag pro Woche die Zähne zusammenbeißen und Ma in den Hintern kriechen muss, damit Holly nicht miterlebt, wie wir uns gegenseitig an die Gurgel gehen, dann mach ich das. Wenn du mich schön drum bittest, kriech ich sogar dir in den Hintern, zumindest wenn Holly im Zimmer ist.«

Dad fing an zu lachen. Er lehnte sich in die Kissen zurück und lachte so heftig, dass er einen tiefen, nassen Hustenkrampf bekam. Er wedelte mit einer Hand in meine Richtung, rang keuchend nach Luft und deutete auf eine Schachtel Papiertaschentücher auf der Kommode. Ich reichte sie ihm. Er räusperte sich, spuckte ins Taschentuch, warf es Richtung Papierkorb und verfehlte ihn; ich hob es nicht auf. Als er wieder sprechen konnte, sagte er: »Schwachsinn.«

Ich sagte: »Könntest du etwas genauer werden?«

»Wird dir nicht gefallen.«

»Ich werd's überleben. Wann hat mir das letzte Mal irgendwas gefallen, was dir über die Lippen kam?«

Dad griff schwerfällig nach seinem Glas Wasser oder was auch immer auf dem Nachttisch und ließ sich mit dem Trinken Zeit. »Das ganze Gerede über deine Kleine«, sagte er und wischte sich über den Mund. »Ein Haufen Schwachsinn. Sie kommt schon klar. Ihr ist scheißegal, ob du dich mit Josie verstehst oder nicht, und das weißt du auch. Du hast deine eigenen Gründe dafür, dich bei deiner Ma einzuschleimen.«

Ich sagte: »Dad, manchmal versuchen Menschen, nett zueinander zu sein. Ganz ohne Grund. Ich weiß, das ist schwer vorstellbar, aber glaub mir: Es kommt vor.«

Er schüttelte den Kopf. Das harte Grinsen war wieder auf seinem Gesicht. »Du nicht«, sagte er.

»Vielleicht ja doch. Du solltest nicht vergessen, dass du einen Scheiß über mich weißt, und das ist noch hochgegriffen.«

»Mehr muss ich auch nicht wissen. Ich kenne deinen Bruder, und ich weiß, dass ihr beide schon immer vom selben Schlag wart.«

Ich hatte nicht das Gefühl, dass er von Kevin sprach. Ich sagte: »Ich seh da keine Ähnlichkeit.«

»Ich aber schon. Keiner von euch hat je in seinem Leben irgendwas getan, wenn er nicht einen verdammt guten Grund dafür hatte, und keiner von euch hat irgendwem diesen Grund verraten, wenn er nicht musste. Euch beide hätte ich nie verleugnen können, das ist mal sicher.«

Er hatte seinen Spaß dabei. Ich wusste, ich sollte die Klappe halten, aber ich schaffte es nicht. Ich sagte: »Ich bin absolut nicht wie irgendeiner aus dieser Familie. Absolut nicht. Ich bin weggegangen, um nicht so zu werden. Ich hab mein Leben lang alles dafür getan.«

Dads Augenbrauen hoben sich sarkastisch. »Hör sich einer

den an. Sind wir nicht mehr gut genug für dich? Aber zwanzig Jahre lang waren wir gut genug, dir ein Dach über dem Kopf zu bieten.«

»Was soll ich sagen? Gratis-Sadismus macht mich nun mal nicht an.«

Das brachte ihn wieder zum Lachen, ein tiefes raues Bellen. »Ach nee? Ich weiß wenigstens, dass ich ein Arschloch bin. Und du denkst, du wärst keins? Na los: Sieh mir in die Augen und sag mir, dass du es nicht genießt, mich in diesem Zustand zu sehen.«

»Es ist schon was Besonderes. Hätte keinem Netteren passieren können.«

»Na bitte. Ich bin ein Wrack, und du freust dich drüber. Blut setzt sich durch, Sohnemann. Blut setzt sich durch.«

Ich sagte: »Ich hab noch nie im Leben eine Frau geschlagen. Ich hab noch nie im Leben ein Kind geschlagen. Und meine Tochter hat mich noch nie im Leben betrunken gesehen. Mir ist klar, dass man schon ernsthaft krank im Kopf sein muss, um auf so was stolz zu sein, aber ich kann nicht anders. Diese Beispiele beweisen mir nämlich, dass ich rein gar nichts mit dir gemeinsam habe.«

Dad sah mich an. Er sagte: »Du hältst dich also für einen besseren Dad, als ich es je war.«

»Da hängt die Messlatte ziemlich niedrig. Ich hab schon streunende Hunde gesehen, die bessere Dads waren als du.«

»Dann verrat mir doch mal eins: Wenn du so ein Heiliger bist und wir so ein Lumpenpack sind, warum benutzt du dann dein Kind als Vorwand, um weiter herzukommen?«

Ich war auf dem Weg zur Tür, als ich hinter mir hörte: »*Hinsetzen.*«

Es klang wieder wie Dads alte Stimme, voll und stark und jung. Sie packte meinen inneren Fünfjährigen an der Gurgel und stieß mich zurück auf den Stuhl, ehe ich wusste, wie mir geschah. Sobald ich wieder saß, musste ich so tun, als wäre es meine freie Entscheidung gewesen. Ich sagte: »Ich dachte, wir wären so weit fertig.«

Den Befehl zu geben hatte ihn geschlaucht. Er saß vorgebeugt, atmete schwer und griff nach der Decke. Er sagte keuchend: »Ich bestimme, wann wir fertig sind.«

»Von mir aus. Hauptsache bald.«

Dad schob sich die Kissen höher in den Rücken – ich machte keine Anstalten, ihm zu helfen; schon bei der Vorstellung, dass unsere Gesichter sich so nah kommen könnten, bekam ich Gänsehaut – und kam langsam wieder zu Atem. Über seinem Kopf war noch immer der Riss in der Decke, der aussah wie ein Rennwagen und den ich angestarrt hatte, wenn ich morgens früh wach wurde und im Bett meinen Gedanken nachhing, während ich Kevin und Shay atmen und sich umdrehen und murmeln hörte. Draußen war das goldene Licht verblasst. Vor dem Fenster verfärbte der Himmel über den Gärten sich in ein kaltes Tiefseeblau.

Dad sagte: »Du hörst mir jetzt zu. Ich mach's nicht mehr lange.«

»Überlass den Spruch lieber Ma. Die bringt ihn besser.« Seit ich denken kann, steht Ma an der Schwelle des Todes, hauptsächlich aufgrund irgendwelcher geheimnisvoller Unterleibsgeschichten.

»Die überlebt uns noch alle, schon aus Trotz. Ich glaube nicht, dass ich nächstes Weihnachten noch erlebe.«

Er schlachtete es aus, lehnte sich zurück und presste eine Hand auf die Brust, aber seine Stimme hatte einen Unterton, der verriet, dass es ihm zumindest teilweise ernst war. Ich sagte: »Woran hast du vor zu sterben?«

»Kann dir doch egal sein. Ich könnte vor dir verbrennen,

und du würdest mich nicht mal anpinkeln, um das Feuer zu löschen.«

»Stimmt, aber ich bin neugierig. Ich hätte nicht gedacht, dass Arschloch-Sein tödlich ist.«

Dad sagte: »Mein Rücken wird immer schlimmer. Die halbe Zeit spüre ich meine Beine nicht mehr. Neulich bin ich zweimal umgekippt, als ich bloß morgens in die Unterhose steigen wollte; die Beine sind einfach weggeknickt. Der Arzt meint, bis zum Sommer sitz ich im Rollstuhl.«

Ich sagte: »Jetzt muss ich mal was ganz Abwegiges fragen: Hat der Arzt vielleicht auch angedeutet, das mit deinem ›Rücken‹ würde besser oder wenigstens nicht noch schlimmer, wenn du mit der Sauferei aufhören würdest?«

Sein Gesicht verzog sich angewidert. »Bei der kleinen Schwuchtel kriegst du das Kotzen. Der sollte mal endlich aufhören, Muttermilch zu nuckeln, und was Anständiges trinken. Ein paar Gläser haben noch keinem Mann geschadet.«

»Damit sind ein paar Gläser Bier gemeint, nicht Wodka. Aber wenn der dir so guttut, woran stirbst du dann?«

Dad sagte: »Ein Mann kann nicht als Krüppel leben. Zu Hause eingesperrt, jemand muss dir den Hintern abputzen, dich baden und aus der Wanne heben. Für so einen Scheiß hab ich keine Zeit. Wenn es so weit kommt, mach ich den Abgang.«

Wieder signalisierte irgendetwas hinter seinem Selbstmitleid, dass er es ernst meinte. Wahrscheinlich, weil es im Pflegeheim keine Minibar geben würde, aber im Großen und Ganzen musste ich ihm recht geben: lieber tot als Windeln tragen. »Und wie?«

»Ich hab da so meine Pläne.«

Ich sagte: »Irgendwie ist mir jetzt zwischendurch was entgangen. Was willst du von mir? Wenn es nämlich Mitleid ist, kannst du lange warten. Und falls du Hilfe brauchst, ich glaube, da stehen die Leute schon Schlange.«

»Ich will überhaupt nichts von dir, du blöder Schnösel. Ich versuche, dir was Wichtiges zu sagen, wenn du nur mal einen Moment die Klappe halten und zuhören würdest. Oder hörst du dich selbst so gern reden?«

Vielleicht ist das jetzt das Lächerlichste, was ich je zugeben musste: Tief in meinem Innern klammerte sich eine Faser von mir an die Chance, dass er tatsächlich etwas Wertvolles zu sagen hätte. Er war mein Dad. Als ich noch ein kleiner Junge war und noch nicht mitgekriegt hatte, dass er ein Sausack erster Güte war, hielt ich ihn für den schlausten Menschen auf der Welt. Er wusste alles über alles, er hätte den Hulk mit links erledigen und mit der Rechten Konzertflügel stemmen können, ein Grinsen von ihm konnte deinen ganzen Tag erhellen. Und falls ich je ein paar Perlen väterlicher Weisheit gebraucht hatte, dann an diesem Abend. Ich sagte: »Ich höre.«

Dad richtete sich mühsam im Bett auf. Er sagte: »Ein Mann muss wissen, wann er sich mit gewissen Dingen abzufinden hat.«

Ich wartete, aber er sah mich gespannt an, als erwartete er eine Antwort. Anscheinend war das das Höchstmaß an Erleuchtung, das ich von ihm kriegen würde. Ich hätte mir selbst eine reinhauen können, weil ich so dämlich gewesen war, mir mehr zu erhoffen. »Toll«, sagte ich. »Tausend Dank. Ich werd's mir merken.«

Ich wollte wieder aufstehen, aber eine von seinen deformierten Händen schoss vor und packte mein Handgelenk, schneller und sehr viel stärker, als ich gedacht hätte. Von der Berührung sträubten sich mir die Nackenhaare. »Setz dich hin und hör zu. Ich will dir Folgendes sagen: Ich hab in meinem Leben viel Scheiß durchgemacht und nie daran gedacht, mich umzubringen. Ich bin kein Schwächling. Aber wenn mir zum ersten Mal einer eine Windel umbindet, mach ich mich vom Acker, weil es dann keinen Kampf mehr gibt, den es sich lohnt zu gewinnen. Du musst wissen, wogegen du kämpfen und womit du dich abfinden solltest. Hast du kapiert?«

Ich sagte: »Eines würde ich ja gern wissen. Wieso interessierst du dich auf einmal einen Furz dafür, welche Einstellung ich zu irgendwas habe?«

Ich hatte erwartet, dass Dad richtig in Fahrt kommen würde, aber nichts da. Er ließ mein Handgelenk los und massierte seine Knöchel, inspizierte seine Hand, als gehörte sie jemand anderem. Er sagte: »Mach, was du willst. Ich kann dich zu nichts zwingen. Aber wenn es etwas gibt, was ich gern vor langer Zeit gelernt hätte, dann ist es das. Ich hätte weniger Unheil angerichtet. Mir selbst und allen in meiner Umgebung weniger geschadet.«

Diesmal war ich es, der laut auflachte. »Na, jetzt bin ich aber baff. Hast du da etwa gerade Verantwortung für irgendwas übernommen? Ich glaube, du pfeifst tatsächlich aus dem letzten Loch.«

»Spar dir deinen Spott. Ihr seid erwachsen; wenn ihr euer Leben in den Sand gesetzt habt, ist das eure Schuld, nicht meine.«

»Wovon zum Teufel redest du dann?«

»Ich meine ja nur. Vor fünfzig Jahren sind einige Dinge schlecht gelaufen, und das ging immer so weiter. Es ist Zeit, dass das aufhört. Wenn ich so vernünftig gewesen wäre, mich vor langer Zeit damit abzufinden, dann wäre vieles anders gekommen. Besser.«

Ich sagte: »Meinst du die Sache mit Tessie O'Byrne?«

»Die geht dich nichts an, aber pass auf, was du sagst. Deiner

Ma soll nicht noch mal das Herz gebrochen werden, für nichts und wieder nichts. Hast du verstanden?«

Seine Augen hatten ein fiebriges, beschwörendes Blau, in dem zu viele Geheimnisse wirbelten, als dass ich sie hätte enträtseln können. Es war die völlig neue Sanftheit darin – ich hatte noch nie erlebt, dass mein Dad sich darum scherte, wer verletzt werden könnte –, die mir verriet, dass sich etwas Gewaltiges und Gefährliches durch die Luft in diesem Raum bewegte. Nach einer ganzen Weile sagte ich: »Ich bin nicht sicher.«

»Dann warte, bis du sicher bist, ehe du irgendeine Dummheit machst. Ich kenne meine Söhne, hab sie schon immer gekannt. Ich weiß genau, dass du deine Gründe hattest herzukommen. Halt die von diesem Haus fern, bis du dir verdammt noch mal sicher bist, was du vorhast.«

Draußen wetterte Ma wegen irgendwas los, und von Jackie war besänftigendes Murmeln zu hören. Ich sagte: »Ich würde viel dafür geben, wenn ich wüsste, was genau dir gerade durch den Kopf geht.«

»Ich sterbe. Ich versuche, ein paar Dinge in Ordnung zu bringen, ehe ich gehe. Und ich sage dir, weck keine schlafenden Hunde. Wir können es nicht gebrauchen, dass du hier Ärger machst. Geh zurück zu dem, was du vorher gemacht hast, was auch immer das war, und lass uns in Ruhe.«

Ich sagte unwillkürlich: »Dad.«

Auf einmal sah er gebrechlich aus. Sein Gesicht hatte die Farbe von nasser Pappe. Er sagte: »Ich kann deinen Anblick nicht mehr ertragen. Mach, dass du rauskommst, und sag deiner Ma, ich brauch eine Tasse Tee – und sie soll ihn diesmal anständig stark machen, nicht so eine Plörre wie heute Morgen.«

Ich hatte keine Einwände. Mein einziger Wunsch war, mir

Holly zu schnappen und so schnell wie möglich mit ihr abzuhauen – Ma würde einen Schlaganfall kriegen, wenn wir nicht zum Essen blieben, aber ich hatte Shay für diese Woche genug verunsichert, und ich hatte meine Familientoleranzschwelle deutlich zu hoch eingeschätzt. Ich überlegte schon, wo ich auf dem Rückweg zu Liv am besten Station machen sollte, um Holly sattzukriegen und mir ihr hübsches kleines Gesicht anzuschauen, bis mein Herzschlag wieder auf normal sank. Schon an der Tür sagte ich: »Bis nächste Woche.«

»Hör auf mich. Geh nach Hause. Komm nicht wieder.«

Er wandte nicht den Kopf, um mir hinterherzusehen. Ich ließ ihn allein, gegen seine Kissen gelehnt, den Blick starr auf die dunkle Fensterscheibe gerichtet, während seine verunstalteten Finger unruhig an losen Fäden zupften.

Ma war in der Küche, wo sie erbittert auf ein gigantisches Stück halbgaren Braten einstach und Darren via Carmel wegen seiner Kleidung ausschimpfte (»… kriegt nie eine Arbeit, solange er sich anzieht wie ein verdammter Perversling, sag nicht, ich hätte euch nicht gewarnt, also schnapp ihn dir, verpass ihm eine ordentliche Tracht Prügel und eine anständige Stoffhose …«). Jackie und Gavin und der Rest von Carmels Familie saßen in Trance vor der Glotze und stierten glasig auf einen Typen mit freiem Oberkörper, der irgendwas Glitschiges mit vielen Fühlern aß. Holly war nirgends zu sehen. Ebenso wenig wie Shay.

21

ICH SAGTE, UND ES WAR mir egal, ob meine Stimme normal klang oder nicht: »Wo ist Holly?«

Die vor der Glotze drehten sich nicht mal um. Ma rief aus der Küche: »Die hat ihren Onkel Shay nach oben geschleppt, damit er ihr bei Mathe hilft – wenn du hochgehst, Francis, sag ihnen, das Essen ist in einer halben Stunde fertig und wartet nicht auf sie … Carmel O'Reilly, komm wieder her und hör mir zu! Der wird nicht mal seine Prüfung machen dürfen, wenn er da reingeht und aussieht wie Dracula …«

Ich flog die Treppe hinauf, als wäre ich schwerelos. Es dauerte eine Million Jahre. Hoch über mir konnte ich Hollys plappernde Stimme hören, süß und glücklich und ahnungslos. Ich atmete erst wieder, als ich oben war, vor Shays Wohnung. Ich nahm gerade Anlauf, um mich mit der Schulter gegen die Tür zu werfen, als Holly sagte: »War Rosie hübsch?«

Ich stoppte so abrupt ab, dass ich fast mit dem Gesicht gegen die Tür gekracht wäre, wie eine Comicfigur. Shay sagte: »Ja, das war sie.«

»Hübscher als meine Mum?«

»Ich kenn deine Mammy nicht, schon vergessen? Aber wenn ich dich so ansehe, würde ich sagen, Rosie war beinahe so hübsch. Nicht ganz, aber beinahe.«

Ich konnte förmlich Hollys leises Lächeln daraufhin sehen.

Die beiden klangen ganz zufrieden zusammen, entspannt, so wie ein Onkel mit seiner Lieblingsnichte klingen sollte. Shay, dieser unverschämte Drecksack, klang richtig friedlich.

Holly sagte: »Mein Dad wollte sie heiraten.«

»Kann sein.«

»Wollte er.«

»Hat er aber nicht. Pass auf, wir versuchen's noch mal: Wenn Tara einhundertfünfundachtzig Goldfische hat und jeweils sieben in ein Becken passen, wie viele Becken braucht sie dann?«

»Er hat sie nicht geheiratet, weil Rosie gestorben ist. Sie hat ihrer Mum und ihrem Dad einen Brief geschrieben, in dem stand, dass sie mit meinem Dad nach England gehen will, und dann hat jemand sie getötet.«

»Das ist lange her. Aber bleib jetzt mal bei der Sache. Diese Fische hüpfen nicht von allein in die Becken.«

Ein Kichern, und dann eine lange Pause, während Holly sich auf ihre Aufgabe konzentrierte, dann und wann unterbrochen durch aufmunterndes Murmeln von Shay. Ich lehnte mich an die Wand neben der Tür, kam wieder zu Atem und zwang meine Gedanken unter Kontrolle.

Jeder Muskel in meinem Körper wollte hineinstürmen und mein Kind da rausholen, aber Shay war schließlich nicht komplett wahnsinnig – jedenfalls noch nicht –, und Holly war nicht in Gefahr. Mehr noch: Sie versuchte ihn zu einem Gespräch über Rosie zu bringen. Ich weiß aus leidvoller Erfahrung, wie hartnäckig Holly sein kann, hartnäckiger als so ziemlich jeder Mensch auf diesem Planeten. Und alles, was sie Shay entlockte, wanderte schnurstracks in mein Arsenal.

Holly sagte triumphierend: »Sechsundzwanzig, und in das letzte Becken kommen nur drei.«

»Ganz genau. Gut gemacht.«

»Hat jemand Rosie getötet, damit sie meinen Dad nicht heiratet?«

Kurzes Schweigen. »Hat er das gesagt?«

Dieser stinkende Widerling. Mit einer Hand umklammerte ich das Treppengeländer so fest, dass es weh tat. Holly sagte, mit einem Achselzucken in der Stimme: »Ich hab ihn nicht gefragt.«

»Keiner weiß, warum Rosie getötet wurde. Und jetzt ist es zu spät, das noch rauszufinden. Was geschehen ist, ist geschehen.«

Holly sagte mit der spontanen, herzzerreißenden, absoluten Zuversicht, die Neunjährige noch besitzen: »Mein Dad findet's raus.«

Shay sagte: »Ach ja?«

»Jawohl. Hat er gesagt.«

»Na ja«, sagte Shay und schaffte es immerhin, möglichst wenig Häme in seine Stimme zu legen. »Klar, dein Dad ist Polizist. Da muss er so denken. Jetzt schau mal hier: Wenn Desmond dreihundertzweiundvierzig Bonbons hat und er sie sich mit acht Freunden teilt, wie viele kriegt dann jeder?«

»Wenn im Buch ›Bonbons‹ steht, sollen wir ›Äpfel‹ oder ›Bananen‹ hinschreiben. Weil Bonbons ungesund sind. Ich finde das doof. Sind doch sowieso keine richtigen Bonbons.«

»Ist auch doof, aber das Ergebnis bleibt dasselbe. Also, wie viele Äpfel?«

Das gleichmäßige Schaben eines Stifts – inzwischen vernahm ich die leisesten Laute aus der Wohnung, wahrscheinlich sogar, wenn die zwei blinzelten. Holly sagte: »Was war mit Onkel Kevin?«

Wieder ein ganz kurzes Zögern, ehe Shay sagte: »Was soll mit ihm gewesen sein?«

»Hat ihn jemand getötet?«

Shay sagte: »Kevin«, und seine Stimme war so gepresst voll von einem schrecklichen Wust von Dingen, wie ich das noch bei keinem Menschen gehört hatte. »Nein. Niemand hat Kevin getötet.«

»Bestimmt?«

»Was sagt dein Dad denn?«

Wieder das Achselzucken. »Ich hab dir doch schon gesagt. Ich hab ihn nicht gefragt. Er redet nicht gerne über Onkel Kevin. Deshalb wollte ich dich ja fragen.«

»Kevin. Gott.« Shay lachte, ein harter, trostloser Klang. »Vielleicht bist du ja schon alt genug, um das zu verstehen, ich weiß nicht. Wenn nicht, musst du es dir eben merken, bis du alt genug bist. Kevin war ein Kind. Er ist nie erwachsen geworden. Siebenunddreißig Jahre alt, und er hat immer noch geglaubt, in der Welt läuft alles so, wie er sich das vorstellt. Er ist nie auf den Gedanken gekommen, dass die Welt ihren eigenen Gang gehen könnte, ob ihm der nun passt oder nicht. Und deshalb ist er im Dunkeln in ein baufälliges Haus spaziert, weil er davon ausgegangen ist, dass ihm schon nichts passiert, und stattdessen ist er aus einem Fenster gefallen. Schluss, aus.«

Ich spürte das Holz des Geländers unter meinem Griff knacken und nachgeben. Die Endgültigkeit in seiner Stimme verriet mir, dass er bis zum Ende seines Lebens bei dieser Version bleiben würde. Vielleicht glaubte er sie sogar selbst, obwohl ich das bezweifelte. Vielleicht hätte er sie irgendwann geglaubt, wenn er unbehelligt geblieben wäre.

»Was heißt baufällig?«

»Kaputt. Kurz vor dem Einsturz. Gefährlich.«

Holly dachte darüber nach. Sie sagte: »Er hätte trotzdem nicht sterben sollen.«

»Nein«, sagte Shay, aber die Vehemenz war aus seiner

Stimme gewichen, und er klang plötzlich ausgelaugt. »Er hätte nicht sterben sollen. Das hat keiner gewollt.«

»Aber jemand hat gewollt, dass Rosie stirbt. Nicht?«

»Nein, nicht mal sie. Manche Dinge passieren einfach.«

Holly sagte trotzig: »Wenn mein Dad sie geheiratet hätte, hätte er meine Mum nicht geheiratet und mich hätte es nie gegeben. Ich bin *froh*, dass sie gestorben ist.«

Das Flurlicht schaltete sich mit einem lauten Klacken aus – ich konnte mich nicht mal erinnern, es auf dem Weg nach oben angemacht zu haben –, und ich stand plötzlich mit rasendem Herzen im Dunkeln. Mit einem Mal wurde mir bewusst, dass ich Holly nie erzählt hatte, an wen Rosies Brief gerichtet gewesen war. Sie musste ihn selbst gesehen haben.

Und nur eine Sekunde später begriff ich, warum sie nach dem ganzen rührenden Gerede, sie wolle Zeit mit ihren Cousinen verbringen, heute ihre Mathehausaufgaben mitgebracht hatte. Weil sie nach einer Möglichkeit gesucht hatte, Shay unter vier Augen zu sprechen.

Holly hatte das alles sorgfältig geplant. Sie hatte dieses Haus betreten, schnurstracks ihr angestammtes Recht auf Falltürengeheimnisse und raffinierte mörderische Pläne angesteuert, hatte darauf gepocht und es für sich beansprucht.

Blut setzt sich durch, sagte die Stimme meines Vaters tonlos an meinem Ohr; und dann, mit rasiermesserscharfer Belustigung: *Du hältst dich also für einen besseren Dad*. Da hatte ich mich in selbstgerechter Empörung über Olivias und Jackies Heimlichkeiten gesuhlt, aber nichts, was die beiden hätten anders machen können, zu irgendeinem längst vergangenen Zeitpunkt, hätte uns hiervor bewahrt. Das hier fiel auf mich zurück. Ich hätte den Mond anheulen können wie ein Werwolf und mir selbst in die Handgelenke beißen, um das aus meinen Adern zu bekommen.

Shay sagte: »Sag so was nicht. Sie ist tot, vergiss sie. Lass sie in Frieden ruhen und konzentrier dich auf deine Matheaufgaben.«

Das leise Flüstern des Stifts auf Papier. »Zweiundvierzig?«

»Nein. Fang noch mal von vorne an, du bist abgelenkt.«

Holly sagte: »Onkel Shay?«

»Mmm?«

»Einmal, als ich hier war, hat doch dein Telefon geklingelt und du bist ins Schlafzimmer gegangen?«

Ich hörte ihr an, dass sie auf etwas Wichtiges hinauswollte. Und Shay hörte das auch: In seine Stimme schlich sich ein erster argwöhnischer Beiklang. »Ja, und?«

»Mir ist mein Bleistift abgebrochen, und ich konnte meinen Anspitzer nicht finden, weil Chloe sich den in Kunst geliehen hat. Ich hab ganz lange gewartet, aber du hast immer weitertelefoniert.«

Shay sagte, sehr sanft: »Und was hast du dann gemacht?«

»Ich hab nach einem anderen Stift gesucht. Da in der Kommode.«

Langes Schweigen, nur eine hysterisch kreischende Frauenstimme aus dem Fernseher von unten, gedämpft durch all die dicken Wände und schweren Teppiche und hohen Decken. Shay sagte: »Und da hast du was gefunden.«

Holly sagte beinah unhörbar: »Entschuldigung.«

Ich wäre fast durch die Tür gebrochen, ohne sie zu öffnen. Zweierlei hielt mich zurück. Erstens, Holly war neun Jahre alt. Sie glaubte an Feen, beim Weihnachtsmann war sie sich nicht so ganz sicher. Vor ein paar Monaten hatte sie mir erzählt, sie hätte, als sie noch klein war, öfter auf einem geflügelten Pferd Ausritte von ihrem Schlafzimmerfenster aus gemacht. Falls ihre Aussage je eine ernste Waffe werden sollte – falls ich irgendwann wollte, dass ihr noch jemand anders glaubte –, dann musste ich in der Lage sein, sie zu bestätigen. Ich musste es aus Shays Mund hören.

Zweitens, es bestand vorläufig kein Grund, mit blanker Waffe hineinzustürzen, um mein kleines Mädchen aus den Klauen des großen bösen Mannes zu retten. Ich starrte auf den hellen Lichtspalt rings um die Tür und lauschte, als wäre ich Millionen Meilen entfernt oder Millionen Jahre zu spät. Ich wusste haargenau, was Olivia denken würde, was jeder normale Mensch denken würde, und ich blieb still stehen und ließ Holly für mich die Drecksarbeit machen. Ich habe in meinem Leben schon viele fragwürdige Dinge getan, und keines davon hat mir nachts den Schlaf geraubt, aber das hier war etwas Besonderes. Falls es eine Hölle gibt, wird dieser Moment auf dem dunklen Flur der Grund sein, warum ich dort lande.

Shay sprach, als bekäme er schlecht Luft: »Hast du das irgendwem erzählt?«

»Nein. Ich wusste nicht mal, was es war, aber vor ein paar Tagen hab ich es rausgefunden.«

»Holly. Liebes. Hör gut zu. Kannst du ein Geheimnis für dich behalten?«

In Hollys Stimme lag etwas, das erschreckend nach Stolz klang: »Ich hab das schon vor einer Ewigkeit gesehen. Ich meine, vor Monaten und Monaten und Monaten, und ich hab keinem was gesagt.«

»Das stimmt, hast du nicht. Braves Mädchen.«

»Siehst du?«

»Ja, das seh ich. Und kannst du so weitermachen? Es für dich behalten?«

Schweigen.

Shay sagte: »Holly. Wenn du es jemandem erzählst, was meinst du, was dann passiert?«

»Dann kriegst du Ärger.«

»Vielleicht. Ich hab nichts Schlimmes getan – hörst du? –, aber so einige Leute werden das nicht glauben. Ich könnte ins Gefängnis kommen. Willst du das?«

Hollys Stimme sank tiefer, ein kleinlauter Ton Richtung Boden. »Nein.«

»Hab ich auch nicht gedacht. Und selbst wenn ich nicht ins Gefängnis komme, was passiert dann? Was, meinst du, wird dein Dad dazu sagen?«

Unsicheres zittriges Einatmen, kleines verwirrtes Mädchen. »Er wird böse werden?«

»Er wird fuchsteufelswild werden. Auf dich und auf mich, weil wir ihm nicht früher davon erzählt haben. Er wird dich nie wieder herkommen lassen; du wirst keinen von uns je wiedersehen dürfen. Deine Nana nicht, mich nicht, Donna nicht. Und er wird todsicher dafür sorgen, dass deine Mammy und Tante Jackie ihn diesmal nicht hinters Licht führen und dich heimlich herbringen.« Ein paar Sekunden, um das sacken zu lassen. »Was noch?«

»Nana. Sie wird sich aufregen.«

»Nana und deine Tanten und alle deine Cousinen und dein Cousin. Die werden alle ganz durcheinander sein. Keiner wird wissen, was los ist. Und manche werden dir nicht mal glauben. Es wird einen heiligen Krieg geben.« Wieder eine ominöse Pause. »Holly, Schätzchen. Willst du das etwa?«

»Nein ...«

»Natürlich nicht. Du möchtest jeden Sonntag herkommen und schöne Nachmittage mit uns allen verbringen, nicht? Du möchtest, dass deine Nana dir zum Geburtstag eine Biskuittorte backt, genau wie sie das für Louise gemacht hat, und dass Darren dir Gitarrespielen beibringt, wenn deine Hände groß genug dafür sind.« Die Worte glitten über sie hinweg, weich und verführerisch, umhüllten sie und ließen sie nicht mehr los. »Du möchtest doch, dass wir hier alle zusammen sind. Spaziergänge machen. Essen kochen. Lachen. Oder?«

»Ja. Wie eine richtige Familie.«

»Genau. Und in einer richtigen Familie hilft man sich gegenseitig. Dafür sind Familien da.«

Holly, die gute kleine Mackey, tat das Natürlichste von der Welt. Sie sagte, und es war noch immer bloß ein winziger Laut, aber schon unterlegt mit einer neuen Art von Gewissheit: »Ich erzähl's keinem.«

»Nicht mal deinem Dad?«

»Ja. Nicht mal dem.«

»Braves Mädchen«, sagte Shay so sanft und beruhigend, dass die Dunkelheit vor mir kochend rot wurde. »Braves Mädchen. Du bist meine liebste kleine Nichte, nicht wahr?«

»Ja.«

»Das wird unser ganz besonderes Geheimnis. Versprichst du mir das?«

Ich malte mir mehrere Möglichkeiten aus, jemanden umzubringen, ohne Spuren zu hinterlassen. Dann, ehe Holly es ihm versprechen konnte, holte ich tief Luft und stieß die Tür auf.

Sie gaben ein hübsches Bild ab. Shays Wohnung war sauber und spartanisch, fast soldatisch ordentlich: abgenutzte Dielen, verblasste olivgrüne Vorhänge, ein paar beliebige unscheinbare Möbel, kahle weiße Wände. Ich wusste von Jackie, dass er seit sechzehn Jahren hier wohnte, seit die verrückte Mrs Field gestorben war und die Wohnung frei wurde, aber es sah noch immer aus wie in einem Übergangsquartier. Er hätte innerhalb von zwei Stunden packen und ausziehen können, ohne eine Spur zu hinterlassen.

Er saß mit Holly an einem kleinen Holztisch. Ihre Bücher lagen aufgeschlagen vor ihnen, und sie sahen aus wie ein altes Gemälde: Vater und Tochter in ihrer Dachkammer, in egal welchem Jahrhundert, gemeinsam in irgendeine geheimnisvolle Geschichte vertieft. Im Lichtkegel einer Stehlampe strahlten sie wie Juwelen in dem tristen Zimmer, Hollys goldblonder Kopf und ihre rubinrote Strickjacke, das Dunkelgrün von Shays Pullover und der blauschwarze Schimmer seiner Haare. Er hatte einen Fußhocker unter den Tisch geschoben, damit Hollys Füße nicht baumelten. Der Hocker sah aus wie das Neuste im ganzen Raum.

Das reizende Bild währte nicht mal eine Sekunde. Dann zuckten sie zusammen wie zwei schuldbewusste Teenager, die beim Kiffen erwischt wurden. Holly sagte: »Wir machen Mathe! Onkel Shay hilft mir.«

Sie war knallrot und das personifizierte schlechte Gewissen, was mich beruhigte: Ich hatte schon befürchtet, sie wäre dabei, sich in eine eiskalte Superspionin zu verwandeln. Ich sagte: »Richtig, das hast du mir erzählt. Wie läuft's denn?«

»Ganz gut.« Sie schielte rasch zu Shay hinüber, aber der beobachtete mich aufmerksam und völlig ausdruckslos.

»Prima.« Ich schlenderte zu ihnen rüber und warf einen beiläufigen Blick über ihre Schultern. »Sieht gut aus, muss ich schon sagen. Hast du dich auch bei deinem Onkel bedankt?«

»Klar. Schon oft.«

Ich zog eine Augenbraue hoch und sah Shay an, der sagte: »Hat sie. Wirklich.«

»Na, das hör ich gern. Ich halte nämlich viel von guten Manieren.«

Holly hüpfte fast von ihrem Stuhl vor lauter Unsicherheit. »Daddy …«

Ich sagte: »Holly, Schätzchen, geh runter und mach deine Hausaufgaben unten bei Nana fertig. Wenn sie wissen will, wo dein Onkel Shay und ich bleiben, sag ihr, wir unterhalten uns ein bisschen und kommen gleich nach. Okay?«

»Okay.« Sie fing an, ihre Sachen in die Schultasche zu räumen, langsam. »Sonst sag ich ihr nichts. Richtig?«

Sie hätte jeden von uns beiden meinen können. Ich sagte: »Richtig. Das weiß ich doch, Liebes. Wir beide unterhalten uns später. Und jetzt ab mit dir. Schnell.«

Holly packte die restlichen Sachen ein und blickte noch einmal zwischen uns hin und her – schon allein das Durcheinander widersprüchlicher Gefühle auf ihrem Gesicht, während sie versuchte, etwas zu verstehen, was selbst einen Erwachsenen überfordert hätte, weckte in mir den Wunsch, Shay in die Kniescheibe zu schießen. Dann ging sie. Als sie an mir vorbeikam, schmiegte sie kurz ihre Schulter an meine Seite; ich wollte sie ganz fest in die Arme schließen, doch stattdessen strich ich über ihren weichen Kopf, legte eine Hand in ihr Genick und drückte es sacht. Wir lauschten ihren Schritten die Treppe hinunter, leichtfüßig wie eine Fee auf dem dicken Teppich, und hörten das Anschwellen von Stimmen, als sie in Mas Wohnung empfangen wurde.

Ich schloss die Tür hinter ihr und sagte: »Und ich hab mich schon gewundert, wieso sie auf einmal so gut dividieren kann. Ist das nicht komisch?«

Shay sagte: »Sie ist nicht dumm. Sie brauchte bloß ein bisschen Hilfe.«

»Oh, das weiß ich. Aber gekriegt hat sie sie von dir. Ich wollte dir unbedingt sagen, wie sehr ich das zu schätzen weiß.« Ich zog Hollys Stuhl aus dem hellen Lichtkegel und aus Shays Reichweite und setzte mich. »Nett hast du's hier.«

»Danke.«

»Meiner Erinnerung nach hatte Mrs Field die Wände mit Bildern von Pater Pio tapeziert, und es stank immer nach Nelkenbonbons. Seien wir ehrlich, alles ist besser als das.«

Shay lehnte sich langsam auf seinem Stuhl zurück und

nahm eine entspannt wirkende Haltung ein, doch seine Schultermuskulatur war zu Wülsten gespannt, wie bei einer Raubkatze vor dem Sprung. »Wo sind meine Manieren geblieben? Trinkst du was? Whiskey, ja?«

»Na, warum nicht. Macht Appetit vor dem Essen.«

Er kippelte mit dem Stuhl nach hinten, um bis ans Sideboard reichen zu können, und holte eine Flasche und zwei Gläser raus. »Eis?«

»Gerne. Wenn schon, denn schon.«

Seine Augen blitzten argwöhnisch auf, weil er mich dafür allein lassen musste, aber er hatte keine andere Wahl. Er nahm die Gläser mit in die Küche: das Öffnen der Gefrierfachtür, das Klimpern der Eiswürfel. Der Whiskey war gutes Zeug, Tyrconnell Single Malt. »Du hast Geschmack«, sagte ich.

»Was denn, überrascht dich das?« Shay kam zurück und ließ die Eiswürfel in den Gläsern kreisen, um sie zu kühlen. »Und bitte mich bloß nicht, ihn zu mixen.«

»Beleidige mich nicht.«

»Gut. Wer den mixen will, hat ihn nicht verdient.« Er goss jedem von uns drei Fingerbreit ein und schob mir mein Glas über den Tisch zu. *»Sláinte«*, sagte er und hob das andere.

Ich sagte: »Auf uns.« Die Gläser stießen klingend aneinander. Der Whiskey brannte golden auf dem Weg nach unten, Gerste und Honig. Meine ganze Wut war einfach verpufft; ich war ebenso kühl und beherrscht und bereit, wie ich es immer im Einsatz gewesen war. In der ganzen Welt gab es niemanden mehr außer uns zweien, die wir uns über den wackeligen Tisch hinweg taxierten, während das helle Lampenlicht Schatten wie Kriegsbemalung über Shays Gesicht warf und sich in allen Ecken massige Schattenberge auftürmten. Es fühlte sich total vertraut an, beinahe beruhigend, als hätten wir unser ganzes Leben für diesen Moment geübt.

»Und?«, sagte Shay. »Was ist das für ein Gefühl, zu Hause zu sein?«

»Einfach irre. Ich bin heilfroh, dabei zu sein.«

»Sag mal, war das dein Ernst, dass du von nun an regelmäßig kommen willst? Oder hast du das bloß gesagt, um Carmel aufzuheitern?«

Ich grinste ihn an. »Wofür hältst du mich? Natürlich hab ich das ernst gemeint. Und, bist du jetzt ganz aus dem Häuschen vor Freude?«

Einer von Shays Mundwinkeln zog sich nach oben. »Carmel und Jackie denken, du hättest deine Familie vermisst. Die können sich ja wohl auf einen Schock gefasst machen.«

»Ich bin gekränkt. Willst du damit sagen, mir liegt nichts an meiner Familie? An dir vielleicht nicht. Aber doch an den anderen.«

Shay lachte in sein Glas. »Genau. Du hast keinerlei Hintergedanken.«

»Ich will dir mal was verraten: Jeder Mensch hat Hintergedanken, immer. Aber zerbrich dir nicht dein hübsches Köpfchen. Ob mit oder ohne Hintergedanken, ich werde oft genug hier sein, um Carmel und Jackie bei Laune zu halten.«

»Gut. Erinnere mich daran, dass ich dir zeige, wie du Dad zum Klo und wieder runter bringst.«

Ich sagte: »Wo du ja nächstes Jahr nicht mehr so viel hier sein wirst. Wegen dem Fahrradladen und so.«

Irgendetwas flackerte tief in Shays Augen. »Ja. Genau.«

Ich prostete ihm zu. »Alle Achtung. Ich kann mir vorstellen, dass du dich darauf freust.«

»Ich hab's verdient.«

»Das hast du, und wie. Aber die Sache hat einen Haken: Ich werde öfter mal vorbeischauen, aber ich zieh auf keinen Fall hier ein.« Ich blickte mich amüsiert im Zimmer um. »Manche von uns führen nämlich ihr eigenes Leben, wenn du verstehst, was ich meine.«

Wieder dieses Flackern, aber er hielt seine Stimme ruhig. »Ich hab dich nicht gebeten, irgendwo einzuziehen.«

Ich zuckte die Achseln. »Tja, irgendeiner muss aber hier sein. Vielleicht wusstest du das noch nicht, aber Dad … Der will auf keinen Fall in ein Heim.«

»Und auch dazu hab ich dich nicht um deine Meinung gebeten.«

»Natürlich nicht. Aber wenn ich dir einen Tipp geben darf: Er hat mir gesagt, dass er einen Notfallplan hat. Wenn ich du wäre, würde ich seine Tabletten abzählen.«

Der Funke flammte auf. »Moment mal. Willst du mir was über meine Pflichten Dad gegenüber erzählen? Du?«

»Himmel, nein. Ich geb dir nur eine kleine Info. Schließlich will ich nicht, dass du mit Schuldgefühlen leben musst, falls da was schiefläuft.«

»Was für Schuldgefühle denn? Zähl du doch seine Tabletten, wenn du das für nötig hältst. Ich hab mein Leben lang für euch alle gesorgt. Damit ist jetzt Schluss.«

Ich sagte: »Weißt du was? Früher oder später musst du dich mal von dieser fixen Idee verabschieden, dass du unser aller Retter in der Not warst. Versteh mich nicht falsch, es ist ganz unterhaltsam, dir dabei zuzusehen, aber zwischen Illusion und Wahnvorstellung verläuft ein schmaler Grat, und auf dem tänzelst du rum.«

Shay schüttelte den Kopf. »Du hast keine Ahnung«, sagte er. »Du hast absolut keine Ahnung.«

Ich sagte: »Nein? Kevin und ich haben uns neulich mal darüber unterhalten, wie du für uns gesorgt hast. Und weißt du, was uns als Allererstes einfiel? Dass du uns beide im Keller von Nummer sechzehn eingesperrt hast. Da war Kev wie alt, zwei, höchstens drei? Selbst dreißig Jahre später wollte er noch nicht da reingehen. In der Nacht damals hatte Kevin ganz doll das Gefühl, dass du für ihn sorgst.«

Shay warf sich nach hinten, was den Stuhl gefährlich ins Wanken brachte, und lachte auf. Das Lampenlicht verwandelte seine Augen und den Mund in formlose schwarze Löcher. »In der Nacht«, sagte er. »Herrgott, ja. Willst du wissen, was in der Nacht passiert ist?«

»Kevin hat sich in die Hose gemacht. Er war praktisch katatonisch. Ich hab mir die Hände halb zerfetzt, weil ich versucht hab, die Bretter von den Fenstern zu reißen, damit wir rauskonnten. Das ist passiert.«

Shay sagte: »Dad war an dem Tag gefeuert worden.«

Dad wurde regelmäßig gefeuert, als wir noch Kinder waren, bis ihn so gut wie keiner mehr einstellte. Diese Tage waren uns allen ein Gräuel, vor allem weil er meistens zusammen mit der Kündigung einen Wochenlohn bekam. Shay sagte: »Es wird spät, er ist immer noch nicht zu Hause. Also bringt Ma euch ins Bett – da haben wir noch zu viert auf den Matratzen im hinteren Zimmer geschlafen, ehe dann noch Jackie kam und die Mädchen ein eigenes Zimmer kriegten –, und sie schimpft und zetert vor sich hin: Diesmal lässt sie ihn vor verschlossener Tür stehen, soll er doch in der Gosse schlafen, wo er hingehört, hoffentlich wird er zusammengeschlagen und überfahren und ins Gefängnis gesteckt, alles auf einmal. Kevin flennt, weil er zu seinem Daddy will, weiß der Geier, wieso, und sie sagt zu ihm, wenn er nicht die Klappe hält und endlich einschläft, kommt Daddy nie wieder nach Hause. Ich frage, was wir dann machen sollen, und sie sagt: ›Dann bist du der Mann im Haus; dann musst du für uns sorgen. Das könntest du sowieso besser als dieser Schweinehund.‹ Wenn Kev zwei war, wie alt war ich dann? Acht, oder?«

Ich sagte: »Wieso hab ich mir schon gedacht, dass du am Ende in dieser Geschichte der Märtyrer bist?«

»Und dann geht Ma schlafen: Träumt was Schönes, Kinder. Ich weiß nicht, wie spät es ist, als Dad nach Hause kommt und die Tür eintritt. Ich und Carmel rennen ins Wohnzimmer, und da schmeißt Dad das Hochzeitsporzellan gegen die Wand, ein Teil nach dem anderen. Ma hat das ganze Gesicht voll Blut, sie schreit ihn an, er soll aufhören, und beschimpft ihn wüst. Carmel rennt zu ihm und will ihn festhalten, und er scheuert ihr eine, so fest, dass sie durchs Zimmer fliegt. Er fängt an zu toben, wir verdammten Kinder hätten sein Leben ruiniert, er sollte uns ertränken wie Katzen, uns die Kehle durchschneiden, wieder ein freier Mann sein. Und glaub mir: Es war ihm bitterernst.«

Shay goss sich noch einen Fingerbreit Whiskey ein und hob die Flasche in meine Richtung. Ich schüttelte den Kopf.

»Wie du willst. Er stürmt also Richtung Schlafzimmer, um uns allesamt auf der Stelle abzuschlachten. Ma springt ihn an, um ihn zurückzuhalten, und schreit mir zu, ich soll die Kleinen rausschaffen. Ich bin ja schließlich der Mann im Haus, nicht? Also reiß ich dich aus dem Bett und sage, dass wir wegmüssen. Du nörgelst und quengelst: wieso denn, ich will nicht, kommandier mich nicht rum … Ich weiß, dass Ma Dad nicht lange aufhalten kann, also knall ich dir eine, schnappe mir Kev und schleif dich am Kragen von deinem T-Shirt mit. Wo sollte ich euch hinbringen? Aufs nächste Polizeirevier?«

»Wir hatten Nachbarn. Jede Menge sogar.«

Glühender Ekel erhellt sein ganzes Gesicht. »Au ja. Unsere Familienprobleme vor der ganzen Straße ausbreiten, ihnen so viel Futter liefern, dass es für den Rest ihres Lebens reicht. Hättest du das gemacht?« Er kippte einen kräftigen Schluck Whiskey in sich hinein und schüttelte ruckartig den Kopf, das

Gesicht zu einer Grimasse verzogen. »Ja, du vielleicht. Aber ich hätte mich mein ganzes Leben lang geschämt. Schon mit acht war ich dafür zu stolz.«

»Mit acht war ich das auch. Heute als Erwachsener ist mir eher schleierhaft, wie man darauf stolz sein kann, seine kleinen Brüder in einer Todesfalle einzusperren.«

»Es war das Beste, was mir für euch einfiel, verdammt nochmal. Du denkst, ihr beide hattet eine schlimme Nacht? Ihr musstet bloß in Deckung bleiben, bis Dad aus den Latschen gekippt ist und ich euch zurückholen konnte. Ich hätte alles dafür gegeben, mit euch in dem schönen sicheren Keller zu bleiben, aber nein: Ich musste hierher zurück.«

Ich sagte: »Also schön, schick mir die Rechnung für deine Therapiesitzungen. Geht's dir darum?«

»Ich hab dein Scheißmitleid nicht nötig. Ich sag dir nur eins: Erwarte nicht von mir, dass ich mich in Schuldgefühlen wälze, weil du mal vor zig Jahren ein paar Minuten im Dunkeln hocken musstest.«

Ich sagte: »Bitte erzähl mir nicht, dass diese kleine Anekdote für dich die Entschuldigung war, zwei Menschen umzubringen.«

Es folgte sehr langes Schweigen. Dann sagte Shay: »Wie lange hast du an der Tür gelauscht?«

Ich sagte: »Ich hätte kein einziges Wort mithören müssen.«

Nach einem Moment sagte er: »Holly hat dir irgendwas erzählt.«

Ich antwortete nicht.

»Und du glaubst ihr.«

»Na, hör mal, sie ist meine Tochter. Auch wenn du das sentimental findest.«

Er schüttelte den Kopf. »Das hab ich nicht gesagt. Ich sage nur, dass sie ein Kind ist.«

»Deswegen ist sie noch lange nicht dumm. Oder eine Lügnerin.«

»Nein. Aber deswegen hat sie eine blühende Phantasie.«

Ich habe mir schon so manche Beleidigung anhören müssen, in Bezug auf alles Mögliche, von meiner Manneskraft bis hin zu den Genitalien meiner Mutter, und ich habe nicht ein einziges Mal mit der Wimper gezuckt, aber bei der Vorstellung, dass ich Hollys Wort aufgrund von Shays Behauptungen anzweifeln sollte, kletterte mein Blutdruck wieder nach oben. Ich sagte, ehe er das merken konnte: »Ich will eins klarstellen: Holly hat mir überhaupt nichts erzählen müssen. Ich weiß genau, was du mit Rosie und Kevin gemacht hast. Ich weiß es schon länger, als du ahnst.«

Nach einem Moment kippelte Shay erneut mit seinem Stuhl nach hinten, griff ins Sideboard und holte ein Päckchen Zigaretten und einen Aschenbecher heraus: Er rauchte auch nicht in Hollys Gegenwart. Er löste in aller Ruhe das Zellophan von der Packung, klopfte das Ende seiner Zigarette auf den Tisch, zündete sie an. Er überlegte, sortierte seine Gedanken und trat zurück, um sich anzuschauen, welche neuen Muster sie ergaben. Schließlich sagte er: »Du hast drei unterschiedliche Dinge in der Hand. Einmal das, was du weißt. Dann das, was du meinst zu wissen. Und das, was du verwenden kannst.«

»Sag bloß, Sherlock. Und?«

Ich sah, wie er eine Entscheidung traf, sah, wie seine Schultern sich bewegten und anspannten. Er sagte: »Damit eins klar ist: Ich bin nicht in das Haus gegangen, um deiner Freundin irgendwas zu tun. Hab im Traum nicht dran gedacht, bis es passiert ist. Ich weiß, dass du mich hier als den bösen Schurken sehen willst. Ich weiß, dass das prima zu allem passen würde, was du schon immer geglaubt hast. Aber so war es nicht. So einfach war es nie.«

»Dann klär mich auf. Warum bist du hingegangen, was zum Teufel hattest du vor?«

Shay stützte die Ellbogen auf den Tisch, schnippte Asche von seiner Zigarette, sah zu, wie die orangerote Glut aufglimmte und wieder verblasste. »Als ich in dem Fahrradladen angefangen hab«, sagte er, »hab ich von der ersten Woche an von meinem Lohn jeden Penny gespart, den ich sparen konnte. Hab das Geld in einem Umschlag aufbewahrt, der auf der Rückseite von dem Farrah-Fawcett-Poster klebte, weißt du noch? Damit du es mir nicht klaust, oder Kevin, oder Dad.«

Ich sagte: »Ich hab mein Geld in meinem Rucksack verwahrt. Mit Klebeband im Innenfutter.«

»Ja. Es blieb nicht viel übrig, wenn ich Ma Geld gegeben und mir noch ein paar Bierchen gegönnt hatte, aber es war die einzige Möglichkeit, die mir blieb, um in dieser Wohnung nicht durchzudrehen. Und jedes Mal, wenn ich es zählte, hab ich mir gesagt, bis ich genug für eine Anzahlung auf eine möblierte Wohnung zusammenhätte, wärst du alt genug, um dich um die Kleinen zu kümmern. Carmel würde dich unterstützen – sie ist eine vernünftige Frau, war sie schon immer. Ihr zwei hättet das schon hingekriegt, bis Kevin und Jackie alt genug gewesen wären, um allein zurechtzukommen. Ich wollte bloß eine kleine Wohnung für mich, um auch mal ein paar Kumpel einladen zu können. Eine Freundin mit nach Hause nehmen. Wo ich richtig hätte durchschlafen können, ohne immer mit einem Ohr auf Dad zu lauschen. Ein bisschen Ruhe und Frieden.«

Es lag so viel alte, ermattete Sehnsucht in seiner Stimme, dass ich glatt Mitleid mit ihm hätte haben können, wenn ich es nicht besser gewusst hätte. »Ich war fast so weit«, sagte er. »Ich war ganz nah dran. Gleich im neuen Jahr wollte ich anfangen, mir eine Wohnung zu suchen … Und dann verlobte sich Carmel. Ich wusste, dass sie möglichst schnell heiraten wollte, sobald sie das Darlehen von der Bank hätten. Ich hab's ihr nicht übelgenommen. Sie hatte die Chance rauszukommen genauso verdient wie ich. Die hatten wir uns weiß Gott beide verdient. Damit bliebst du.«

Er warf mir über den Rand seines Glases einen müden, finsteren Blick zu. Es lag keine brüderliche Liebe darin, kaum Wiedererkennen. Er sah mich an, als wäre ich ein großer schwerer Gegenstand, der immer wieder mitten auf der Straße auftauchte und ihm in den denkbar ungeeignetsten Augenblicken schmerzhaft gegen die Schienbeine knallte. »Bloß«, sagte er, »du hast das nicht so gesehen. Als Nächstes fand ich heraus, dass du auch vorhattest abzuhauen – noch dazu nach London. Ich wäre schon mit Ranelagh zufrieden gewesen. Scheiß auf deine Familie, ja? Scheiß auf deine Verantwortung, und scheiß auf meine Chance rauszukommen. Unseren Francis interessiert nur eins, nämlich dass er seine Tussi bumsen kann.«

Ich sagte: »Mich interessierte, dass Rosie und ich glücklich sein würden. Gut möglich, dass wir die zwei glücklichsten Menschen auf dem Planeten geworden wären. Aber das konntest du uns ja nicht gönnen.«

Shay lachte Rauch aus seiner Nase. »Ob du's glaubst oder nicht«, sagte er, »fast hätte ich's getan. Klar, ich wollte dich windelweich prügeln, ehe du abhaust, ich wollte dich voll mit blauen Flecken auf die Fähre schicken, in der Hoffnung, dass die Briten dir am anderen Ende ordentlich Schwierigkeiten machen, weil du verdächtig aussiehst. Aber ich wollte dich gehen lassen. In drei Jahren wäre Kevin achtzehn gewesen, und dann hätte er sich um Ma und Jackie kümmern können. Ich dachte mir, so lange würde ich noch durchhalten. Aber dann ...«

Seine Augen glitten ab, zum Fenster und den dunklen Dächern und der funkelnden Kitschorgie der Hearnes. »Dad hat dazwischengefunkt«, sagte er. »An demselben Abend, an dem ich das mit dir und Rosie herausfand: Das war der Abend, als er auf der Straße vor dem Haus der Dalys völlig durchgedreht ist und die Bullen kommen mussten … Ich hätte noch drei Jahre auf die Reihe gekriegt, wenn alles beim Alten geblieben wäre. Aber er wurde immer schlimmer. Du warst nicht dabei, du hast es nicht gesehen. Ich hatte die Schnauze voll. Der Abend, das war einfach zu viel.«

Ich kam von meiner Schwarzarbeit für Wiggy und fühlte mich wie im siebten Himmel. Faithful Place war hell erleuchtet, überall Stimmengemurmel; Carmel fegte zerbrochenes Porzellan zusammen, Shay versteckte die scharfen Messer. Die ganze Zeit hatte ich gewusst, dass dieser Abend eine entscheidende Rolle gespielt hatte. Zweiundzwanzig Jahre lang hatte ich gedacht, dass Rosie es sich deshalb anders überlegt hatte. Nie war mir der Gedanke gekommen, dass der Abend für andere noch weit verheerender gewesen war als für sie.

Ich sagte: »Also hast du beschlossen, Rosie unter Druck zu setzen, damit sie mich abserviert.«

»Nicht unter Druck setzen. Ihr sagen, sie soll die Finger von dir lassen. Das ja. Das war mein gutes Recht.«

»Anstatt mit mir zu reden. Welcher Mann versucht denn, seine Probleme zu lösen, indem er ein Mädchen einschüchtert?«

Shay schüttelte den Kopf. »Ich hätte dich mir vorgeknöpft, wenn ich gedacht hätte, dass es was nützen würde. Denkst du denn, es hat mir *Spaß* gemacht, mit irgendeiner Tusse über unsere Familienangelegenheiten zu quatschen, bloß weil sie dich an den Eiern hatte? Aber ich kannte dich. Von alleine wärst du nie auf den Trichter gekommen, nach London zu gehen. Du warst doch noch ein Kind, ein großes, dummes

Kind; für so eine große Sache hattest du weder den Grips noch den Mut. Ich wusste, London musste Rosies Idee gewesen sein. Ich wusste, ich hätte dich anflehen können zu bleiben, bis ich schwarz werde, und du wärst ihr trotzdem überallhin gefolgt. Und ich wusste, ohne sie kämst du niemals weiter als bis zur Grafton Street. Deshalb wollte ich sie abpassen.«

»Und das hast du ja dann auch getan.«

»War nicht schwer. Ich wusste, in welcher Nacht ihr loswolltet, und ich wusste, dass sie vorher in Nummer sechzehn musste. Ich bin wach geblieben, hab beobachtet, wie du verschwunden bist, und bin dann hinten raus und über die Mauern.«

Er zog an seiner Zigarette. Durch die Rauchschwaden hindurch waren seine Augen schmal und wach, voller Erinnerungen. »Ich hätte vielleicht Angst gekriegt, dass ich sie verpasst hatte, aber vom oberen Fenster aus konnte ich dich sehen. Wie du da unter der Straßenlampe standest, mit Rucksack und allem, du kleiner Ausreißer. Niedlich.«

Irgendwo in den hinteren Regionen meines Kopfes wurde der Drang, ihm die Zähne einzuschlagen, wieder stärker. Jene Nacht war unsere gewesen, meine und Rosies: unsere geheime schimmernde Seifenblase, die wir gemeinsam in monatelanger Arbeit erschaffen hatten, um in ihr davonzusegeln. Shay hatte mit seinen dreckigen Fingern jeden Zentimeter davon beschmiert. Ich fühlte mich, als hätte er Rosie und mich beim Küssen beobachtet.

Er sagte: »Sie kam auf demselben Weg rein, den ich genommen hatte, durch die Gärten. Ich hab mich in einer Ecke versteckt und bin ihr in das obere Zimmer gefolgt. Ich dachte, ich jag ihr einen ordentlichen Schrecken ein, aber sie hat kaum mit der Wimper gezuckt. Sie hatte jedenfalls Mumm, das muss man ihr lassen.«

Ich sagte: »Ja. Den hatte sie.«

»Ich hab sie nicht bedroht. Ich hab ihr bloß alles erklärt. Dass du eine Verpflichtung deiner Familie gegenüber hättest, ob dir das nun passen würde oder nicht. Dass ihr in zwei Jahren, wenn Kevin alt genug wäre, Gott weiß wohin gehen könntet, London, Australien, das wäre mir scheißegal. Aber dass du bis dahin hierbleiben müsstest. Geh nach Hause, hab ich gesagt. Wenn du dir nicht vorstellen kannst, noch ein paar Jährchen zu warten, such dir einen anderen; wenn du nach England willst, bitte sehr. Aber lass die Finger von unserem Francis.«

Ich sagte: »Wie ich Rosie kenne, war sie bestimmt nicht begeistert davon, dass du sie rumkommandieren wolltest.«

Shay lachte, ein bitteres kurzes Schnauben, und drückte seine Zigarette aus. »Was du nicht sagst. Frauen mit großer Klappe machen dich an, was? Zuerst hat sie mich ausgelacht, hat gesagt, ich soll lieber selbst nach Hause gehen und zusehen, dass ich meinen Schönheitsschlaf kriege, sonst würde ich den Ladys nicht mehr gefallen. Aber als sie gemerkt hat, dass es mir ernst war, ist sie ausgerastet. Sie ist nicht laut geworden, Gott sei Dank, aber sie hat ganz schön rumgetobt.«

Sie war wohl auch deshalb nicht laut geworden, weil sie wusste, dass ich bloß ein paar Meter weit weg war, auf der anderen Seite der Mauer, wartend, lauschend. Wenn sie nach mir geschrien hätte, wäre ich bestimmt rechtzeitig bei ihr gewesen. Aber Rosie: Um Hilfe zu rufen wäre ihr nie eingefallen. Sie hatte sich durchaus zugetraut, mit diesem Wichser allein fertigzuwerden.

»Ich seh sie noch immer da stehen und rumzetern: Kümmer dich um deinen eigenen Kram und geh mir nicht auf den Geist, nicht unser Problem, wenn du dein Leben nicht auf die Reihe kriegst, dein Bruder ist zehnmal mehr wert als du, du dämlicher Vollidiot, blablabla … Ich hab dir einen Gefallen getan, dass ich dir das für den Rest deines Lebens erspart habe.«

Ich sagte: »Ich schreib dir ein Dankeskärtchen, versprochen. Aber jetzt sag mal: Was war letztlich der Auslöser?«

Shay fragte nicht: *Der Auslöser wofür?* Diese Art von Spiel hatten wir längst hinter uns. Er sagte, und in den Winkeln seiner Stimme steckten noch immer die Überreste jener alten, hilflosen Wut: »Ich hab immer noch versucht, mit ihr zu reden. So verzweifelt war ich: Ich hab versucht, ihr zu erklären, wie Dad war. Was für ein Gefühl das war, das tagtäglich erleben zu müssen. Was er alles machte. Ich wollte bloß, dass sie mir kurz zuhört. Verstehst du? Einfach mal *zuhört.*«

»Und sie wollte nicht. Menschenskind, was für eine freche Göre.«

»Sie wollte einfach gehen. Ich stand in der Tür, sie hat gesagt, ich soll ihr aus dem Weg gehen, ich hab sie gepackt. Nur damit sie dablieb, irgendwie. Und dann …« Er schüttelte den Kopf, sein Blick huschte über die Decke. »Ich hatte noch nie ein Mädchen geschlagen, hatte nie den Impuls. Aber sie hat einfach nicht ihre verdammte Klappe gehalten, hat einfach nicht aufgehört. Sie hat mit Zähnen und Klauen gekämpft, das kann ich dir sagen, sie hat ganz schön ausgeteilt. Ich war voller Kratzer und blauer Flecken, hinterher. Das Miststück hätte mir fast ein Knie in die Eier gerammt.«

Ich hatte vermeintliche Sexgeräusche gehört und dabei in den Himmel gegrinst und an Rosie gedacht. »Ich wollte bloß, dass sie stillhält und zuhört. Ich hab sie gepackt und gegen die Wand gestoßen. Eine Sekunde vorher hatte sie mir noch gegen das Schienbein getreten und versucht, mir die Augen auszukratzen …«

Schweigen. Shay sagte zu den Schatten, die sich in den Ecken sammelten: »Ich hab nie gewollt, dass es so endet.«

»Es ist einfach passiert.«

»Ja. Es ist einfach passiert. Als ich gemerkt hab …«

Wieder ein schnelles, ruckartiges Kopfschütteln, wieder Schweigen. Er sagte: »Hinterher. Als ich halbwegs wieder bei Verstand war. Ich konnte sie nicht da liegen lassen.«

Dann kam der Keller. Shay war stark, aber Rosie war mit Sicherheit schwer gewesen; meine Gedanken verfingen sich jäh an den Geräuschen, während er sie die Treppe runterschaffte, Fleisch und Knochen auf Zement. Das Licht einer Taschenlampe, die Brechstange und die Betonplatte. Shays wildes Atmen und die Ratten, die sich neugierig in den entferntesten Ecken rührten, blindleuchtende Augen. Die Form ihrer Finger, locker auf der feuchten Erde gekrümmt.

Ich sagte: »Der Abschiedsbrief. Hast du ihre Taschen durchsucht?« Seine Hände, die über ihren leblosen Körper glitten: Ich hätte ihm mit den Zähnen die Kehle aufgebissen. Vielleicht wusste er das. Seine Lippe verzog sich entrüstet. »Wofür hältst du mich eigentlich? Ich hab sie nicht angerührt, nur, um sie runterzubringen. Der Abschiedsbrief lag im oberen Zimmer auf dem Boden, wo sie ihn hingelegt hatte – sie war gerade dabei, als ich dazukam. Ich hab ihn gelesen. Und ich hab mir gedacht, dass der zweite Teil ruhig da liegen bleiben konnte, falls sich jemand fragte, wo sie hin war. Es kam mir vor wie …« Ein tonloses Ausatmen, fast ein Lachen. »Es kam mir vor wie Schicksal. Gott. Ein Zeichen.«

»Wieso hast du den ersten Teil behalten?«

Achselzucken. »Was sollte ich denn sonst damit machen? Ich hab ihn eingesteckt und wollte ihn später loswerden. Und dann hab ich gedacht, wer weiß, vielleicht wird er sich noch mal als nützlich erweisen.«

»Und das hat er. Bei Gott, das hat er. Ist dir das auch wie ein Zeichen vorgekommen?«

Er überging die Frage. »Du standst noch immer oben an der Straße. Ich hab mir gedacht, du würdest bestimmt noch ein oder zwei Stunden abwarten und dann aufgeben. Also bin ich nach Hause.« Dieses langgezogene Rascheln, das sich durch die Gärten bewegte, während ich wartete und allmählich Angst bekam.

Ich hätte Jahre meines Lebens dafür gegeben, ihn so manches zu fragen. Was war das Letzte gewesen, was sie gesagt hatte; ob ihr bewusst war, was passierte; ob sie Angst gehabt hatte, Schmerzen, am Ende doch noch versucht hatte, nach mir zu rufen. Aber selbst wenn es auch nur den Hauch einer Chance gegeben hätte, dass er darauf antworten würde, ich brachte es nicht über mich.

Stattdessen sagte ich: »Du musst ja stinksauer gewesen sein, als ich nicht mehr nach Hause kam. Ich bin ja dann doch über die Grafton Street rausgekommen. Nicht bis London, aber weit genug. Überraschung: Du hast mich unterschätzt.«

Shays Mund zuckte. »Eher überschätzt. Ich hatte gedacht, wenn deine Alte erst mal weg wäre, würdest du kapieren, dass deine Familie dich braucht.« Er beugte sich über den Tisch vor, das Kinn vorgeschoben, und seine Stimme wurde gepresster. »Und du warst es uns schuldig. Mir und Ma und Carmel, wir drei hatten dich dein ganzes Leben lang gut versorgt und beschützt. Wir haben uns zwischen dich und Dad gestellt. Carmel und ich sind früher von der Schule runter, damit du einen anständigen Abschluss machen konntest. Wir hatten ein verdammtes Recht auf dich. Diese Rosie Daly hatte kein Recht, das kaputt zu machen.«

»Und deshalb hattest du das Recht, sie zu ermorden.«

Shay biss sich auf die Unterlippe und griff wieder nach seinen Zigaretten. Er sagte lapidar: »Nenn es, wie du willst. Ich weiß, was passiert ist.«

»Alle Achtung. Und wie war das mit Kevin? Wie würdest du das nennen? War das Mord?«

Shays Gesicht verschloss sich, mit einem Klirren wie ein Eisentor. Er sagte: »Ich habe Kevin nie was getan. Niemals. Ich würde mich nie an meinem eigenen Bruder vergreifen.«

Ich lachte laut auf. »Ja, klar. Und wieso ist er dann aus dem Fenster geflogen?«

»Gefallen. Es war dunkel, er war betrunken, das Haus ist nicht sicher.«

»Da hast du verdammt recht. Und Kevin wusste das. Also was hatte er da überhaupt zu suchen?«

Achselzucken, leerer blauer Starrblick, Feuerzeugschnippen. »Woher soll ich das wissen? Ich hab gehört, manche Leute meinen, er hatte ein schlechtes Gewissen. Und ziemlich viele Leute denken, er wollte sich mit dir treffen. Ich glaube eher, er war vielleicht auf irgendwas gestoßen, das ihm keine Ruhe ließ, und hat versucht, sich einen Reim drauf zu machen.«

Er war zu clever, um von allein darauf zu sprechen zu kommen, dass der Brief in Kevins Tasche gefunden worden war, und intelligent genug, um das Gespräch trotzdem in diese Richtung zu steuern. Der Drang, ihm die Zähne einzuschlagen, wuchs unaufhaltsam. Ich sagte: »Das ist also die Version, bei der du bleiben willst.«

Shay sagte so endgültig wie eine zufallende Tür: »Er ist gestürzt. So ist es gewesen.«

Ich sagte: »Ich erzähl dir jetzt mal meine Version.« Ich nahm eine von Shays Zigaretten, goss mir noch einen Schuss Whiskey ein und lehnte mich ins Halbdunkel zurück. »Es waren einmal vor langer Zeit drei Brüder, genau wie im Märchen. Und eines Nachts wachte der Jüngste auf, und irgendwas war anders: Er hatte das Schlafzimmer für sich allein. Die beiden anderen Brüder waren weg. Das war an und für sich keine große Sache, nicht zum damaligen Zeitpunkt, aber es war doch so ungewöhnlich, dass er sich am nächsten Morgen daran erinnerte, als nur ein Bruder wieder nach Hause gekommen war. Der andere kehrte nicht zurück – jedenfalls zweiundzwanzig Jahre lang nicht.«

Shays Gesicht war reglos geblieben, kein einziger Muskel zuckte. Ich sagte: »Als der verlorene Bruder endlich nach Hause kam, suchte er nach einem toten Mädchen, und er fand es. Sogleich dachte der Jüngste zurück und erinnerte sich plötzlich an die Nacht, in der sie gestorben war. Das war die Nacht, in der seine beiden Brüder verschwunden waren. Einer von ihnen war in jener Nacht aufgebrochen, um sie zu lieben. Der andere war aufgebrochen, um sie zu töten.«

Shay sagte: »Ich hab dir doch schon gesagt: Ich wollte ihr nichts tun. Und du denkst, dass Kev so clever war, sich das alles zusammenzureimen? Das soll wohl ein Witz sein.«

Die barsche Erbitterung in seiner Stimme ließ erkennen, dass ich nicht der Einzige war, der sein Temperament mühsam zügeln musste, und das war gut zu wissen. Ich sagte: »War nicht besonders schwierig. Und es hat den armen Kerl völlig fertiggemacht, als er die Sache allmählich durchblickte. Schließlich wollte er es nicht glauben, verstehst du? Er konnte den Gedanken nicht ertragen, dass sein eigener Bruder ein Mädchen ermordet hatte. Ich würde sagen, er hat seinen letzten Tag auf Erden damit verbracht, verzweifelt nach irgendeiner anderen Erklärung zu suchen. Er hat mich zigmal angerufen, weil er gehofft hat, ich würde ihm eine liefern oder ihm wenigstens den ganzen Mist abnehmen.«

»Geht es darum? Du hast ein schlechtes Gewissen, weil du die Anrufe deines kleinen Bruders nicht angenommen hast, und jetzt suchst du nach einer Möglichkeit, mir die Schuld in die Schuhe zu schieben?«

»Ich hab mir deine Version angehört. Jetzt lässt du mich meine zu Ende erzählen. Sonntagabend war Kev schließlich mit den Nerven fertig. Und, wie du selbst gesagt hast, er hatte die Weisheit noch nie mit Löffeln gefressen. Das Einzige, was ihm einfiel, war die direkteste Lösung, Gott steh ihm bei, die ehrlichste, nämlich mit dir zu reden, von Mann zu Mann, und sich anzuhören, was du zu sagen hattest. Und als du ihm gesagt hast, er sollte sich mit dir in Nummer sechzehn treffen, ist der arme Tropf schnurstracks reinmarschiert. Eins würde ich gern wissen, denkst du, er wurde adoptiert? Oder war er bloß irgendeine irre Mutation?«

Shay sagte: »Er war behütet. Das war er. Sein ganzes Leben lang.«

»Aber nicht letzten Sonntag. Letzten Sonntag war er verflucht angreifbar, und er wähnte sich vollkommen sicher. Du hast ihm diesen ganzen selbstgerechten Quatsch erzählt, von wegen Verantwortung gegenüber der Familie und eigene Wohnung und so, alles, was du mir verklickert hast. Aber nichts davon hat Kevin überzeugt. Er hat nur die Fakten verstanden, klar und einfach: Du hast Rosie Daly getötet. Und damit kam er nicht klar. Was hat er gesagt, das dich dermaßen in Rage gebracht hat? Hatte er vor, es mir zu erzählen, sobald er mich erreicht hätte? Oder hast du gar nicht erst weiter gefragt, ehe du ihn auch noch umgebracht hast?«

Shay rutschte auf seinem Stuhl hin und her, die unkontrollierte Bewegung eines Menschen, der in der Falle sitzt, saß dann wieder still. Er sagte: »Du kapierst überhaupt nichts, was? Keiner von euch hat je was kapiert.«

»Dann sei bitte so gut und klär mich auf. Fang am besten damit an, wie du ihn dazu gebracht hast, den Kopf aus dem Fenster zu strecken. Das war ein netter kleiner Trick. Würde mich wirklich interessieren, wie du das hingekriegt hast.«

»Wer sagt denn, dass ich das war?«

»Komm schon, Shay, raus mit der Sprache. Ich sterbe vor Neugier. Als du gehört hast, wie sein Schädel aufplatzte, bist du da erst noch ein Weilchen oben geblieben oder bist du gleich runter und hast ihm den Brief in die Tasche gesteckt? Hat er sich noch bewegt, als du unten ankamst? Gestöhnt? Hat er dich erkannt? Hat er um Hilfe gebettelt? Hast du da in dem Garten abgewartet, bis er tot war?«

Shay saß jetzt über den Tisch gebeugt, die Schultern hochgezogen und den Kopf gesenkt, wie ein Mann, der gegen starken Wind ankämpft. Er sagte leise: »Nachdem du abgehauen bist, hab ich zweiundzwanzig Jahre gebraucht, um wieder eine Chance zu kriegen. *Zweiundzwanzig verdammte Jahre*. Kannst du dir vorstellen, wie die waren? Ihr vier wart alle auf und davon, habt euch in eurem Leben eingerichtet, habt geheiratet, Kinder gekriegt, wie ganz normale Leute, rundum zufrieden. Und ich hier, *hier*, in diesem *beschissenen* Haus –« Sein Kiefer mahlte, und sein Finger pochte wieder und wieder auf die Tischplatte. »Ich hätte das auch alles haben können. Ich hätte –«

Er fand die Beherrschung einigermaßen wieder, atmete mit einem tiefen Röcheln ein und zog gierig an seiner Zigarette. Seine Hände zitterten.

»Jetzt habe ich wieder eine Chance. Es ist nicht zu spät dafür. Ich bin noch jung genug. Ich kann den Fahrradladen in Schwung bringen, eine Wohnung kaufen, eine Familie gründen – die Frauen stehen immer noch auf mich. Keiner wird mir diese Chance nehmen. Keiner. Diesmal nicht. Nicht noch einmal.«

Ich sagte: »Und Kevin hatte das vor.«

Wieder ein Einatmen, wie ein fauchendes Tier. »Jedes verdammte Mal, wenn ich nah dran bin, hier rauszukommen, so nah, dass ich es schon schmecken kann, hält mich einer von meinen Brüdern hier fest. Ich hab versucht, ihm das zu erklären. Er hat's nicht begriffen. Dieser dämliche Trottel, dieser verwöhnte Junge, dem immer alles in den Schoß gefallen ist, der hatte doch keine *Ahnung* –« Er brach mitten im Satz ab, schüttelte den Kopf und quetschte wütend seine Zigarette aus.

Ich sagte: »Es ist also einfach passiert. Wieder einmal. Du bist echt ein Pechvogel, was?«

»Dumm gelaufen.«

»Kann sein. Vielleicht würde ich dir das sogar abkaufen, wenn da nicht eine Kleinigkeit wäre: der Brief. Der ist dir nicht ganz plötzlich in den Sinn gekommen, nachdem Kevin aus dem Fenster gestürzt war: Mensch, da fällt mir ein, dieses Blatt Papier, das ich zweiundzwanzig Jahre lang verwahrt habe, könnte doch jetzt ganz nützlich sein. Du bist nicht nach Hause getrabt, um es zu holen, auf das Risiko hin, dass irgendjemand sieht, wie du aus Nummer sechzehn kommst oder wieder reingehst. Den hattest du schon mit. Du hattest die ganze Sache geplant.«

Shays Augen hoben sich, und als sie meinen Blick erwiderten, waren sie elektrisierend blau, von einem weißglühenden Hass erleuchtet, der mich fast umgehauen hätte. »Du riskierst eine ziemliche Lippe, du kleiner Wichser, weißt du das? Eine verdammt große Lippe. Spiel dich nicht so auf. Ausgerechnet du.«

Langsam rotteten sich die Schatten in den Ecken zu undurchdringlichen dunklen Klumpen zusammen. Shay sagte: »Hast du gedacht, ich würde es vergessen, nur weil es dir in den Kram passt?«

Ich sagte: »Ich weiß nicht, wovon du redest.«

»Doch, weißt du. Mich einen Mörder zu nennen –«

»Ich geb dir mal einen kleinen Tipp. Wenn du nicht gern Mörder genannt wirst, solltest du niemanden umbringen.«

»– wo du genauso gut weißt wie ich, dass du keinen Deut besser bist. Der tolle Typ, der hier mit seiner Dienstmarke und seinem Bullengetue und seinen Bullenfreunden auftaucht – du kannst ja allen was vormachen, dir selbst was vormachen, meinetwegen, aber *mir machst du nichts vor.* Du bist genau wie ich. Haargenau wie ich.«

»Nein, bin ich nicht. Und ich erklär dir auch, wieso: Ich habe noch nie jemanden ermordet. Ist das für dich zu kompliziert?«

»Weil du so ein guter Junge bist, ja, ein richtiger Heiliger? Was für ein Schwachsinn, ich könnte glatt kotzen. Das hat nichts mit Moral zu tun, mit Gutmensch-Sein. Du hast bloß aus einem einzigen Grund noch niemanden umgebracht: weil dein Schwanz dein Gehirn ausgeschaltet hat. Wenn du nicht dermaßen scharf auf deine Tussi gewesen wärst, dann wärst du jetzt ein Mörder.«

Stille, nur die Schatten brodelten und wogten in den Ecken, und vom Fernseher drang hirnloses Gefasel herauf. Um Shays Mund war ein leises, schreckliches Grinsen, wie ein Krampf. Dieses eine Mal fiel mir absolut keine Erwiderung ein.

Ich war achtzehn, er war neunzehn. Es war ein Freitagabend, und ich verpulverte mein bisschen Arbeitslosengeld im *Blackbird*, wo ich eigentlich gar nicht sein wollte. Ich wäre viel lieber mit Rosie tanzen gegangen, aber da hatte Matt Daly seiner Tochter schon verboten, auch nur in die Nähe von Jimmy Mackeys Sohn zu kommen. Also liebte ich Rosie still und heimlich, was mir von Woche zu Woche schwerer fiel, und fühlte mich wie ein Tier im Käfig, immerzu auf der Suche nach irgendeiner Möglichkeit, irgendwas, egal was, zu ändern. Wenn ich es an manchen Abenden gar nicht mehr aushielt, ließ ich mich so volllaufen, wie ich es mir leisten konnte, und provozierte dann Schlägereien mit irgendwelchen Typen, die stärker waren als ich.

Alles lief nach Plan, ich war gerade an die Theke gegangen, um mir mein sechstes oder siebtes Bier zu holen, und zog einen Barhocker ran, auf den ich mich stützen wollte, während ich darauf wartete, bestellen zu können – der Barmann war am anderen Ende in ein tiefschürfendes Gespräch über Autorennen verwickelt –, als eine Hand auftauchte und mir den Barhocker wegriss.

Na los, sagte Shay und schwang ein Bein über den Hocker. *Geh nach Hause.*

Leck mich. Ich war gestern Abend da.

Na und? Dann eben heute noch mal. Ich bin letztes Wochenende zweimal da gewesen.

Du bist dran.

Er kommt jeden Moment nach Hause. Geh.

Zwing mich doch.

Was nur dazu geführt hätte, dass wir beide rausgeflogen wären. Shay beäugte mich kurz, um zu sehen, ob es mir ernst war. Dann warf er mir einen angewiderten Blick zu, rutschte vom Hocker und nahm noch einen tiefen Schluck von seinem Bier. Tonlos, wutschnaubend, zu niemand Bestimmtem: *Wenn wir beide auch nur ein bisschen Mumm hätten, würden wir uns diesen Scheiß nicht mehr gefallen lassen …*

Ich sagte: *Wir würden ihn loswerden.*

Shay erstarrte in der Bewegung, seinen Kragen hochzuklappen, und starrte mich an. *Du meinst, ihn rausschmeißen?*

Nein. Ma würde ihn doch sofort wieder reinlassen. Heiligkeit der Ehe und der ganze Scheiß.

Was denn dann?

Wie ich gesagt hab. Ihn loswerden.

Nach einem Moment: *Du meinst das ernst.*

Das war mir selbst nicht richtig klar gewesen, nicht, ehe ich den Ausdruck auf seinem Gesicht sah. *Ja, klar.*

Um uns herum toste der Pub, bis zur Decke angefüllt mit Lärm und warmen Gerüchen und Männerlachen. Doch der winzigkleine Kreis zwischen uns beiden war still wie Eis. Ich war schlagartig stocknüchtern.

Du hast schon darüber nachgedacht.

Du etwa nicht?

Shay zog den Hocker ran und setzte sich wieder, ohne mich aus den Augen zu lassen.

Wie?

Ich blinzelte nicht: Ein Wimpernzucken, und er hätte das Ganze als Kindergeschwätz abgetan, wäre gegangen und hätte unsere Chance mitgenommen. *An wie vielen Abenden die Woche kommt er hackevoll nach Hause? Die Stufen sind wackelig, der Teppich zerschlissen … Früher oder später muss er einfach stolpern und kopfüber die Treppe runterfallen.* Schon allein davon, dass meine Stimme es laut aussprach, schlug mir das Herz bis zum Hals.

Shay trank einen kräftigen Schluck, tief in Gedanken, und wischte sich mit einem Fingerknöchel den Mund ab. *Der Sturz allein reicht vielleicht nicht. Um ihn endgültig zu erledigen.*

Vielleicht, vielleicht auch nicht. Aber er wäre jedenfalls eine gute Erklärung für seinen eingeschlagenen Schädel.

Shay beobachtete mich mit einer Mischung aus Argwohn und, zum ersten Mal überhaupt, Hochachtung. *Warum erzählst du mir das?*

Weil es ein Zweimannjob ist.

Du meinst, weil du dich allein nicht traust.

Er könnte sich wehren, er könnte anders hingelegt werden müssen, irgendwer könnte aufwachen, wir könnten Alibis brau-

chen … Einer allein kann das kaum richtig hinkriegen. Aber zu zweit …

Er hakte einen Fuß um das Bein eines anderen Hockers und zog ihn näher ran. *Setz dich. Auf zehn Minuten mehr oder weniger kommt's wohl nicht an.*

Ich bekam mein Bier und wir saßen da, Ellbogen auf der Theke, trinkend, ohne uns anzusehen. Nach einer Weile sagte Shay: *Seit Jahren überlege ich hin und her, wie ich da rauskomme.*

Ich weiß. Geht mir auch so.

Manchmal, sagte er, *manchmal denke ich, wenn ich keinen Ausweg finde, dreh ich vielleicht noch durch.*

Das war die ehrlichste Unterhaltung unter Brüdern, die wir je geführt hatten. Und sie tat mir erschreckend gut. Ich sagte: *Ich bin schon dabei durchzudrehen. Ohne Wenn und Aber. Ich kann's spüren.*

Er nickte ohne jedes Erstaunen. *Ja. Carmel auch.*

Und an manchen Tagen ist Jackie ganz komisch. Wenn er mal wieder besonders schlimm war. Dann ist sie wie weggetreten.

Kevin hält sich ganz gut.

Noch. Soweit wir wissen.

Shay sagte: *Es wäre das Beste, das wir je für sie tun könnten. Nicht bloß für uns.*

Ich sagte: *Ich würde sogar sagen, das Einzige. Nicht bloß das Beste. Das Einzige.*

Endlich trafen sich unsere Blicke. Der Pub war noch lauter geworden, irgendwer hob die Stimme, um einen Witz zu landen, und die Ecke brach in lärmendes, dreckiges Gelächter aus. Keiner von uns blinzelte. Shay sagte: *Ich hab schon früher mal drüber nachgedacht. Hin und wieder.*

Ich denke seit Jahren drüber nach. Denken ist leicht. Aber es zu tun …

Stimmt. Was völlig anderes. Es wäre … Shay schüttelte den Kopf. Er hatte weißliche Ringe um die Augen, und seine Nasenlöcher blähten sich bei jedem Atemzug.

Ich sagte: *Wären wir dazu fähig?*

Ich weiß es nicht. Ich weiß es nicht.

Wieder ein langes Schweigen, während wir beide unsere liebsten Vater-Sohn-Momente Revue passieren ließen. *Ja*, sagten wir beide gleichzeitig. *Wären wir.*

Shay hielt mir eine Hand hin. Sein Gesicht war weiß und rot gefleckt. *Okay*, sagte er, mit einem raschen Ausatmen. *Okay. Ich bin dabei. Was ist mit dir?*

Ich bin dabei, sagte ich und schlug ein. *Wir machen's.*

Wir drückten beide so fest zu, als wollten wir uns gegenseitig verletzen. Ich konnte spüren, wie dieser Moment anschwoll, um sich griff, in alle Ecken wogte. Es war ein schwindelerregendes, schaurig-schönes Gefühl, als würdest du dir irgendeine Droge spritzen, von der du weißt, dass sie dich lebenslang zum Krüppel machen wird, aber das Highgefühl ist so gut, dass du nur den einen Wunsch hast, sie dir noch tiefer in die Venen zu jagen.

Dieser Sommer war die einzige Zeit in unserem Leben, in der Shay und ich freiwillig die Nähe zueinander suchten. Alle paar Abende verzogen wir uns in ein nettes ungestörtes Eckchen im *Blackbird* und unterhielten uns. Wir drehten und wendeten den Plan, um ihn aus jedem Blickwinkel unter die Lupe zu nehmen, feilten daran herum, verwarfen alles, was nicht funktionieren würde, und fingen wieder von vorn an. Wir konnten uns nach wie vor nicht ausstehen, aber das spielte plötzlich keine Rolle mehr.

Shay verbrachte Abend für Abend damit, sich an Nuala Mangan von der Copper Lane ranzumachen: Nuala war grottenhässlich und strohdumm, aber ihre Mutter hatte einen wunderschön glasigen Blick, und nach ein paar Wochen lud Nuala Shay endlich nach Hause zum Tee ein, und er konnte eine ordentliche Handvoll Valium aus dem Badezimmerschränkchen mitgehen lassen. Ich wälzte in der Bibliothek des Ilac Centre stundenlang medizinische Fachbücher, um herauszufinden, wie viel Valium man einer zweihundert Pfund schweren Frau oder einem siebenjährigen Kind einflößen musste, damit sie auch bei einem gewissen Maß an Unruhe und Lärm eine Nacht lang durchschliefen und trotzdem aufwachten, wenn sie aufwachen sollten. Shay ging zu Fuß den weiten Weg nach Ballyfermot, wo ihn keiner kannte und die Polizei niemals Fragen stellen würde, um Bleichmittel zum Saubermachen zu kaufen. Ich wurde von einer nie da gewesenen Hilfsbereitschaft erfasst und begann, Ma jeden Abend bei der Zubereitung des Nachtischs zur Hand zu gehen – Dad machte gehässige Bemerkungen, ich wäre dabei, mich in eine Schwuchtel zu verwandeln, aber mit jedem Tag kamen wir unserem Ziel näher, und die Bemerkungen wurden erträglicher. Shay klaute auf der Arbeit eine Brechstange und versteckte sie unter dem Dielenbrett bei unseren Zigaretten. Wir waren richtig gut, wir zwei. Wir hatten Talent. Wir ergaben ein gutes Team.

Vielleicht bin ich ja pervers, aber ich genoss diesen Monat, in dem wir unsere Vorbereitungen trafen. Dann und wann hatte ich Probleme mit dem Einschlafen, aber ein großer Teil von mir fühlte sich sauwohl. Ich kam mir vor wie ein Architekt oder ein Filmregisseur. Wie jemand mit Weitsicht, jemand mit großen Zielen. Zum ersten Mal überhaupt arbeitete ich für etwas Großes und Schwieriges, das jeden, aber auch jeden Einsatz wert war, vorausgesetzt, ich bekam es hin.

Und dann bot irgendwer Dad unversehens einen Job für zwei Wochen an, was bedeutete, dass er nach seinem letzten

Arbeitstag um zwei Uhr morgens mit einem Alkoholpegel nach Hause kommen würde, der jegliche Polizeizweifel im Keim ersticken musste, und es gab keine Ausflüchte mehr, noch zu warten. Der Countdown hatte begonnen: Uns blieben zwei Wochen.

Wir hatten unser Alibi so oft durchexerziert, dass wir es im Schlaf hätten aufsagen können. Abendessen mit der Familie, zum krönenden Abschluss ein leckerer Sherry-Trifle, meinem neugewonnenen Hang zur Häuslichkeit sei Dank – in Sherry löste sich Valium besser auf als in Wasser, und der Geschmack wurde vom Alkohol überdeckt. Zudem ermöglichten einzelne Portionen eine individuelle Dosierung. Danach in die Disco im *Grove*, drüben auf der Northside, um das dortige Frauenangebot zu sichten; gegen Mitternacht so einprägsam wie möglich rausfliegen, weil wir laut und rüpelig waren und heimlich unser eigenes Dosenbier mitgebracht hatten; zu Fuß nach Hause mit einem Zwischenstopp am Kanalufer, um unsere eingeschmuggelten Dosen zu leeren. Gegen drei, wenn die Wirkung des Valiums allmählich nachgelassen haben musste, Ankunft zu Hause, wo wir zu unserem Entsetzen unseren geliebten Vater in seinem eigenen Blut am Fuß der Treppe vorfinden. Dann die viel zu späte Mund-zu-Mund-Beatmung, das wilde Hämmern an die Tür der Schwestern Harrison, der verzweifelte Anruf beim Notarzt. Fast alles, außer dem Zwischenstopp am Kanal, würde der Wahrheit entsprechen.

Wahrscheinlich wären wir erwischt worden. Naturtalent hin oder her, wir waren Amateure: Es gab zu vieles, was wir übersehen hatten, und viel zu vieles, was hätte schieflaufen können. Schon damals war ich mir halb darüber im Klaren gewesen. Aber es war mir egal. Wir hatten eine Chance.

Wir waren bereit. In meiner Vorstellung lebte ich schon jeden Tag als jemand, der seinen eigenen Dad umgebracht hatte.

Und dann gingen Rosie Daly und ich eines Abends ins *Galligan*, und sie sagte *England*.

Ich erklärte Shay nicht, warum ich die Sache abblies. Zuerst dachte er, ich würde mir einen üblen Scherz erlauben. Als ihm dann dämmerte, dass ich es ernst meinte, geriet er immer mehr außer sich. Er versuchte, mich zu zwingen, mir zu drohen, er versuchte es sogar mit Betteln. Als das alles nichts brachte, packte er mich am Kragen, schleifte mich aus dem *Blackbird* und schlug mich fürchterlich zusammen – es dauerte eine Woche, bis ich wieder gerade gehen konnte. Ich wehrte mich kaum; tief im Innern sah ich ein, dass er ein Recht dazu hatte. Als er sich schließlich ausgetobt hatte und neben mir in der Gasse zusammensank, konnte ich ihn durch das viele Blut kaum sehen, aber ich glaube, er weinte.

Ich sagte: »Das tut hier nichts zur Sache.«

Shay hörte mich kaum. Er sagte: »Zuerst hab ich gedacht, du hättest einfach bloß Schiss gekriegt. Dass du doch nicht den Mumm dazu hattest, als es ernst wurde. Das hab ich monatelang gedacht, bis zu dem Moment, als ich mit Imelda Tierney geredet hab. Da hab ich begriffen. Es hatte nichts mit Mumm zu tun. Dir ist es immer nur darum gegangen, was *du* wolltest. Und sobald du einen leichteren Weg gefunden hattest, das zu erreichen, war dir alles andere scheißegal. Deine Familie, ich, alles, was du uns schuldig warst, alles, was wir uns versprochen hatten: alles scheißegal.«

Ich sagte: »Nur damit ich das richtig verstehe: Du regst dich über mich auf, weil ich niemanden getötet habe?«

Seine Lippe zog sich in blankem Ekel nach oben. Diesen Ausdruck hatte ich tausendmal auf seinem Gesicht gesehen, als wir noch klein waren und ich versuchte, mit ihm mitzuhalten. »Komm mir nicht so. Ich reg mich über dich auf, weil du denkst, dass du deshalb besser bist als ich. Aber jetzt hör mal gut zu: Vielleicht glauben ja deine Bullenfreunde, dass du einer von den Guten bist, vielleicht kannst du dir das sogar selbst einreden, aber ich weiß es besser. Ich weiß, was du bist.«

Ich sagte: »Alter, ich garantiere dir, du hast nicht den blassesten Schimmer, was ich bin.«

»Ach nein? Ich weiß immerhin so viel: Deshalb bist du zur Polizei gegangen. Wegen dem, was wir in dem Frühjahr damals fast getan hätten. Und wie du dich dabei gefühlt hast.«

»Du meinst, ich hatte plötzlich das Verlangen, für meine frevelhafte Vergangenheit Buße zu tun? Diese rührselige Seite an dir ist ja ganz niedlich, aber nein. Da muss ich dich leider enttäuschen.«

Shay lachte laut auf, eine wilde Explosion, durch die seine Zähne zum Vorschein kamen und er wieder aussah wie der leichtsinnige, zügellose Teenager von damals. »Buße tun, von wegen. Doch nicht unser Francis, nicht in einer Million Jahre. Nein: Wer eine Dienstmarke hat, hinter der er sich verstecken kann, kommt doch mit allem durch. Erzähl schon, Detective, ich würd's für mein Leben gern wissen. Womit bist du schon alles davongekommen, im Laufe der Jahre?«

Ich sagte: »Krieg das endlich in deinen schwerfälligen Schädel: Dein ganzes Hätte, Wenn und Aber kannst du dir sparen. Ich habe nichts getan. Ich könnte in jedes Polizeirevier dieses Landes spazieren und alles haarklein gestehen, was wir damals geplant hatten, und das Einzige, womit ich mir Schwierigkeiten einhandeln würde, wäre die Tatsache, dass ich der Polizei die Zeit stehle. Wir sind nicht die Kirche: Bei uns kommst du nicht gleich in die Hölle, nur weil du böse Gedanken hattest.«

»Nein? Sag mir, dass dieser Monat, in dem wir alles geplant haben, dich nicht verändert hat. Sag mir, dass du dich hinterher nicht irgendwie anders gefühlt hast. Na los.«

Dad sagte oft – Sekunden, bevor er dann losschlug –, dass Shay nie wüsste, wann Schluss sei. Ich sagte, und meine Stimme hätte ihn warnen sollen: »Herr im Himmel, du versuchst doch nicht etwa gerade, mir die Schuld dafür zu geben, dass du Rosie umgebracht hast.«

Wieder dieses Lippenzucken, irgendwo zwischen nervösem Tick und Zähnefletschen. »Ich sage nur eins: Ich lasse mich nicht in meinen eigenen vier Wänden von dir so selbstgerecht abfertigen, wo du kein bisschen anders bist als ich.«

»Doch, Alter, ich bin anders. Wir hatten ein paar interessante Gespräche, du und ich, aber wenn es um die tatsächlichen Fakten geht, dann ist nun mal Fakt, dass ich Dad nie ein Haar gekrümmt habe, und dann ist ebenfalls Fakt, dass du zwei Menschen ermordet hast. Vielleicht bin ich ja verrückt, aber ich sehe da einen gewissen Unterschied.«

Seine Kinnbacken mahlten wieder. »Ich habe Kevin nichts getan. Nichts.«

Mit anderen Worten, die Zeit der Vertraulichkeiten war vorüber. Nach einem Moment sagte ich: »Vielleicht verlier ich ja allmählich den Verstand, aber ich krieg langsam das Gefühl, du erwartest von mir, dass ich einfach freundlich lächelnd nicke und weggehe. Tu mir bitte einen Riesengefallen: Sag mir, dass ich mich irre.«

Das hasserfüllte Glitzern lag wieder in Shays Augen, blank und seelenlos wie Wetterleuchten. »Schau dich mal um, Detective. Fällt dir nichts auf? Du bist wieder genau da, wo du angefangen hast. Deine Familie braucht dich wieder, du bist uns immer noch was schuldig, und diesmal wirst du bezahlen. Aber du hast Glück. Falls du keine Lust hast, hierzubleiben und deine Pflicht zu tun, brauchst du nur eins zu machen, nämlich einfach zu gehen.«

Ich sagte: »Wenn du auch nur eine Sekunde lang glaubst,

ich lasse dich ungeschoren davonkommen, dann bist du noch verrückter, als ich dachte.«

Die sich bewegenden Schatten verwandelten sein Gesicht in eine animalisch verzerrte Fratze. »Tatsächlich? Dann beweis es doch, du Schwein. Kevin ist nicht mehr da. Er kann nicht mehr aussagen, dass ich in jener Nacht unterwegs war. Deine Holly ist aus besserem Holz geschnitzt als du, die wird ihre Familie nicht verpfeifen; und selbst wenn du sie dazu zwingst, du glaubst ihr ja vielleicht jedes Wort, aber andere Leute sehen das eventuell anders. Verpiss dich zu deinen Bullenfreunden und lass dir von denen einen blasen, bis du dich wieder besser fühlst. Du hast nichts in der Hand.«

Ich sagte: »Ich weiß gar nicht, wie du darauf kommst, dass ich irgendwas beweisen will.« Dann rammte ich Shay den Tisch in den Bauch. Er ächzte und kippte mitsamt dem Tisch nach hinten, so dass Gläser und Aschenbecher und Whiskeyflasche zu Boden polterten. Ich trat meinen Stuhl beiseite und hechtete auf Shay. Und erst in dem Moment wurde mir klar, dass ich in die Wohnung gekommen war, um ihn zu töten.

Eine Sekunde später, als er die Flasche gepackt hatte und sie gegen meinen Kopf schwang, wurde mir klar, dass auch er mich töten wollte. Ich duckte mich zur Seite, spürte, wie mir die Schläfe aufplatzte, doch obwohl ich plötzlich Sterne sah, bekam ich seine Haare zu fassen und knallte seinen Kopf auf den Boden, bis er den Tisch einsetzte, um mich von sich runterzustoßen. Ich flog nach hinten und landete hart auf dem Rücken. Er sprang auf mich drauf, und wir wälzten uns hin und her, versuchten mit allem, was wir hatten, die Deckung des anderen zu durchbrechen. Er war ebenso stark wie ich und genauso wütend, und keiner von uns konnte den anderen loslassen. Wir waren eng aneinandergepresst, wie Liebende,

Wange an Wange. Die Nähe und die anderen gleich unter uns und neunzehn Jahre Übung dämpften uns fast bis zur Lautlosigkeit: Die einzigen Geräusche waren schweres Atmen und die dumpfen Schläge auf Fleisch, wenn einer einen Treffer landete. Ich roch Palmolive-Seife, direkt aus unserer Kindheit, und den dampfend heißen Geruch animalischer Wut.

Er versuchte, mir ein Knie in den Unterleib zu rammen und sich dann abzustoßen, um auf die Beine zu kommen, aber er traf daneben, und ich war schneller. Ich konnte seinen Arm nach hinten drehen, warf ihn auf den Rücken und versetzte ihm einen Kinnhaken. Als er wieder klar sehen konnte, hatte ich schon ein Knie auf seiner Brust, meine Pistole gezogen und den Lauf auf seine Stirn gedrückt, genau zwischen die Augen.

Shay wurde starr wie Eis. Ich sagte: »Der Verdächtige wurde darüber in Kenntnis gesetzt, dass er wegen dringenden Mordverdachts vorläufig festgenommen ist, und über seine Rechte aufgeklärt. Er reagierte, indem er mir sagte, Zitat: Verpiss dich, Zitat Ende. Ich erklärte, dass der Vorgang problemloser ablaufen würde, wenn er sich kooperativ verhielte, und forderte ihn auf, mir seine Handgelenke hinzuhalten, um ihm Handschellen anlegen zu können. Daraufhin wurde der Verdächtige wütend und griff mich an, wobei er mich an der Nase traf, siehe beiliegendes Foto. Ich versuchte, mich aus der Situation zurückzuziehen, doch der Verdächtige versperrte mir den Ausgang. Ich zog meine Dienstwaffe und forderte ihn auf, beiseite zu treten. Der Verdächtige weigerte sich.«

»Dein eigener Bruder«, sagte Shay leise. Er hatte sich auf die Zunge gebissen, und Blut blubberte ihm beim Sprechen auf die Lippen. »Du mieses kleines Arschloch.«

»Musst du gerade sagen.« Mich durchfuhr eine so jähe und gewaltige Wut, dass ich fast vom Boden abhob. Um ein Haar hätte ich abgedrückt, was ich erst merkte, als ich sah, wie ihm

die Angst in die Augen schoss. Sie schmeckte wie Champagner. »Der Verdächtige beschimpfte mich weiter und erklärte wiederholt, Zitat: Ich bring dich um, Zitat Ende, sowie, Zitat: Ich geh in kein Scheißgefängnis, da sterbe ich eher, Zitat Ende. Ich versuchte, ihn zu beruhigen, indem ich ihm versicherte, die Situation könne friedlich gelöst werden, und ich forderte ihn erneut auf, mit mir aufs Revier zu kommen, um die Sachlage in einer sicheren Umgebung zu erörtern. Er befand sich in einem Zustand extremer Erregung und schien gar nicht zu registrieren, was ich sagte. Zu diesem Zeitpunkt befürchtete ich bereits, dass der Verdächtige unter dem Einfluss eines Rauschmittels stand, möglicherweise Kokain, oder dass er unter Bewusstseinstrübung litt, da sein Verhalten irrational war und er äußerst unberechenbar wirkte –«

Er knirschte mit den Zähnen. »Jetzt stellst du mich auch noch als Irren hin. So soll ich also in Erinnerung bleiben.«

»Mir sind alle Mittel recht. Ich unternahm etliche vergebliche Versuche, den Verdächtigen dazu zu bewegen, sich hinzusetzen, um die Situation unter Kontrolle zu bringen. Der Verdächtige steigerte sich mehr und mehr in seinen Erregungszustand hinein. Inzwischen tigerte er auf und ab, murmelte vor sich hin und schlug mit geballter Faust auf die Wände und seinen Kopf ein. Schließlich ergriff der Verdächtige … Mal sehen, wir wollen dir doch irgendwas geben, das ernstzunehmender ist als eine Flasche; es soll dir schließlich keiner nachsagen, du warst ein Weichei. Was hätten wir denn da?« Ich sah mich im Zimmer um: Werkzeugkasten, natürlich, ordentlich unter einer Kommode verstaut. »Ich wette, da ist ein schöner dicker Schraubenschlüssel drin, oder? Der Verdächtige ergriff einen langen Schraubenschlüssel aus einem offenen Werkzeugkasten, siehe beiliegende Fotos, und wiederholte seine Drohung, mich zu töten. Ich befahl ihm, die Waffe fallen zu lassen, und wich zurück. Er rückte unaufhaltsam nach und versuchte, mich mit der Waffe am Kopf zu treffen. Ich wich dem Schlag aus und feuerte einen Warnschuss über die Schulter des Verdächtigen ab – keine Sorge, ich pass auf, dass die guten Möbel nichts abkriegen. Dann warnte ich ihn, dass mir im Falle eines erneuten Angriffs keine andere Wahl bliebe, als auf ihn zu schießen –«

»Das machst du nicht. Willst du Holly etwa erzählen, du hast ihren Onkel Shay abgeknallt?«

»Ich werde Holly einen Scheißdreck erzählen. Das Einzige, was sie wissen muss, ist, dass sie nie wieder auch nur in die Nähe dieser gottverdammten beschissenen Familie kommt. Wenn sie irgendwann erwachsen ist und sich kaum noch daran erinnert, wer du warst, werde ich ihr erklären, dass du ein dreckiger Mörder warst und genau das gekriegt hast, was du verdient hattest.« Von der Platzwunde an meiner Schläfe troff Blut auf ihn runter, fette Tropfen, die in seinen Pullover sickerten und sein Gesicht bespritzten. Keiner von uns scherte sich drum. »Der Verdächtige versuchte erneut, mich mit dem Schraubenschlüssel zu treffen, diesmal erfolgreich, siehe ärztliches Gutachten und beiliegendes Foto von Kopfwunde, denn darauf kannst du dich verlassen, mein Lieber, es wird eine ganz prächtige Kopfwunde geben. Als mich der Schraubenschlüssel traf, betätigte ich reflexartig den Abzug meiner Dienstpistole. Ich glaube, wenn ich durch den Schlag nicht halb benommen gewesen wäre, hätte ich einen nicht tödlichen Schuss abgeben können, der den Verdächtigen nur außer Gefecht gesetzt hätte. Allerdings glaube ich auch, dass ich unter den gegebenen Umständen keine andere Möglichkeit hatte, als meine Dienstpistole abzufeuern, und dass mein Leben ernsthaft gefährdet gewesen wäre, wenn ich noch einige Sekunden länger gezögert hätte. Gezeichnet, Detective Sergeant

Francis Mackey. Und da ja keiner mehr da sein wird, um meiner hübschen, wasserdichten offiziellen Version zu widersprechen, was meinst du wohl, was die glauben werden?«

In Shays Augen war kein Funke Vernunft oder Vorsicht mehr zu erkennen. »Ich könnte kotzen«, sagte er. »Du verräterisches Dreckschwein.« Und er spuckte mir Blut ins Gesicht.

Licht zersplitterte in meinen Augen wie Sonnenlicht auf geborstenem Glas, blendete mich, machte mich schwerelos. Ich *wusste*, dass ich abgedrückt hatte. Die Stille war gewaltig, breitete sich weiter und weiter aus, bis sie die ganze Welt umhüllte und kein Laut mehr blieb, bis auf das rhythmische Rasseln meines Atems. Sie schuf eine unermessliche Freiheit, als würde ich fliegen, in wilde reine Höhen, von denen mir fast das Herz verging, nichts in meinem Leben hatte je an diesen Moment herangereicht.

Dann verdunkelte sich das Licht, und die kühle Stille flackerte und zerbrach, wurde von konturlosen Formen und Lauten gefüllt. Shays Gesicht materialisierte sich wie ein Polaroidfoto aus dem Weiß: übel zugerichtet, mit weit aufgerissenen Augen, blutbesudelt, aber noch immer da. Ich hatte nicht geschossen.

Er stieß einen grässlichen Laut aus, der ein Lachen hätte sein können. »Ich hab's dir gesagt«, krächzte er. »Ich hab's dir doch gesagt.« Als seine Hand anfing, wieder nach der Flasche zu tasten, drehte ich die Pistole um und schlug ihm mit dem Griff gegen den Kopf.

Er gab ein ekeliges würgendes Geräusch von sich und erschlaffte. Ich zog seine Hände vor den Körper, legte ihm schön fest die Handschellen an, überprüfte seine Atmung und lehnte ihn mit dem Rücken gegen die Sofakante, damit er nicht an seinem eigenen Blut erstickte. Dann steckte ich meine Pistole weg und holte mein Handy hervor. Das Wählen war eine einzige Sauerei: Meine Hände verschmierten Blut über die ganze Tastatur, und von meiner Schläfe tropfte es auf das Display, so dass ich das Gerät immer wieder an meinem Hemd abwischen musste. Mit einem Ohr lauschte ich die ganze Zeit, ob stampfende Füße die Treppe heraufkamen, aber ich hörte bloß das leise geistlose Plärren des Fernsehers; es hatte jegliches lautes Poltern oder Stöhnen überdeckt, das durch den Boden nach unten gedrungen sein mochte. Nach ein paar Versuchen schaffte ich es, Stephen anzurufen.

Er sagte mit einem erheblichen Maß an verständlichem Argwohn: »Detective Mackey.«

»Überraschung, Stephen. Ich hab Ihren Mann. Gesichert, in Handschellen, und deswegen auch entsprechend sauer.«

Schweigen. Ich kreiste mit schnellen Schritten durchs Zimmer, ein Auge auf Shay gerichtet, während das andere die Ecken nach nicht vorhandenen Komplizen absuchte. Ich konnte nicht still stehen bleiben. »Unter den gegebenen Umständen wäre es sehr gut für alle Beteiligten, wenn ich nicht der Beamte wäre, der die Festnahme durchführt. Ich denke, Sie haben sich als Erster das Recht darauf verdient, falls Sie wollen.«

Das weckte seine Aufmerksamkeit. »Ich will.«

»Nur damit Sie Bescheid wissen, mein Junge, das ist hier nicht das traumhafte Geschenk, das der Weihnachtsmann Ihnen unter den Tannenbaum legt. Rocky Kennedy wird einen Anfall kriegen, und zwar einen, dessen Ausmaße ich mir nicht mal ansatzweise vorstellen möchte. Ihre Hauptzeugen sind ich, ein neunjähriges Mädchen und ein paar mordsmäßig angesäuerte Leute, die schon aus Prinzip abstreiten werden, überhaupt irgendwas zu wissen. Ihre Chancen, ein Geständnis zu kriegen, sind gleich null. Wenn Sie klug sind, bedanken Sie sich höflich bei mir, sagen mir, ich soll das Morddezernat anrufen, und machen weiter mit dem, was Sie an einem Sonntagabend so treiben. Aber falls es nicht Ihr Stil ist, auf Nummer sicher zu gehen, können Sie herkommen, Ihre erste Festnahme in einem Mordfall vornehmen und versuchen, das Beste draus zu machen. Der Mann ist nämlich der Täter.«

Stephen zögerte nicht mal. Er sagte: »Wo sind Sie?«

»Faithful Place Nummer acht. Drücken Sie auf die oberste Klingel, und ich lass Sie rein. Das Ganze muss unbedingt äußerst diskret vonstatten gehen: keine zusätzlichen Beamten, kein Aufruhr, falls Sie mit dem Auto kommen, parken Sie es weit genug weg, damit keiner es sieht. Und beeilen Sie sich.«

»Ich bin in etwa fünfzehn Minuten da. Danke, Detective. Vielen Dank.«

Er war also irgendwo in der Nähe, bei der Arbeit. Ausgeschlossen, dass Rocky in diesem Fall Überstunden genehmigt hatte: Stephen war offenbar auf eigene Faust unterwegs. Ich sagte: »Wir warten dann hier. Und, Detective Moran? Alle Achtung.« Ich legte auf, ehe er die Sprache wiederfand und eine Antwort zustande brachte.

Shays Augen waren offen. Er sagte unter Schmerzen: »Dein neuer Günstling, ja?«

»Einer der aufsteigenden Stars bei uns. Für dich nur das Beste.«

Er versuchte, sich aufzusetzen, verzog das Gesicht und ließ sich wieder zurücksinken. »Ich hätte mir denken können, dass du irgendwen findest, der dir in den Arsch kriecht. Jetzt, wo Kevin das nicht mehr machen kann.«

Ich sagte: »Meinst du, du fühlst dich besser, wenn ich mich auf eine Schlammschlacht mit dir einlasse? Falls ja, steigere ich mich so richtig rein, versprochen, aber ich hätte gedacht, wir wären längst über den Punkt hinweg, wo das noch was bringt.«

Shay wischte sich mit seinen gefesselten Händen den Mund ab und betrachtete die blutigen Streifen auf ihnen mit einem seltsam distanzierten Interesse, als gehörten sie zu jemand anderem. Er sagte: »Du ziehst das tatsächlich durch.«

Unten ging eine Tür auf, aus der ein Schwall übereinander hinwegredender Stimmen drang, und Ma schrie: »Seamus! Francis! Wir können essen. Kommt runter und wascht euch die Hände!«

Ich reckte den Kopf in den Flur, wobei ich Shay scharf im Auge behielt und einen sicheren Abstand zur Treppe und zu Mas Gesichtsfeld wahrte. »Wir kommen gleich, Ma. Wir unterhalten uns gerade so nett.«

»Das könnt ihr auch hier unten! Oder sollen wir alle am Tisch rumsitzen und warten, bis es euch passt?«

Ich senkte meine Stimme ein wenig und legte einen gequälten Ton hinein. »Wir sind bloß … Wir beide müssen uns wirklich in Ruhe unterhalten. Über so einiges, verstehst du? Nur noch ein paar Minuten, ja, Mammy? Wär das in Ordnung?«

Kurze Pause. Dann mürrisch: »Na, meinetwegen. Zehn Minuten kann ich noch warten. Aber wenn ihr dann nicht unten seid –«

»Danke, Mammy. Ehrlich. Du bist spitze.«

»Klar bin ich das, wenn er was will, bin ich spitze, aber ansonsten …« Ihre Stimme verklang weitergrummelnd in der Wohnung.

Ich schloss die Tür, legte für alle Fälle noch den Riegel vor, nahm mein Handy und machte Fotos von unseren Gesichtern aus verschiedenen künstlerischen Blickwinkeln. Shay fragte: »Zufrieden mit deiner Arbeit?«

»Ist wunderschön geworden. Und eins muss ich dir lassen, deine ist auch ganz ordentlich. Aber die Bilder sind nicht für mein Familienalbum. Nur für den Fall, dass du anfängst, über

Polizeibrutalität zu meckern, und irgendwann noch versuchst, den festnehmenden Beamten in den Dreck zu ziehen. Bitte schön lächeln.« Er warf mir einen Blick zu, der einem Nashorn auf zehn Meter Entfernung die Haut weggeätzt hätte.

Sobald ich das Wesentliche bildlich protokolliert hatte, ging ich in die Küche – klein, spartanisch, blitzsauber und deprimierend – und befeuchtete einen Waschlappen, um uns beide damit wieder einigermaßen präsentabel zu machen. Shay drehte jäh den Kopf weg, als ich mich ihm damit näherte. »Von wegen. Deine Kollegen sollen ruhig sehen, was du gemacht hast, wenn du schon so stolz drauf bist.«

Ich sagte: »Offen gestanden, mein Lieber, sind mir meine Kollegen völlig egal. Aber in ein paar Minuten marschierst du diese Treppe runter und die Straße hoch, und ich dachte, es muss ja nicht unbedingt gleich die ganze Nachbarschaft mitkriegen, was hier los ist. Ich versuche bloß, den Lästermäulern möglichst wenig Stoff zu liefern. Aber wenn das nicht dein Stil ist, bitte schön, ein Wort von dir, und ich hau dir noch ein paar in die Fresse, ohne Aufpreis.«

Shay erwiderte nichts darauf, machte aber den Mund zu und hielt still, während ich ihm das Blut vom Gesicht wischte. Es war ganz leise in der Wohnung, nur von irgendwoher drangen schwach Musikfetzen herüber, die mir vage bekannt vorkamen, und der Wind strich rastlos über uns ums Dach. Ich konnte mich nicht erinnern, Shay je aus solcher Nähe betrachtet zu haben, so nah, dass ich all die Einzelheiten registrieren konnte, die nur Eltern und Geliebte je wahrnehmen: den klaren, verwegenen Schwung der Knochen unter seiner Haut, den bläulichen Bartschatten, die komplizierten Muster, die seine Augenfältchen warfen, und wie dicht seine Wimpern waren. Das Blut auf seinem Kinn und rings um den Mund war inzwischen dunkel verkrustet. Einen kurzen seltsamen

Moment lang ertappte ich mich dabei, dass ich fast zärtlich vorging.

An den Blutergüssen um die Augen und der Schwellung an seinem Kiefer konnte ich nicht viel ändern, aber als ich fertig war, sah er zumindest wieder halbwegs salonfähig aus. Ich faltete den Spüllappen neu und fing an, mein eigenes Gesicht zu säubern. »Geht das so?«

Er sah mich kaum an. »Siehst prima aus.«

»Wenn du das sagst. Wie gesagt, mir ist egal, was die Nachbarschaft zu sehen kriegt.«

Daraufhin sah er genauer hin. Nach einem Moment deutete er fast widerwillig auf seinen Mundwinkel. »Da noch.«

Ich wischte mir erneut über die Wange und hob fragend eine Augenbraue. Er nickte.

»Okay.« Der Lappen war jetzt voller Blutflecken, die hellrot erblühten, wo das Wasser sie wiederbelebt hatte, und die Falten durchtränkten. Allmählich bekam ich es auch von den Händen ab. »Okay. Warte mal kurz.«

»Was bleibt mir anderes übrig?«

Ich wusch den Lappen ein paarmal in der Küchenspüle aus, warf ihn anschließend in den Mülleimer, wo die Spurensicherung ihn finden würde, und schrubbte mir energisch die Hände. Dann ging ich zurück ins Wohnzimmer. Der Aschenbecher stand zwischen verstreuter grauer Asche unter einem Stuhl, meine Zigaretten lagen in einer Ecke, und Shay war da, wo ich ihn zurückgelassen hatte. Ich setzte mich ihm gegenüber auf den Boden, als wären wir zwei Teenager auf einer Party, und stellte den Aschenbecher zwischen uns. Ich zündete zwei Zigaretten an und schob ihm eine zwischen die Lippen.

Shay inhalierte tief, schloss die Augen und ließ den Kopf nach hinten gegen das Sofa fallen. Ich lehnte mich mit dem

Rücken an die Wand. Nach einer Weile fragte er: »Warum hast du mich nicht erschossen?«

»Was dagegen?«

»Sei nicht so bescheuert. Ich würd's gern wissen.«

Ich löste mich von der Wand – es war mühsam, meine Muskeln waren arg verkrampft – und streckte die Hand über den Aschenbecher. »Ich glaube, du hattest von Anfang an recht«, sagte ich. »Ich glaube, wenn's drauf ankommt, bin ich wohl ein Bulle.«

Er nickte, ohne die Augen zu öffnen. Wir saßen beide schweigend da, lauschten auf den Atemrhythmus des anderen und auf diese schwache, schwer bestimmbare Musik von irgendwoher, beugten uns nur hin und wieder vor, um Asche abzuschnippen. Es war beinahe friedlich, friedlicher, als wir je zusammen gewesen waren. Als die Klingel gellte, kam es mir fast wie eine ungewollte Störung vor.

Ich beeilte mich, Stephen die Tür zu öffnen, ehe irgendwer ihn draußen bemerkte. Er rannte die Treppe so leichtfüßig hinauf, wie Holly sie hinuntergerannt war. Der Strom von Stimmen aus Mas Wohnung blieb unverändert. Ich sagte: »Shay, darf ich vorstellen, Detective Stephen Moran. Detective, das ist mein Bruder, Seamus Mackey.«

Die Miene des Jungen verriet, dass er schon selbst darauf gekommen war. Shay betrachtete Stephen ohne irgendeinen Ausdruck in den verquollenen Augen, keine Neugier, nichts, nur eine Art destillierte Erschöpfung, bei deren Anblick ich Mühe hatte, mein Rückgrat gerade zu halten.

»Wie Sie sehen«, sagte ich, »hatten wir eine kleine Meinungsverschiedenheit. Sie sollten ihn vielleicht auf eine Gehirnerschütterung untersuchen lassen. Ich habe das alles fürs Protokoll dokumentiert, falls Sie Fotos benötigen.«

Stephen musterte Shay sorgfältig von Kopf bis Fuß, ohne

einen Zentimeter auszulassen. »Könnte sein, ja. Danke. Möchten Sie die da jetzt gleich zurückhaben? Ich könnte ihm meine anlegen.«

Er zeigte auf meine Handschellen. Ich sagte: »Ich hab nicht vor, heute Abend noch jemanden zu verhaften. Die können Sie mir bei Gelegenheit zurückgeben. Er gehört Ihnen, Detective. Er ist noch nicht über seine Rechte aufgeklärt worden; das wollte ich Ihnen überlassen. Übrigens, Sie sollten sich streng an die Vorschriften halten. Er ist cleverer, als er aussieht.«

Stephen versuchte, sich möglichst feinfühlig auszudrücken: »Was sollen wir …? Ich meine … Sie wissen schon. Hinreichender Verdacht für eine Festnahme ohne Haftbefehl.«

»Ich könnte mir vorstellen, dass diese Geschichte ein glücklicheres Ende nimmt, wenn ich unsere komplette Beweisführung nicht gerade in Anwesenheit des Verdächtigen erläutere. Aber glauben Sie mir, Detective, das hier ist kein Fall von außer Rand und Band geratener Geschwisterrivalität. Ich rufe Sie in etwa einer Stunde an und informiere Sie ausführlich. Bis dahin sollte das genügen: Vor einer halben Stunde hat er mir gegenüber beide Morde in vollem Umfang gestanden, einschließlich fundierter Angaben zu den Motiven sowie Einzelheiten über die Todesarten, die nur der Täter wissen kann. Er wird alles abstreiten bis zum Sankt Nimmerleinstag, aber zum Glück hab ich noch jede Menge anderer Köstlichkeiten für Sie auf Lager; das war nur ein Vorgeschmack. Meinen Sie, das reicht Ihnen vorläufig?«

Stephens Gesicht besagte, dass er hinsichtlich des Geständnisses so seine Zweifel hegte, aber dass er auch klug genug war, gar nicht erst davon anzufangen. »Das ist mehr als genug. Danke, Detective.«

Unten schrie Ma: »Seamus! Francis! Ich schwöre, wenn mir das Essen anbrennt, versohle ich euch beiden den Hintern!«

Ich sagte: »Ich muss los. Tut mir einen Gefallen und bleibt noch einen Moment hier. Meine kleine Tochter ist unten, und mir wäre lieber, wenn sie von der Sache hier nichts mitkriegt. Wartet, bis ich mit ihr weg bin, okay?«

Shay nickte, ohne einen von uns beiden anzusehen.

Stephen sagte: »Kein Problem. Wir machen es uns gemütlich, ja?« Er nickte Richtung Sofa und streckte Shay die Hand hin, um ihm auf die Beine zu helfen. Nach einer Sekunde ergriff Shay sie.

Ich sagte: »Viel Glück.« Ich schloss meine Jacke über dem Blut auf meinem Hemd und schnappte mir von einem Haken eine schwarze Baseballmütze – »M. Conaghy Bicycles« –, um meine Kopfwunde zu verbergen. Dann ging ich.

Das Letzte, was ich über Stephens Schulter hinweg sah, waren Shays Augen. Noch nie hatte mich jemand so angesehen, nicht Liv, nicht Rosie. Es war, als könnte er in meine tiefste Seele schauen, mühelos und ohne dass dabei ein einziger Winkel unentdeckt oder eine einzige Frage unbeantwortet blieb. Er sagte kein Wort.

22

MA HATTE ALLE VOM Fernseher weggelotst und die weihnachtliche Postkartenidylle wieder auf Vordermann gebracht: Die Küche war voller Frauen und Dampf und Stimmen, die Männer wurden mit Topflappen und Tellern hin und her gescheucht, die Luft war erfüllt von Fleischgebrutzel und Bratkartoffelgeruch. Mir wurde fast schwindelig davon. Ich hatte das Gefühl, jahrelang fort gewesen zu sein.

Holly war mit Donna und Ashley dabei, den Tisch zu decken; sie benutzten Papierservietten mit kecken Engeln und sangen eine rotzfreche »Jingle Bells«-Parodie. Ich gönnte mir ungefähr eine Viertelsekunde, um ihnen dabei zuzusehen und mir das Bild einzuprägen. Dann legte ich eine Hand auf Hollys Schulter und flüsterte ihr ins Ohr: »Schätzchen, wir müssen jetzt gehen.«

»Gehen? Aber –«

Ihr fiel der Mund vor Empörung auf, und sie brauchte vor lauter Entgeisterung einen Moment, um sich zu fangen und zum Widerspruch anzusetzen. Ich bedachte sie mit einem elterlichen Alarmstufe-Rot-Blick, und sie sank in sich zusammen. »Hol deine Sachen«, sagte ich. »Mach schnell.«

Holly knallte ihre Handvoll Besteck auf den Tisch und schleppte sich so langsam, wie ich es ihr gerade noch durchgehen ließ, zum Flur. Donna und Ashley starrten mich an, als hätte ich einem kleinem Häschen den Kopf abgebissen. Ashley wich zurück.

Ma reckte den Kopf aus der Küche und schwang drohend eine riesige Serviergabel. »Francis! Das wurde aber auch Zeit. Ist Seamus mit dir runtergekommen?«

»Nein. Ma –«

»Mammy, nicht Ma. Du holst jetzt auf der Stelle deinen Bruder, und dann helft ihr zwei eurem Vater aus dem Bett an den Tisch, bevor mir das Essen endgültig verbrennt wegen eurer Trödelei. Nun mach schon!«

»Ma. Holly und ich müssen gehen.«

Ma klappte der Unterkiefer runter. Eine Sekunde lang war sie tatsächlich sprachlos. Dann legte sie los wie eine Sirene bei Fliegerangriff. »*Francis Joseph Mackey!* Das ist nicht dein Ernst. Sag mir sofort, dass das nicht dein Ernst ist.«

»Tut mir leid, Ma. Ich hab mich mit Shay verquasselt und dabei ganz die Zeit vergessen. Du kennst das ja. Und jetzt sind wir spät dran. Wir müssen los.«

Ma hatte ihr Kinn und ihre Mehrfachbusen und -bäuche kampfbereit aufgepumpt. »Mir ist schnurzegal, wie spät es ist, euer Essen ist fertig, und ihr verlasst dieses Zimmer nicht, ehe ihr es gegessen habt. Setzt euch an den Tisch. Das ist ein Befehl.«

»Geht leider nicht. Tut mir ehrlich leid, wo du dir so viel Mühe gemacht hast. Holly –« Holly stand im Türrahmen, den Mantel halb angezogen, mit großen Augen. »Schultasche. Sofort.«

Ma schlug mir mit der Gabel so fest auf den Arm, dass mir ein blauer Fleck sicher war. »*Wage es ja nicht, mich einfach zu ignorieren!* Willst du, dass ich einen Herzinfarkt kriege? Bist du deshalb zurückgekommen, damit du siehst, wie deine Mammy vor deinen Augen tot umfällt?«

Zögerlich tauchte der Rest der Sippe einer nach dem anderen hinter ihr in der Küchentür auf, um nachzusehen, was los war. Ashley duckte sich um Ma herum und versteckte sich an Carmels Rock. Ich sagte: »Das stand nicht ganz oben auf meiner Tagesordnung, aber wenn du den Abend unbedingt so verbringen willst, kann ich dich nicht dran hindern. Holly, ich hab gesagt, *sofort*.«

»Wenn das nämlich das Einzige ist, was dich glücklich macht, dann bitte sehr, geh doch, und ich hoffe, du freust dich, wenn ich dann tot bin. Na los, mach, dass du wegkommst. Nachdem dein armer Bruder mir schon das Herz gebrochen hat, bleibt mir sowieso nichts mehr, wofür es sich zu leben lohnt –«

»Josie!«, ertönte ein wütendes Brüllen aus dem Schlafzimmer. »Was zum Teufel ist da los?« Dann die unvermeidliche Hustenexplosion. Praktisch alles, weswegen ich Holly von diesem Drecksloch ferngehalten hatte, stand uns bereits bis zum Hals, und wir sanken immer tiefer, schnell.

»– und trotz allem hab ich mich in der Küche abgeschuftet, um für euch ein schönes Weihnachtsessen auf den Tisch zu bringen, von morgens bis abends am Herd gestanden –«

»Josie! Hör mit deiner Scheißkeiferei auf!«

»Dad! Hier sind Kinder!«, von Carmel. Sie hielt Ashley mit beiden Händen die Ohren zu und sah aus, als würde sie sich am liebsten zusammenrollen und sterben.

Ma kreischte mit noch lauterer Stimme. Ich konnte förmlich spüren, wie ich davon Krebs bekam. »– und du, du undankbarer kleiner Scheißer, du kannst dich nicht mal dazu herablassen, dich mit dem Hintern an den Tisch zu setzen und mit uns zu essen –«

»Meine Güte, Ma, das ist wirklich verlockend, aber ich denke, ich verzichte. Holly, aufwachen! Schultasche. Los.«

Das Kind geriet allmählich in einen Schockzustand. Selbst in unseren schlimmsten Zeiten hatten Olivia und ich es immer, immer geschafft, die richtig hässlichen Streitereien außer Hörweite von Holly auszufechten.

»Gott vergib mir, jetzt hör dir bloß mal an, was für Ausdrücke ich vor den Kindern benutze – siehst du jetzt, wozu du mich treibst?«

Noch ein Schlag mit der Serviergabel. Über Mas Kopf hinweg fing ich Carmels Blick auf, tippte auf meine Uhr und sagte mit beschwörendem Unterton: »Sorgerechtsvereinbarung.« Ich war ziemlich sicher, dass Carmel eine Reihe von Filmen gesehen hatte, in denen hartherzige Ex-Ehemänner wackere geschiedene Frauen dadurch quälten, dass sie es mit Sorgerechtsvereinbarungen nicht allzu genau nahmen. Ihre Augen weiteten sich. Ich überließ es ihr, Ma das Problem zu erklären, packte Hollys Arm und ihre Tasche und bugsierte sie schnell zur Wohnung hinaus. Während wir die Treppe hinunterhasteten (»Ja, hau ab, verschwinde, wenn du nicht zurückgekommen wärst und alle durcheinandergebracht hättest, dann würde dein Bruder noch leben …«), hörte ich Stephens Stimme über uns, ruhig und gleichmäßig, wie er nett und höflich mit Shay plauderte.

Dann waren wir raus aus Nummer 8, umgeben von Nacht und Straßenlampenlicht und Stille. Die Haustür knallte hinter uns zu.

Ich atmete einmal tief kühle, feuchte Abendluft ein und sagte: »Großer Gott.« Ich hätte morden können für eine Zigarette.

Holly drehte ihre Schulter abrupt von mir weg und riss mir ihre Schultasche aus der Hand.

»Das da drin tut mir leid. Ehrlich. Das hättest du alles gar nicht hören sollen.«

Holly würdigte mich keiner Antwort, geschweige denn eines Blickes. Sie hatte die Lippen fest zusammengepresst und das Kinn rebellisch vorgeschoben, während sie die Straße hinaufmarschierte, und mir war klar, dass ich richtig Ärger kriegen würde, sobald wir ungestört wären. Auf der Smith's Road, drei Parkplätze vor meinem, entdeckte ich Stephens Auto, einen aufgemotzten Toyota, den er offensichtlich aus dem Polizeifuhrpark ausgesucht hatte, weil er prima in die Gegend passte. Er hatte ein gutes Auge. Ich bemerkte den Wagen nur wegen des betont unauffälligen Typen, der zusammengesunken auf dem Beifahrersitz saß und sich weigerte, in meine Richtung zu schauen. Stephen hatte wie ein richtiger kleiner Pfadfinder an alles gedacht.

Holly warf sich in ihren Kindersitz und knallte die Tür so fest zu, dass sie fast aus den Angeln geflogen wäre. »Warum müssen wir gehen?«

Sie hatte ehrlich keine Ahnung. Sie hatte die Sache mit Shay in Daddys tüchtige Hände übergeben. Was sie betraf, war das Problem damit gelöst, aus und vorbei. Eine meiner Hauptbestrebungen war es gewesen, dass sie nie im Leben – oder zumindest nicht auf absehbare Zeit – herausfinden sollte, dass das so nicht lief.

»Schätzchen«, sagte ich. Ich ließ den Motor nicht an. Ich war nicht sicher, ob ich fahren konnte. »Hör mir zu.«

»Das Essen ist *fertig*! Wir haben für dich und mich *mitgedeckt*!«

»Ich weiß. Ich wünschte auch, wir hätten bleiben können.«

»Aber wieso –«

»Du weißt doch, worüber du dich mit Onkel Shay unterhalten hast? Kurz bevor ich reingekommen bin?«

Holly erstarrte. Sie hatte die Arme noch immer trotzig vor der Brust verschränkt, aber hinter der ausdruckslosen Fassade überschlugen sich ihre Gedanken, um zu begreifen, was los war. Sie sagte: »Kann sein.«

»Meinst du, du könntest jemand anderem erklären, worum es in dem Gespräch ging?«

»Dir?«

»Nein, nicht mir. Einem Kollegen von mir. Er heißt Stephen. Er ist bloß ein paar Jährchen älter als Darren, und er ist sehr nett.« Stephen hatte Schwestern erwähnt. Ich hoffte bloß, dass er gut mit ihnen klargekommen war. »Er muss unbedingt hören, worüber du und dein Onkel geredet habt.«

Hollys Wimpern flatterten. »Ich hab's vergessen.«

»Schätzchen, ich weiß, dass du gesagt hast, du würdest es keinem erzählen. Ich hab dich gehört.«

Ein kurzes, misstrauisches blaues Augenblitzen. »Was gehört?«

»Ich würde wetten, so ziemlich alles.«

»Wenn du's gehört hast, dann erzähl *du* es doch diesem Stephen.«

»Das geht leider nicht, Liebes. Er muss es direkt von dir hören.«

Ihre Hände begannen sich an den Seiten ihres Pullovers zu Fäusten zu ballen. »Tja, Pech. Ich *kann* es ihm nicht erzählen.«

Ich sagte: »Holly. Bitte sieh mich an.« Nach einem Moment wandte sie widerstrebend den Kopf ein paar Zentimeter in meine Richtung. »Weißt du noch, wie wir darüber gesprochen haben, dass man manchmal ein Geheimnis weitererzählen muss, weil jemand anderes das Recht hat, es zu erfahren?«

Achselzucken. »Na und?«

»Und das ist so ein Geheimnis. Stephen versucht rauszufinden, was mit Rosie passiert ist.« Ich ließ Kevin unerwähnt. Holly hatte ohnehin schon so unendlich viel mehr zu verkraften, als gut für sie war. »Das ist sein Job. Und um den machen zu können, muss er deine Geschichte hören.«

Verstärktes Achselzucken. »Mir doch egal.«

Nur für eine Sekunde erinnerte mich die trotzige Neigung ihres Kinns an Ma. Ich kämpfte gegen jeden Instinkt an, den sie besaß, gegen alles, was ich direkt aus meinen Adern in ihre Blutbahn geschickt hatte. Ich sagte: »Es darf dir aber nicht egal sein, Schätzchen. Geheimnisse zu hüten ist wichtig, aber manchmal ist es sogar noch wichtiger, die Wahrheit herauszufinden. Und das ist fast immer der Fall, wenn jemand getötet worden ist.«

»Gut. Dann soll dieser Stephen doch andere Leute ärgern und mich in Ruhe lassen, weil ich nämlich glaube, dass Onkel Shay überhaupt nix Böses gemacht hat.«

Ich sah sie an, angespannt und kratzbürstig und funkensprühend wie eine in die Enge getriebene kleine Wildkatze. Noch wenige Monate zuvor hätte sie fraglos getan, worum ich sie gebeten hatte, und trotzdem ihren Glauben an den lieben Onkel Shay bewahrt. Es kam mir so vor, als würde jedes Mal, wenn ich sie sah, das Hochseil dünner und der Abgrund darunter tiefer, bis ich irgendwann zwangsläufig das Gleichgewicht verlieren, einen einzigen Fehltritt tun und uns beide abstürzen lassen würde.

Ich sagte mit bemüht gelassener Stimme: »Okay, Kleines. Dann beantworte mir eine Frage. Du hast das heute ziemlich sorgfältig geplant, nicht?«

Wieder dieses misstrauische blaue Augenblitzen. »Nein.«

»Ach komm, Häschen. Bei so was kannst du mir nichts vormachen. Es ist mein Beruf, solche Dinge zu planen. Und ich kriege es mit, wenn andere das tun. Damals, als wir beide das erste Mal über Rosie gesprochen haben, da hast du angefangen über den Brief nachzudenken, den du gesehen hattest. Also hast du mich nach ihr gefragt, harmlos und beiläufig, und als du erfahren hast, dass sie meine Freundin war, ist dir klargeworden, dass der Brief von ihr sein musste. Und dann hast du dich gewundert, wieso dein Onkel Shay einen Brief von einem toten Mädchen bei sich zu Hause in der Schublade liegen hat. Sag's ruhig, wenn ich falschliege.«

Keine Reaktion. Sie in die Enge zu treiben wie eine Zeugin machte mich so müde, dass ich am liebsten vom Sitz gerutscht und im Fußraum eingeschlafen wäre. »Also hast du mich bearbeitet, bis du mich dazu gebracht hast, heute mit dir zu deiner Nana zu fahren. Du hast dir deine Mathehausaufgaben bis ganz zum Schluss aufgehoben, damit du sie mitnehmen und als Vorwand benutzen konntest, deinen Onkel Shay unter vier Augen zu sprechen. Und dann hast du so lange auf ihn eingeredet, bis er angefangen hat, von dem Brief zu erzählen.«

Holly kaute fest auf der Innenseite ihrer Lippe. Ich sagte: »Ich bin dir nicht böse. Du hast das alles ziemlich gut eingefädelt. Ich sag dir nur, wie's war.«

Achselzucken. »Na und?«

»Jetzt kommt meine Frage: Wenn du nicht glaubst, dass dein Onkel Shay irgendwas Böses gemacht hat, wieso hast du dir dann so viel Mühe gegeben? Wieso hast du mir nicht einfach erzählt, was du gefunden hast, und mich mit ihm drüber reden lassen?«

Fast unverständlich leise und nach unten in ihren Schoß gesprochen: »Weil dich das nix anging.«

»Doch, Zuckerschnute, es ging mich was an. Und das wusstest du auch. Du wusstest, dass Rosie mir viel bedeutet hat, du weißt, dass ich Polizist bin, und du wusstest, dass ich herausfinden wollte, was mit ihr passiert ist. Damit ging mich der Brief sehr wohl was an. Außerdem hatte dich da noch keiner gebeten, das mit dem Brief als Geheimnis zu bewahren. Also warum hast du mir nichts davon erzählt, es sei denn, du wusstest, dass daran irgendwas faul war?«

Holly zupfte vorsichtig einen roten Wollfaden aus dem Ärmel ihrer Strickjacke, zog ihn in die Länge und inspizierte ihn. Einen Moment lang dachte ich, sie würde antworten, doch stattdessen fragte sie: »Wie war Rosie so?«

Ich sagte: »Sie war mutig. Sie war dickköpfig. Sie war lustig.« Ich wusste nicht, wohin das führen würde, doch Holly betrachtete mich aufmerksam von der Seite, als hinge viel von meiner Antwort ab. Das mattgelbe Licht der Straßenlampen machte ihre Augen dunkler und undurchdringlicher, schwerer zu lesen. »Sie mochte Musik und Abenteuer und Schmuck und ihre Freundinnen. Sie hatte größere Pläne als irgendjemand sonst, den ich kannte. Wenn ihr etwas wichtig war, gab sie es nicht auf, um keinen Preis der Welt. Du hättest sie gemocht.«

»Nein, hätte ich nicht.«

»Ob du's glaubst oder nicht, Häschen, du hättest. Und sie hätte dich gemocht.«

»Hast du sie mehr liebgehabt als Mum?«

Aha. »Nein«, sagte ich, und es kam mir so glatt und mühelos über die Lippen, dass ich mir ganz und gar nicht sicher war, ob es eine Lüge war. »Ich hab sie anders liebgehabt. Nicht mehr. Nur anders.«

Holly starrte zum Fenster hinaus, wickelte sich den Faden um die Finger und dachte ihre eigenen tiefschürfenden Gedanken. Ich unterbrach sie nicht. Vorne an der Ecke waren ein paar Kinder, kaum älter als sie, die sich gegenseitig gegen eine Wand schubsten, grölten und laut quatschten. Ich sah glühende Zigaretten und glänzende Dosen.

Schließlich sagte Holly mit gepresster, tonloser Stimme: »Hat Onkel Shay Rosie getötet?«

Ich sagte: »Ich weiß es nicht. Das kann ich nicht entscheiden, genauso wenig wie du. Das kann nur ein Gericht mit Geschworenen entscheiden.«

Ich wollte sie schonen, aber sie ballte die Fäuste und schlug sich auf die Knie. »Daddy, *nein*, das meine ich nicht, ist mir egal, was irgendwer *entscheidet*! Ich meine, ehrlich. Hat er?«

Ich sagte: »Ja. Da bin ich mir ziemlich sicher.«

Wieder Schweigen, diesmal länger. Die Typen an der Wand hatten inzwischen begonnen, sich gegenseitig unter den lautstarken Anfeuerungen der anderen Kartoffelchips ins Gesicht zu drücken. Schließlich sagte Holly noch immer mit dieser dünnen gepressten Stimme: »Wenn ich Stephen erzähle, worüber ich mit Onkel Shay geredet habe.«

»Ja?«

»Was passiert dann?«

Ich sagte: »Ich weiß es nicht. Das wird sich zeigen.«

»Kommt er dann ins Gefängnis?«

»Könnte sein. Kommt drauf an.«

»Worauf? Auf mich?«

»Zum Teil. Zum Teil aber auch auf viele andere Leute.«

Ihre Stimme zitterte ein ganz kleines bisschen. »Aber mir hat er *nie* was Böses getan. Er hilft mir bei den Hausaufgaben, und er hat mir und Donna gezeigt, wie man mit den Händen Schatten macht. Er lässt mich sogar an seinem Kaffee nippen.«

»Ich weiß, Schätzchen. Er ist für dich ein netter Onkel gewesen, und das ist wichtig. Aber er hat auch andere Sachen gemacht.«

»Ich will nicht, dass er wegen mir ins Gefängnis muss.«

Ich versuchte, ihren Blick aufzufangen. »Kleines, hör mir zu. Ganz gleich, was passiert, es wird nicht deine Schuld sein. Was auch immer Shay getan hat, er hat es selbst getan. Nicht du.«

»Trotzdem wird er wütend sein. Und Nana und Donna und

Tante Jackie. Die sind dann alle böse auf mich, weil ich es erzählt habe.«

Das Beben in ihrer Stimme wurde heftiger. Ich sagte: »Sie werden ziemlich aufgebracht sein, ja. Und vielleicht sind sie auch ein Weilchen sauer auf dich, zu Anfang. Aber selbst wenn, das gibt sich wieder. Weil sie alle ebenso gut wie ich wissen, dass es nicht deine Schuld ist.«

»Das weißt du nicht sicher. Vielleicht hassen sie mich für immer und ewig. Du kannst das nicht versprechen.«

Ihre Augen waren weißlich umringt, gehetzt. Ich wünschte, ich hätte Shay noch sehr viel härter geschlagen, als ich die Gelegenheit hatte. »Nein«, sagte ich. »Kann ich nicht.«

Holly trat beide Füße mit voller Wucht hinten in die Lehne des Beifahrersitzes. »Ich will das alles nicht. Ich will, dass alle weggehen und mich in Ruhe lassen. Ich wünschte, ich hätte den blöden Brief überhaupt nie gesehen!«

Noch ein Tritt, der den Sitz nach vorn wippen ließ. Von mir aus hätte sie mein Auto kurz und klein treten können, wenn sie sich dadurch besser gefühlt hätte, aber wenn sie so weitermachte, würde sie sich noch verletzen. Ich drehte mich schnell zur Seite und schob einen Arm zwischen ihre Füße und die Lehne. Sie gab einen wilden, hilflosen Laut von sich und wand sich heftig, versuchte, einen Tritt zu landen, ohne mich zu treffen, aber ich packte ihre Knöchel und hielt sie fest. »Ich weiß ja. Ich weiß. Ich will das auch alles nicht, aber es ist nun mal da. Und ich wünschte bei Gott, ich könnte dir sagen, dass alles gut sein wird, sobald du die Wahrheit gesagt hast, aber das kann ich nicht. Ich kann dir nicht mal versprechen, dass du dich dann besser fühlst. Das könnte sein, aber genauso gut könnte es sein, dass du dich danach sogar noch schlechter fühlst. Das Einzige, was ich dir sagen kann, ist, dass du es tun musst, so oder so. Manchmal bleibt einem keine Wahl.«

Holly war in ihrem Kindersitz zurückgesunken. Sie atmete tief durch und wollte etwas sagen, doch stattdessen presste sie eine Hand auf den Mund und fing an zu weinen.

Ich war drauf und dran, auszusteigen und mich zur ihr nach hinten zu setzen, um sie in den Arm zu nehmen. Doch dann traf mich die Erkenntnis: Da weinte kein kleines Kind, das darauf wartete, dass sein Daddy es in die Arme schloss und alles wiedergutmachte. Das hatten wir hinter uns gelassen, irgendwo am Faithful Place.

Stattdessen streckte ich meine Hand aus und nahm Hollys. Sie klammerte sich fest, als drohte sie abzustürzen. Wir blieben lange so sitzen. Sie hatte den Kopf ans Seitenfenster gelehnt, und ihr ganzer Körper wurde von mächtigem, stummem Schluchzen erschüttert. Hinter uns hörte ich Männerstimmen, die ein paar schroffe Sätze wechselten, dann schlugen Autotüren, und dann fuhr Stephen davon.

Wir hatten beide keinen Hunger. Ich brachte Holly trotzdem dazu, etwas zu essen, ein radioaktiv aussehendes Käsecroissant, das wir unterwegs bei Centra kauften, eher mir zuliebe als ihr. Dann fuhr ich sie zurück zu Olivia.

Ich parkte vor dem Haus und drehte mich zu Holly um. Sie lutschte an einer Haarsträhne und blickte mit großen, ruhigen, verträumten Augen aus dem Fenster, als hätten Erschöpfung und Überlastung sie in einen Trancezustand versetzt. Irgendwann während der Fahrt hatte sie Clara aus ihrer Tasche gezogen.

Ich sagte: »Du hast deine Matheaufgaben nicht fertig gemacht. Kriegst du deshalb Ärger mit Mrs O'Donnell?«

Eine Sekunde lang sah Holly aus, als hätte sie vergessen, wer Mrs O'Donnell ist. »Ach. Mir doch egal. Die ist doof.«

»Glaub ich dir. Aber ich finde, du solltest dir nicht auch

noch ihr Gemecker wegen der Hausaufgaben anhören müssen. Wo ist dein Heft?«

Sie kramte es in Zeitlupe hervor und reichte es mir. Ich blätterte bis zur ersten freien Seite und schrieb: *Liebe Mrs O'Donnell, bitte entschuldigen Sie, dass Holly ihre Mathehausaufgaben nicht vollständig gemacht hat. Sie fühlte sich am Wochenende nicht ganz wohl. Falls das ein Problem ist, rufen Sie mich bitte an. Vielen Dank. Frank Mackey.* Auf der gegenüberliegenden Seite sah ich Hollys runde, penible Handschrift: *Wenn Desmond 342 Äpfel hat …*

»Hier«, sagte ich und gab ihr das Heft zurück. »Falls sie dir irgendwie komisch kommt, gib ihr meine Telefonnummer und sag ihr, sie soll dich in Ruhe lassen. Okay?«

»Ja. Danke, Daddy.«

Ich sagte: »Deine Mutter sollte darüber Bescheid wissen. Ich werd's ihr erklären.«

Holly nickte. Sie verstaute ihr Heft, blieb aber sitzen und klickte ihren Sicherheitsgurt auf und zu. Ich sagte: »Was geht dir durch den Kopf, Häschen?«

»Du und Nana, ihr wart gemein zueinander.«

»Stimmt. Waren wir.«

»Wieso?«

»Es war nicht richtig. Aber hin und wieder gehen wir uns einfach gegenseitig auf die Nerven. Auf der ganzen Welt kann einen nichts so aufregen wie die eigene Familie.«

Holly stopfte Clara in die Tasche und schaute auf sie hinunter, streichelte die abgewetzte Nase mit einem Finger. »Wenn ich irgendwas Schlimmes machen würde«, sagte sie, »würdest du die Polizei dann anlügen, damit mir nix passiert?«

»Ja«, sagte ich. »Für dich würde ich die Polizei und den Papst und den Präsidenten der Welt anlügen, bis ich Fransen am Mund hätte. Es wäre falsch, aber ich würd's trotzdem tun.«

Holly erschreckte mich fast zu Tode, als sie sich plötzlich zwischen die Sitze vorbeugte, ihre Arme um meinen Hals schlang und ihre Wange an meine drückte. Ich zog sie so fest an mich, dass ich ihren Herzschlag an meiner Brust spürte, rasend und leicht wie bei einem kleinen wilden Tier. Ich musste ihr Millionen Dinge sagen, die alle bedeutsam und wichtig waren, aber ich brachte keines davon über die Lippen.

Schließlich seufzte Holly, einen langen, zittrigen Seufzer, und löste sich wieder von mir. Sie stieg aus dem Wagen und wuchtete sich ihre Schultasche auf den Rücken. »Wenn ich mit diesem Stephen reden muss«, sagte sie. »Geht das auch nicht am Mittwoch? Da will ich nämlich bei Emily zu Hause spielen.«

»Das ist überhaupt kein Problem, Schätzchen. Welcher Tag dir am besten passt. Jetzt lauf. Ich komm gleich nach. Ich muss nur noch jemanden anrufen.«

Holly nickte. Sie ließ matt die Schultern hängen, aber auf dem Weg zur Haustür schüttelte sie leicht den Kopf und nahm Haltung an. Als Liv die Tür öffnete und die Arme ausbreitete, war der schmale Kinderrücken kerzengerade und stahlhart.

Ich blieb, wo ich war, zündete mir eine Zigarette an und rauchte sie mit einem einzigen Zug zur Hälfte runter. Als ich sicher war, meine Stimme ruhighalten zu können, rief ich Stephen an.

Er war irgendwo mit miserablem Empfang, vermutlich tief in den verwinkelten Räumlichkeiten des Morddezernats in der Dubliner Burg. Ich sagte: »Ich bin's. Wie läuft's?«

»Eigentlich nicht schlecht. Wie Sie gesagt haben, er streitet alles ab, wenn er sich überhaupt mal zu einer Antwort herablässt. Die meiste Zeit schweigt er, fragt mich nur hin und wieder mal, ob ich fürs Arschkriechen von Ihnen Fleißkärtchen kriege.«

»Tja, er war schon immer ein Charmeur. Liegt bei uns in der Familie. Lassen Sie das nicht an sich rankommen.«

Stephen lachte. »Nein, nein, keine Sorge. Er kann von mir aus sagen, was er will, letzten Endes bin ich es jedenfalls, der nach Hause geht, wenn wir hier fertig sind. Aber jetzt zu Ihnen: Haben Sie irgendwas? Irgendwas, was ihn vielleicht ein bisschen gesprächiger machen könnte?«

Er war voller Energie und bereit, so lange durchzuhalten wie nötig, und seine Stimme strotzte vor frisch gewonnenem Selbstvertrauen. Er versuchte, taktvoll dezent zu klingen, aber insgeheim war der Junge regelrecht aus dem Häuschen.

Ich erzählte ihm alles, was ich wusste und wie ich es in Erfahrung gebracht hatte, bis hin zur letzten ranzig stinkenden Einzelheit: Informationen sind Munition, und Stephen konnte keine Rohrkrepierer in seinem Arsenal gebrauchen. Zum Schluss sagte ich: »Er mag unsere Schwestern, vor allem Carmel, und meine Tochter Holly. Mehr ist da nicht, soweit ich weiß. Mich kann er auf den Tod nicht ausstehen. Er hatte auch was gegen Kevin, aber das gibt er nicht gerne zu, und er hasst sein Leben. Er ist rasend neidisch auf jeden, bei dem das anders ist, was Sie mit an Sicherheit grenzender Wahrscheinlichkeit mit einschließt. Und wie Ihnen wahrscheinlich schon an der einen oder anderen Stelle aufgefallen ist, er ist jähzornig.«

»Okay«, sagte Stephen, dessen Kopf auf Hochtouren arbeitete, fast zu sich selbst. »Okay, ja. Damit kann ich was anfangen.«

Der Junge wurde immer mehr zu einem Mann nach meinem Geschmack. »Ja, mit Sicherheit. Noch was, Stephen: Bis heute Abend hat er noch geglaubt, er wäre ganz kurz davor, seinem Leben eine Wende zu geben. Er dachte, er würde den Fahrradladen kaufen, in dem er arbeitet, unseren Dad in einem Heim unterbringen, ausziehen und endlich die Chance kriegen, ein lebenswertes Leben zu führen. Noch vor wenigen Stunden stand dem Mann die Welt offen.«

Schweigen, und eine Sekunde lang fragte ich mich, ob Stephen das als Aufforderung verstanden hatte, auf Mitleid umzuschalten. Dann sagte er: »Wenn ich ihn damit nicht zum Reden bringe, hab ich's nicht verdient, ihn überhaupt je zum Reden zu bringen.«

»Das seh ich auch so. Ran an den Speck, mein Junge. Und halten Sie mich auf dem Laufenden.«

Stephen sagte: »Wissen Sie noch«, und dann wurde der Empfang so schlecht, dass seine Stimme sich in ein Wirrwarr von Kratzgeräuschen verwandelte. Ich hörte noch: »... mehr haben die nicht ...«, ehe die Verbindung zusammenbrach und nur noch sinnloses Piepen an mein Ohr drang.

Ich ließ die Scheibe runter und rauchte noch eine. Auch hier in der Gegend war weihnachtlich dekoriert worden – Kränze an den Türen, ein Weihnachtsmann, der sich von einem Dach abseilte –, und die Nachtluft war so kalt und glasig geworden, dass sie sich endlich winterlich anfühlte. Ich warf meine Kippe weg und atmete tief durch. Dann ging ich zu Olivias Tür und klingelte.

Liv machte in Pantoffeln auf, das Gesicht gewaschen und bettfertig. Ich sagte: »Ich hab Holly versprochen, dass ich noch reinkomme und gute Nacht sage.«

»Holly schläft, Frank. Sie ist schon eine ganze Weile im Bett.«

»Ach so. Okay.« Ich schüttelte den Kopf, versuchte, einen klaren Gedanken zu fassen. »Wie lange war ich denn da draußen?«

»So lange, dass ich mich wundere, wieso Mrs Fitzhugh noch nicht die Polizei angerufen hat. Zurzeit sieht sie nämlich überall Stalker.«

Aber sie lächelte, und die Tatsache, dass sie nicht sauer auf mich war, weil ich vor der Tür stand, löste in mir ein unvermutetes und lächerliches Gefühl von Wärme aus. »Die Frau war schon immer etwas plemplem. Weißt du noch, als wir mal –« Ich sah den Rückzug in Livs Augen und bremste mich, ehe es zu spät war. »Du, sag mal, kann ich vielleicht trotzdem ein paar Minuten reinkommen? Nur auf einen Kaffee, damit ich einen klaren Kopf kriege, ehe ich nach Hause fahre. Und wir könnten kurz darüber reden, wie es Holly geht. Ich verspreche, ich bleib nicht lange.«

Offenbar sah ich so aus, wie ich mich fühlte, oder zumindest fast so, wie ich mich fühlte, so dass Livs Mitleidsreflex ansprang. Nach einem Moment nickte sie und hielt mir die Tür auf.

Sie führte mich in den Wintergarten – in den Ecken der Fensterscheiben bildete sich schon Frost, aber die Heizung lief, und der Raum war gemütlich warm – und ging dann in die Küche, um den Kaffee zu machen. Das Licht war gedämpft. Ich nahm Shays Baseballmütze ab und stopfte sie in meine Jackentasche. Sie roch nach Blut.

Liv brachte den Kaffee auf einem Tablett herein, in den guten Tassen und sogar mit einem kleinen Sahnekännchen. Als sie sich in ihrem Sessel niederließ, sagte sie: »Du siehst aus, als hättest du ein ereignisreiches Wochenende hinter dir.«

Ich brachte es nicht über mich. »Familie«, sagte ich. »Wie war's bei dir? Was macht Dermo?«

Liv ließ sich Zeit, rührte in ihrem Kaffee und überlegte, wie sie darauf antworten sollte. Schließlich seufzte sie, ein ganz leiser Laut, den ich nicht hören sollte. Sie sagte: »Ich hab ihm gesagt, dass es besser wäre, wenn wir uns nicht mehr sehen.«

»Ach«, sagte ich. Der jähe, süße Schuss Glück, der all die dunklen Schichten durchschlug, die sich fest um mein Inneres gelegt hatten, überraschte mich. »Einfach so?«

Elegantes leichtes Schulterzucken. »Ich fand, wir passen nicht zusammen.«

»Sieht Dermo das auch so?«

»Er hätte es bald so gesehen. Wenn wir noch ein paarmal zusammen ausgegangen wären. Ich bin nur etwas schneller an den Punkt gelangt.«

»Wie immer«, sagte ich. Es war nicht gehässig gemeint, und Liv lächelte ein wenig in ihre Tasse hinein. »Tut mir leid, dass es nicht geklappt hat.«

»Ach, na ja. So ist das Leben. Was ist mit dir? Gibt es da jemanden?«

»Schon länger nicht. Jedenfalls nichts, was der Rede wert wäre.« Dass Olivia Dermot abserviert hatte, war das schönste Geschenk, das mir das Leben in letzter Zeit beschert hatte – klein, aber vollkommen geformt; man nimmt, was man kriegen kann –, und ich wusste, wenn ich mein Glück überstrapazierte, würde ich es wahrscheinlich in tausend Stücke zerschlagen, aber ich konnte nicht anders. »Hättest du vielleicht Lust, irgendwann demnächst mal abends essen zu gehen, falls du Zeit hast und wir einen Babysitter bekommen können? Das *Coterie* kann ich mir wohl kaum leisten, aber was Besseres als Burger King müsste drin sein.«

Livs Augenbrauen hoben sich, und sie wandte mir das Gesicht zu. »Meinst du … Wie meinst du das? Etwa als Date?«

»Na ja«, sagte ich. »Ich glaub schon. Ganz eindeutig als Date.«

Langes Schweigen, während hinter ihren Augen vieles vor sich ging. Ich sagte: »Ich hab dir zugehört, neulich Abend, weißt du. Als es darum ging, ob Leute sich gegenseitig fertigmachen. Ich weiß noch immer nicht, ob ich das so sehen kann wie du, aber ich versuche, so zu tun, als hättest du recht. Ich geb mir echt Mühe, Olivia.«

Liv lehnte den Kopf zurück und betrachtete den Mond, der an den Fenstern vorbeizog. »Als du Holly das erste Mal übers Wochenende abgeholt hast«, sagte sie, »war ich richtig panisch. Die ganze Zeit, die sie weg war, hab ich keine Sekunde geschlafen. Ich weiß, du hast gedacht, ich hätte aus purer Gemeinheit versucht, dir die Wochenenden mit ihr zu verweigern, aber so war es nicht. Ich war sicher, dass du mit ihr in irgendein Flugzeug steigen würdest und ich euch beide nie wiedersehen würde.«

Ich sagte: »Gedacht hab ich dran.«

Ich sah ein Beben durch ihre Schultern laufen, doch ihre Stimme blieb gefasst. »Ich weiß. Aber du hast es nicht getan. Ich bilde mir nicht ein, dass du es meinetwegen nicht getan hast; zum Teil sicher auch deshalb nicht, weil du dann deine Arbeit hättest aufgeben müssen, aber der Hauptgrund war, weil du Holly damit wehgetan hättest, und das würdest du nie tun. Deshalb bist du geblieben.«

»Ja«, sagte ich. »Tja. Ich tue, was ich kann.« Ich war weniger überzeugt als Liv, dass es für Holly am besten gewesen war hierzubleiben. Das Kind hätte mir helfen können, auf Korfu eine Strandbar zu betreiben, braungebrannt und ein Liebling der Einheimischen, anstatt sich von der buckligen Verwandtschaft verkorksen zu lassen.

»Das hab ich neulich gemeint. Menschen müssen sich nicht gegenseitig verletzen, nur weil sie sich lieben. Wir beide haben uns gegenseitig unglücklich gemacht, weil wir uns dazu entschieden haben, nicht weil es irgendein unausweichliches Schicksal war.«

»Liv«, sagte ich. »Ich muss dir was erzählen.«

Ich hatte fast während der ganzen Rückfahrt versucht, mir eine möglichst undramatische Version der Ereignisse zurechtzulegen. Jedoch ohne Erfolg. Ich ließ alles weg, was ich konnte, und milderte das Übrige ab, aber als ich fertig war, starrte Olivia mich trotzdem mit weitaufgerissenen Augen an und hatte die zitternden Fingerspitzen an die Lippen gepresst. »Mein Gott«, sagte sie. »O mein Gott. *Holly*.«

Ich sagte mit aller Überzeugungskraft, die ich aufbieten konnte: »Sie wird es verkraften.«

»Sie war ganz allein mit einem – Gott, Frank, wir müssen – was sollen wir –«

Es war so lange her, dass Liv sich mir anders gezeigt hatte als beherrscht und gelassen, ohne einen Riss in ihrer Rüstung. So wie jetzt, schutzlos und zitternd und verzweifelt nach einem Weg suchend, ihr Baby zu schützen, drang sie mir bis ins Mark. Ich hütete mich, sie in die Arme zu nehmen, aber ich beugte mich vor und schloss meine Finger um ihre. »Ruhig, Schatz. Ganz ruhig. Alles wird gut.«

»Hat er sie bedroht? Ihr Angst eingejagt?«

»Nein, Schatz. Sie war bedrückt und durcheinander, und ihr war unbehaglich zumute, aber ich bin ganz sicher, dass sie nie das Gefühl hatte, irgendwie in Gefahr zu sein. Und ich glaube auch nicht, dass sie das war. Auf seine eigene unglaublich kaputte Art hängt er wirklich an ihr.«

Livs Gedanken eilten schon weit voraus. »Wie stark ist die Beweislage? Wird sie als Zeugin aussagen müssen?«

»Ich weiß es nicht.« Wir kannten beide die zahllosen Fragezeichen: Würde die Staatsanwaltschaft Anklage erheben? Würde Shay sich schuldig bekennen? Würde der Richter Holly für fähig halten, die Ereignisse wahrheitsgemäß wiederzugeben? »Aber wenn ich mich festlegen müsste, würde ich sagen, ja. Ich glaube, sie muss aussagen.«

Olivia sagte wieder: »O Gott.«

»Bis dahin ist noch viel Zeit.«

»Das tut nichts zur Sache. Ich hab erlebt, was ein guter Anwalt mit Zeugen machen kann. Ich hab es selbst gemacht. Ich will nicht, dass irgendwer das mit Holly macht.«

Ich sagte sanft: »Du weißt, dass wir nichts dagegen machen können. Wir müssen einfach darauf hoffen, dass sie das gut übersteht. Sie ist ein starkes Kind. War sie schon immer.« Eine nadelspitze Sekunde lang erinnerte ich mich daran, wie ich an Frühlingsabenden in diesem Wintergarten gesessen hatte und in Olivias Bauch etwas Stürmisches und Winziges hüpfen sah, das bereit war, es mit der Welt aufzunehmen.

»Ist sie, ja, sie ist stark. Aber das spielt keine Rolle. Kein Kind dieser Welt ist stark genug für so was.«

»Holly wird es schaffen, weil sie keine andere Wahl hat. Und Liv … du weißt das selbst, aber du darfst mit ihr nicht über den Fall reden.«

Olivia entriss mir förmlich ihre Hand und hob ruckartig den Kopf, bereit, ihr Junges zu verteidigen. »Sie wird darüber sprechen müssen, Frank. Ich darf gar nicht daran denken, wie das für sie gewesen sein muss, und ich werde nicht zulassen, dass sie das alles in sich hineinfrisst –«

»Richtig, aber du kannst nicht die Person sein, mit der sie redet, und ich auch nicht. Aus Sicht des Gerichts bist du immer noch Staatsanwältin und somit befangen. Ein einziger Hinweis darauf, dass du sie beeinflusst hast, und der ganze Fall geht den Bach runter.«

»Der Fall ist mir egal, verdammt nochmal. Mit wem soll sie denn sonst reden? Du weißt ganz genau, dass sie nicht mit einer Therapeutin reden wird. Als wir uns getrennt haben, hat sie bei der Frau kein einziges Wort gesagt. Ich werde nicht zulassen, dass sie einen Knacks fürs Leben zurückbehält. Das lasse ich nicht zu.«

Ihr Optimismus, die Hoffnung, dass das nicht schon längst passiert war, fühlte sich an wie eine Faust, die in meinen

Brustkorb griff und zudrückte. »Nein«, sagte ich. »Das weiß ich doch. Ich mach dir einen Vorschlag: Du ermunterst Holly, so viel darüber zu reden, wie es ihr guttut. Aber sorg dafür, dass niemand sonst davon erfährt. Mich eingeschlossen. Okay?«

Olivias Lippen wurden dünn, aber sie erwiderte nichts. Ich sagte: »Ich weiß, das ist nicht ideal.«

»Ich dachte, dir läge so furchtbar viel daran, dass sie keine Geheimnisse hat.«

»Stimmt. Aber jetzt ist es ein bisschen spät, um das noch als oberste Priorität zu sehen, also was soll's.«

Liv sagte, und auf dem Grund ihrer Stimme lag ein rauer Ton der Erschöpfung: »Das soll wohl heißen: ›Du hättest auf mich hören sollen.‹«

»Nein«, sagte ich, und das meinte ich ehrlich. Ich erkannte ihre Überraschung daran, dass sie rasch den Kopf wandte, um mich anzusehen. »Absolut nicht. Das heißt, dass wir hier beide Mist gebaut haben, du und ich, und dass wir uns jetzt am besten auf Schadensbegrenzung konzentrieren sollten. Und ich bin sicher, dass du das bestechend gut hinkriegen wirst.«

Ihre Miene war noch immer argwöhnisch und müde, sie wartete auf den Haken bei der Sache. Ich sagte: »Diesmal ohne Hintersinn, Ehrenwort. Im Moment bin ich einfach nur froh, dass das Kind dich als Mutter hat.«

Ich hatte Liv überrumpelt. Ihre Augen schweiften flatternd von mir weg, und sie bewegte sich unruhig in ihrem Sessel. »Du hättest mir das gleich erzählen sollen, als ihr angekommen seid. Ich hab sie ins Bett gebracht, als wäre alles ganz normal –«

»Ich weiß. Aber ich dachte, ein bisschen Normalität würde ihr heute Abend ganz guttun.«

Sie bewegte sich wieder, abrupt. »Ich muss nach ihr sehen.«

»Wenn sie aufwacht, ruft sie nach uns. Oder sie kommt runter.«

»Vielleicht ja nicht. Ich bin gleich wieder da.«

Und schon war sie weg, huschte leise wie eine Katze die Treppe hinauf. Diese kleine Gewohnheit hatte für mich etwas seltsam Tröstliches. Damals, als Holly noch ein Baby war, lief das dutzendfach pro Abend so ab: Ein Quietschen aus dem Babyphon, und schon musste Olivia nachsehen, ob das Kind noch schlief, egal, wie oft ich ihr versicherte, dass es eine kräftige Lunge hatte und uns schon deutlich zu verstehen geben würde, wenn wir kommen sollten. Liv hatte nie Angst davor gehabt, dass Holly am plötzlichen Kindstod sterben oder aus dem Bett fallen und sich den Kopf aufschlagen oder ihr sonst irgendetwas zustoßen könnte, was Eltern Albträume bereitet. Ihre einzige Sorge war immer nur, dass Holly mitten in der Nacht aufwachen und sich allein und verlassen fühlen könnte.

Olivia kam wieder rein und sagte: »Sie schläft wie ein Murmeltier.«

»Gut.«

»Sie sieht friedlich aus. Ich spreche dann morgen früh mit ihr.« Sie ließ sich in ihren Sessel fallen und strich sich die Haare aus dem Gesicht. »Wie geht es denn dir, Frank? Ich hab noch gar nicht gefragt, aber, Gott, heute Abend, dass muss doch –«

Ich sagte: »Mir geht's gut. Aber ich sollte jetzt los. Danke für den Kaffee. Den hab ich gebraucht.«

Liv hakte nicht weiter nach. Sie fragte nur: »Bist du nicht zu müde zum Fahren?«

»Kein Problem. Wir sehen uns dann am Freitag.«

»Ruf Holly morgen an. Auch wenn du denkst, du solltest mit ihr nicht über ... über das alles reden. Ruf sie trotzdem an.«

»Klar. Hatte ich sowieso vor.« Ich kippte den Rest meines Kaffees in mich hinein und stand auf. »Nur damit ich Bescheid weiß«, sagte ich. »Unser Date hat sich wohl damit erledigt, oder?«

Olivia sah mich lange an. Sie sagte: »Wir müssten sehr vorsichtig sein, damit Holly sich keine falschen Hoffnungen macht.«

»Das würden wir hinkriegen.«

»Weil ich eigentlich wenig Chancen sehe, dass aus uns noch mal irgendwas wird. Nicht nach … Gott. Allem.«

»Ich weiß. Ich würde es einfach gerne versuchen.«

Olivia bewegte sich in ihrem Sessel. Das Mondlicht glitt über ihr Gesicht, so dass die Augen im Schatten lagen und ich nur den stolzen feinen Schwung ihrer Lippen sehen konnte. Sie sagte: »Damit du weißt, dass du wirklich nichts unversucht gelassen hast. Besser spät als nie, denke ich.«

»Nein«, sagte ich, »weil ich wirklich sehr, sehr gern mit dir einen Abend verbringen würde.«

Ich konnte spüren, dass sie mich noch immer aus der Dunkelheit heraus beobachtete. Schließlich sagte sie: »Das würde ich auch gern. Danke, dass du mich gefragt hast.«

Für den berauschenden Bruchteil einer Sekunde wäre ich fast zu ihr gegangen, hätte ich fast die Hände ausgestreckt, um … keine Ahnung: sie zu umschlingen, sie an mich zu pressen, mich auf die Marmorfliesen zu knien und das Gesicht in ihrem weichen Schoß zu vergraben. Ich bremste mich, indem ich die Zähne so fest aufeinanderbiss, dass ich mir fast den Kiefer ausgerenkt hätte. Als ich mich wieder bewegen konnte, trug ich das Tablett in die Küche und ging.

Olivia rührte sich nicht. Ich ging hinaus; vielleicht sagte ich gute Nacht, ich weiß es nicht mehr. Den ganzen Weg bis zu meinem Auto konnte ich sie hinter mir spüren, ihre Wärme, wie ein klares weißes Licht, das ruhig und stetig in dem dunklen Wintergarten leuchtete. Das allein half mir, nach Hause zu kommen.

23

ICH LIESS MEINE FAMILIE IN RUHE, während Stephen auf Hochtouren an seinem Fall arbeitete und erreichte, dass Shays Kautionsantrag abgelehnt und er wegen Mordes in zwei Fällen in Untersuchungshaft genommen wurde. George, der Gute, ließ mich wieder zur Arbeit kommen, ohne eine Miene zu verziehen. Er schusterte mir sogar die Leitung einer neuen und irrsinnig komplizierten Operation zu, bei der es um Litauen, Kalaschnikows und etliche faszinierende Typen namens Vytautas ging und in die ich locker Hundertstundenwochen stecken konnte, falls mir danach war – und mir war danach. Unter Kollegen wurde gemunkelt, dass Rocky aufgrund meiner nonchalanten Missachtung der Vorschriften eine empörte Beschwerde eingereicht hatte und dass George gerade lange genug aus seinem halbkomatösen Zustand aufgetaucht war, um ihm mit der hyperpingeligen Anforderung weiterer Informationen, bitte schriftlich und in dreifacher Ausfertigung, so viel Papierkram aufzuhalsen, dass er jahrelang damit zu tun haben würde.

Als ich mir ausrechnete, dass die emotionale Fieberkurve meiner Familie vielleicht um ein paar Grad gefallen sein könnte, suchte ich mir einen Abend aus und fuhr früher als sonst von der Arbeit nach Hause, so gegen zehn. Ich klatschte irgendwas aus dem Kühlschrank zwischen zwei Scheiben Brot und aß es. Dann ging ich mit einer Zigarette und einem edlen Glas Jameson-Whiskey auf den Balkon und rief Jackie an.

»Jesses«, sagte sie. Sie war zu Hause, im Hintergrund lief der Fernseher. Ihre Stimme war vor Überraschung ausdruckslos. Ich konnte nicht heraushören, was in ihr vorging. Zu Gavin: »Es ist Francis.«

Ein unverständliches Gemurmel von Gav, und dann wurden die Geräusche des Fernsehers leiser, weil Jackie offenbar aus dem Zimmer ging. Sie sagte: »Jesses. Ich hätte nicht gedacht … Aber wie geht's dir denn?«

»So lala. Und dir?«

»Ach, na ja. Kannst du dir ja denken.«

Ich sagte: »Wie geht's Ma?«

Ein Seufzen. »Ach, Francis, nicht besonders.«

»Inwiefern?«

»Sie sieht ein bisschen krank aus, und sie ist furchtbar still – was ihr nicht gerade ähnlich sieht, wie du weißt. Mir wäre wohler, wenn sie die ganze Zeit rumschimpfen würde.«

»Ich hatte befürchtet, sie würde doch noch ihren Herzinfarkt kriegen.« Ich versuchte, es wie einen Scherz klingen zu lassen. »Hätte mir eigentlich denken können, dass sie uns diese Freude nicht machen würde.«

Jackie lachte nicht. Sie sagte: »Carmel hat mir erzählt, dass sie gestern Abend da war, mit Darren, und Darren hat dieses Porzellandingsbums umgestoßen – du weißt schon, das mit dem kleinen Jungen und den Blumen, auf dem Regal im Wohnzimmer? Es ist runtergefallen und in tausend Stücke zerbrochen. Er hat einen Mordsschreck gekriegt, aber Mammy hat keinen Ton gesagt, nur alles seelenruhig zusammengefegt und in den Mülleimer geworfen.«

Ich sagte: »Sie fängt sich schon wieder. Ma ist zäh. Sie lässt sich nicht unterkriegen, auch nicht von so was.«

»Ich weiß. Aber trotzdem.«

Ich hörte, dass eine Tür geschlossen wurde, und Windgeräusche im Telefon. Jackie war ins Freie gegangen, um dieses Gespräch ungestört führen zu können. Sie sagte: »Die Sache ist die, dass Dad auch ziemlich schlecht dran ist. Er ist nicht mehr aus dem Bett aufgestanden, seit …«

»Scheiß drauf. Soll er doch drin verrotten.«

»Ich weiß ja, aber darum geht's nicht. Mammy kommt nicht mehr allein zurecht, wenn er in so einer Verfassung ist. Ich weiß nicht, wie das mit ihnen weitergehen soll. Ich bin so oft da, wie ich kann, und Carmel auch, aber sie hat die Kinder und Trevor, und ich muss arbeiten. Und auch wenn wir da sind, haben wir nicht genug Kraft, ihn hochzuheben, ohne ihm weh zu tun. Außerdem will er nicht, dass wir Töchter ihm aus der Wanne helfen und so. Shay …«

Ihre Stimme erstarb. Ich sagte: »Das hat Shay immer gemacht.«

»Ja.«

Ich sagte: »Soll ich mal hingehen und meine Hilfe anbieten?«

Für einen kurzen Moment schwieg sie verblüfft. »Du …? Ach, nein, nein, Francis. Lass mal gut sein.«

»Ich beweg meinen Hintern morgen da rüber, falls du das für eine gute Idee hältst. Ich hab mich nicht blicken lassen, weil ich mir gedacht hab, es würde eher schaden als nützen, aber falls ich mich irre …«

»O nein. Ich finde, du hast recht. Ich mein das nicht böse oder so. Bloß …«

»Nein, ich versteh schon. Hab ich mir gedacht.«

Jackie sagte: »Ich werde ihnen sagen, dass du dich nach ihnen erkundigt hast.«

»Tu das. Und falls sich irgendwann mal was ändert, sag mir Bescheid, okay?«

»Mach ich. Danke für dein Angebot.«

Ich sagte: »Was ist mit Holly?«

»Was soll mit ihr sein?«

»Wird sie in Zukunft bei Ma willkommen sein?«

»Möchtest du das denn? Ich war mir sicher, du …«

»Ich weiß es nicht, Jackie. So weit bin ich noch nicht. Wahrscheinlich nicht, nein. Aber ich möchte genau wissen, wo sie steht.«

Jackie seufzte, ein leises, trauriges Flattern. »Das weiß doch keiner so richtig. Nicht bis … du weißt schon. Bis sich alles ein bisschen beruhigt hat.«

Bis man Shay vor Gericht gestellt und freigesprochen hatte oder bis er schuldiggesprochen und zu zweimal lebenslänglich verknackt worden war. In jedem Fall wäre zumindest mit entscheidend, wie Hollys Aussage gegen ihn ausfiel. Ich sagte: »Ich kann es mir nicht leisten, so lange zu warten, Jackie. Und ich kann es mir nicht leisten, dass du dich mir gegenüber zierst. Es geht um meine Tochter.«

Wieder ein Seufzen. »Francis, ehrlich gesagt, wenn ich du wäre, würde ich sie erst mal eine Weile auf Abstand halten. Ihretwegen. Alle sind völlig fertig, bei allen liegen die Nerven blank, früher oder später würde einer irgendwas sagen, das sie verletzen könnte – nicht absichtlich, aber … Warte erst mal ab. Meinst du, das geht? Es macht ihr doch hoffentlich nicht zu viel aus, oder?«

Ich sagte: »Damit kann ich umgehen. Aber, Jackie, es ist so: Holly ist fest davon überzeugt, dass die Sache mit Shay ihre Schuld ist und die ganze Familie das auch so sieht. Wenn ich sie von Ma fernhalte – was mir weiß Gott nicht schwerfallen würde –, wird sie das nur noch mehr bestärken. Ehrlich gesagt, mir ist scheißegal, wenn das hundertprozentig stimmt und alle anderen in der Familie beschlossen haben, sie als Aussätzige zu behandeln, aber sie soll wissen, dass du dabei die Ausnahme bildest. Die Kleine ist am Boden zerstört, und sie hat schon so viele Menschen verloren, dass es für ein ganzes Leben reicht. Sie soll wissen, dass du noch für sie da bist, dass du keineswegs die Absicht hast, sie zu verlassen, und dass du ihr nicht mal eine Sekunde lang die Schuld dafür gibst, dass uns allen der Himmel auf den Kopf gefallen ist. Hast du damit irgendein Problem?«

Jackie gab bereits bestürzte und mitfühlende Laute von sich. »Ach, um Himmels willen, das arme Herzchen, wieso sollte ich ihr denn die Schuld geben – sie war doch noch nicht mal geboren, als das alles angefangen hat! Drück sie ganz fest von mir und sag ihr, ich komm sie besuchen, sobald ich Zeit hab.«

»Gut. Das dachte ich mir. Aber wenn ich ihr das sage, nützt das gar nichts: Sie muss es von dir hören. Kannst du sie mal anrufen und dich mit ihr verabreden? Beruhig die arme Kleine ein bisschen, ja?«

»Das mach ich, klar. Weiß du was, ich mach das jetzt sofort, ich darf gar nicht daran denken, dass sie zu Hause sitzt und sich Vorwürfe macht und Sorgen –«

»Jackie«, sagte ich. »Moment noch.«

»Ja?«

Ich hätte mich ohrfeigen können, dass ich diese Frage stellte, aber sie kam trotzdem heraus. »Eins noch, wo wir gerade beim Thema sind. Hör ich in Zukunft auch noch mal von dir? Oder nur Holly?«

Die Pause dauerte nur eine Sekunde, aber das genügte. Ich sagte: »Liebes, wenn nicht, komm ich schon damit klar. Ich kann nachvollziehen, dass du da deine Probleme hast. Ich würde einfach nur gern wissen, worauf ich mich einstellen muss. Ich finde, das spart allen Beteiligten Zeit und Mühe. Dagegen ist doch nichts einzuwenden, oder?«

»Nein, überhaupt nichts. Ach Gott, Francis …« Rasches Luftschnappen, fast krampfartig, als hätte sie einen Schlag in die Magengrube bekommen. »Natürlich melde ich mich wieder. Ganz bestimmt. Aber … es könnte sein, dass ich ein bisschen Zeit brauche. Ein paar Wochen, vielleicht, oder … Ich will dir nichts vormachen: Mein Kopf ist ganz leer. Ich weiß nicht mehr, was ich denken soll. Es könnte eine Weile dauern, bis …«

»Klingt einleuchtend«, sagte ich. »Glaub mir, das Gefühl kenn ich.«

»Es tut mir leid, Francis. Es tut mir so furchtbar leid.«

Ihre Stimme klang dünn und verzweifelt, bis auf den letzten Faden ausgefranst. Ich hätte schon ein noch größeres Schwein sein müssen, als ich es ohnehin bin, um ihr noch zusätzlich Vorhaltungen zu machen. Ich sagte: »So ist das Leben, Kleines. Es war nicht deine Schuld, genauso wenig wie Hollys.«

»Aber irgendwie doch. Wenn ich sie gar nicht erst mit zu Ma genommen hätte …«

»Oder wenn du sie nicht an diesem bestimmten Tag mitgenommen hättest. Oder vielmehr, wenn Shay nicht … Du weißt schon.« Der unausgesprochene Teil des Satzes schlängelte sich in das Schweigen zwischen uns. »Du hast dein Bestes getan. Was anderes kann man nicht tun. Sortier du erst mal in Ruhe deine Gedanken, Liebes. Lass dir Zeit. Ruf mich an, wenn du so weit bist.«

»Das mach ich. Ehrenwort, das mach ich. Und, Francis … pass bis dahin gut auf dich auf. Das meine ich ernst.«

»Versprochen. Du auch, Herzchen. Bis dann.«

Unmittelbar bevor Jackie auflegte, hörte ich wieder dieses schnelle, gequälte Schnappen nach Luft. Ich hoffte, dass sie zu Gavin gehen und sich von ihm umarmen lassen würde, anstatt weinend draußen im Dunkeln stehen zu bleiben.

Wenige Tage später fuhr ich zum Jervis Centre und kaufte einen von diesen Mammutfernsehern, die die Leute kaufen, wenn die Möglichkeit, für irgendetwas Gehaltvolleres zu sparen, nie in ihren Dunstkreis gedrungen ist. Ich hatte das Gefühl, dass selbst die imposanteste Unterhaltungselektronik Imelda nicht davon abhalten würde, mir in die Eier zu treten, daher parkte ich mein Auto vorne an der Hallows Lane und wartete darauf, dass Isabelle, von wo immer sie auch den Tag verbrachte, nach Hause kam.

Der Tag war grau und kalt mit einem tiefhängenden Himmel, aus dem bald Graupel oder Schnee fallen würde, und dünnem Eis in den Schlaglöchern. Isabelle kam die Smith's Road herunter. Sie ging schnell, hatte den Kopf gesenkt und ihren Fake-Designermantel zum Schutz gegen den schneidenden Wind fest um sich gezogen. Sie sah mich erst, als ich aus dem Wagen stieg und mich ihr in den Weg stellte.

Ich sagte: »Isabelle, nicht?«

Sie starrte mich misstrauisch an. »Wer sind Sie?«

»Ich bin das Arschloch, das euren Fernseher zertrümmert hat. Angenehm.«

»Verpiss dich, oder ich schreie.«

Auch charakterlich also ganz die Mutter. Ich kriegte schon wieder ein warmes Zuhausegefühl. Ich sagte: »Jetzt schalt mal einen Gang runter, Barbarella. Diesmal will ich euch keinen Ärger machen.«

»Was wollen Sie dann?«

»Ich hab einen neuen Fernseher für euch dabei. Frohe Weihnachten.«

Der Argwohn in ihrem Gesicht vertiefte sich. »Wieso?«

»Schon mal was von schlechtem Gewissen gehört?«

Isabelle verschränkte die Arme und starrte mich verächtlich an. Aus der Nähe betrachtet war die Ähnlichkeit mit Imelda noch immer da, aber nicht mehr so stark. Sie hatte das runde Hearne'sche Noppenkinn. »Wir wollen Ihren Fernseher nicht«, erklärte sie. »Trotzdem danke.«

Ich sagte: »Du vielleicht nicht, aber deine Ma vielleicht oder deine Schwestern. Frag doch mal bei denen nach.«

»Ja, schon klar. Woher sollen wir wissen, dass das Teil nicht vorgestern Nacht irgendwo geklaut worden ist und Sie uns heute Nachmittag verhaften lassen, wenn wir es annehmen?«

»Du überschätzt meine Intelligenz.«

Isabelle hob eine Augenbraue. »Oder Sie unterschätzen meine. Weil ich nämlich nicht so blöd bin, irgendwas von einem Bullen anzunehmen, der auf meine Ma sauer ist.«

»Ich bin nicht sauer auf sie. Wir hatten eine kleine Meinungsverschiedenheit, die sich geklärt hat, und sie hat nichts von mir zu befürchten.«

»Das will ich auch hoffen. Meine Ma hat keinen Schiss vor Ihnen.«

»Gut. Ob du's glaubst oder nicht, ich mag sie. Wir sind zusammen aufgewachsen.«

Isabelle dachte darüber nach. »Warum haben Sie dann unseren Fernseher demoliert?«, wollte sie wissen.

»Was sagt denn deine Ma?«

»Die sagt gar nichts.«

»Dann tu ich das auch nicht. Ein Gentleman plaudert nichts aus, was eine Lady ihm anvertraut hat.«

Sie warf mir einen vernichtenden Blick zu, um zu demonstrieren, dass ihr das hochtrabende Gerede nicht imponierte, aber sie war auch in einem Alter, in dem ich ihr mit absolut nichts hätte imponieren können. Ich versuchte mir vorzustellen, wie das war, wenn die eigene Tochter auf einmal Busen hatte und Eyeliner trug und rechtlich befugt war, nach Lust und Laune irgendein Flugzeug zu besteigen. »Soll das Teil dafür sorgen, dass sie vor Gericht das Richtige sagt? Weil dieser junge Typ nämlich schon ihre Aussage aufgenommen hat, wie heißt der noch mal, Mr Tomatenhaare.«

Eine Aussage, die sie bis zum Prozessbeginn noch etliche Dutzend Male ändern konnte und vermutlich auch würde, aber wenn ich das Bedürfnis gehabt hätte, Imelda Tierney zu bestechen, hätte ich das wesentlich günstiger haben können. Ein paar Stangen John Player Blue hätten's auch getan. Ich fand, dass ich diesen Gedanken Isabelle gegenüber besser für mich behalten sollte, und sagte stattdessen: »Das hat nichts mit mir zu tun. Damit eins klar ist: Ich habe nichts mit dem Fall zu tun, auch nicht mit dem jungen Typen, und ich will nichts von deiner Ma. Okay?«

»Da wären Sie der Erste. Aber wenn Sie nichts wollen, kann ich ja jetzt gehen, oder?«

Die Hallows Lane war menschenleer – heute waren keine alten Leutchen zu sehen, die ihre Klinken wienerten, keine flotten Mummys mit Formel-I-Kinderwagen, alle Türen fest gegen die Kälte verschlossen –, aber ich spürte Augen in der Dunkelheit hinter den Gardinen. Ich sagte: »Kann ich dich was fragen?«

»Von mir aus.«

»Wo arbeitest du?«

»Was interessiert Sie das?«

»Ich bin neugierig. Wieso, ist das geheim?«

Isabelle verdrehte die Augen. »Ich mache eine Ausbildung als Anwaltsgehilfin. Was dagegen?«

Ich sagte: »Das ist toll. Alle Achtung.«

»Danke. Seh ich so aus, als würde es mich interessieren, was Sie von mir halten?«

»Wie gesagt, früher hab ich deine Ma sehr gemocht. Es gefällt mir, dass sie eine Tochter hat, auf die sie stolz sein kann, die sich um sie kümmert. Jetzt beweis doch mal, dass du auch ansonsten so vernünftig bist, und bring ihr diesen blöden Fernseher.«

Ich machte den Kofferraum auf. Isabelle ging um das Auto herum zum Heck – mit einigem Abstand, für den Fall, dass ich sie reinstoßen und in die Sklaverei verkaufen wollte – und warf einen Blick darauf. »Nicht schlecht«, sagte sie.

»Eine Spitzenleistung moderner Technologie. Soll ich ihn zu euch in die Wohnung tragen, oder willst du irgendwen holen, der mit anfasst?«

Isabelle sagte: »Wir wollen ihn nicht. Was verstehen Sie daran nicht?«

»Hör mal«, sagte ich. »Das Ding da hat mich eine Stange Geld gekostet. Es ist nicht geklaut, es ist nicht mit Anthrax besprüht und es hat keinen Spezialbildschirm, durch den euch der Geheimdienst beobachten kann. Also wo ist das Problem? Bloß weil ich ein Bulle bin?«

Isabelle sah mich an, als würde sie sich fragen, ob ich in der Lage wäre, meine Unterhose richtig rum anzuziehen. Sie sagte: »Sie haben Ihren Bruder verpfiffen.«

Da lag also der Hund begraben. Ich war mal wieder der saublöde Trottel gewesen, der gedacht hatte, es würde sich vielleicht nicht herumsprechen: Falls Shay die Klappe gehalten hatte, gab es immer noch die örtliche Gerüchteküche, und falls die mal einen Tag geschlossen hatte, hätte rein gar nichts Rocky daran gehindert, in einer der nachfolgenden Vernehmungen einen winzigkleinen Hinweis fallen zu lassen. Die Tierneys hätten jeden geklauten Fernseher mit Kusshand angenommen – wahrscheinlich hätten sie auch einen von Deco angenommen, dem freundlichen Drogendealernachbarn, falls der fand, dass er ihnen aus unerfindlichen Gründen was schuldig war –, aber mit so einem wie mir wollten sie nichts zu tun haben. Selbst wenn ich den Drang verspürt hätte, mich gegenüber Isabelle Tierney oder den faszinierten Zuschauern hinter den Fenstern oder überhaupt jeder lebenden Seele in den Liberties zu verteidigen, es hätte absolut nichts genützt. Ich hätte Shay krankenhausreif oder gar tot prügeln können, das wäre wahrscheinlich mit beifälligem Nicken und Schulterklopfen quittiert worden. Aber was er getan hatte, rechtfertigte in keiner Weise, dass ich meinen eigenen Bruder ans Messer geliefert hatte.

Isabelle vergewisserte sich mit einem Rundumblick, dass Leute in der Nähe waren, die ihr gegebenenfalls zu Hilfe kommen könnten, und erklärte dann schön laut, damit es auch alle hören konnten: »Schieben Sie sich Ihren Fernseher von mir aus in den Arsch.«

Sie sprang zurück, schnell und behände wie eine Katze, für den Fall, dass ich mich auf sie stürzen wollte. Dann zeigte sie mir den Stinkefinger, damit auch der Letzte die Botschaft verstand, wirbelte auf ihren Stöckelschuhen herum und stakste die Hallows Lane hinunter. Ich sah zu, wie sie ihre Schlüssel herauskramte, in dem Bienenstock aus alten Ziegeln und Gardinen und wachsamen Augen verschwand und die Tür hinter sich zuknallte.

Am selben Abend begann es zu schneien. Ich hatte den Fernseher oben an der Hallows Lane stehen lassen, wo ihn Decos nächster Kunde mitgehen lassen konnte, war nach Hause gefahren, hatte den Wagen dort abgestellt und war einfach losgegangen. Ich war unten beim alten Kilmainham-Gefängnis, als mir die ersten großen stillen Flocken entgegenwirbelten. Sobald es angefangen hatte, hörte es nicht mehr auf. Der Schnee schmolz fast wieder, sobald er den Boden berührte, aber in Dublin können Jahre vergehen, ohne dass auch nur ein Flöckchen fällt, und vor dem St. James's Hospital war eine große Schar Studenten schier aus dem Häuschen geraten: Sie machten eine Schneeballschlacht, schabten die weiße Pracht von Autos, die vor Ampeln hielten, und suchten Deckung hinter unbeteiligten Zuschauern, rotnasig und lachend, ohne sich um die entrüsteten Spießer zu scheren, die grollend und unsicher auf dem Heimweg von der Arbeit waren. Später gerieten Pärchen in romantische Stimmung, schoben sich gegenseitig die Hände in die Taschen, schmiegten sich aneinander und legten den Kopf in den Nacken, um die tanzenden Flocken zu betrachten. Noch später waren die Betrunkenen auf dem Heimweg aus den Pubs extra-doppelt-vorsichtig.

Irgendwann tief in der Nacht landete ich schließlich oben am Faithful Place. Alle Lichter waren aus, nur ein einsamer Stern von Bethlehem strahlte in Sallie Hearnes Wohnzimmerfenster. An der Stelle, wo ich damals auf Rosie gewartet hatte, blieb ich im Dunkeln stehen, stopfte die Hände in die Taschen und beobachtete, wie der Wind anmutig geschwungene Schneeflockenschauer durch die gelblichen Lichtkegel der Straßenlampen trieb. Faithful Place sah anheimelnd und friedlich aus wie eine Weihnachtskarte, lag im Winterschlaf und träumte von Schlittenglöckchen und heißem Kakao. Auf der Straße war kein Laut zu hören, bis auf das Flüstern des Schnees, der gegen Wände geweht wurde, und die fernen Klänge von Kirchenglocken, die eine Viertelstunde anschlugen.

Im Wohnzimmer von Nummer 3 flimmerte Licht auf, und die Vorhänge teilten sich: Matt Daly im Pyjama, dunkel vor dem schwachen Schein einer Tischlampe. Er stützte die Hände aufs Fensterbrett und sah lange zu, wie die Schneeflocken aufs Pflaster fielen. Dann hoben und senkten sich seine Schultern mit einem tiefen Seufzer, und er zog die Vorhänge wieder zu. Gleich darauf ging das Licht aus.

Selbst als er seinen Beobachtungsposten verlassen hatte, konnte ich mich nicht überwinden, Faithful Place zu betreten. Ich stieg über die Mauer in den Garten von Nummer 16.

Meine Füße knirschten auf Kies und gefrorenem Unkraut, das sich noch immer in der Erde festkrallte, wo Kevin gestorben war. Drunten in Nummer 8 waren Shays Fenster dunkel und leer. Niemand hatte sich die Mühe gemacht, seine Vorhänge zu schließen.

Die Hintertür von Nummer 16 schwang auf, vor einem finsteren Rechteck, und quietschte ruhelos, als der Wind sie bewegte. Ich stand in der Tür, sah schwaches schneeblaues Licht die Treppe herabfallen und meinen Atem in der eisigen Luft treiben. Wenn ich an Geister geglaubt hätte, wäre dieses Haus die größte Enttäuschung überhaupt gewesen: Es hätte nur so von ihnen wimmeln müssen, sie hätten in den Wänden stecken, die Luft verdichten, in jedem hohen Winkel wehklagen und flattern müssen, aber ich hatte noch nie ein Haus gesehen, das dermaßen leer war, so leer, dass es einem förmlich die Atemluft aussaugte. Was auch immer ich hier suchte – Rocky, der berechenbare Tropf, hätte wahrscheinlich vermutet, dass ich endgültig Abschied nehmen wollte oder etwas ähnlich Schwachsinniges –, es war nicht da. Ein paar Flocken wirbelten über meine Schulter, blieben sekundenlang auf den Dielenbrettern liegen und verschwanden.

Ich erwog, irgendetwas mitzunehmen oder irgendetwas zurückzulassen, einfach so, aber ich hatte nichts dabei, das sich gelohnt hätte zurückzulassen, und es gab nichts, was ich mitnehmen wollte. Ich hob eine leere Chipstüte aus dem Unkraut auf, faltete sie zusammen und klemmte sie unter die geschlossene Tür. Dann stieg ich wieder über die Mauer und spazierte weiter.

Ich war sechzehn, als ich da oben im obersten Zimmer Rosie

Daly zum ersten Mal berührte. Es war ein Freitagabend im Sommer: Wir waren zu mehreren und hatten zwei große Flaschen billigen Cider dabei, eine 20er-Packung SuperKing Lights und eine Tüte Erdbeerbonbons – so jung waren wir. Zippy Hearne und Des Nolan und Ger Brophy und ich hatten in den Schulferien öfter auf dem Bau gejobbt, daher waren wir sonnengebräunt und muskulös und gut bei Kasse. Wir lachten lauter und breiter, strotzten vor neugewonnener Männlichkeit und erzählten Flunkergeschichten von der Arbeit, um den Mädchen zu imponieren. Die Mädchen, das waren Mandy Cullen und Imelda Tierney und Des' Schwester Julie und Rosie.

Über Monate hinweg hatte sie sich unaufhaltsam in meinen heimlichen magnetischen Nordpol verwandelt. Nachts lag ich im Bett und war sicher, sie spüren zu können, durch die Backsteinmauern und über das Straßenpflaster hinweg, wie sie mich mit in die trägen Gezeiten ihrer Träume zog. Ihr so nahe zu sein zerrte so fest an mir, dass ich kaum Luft bekam – wir saßen alle gegen die Wände gelehnt, und meine Beine waren ganz dicht neben Rosies, und wenn ich mich nur ein paar Zentimeter bewegt hätte, hätte sich meine Wade gegen ihre gedrückt. Ich musste sie nicht ansehen. Ich konnte jede Bewegung, die sie machte, unter der Haut spüren, ich wusste, wann sie sich das Haar hinters Ohr strich oder den Rücken an der Wand verschob, damit die Sonne ihr ins Gesicht fiel. Wenn ich hinsah, stellte mein Kopf die Arbeit ein.

Ger lümmelte sich auf dem Boden und erzählte den Mädchen eine dramatische, auf einer wahren Begebenheit basierende Geschichte, wie er ganz allein einen Eisenträger abgefangen hatte, der um ein Haar jemandem drei Stockwerke tiefer auf den Kopf gefallen wäre. Wir waren alle leicht berauscht vom Cider und vom Nikotin und voneinander. Wir kannten uns, seit wir in Windeln gesteckt hatten, aber das war der Sommer, als sich alles veränderte, so schnell, dass wir nicht mehr mitkamen. Julie hatte einen Streifen Rouge auf beiden Pausbacken, Rosie trug einen neuen Silberanhänger, der in der Sonne blitzte, Zippy war endlich aus dem Stimmbruch raus, und alle benutzten wir Deo.

»– und dann sagt der Mann zu mir, ›Mein Junge‹, sagt er, ›wenn du nicht wärst, würde ich heute nicht auf meinen eigenen zwei Beinen nach Hause gehen –‹«

»Wisst ihr, was ich glaube?«, fragte Imelda in den Raum hinein. »Der erzählt uns Schwachsinn. Macht einen auf dicke Eier.«

»Du kannst ja mal fühlen, wenn du mir nicht glaubst«, sagte Zippy und grinste sie an.

»Träum weiter. Lieber bring ich mich um.«

»Das ist kein Schwachsinn«, sagte ich zu ihr. »Ich hab direkt daneben gestanden und alles mit eigenen Augen gesehen. Ich sag's euch, Mädels, der Bursche hier ist ein echter Held.«

»Held, von wegen«, sagte Julie und stupste Mandy an. »Seht ihn euch doch an. Der kann doch noch nicht mal 'nen Fußball fangen, geschweige denn 'nen Eisenträger.«

Ger spannte seinen Bizeps an. »Komm her und teste selbst, wenn das nicht genügt.«

»Nicht schlecht«, sagte Imelda, zog eine Augenbraue hoch und schnippte Asche in eine leere Dose. »Jetzt lass mal sehen, was du pektoralmäßig so zu bieten hast.«

Mandy quietschte: »Du Ferkel, du!«

»Du bist das Ferkel«, sagte Rosie. »Imelda meint die Pektoralmuskeln, die Brustmuskeln. Was dachtest du denn?«

»Wo lernt ihr denn solche Ausdrücke?«, erkundigte sich Des. »Von diesen Pektodingsbums hab ich noch nie gehört.«

»Von den Nonnen«, erklärte Rosie ihm. »Die haben uns Bilder gezeigt und alles. In Bio.«

Eine Sekunde lang blickte Des völlig baff aus der Wäsche; dann verstand er und schmiss ein Bonbon nach Rosie. Sie fing es geschickt auf, schob es sich in den Mund und lachte ihn an. Ich überlegte, ob ich ihm einen Kinnhaken verpassen sollte, aber mir fiel keine gute Entschuldigung ein.

Imelda grinste Ger verschmitzt an. »Also, zeigst du sie nun oder nicht?«

»Denkst du etwa, ich trau mich nicht?«

»Beweis mir das Gegenteil, na los.«

Ger zwinkerte uns zu. Dann stand er auf, sah die Mädchen an, wackelte mit den Augenbrauen und schob dann sein T-Shirt Zentimeter für Zentimeter hoch. Wir alle johlten. Die Mädchen fingen an, langsam zu klatschen. Er zog das T-Shirt aus, schwang es über dem Kopf, schleuderte es zu ihnen rüber und warf sich in Bodybuilderpose.

Die Mädchen konnten vor lauter Lachen nicht mehr weiterklatschen. Sie waren in einer Ecke zusammengebrochen, die Köpfe zusammengesteckt, und hielten sich den Bauch. Imelda wischte sich Tränen ab. »Du sexy Biest, du –«

»O Gott, ich kann nicht mehr –«, von Rosie.

»Das sind keine Brustmuskeln!«, japste Mandy. »Das sind Titten!«

»Ihr spinnt ja«, sagte Ger gekränkt, der nicht mehr posierte und seine Brust inspizierte. »Das sind doch keine Titten. He, Kumpel, sind das etwa Titten?«

»Sie sind prächtig«, antwortete ich. »Komm her und lass mich Maß nehmen, damit ich dir einen hübschen neuen BH kaufen kann.«

»Leck mich doch.«

»Wenn ich so Dinger hätte, würde ich nicht mehr vor die Tür gehen.«

»Ach, halt die Klappe. Was stimmt denn damit nicht?«

»Sollen die so wabbelig sein?«, wollte Julie wissen.

»Los, her damit«, sagte Ger mit ausgestreckter Hand, damit Mandy ihm sein T-Shirt zurückgab. »Wenn ihr meinen durchtrainierten Körper nicht würdigen könnt, pack ich ihn wieder ein.«

Mandy ließ das T-Shirt von einem Finger baumeln und sah ihn unter ihren Wimpern hinweg an. »Vielleicht behalt ich das als Andenken.«

»Meine Fresse, stinkt das«, sagte Imelda und schlug es vor ihrem Gesicht weg. »Pass bloß auf. Ich glaub, wenn du das Teil bloß anfasst, kannst du schon schwanger werden.«

Mandy kreischte auf und warf Julie das T-Shirt zu, die es auffing und noch lauter kreischte. Ger wollte es sich schnappen, aber Julie duckte sich unter seinem Arm weg und sprang auf. »Melda, fang!» Imelda fing das T-Shirt im Aufstehen mit einer Hand, drehte sich von Zippy weg, der sie in den Schwitzkasten nehmen wollte, und war mit einer schnellen Bewegung aus langen Beinen und langen Haaren zur Tür hinaus, das T-Shirt hinter sich schwingend wie eine Standarte. Ger polterte hinter ihr her, und Des streckte mir eine Hand hin, um mich hochzuziehen, aber Rosie saß noch immer lachend gegen die Wand gelehnt, und ich würde mich nicht vom Fleck rühren, solange sie es nicht tat. Julie zog auf dem Weg nach draußen ihren engen Rock wieder runter, Mandy warf Rosie über die Schulter einen anzüglichen Blick zu und rief: »Wartet, wartet auf mich!«, und dann war der Raum auf einmal still, und Rosie und ich waren allein und lächelten einander über die umgekippte Bonbontüte und die fast leeren Ciderflaschen und kalten Rauchkringel hinweg an.

Mir hämmerte das Herz, als wäre ich gerannt. Ich konnte mich nicht erinnern, wann wir das letzte Mal zusammen allein gewesen waren. Ich sagte – weil ich aus irgendeinem unerfindlichen Grund meinte, ihr zeigen zu müssen, dass ich nicht über sie herfallen wollte: »Sollen wir hinterher?«

Rosie erwiderte: »Nein, ist doch schön hier. Außer, du willst …«

»Nee, nee, lieber nicht. Ich muss Ger Brophys Hemd nicht unbedingt in die Finger kriegen.«

»Der kann froh sein, wenn er's zurückkriegt. In einem Stück jedenfalls.«

»Er wird's überleben. Dann kann er auf dem Nachhauseweg allen stolz seine Brustmuskeln zeigen.« Ich hielt eine Ciderflasche hoch, in der noch eine paar Schlucke waren. »Willst du?«

Sie streckte die Hand aus. Ich gab ihr die Flasche – fast hätten sich unsere Finger berührt – und nahm selbst die andere. »Prost.«

»Sláinte.«

Die Abende waren lange hell: Es war nach sieben, aber der Himmel war ein weiches, klares Blau, und das Licht, das durch die offenen Fenster strömte, war blassgolden. Um uns herum summte Faithful Place wie ein Bienenkorb, vibrierte von Hunderten verschiedener Geschichten, die sich langsam entfalteten. Nebenan sang Mad Johnny Malone mit seinem fröhlichen spröden Bariton vor sich hin: *»Where the Strawberry Beds sweep down to the Liffey, you'll kiss away the worries from my brow …«* Unten quietschte Mandy ausgelassen, es ertönten Gepolter und dann prustendes Gelächter. Weiter unten im Keller schrie jemand vor Schmerz auf, und Shay und seine Freunde jubelten wild. Auf der Straße brachten sich zwei von Sallie Hearnes Jüngsten gegenseitig bei, auf einem geklauten Fahrrad zu fahren, und machten sich gegenseitig an – »Nein, du Doofie, du musst schnell fahren, sonst kippst du um, ist doch egal, ob du irgendwo gegenknallst« –, und irgendwer pfiff auf dem Heimweg von der Arbeit ein Liedchen, das er mit eleganten, verspielten Trillern verzierte. Durch die Fenster kam der Geruch nach Bratfisch und Pommes zusammen mit einem kecken Kommentar von einer Amsel auf dem Dach und den Stimmen der Frauen, die sich den neusten Klatsch erzählten, während sie ihre Wäsche von der Leine nahmen. Ich erkannte jede Stimme und jedes Türenknallen; ich erkannte sogar den resoluten Rhythmus von Mary Halley, die ihre Vordertreppe schrubbte. Wenn ich genau hingehört hätte, wäre ich imstande gewesen, jede einzelne Person zu benennen, die in diese Sommerabendluft eingewebt war, und jede Geschichte zu erzählen.

Rosie sagte: »Jetzt mal ehrlich, wie war das denn nun mit Ger und dem Stahlträger?«

Ich lachte: »Ich sag nichts.«

»Mir wollte er sowieso nicht imponieren, nur Julie und Mandy. Und ich werd ihn schon nicht verraten.«

»Schwörst du?«

Sie grinste und malte mit einem Finger ein Kreuz über ihrem Herzen auf die weiche weiße Haut, knapp über der Öffnung ihrer Bluse. »Ich schwöre.«

»Er hat wirklich einen Stahlträger abgefangen, der fast runtergefallen wäre. Und wenn er das nicht gemacht hätte, wäre das Ding auf Paddy Fearon gestürzt, und Paddy wäre heute Abend nicht auf zwei Beinen nach Hause gegangen.«

»Aber …?«

»Aber der Träger wäre beinahe von einem Stapel unten im Hof gerutscht, und Ger hat ihn festgehalten, ehe er Paddy auf die Zehen fallen konnte.«

Rosie lachte los. »Dieser Angeber. Das ist mal wieder typisch, echt. Als wir noch klein waren, so acht oder neun, hat Ger uns allen weisgemacht, er hätte Diabetes und müsste sterben, wenn wir ihm nicht mittags in der Schule unsere Kekse abgeben würden. Er hat sich überhaupt nicht verändert, oder?«

Unten kreischte Julie: »Lass mich runter!«, aber nicht so, als meinte sie es ernst. Ich sagte: »Nur inzwischen hat er's nicht mehr bloß auf Kekse abgesehen.«

Rosie hob ihre Flasche. »Und er macht seine Sache gut.«

Ich fragte: »Wieso versucht er eigentlich nicht, dir zu imponieren, so wie den anderen?«

Rosie zuckte die Achseln. Ihre Wangen hatten sich zartrosa verfärbt. »Vielleicht weil er weiß, dass es mir egal wäre.«

»Im Ernst? Ich dachte, alle Mädchen sind hinter Ger her.«

Noch ein Achselzucken. »Nicht mein Typ. Ich steh nicht auf große Blonde.«

Mein Puls schaltete noch einen Gang höher. Ich versuchte, Ger, der mir ehrlich noch was schuldig war, per Gedankenübertragung zu signalisieren, dass er Julie nicht runterlassen und dafür sorgen sollte, dass keiner wieder hierher nach oben kam; jedenfalls nicht in den nächsten ein oder zwei Stunden oder am besten nie mehr. Nach einem Moment sagte ich: »Die Halskette steht dir gut.«

Rosie sagte: »Hab ich ganz neu. Der Anhänger ist ein Vogel. Guck mal.«

Sie stellte die Flasche ab, zog die Füße an und kam auf die Knie, hielt mir den Anhänger hin. Ich rutschte über die sonnengestreiften Bodendielen und kniete mich vor sie. So nah waren wir uns seit Jahren nicht gewesen.

Der Anhänger war ein silberner Vogel mit ausgebreiteten Schwingen und winzigen Federn aus irisierender Abaloneschale. Als ich den Kopf darüberneigte, zitterte ich. Ich hatte schon öfter mal Mädchen angequatscht, vorlaut und großspurig, für mich kein Problem. In diesem Moment hätte ich für einen cleveren Spruch meine Seele verkauft. Stattdessen sagte ich idiotisch: »Das ist hübsch.« Ich griff nach dem Anhänger, und meine Finger berührten Rosies.

Wir erstarrten beide. Ich war ihr so nah, dass ich sehen konnte, wie sich ihre weiche weiße Haut unten am Halsansatz mit jedem schnellen Herzschlag hob, und ich wollte das Gesicht darin vergraben, hineinbeißen, ich hatte keine Ahnung, was ich wollte, aber ich wusste, dass mir sämtliche Blutgefäße im Körper platzen würden, wenn ich es nicht tat. Ich konnte ihr Haar riechen, luftig und zitronig, betörend.

Es war ihr beschleunigter Herzschlag, der mir den Mut gab, aufzublicken und Rosie in die Augen zu sehen. Sie waren riesig, nur Schwärze mit einem grünen Rand, und ihre Lippen waren geöffnet, als hätte ich sie erschreckt. Sie ließ den Anhänger fallen. Wir konnten uns beide nicht bewegen, konnten beide nicht atmen.

Irgendwo ertönten Fahrradklingeln, und Mädchen lachten und Mad Johnny sang noch immer. *»I love you well today, and I'll love you more tomorrow …«* Alle Geräusche lösten sich auf und verschmolzen in dieser gelben Sommerluft wie ein einziges melodisches Glockengeläut. »Rosie«, sagte ich. »Rosie.« Ich streckte ihr die Hände entgegen, und sie drückte ihre warmen Handflächen auf meine, und als unsere Finger sich verschränkten und ich sie an mich zog, konnte ich es nicht fassen, ich konnte mein Glück nicht fassen.

In dieser Nacht suchte ich, nachdem ich die Tür geschlossen und Nummer 16 leer zurückgelassen hatte, die Teile meiner Stadt auf, die Bestand haben. Ich ging Straßen hinunter, deren Namen aus dem Mittelalter stammten, Copper Alley, Fishamble Street, Blackpitts, wo man die Pesttoten begraben hatte. Ich suchte nach glatt abgelaufenem Kopfsteinpflaster und vom Rost dünngefressenen Eisengeländern. Ich fuhr mit der Hand über die kühlen Steinmauern des Trinity College und überquerte die Stelle, wo die Stadt neunhundert Jahre zuvor ihr

Wasser aus St. Patricks Quelle geschöpft hatte. Das Straßenschild erzählt noch davon, aber verborgen in der irischen Sprache, die nie einer liest. Ich übersah die schäbigen Mietshäuser und die Neonreklamen, die kränklichen Illusionen, die unaufhörlich zu braunem Brei zerfallen wie verdorbenes Obst. Sie sind nichts; sie sind nicht real. In hundert Jahren werden sie verschwunden sein, ausgetauscht und vergessen. So lautet die Wahrheit ausgebombter Ruinen: Triff eine Stadt hart genug, und die billige hochmütige Fassade bricht schneller als ein Fingerschnippen in sich zusammen. Nur die alten Dinge, die Dinge, die überdauert haben, können vielleicht auch weiterhin überdauern. Ich wandte mein Gesicht nach oben, um die zarten kunstvollen Säulen und Balustraden über den Ladenketten und Fastfoodrestaurants auf der Grafton Street zu sehen. Ich stützte die Arme auf das Geländer der Ha'penny Bridge, wo man früher einen halben Penny bezahlen musste, um die Liffey zu überqueren, ich sah das Zollhaus und den sich unaufhörlich bewegenden Lichterstrom und den stetigen dunklen Wellenschlag des Flusses unter dem fallenden Schnee, und ich hoffte bei Gott, dass wir alle auf die ein oder andere Art unseren Weg zurück nach Hause finden würden, ehe es zu spät war.

Anmerkung der Autorin

FAITHFUL PLACE HAT ES tatsächlich mal gegeben, aber die Straße lag auf der anderen Seite der Liffey – auf der Northside, in dem engen Straßengewirr des einstigen Rotlichtbezirks Monto, und nicht in den Liberties auf der Southside –, und sie war schon lange vor Beginn der in diesem Buch erzählten Geschehnisse verschwunden. In den Liberties hat jede Ecke ihre eigene jahrhundertealte Geschichte, und das wollte ich nicht schmälern, indem ich die Geschichten einer realen Straße und ihrer Anwohner beiseiteschob, um Platz für meine fiktionalen Geschichten und Figuren zu schaffen. Also habe ich mir stattdessen Freiheiten bei der Dubliner Geographie herausgenommen, Faithful Place wieder zum Leben erweckt, auf die andere Flussseite verlegt und die Handlung dieses Romans in der Zeit angesiedelt, in der die Straße keine eigene Geschichte mehr hat, die ich hätte beiseiteschieben können.

Wie immer bin ich auch diesmal für alle eventuellen Fehler allein verantwortlich.

Danksagung

ICH SCHULDE DEN ÜBLICHEN Verdächtigen und noch einigen anderen mehr ein riesiges Dankeschön: dem großartigen Darley Anderson und seinem Team, vor allem Zoë, Maddie, Kasia, Rosanna und Caroline, die so unendlich viel mehr leisten, als es eine Autorin von einer Agentur erwarten kann; Ciara Considine bei Hachette Books Ireland, Sue Fletcher bei Hodder & Stoughton und Kendra Harpster bei Viking, drei Lektorinnen, die mir mit ihrem Engagement, ihrer Kompetenz und absoluten Zuverlässigkeit immer wieder den Atem verschlagen; Breda Purdue, Ruth Shern, Ciara Doorley, Peter McNulty und allen bei Hachette Books Ireland; Swati Gamble, Katie Davison und allen bei Hodder & Stoughton; Clare Ferraro, Ben Petrone, Kate Lloyd und allen bei Viking; Rachel Burd für ihr erneutes messerscharfes Lektorat; Pete St John für seine wunderbaren Liebeslieder auf Dublin und dafür, dass er mir großzügigerweise erlaubt hat, daraus zu zitieren; Adrienne Murphy, weil sie sich selbst durch den Nebel hindurch an das *McGonagle* erinnert hat; Dr Fearghas Ó Cochláin für die medizinischen Infos; David Walsh, weil er meine Fragen zu Polizeimethoden beantwortet und mir Einblicke in die Welt eines Detectives geboten hat; Louise Lowe, weil sie vor vielen, vielen Jahren mit so einem großartigen Titel (und ebensolcher Besetzung) für das Stück aufwarten konnte; Ann-Marie Hardiman, Oonagh Montague, Catherine Farrell, Dee Roycroft, Vincenzo Latronico, Mary Kelly, Helena Burling, Cheryl Steckel und Fidelma Keogh für ihre unendlich kostbare Wärme und Liebe und Unterstützung, die sie auf vielerlei Weise gezeigt haben; David Ryan *braccae tuae aperiuntur*; meinem Bruder und meiner Schwägerin, Alex French und Susan Collins, und meinen Eltern, Elena Hvostoff-Lombardi und David French, aus so vielen Gründen, dass der Platz hier nicht ausreicht, um sie alle aufzuzählen, und wie immer zu guter Letzt, doch umso wichtiger, meinem Mann Anthony Breatnach.